KNAUR

LUCINDA
FLYNN

DIE ERBIN DES WINDES

ROMAN

KNAUR

Besuchen Sie uns im Internet:
knaur.de
Facebook: Knaur Fantasy & Science Fiction
Instagram: @KnaurFantasy

Originalausgabe August 2021
Knaur Taschenbuch

Ein Imprint der Verlagsgruppe
Droemer Knaur GmbH & Co. KG, München

Redaktion: Li-Sa Vo Dieu
Covergestaltung: Nele Schütz Design, München
Coverabbildung: Collage von Nele Schütz Design unter Verwendung von Motiven von shutterstock.com
Illustration im Innenteil: Shmakova Ksenia / Shutterstock.com
Satz: Adobe InDesign im Verlag
Druck und Bindung: CPI books GmbH, Leck
ISBN 978-3-426-52709-2

2 4 5 3 1

Für meine Mutter

KAPITEL 1

DIE ADLERWACHT

Nachts war die beste Zeit für einen Diebstahl. Das dichte Blätterdach der Bäume verdunkelte den Wald, nur die Lichtung zeigte sich im blassen Mondschein. Auf dem festgetretenen Erdboden stand eine Kutsche, präsentiert wie das Prachtstück einer Auktion. In ihrem Schatten schliefen zwei Männer in Schlafsäcken mit teurer Fellauskleidung, geschützt von einer straff gespannten Plane, die Regen und Witterung abhielt. Einer von ihnen war breit und muskulös und hatte seine Waffen zur Nacht niedergelegt, sodass er sie innerhalb eines Wimpernschlages greifen konnte, wenn er aufwachte. Der andere Mann war unbewaffnet. Eine weiße Rose steckte in der Tasche seines Jacketts. Die Segensrose. Er war auf dem Weg zu einer Hochzeit, um dem Paar seinen Segen für die Trauung zu überbringen. In der Kutsche befand sich all der kostbare Tand als Geschenk für die künftigen Eheleute.

Likah war nicht wohl dabei, die Kinder mit dabeizuhaben. Am liebsten hätte sie die Zwillinge sofort zurück in die Baumreihen geschickt. Aber ohne sie gab es keinen Weg in das Innere der Kutsche, denn die Tür war mit einem dicken Metallschloss versehen. Likah passte nicht durch die schmalen Fenster, die Kinder hingegen schon.

Sie schlichen an den Schlafenden vorbei, während der schnaufende Atem der Zuchtpferde das Geräusch ihrer Schritte übertönte. Vor der Kutsche blieben sie stehen. Likah ging leicht in die Hocke und half zuerst Gem, dann Alia hinauf zum Kutschenfenster. Die Kleinen schlüpften hindurch.

Es rumpelte, als sie im Inneren aufkamen. Ein gehetzter Blick hinüber zu den Männern. Sie bewegten sich nicht.

Likah wartete. Mit jeder Sekunde, die die Kinder im Inneren der Kutsche verbrachten, wurde sie ungeduldiger. Sie spürte ihren Herzschlag deutlich bis in ihre Fingerspitzen pulsieren.

In der Kutsche schepperte es. Likah zuckte heftig zusammen und prüfte alarmiert, ob das laute Geräusch die Männer geweckt hatte. Der Mann, der ihr näher lag, drehte den massigen Oberkörper und gähnte mit weit aufgerissenem Mund. Für einige Sekunden herrschte eine Stille, die Likah nicht einmal mit ihrem Atem zu durchbrechen wagte. Doch die beiden Männer schliefen seelenruhig weiter.

»Beeilt euch«, flüsterte Likah.

Alia steckte den Kopf aus dem Kutschenfenster. Likah spürte das Gewicht von Gold und Schmuck, als sie dem Mädchen hinunterhalf. Ihr Bruder ließ sich nicht blicken.

»Gem«, zischte Likah. »Komm jetzt.«

Wie viel länger konnten sie ihr Glück noch herausfordern? Ein Schatten, der das stetige Mondlicht durchbrach, das zu laute Krächzen einer Eule, und die Männer würden aufwachen.

Endlich kletterte Gem aus dem Fenster und ließ sich von Likah zurück auf den Waldboden helfen. Sie überprüfte nicht, was die Kinder in ihre Taschen gestopft hatten, sondern schob die beiden rasch vor sich her Richtung Bäume. Sie wollte nichts lieber als die beiden in Sicherheit bringen und mit dem gestohlenen Gut so schnell wie möglich nach Kathasia kommen.

Gem drehte sich zu ihr um, die klimpernde Tasche eng an

seine Brust gedrückt. »Likah!«, stieß er entsetzt aus. »Deine Haarspange!«

Automatisch hob sie die Hand zu ihrem schwarzen Haar. Wo sonst die silberne Spange die Strähnen zurückhielt, die aus dem geflochtenen Zopf fielen, war nichts mehr. Sie warf einen Blick zurück auf die Lichtung, blieb aber nicht stehen.

»Lass sie liegen«, sagte sie sanft, nahm Gems Hand und zog ihn weiter, doch er stemmte sich in den Boden und entwand sich ihrem Griff.

»Aber das ist deine Lieblingsspange. Die von deiner Mutter.«

»Das ist jetzt egal«, sagte Likah nachdrücklich. »Wir müssen weg.«

Doch da war Gem schon losgelaufen. Likah wollte ihm nicht nachrennen, aus Angst, der Lärm könnte die Männer wecken.

»Gem, komm zurück!«, rief sie gepresst, doch er lief weiter, bis er wieder auf der Lichtung angekommen war.

Ihn so nahe bei den Männern zu sehen, hielt Likahs Atem flach, ihr Herz raste, als Gem sich bückte und das Schmuckstück aus dem Gras aufhob. Seine Tasche rutschte ihm von der Schulter, sodass das Gold darin schepperte und ein Echo durch den ganzen Wald jagte. Likah erstarrte. Das Geräusch fuhr ihr durch die Knochen, während Gems erschrockener Blick ihren kreuzte.

Wegzurennen schaffte er nicht mehr. Die Männer waren erwacht, der Kräftigere von ihnen hatte Gem am Kragen gepackt und hielt ihm einen Dolch an die Kehle. Likahs rechte Hand ertastete das Messer, das sie sonst benutzte, um erlegte Kaninchen zu häuten. Sie hatte es noch nie gegen einen Menschen gezogen.

»Soso«, sagte er breite Mann gedehnt und hob gemächlich die Axt auf, die neben ihm lag. »Ein kleiner nächtlicher Ausflug, bei dem sich unser Gold in eure Taschen verirrt hat, nehme ich an?« Seine Stimme knarzte wie ein rostiges Drahtseil.

Likah machte einen vorsichtigen Schritt auf ihn zu. »Lassen Sie ihn frei.« Sie schluckte. Das Mondlicht spiegelte sich entlang der scharfen Klinge. »Er ist nur ein Kind.«

»Euch einfach gehen lassen?« Der Mann gab ein trockenes Lachen von sich. »Das glaubst du doch wohl selbst nicht.«

»Bitte«, flehte Likah und trat mit ausgestreckter Hand auf Gem zu. »Wir lassen alles Gestohlene hier. Lassen Sie uns nur gehen.«

Mit einem Ruck zerrte der Mann an Gems Haar und presste die Klinge eng an seinen Hals. »Stehen bleiben«, warnte er. Sie hielt inne und starrte das Messer an, das so kurz davor war, Gems Haut zu durchtrennen.

»Wir bringen sie zur Adlerwacht«, beschloss der andere Mann. »Soll das Gericht doch entscheiden, ich mache mir bestimmt nicht die Hände schmutzig.«

Das Gericht. Likahs Gedanken begannen zu rasen. Sie wusste nicht, was man in Kathasia mit ihnen tun würde, aber sie wollte es nicht herausfinden. Die Zwillinge durften nicht verurteilt werden.

Hinter Likah ertönte ein Schrei. Alia hatte einen Stein aufgehoben, warf ihn zielsicher in Richtung des Mannes, der Gem festhielt, und traf diesen im Gesicht.

Likah hechtete vor und riss Gem aus dem nun gelockerten Griff frei. Als Likah ihn zu sich zog, holte der Mann mit dem Dolch aus, und die Klinge riss einen langen Schnitt über Gems Gesicht. Aus Angst, der Mann würde ein weiteres Mal angreifen, zog Likah ihr eigenes Messer und stach zu. Die Klinge bohrte sich tief in die Schulter des Mannes, und der Schmerz ließ ihn laut aufbrüllen. Blut sprudelte aus der Stichwunde hervor und tränkte die reine Waldluft mit einer bitteren Note. Vor Schreck ließ Likah das Messer los, dann stolperte sie mit Gem zurück.

Ein schmerzhafter Ruck an ihrer Kopfhaut. Der zweite Mann hatte sie im Haar gegriffen und zerrte sie an ihrem Zopf zu sich. Grobe Hände umschlossen ihren Nacken und zwangen sie nach unten. Likahs Halsmuskeln brannten, als sie sich dem Druck entgegenstemmte, doch sie konnte ihm nicht standhalten. Dann ließ er sie ohne Vorwarnung los und fuhr zurück, als hätte er sich die Hände an ihr verbrannt. Sie stolperte weg von ihm und blickte in seine entgeisterte Miene.

»Diese Tätowierung, wieso –«, stieß er hervor, doch noch ehe er weiterreden konnte, griff sie nach einer Handvoll Laub vom Boden, warf sie ihm ins Gesicht, packte die Zwillinge und rannte.

Es war ihr egal, dass die beiden kaum mit ihr Schritt halten konnten und sie sie ziehen musste. Sie mussten weg von hier, in Sicherheit. Äste und Dornen schlugen Kratzer in ihr Gesicht, als sie tief in das Unterholz drangen, nur weg von den Männern und ihren Waffen. Laub und Wurzeln knackten unter ihren Füßen. Likah blieb erst stehen, als die Kinder völlig außer Atem waren. Um sie herum herrschte tiefe Dunkelheit, die nur von spärlichem Mondschimmer aufgeweicht wurde.

Likah und die Kinder stützten die Hände auf die Oberschenkel und rangen nach Atem. Alia hustete, Gem fiel auf die Knie. Likah ließ sich neben ihn sinken und zog Alia zu sich heran.

»Geht es euch beiden gut?«, fragte Likah zwischen Keuchen.

»Ja.« Alia drückte das Gesicht an Likahs Schulter, aber Gem schwieg und wandte sich ab. Likah legte ihm sachte eine Hand auf die Schulter. »Gem, deine Wunde. Tut es weh? Lass mich mal sehen.«

Er schüttelte den Kopf, sah aber nicht auf.

Eine Weile war nur das Knacken der Blätter und Äste unter ihren Füßen zu hören. Der harzige Geruch der Fichten tränkte die Luft, und nun, da sich Likahs Herzschlag wieder normalisierte, fröstelte sie unter dem Wind, der durch die Baumreihen streifte.

»Ich hatte so Angst«, sagte Alia und drückte Likahs Hand. »Als er Gem gepackt hat. Ich dachte, jetzt stirbt er, wie Mama und Papa.« Ihre Stimme wurde leise.

»Meinst du, ich hätte sie dann wiedergesehen?« Gems Augen blieben auch im Licht der Sterne matt. Er sah wehmütig aus.

»Sag so was nicht«, entgegnete Alia.

»Du willst doch auch Mama und Papa wiedersehen«, sagte er noch immer ohne Blickkontakt.

»Ja«, erwiderte Alia. »Aber doch nicht so, ohne dich und Likah. Wir sind eine Familie. Wir bleiben zusammen, oder?« Alia wandte sich ihrem Bruder zu. »Likah ist wie eine echte Schwester.«

»Ja, klar.« Er nestelte an seinem Wams und sah sie gar nicht an. Likah wollte ihm etwas sagen, doch sein Blick war so weit weg, dass sie keine Worte wusste, die ihn zurückgeholt hätten.

Auf einer kleinen Lichtung blieb Likah stehen. Sie warf einen Blick zurück, aber die Männer waren ihnen nicht gefolgt. »Lasst uns hier übernachten. Morgen gehen wir weiter nach Seran, einverstanden? Alia, kannst du die Betten vorbereiten? Ich möchte mich nur schnell um Gems Wunde kümmern.«

Alia nickte, hockte sich hin und begann, Äste aus dem Weg zu räumen.

Likah nahm Gem bei der Schulter. Am Rand der Lichtung lag ein umgestürzter Baumstamm. Nachdem sie sich darauf niedergelassen hatten, kramte Likah eine Paste aus ihrer Tasche, befeuchtete ein Tuch und säuberte den Schnitt, der sich von Gems Ohr bis zu seiner Nase zog. Er war nicht tief.

»Das ist nicht deine Schuld«, sagte Likah und rieb die Salbe aus Bienenwachs und Wundbeeren auf den Schnitt.

Wortlos öffnete er die Faust. Darin lag Likahs Haarspange. Sein Griff war so fest, dass die Spange Abdrücke in seiner Handfläche hinterlassen hatte. Likah nahm sie an sich und strich ihm über die Hand.

»Du hast nichts falsch gemacht.«

»Das ist nur passiert, weil ich nicht auf dich gehört habe. Ich habe uns in Gefahr gebracht.«

»Es ist alles gut. Mach dir keine Vorwürfe.«

»Likah? Kommen eigentlich auch böse Menschen in das Nachleben?«

Likah strich ihm durch die widerspenstige kleine Locke, die immer sein linkes Ohr offenbarte. »Im Nachleben ist niemand böse. Es bringt nur die guten Seiten der Menschen zum Vorschein.«

»Das bedeutet, egal, was ich …«

»Du bist kein böser Mensch, Gem«, unterbrach Likah sanft. »Du bist der fürsorglichste Bruder, den ich kenne. Achtest immer darauf, niemanden zu verletzen, und tust alles für die Menschen, die dir wichtig sind. Denk so etwas nicht. Du hast ein gutes Herz.«

»Obwohl ich stehle, obwohl ich keine Eltern mehr habe, und keine Arbeit, und auch kein Zuhause?«

Likah legte den Arm um seine Schultern, sodass er sich an sie anlehnen konnte. »Das ist nicht böse. Ich weiß, unser Leben ist nicht, wie du es dir gewünscht hast, aber ich verspreche dir, das wird sich bald ändern.«

»Ich will nur bei euch beiden sein. Mehr wünsche ich mir gar nicht.«

Likah lächelte, dann deckte sie Gems Wange mit einem Pflaster ab. »Na komm. Geh jetzt zu deiner Schwester.«

Gem rutschte vom Baumstamm und ging mit nachdenklich gesenktem Kopf zurück zu Alia, die immer noch damit beschäftigt war, das Laub beiseitezuschieben, damit nicht allzu viel Ungeziefer in ihre Lumpendecken kroch.

Likah blieb zurück, und für einen Moment überkamen sie die Zweifel. Wo hatte sie die Kinder mit hineingezogen? Sie versuchte sich zu sagen, dass das Leben als Diebin ihre einzige Wahl war, wusste aber, dass es gelogen war. Sie hätte die Kutsche ziehen lassen können. Aber dann würden die Zwillinge das Leben auf der Straße niemals verlassen. Alia und Gem hatten ein Zuhause verdient, und ohne Likahs Hilfe würden sie es nie bekommen.

Sie musste den Kleinen ein gutes Leben ermöglichen. Sicherheit, ein Zuhause, Freunde. Die Möglichkeit, zu lachen und zu weinen. In diesem Leben war für beides kein Raum. Mit dem, was sie gestohlen hatten, konnte das bald Wirklichkeit werden. Von diesem Gedanken erheitert, kehrte Likah zu den Zwillingen zurück.

Lauf, Likah, und schau nicht zurück. Du darfst nicht stehen bleiben, niemals, verstehst du das?

Das hatten ihre Eltern ihr gesagt, als sie Likah von zu Hause fortgeschickt hatten. Aber Likah wollte nicht mehr weglaufen. Sie hatte nie zurückgeschaut, sondern immer nach vorne geblickt. Dort sah sie sich und die Zwillinge in einer Heimat, wie auch immer diese aussah.

»Likah?« Alia zeigte auf den Fisch, den sie am Tag zuvor gefangen und eingelegt hatte. »Soll ich Sonnenkraut dazumischen?«

»Zwei Prisen. Vorsicht, das ist scharf«, antwortete Likah,

setzte sich zu ihr und entzündete ein kleines Lagerfeuer, über dem sie ihr Abendessen braten konnten. Das noch leicht feuchte Feuerholz knackte und zischte ein wenig, doch dann übernahmen es die Flammen, und die Wärme schmiegte sich angenehm an die Haut. Alia reichte Likah eine gebogene Metallschale mit improvisiertem Griff, um das Essen zuzubereiten.

Während Likah den Fisch briet, setzte sich Gem hinter sie und zupfte an ihrem Haar herum. Er hatte über die Jahre zahllose Flechtfrisuren an ihrem Haar ausprobiert und protestierte dagegen, dass sie es kürzer schnitt. Ihm zuliebe ließ Likah das Haar lang. Sie mochte das sanfte Ziepen an der Kopfhaut, wenn er ihre Haare flocht.

»Wenn wir in Seran ankommen, was machen wir dann?«, fragte Gem.

»Land kaufen natürlich«, sagte Likah. »Da können wir dann in einem richtigen Haus wohnen.«

»Gibt es eigentlich auch Pflanzen, die Haare seidig machen?«, fragte Gem, der ihren Zopf löste, um noch einmal von vorn zu beginnen.

»Sicher«, antwortete Likah. »Pflanzen kann man für fast alles benutzen: Krankheiten, Schminke, Körperpflege, …«

Alia stocherte in der Pfanne herum, die Likah über das Feuer hielt. »Du wirst eine tolle Botanikerin. Und alle Leute werden in deinem Laden kaufen.«

»Bald.« Likah lächelte. »Sobald wir in Seran sind, finden wir ein nettes kleines Grundstück mit Garten.«

»Und ein Haus«, fügte Gem hinzu. »Ein echtes, eigenes Haus mit Dach. Und richtigen Betten.«

»Mit ganz dicken Decken für den Winter. Und einem Kamin!« Alia hielt die Hände vor sich, als könne sie die Wärme des Feuers schon spüren.

»Und ihr werdet in die Schule gehen und immer brav eure

Hausaufgaben erledigen.« Likah legte eine gespielte Strenge in ihre Stimme. Alle drei lachten.

Gem ließ ihr Haar los, drückte die Stirn an ihren Rücken und umarmte sie. »Und danach helfen wir dir bei der Arbeit. Und du bringst uns alles über Botanik bei, was du weißt.«

Als sie den verträumten Ausdruck auf Alias Gesicht sah, wusste sie, dass sie das Richtige tat. Sie würde diesen beiden Kindern eine Zukunft aufbauen, egal, was sie dafür opfern musste.

Nach dem Essen legten sie sich endlich zur Ruhe. Die Zwillinge hielten sich an den Händen und schliefen mit einem entspannten Ausdruck auf den Gesichtern. Nur Likah war wach. Sie lag bäuchlings, den Kopf auf beiden Armen, und starrte in das Lagerfeuer, das zu einer schwachen Glut geschrumpft war. Ihre Augen juckten vor Müdigkeit, aber ihr Geist ließ sie nicht zur Ruhe kommen. Immer wieder dachte sie an die Männer, die sie bestohlen hatten, und an den Stämmigen, der sie nach dem Symbol gefragt hatte. Likah tastete nach ihrem Nacken. Sie wusste um das Muttermal, das sie dort trug, auch wenn sie es nie in Gänze gesehen hatte. Warum hatte der Mann so geschockt reagiert?

Etwas raschelte zwischen den Bäumen.

Sie hielt den Atem an und lauschte, doch außer dem zaghaften Zirpen von Zikaden und dem Rauschen von Geäst war nichts zu hören. Lautlos kam sie auf die Knie und stand auf. Die Dunkelheit verschwamm vor ihren müden Augen. Sie ging ein paar Schritte, dann knackte ein Ast. Ruckartig drehte sie sich um.

»Wir haben sie«, ertönte eine barsche Stimme. Dann schlug Likah eine Welle grellen Lichts entgegen, und sie wurde für einen Moment blind. Sie zuckte und hielt sich eine Hand vor die Augen, als sie direkt mit der Sylhfanlampe angeleuchtet wurde. Die Zwillinge regten sich, Gem rieb sich die Augen, und Alia war schon auf den Knien, um aufzustehen.

»Wir sind die Adlerwacht. Wehrt euch nicht. Es zielen drei Schützen auf euch.«

Langsam bewegte Likah sich auf die Zwillinge zu, um sie abzuschirmen. Sie sah sich um. Es waren tatsächlich drei Bogenschützen, in grau-weißer Tracht, auf deren Brust Kathasias Wappen prangte: die schwarze Silhouette eines dunklen Falken auf blauem Grund, dem drei Kringel als Symbol für den Wind auf die Brust gemalt waren. Die Uniform der Adlerwacht, Schwerter des Gerichts von Kathasia und Wahrende der inländischen Sicherheit.

»Wir sind nur Reisende auf dem Weg nach Seran«, sagte Likah und zwang sich zur Ruhe. Ihre Brust schien ihr Herz nicht viel länger in sich halten zu können, so fest schlug es. »Wir wehren uns nicht. Was wollen Sie?«

»Ist sie das?« Eine Frau der Adlerwacht mit rasiertem Schädel. Neben ihr stand ein Mann ohne Uniform, dafür in Lederrüstung. Likah erkannte ihn.

»Ja. Sie haben uns bestohlen«, sagte der Mann mit der Drahtseilstimme.

KAPITEL 2

DER HERR DES WINDES

Ruppige Hände schnürten Fesseln eng um Likahs Handgelenke, bis die groben losen Fäden des Seils auf ihrer Haut scheuerten. Vier Jahre. Vier Jahre Reisen, vier Jahre mit den Zwillingen, vier Jahre mit einem festen Ziel vor Augen. Sie wollte sich verteidigen, sagen, dass der Mann log und sie unschuldig waren. Aber sie hätte nicht gewusst, wie sie die Lüge über die Lippen bringen sollte. Die Hilflosigkeit lähmte Likah, ihr Körper fühlte sich taub an. Sie konnte nicht fassen, dass es hier enden sollte. Vier Jahre für nichts.

»Nein!«, schrie Alia, als ihr Bruder von ihr weggezogen wurde. Vergeblich streckte sie die kleinen Hände nach ihm aus. Gem biss auf seine Unterlippe, aber die Tränen drangen dennoch aus seinen Augen.

»Hören Sie auf!« Likah kam wieder zu sich. »Die beiden haben nichts getan.«

»Das wird sich zeigen.« Die Anführerin versetzte Likah einen Stoß in den Rücken, dessen Wucht sie vorwärtsstolpern ließ.

»Das sind noch Kinder!«

»Ruhe jetzt«, befahl die Frau.

»Sehen Sie doch hin! Das sind keine Verbrecher! Jeder halbwegs vernünftige Mensch würde verstehen –«

Ihre Zähne knallten aufeinander, als die Anführerin der Adlerwacht ihr ins Gesicht schlug. Likahs Halswirbelsäule knackte, und sie wäre gestürzt, hätte sie nicht jemand von hinten gepackt. Ihre linke Gesichtshälfte summte. Mit Mühe hob sie den Blick, auch wenn die Haut über ihrer Wange schmerzte.

»In den Käfig mit ihnen. Jetzt.« Auf dem kahl rasierten Schädel der Anführerin raste das Blut durch eine hervortretende Ader.

»Wohin bringen Sie uns?«, wollte Likah erstickt wissen. Sie bekam keine Antwort.

Ihr Herz rollte sich zusammen. Sie schluckte und biss sich auf die Unterlippe. Als ihr Blick den von Gem kreuzte, lächelte sie, um ihn zu beruhigen. Gem war zwar jung, aber er durchschaute sie. Sie drückte ihre Fingernägel in die Handballen. Der Schmerz hielt die Tränen zurück.

Die Kutsche, zu der sie geführt wurden, erinnerte mit den Segeln an den Seiten an ein Schiff auf Rädern. Vom Kutschbock stieg herber Pfeifenrauch auf, das Prusten der Pferde schallte im Wald. Hinter dem Gefährt war ein Käfigwagen eingehakt. Robuste Stäbe aus Eisenbuchenholz bildeten ein unausweichliches Gefängnis. Als Likah in den Käfig gestoßen wurde, knallte sie mit dem Schienbein gegen die Stufe und konnte sich wegen der Fesseln nicht mit den Händen abfangen. Ungebremst kam sie mit dem Gesicht zuerst auf und biss die Zähne zusammen, als Holzsplitter ihre Wange zerkratzten. Sie blieb liegen, bis der erste Schmerz pochend nachließ. Das eiserne Schloss quietschte. Die Anführerin der Truppe wandte sich um, ohne ihnen einen weiteren Blick zuzuwerfen, als wären sie Gesindel. Alia krabbelte bis ans Ende des Wagens.

»Beeilung«, rief die Anführerin. »Wir bringen sie noch zur morgigen Verurteilung.«

»Das werden wirklich immer mehr«, knurrte ein Mann, der an der Kutsche vorbeimarschierte. »Da wird sich der Windherr ja freuen … So viele Verbrechen in Kathasia.«

Likah unterdrückte das Wimmern, das sich in ihrer Brust anstaute. Seran war so nahe. So kurz vor ihrem Ziel. Die Kutsche ruckelte, und sie fuhren der Hauptstadt Kathasias entgegen. Der Stadt, in der sich ihre Träume hätten erfüllen sollen. Likah schauderte und presste die Ellbogen zusammen. So plötzlich war alles umgeschlagen.

Die Kutsche rauschte dahin, Wind zog durch die Gitterstäbe und prickelte durch Likahs Hemd hindurch auf ihrer Haut. Durch das hintere Fenster starrte ein grobschlächtiger Mann der Adlerwacht sie an, als warte er darauf, dass sie irgendetwas Dummes anstellte.

Gem zog die Knie an seine Brust. Seine schokoladenbraunen Augen glänzten unter den sich anstauenden Tränen. »Werden wir jetzt eingesperrt?«

»Oder Schlimmeres?«, schluchzte Alia.

Likah wusste nicht, was sie antworten sollte. Die Worte gefroren ihr in der Kehle. Sie schüttelte den Kopf und brachte ein kleines Lachen hervor.

»Ihr Dummerchen. Uns passiert nichts«, erwiderte sie. Sie hätte die beiden gern umarmt, aber ihre Hände waren gefesselt, und so drückte sie ihnen nur einen Kuss auf den Haarschopf. Sie trugen den Duft von violettem Enzian mit sich, der im Frühling überall in Kathasia wuchs. »Ich sage ihnen, was geschehen ist. Habt keine Angst.«

Die Holzstäbe drückten gegen Likahs Hinterkopf. Gefertigt aus Eisenbuche, würde sich jeder Versuch, sie zu zerbrechen, jedoch als Biss auf Granit erweisen. Sie schloss die Augen, um die Verzweiflung zu verbergen, die sich darin auftat.

»Ich hab Angst …« Der Wind jagte Alias Tränen quer über ihre Wangen. »Es ist kalt hier.«

»Komm her«, sagte Likah und streckte die Beine, sodass Alia den Kopf auf ihren Schoß legen konnte. »Lass uns einander wärmen.«

Gem lehnte sich an sie. »Keine Angst. Likah passt auf uns auf. Wie immer.« Er zitterte immer noch, aber seine Stimme war mit Mut veredelt. Es gab Likah keine Hoffnung. Nur die Furcht, dass sie ihn enttäuschen würde. Dass sie die Zwillinge dieses Mal nicht beschützen konnte. Sie fuhren keiner Verhandlung entgegen. Sondern einer Verurteilung.

Alia lächelte. »Du hast recht. Es wird alles wieder gut. Nicht, Likah?«

Likah erwiderte ihr Lächeln, aber ihre Stimme fühlte sich schwer an. »Natürlich. Wie damals mit dem Schneekaninchen, das dem Fuchs entkommen ist, richtig?«

»Das war knapp«, sagte Gem.

»Schlaft jetzt ein bisschen.« Likah legte die Wange auf Gems Kopf. Sie konnte ihnen nicht sagen, wie viel Glück das Schneekaninchen gehabt hatte.

Schallendes Lachen weckte sie. Die Stille des Waldes war gewichen, fröhliche Stimmen und Musik begleiteten nun das Hufgetrappel der Pferde. Der Wind schlug in die Segel der Kutsche, und der Duft von gemahlenen Chilischoten schwebte auf weißem Nebel. Sie hatten Seran erreicht.

Anders als in Likahs Heimat, wo die Häuser aus Kalkstein und Marmor erbaut wurden, waren die Gebäude aus Holz: lackierte Fensterrahmen aus Birke, filigran geschnitzte Baumstämme als Stützsäulen für die Dächer und Eichentüren mit feinsten Ornamenten. Die Dächer ragten stolz in die Höhe. Seran hatte dieselbe Farbenvielfalt wie ein Canyon, Holzarten mit verschiedenen Farbtönen ergaben Muster und bildeten eine ganz eigene Kunst. Ein Mann schöpfte Wasser aus Kanälen, die durch die ganze Stadt flossen, eine Frau schmückte mit zwei Kindern einen riesigen Baum, der aus dem Pflaster der Straße inmitten eines eckigen Platzes hervorbrach. Zwei Mädchen tanzten und warfen ihre Röcke zu schneller Musik.

»Alia, Gem, wacht auf! Seht euch das an.« Sie rüttelte die Kleinen vorsichtig. »Das ist es, Seran!«

Die Kinder blinzelten, dann drückten sie die Gesichter an die Holzstäbe. Nur flüchtig blickten die Stadtbewohner sie an, ehe sie sich wieder ihren Aufgaben zuwandten.

»Da wächst ein Baum aus dem Steinpflaster!« Begeisterung spiegelte sich in Alias Augen. Die Freude der Kinder sprang auf Likah über und brachte ein Lächeln auf ihre Lippen. Die Kleinen waren so aufgeregt. Sie hob den Blick in die Wolken, die wie Wattebäusche über den Himmel zogen. Am Ende der Stadt ragten Türme auf, als wollten sie die Wolken mit ihren Dächern kitzeln.

Likahs Herz wurde schwer. Schloss Falkenschwinge war die Residenz des Fürsten von Kathasia, und die unbeschwerte Zeit würde nur anhalten, bis sie ihm gegenüberstanden. Ihr Magen verhärtete sich zu einem eisigen Klumpen. Sie ließ den Kopf auf die Knie sinken. Was sollte sie tun? Sie hatten diese Männer bestohlen. Alia und Gem vertrauten darauf, dass Likah alles wieder zurechtbiegen würde. Wie sollten sie es verkraften, wenn sie es diesmal nicht konnte?

Sie verdrängte den Gedanken. Sie musste nur überzeugend genug sein. Überzeugend genug, die Kinder aus der Sache herauszureden. Alles andere würde sich ergeben – musste sich ergeben. Sie musste den Kindern das Leben ermöglichen, das sie ihnen versprochen hatte. Likah hatte erwartet, dass die Straßen leerer werden würden, je weiter sie fuhren. Stattdessen gingen immer mehr Menschen neben ihrer Kutsche her, Geplauder erfüllte die Luft, neugierige Blicke glitten zu ihnen hinein. Sie steuerten auf ein Gebäude zu, das wie ein gigantischer Pavillon über ihnen aufragte, mit einer Spitze, die dem Himmel nacheiferte. Die Wände des Gebäudes bestanden nur aus hölzernen Balken. Die Sonne ließ ihr Licht hineinsegeln, und der Wind fegte über das Holz. Sie hielten. Der Ruck erschütterte Likahs Herz. Ihre Miene wurde steif, als Gems Blick ihrem begegnete. Sie betete zum Ersten Wesen, dass Gem ihre Furcht nicht erkannte.

Die Tür des Käfigs knarzte, als ein Mann der Adlerwacht sie öffnete. Er griff nach Likah, bohrte seine Finger in ihren Oberarm und zerrte sie aus dem Wagen, hinein in einen von Stoffen verdeckten Zugang.

»Keine Angst«, rief sie Alia und Gem zu. Doch die Kinder starrten sie entsetzt an.

Alles erschien ihr zu langsam. Ihr Herzschlag, das Gebrabbel der Menge. Der Stoffvorhang glitt hinter ihr zu und tauchte alles in Dunkelheit, und Likah hörte kaum mehr als ihren eigenen Atem. Die dicke Luft schmeckte wie Staub auf ihrer Zunge, ihre Zehen kribbelten bei jedem Schritt, den sie gezwungen war, zu tun. Sie blieb stehen und bohrte die Hacken in den Boden. Sie wollte das nicht. Sie wollte sich nicht dem Urteil einer fremden Person ausliefern, die sie gar nicht kannte.

»Vorwärts.« Der Mann der Adlerwacht packte Likah fester und schob sie weiter.

Der Weg in den Gerichtssaal war quälend lang. Das Rascheln des Stoffes, wenn ihn von der anderen Seite Menschen streiften, der lange Atem des Mannes, der sie führte. Als sie den Eingang erreichten, wusste sie nicht, ob Angst oder Erleichterung die Oberhand gewann.

Likah wurde in den riesigen, kreisförmigen Saal hineingestoßen, dessen hölzerne Balken weit über ihrem Kopf zum Mittelpunkt zusammenkamen. Terrakottafliesen bildeten den Boden des Gerichts, und an den runden Wänden standen Zuschauertribünen, auf denen sich die Menschen tummelten. Weiße, blaue und graue Gewänder dominierten die Menge, die Menschen trugen ihr langes Haar offen.

Auf einem erhöhten Podium saß der ausgemergelte Richter und rümpfte abschätzig die Nase, während er die Falten in seinem Gewand glatt zog. Sein Blick hinter der runden Brille lag auf den Gefangenen, in deren Reihe Likah sich nun einfand. Sie fühlte sich fehl am Platz: Sie war keine Kriminelle. Zumindest nicht wie die anderen. Sie hatte doch nur gestohlen und diesen Mann angegriffen, um Alia und Gem zu helfen. Ihr Herz pochte bis in ihren Kopf hinein, es fiel ihr schwer zu atmen. Denn ihre Aufmerksamkeit fiel auf einen Mann, der mit dem Richter am Pult saß, die Beine übereinandergeschlagen, eine Hand am Kinn, und sich auf seinem Sessel zurücklehnte.

Er musterte die Gefangenen, die feinen Lippen leicht spöttisch verzogen. Der Wind durchstreifte sein schwarzes Haar wie ein ständiger Begleiter, als spielte er mit den Strähnen. Auf seiner Schulter saß ein nussbrauner Falke, den Kopf unter einen Flügel gesteckt. Arkin Minnestra, der Fürst Kathasias, der schon mit Anfang dreißig ein Land regierte. Likah kam sich winzig vor.

Das ganze Publikum sah ihn ehrfurchtsvoll an, während er lediglich Augen für die Gefangenen hatte. Hinter Likah kamen Alia und Gem in die Reihe. Sie nickte ihnen zu. Gem zitterte, aber er erwiderte ihre Geste.

»Der Nächste, vortreten!«, befahl der Richter harsch.

Ein Mann stellte sich vor das Podium. Über seine linke Gesichtshälfte zogen sich drei lange, frische Striemen, die so aussahen, als hätte man ihm mit Fingernägeln über das Gesicht gekratzt. »Name: Myzam Furec, Alter sechsunddreißig, geboren in Lissan, Seva. Wohnhaft in Seran, Kathasia. Verheiratet und kinderlos. Vorgeworfen wird Ihnen der Mord an Ihrem Bruder.«

Myzam schnaubte, sein Gesicht glich einer geplatzten Tomate. »Mord? Ihr wollt mich doch verarschen.«

»Es wurde der Tod durch einen stumpfen Schlag auf den Hinterkopf festgestellt.«

»Er war selbst schuld! Hat sich immer für was Besseres gehalten, und als er dann so rumgeprahlt hat, da hatte er das eben davon. Wenn ich es nicht getan hätte, hätte es irgendjemand auf der Straße gemacht. Wer sich so zur Schau stellt, bettelt ja fast danach. Wenn ihr mich fragt, hab ich den Leuten einen Gefallen getan.«

Likah starrte ihn an. Seine breiten Lippen waren vor Wut verzogen unter dem sorgsam gestutzten Bart. Da war keine Reue in dem Blick des Mannes. Das Publikum wurde still, dann kochten das Entsetzen und die Wut hoch. Die Leute standen auf und schrien auf den Mann herunter. Trampeln ließ das Gebäude erbeben. Likah konnte die Wut in der Luft schmecken. Übelkeit schlug säuerliche Wurzeln in ihrem Rachen. Würden sie genauso auf sie runterschreien, wenn der Richter ihre Tat verkündete? Bei diesem Mann war die Wut berechtigt, aber bei ihr?

Die schmalen Augen des Richters verengten sich. »Ich übergebe den Angeklagten den Masken zur Todesstrafe.«

Das Publikum verstummte. Alle Blicke waren auf Arkin gerichtet. Dieser betrachtete den Angeklagten noch einen Moment, dann hob er die Hand. Auf sein Winken hin eilten vier Gestalten über den Platz, gewandet in weiße Roben mit Kapuzen und kalkweißen Gesichtsbedeckungen, die Löcher für die Augen schwarz umrandet.

Die Masken waren eine Gruppe Unerkannter, die jene, welche Verbrechen begangen hatten, ihrer Strafe zuführten – was auch immer das genau bedeuten mochte. Zum ersten Mal sah Likah sie von Nahem. Ihre beängstigende Ausdruckslosigkeit ließ sie einen Schritt zurückweichen. Sie ergriffen den Mörder. Ihm entschlüpfte ein schriller und gebrochener Schrei. Er wollte sich losreißen, aber die Gestalten hielten ihn fest und schleiften ihn mit sich.

»Nein! Das war nicht meine Schuld! Lasst mich los!« Er schnappte nach Atem, als ihm bewusst wurde, dass der Tod nahe war.

Likah hörte Alias erschrockenes Keuchen hinter sich, wagte aber nicht, sich zu ihr umzudrehen. Ihr erbleichtes Gesicht würde das Mädchen nur noch mehr verschrecken. Was würde ihr Urteil sein? Likah holte tief Luft, verdrängte das Entsetzen und hob den Blick.

Du musst nur überzeugend genug sein.

Nacheinander wurden alle Gefangenen aufgerufen. Zwei Diebinnen, ein Mörder, ein Betrüger, eine Schlägerin. Likah und die Zwillinge mitten unter ihnen. Alia und Gem gehörten nicht hierher unter all die Kriminellen. Sie musste die beiden hier rausschaffen – egal, wie. »Die Nächste!«

Die gelangweilten Augen des Richters deuteten in ihre Richtung. Likah trat vor und hob zögerlich den Blick. Sie fürchtete sich davor, jenen des Windherrschers zu treffen. Er bedachte sie mit derselben Miene wie alle anderen vor ihr. Prüfend, durchdringend, aber ohne zu urteilen. Likah fühlte sich entblößt. Es war, als könnte sie jeden Lufthauch auf ihrer nackten Haut spüren.

»Ich habe keine Personalien hier«, schnarrte der Richter. Sein Finger glitt über das Papier in seiner Hand, um ihren Namen zu suchen. Sein ungehaltener Blick fand die Adlerwacht, die hinter dem Richtertisch stand.

Likah sprach leise, aber mit so viel Kraft in ihrer Stimme, wie sie aufbringen konnte. »Mein Name ist Likah Laien, ich bin siebzehn Jahre alt und wurde in Lishol geboren.«

»Wo dort?«

»Almarek.«

»Ansässig?«

»Nirgends.« Sie reckte das Kinn. »Ich wollte mir hier ein Leben aufbauen.« Sie drehte sich nur halb zu den Zwillingen um.

»Die Anklage der Adlerwacht lautet: Raubüberfall mit anschließender Körperverletzung.«

Likah öffnete erschrocken den Mund. »Körperverletzung?«

»Sie haben dem Opfer ein Messer in die Schulter gerammt und die Muskelsehne durchtrennt.« Der Richter rümpfte die Nase. »Ich kann an der Stelle von besonderer Grausamkeit ausgehen.«

Likah sagte nichts. Sie hatte nur Gem beschützt. Aber sie wusste nicht, wie sie das dem Richter sagen sollte, ohne den Fokus auf den Jungen zu lenken. »In Ihrer blinden Gier haben Sie eine Sache gewiss nicht bedacht: Der Mann, den Sie angegriffen haben, war Naram Hescarl. Erster Vorsitzender der Schiffsgesellschaft Kathasias. Betraut mit großen Aufträgen von Arkin Minnestra höchstpersönlich. Wer weiß, ob er nach dieser Sache überhaupt noch in der Lage sein wird, zu segeln.«

Das Publikum tat einen einzigen scharfen Atemzug und rief wie im Chor hinab: »Lasst die Masken kommen!«

»Ruhe!« Der Richter schlug auf den Tisch.

Likah schluckte. Die vorwurfsvollen Rufe aus dem Publikum erdrückten sie beinahe, und ihr fiel nichts ein, das ihr hätte helfen können.

Als sie nichts sagte, fuhr der Richter fort: »Ich deute Ihr Schweigen als Geständnis.«

Schweiß trat auf Likahs Stirn. »Ich …« Sie schluckte. Ließ den Blick über die Menge schweifen. Sie starrte sie an, Verurteilung prasselte auf sie nieder, und obwohl Likah sich davon erdrückt fühlte, konnte sie sich nicht abwenden.

»Es gibt andere Angeklagte«, drängte der Richter.

Hastig drehte Likah sich um, zu den Zwillingen, die aneinandergeklammert hinter ihr standen. »Die Kinder haben nichts getan.«

»Die Adlerwacht hat sie mit hierhergebracht.«

»Sie sind unschuldig«, versuchte sie es noch einmal. »Ich habe sie dazu angestiftet. Ich habe diese Kinder glauben lassen, dass ich ihnen eine Zukunft bieten könnte, damit ich sie für diesen Diebstahl benutzen kann.« Ihre Knie wurden weich, und sie musste nicht spielen, dass sie jetzt darauf fiel. Ihre Hände zitterten, die Brise, die über ihren vom Haar freigelegten Nacken zog, war eisig. »Das hätte geklappt, wenn ich diese Männer wirklich getötet hätte.« Sie hob den Kopf und sah dem Richter direkt ins Gesicht. »Ja, ich stehe zu Recht hier, ich habe die Kinder benutzt, ihre Hilflosigkeit für meinen Vorteil ausgespielt. Werten Sie das als mein Geständnis, Herr Richter. Ich gestehe das Verbrechen – allein.« Beide Hände bohrten sich in den Boden, und sie kämpfte mit den Tränen. Betete, dass die Zwillinge freigelassen würden, während sie die Strafe entgegennahm, wie auch immer sie lauten mochte.

»Der Fall ist klar genug. Diese Kinder sind, unabhängig der Motive, definitiv schuldig. Wir haben Berichte von der Adlerwacht –«

»Nein, hören Sie mir zu, die beiden haben nichts mit alledem zu tun!«

»Ich verkünde daher folgendes Strafmaß …«

Likah spürte Hitze in sich aufwallen. Die Verzweiflung, dass ihr die Situation aus den Händen glitt, ließ sie zittern, panisch blickte sie sich zu den Zwillingen um. Alia und Gem hielten sich an den Händen und starrten den Richter an. Likah wusste nicht, was sie tun sollte. Sie musste die Kinder retten, aber der Richter verweigerte ihr jedes weitere Wort.

Die Hitze in ihrem Körper brach in Zorn aus wie Flammen, die ihr Inneres zum Kochen brachten. Sie konnte das Schicksal der Zwillinge doch nicht diesem selbstgefälligen alten Mann überlassen!

»*Nein!*« Likahs Worte glühten.

Das Blatt Papier, von dem der Richter vorgelesen hatte, fing Feuer. Flammen fraßen das Papier, und kurz nachdem der Richter das verkohlende Stück hatte fallen lassen, blieben nichts als Rauch und Funken. Likah starrte den Qualm an, der über dem Gesicht des Richters in die Luft stieg.

Für einen Moment herrschte Stille. So fest, als könnte Likah die Hand ausstrecken und sie berühren. Sie wusste nicht, ob man von den Tribünen aus hatte sehen können, was geschehen war, oder ob das plötzliche Verstummen des Richters die Spannung hielt. Arkin Minnestra erhob sich von seinem Sitz neben dem Richter. Seine aquamarinblaue Robe raschelte auffallend laut in der Tonlosigkeit. Der Falke flatterte von seiner Schulter durch die offenen Verzweigungen des Gerichtssaales.

»Ich möchte die Verhandlungen für einen Moment unterbrechen«, sagte Arkin, »und mit dieser Frau sprechen. Unter vier Augen.«

Niemand sagte ein Wort. Dem Richter rutschte die Brille von der Nase. »Was? Ich meine … d-die Verhandlungen werden unterbrochen bis …« Fragend sah er seinen Herrn an, der Schweiß wellte seinen gräulichen Haaransatz.

»Nur ein paar Minuten.«

Likah war starr, als Arkin Minnestra auf sie zukam. Seine Schritte waren wie vom Wind gefiedert. Er deutete mit dem Kopf in Richtung einer schmalen Tür hinter dem Richterpodium. Ihre Knie zitterten, als sie sich erhob. Hunderte Augenpaare, die sie noch immer beobachteten, brannten sich in ihren Rücken, als der Fürst Kathasias ihr die Tür aufhielt.

Sie betrat den Raum und versuchte vergeblich, ihren Herzschlag ruhig zu halten. Ihre dreckigen, ausgetragenen Stiefel quietschten bei jedem Schritt und hinterließen feuchte, schlammige Abdrücke auf dem Boden.

Sie befanden sich in einer Kammer, die stark nach altem Papier und tintengetränkten Schreibfedern roch. Ein Eichentisch voller Dokumente und Tintenkleckse und ein Hocker standen in der Mitte, und das Bücherregal an der Wand füllte die Kammer vollends. Die Fesseln schienen sich nun nicht mehr nur um Likahs Handgelenke zu schlingen, sondern auch um ihren Hals, als sie sich umwandte. Sie schluckte. Wartete.

Arkin indes schien alle Zeit der Welt zu haben. Er schloss die Tür, lockerte sein Haar, indem er mit den Fingern hindurchfuhr und schüttelte die luftigen Ärmel seines Gewandes aus.

»Das lange Sitzen liegt mir nicht.« Er seufzte und streckte sich. »Die Adlerwacht hat ein Messer bei dem Opfer gefunden. Es trägt das Zeichen der Armee von Lishol. Ich frage mich, wie du daran kommst«, sagte er beiläufig.

Likah war skeptisch, aber sie konnte nichts in seiner Miene ergründen. Sein Blick erinnerte sie an das Meer, klar, frisch und wach, aber dennoch tief. Die Art von Tiefen, in denen sich tückische Jäger aufhielten und arglose Fische mit Licht in die Falle lockten.

Likah entschied sich, bei der Wahrheit zu bleiben. Sie würde sich nicht von ihm in die Falle locken lassen, indem sie sich in Geschichten verstrickte. Es war nur diese eine Lüge, die sie aufrechterhalten musste, um die Kinder zu retten: dass sie allein schuldig war.

»Von meiner Mutter«, sagte sie rau.

»Deiner Mutter?« Arkin hob eine braune Feder vom Tisch auf und zwirbelte sie in schlanken Fingern. »Wie das?«

Likah wurde das Gefühl nicht los, dass er sich mit seinen spielerischen Gesten betont beiläufig gab.

»Sie …« Likah schluckte, weil sie lieber nicht an ihre Mutter denken wollte. Nicht jetzt. »Sie war eine Wissenschaftlerin und hat Waffen studiert und entworfen.«

»Eine Mechanikerin der Armee?«

»Ich weiß es nicht. Sie hat nie erzählt, für wen sie gearbeitet hat.« Als Kind war Likah so etwas nicht wichtig gewesen. Heute bereute sie es, nicht nachgefragt zu haben, als sie noch die Möglichkeit gehabt hatte.

»Bist du loyal den Göttlichen gegenüber, Likah?« Seine Frage kam wie aus dem Nichts. Sie blinzelte, verwirrt ob des plötzlichen Themenwechsels. »Wie meinen Sie das? Ich sorge für die Kinder, für Gebete haben wir wenig Zeit.«

Er nickte, als hätte er die Antwort bekommen, die er wollte. »Diese Kinder da draußen? Deine Geschwister?« Er lehnte sich rücklings an das Bücherregal und strich über die Feder in seiner Hand. »Man könnte meinen, du *willst* die eine Strafe, wenn du dafür die Kinder retten kannst. Naram Hescarl war mein bester Mann, wenn es um Schiffbau ging. Die größten Handelsflotten unterlagen seiner Aufsicht. Ich hätte ihm nicht gestattet, zur Hochzeit seiner Cousine zu fahren, wenn ich gewusst hätte, dass er vielleicht nicht mehr arbeiten kann.«

Likahs Magen verkrampfte sich. Sie wollte etwas sagen, doch die Worte fehlten ihr. Ihre Augen verrieten sie, zeichneten die Angst allzu deutlich in ihrem Gesicht ab. Was wollte er nur von ihr? Als ob sie nicht bereits wusste, dass es für ihr Verbrechen keine Entlastung geben konnte. Aber er illustrierte ihr noch einmal in aller Deutlichkeit die Schwere ihres Vergehens.

»Du hast großen Mut bewiesen. Gelogen, um das Leben dieser Kinder zu retten, selbst wenn du dich damit schuldig machst.«

»Ich habe nicht gelogen.«

»Vielleicht nicht, was die Tat anbelangt. Aber wie du die Tat geschildert hast … Ich habe zu viele falsche Geschichten gehört, um dir das abzukaufen.«

»Sie irren sich«, erwiderte Likah. Aber er hob die Augenbrauen, als kenne er die Wahrheit.

»Ich bewundere deine Entschlossenheit und Hingabe. Aber du wirst verstehen, dass niemand tolerieren würde, wenn du gingst und alles wäre wie zuvor. Besonders nicht nach dieser … aufbauschenden Geschichte.« Er sah ihr nun direkt ins Gesicht. »Und du weißt, es gibt keine Immunität vor dem Gesetz. Außer natürlich –«

»Für das Septimat und dessen Nachfolge«, beendete Likah seinen Satz.

»Korrekt.« Er schmunzelte. »Denn wir haben nur der Königin Rechenschaft abzulegen.«

Das war ihr bewusst. Alle sieben Mitglieder des Septimats waren über das Gesetz erhaben, und nur das Königshaus konnte sie gewissen Regeln unterwerfen und für Brüche zur Verantwortung ziehen.

»Du kannst nicht in dein altes Leben zurück, und du wirst auch nicht die Chance haben, dir ein Neues aufzubauen. Deshalb mein Angebot, Likah Laien: Tritt in meine Dienste. In die Dienste dieses Landes. Werde meine Schülerin.«

Arkin blickte sie erwartungsvoll an und lächelte. Ein echtes, offenes Lächeln, das so deplatziert wirkte, dass Likah ihn nur anstarrte.

So viele Fragen ertönten in ihrem Kopf, dass sie keine davon klar verstand, wie ein Orchester, das zu viele Melodien gleichzeitig spielte.

»W-wieso würden Sie so etwas tun …?«, brachte sie hervor. »Sind meine Gründe wichtig? Hier geht es um Leben oder Sterben. Für dich.« Er sagte das so unbekümmert, als spräche er von einem Kartenspiel.

»Ich verstehe nur nicht ... Warum würden Sie jemandem wie mir dieses Angebot machen?«

Er lächelte, doch es war ein Lächeln, an dem Likah nicht teilhaben konnte. Als amüsiere er sich über etwas, das sie nicht verstand.

»Willst du es infrage stellen oder mir eine Antwort geben?«

Likah atmete so tief ein, dass ihr ganzer Körper sich aufrichtete. Es fühlte sich albern an mit den noch immer gefesselten Händen. »Was ist mit den Zwillingen, Alia und Gem?«

Arkin unterbrach das Spiel mit der Feder und legte sie zurück auf den Tisch, langsam. Er ließ sich Zeit mit einer Antwort. »Die Menschen brauchen immer einen Schuldigen.«

»Nein. Nicht sie. Ohne sie gehe ich nirgends hin.«

»Jetzt verhandeln wir?«

»Ich habe versprochen, auf sie aufzupassen. Das breche ich nicht.«

Er hob die Augenbrauen. »Auch nicht, um dein eigenes Leben zu retten?«

»Am allerwenigsten dafür. Sie sagten, ich sei mutig gewesen, mich zu stellen. Ich habe entschieden, es zu bleiben.«

»Da hattest du keine reelle Chance, dem Urteil zu entgehen. Ich biete sie dir. Du wählst trotzdem den Tod?«

Likahs Stimme zitterte, ihre Zähne rieben aufeinander. »Ja«, sagte sie. »Sie sind meine Familie. Nicht der Strick, mit dem ich mich aus dem Treibsand ziehe, um ihn dann liegen zu lassen.«

»Ist das deine Entscheidung?« Er besah sie sich prüfend, mit einem Schimmer von Bedauern in den Augen. Nicht die Art Bedauern, mit der man einem Leben gedachte. Sondern der Art, die einer Spielzeugeisenbahn galt, deren Achse unwiderruflich gebrochen war.

»Ja.« Likah nahm all ihren Mut zusammen und sah ihm in die Augen.

»Ich verstehe. Deine Entschlossenheit ist bewundernswert.«

Arkin erhob sich und öffnete die Tür. Der Lichtstrahl, der von draußen hereinbrach, ließ Likah sich abwenden. Ihre Brust schnürte sich enger, als sie hinter Arkin hinauslief. Getuschel empfing sie, wieder die geballte Aufmerksamkeit auf sie gerichtet. Arkin führte sie auf die Mitte des Platzes, dann winkte er die Masken heran und zeigte mit dem Kinn auf Likah. Er sagte kein Wort.

Die weiß gewandeten Gestalten kamen auf sie zu, ihre Maskengesichter allesamt gleich und ausdruckslos. Sie tauchte in eine Kälte, die ihr den Schrecken nahm. Sie würde sterben. Aber das Beängstigende an dieser Tatsache drang nur durch einen kalten Schleier zu ihr. Als wäre es gar kein Teil ihrer Realität.

»Nein! Nein, nein! Likah!«, schrie Gem schrill und panisch, während er zu ihr stürzte. »Das könnt ihr nicht, bitte!« Die Masken stießen ihn zurück. Gem schlug auf dem Stein auf. Alia fiel neben ihrem Bruder auf die Knie, nahm ihn in die Arme und sah flehend zu Likah. »Lass uns nicht allein, bitte!« Ein Laut, halb Schreien, halb Weinen, gellte gen Himmel.

Likah drangen Tränen aus den Augen, so heiß, dass sie auf ihrem kalten Körper brannten. *Es tut mir so leid.*

Die Masken nahmen sie zwischen sich. Dieses Mal gab es keine hoffnungstragenden Worte. Likah wehrte sich nicht. Ihr fehlte der Wille dazu. Wen würde ihr Schicksal denn kümmern? Die Zwillinge, sicher. Aber davon einmal abgesehen gab es niemanden, der ihren Tod auch nur bemerken würde.

»Das reicht.«

Die Masken hielten inne. Likah drehte sich zu Arkin um, der sie schelmisch anfunkelte.

»Ihr könnt gehen«, wies er die Masken an, die keinerlei Erstaunen zeigten und Likah losließen. Ohne weitere Reaktion. Sie starrte Arkin an. Das Publikum tat es ihr gleich.

»Diese Frau hat großen Mut bewiesen«, sagte er mit lauter Stimme. »Sie war bereit, sich für die beiden Kinder zu opfern. Doch sie ist unschuldig. Ich nehme sie in meine Dienste und werde sie unterrichten. Ab heute ist Likah Laien offiziell meine Schülerin.«

Stille. Likah hörte gar nichts mehr. Ihr schwindelte, in ihrem Kopf brodelte alles, als sie Arkins Hände an ihren Armen spürte.

»Keine Sorge«, flüsterte ihr Arkin ins Ohr. »Für die Kleinen werde ich sorgen. Und du hattest unrecht, was sie angeht: Sie sind deine Familie, aber sie sind auch dein Strick.«

KAPITEL 3

EINE NEUE WELT

»Bei den sechs Meeren, Thora! Komm runter da!«

Thora hielt die Augen geschlossen und die Nase in den Wind gestreckt, der über die kurz rasierten Seiten seines Kopfes fegte. Die Meeresluft jagte über seine braune Haut, und er schmeckte das salzige Gedicht der See. Thora lehnte sich über den Mast und grinste hinunter zu Kapitän Ross. Salzklumpen klebten in dessen Schnurrbart, den er wie immer zwirbelte, wenn er verärgert war.

»Im Traum nicht!«, rief Thora hinunter. »Ihr seid alle so winzig da unten.«

»Ich sollt dich das Ungeziefer fangen lassen, um dir die Flausen auszutreiben«, knurrte der Kapitän.

»Ach, Käpt'n, lass den Ratten doch die Bananen. Die sind sowieso fast leer.« Thora schwang sich hoch und balancierte auf dem Geländer des Ausgucks.

»Weil du kleiner Bengel nachts die Kombüse plünderst! Deine Großmutter wird's dir vergelten, wenn wir zurückkommen. Dafür sorge ich. Jetzt runter da, sonst lass ich dich kielholen.«

Thora verdrehte die Augen, kletterte aber vom Mast hinunter und sprang aufs Deck, um dann direkt vor Kapitän Ross zu landen. Dieser seufzte.

»Du bringst dich noch um Kopf und Kragen, Bursche. Und die Crew gleich dazu. Wenn deine Großmutter nicht so eine herzensgute Frau wär, hätt ich dich daheim ans

Dock fesseln lassen, damit du mir nicht mit an Bord springst.«

»Ich könnte segeln, wenn du mich lassen würdest, Käpt'n.«

Kapitän Ross lachte. Sonnenfältchen umgaben seine Augen, und das Leder seiner Stiefel quietschte bei jedem Schwanken des Schiffes. »Du und segeln? Ich hatte vor, mein Schiff wieder heil nach Hause zu bringen.«

Thora verdrehte die Augen. »Ich hab da drüben Land gesichtet. Ist es dieses zerrüttete Land?«

Räuspern folgte. Thora drehte sich um und sah Damine, die Arme verschränkt, lehnte sie an der Schiffswand. Das kurz geschnittene dunkle Haar war unter die Matrosenmütze gestopft.

»Es heißt *Nakita* und ist nicht zerrüttet. Sie haben eine Königin, die über das ganze Land herrscht, aber es hat eben so was wie kleinere Gemeinschaften. Sieben Länder in einem, wenn du so willst. Ein Bund.«

Thora schnaubte. »Legen wir da jetzt an oder nicht?«

Damine streckte ihm die Zunge heraus. »Dich lassen wir an Bord, um die Vorräte zu zählen.«

»Nein!«

»Doch.«

Kapitän Ross klatschte beiden eine Hand gegen den Hinterkopf. »Schluss jetzt, mich wummert's schon im Schädel, wenn ihr zwei wieder zu zanken anfangt. Wir müssen an der Küste ankern, der nächste Hafen ist zu weit weg. Und die Sally hat ein Leck. Das muss geflickt werden.«

Thoras Herz schlug höher. Sie würden anlegen, endlich. Er würde die Füße auf einen Kontinent setzen, den er bisher nur aus Erzählungen kannte: Nakita. Ein Land, so erzählte man sich, das hundertmal so groß war wie die südlichen Inseln, von denen er stammte, und wo die Menschen und deren Kultur so seltsam und fremd waren, dass man sie als

Abenteurer einfach kennenlernen musste. Und was Thora am meisten interessierte, war das, was sie die *Erste Sprache* nannten: Das Wissen um eine Technik, mit der es gelang, die Natur dem eigenen Willen zu unterwerfen. Worte, die mächtig genug waren, den Wind zu zähmen, das Feuer tanzen zu lassen und den Atem des Wassers zu lenken. Es war unglaublich, und Thora wollte all das mit eigenen Augen sehen.

Er genoss die letzten salzigen Brisen und das Knabbern der Wellen am Schiffsbug. Thora warf sich seine von der Seefahrt ausgebleichte Leinenjacke über den nackten Oberkörper. Über die Nase des Schiffes blickte er auf unbekanntes Land, das nahe der Küste von Wald bedeckt war. Der Boden war grün und von knorrigen Bäumen übersät, zwischen denen sich die Dunkelheit sammelte. Hinter der grünen Linie erbaute sich graues und lehmfarbenes Gestein, Häuser, die sich über die Linie des Horizonts erstreckten.

»Da!«, rief er. »Ich sehe eine Stadt! Käpt'n, eine Stadt!«

»Ja doch«, grummelte der. »Assam, nach Steuerbord! Anker legen!«

»Klar«, erwiderte Assam am Steuer.

Thoras Bauch kribbelte vor Aufregung. Fest umschloss er den Brief seiner Großmutter, das Papier war schon rau von der Seeluft. Seine Knie pressten sich gegen die Bordwand der Sally, als das Schiff Anker legte. Der Ruck fuhr von dem Holz direkt in Thoras Beine.

»Lehn dich nur weiter so über die Reling«, spottete Damine hinter ihm. »Willst du ins Meer fallen?«

»Und wenn? Ich bin ein guter Schwimmer.«

»Als ob du dich das traust.«

Thora drehte sich grinsend zu ihr um. »Wart's ab.« Und dann sprang er.

Seine Füße tauchten zuerst in das blaue Maul. Dutzende raue Zungen leckten über seine Haut, er hielt die Augen geschlossen, als die Hitze schlagartig von seiner Haut gefegt wurde. Mit fließenden, kraftvollen Schwüngen schwamm er an die Oberfläche, prustete das Wasser fort und blinzelte der Sonne entgegen, vor der sich das Schiff erhob.

»Du bist verrückt!«, rief Damine halb entsetzt, halb lachend über die Reling. Ihre Augen funkelten wie das Licht, das auf dem Meer tanzte.

Triumphierend hob er das Kinn und schwamm den Rest bis zum Ufer. Seine Schuhe gruben sich in Kies, der statt Sand die Küste überzog. Seine ersten, noch vom Wellengang wackeligen Schritte auf fremdem Land! Die Jacke klebte auf seiner Haut, und jeder Windzug fröstelte ihn, doch die Freude beherrschte ihn so sehr, dass es ihm egal war. Lange stand er nur da und bewunderte den Anblick, während die anderen Mitglieder der Crew über die Holzplanke an Land staksten. Aus dem Augenwinkel sah er Damine auf sich zulaufen, doch Thora blickte weiterhin in die Ferne. Erst, als sie ihm auf die Schulter tippte, drehte er sich um. »Du solltest das nicht einfach so liegen lassen.« Sie wedelte mit dem Brief in der Luft. »Der Wind hätte es wegwehen können.«

»Klar. Gib schon her.« Er streckte seine Hand aus, aber Damine dachte nicht daran, ihm den Brief zu übergeben.

Sie zog das Papier aus dem Umschlag. »Liebster Thora«, trug sie vor, »wenn du das hier liest, bist du schon auf Abenteuerreise –«

»He!« Er schnappte ihr das Papier aus der Hand. »Das ist persönlich.«

»Was, schreibt sie über deine ersten Barthaare?«

»Geht dich nichts an.« Er wrang das Wasser aus seiner Jacke und rubbelte das Haar, das immer noch auf seine Nase triefte. Dann kehrte das Grinsen auf seine Züge zurück. Eine neue Welt wartete darauf, von ihm erkundet zu werden.

»Lassen wir's nicht zu 'nem langen Ausflug werden.« Kapitän Ross rückte seine Mütze zurecht. »Damine, Assam, Rajan – macht euch auf die Stiefel in die nächste Stadt, besorgt Flickzeug für die gute Sally. Und haltet euch an die Straßen. Das hier ist nicht die See. Damine, du kannst doch Schilder lesen.« Thora hatte sich schon zu Damine gesellt, als der Kapitän ihn zurückrief. »Und du, Bürschchen, du bleibst, wo du bist.«

»Aber …«, setzte er an, doch der Kapitän unterbrach ihn.

»Wir sind nicht zum Urlaub hier, Junge.«

»Ich will doch nur –«

»Nix da. Deine Frau Großmutter zieht mir die Haut ab und benutzt sie als Fußmatte, wenn du mir verloren gehst.«

»Ich bin wieder da, bevor die Sonne untergeht, so lange brauchen die anderen sowieso für den Weg, mindestens.«

»Nein.« Kapitän Ross schlug seinen strengsten Tonfall an. Da gab es kein Durchkommen. »Als dein Käpt'n, Bursche. Bleib beim Schiff.«

Frustriert trat Thora einen Kieselstein ins Wasser. »Schöne Abenteuerreise«, grummelte er.

Thora spürte den Blick des Kapitäns an seinem Rücken, während sich dieser langsam auf den Weg zurück aufs Schiff machte, als würde Ross jede Bewegung scharf beobachten – jeden Flachstein, den Thora über das Wasser schnippte, jedes Schilf, das er vom Ufer aufsammelte, und jeden sehnsüchtigen Blick in eine Ferne, die ihm unendlich schien.

Thora seufzte und kletterte zurück auf die Sally. Kapitän Ross stand, die Hände hinter dem Rücken verschränkt, am Bug des Schiffes und ließ den Blick über die See schweifen.

Es konnte doch nicht sein, dass er hier festsaß, während die anderen diesen fremden Kontinent erkunden durften. Und den Kapitän würde Thora niemals überzeugen können, ihn gehen zu lassen. Aber dann kam Thora eine Idee.

»Käpt'n!«, rief Thora ihm zu. »Das Leck!«

Blitzartig drehte Kapitän Ross sich um. »Was?«

»Das Leck bricht auf! Schau!« Thora winkte ihn heran und zeigte unter Deck. »Das Wasser steht schon. Ich besorge einen Eimer.«

»Bei Ebbe und Flut, das gibt's doch nicht!«, fluchte Ross und stieg hinab in die Bilge, wo das Leck vermeintlich gebrochen war.

»Zur Linken, Käpt'n!«, bekräftigte Thora. Er hatte nur wenige Sekunden, ehe der Kapitän die Farce durchschauen würde.

»Aber das Leck ist doch gar nicht … Na, wart's ab, wenn ich dich erwische!« Die Klapptür knallte zu und erstickte Kapitän Ross' Worte. »Das wirst du bereuen!«

Thora zog eine Gemüsekiste heran. Wütendes Klopfen ließ die Klappe im Rahmen wummern. Das Holz bog sich, bis er die Kiste daraufstellte.

»Bestimmt, Käpt'n«, rief Thora hinunter, »aber nicht jetzt. Wir sehen uns bei Sonnenuntergang. Ich werde was zu erzählen haben!«

»Mach die Luke auf! Wag es nicht, dich aus'm Staub zu machen, hörst du? Thora!«

Aber Thora war schon fort. Der Kapitän würde ein paar Stunden in der Bilge warten müssen.

Thoras Grinsen zog sich bis zu seinen Augenwinkeln. Sein Herz schlug so fest, dass er glaubte, abheben zu können, als er von Bord hüpfte. Nur wenige Schritte lief er auf Sand, dann lief er über Gras und tauchte in die Schatten des nahe gelegenen Waldes ein.

Thora streckte die Arme aus, weil er gern den ganzen Ort in diese Geste aufgenommen hätte. Der Duft der Bäume war schwer und rein wie das Lied einer heimgekehrten Soldatin, und Thora sog all dies in sich auf. Kleine Tiere huschten durch das Unterholz, ihre Krallen kratzten über raue Rinde, Blätter knackten. Der Boden gab unter seinen Schritten nach. Er beschleunigte. Rannte. Lachte.

Diese dunkle Kühle gab es nicht in seiner Heimat. Seine Füße streiften knorrige Wurzeln, Äste zwickten seine Arme, Luft rauschte durch seine Lunge. Thora sprang auf einen tiefen Ast und kletterte den Baum empor. Die Baumhaut bröselte unter seinen Fingern. Trotz seines Gewichtes, das die Äste knarzen ließ, hielten sie ihn. Er blickte in ein Meer aus grünen und weißen Inseln, der Wind fegte Pollen herüber. Da war sie, die Stadt, er brauchte sich bloß an die Richtung zu halten. Der Anblick gefiel ihm, aber wenn er sich nicht beeilte, würde er die anderen nie einholen, also kletterte er zurück auf den Waldboden, noch beschwingteren Schrittes als zuvor.

Während er so vorantrabte, stieß sein Fuß gegen etwas Hartes. Er sog die Luft harsch durch die Zähne ein und zog den Fuß zurück. Sein großer Zeh pochte vom Aufprall.

»Ebbe und Flut!«

Er war gegen eine metallene Falltür getreten, die sich kaum aus dem Laubboden erhob. Über dem schweren Eisenring lag ein Gitter, das durch ein zerkratztes Hängeschloss befestigt war. Der ansetzende Rost hatte Striemen auf dem Leder seiner Schuhe hinterlassen. Thora kniete sich hin und versuchte, hinter die Gitterstäbe zu spähen, doch die erdigen Wände verloren sich bald in Dunkelheit und reißfester Stille.

Hinter ihm raschelte Kleidung im Wind. Er erstarrte. War der Kapitän etwa schon aus der Bilge entkommen? Langsam erhob Thora sich und drehte sich um.

»Käpt'n, du hast es rausgescha–«

Wer da vor ihm stand, war nicht Kapitän Ross. Es war auch kein Mitglied seiner Crew. Vor ihm stand eine Gestalt – verschleiert wie die Toten, wenn Thoras Volk sie zu Grabe trug. Sie trug einen weißen Kapuzenumhang, eng anliegende Handschuhe und eine perlmuttfarbene Maske über dem Gesicht. Die Löcher für die Augen waren schwarz umrandet und brachen zwei tiefe Gräben in das ansonsten perfekte Weiß. Thoras Lippen standen offen. »Wer …?«

Die Gestalt erwiderte nichts, schien ihn nur anzustarren hinter der undurchdringlichen Maske.

»Ich bin fremd hier«, sagte er. »Aber wir sprechen doch dieselbe Sprache. Oder?«

Immer noch keine Antwort. Stattdessen mehr Rascheln. Thora fuhr herum. Zwei weitere Maskierte schlossen mit der Dritten einen Kreis um ihn. Er hob die Hände und wich zurück.

»Hab verstanden, schon klar. Ihr wollt nicht reden. Ich gehe.« Mit dem Fuß stieß er gegen einen Ast.

Die Maskengesichter näherten sich ihm, noch immer wortlos. Einer von ihnen zog ein handgroßes metallenes Gerät hervor, auf dem ein Bolzen, kaum größer als ein Zahnstocher, gespannt war.

Mit einem Satz war Thora über die Wurzel gesprungen und hechtete fort. Er rannte, so schnell er konnte, durch den fremden Wald. Grün und Rosa verschwammen an den Seiten seines Sichtfeldes, Äste peitschten in sein Gesicht, doch er kümmerte sich nicht darum. Auch ohne sich umdrehen zu müssen, wusste er, dass die Weißgesichter hinter ihm waren.

Er hörte das Zischen des Windes – dann stach etwas in seinen Hals. Reflexartig schoss seine Hand hinauf und zog das Geschoss heraus. Die Einstichstelle fühlte sich taub an, und nur entfernt spürte er ein sanftes Pochen. Sein Blinzeln fühlte sich auf einmal mühevoll an, Schwärze rahmte den Wald ein. Alles flimmerte, er lief noch zwei lange Schritte, dann kam der Erdboden rasant näher, und alles erstickte in Schwarz.

Die Dunkelheit wurde von Lichtblitzen zerschnitten. Weiße Hände. Kalt und hart tasteten sie über seinen Körper. Der Geruch von faulig morschem Holz schlich in Thoras Nase. Sein Herz regte sich angestrengt in der plötzlich so schweren Brust. Eine Hand bahnte sich den Weg in seine Tasche. Papier knisterte. Schwerfällig packte Thora den Brief, den das Weißgesicht aus seiner Tasche ziehen wollte.

»Nein …«, murmelte er.

Das Weißgesicht ließ nicht los. Thora schüttelte den Kopf und versuchte, den Umschlag schützend an seine Brust zu pressen. Es ratschte, als das Papier seinen Fingerspitzen entglitt. Sein Herz hing in der Luft, ebenso wie seine Hand, als hätte sie noch nicht realisiert, dass sie den Brief nicht länger hielt.

Thoras Arme wurden gepackt und hinter seinem Rücken gehalten, die Sehnen in seinen Schultern dehnten sich schmerzhaft. Er versuchte sich herauszuwinden, doch der Griff war eisern und der Schmerz in seinen Gelenken reißend. Er keuchte und sackte nach vorne.

Sein Kinn wurde nach oben gedrückt. Er blickte in das glatt geschliffene Weiß einer Maske. Seine Augen verkeilten sich in dem Anblick, und er spürte jeden Herzschlag in seinen Atemzügen.

Das Kalkgesicht hielt eine Apparatur in Händen, die wie eine mechanische Schreibfeder geformt war, doch an der Spitze lugte eine feine Klinge heraus. Thora sog die Luft ein. Alles war dunkel, aber die Spitze der Klinge glomm wie ein einsamer Stern. Fest griff das Weißgesicht sein Stirnhaar, seine Kopfhaut brannte.

Thora wollte zurückweichen, doch die Arme hielten seinen Körper an Ort und Stelle, und der Griff um sein Haar hielt seinen Kopf fixiert. Kaltes Metall atmete an seiner Stirn, auf seinen Armen zog sich die Haut zusammen, und Thoras

Magen bebte. Er hörte seinen Atem rasseln. Dann drang die Klinge in sein Fleisch.

Thora schrie. Ein verzerrter Laut, als wäre er in der Kehle gekrümmt worden. Sein Blut sprudelte heiß, es war, als bohrten sich Dornen in seine Stirn hinein. Seine Augen brannten, als das Blut hineinlief. Seine eigenen Schreie zerbrachen in seinen Ohren. Die Klinge ritzte unbarmherzig weiter und trieb den fauligen Geschmack von Blut in seinen zum Schrei geöffneten Mund. Die Griffe an seinen Armen und in seinem Haar lockerten sich. Der Schmerz schlug alles in ihm nieder, und es pochte so in seinem Kopf, dass er die Augen nicht zu öffnen wagte. Keuchend und spuckend rollte er sich ein, die Arme gegen seine Stirn gepresst. Magensäure brach in seine Mundhöhle, sodass er kaum bemerkte, wie das Gefährt, auf dem er kauerte, sich in Bewegung setzte. Er machte keine Anstalten zu fliehen. Der Schmerz war überwältigend. Er lag bloß da, stöhnte und atmete gepresst.

Als das Gefährt mit einem Ruck hielt, kippte Thora zur Seite. Binnen Sekunden wurde er an seiner blutgetränkten Jacke hochgerissen, stolperte, seine Knie knickten weg. Blind suchte er nach Halt. Eine Hand stieß in seinen Rücken und ließ ihn völlig das Gleichgewicht verlieren, sodass Thora der Länge nach hinschlug. Gesprochene Worte drangen durch seine gedämpfte Wahrnehmung.

»Der sieht mehr tot als lebendig aus«, sagte jemand.

»Ganz schön mitgenommen, oder?«

»Hört auf zu gaffen!« Eine hohe Stimme. »Frisches Wasser, schnell, und ein sauberes Tuch.«

Schmale Hände richteten Thoras Körper auf und lehnten ihn an eine harte Wand. Er stöhnte und wollte an seinen Kopf fassen, doch er wurde festgehalten.

»Nicht anfassen. Mach die Augen auf. Sieh mich an.« Kalte Finger streiften seine Wange und hinterließen eine kribbelnde Spur.

Thora blinzelte. Verschwommen nahm er ein Gesicht wahr, braune Augen auf blasser Haut, ein Mund, der Worte formte.

»Mein Name ist Irisa. Ich helfe dir. Wer bist du?«

»Thora«, brachte er hervor und hätte sich fast übergeben. »Wer … sind die …?«

Wasser plätscherte, als jemand einen Lappen auswrang.

»Die?« Eine andere Person schnaubte. »Das sind die Masken.« Irisa zischte, dann spürte Thora eisiges Nass auf seiner Stirn. Er zuckte zurück vor Schreck und Schmerz.

»Schon gut«, sagte sie und hielt die Hand auf seiner Schulter. »Ganz ruhig. Wir kriegen das hin.«

Thora blinzelte angestrengt und sah ihr ins Gesicht. Eine wulstige, kreisförmige Narbe zog sich über ihre Stirn, in deren Mitte ein verschlungenes Muster prangte.

»Was ist das hier für ein Ort?« Er würgte.

»Das?« Sie senkte das nasse Tuch. »Das hier ist … die Hölle.«

KAPITEL 4

SCHLOSS FALKENSCHWINGE

Likah erwachte aus ihrem unruhigen Dämmerschlaf. Es war noch dunkel, das Zimmer lag verschwommen und grau hinter dem Voile des Himmelbettes. Sie war allein. Was mit Alia und Gem geschehen war, wusste sie nicht. Wohin waren sie gebracht worden? Hatten sie wie sie in einem warmen Bett geschlafen?

Schuldgefühle überkamen Likah. Sie war so erschöpft in die weiche Matratze gesunken, dass ihr nicht einmal der Gedanke gekommen war, ob die Zwillinge ebenfalls sicher schliefen. Sie betete, dass es ihnen gut ging. Immerhin hatte Arkin es ihr versprochen.

Seine Worte hallten ihr durch den Kopf: *Ab heute ist Likah Laien offiziell meine Schülerin.*

Sie konnte es kaum fassen, wirklich als seine Schülerin hier zu sein. Die wunde Haut spannte sich über ihre Handgelenke, eine Erinnerung an die Fesseln. So knapp war sie der Hinrichtung entkommen.

Likah atmete langsam aus und richtete sich auf, dann schlug sie den halbdurchsichtigen Vorhang des Himmelbettes zurück und stellte ihre Füße auf den dicken weichen Teppich ab. All dies fühlte sich unwirklich an, abgedämpft und wie ein Traum. Der äscherne Atem der Morgendämmerung erhellte das Gemach gerade genug, um die runden Wände zu erkennen. Likah tastete nach dem Drehrädchen am Bettgestell, um das Licht anzuschalten. Ihre Finger glitten über das glatte Holz, natürlich ohne sich einen Splitter einzufangen, denn der Herrscher Kathasias besaß nur lackierte Möbel. Als Likah am Rädchen drehte, setzt die goldlegierte Lampe am Kopfende des Bettes einen warmen Schein frei, langsam, sodass ihre Augen Zeit hatten, sich daran zu gewöhnen.

Von einem Diener wusste sie, dass sich nebenan ein eigenes Bad befand. Sie ging hinüber zu der schmalen Holztür und betätigte die mattgoldene Türklinke. Das Licht folgte ihr zögerlich in den dahinterliegenden Raum. Kalt saugten die Fliesen an ihren Fußsohlen, sodass sie auf Zehenspitzen weiterlief und über den marmornen Boden tippelte. In der Ecke des halbrunden Badezimmers stand auf Klauenfüßen eine Badewanne, umrahmt von Dutzenden Tiegelchen, Kämmen, Spangen, Cremes und anderem Schnickschnack. Likah kippte ein paar Tropfen aus einem Fläschchen in die Wanne, nahm eines der Handtücher vom Stapel und ließ es neben sich auf den Boden fallen.

Der Wasserfluss und sogar die Temperatur ließen sich ebenfalls per Rädchen einstellen. Der Luxus von warmem, fließendem Wasser war für Likah lange Vergangenheit. Es fühlte sich an, als wäre sie gerade nach einem aufregenden Tag nach Hause gekommen und von ihren Eltern dafür ausgeschimpft worden, so lange draußen gewesen zu sein. Sie erinnerte sich daran, dass sie ins Bad geschickt worden war, um den Dreck aus ihrem Gesicht zu waschen, während ihr Vater die Pflanzen begutachtete, die sie gesammelt hatte. Likah war sich nie sicher gewesen, ob er nicht insgeheim stolz auf sie gewesen war.

Likah kniete neben der Wanne, Unterarme und Kopf auf den Rand gelegt, während sie dem Plätschern lauschte und der leicht herbe Geruch von Eukalyptus sie streifte. Sie legte die Kleidung ab und stieg in das Wasser. Es prickelte auf ihren Armen und Schenkeln, und das warme Wasser hauchte ein wohliges Schaudern über ihren Rücken. Sie schöpfte Wasser und wusch ihr Gesicht, das Gefühl der warmen Tropfen auf ihrer Haut war ihr in Vergessenheit geraten. Ihre Schultern lockerten sich wie gefrorene Erde, die im Frühling allmählich erweichte, sie sank bis zum Kinn in den warmen Schoß und schloss die Augen. Likah wusch alles von sich, die Erschöpfung, den Staub des Gerichtssaales, die Erdkrumen aus ihrem Haar. Doch die Entspannung hielt nicht lange an. Wieder beschlichen sie Schuldgefühle. Wie konnte sie hier in aller Ruhe baden, wenn sie gar nicht wusste, wie es um Alia und Gem stand?

Likah kletterte aus der Wanne und rieb sich mit dem Handtuch trocken, bis die Haut taub war, dann schlang sie es um ihren Körper. So kehrte sie ins Schlafzimmer zurück. Fahles Morgenlicht blinzelte durch das Fenster und ließ das Braun des Schreibtisches erblassen. Die Kälte kitzelte auf ihrer nackten Haut.

Eine zweite, von Flügelornamenten geschmückte Tür führte in das Ankleidezimmer. Likah fand sich in einem Raum voll von hängendem Stoff wieder. Kleider mit einem Rock ihrer dreifachen Breite, Stangen voller Handschuhe, Hutständer, Reihen von Stiefeln und Lackschuhen, weite und enge Hosen, Blusen.

Likah drehte sich zweimal im Kreis, ehe ihr Blick an einer beigefarbenen Hose hängen blieb, die sie an ihre eigene erinnerte. Darüber zog sie eine weiße Bluse mit nachtblauer Weste. Nachdem sie die Knöpfe geschlossen hatte, schlüpfte sie in ein Paar Schnürstiefel. So fühlte sie sich fast wie immer, wenn schon sonst alles anders war.

Likah schnappte sich einen Kamm von der Kommode, um ihre schwarzen Haare zu entwirren. Sie flocht einen einfachen Zopf und seufzte. Gems Hände waren geschickter gewesen. Sanfter. Zurück im Zimmer steckte sie sich die silberne Spange ins Haar. Obwohl Likah nicht gewollt hatte, dass Gem sie zurückholte, war sie froh darum, das Geschenk ihrer Mutter nicht verloren zu haben.

Doch jetzt war keine Zeit, sich in Erinnerungen zu verlieren. Arkin hatte ihr keine Antworten gegeben, weder darüber, was es bedeutete, eine Schülerin zu sein, noch darüber, wo die Zwillinge waren. Er würde ihr eine ganze Menge Fragen beantworten müssen. Schwungvoll drehte sie sich um, öffnete die Türen ihres Gemaches und trat hinaus in die Flure von Schloss Falkenschwinge.

Der Geruch von Räucherflammen und gerösteten Haselnüssen im Winter schlug ihr entgegen. In den Fluren wuselten die Bediensteten. Sie eilten mit Körben voller Wäsche durch die Gänge, wischten die Kerzenhalter ab oder hielten die Teppiche aus dem Fenster und klopften sie aus. Wenn sie Likah erblickten, warfen sie ihr ein flüchtiges Lächeln zu, um dann wieder ihrer Arbeit nachzugehen.

Likah lief durch die Gänge, die fast gänzlich aus Glas bestanden. Das blasse Licht durchflutete sie und spiegelte sich auf den gemusterten Holzkacheln. Eine Krähe flatterte hinter den halb geöffneten Fenstern vorbei, und Likah gestattete sich einen längeren Blick hinaus: Wolken rankten sich um die Tempelturmspitze in der Ferne im Zentrum der Stadt, ein lauer Luftzug legte einen kalten Schleier auf ihre feuchten Haare.

Teppichrascheln erregte Likahs Aufmerksamkeit. Eine junge Frau, nicht viel älter als Likah, stampfte durch den Flur. In ihren Armen stapelten sich Stoffrollen, die bedrohlich auf ihren Unterarmen schwankten. Sie pustete sich eine Strähne aus dem Gesicht, die ihr jedoch sofort wieder vor die Augen fiel, und stolperte just in diesem Moment über eine Falte im Teppich. Die Stoffe entglitten ihr und rollten in alle Richtungen.

»Oh, verdammte Vogelkacke!« Sie kniete sich hin und begann, den Stoff wieder aufzuwickeln.

Likah hockte sich neben sie und griff nach einer grünen, mit Goldfäden durchzogenen Stoffrolle. Überrascht sah die Frau auf und hielt kurz inne, ehe sie sich die lose gewordene Schürze wieder fest um den rundlichen Körper schnürte.

»Wohin musst du damit?«, fragte Likah.

Die junge Frau lächelte verschmitzt. »In die Hofschneiderei. Du bist doch die neue Schülerin, oder? Hast du da nicht Wichtigeres zu tun?«

Sie zuckte mit den Schultern. »Ich helfe dir bloß tragen.«

»Es ist gleich den Gang runter. Ich bin übrigens Caia. Und danke.«

»Gern geschehen. Ich heiße Likah.«

Während sie zur Schneiderei liefen, schwiegen die beiden. Aber Likah fühlte eine zögerliche Wärme in ihrer Brust. Caias Lächeln und ihre unbeschwerte Art hatten etwas Alltägliches, und Likah wurde schmerzlich bewusst, wie lange sie diese Art von Kontakt nicht mehr gehabt hatte. Es war wie ein kurzer Moment der Normalität in ihrem Leben, der ihr zeigte, dass Ruhe einkehren würde, nach all den Jahren der Flucht. Sie lächelte in sich hinein und wollte sich dieses kurze Gefühl unbedingt bewahren.

Caia blieb vor einer Tür mit rotem Samtbezug stehen. Sie räusperte sich. »Jarson? Ich hab das Material.«

Die Tür tat sich auf, und dahinter kam ein Mann mit perfekt gestutztem Bart zum Vorschein. Sein Haar war zurückgekämmt, und sein schlaksiger Körper steckte in einem Jackett, aus dem jede Falte gebügelt war. Es gab nichts an diesem Mann, das nicht penibel geordnet war.

»Du hast ja lange gebraucht.« Sein Blick wanderte von Caia zu Likah, und er runzelte die Stirn, während er Likah noch einmal musterte. »Und … du bist Likah, richtig?«

Likah hielt ihm die Rollen entgegen. »Richtig. Wo gehören die hin?«

Jarson trat beiseite und ließ die beiden hinein. Das Schneiderzimmer war voller Scheren und Kissen, die mit den Nadeln darin wie Igel aussahen. Abgesteckter Stoff war an Puppen fixiert, der dumpfe Geruch von Klebstoff verhing das Zimmer. Er deutete auf einen Tisch, auf den Likah die Stoffrollen ablegte. »Wenn du dich für Schneiderei interessierst, hätte ich dich auch als Lehrling genommen. Caia hätte sich bestimmt über ein bisschen Gesellschaft gefreut.«

Die Vorstellung, eine Anstellung als Schneiderin zu haben, gefiel Likah sogar, obwohl sie bezweifelte, dass sie die nötige Geduld dafür mitbrachte. »Ich habe ihr nur unter die Arme gegriffen. Mir liegt wohl eher das Gärtnern.«

»Du kannst trotzdem gleich hierbleiben. Ich muss noch deine Maße nehmen. Als die Meldung kam, dass Arkin wieder eine Schülerin hat, habe ich einfach eine komplette Garderobenausstattung in dein Zimmer bringen lassen. Allerdings …« Er musterte sie. »Ich hätte einen anderen Geschmack erwartet, aber sei's drum. Indigo betont deine blasse Haut.« Jarson zog ein Maßband aus seinem Jackett. »Caia, bring das ins Lager, ja?«

Caia nickte und belud sich mit Ware. Ehe sie verschwand, zwinkerte sie Likah zu. Unsicher lächelte sie zurück.

»Bitte einmal auf den Schemel steigen«, wies Jarson Likah an, als er das Band um ihre Taille legte.

Sie tat wie geheißen.

»Meistens habe ich als Erster die Gelegenheit, mit Neuankömmlingen zu sprechen«, sagte Jarson. »Vielleicht mit ein wenig dunkler Spitze … Mir schwebt da schon etwas vor. Mal sehen, was Arkin dazu sagt …« Er drehte den Kopf, während er das Maßband anlegte, und erinnerte Likah an einen Künstler, der per Daumenmaß eine Größe abschätzte. »Du kommst aus Lishol?«, fragte er, noch immer auf seine Arbeit konzentriert.

Likah sah überrascht auf. »Woher wissen Sie das?«

»Du hast was von der Arroganz der Leute da unten.«

Sie blinzelte. »Bitte?«

»Nur ein Scherz.« Er deutete grinsend auf ihr Handgelenk. »Dein Armband. So was trägt man eigentlich nur dort.«

Unwillkürlich griff sie an die Metallglieder mit den winzigen Smaragden. »Es war ein Geschenk.«

»Von einem Geliebten?«

»Meinem Vater.« Sie hob das Kinn, halb aus Stolz, halb aus Trotz.

»Wohlhabend, was?«

Likah zuckte mit den Schultern. Sie legte die Hände ineinander und schwieg. Sie hatte keine große Lust, über ihre Familie zu sprechen. Und erst recht nicht über deren finanziellen Besitz. Und doch konnte sie nicht umhin, darüber nachzudenken, wo sie heute sein könnte, wenn ihre Eltern sie nicht weggeschickt hätten. Aber dann hätte sie auch die Zwillinge nie getroffen. Und wo wären Alia und Gem heute ohne Likah? Der Gedanke vertrieb das Bedauern ein wenig.

Jarson blieb nicht lange stumm. »Du bist bestimmt nervös, oder? Wie ich Arkin kenne, hat er dich ziemlich im Dunkeln gelassen.«

»Gestern hat er mich zu seiner Schülerin erklärt, seitdem hab ich ihn nicht mehr gesehen. Und nichts gehört. Gar nichts. Ich habe keine Ahnung, was los ist.« Oder wo die Zwillinge waren.

»Sieht ihm ähnlich.«

Likah zuckte zusammen, als sie eine Schere schnippen hörte.

»Lass dich davon nicht aus der Ruhe bringen. Er ist eben ein wenig sprunghaft. Aber ein guter Mann. Lässt mich arbeiten, wann ich will, und sowieso liegt ihm viel an den Menschen hier.«

Likah verbiss sich einen Kommentar. Dass einem Fürsten viel an seinem Volk lag, war ja wohl selbstverständlich, immerhin war es Arkins Aufgabe, für die Menschen aus Kathasia zu sorgen. Das als große Leistung anzusehen, machte Likah fast wütend. Aber sie nickte nur.

»Warum so skeptisch?« Jarson legte die Schere weg. »Nun. Du wirst ihn schon noch kennenlernen. Wir sind hier vorerst fertig.«

Likah zupfte einen Faden von ihrer Bluse. »Danke für die Zeit.«

»Keine Ursache«, erwiderte Jarson. »Und komm ruhig mal wieder vorbei. Caia würde sich bestimmt freuen.«

Likah nickte ihm zum Abschied zu, hüpfte vom Schemel und verließ die Schneiderei. Sie wollte Arkin so schnell wie möglich finden, damit er ihr sagen konnte, wo er Alia und Gem hingebracht hatte. Viel länger würde sie die Ungewissheit nicht aushalten.

Also eilte sie durch die Flure und fragte die Bediensteten nach Arkin. Aber alle, die sie fragte, schienen ihn anderswo gesehen zu haben: im Westflügel, auf dem Weg in den Keller, oben im Südturm, am östlichen Dienstboteneingang. Arkin war an keinem dieser Orte zu finden, und bald hatte Likah völlig die Orientierung verloren. Likah wusste nicht mehr, wo sie nach ihm suchen sollte. Ein wenig ärgerlich fragte sie sich, ob der feine Herr sich auch so rar machte, wenn sein Personal etwas Wichtiges mit ihm zu besprechen hatte.

Gerade lief sie durch einen Gang, der statt Wänden verschnörkelte Holzsäulen hatte, hinter denen sie den Garten von Schloss Falkenschwinge sehen konnte. Likah fühlte sich von den Efeuranken und Kräuterbeeten angezogen. Im Gegensatz zu all den teuren Vorhängen und lackierten Türrahmen waren Pflanzen etwas, das sie verstand und schon immer verstanden hatte. Anders als Höflichkeitsformen hatte sie den Umgang mit Pflanzen nie verlernt. Als sie hinaustrat, spürte sie die Brise im noch feuchten Haar.

Der würzige Duft von Koriander schlängelte sich durch den Garten, das Knarren von Baumstämmen, die Likah auch zusammen mit Gem und Alia nicht hätte umschließen können, klang in ihren Ohren wider. Sie kniete sich neben eines der Beete und streckte die Hand nach den Blumen aus. Es waren Mandelorchideen. Ihr Vater hatte sie immer züchten wollen, aber in dem warmen Klima in Lishol waren sie ihm jedes Mal eingegangen. In diesem Moment legte sich die Unruhe in Likah, die sie immer begleitete. Ein Stück Vertrautheit kehrte zu ihr zurück, als sie den Garten betrachtete.

»Likah?«

Sie schreckte hoch und drehte sich um. Das Gefühl von Sicherheit verschwand so schnell, wie es gekommen war. Hinter ihr stand ein brünetter Junge, vielleicht zwölf Jahre alt, und schlug den Blick nieder. Er knetete seine Hände.

»Also, ich soll Ihnen sagen, ähm … ich soll Sie in den Essenssaal bringen. Zum Frühstück.«

»Du weißt nicht zufällig, wo Arkin ist, oder?«, fragte sie entmutigt.

»Vielleicht in seinem Büro in der Bibliothek? Aber Sie sollten wirklich erst etwas essen.«

»Wie wäre es, wenn wir uns was zu essen abholen, und dann bringst du mich zur Bibliothek?«, schlug sie vor.

Der Junge nickte, und nachdem sie sich jeder ein mit Marmelade gefülltes Brötchen geholt hatten, begleitete er sie in die Bibliothek im vierten Stock, ehe er sie verabschiedete. Das Rascheln umgeschlagener Seiten flüsterte vielfach hinter Reihen von Bücherregalen, die wie ungebrochene Kämpfende stramm unter der gewölbten Zimmerdecke standen. Likah blickte nach oben und erstarrte vor Ehrfurcht. Die Decke befand sich meterweise über ihr, zusammen mit einer Sonne, Planeten und dem Mond, die sich aus dem Holz schälten. Das gesamte Sonnensystem war dort oben hineingeschnitzt, und die Erde drehte sich mit einem metallischen Schaben gemächlich um sich selbst und die gigantische Lichtkugel. Die Metallschienen unter dem Holz waren so fein, dass Likah sie nicht gesehen hätte, reflektierten sie nicht das Tageslicht, das die Bibliothek durchströmte. Die Sterne flackerten weiß-bläulich und gelb, und die Sonne sog das Tageslicht auf und strahlte es wieder ab.

»Beeindruckend, nicht wahr?«

Likah drehte den Kopf. Ein Mann stand vor ihr, die Daumen unter die ledernen Hosenträger geklemmt, lächelte er sie an. Seine knollige Nase bebte, und in seinem Atem kroch eine unbestimmt süße Note.

»Nach den neuesten Erkenntnissen der Astronomie, eine faszinierende Wissenschaft übrigens. Arkin hat es erst vor Kurzem anfertigen lassen, natürlich mit der neuesten Lichtspeichertechnologie aus Lishol, teuer war das, oh ja.« Er räusperte sich, richtete seine Schultern gerade und streckte ihr die Hand entgegen. »Verzeih mir die schlechten Manieren. Mein Name ist Menz. Bibliothekar.«

Likah schüttelte seine Hand. »Likah Laien. Ich bin …« Sie zögerte.

»Arkins Schülerin, ich weiß Bescheid. Alle wissen Bescheid. Beim Ersten, du siehst aus wie Carsanie von Hymgard. Ah, das ist eine literarische Figur aus dem Werk von –«

»Fahja Kaam. Ich weiß.« Likah erinnerte sich an die Geschichte der mutigen Kriegerin Carsanie und konnte nicht umhin, sich ein wenig geschmeichelt zu fühlen. »Danke.«

»Belesen! Das habe ich nicht oft, wenn Neuzuwachs ins Schloss kommt.« Menz strahlte. Dabei blitzte etwas Grünes hinter seinen Zähnen auf, was den süßlichen Geruch erklärte – Menz kaute einen Bonbon.

Likah räusperte sich. »Ich suche den Hausherrn.«

»Ah! Ich glaube, Arkin ist in seinem Büro gleich da drüben.« Er deutete auf eine schmale Tür, die zwischen zwei Bücherregalen in die Wand gequetscht stand. »Weiß das Erste Wesen, was er da drinnen tut, nur stören sollte man ihn wohl besser nicht.«

»Warum nicht?«

»Weil … Ich habe einmal an seine Tür geklopft, als er da drinnen war, und …« Der Bibliothekar schüttelte sich. »Jedenfalls wartest du besser, bis er rauskommt. Gut!« Er klatschte in die Hände. »Wenn du Bücher nimmst, lass sie bitte einfach liegen, du bringst mir sonst nur die Ordnung durcheinander. Und wenn du etwas mitnehmen möchtest, sag es mir. Oh, und keine Eselsohren!«

Likah blinzelte. »Du hast also einmal geklopft. Und …?«

»Tja, ich wollte die Biologiebücher nach Erscheinungsdatum sortieren, viel Spaß!«

Irritiert sah sie ihm nach, während er hastig zwischen den Regalreihen verschwand. Bald hörte sie nur noch das Schaben von Buchdeckeln auf Holz. Was mochte es wohl sein, dass er ihr nicht sagen wollte? War Arkin ein solches Ungetüm, wenn man ihn bei seiner Arbeit störte? Als Fürst Kathasias wäre er dazu sicher in der Lage, aber was trieb er in seinem Büro so Wichtiges?

Die Verlockung drängte sie nur kurz, aber dann entschied sie sich doch dafür, Menz' Rat zu folgen und Arkin nicht zu stören. Sie ließ die Fingerspitzen über raue Buchrücken gleiten. *Flora und Fauna Quinns, Das königliche Haus Rochan, Gebräuche und Sitten der sieben Göttlichen, Chroniken des Septimats.* Die Schwere von Büchern in ihrer Hand, der Duft des Papiers, das Rascheln, wenn sie die Seiten umschlug – all das kam zu ihr wie eine lang vergessene Erinnerung.

Es erinnerte sie daran, wie ihre Mutter ihr vorgelesen hatte, als sie noch ein kleines Mädchen gewesen war, und wie ihr Vater einen Stapel Botanikbücher ins Zimmer gebracht hatte, die sie alle hatte studieren müssen, ehe er versprach, sie auf eine seiner Expeditionsreisen mitzunehmen. Sie erinnerte sich, wie sie vor Frustration das Tintenfass über ihrem Mathematikaufsatz ausgekippt hatte, das helle Lachen ihrer Mutter, als sie Likahs mechanischen Spielzeugkranich vor der Sauerei rettete. Und mit welcher Geduld sie Likah die komplizierten Formeln erklärt hatte, während ihr Vater die Tintenflecken aus dem Holz zu schrubben versuchte.

Was ihre Eltern heute wohl taten? Wie hatten sie ihr Leben gestaltet, nachdem ihre Tochter sich als Kind allein auf der Straße hatte durchschlagen müssen? Vielleicht hatte ihre Mutter inzwischen endlich das verbogene Ofenrohr wieder gerichtet und ihr Vater die Brüche in der Vorgartenmauer repariert. Der Geruch des Mooses, das sie immer aus den Fugen gezupft hatte, kam ihr in den Sinn. Im Grunde wollte sie nie, dass er die Mauer reparierte. Sie hatte immer Spinnen in die Ritzen einquartiert und sich vorgestellt, dass sie ihr gehorchten wie Seishun, der Fürstin Ganoires.

Sie zog die Hand zurück. Die Erinnerungen zeichneten sich in ihrem Gedächtnis ab, aber sie verschmierten wie alte

Kohlezeichnungen. Likah erinnerte sich kaum mehr an das Gesicht ihrer Mutter und nur noch vage an das Lachen ihres Vaters. Es war viel Zeit vergangen. Zu viel, um sich zu erinnern. Aber nicht genug, um die Vorwürfe zu vergessen, die sie ihren Eltern noch immer machte.

Aus Arkins Arbeitszimmer erklang ein dumpfer Knall. Likah schrak hoch und wartete. Stille folgte. Nur die schleifenden Metallschienen des hölzernen Sonnensystems über ihrem Kopf waren zu hören. Mit leicht geweiteten Augen schlich sie zur verschlossenen Tür. Sie horchte – nichts.

Likah hockte sich hin und drängte sich näher an die Tür, die Stirn gegen die kalte Klinke gepresst. Eine Gestalt in weiß-grauer Robe beugte sich über einen Ebenholztisch und erhob sich dann. Eine Schranktür quietschte, doch der Rücken verbarg, was darin lag. Nur der Blick auf das Buch war freigegeben, das schräg auf dem Lesetisch stand. Likah kniff die Augen zusammen, als könne sie ihren Blick damit schärfen, doch sie erkannte nichts.

Die Tür schnappte auf.

Schmerz durchschlug Likahs Stirn, als die Klinke dagegenprallte. Sie fiel auf den Hintern, presste die Hände gegen den Kopf und stieß einen gepressten Laut hervor. Ihr Kopf fühlte sich an wie von einem Rammbock getroffen.

»Oh.« Das Geräusch klingelte in ihrem Kopf. »Likah. Ich hatte ja keine Ahnung, dass du da stehst.«

Sie holte Atem und sah auf. Vor ihr stand Arkin und bedachte sie mit seinem dunklen, leicht amüsierten Blick.

Sie räusperte sich, die Augen vor Schmerz immer noch verengt. »Ich … ich wollte nur wissen, ob Sie da drinnen sind …«

»Das war ich, wie du sicher bemerkt hast.« Er hielt ihr die Hand hin. Likah ergriff sie zögernd und ließ sich von ihm auf die Beine helfen.

Er pustete auf ihre Stirn, und sie zuckte zurück. »Halb so schlimm. Ich bin mir sicher, du verkraftest das.« Schalk glomm in den Tiefen seiner dunklen Augen. »Ich schätze aber, das wird eine Beule.«

»Sie haben gut getroffen.«

Er winkte ab. »Wer hätte denn ahnen können, dass du lauschen würdest?«

»Ich wollte nicht …«, stotterte sie.

»Auch wenn du als meine Schülerin nicht zum gemeinen Volk gehörst – lass es, mir hinterherzuspionieren.«

Likah fühlte sich ertappt. »Ja, Meister –«

»Komm bloß nicht auf die Idee, mich Meister zu nennen«, schnitt er ihr das Wort ab. »Nenn mich ganz einfach Arkin. Ohne diese schrecklich höfliche Anredeform.«

Sie nickte, dann holte sie tief Luft, um endlich ihre Frage loszuwerden. »Ich wollte eigentlich nach Alia und Gem fragen – die Zwillinge. Wo sind sie?«

»Das kann warten. Ich will dir etwas zeigen. Komm.«

»Nein, Moment«, setzte sie an, aber Arkin war schon an ihr vorbeigerauscht und reagierte nicht mehr auf ihren Einwand. Zähneknirschend lief sie ihm nach.

Der Weg auf das Dach von Schloss Falkenschwinge war eine Tortur. Ohne eine Pause machen zu können, folgte sie Arkin Hunderte von Treppenstufen hinauf, bis das Blut durch ihren Körper pulsierte.

Arkin führte Likah auf das runde Dach von Schloss Falkenschwinge. Der Wind war eisig auf ihrer verschwitzten Haut, doch wie heilende Salbe auf ihrer Stirn. Nachdem Likah wieder zu Atem gekommen war, trat sie an das Geländer und sah hinunter.

Die Häuser wirkten wie kleine Bauklötze mit farbigen Dächern, und an fast jedem von ihnen flatterte eine Flagge. Der

Wind sprach mit lauter Stimme nahe am Himmel, der nur wenige Schritte über ihr entfernt zu sein schien. Sie hatte das Gefühl, wenn sie sich nur weit genug streckte, dass die Wolken wie Wattebäusche an ihrer Hand hängen bleiben würden.

In der Mitte der Stadt thronte, auf einem Plateau erhöht, Kathasias heilige Stätte. Ein offenes Gebäude, an deren Balken Stoffe befestigt waren, die dem Wind – Kathasias Element – Gelegenheit boten, sich zu präsentieren. Wie bunte Schlangen tanzten die Fähnchen im Wind. Likah hatte gehört, dass die Zusammenkünfte der Menschen in Kathasias Kirche ein Fest waren, bei dem getanzt und gesungen wurde, um der Göttlichen nahe zu sein.

Arkin starrte gedankenverloren in die Luft, mit einem verzückten Gesichtsausdruck, von dem Likah nicht geglaubt hätte, dass er dazu imstande war. Sie biss sich auf die Lippe, brachte aber kein weiteres Wort heraus. Ihr Herz klopfte bei dem Gedanken daran, wer dieser Mann war: der Herrscher dieses Landes. Und doch stand er neben ihr und genoss, wie der Wind mit ihm spielte. Ganz so, als hätte seine Stellung in diesem Moment an Bedeutung verloren. Als ob in diesem Moment nur dieses eine göttliche Element zählte.

»Ich könnte mir keinen besseren Ort vorstellen, um Kathasia nahe zu sein.« Arkins Blick verlor sich in der Ferne. »Das hier ist der höchste Punkt im ganzen Land.«

»Deshalb haben Sie mich hierhergebracht?«

Arkin lächelte. »Es gibt vieles, was du lernen musst, und es wird dich ohne Zweifel überfordern. Also dachte ich, wir fangen mit dem Schwierigsten an.«

Likah holte tief Luft. »Also wollen Sie das wirklich. Sie wollen mich als Ihre Schülerin ausbilden.«

»Als Nachfolgerin meiner Regentschaft, ja.«

Er sagte das, als wäre es nichts. Aber Likah lagen die Worte schwer im Magen. Sie hatte nichts für das Land geleistet, kam von der Straße. Sie hatte das Gesetz gebrochen, und doch stand sie hier und sollte sich zur Herrscherin ausbilden lassen.

»Warum?« Es war eine einfache Frage, aber Likah brachte sie kaum über die Lippen.

»Wieso ist dir das so wichtig?«, fragte Arkin und löste sich aus der verträumten Starre, um sie aufmerksam zu mustern.

»Ich weiß nicht, ob ich das kann«, antwortete sie. »Ich bin keine Fürstin.«

»Noch nicht«, sagte er, »aber das wirst du sein. Ich brauche jemanden, der entschlossen genug ist, mein Erbe weiterzuführen. Die Ausbildung ist nicht leicht, aber wenn du dich darauf einlässt, bringe ich dir alles bei, was du wissen musst.«

»Du sagst das, als wäre es einfach.«

Seine Hand schloss sich sanft um ihre Schulter. Die Wärme tauchte in Likahs Haut. Langsam sah sie auf in sein Gesicht. »Das ist es nicht. Nicht alle schaffen es.«

Likah war, als steckte mehr hinter seinen Worten. Da war eine Dunkelheit in seinem Tonfall, die seine Worte schwer machte. Doch Likah traute sich nicht zu fragen, woher sie kam.

»Aber das wollen wir bei dir nicht hoffen!« Er klatschte in die Hände. »Zurück zu dem, weswegen wir hier sind.«

Likah blinzelte, irritiert von seinem plötzlichen Stimmungswechsel.

»Was weißt du über die Erste Sprache?«, fragte er und verschränkte die Arme.

Sie zuckte mit den Schultern. »Nicht viel.« Ihr Herz schlug höher. »Es ist ja nicht so, dass darüber Bücher in den Bibliotheken stünden.«

Er zwinkerte. »Nicht in öffentlichen Bibliotheken. *Webe.*«

Windgarn zog an Likah vorbei, etliche feine Böen zu einem Strang zusammengeflochten, den sie mehr auf der Haut spüren denn sehen konnte. Dann schwebte Arkin empor. Knapp eine Armlänge über dem Boden saß er im Schneidersitz und grinste Likah an. Die starrte ihn mit weit offenen Augen an.

»Das ist Zauberei«, flüsterte sie.

Arkin neigte das Haupt. »Das Septimat zieht den Begriff der Ersten Sprache vor. Wie du sehen kannst, manipuliert sie die Gesetze der Natur – deshalb glauben manche, sie sei selbst eine Art Naturgesetz, das über allen anderen steht.«

Likah hielt vor Ehrfurcht den Atem an. »Werde ich das auch lernen?«

»Natürlich. Wie würdest du sonst eines Tages meinen Platz einnehmen wollen? Die Erste Sprache ist ein Geschenk, das sieben Menschen vor zweihundertsiebzehn Jahren von den Göttlichen empfangen haben. Sie wurden das erste Septimat und gründeten zusammen mit Königin Nalhari die sieben Länder Nakitas, benannt nach den Göttlichen, die ihnen ihre Kräfte verliehen hatten. Zumindest geht so die Geschichte.«

Likah nickte. Natürlich war die Erste Sprache der gemeinen Bevölkerung nicht zugänglich, und da die Herrschaft niemals an einen Blutsverwandten vererbt werden durfte – ausgenommen die königliche Linie natürlich –, musste die Erste Sprache eine Gabe sein, die jeder erlernen konnte. Zumindest erschien Likah das logisch. Kein Wunder also, dass das Septimat paranoid darauf geachtet hatte, dass die Geheimnisse um ihre Macht bei ihnen blieben.

Arkin schwebte wieder zu Boden und zupfte seine weiße Robe zurecht. »Natürlich sind es nicht die Worte selbst, die du lernen musst. Die Erste Sprache spricht man nicht nur mit Worten. Aber das wirst du früh genug begreifen. Steig mal auf das Geländer da.«

»Was?« Likah linste hinunter. Es war ein ziemlich weiter Weg nach unten in den Vorgarten.

»Du hast schon verstanden. Du möchtest Kathasias Element kontrollieren? Dann musst du auch den Mut aufbringen, dich in ihre Hände zu begeben.«

Vor Aufregung ratterte ihr Herz in der Brust. »Und wenn ich falle?«

Arkin schmunzelte. »Höre ich da Feigheit?«

»Gesunden Menschenverstand!«

»Du fällst nicht.«

»Und wenn doch?«

»Kathasia ist der Wind. Sie wird dich halten.«

Likah hob abwehrend die Hände. »Ja, aber nicht, wenn sie gerade – was weiß ich, Teepause hat!«

»Sie wird dich halten. Komm schon. Zeig mir denselben Mut, der dir das Leben gerettet hat.« Er hatte gut reden: Wenn er das Gleichgewicht verlor, würde er eben einfach wie eine Feder zu Boden schweben. Aber Likah würde als matschiger Fleck im Rosengarten enden.

»Ich bin nicht mutig. Ich hab Angst.«

»Umso besser.« Er sprang auf das Geländer. Arkin schwankte nicht einmal. Er hielt ihr die offene Hand hin, doch Likah zögerte.

Arkin nickte ihr ermutigend zu. »Ich halte dich fest.«

Likah holte tief Luft, ergriff seine Hand und setzte einen Fuß auf das Geländer. Ihr Herz wurde zum Mittelpunkt ihrer Empfindungen, das schnelle Klopfen das einzige Geräusch, das sie hörte. Sie klammerte sich an seine Hand und konzentrierte sich darauf, das Gleichgewicht zu halten, als sie sich hochdrückte. Ein Blick auf die Holzstange, auf die sie ihren zweiten Fuß setzen wollte, und die gesamte Landschaft unter ihr schwankte.

»Nicht die Augen schließen«, sagte er leise, »schau nach unten.«

Angespannt wie nie zwang sie ihre Augen auf. Sie fühlte sich steif wie eine frisch gebrannte Tonfigur und sah sich schon Hunderte Meter hinabstürzen und auf dem Kiesweg zerschellen.

Als könnte er fühlen, dass sie ihre Entschlossenheit schon in Scherben sah, drückte er fester zu, damit sie die Sicherheit spüren konnte, die seine Hand ihr gab.

»Ich weiß, du hast Angst«, sagte er leise, »aber ich möchte, dass du dich vorlehnst.«

Likahs Atem blieb stehen. Sie fand nicht einmal Worte, um zu widersprechen.

»Vertrau mir. Der Wind wird dich tragen.«

Sie konnte nicht darüber nachdenken, was als Nächstes passieren würde. Die Angst würde jeden Plan in tausend Teile zerschlagen. Likah verlagerte ihr Gewicht auf ihre Fußballen, war bereit, sich an Arkins Hand zu klammern, bereit, den Halt zu verlieren. Sie wusste nicht einmal mehr, ob sie sich tatsächlich vorgelehnt oder einfach das Gleichgewicht verloren hatte.

»*Webe.*«

Arkin ließ sie los. Likah fiel steif wie ein Brett über das Geländer. Es war, wie in eine aufkommende Welle einzutauchen. Sie fiel, und gleichzeitig schwebte sie, beide Arme ausgestreckt, als könne sie dadurch besser ihre Balance halten. Ein Gemisch aus Euphorie und Panik raste durch ihren Körper, das sie benommen machte und gleichzeitig aufputschte, weil die Windwelle sie hinauftrug und wieder fallen ließ, nur um sie erneut aufzufangen. Likah lachte, sah das Hofpersonal wie einen wuselnden Haufen bunter Stecknadelköpfe unter sich. Einige blickten nach oben, doch ihre Gesichter blieben Kreise ohne Konturen. Ihr ganzer Körper war eine Einheit aus Rauschen und Kribbeln, sie spürte kaum mehr als das Branden ihres Blutes in den Adern.

Arme griffen sie unter den Achseln und zogen sie rückwärts von der Brüstung. Likah taumelte, das Haar hatte sich aus dem Zopf gelöst und hing in ihrem geröteten Gesicht. Arkin lächelte.

»Kathasia wird dich tragen, Likah. Immer. Vergiss das nicht.«

KAPITEL 5

KATHASIAS PRÜFUNG

Kühle Wellen streiften ihre Wange. Das Haar wallte um ihr Gesicht, getrübt von der Schwärze der Wassertiefen. Ihre Zehen wanden sich in kaltem Schlick, während ihr Körper halb aufrecht über dem Grund trieb. Likah hatte die Hände von sich gestreckt. Bläschen hafteten an ihren Augenlidern, die sie nur mit Mühe offen hielt.

Licht. Da war Licht über ihr, wie ein Speer, der die Dunkelheit durchstieß. Aber die Wasseroberfläche war weit entfernt. Und sie war viel zu müde, um zu versuchen, hinaufzuschwimmen. Sie wiegte sich in dem immer leiser werdenden Gesang der Wellen und war zufrieden damit, sich ihnen nicht zu entziehen. Die Wasserzungen säuselten ein Schlaflied für sie.

Likah atmete nicht, hatte schon sehr lange nicht mehr geatmet. Sie wusste nicht mehr, ob es überhaupt erstrebenswert war. Wozu sich die Mühe machen, wenn sie auch einfach hier einschlafen konnte? Sie war so müde …

»Likah …«

Widerwillig öffnete Likah die Augen. Rief jemand nach ihr? Es war alles so dumpf, als hätte nichts davon mit ihr zu tun, nicht einmal das Stechen der Kälte in ihren Fingerkuppen.

»Finde mich … Likah. Likah!«

Likahs Körper schnappte hoch. Sie rang nach Luft, ihre Hände zuckten, und ihr Herz stolperte über seine eigenen Schläge. Sie zwang sich zu atmen. Ein und aus. Langsam. Es vergingen Sekunden, ehe sie den Duft von Kamillenseife erkannte, den ihre Bettwäsche verströmte. Von dem Meerwasser keine Spur, alles war trocken. Schlaff fiel sie zurück in ihre Kissen.

»Albtraum?«

Ruckartig drehte sie den Kopf, noch immer schwer atmend, und sah Arkin durch die Tür hereinkommen. Sie schluckte und straffte sich.

»Was machst du hier? Mitten in der Nacht!« Die an ihren Meister gerichteten Worte kamen schärfer als beabsichtigt, weil ihr Körper noch immer angespannt war. Harsch rieb sie sich über das vor Müdigkeit schlappe Gesicht.

Arkin zuckte mit den Schultern. »Ich habe geklopft, außerdem ist es nicht mitten in der Nacht, sondern fast sechs. Steh auf, ich will dir etwas zeigen.«

»Das hätte nicht noch ein bisschen warten können?« Likah gähnte, hievte sich aber aus dem Bett. Die vergangenen zwei Wochen waren nicht leicht für sie gewesen – Arkin hatte sie ausgelaugt –, aber zumindest hatte er sie ausschlafen lassen. Jetzt hingen Nebelschleier vor ihrem Fenster, und die Waldeulen gurrten noch.

»Wir haben einiges vor.« Es raschelte hinter dem Raumtrenner, wohin Arkin verschwunden war. Als er wieder hervortrat, hielt er ein Kleid in Händen.

Über dem weißen, weit ausladenden Rüschenrock glänzte nachtblauer Samt, in den silbern Kathasias Zeichen eingestickt war, die Taille war eng geschnitten, und die Ärmel endeten knapp unter den Ellbogen. Likah starrte es an. Etwas so Feines hatte sie noch nie getragen.

»Gefällt es dir?«, fragte Arkin. »Es ist bloß für offizielle Anlässe gedacht. Jetzt mach schon, zieh es mal an.«

Ungelenk nahm sie den Stoff entgegen und verschwand

hinter dem Paravent. Likah schälte sich aus ihren Sachen – das war der einfache Part. Das Kleid anzuziehen, stellte sich als ziemlich abenteuerlich heraus. So schön es auch sein mochte, Likah hatte sich bald in Stofflagen, Rüschen und Ösen verfangen, etwas zwickte ihren Brustkorb, und das Kleid lag schief auf ihrem Dekolleté. Sie zögerte und wandte sich um. Dann räusperte sie sich.

»Ich könnte Hilfe gebrauchen.«

Einen Moment herrschte peinlich berührte Stille. Arkin linste zu ihr herüber, dann lachte er, als er das Chaos sah. »Ich dachte mir fast, dass deine Erfahrung mit Kleidern sich in Grenzen hält. Dreh dich mal um. Darf ich?«

Sie nickte, woraufhin er begann, den Stoff zurechtzuzupfen.

»Ich habe als Kind auch schon Kleider getragen«, wandte sie ein. »Nur nicht so aufwendige.«

Arkin kicherte. Knöpfe klickten. »Übrigens wollte ich dich was fragen. Was ist das für eine Tätowierung auf deinem Nacken?«

»Tätowierung?« Likah stutzte, dann verstand sie, was er meinte. »Ach! Nein, das war einfach schon immer da.«

»Ein Geburtsmal? So sieht das aber nicht aus.«

»Denkst du, ich lüge? Ich hatte echt andere Sachen im Kopf, als mir was stechen zu lassen. Ich musste selbst klarkommen und zusätzlich noch auf zwei Kinder aufpassen. Wo wir gerade davon sprechen, wo sind die Kinder?«

»Ich habe dir doch gesagt, du sollst dir darum jetzt keine Gedanken machen. Ich habe dir etwas versprochen, und daran halte ich mich.« Ein Klicken ertönte, als er den letzten Knopf schloss. »So.« Er drehte sie an der Schulter zu sich herum. »Es steht dir wirklich gut, wenn es richtig sitzt. Schau dich mal im Spiegel an.«

Sie fegte seine Hände fort und sah ihm ins Gesicht. »Ich

mache mir aber Gedanken um Alia und Gem. Es kann doch wohl nicht zu viel verlangt sein, die beiden zu sehen.«

»Schluss jetzt damit«, sagte er harsch. »Du kannst die Ablenkung nicht brauchen. Ich will nicht, dass mir eine Schülerin stirbt, weil sie in Gedanken woanders ist. Diese Ausbildung ist schwierig und erfordert deine gesamte Konzentration. Wenn du dich gut machst, können wir darüber reden.«

Er schob sie vorwärts, und sie ließ es zähneknirschend geschehen. Likah wusste nicht, wieso er so vehement verhindern wollte, dass sie die Zwillinge sah. Was glaubte er denn, wie viel Zeit sie mit ihnen verbringen wollte? Seine Begründung erschien ihr dünn, und dass sie starb, nur weil sie einen Nachmittag mit den Kindern verbrachte, lächerlich.

Für den Moment aber hob sie den Blick zum Spiegel.

Sie erkannte sich selbst kaum. Es war etliche Jahre her, dass sie ein Kleid getragen hatte, und jedes Mal, wenn sie nach Hause zurückgekehrt war, hatte sie Matschflecken und Grasspuren auf dem Rock. Ihr Vater hatte immer geklagt, dass sie nicht auf ihre Sachen aufpasste und die Grasflecken nie aus dem weißen Unterrock verschwinden würden. Wenn er sie jetzt sehen könnte, in den adretten Sachen …

Likahs Blick hing an dem Spiegelbild. Ihr wurde bewusst, dass die Zeit nicht spurlos an ihr vorübergegangen war, seit sie ihre Eltern verlassen hatte. Die Hüften waren breiter geworden, ihre Brust gewachsen, und die Grübchen, über die ihre Mutter stets geschmunzelt hatte, waren ausgebügelt. Im Spiegel sah Likah eine junge Frau.

»Ist alles in Ordnung?« Arkin trat irritiert einen Schritt zurück. »Es ist doch nicht zu eng, oder? Ich weiß, es ist oben recht schmal geschnitten, aber eigentlich sollte Jarson dafür sorgen, dass es bequem sitzt.«

»Das ist es nicht. Ich dachte nur gerade, … was meine Eltern sagen würden. Ob sie denken würden, dass es nicht zu mir passt.«

»Ah.« Arkin verschränkte die Arme. Er lehnte sich an die Wand und musterte Likah. »Ungeachtet davon, was andere von dir denken und wollen. Was willst du?«

Das war eine einfache Frage. Sie wollte, dass es den Zwillingen gut ging, mehr zählte nicht. Aber sie wusste, dass es nicht das war, was Arkin hören wollte, und so grub sie weiter in ihrem Inneren. Eigentlich war die Antwort einfach.

»Einen eigenen Garten«, antwortete sie, ohne zu zögern.

»Warum hast du mich dann noch nicht danach gefragt?«

»Weil es im Moment nicht um mich geht«, erwiderte sie. »Es gibt Wichtigeres.«

Arkin seufzte, als müsse er sich geschlagen geben. Dann sagte er: »Wenn deine Eltern sehen könnten, wie du herangewachsen bist und wie stark du geworden bist, wären sie sicher stolz auf dich. Insgeheim sind Eltern immer stolz auf ihre Kinder.«

Über die Vorstellung musste Likah lächeln. Der Gedanke, ihre Eltern könnten stolz auf sie sein, war schön. Umso schmerzhafter war es, dass sie ihnen nicht erzählen konnte, dass sie in das Septimat eintreten würde.

»Gut, dass das geklärt ist. Wir brechen bei Sonnenaufgang auf.«

»Was? Wohin?«, wollte Likah überrascht wissen.

Er zwinkerte. »Glaubst du, ich kann dich ewig hier versteckt halten? Die anderen Mitglieder des Septimats und die Königin brennen darauf, dich kennenzulernen.«

Aufgeregt begleitete sie Arkin zu der Kutsche. Das Kleid hatte sie im Rückraum der Kutsche verstaut und gegen bequeme Reisekleidung getauscht, während Arkin eine festliche

Robe trug und vom Personal über eine Stunde geschminkt und frisiert worden war. Likah hingegen hatte nur einen Hauch Farbe auf die Wangen bekommen.

»Um dich kümmern wir uns, wenn wir da sind«, hatte Arkin gesagt, ihr aber nicht erklärt, warum. Es war ihr auch egal und ganz recht, wenn sie sah, wie lange er hatte stillsitzen müssen unter all dem Puder und den Lidstrichen.

Sie stieg nach ihm in die Kutsche und setzte sich. Die Polster der Sitze gaben unter ihr nach, als sie vor Nervosität hin und her wippte. Getrockneter Lavendel baumelte von der Decke und verströmte süßlichen Duft.

Arkin ließ sich ihr gegenüber nieder und hielt ihr eine in Servietten eingewickelte Teigrolle hin.

»Frühstück«, sagte er.

Sie nahm das Gebäck entgegen, und ehe sie hineinbiss, fragte sie: »Wohin fahren wir überhaupt?«

»Nach Ganoire natürlich.« Arkin schlug die Beine übereinander.

»Und … wie wird es ablaufen?« Likahs Stimme zitterte vor Nervosität. Sie würde das Septimat kennenlernen, und die Königin – persönlich!

»Festlich. Ich hatte lange keine Schülerin mehr, genau genommen wurde die Königin schon ungeduldig, weil es keine Nachfolge gab. Aber ich konnte schließlich nicht irgendjemandem mein Land überlassen.« Er legte seine Füße seitlich auf den Sitz. »Es wird ein Festessen geben, einen Ball, und es werden hohe Gäste eingeladen sein. Oh, und natürlich musst du vorher noch die Aufnahmeprüfung bestehen, damit du überhaupt als meine Schülerin anerkannt wirst.«

Likah versteifte sich. »Was für eine Prüfung?«

»Darf ich dir nicht sagen.«

Leise schlich sich Angst in ihre Gedanken, eine böse Vorahnung, dass noch nicht alles so gut war, wie sie gedacht hatte. Arkin hatte ihr etwas Wichtiges verschwiegen. Er verschwieg ihr immer etwas.

»Und wenn ich es nicht schaffe?«, fragte sie angespannt.

»Na ja, dann stirbst du.« Er zuckte mit den Achseln. »Aber das ist noch nicht so oft vorgekommen. Außerdem habe ich dich ja vorbereitet. Mach dir keine Sorgen.«

Likah öffnete den Mund, wusste aber nichts zu sagen, was das Gefühl in ihr auszudrücken vermochte. Da war Fassungslosigkeit darüber, dass er dazu bisher kein Wort gesagt hatte, Entsetzen, weil er so locker von ihrem Tod sprach, und sich langsam aufbauschende Wut. Unter ihrer Haut tobte ein Gewitter, Blitze in ihren Knochen und Donner im Blut. Arkin hingegen lehnte tiefenentspannt am Rücksitz.

»Und du … du hattest es nicht für nötig gehalten, mir davon zu erzählen, *bevor* ich deinem Angebot zugestimmt habe?«

»Wozu?«, fragte Arkin. »Du wärst hingerichtet worden. Aber die Wahrscheinlichkeit, bei dieser Prüfung zu sterben, ist klein.«

»So klein, dass dein vorheriger Schüler gestorben ist?«

»Saaid? Nein, er ist nicht bei der Aufnahmeprüfung gestorben«, sagte Arkin leise. Er war ernst geworden. »Ihm war nur alles andere wichtiger, als sich auf seine Ausbildung zu konzentrieren.«

»Was ist passiert?«, fragte Likah aufmerksam.

Es herrschte für einen Moment Stille, bevor Arkin zu erzählen begann: »Er hat sehr viel Zeit mit seinen Freunden verbracht … Eigentlich war er immer derjenige, der für alle da sein wollte, hat sich all die Sorgen aufgeladen und kaum einen Kopf für die wichtigen Dinge gehabt. Deswegen hat er sich auch überreden lassen, mit den anderen in die Berge zu gehen.«

Likah stützte die Ellbogen auf die Knie und lehnte sich zu Arkin vor. »Was ist dann passiert?«

»Übermut ist passiert.« Er seufzte. »Du weißt, Kathasias höchste Tugend ist der Mut, aber der ist nichts wert, wenn dabei die Vernunft verloren geht. Ich weiß nicht genau, was passiert ist. Ich habe die Leichen am Berghang gefunden. Aber eines steht fest: Hätte er die Erste Sprache so gut beherrscht, wie ich sie ihn gelehrt habe, hätte niemand dort oben sterben müssen.«

Likah sackte ein wenig in sich zusammen. Saaid hatte sich und seine Freunde nicht retten können. Und Arkin? Fühlte er sich schuldig, weil Saaid gestorben war?

»Das ist furchtbar«, brachte sie nur heraus.

»Ich erzähle dir das, damit du begreifst, dass es gefährlich sein kann. Aber du kannst es schaffen. Das wirst du.«

»Wenigstens einer von uns beiden ist sich da sicher«, murmelte sie.

Arkin lehnte sich zurück und verschränkte die Arme hinter seinem Kopf, als würde er sich auf ein Nickerchen vorbereiten. »Lass dich nicht von deiner Angst kontrollieren. Das ziemt sich nicht für die künftige Fürstin Kathasias.«

Likah war herzlich egal, ob sie dem Ideal der Göttin entsprach.

»Als Phrase sagt sich das sicher leicht«, erwiderte sie.

»Du kannst diese Angst überwinden, das weiß ich. Das hast du mir mehrfach bewiesen. Du besitzt diesen Mut. Gib ihn nicht auf.« Er setzte sich in den Schneidersitz und machte es sich auf der Bank bequem. »Ich habe dir die Prüfung verschwiegen, weil ich dachte, du würdest nicht aufhören, mich mit Fragen und Sorgen zu überhäufen.«

»Verzeihung, dass ich Sorgen und Fragen an meinen Lehrmeister äußere.« Faszinierend, wie Arkin in einer Sekunde einfühlsam und aufbauend sein konnte und in der nächsten alles wieder einriss.

Er lachte. »Du schaffst das schon. Ich habe dich bestimmt nicht ausgewählt, um dich scheitern zu sehen.«

Den Rest der Fahrt schwieg Likah. Sie hörte Arkin zu, wie er von den anderen Mitgliedern des Septimats plauderte: Rinoe, die herzensgut und überhaupt seine liebste von allen war; Nexin, vor dem sie sich in Acht nehmen solle; Iasora, die kaum je sprach oder auch nur die Miene verzog; Lisander, der Arkin offenbar ganz besonders zuwider war. Allgemein schien er der Ansicht zu sein, dass den anderen nicht zu trauen war. Abgesehen von Rinoe natürlich: Die war unfehlbar.

Likah schaute aus dem Fenster, wo die Landschaft an ihr vorbeischoss. Zwar wusste sie, dass Kathasia für die Geschwindigkeit der Kutschen berüchtigt war, aber die Segel machten sie geradezu absurd schnell. So schnell, dass sie sicher war, dass mehr dahinterstecken musste als reine Physik. Sie befuhren fichtenumwachsene Straßen, blühende Hügellandschaften, steinige Pfade und passierten Städte und Dörfer, die auf dem Weg nach Ganoire lagen. Jede Landschaft hinter den Fensterschreiben zog schnell vorbei, genauso wie die Zeit. Während Likah der Sonne beim Wandern zusah, glitt ihr das Gefühl von Sicherheit immer weiter aus den Händen.

Als Arkin sie zu seiner Schülerin erklärt hatte, war sie erleichtert gewesen. Sie hatte sich auf diese Erleichterung eingelassen und daran geglaubt, dass ihre ziellose Reise ein Ende gefunden hatte. Und nun saß sie in der ratternden Kutsche auf dem Weg zu einer Prüfung, von der sie nicht wusste, ob sie sie überleben würde.

Würde sie die Erste Sprache demonstrieren müssen? Arkin hatte sie bisher kein einziges Wort gelehrt. Er hätte sie doch gewiss darauf vorbereitet, wenn es Teil der Prüfung wäre, oder? Würde sie kämpfen müssen? Oder war es ein schriftlicher Test? Und wenn sie versagte? Wenn sie tatsächlich starb, dann hätte Arkin doch keinen Grund mehr, für die Sicherheit von Alia und Gem zu sorgen. Verdammt, sie wusste ja nicht einmal, ob die beiden jetzt in Sicherheit waren. Vor Sorge bohrten sich Likahs Hände in die Sitzpolster. Sie schauderte. Nicht zu wissen, was ihr bevorstand, ließ Kälte in ihr Denken sickern.

Arkin behauptete, sie vorbereitet zu haben, dabei hatte er sie stundenlang balancieren lassen und dem Wind ausgesetzt, bis sie völlig zerzaust gewesen war. Es schien eher etwas Spirituelles gehabt zu haben als irgendeinen praktischen Nutzen.

Je weiter der Tag voranschritt, desto nervöser wurde Likah. Ihr Magen rumorte. Allmählich wurde sie wütend auf Arkin. Er ließ sie mit allem im Ungewissen. Dieser Prüfung, den Zwillingen, einfach allem. Likah wollte auch nicht mehr fragen, wieso das Scheitern der Prüfung ihren Tod bedeutete. Weder wollte sie die Antwort hören, noch würde Arkin sie ihr geben. Aber im Moment war ihr nicht danach, weiter zu denken als ein paar Stunden.

Als der Abend dämmerte und sie anhielten, kletterte Likah kraftlos aus der Kutsche, und ihre lang unbewegten Gliedmaßen kribbelten ob der plötzlichen Belastung. In der Ferne verdeckten zwei gigantische Zwillingsberge den Horizont. Sie ragten so weit gen Himmel, dass die Gipfel nur noch als feine Nadelspitzen zu erkennen waren. Der Wind lief kalt über Likahs Haut und verflocht sich mit ihrer Angst, die in ihre Kehle kletterte. Arkin legte eine Hand um ihre Schultern und drückte sie vorwärts.

Bald konnte Likah die Schemen von Menschen erkennen, die allesamt beieinanderstanden und sich erst zu ihr wandten, als sie und Arkin näher traten. Das Septimat und dessen Nachfolge. Sie alle waren in edle Kleidung gewandet, und neben ihnen fühlte Likah sich mickrig in ihrer einfachen Weste und der lockeren Stoffhose. Plötzlich wünschte sie sich das aufwendige Kleid an den Leib.

Das Septimat, vollständig versammelt – ihretwegen. Diese Tatsache selbst war so wirklichkeitsfern, dass Likah kaum realisierte, dass sie sich vor ihnen verneigte. Sie blickte erst wieder hoch, als Arkin ihr auf den Rücken tippte.

»Das nächste Mal reicht ein Nicken«, flüsterte er ihr zu. Dann lauter: »Ich freue mich, dass ihr alle gekommen seid. Ihr habt sicherlich mitbekommen, dass ich eine neue Schülerin erwählt habe.«

»Das wurde ja auch Zeit.« Die süffisante Stimme gehörte einem blonden Mann mit blauen Augen, stechend wie Eisschollen im Nordmeer. Ein himmelblaues Gewand betonte seine schlanke, stolz aufgerichtete Gestalt. Lisander Urnidya war der Fürst Lishols. Likahs Mutter hatte sie oft zu seinen öffentlichen Reden mitgenommen. Damals allerdings hatte das überhebliche Lächeln noch keine so tiefen Falten um seinen Mund gegraben.

Arkin grinste zufrieden zurück. »Ich wähle nun einmal sorgfältig aus, Lisander. Und gebe mich nicht mit der erstbesten Wahl zufrieden.«

»Dabei sieht sie wie eine Notlösung aus.« Die Stimme klang tief und harsch wie schwarzes Schleifpapier. Nexin, der Fürst Yol-Khors, sprach. Sein langes Haar war tiefschwarz und franste in den Spitzen aus, als würde er sie täglich mit einem stumpfen Messer bearbeiten. Eine Kapuze warf Schatten auf sein langes Gesicht, das ihm etwas Rattenhaftes verlieh. »Nicht zu vergleichen mit Saaid.«

»Tja, ich glaube nicht, dass es an dir ist, dieses Urteil zu fällen.« Rinoe schlug ihr kirschrotes Kleid aus. »Sie ist hier, um sich zu beweisen. Nicht um deine Sticheleien anzuhören.«

»Dann lasst es uns hinter uns bringen«, knurrte Rayah. »Sie zittert ja schon vor Angst.«

Likah fasste ihre Hände ineinander, um zu prüfen, ob Rayah recht hatte. Unmerklich machte sie einen Schritt auf Arkin zu, als könne sie die Anzeichen ihrer Nervosität verstecken.

»Charmant«, kommentierte dieser trocken.

»Dein Name ist Likah, oder?« Einer der Schüler trat vor. Der Junge trug ein grünes Jackett, und obwohl er sich offensichtlich Mühe gegeben hatte, sein Haar ordentlich zu kämmen, stellten sich einzelne Strähnen gegen die auferlegte Ordnung. Sie erkannte ihn: Er war Schüler von Seishun, die Likah jetzt mit mildem Lächeln ansah.

Jeliél schüttelte Likahs Hand mit kaum spürbarem Druck. »Hör nicht auf das, was die Alten sagen. Du erledigst das mit links.«

Likah lächelte, überrascht von der Wärme in seiner Stimme, und wollte gerade etwas erwidern, als sie ein Räuspern unterbrach.

»Wenn wir dann beginnen könnten …« Eine ältere Frau in der Uniform des Königshauses entfaltete eine Stück Pergament. »Heute möchte sich die neue Anwärterin Kathasias als würdig erweisen. Likah Laien, erwählt von Arkin Minnestra, wird sich der Prüfung stellen. Zeuge ist das Septimat, das mit der Regierung über Nakita betraut ist. Likah Laien, fühlen Sie sich bereit, diese Prüfung anzutreten?«

Sie schluckte. Die ehrliche Antwort lautete *Nein*. Aber sie wusste, dass die Frage keine ehrliche Antwort erwartete. Alle Blicke lasteten auf ihr. Wie noch wenige Tage zuvor im Gerichtssaal. Arkins Griff um ihre Schulter wurde fester. Ihre Hände begannen zu schwitzen.

»Ja«, brachte sie mühevoll heraus. Die Stimme wäre ihr fast zersprungen.

»Gut«, fuhr die königliche Betraute fort. »Dann lassen Sie mich verkünden, worin Ihre Prüfung bestehen wird. Dort sehen Sie die Zwillingsriesen.« Sie machte eine kurze Pause, in der Likah den Blick zu den großen Bergen wandern ließ. »Ihre Aufgabe besteht darin, die Stufen hinaufzusteigen. Beide Berge verbindet ein Steg. Schaffen Sie den Weg hinüber, und Sie werden auf der anderen Seite ein Juwel finden. Bringen Sie es sicher herunter, dann haben Sie die Prüfung bestanden.« Sie rollte das Schriftstück wieder auf. »Ihr Meister darf Sie die Stufen hinaufbegleiten.«

Likah sah zu den Bergen hinauf. Der Steg war so hoch oben in der Luft, dass sie ihn nur als dünne Linie erkannte, und auch nur, weil sie wusste, dass er da war. Sie wandte sich an Arkin, als wolle sie sich versichern, ob die Botschafterin das tatsächlich ernst meinte. Doch er verzog keine Miene.

»Höhenangst?« Lisander verschränkte die Hände ineinander und lachte. »Die Anwärterin auf Kathasias Thron, der Königin des Himmels?«

»Wollen wir?«, fragte Arkin, anstatt auf Lisander einzugehen. Likah nickte und folgte ihm. Jeder Schritt fühlte sich so wacklig an wie auf Stelzen. Gemeinsam mit Arkin erklomm sie den Berg, Stufe für Stufe, und starrte dabei nur auf ihre Füße. Sie wollte nicht sehen, wie der Abstand zwischen ihr und dem Boden immer größer wurde, und wie weit sie noch hinaufmusste, erst recht nicht. Übelkeit schwelte in ihrem Magen.

Sie hielt sich an Arkin fest und vergaß für einen Moment, dass er der Fürst eines Landes war.

»Du schaffst das«, sagte er. »Ich glaube an dich.«

»Wenn ich da runterfalle …« Sie murmelte, hob den Blick aber nicht.

»Das hast du schon mal gesagt.«

»Ich weiß.«

»Und was habe ich dir geantwortet?«

»Dass der Wind mich tragen wird.«

Sanfter Druck auf ihrer Schulter. »Da oben wird es dir vorkommen, als wäre genau das Gegenteil der Fall. Aber du wirst das durchstehen. Du musst mit deinem Element arbeiten, nicht dagegen.«

»Ich versuch's«, erwiderte sie, obwohl sie nicht wusste, was Arkin meinte.

Oben angekommen, waren Likahs Muskeln weich wie Hirsebrei. Der Wind zerrte an ihr. Die Lüfte kamen ihr vor wie schadenfrohe Geister, die sie schubsten und zwickten, das Pfeifen wie hämisches Gelächter.

Die Brücke bestand aus Holz – robust, aber schmaler als ein Fuß –, und sie kam ihr unendlich lang vor. Likah blieb stehen. Ihr Herzschlag nahm sie völlig ein, sie hörte nichts mehr außer das panische Klopfen in ihrer Brust.

»Von hier an bist du auf dich allein gestellt.« Arkins Berührung war mit einem Mal kalt, die Hand an ihrem Rücken schien ihr nun nicht mehr Halt zu geben, sondern sie hinunterschubsen zu wollen. »Bereit?«

Heftig schüttelte sie den Kopf, unfähig, ein Wort herauszubringen.

»Du kannst hier nicht sterben, Likah«, sagte er leise und ließ sie los. »Denk an die Zwillinge. Du willst sie doch nicht allein lassen?«

»Wenn ich das hier schaffe, erzählst du mir dann endlich, wo sie sind?« Ihre Stimme klang hohl und angespannt, aber Arkin lächelte.

»Ich werde dir eine ganze Menge erzählen.«

Likah kniff die Augen zusammen. Tat einen Schritt auf die Planke. Das Holz schwankte ein wenig unter ihrem Gewicht. Ein Windstoß erfasste sie. Likah breitete die Arme aus und versuchte verzweifelt, ihr Gleichgewicht wiederzufinden, als der Wind sie spielerisch umkreiste und hinunterzustoßen drohte. Mit ihr schwankten die Berge. Unter ihr zeichneten sich die Bäume winzig ab. Likah spürte jeden einzelnen Muskel, als sie langsam Fuß vor Fuß setzte. Jeder Wirbel, jeder Luftzug machte sich auf ihrer Haut bemerkbar. Die Strähnen, die der Wind aus ihrem Zopf gelöst hatte, peitschten um ihr Gesicht. *Du musst ruhig bleiben,* sagte sie sich. *Langsam und ruhig atmen.*

Nach einer Weile entwickelte Likah ein Gefühl für die Böen, begann, ihre spielerischen Attacken vorauszuahnen. Sie verlagerte ihr Gewicht, hielt einen Moment inne, um nicht vom Steg gefegt zu werden. Den Blick nur auf ihre Füße gerichtet, ohne in die Tiefe zu sehen, setzte sie einen Schritt nach dem anderen. Die Holzplanke drückte sich in ihre Schuhsohlen und schwankte unter ihrer Belastung, während sie dem Ende immer näher kam.

Den Meter auf sicheren Grund sprang sie. Likah schwindelte, als sie so plötzlich wieder festen Boden unter den Füßen hatte. Sie schnappte nach Luft, und es tat weh, tief einzuatmen, wie Gliedmaßen, in die nach langer Zeit wieder Blut strömte.

Vor ihr lag eine Einkerbung im Fels, geschützt vor dem Wind und mit einem schweren Stofftuch verhangen. Likahs Finger waren steif von der Kälte hier oben, sodass es ihr schwerfiel, das Stofftuch zu greifen und beiseitezuschieben. Dahinter roch es muffig nach abgestandener Luft. Das Juwel lag auf ein Kissen gebettet in der Felsmulde.

Likah kniete sich hin und hob den murmelgroßen Aquamarin auf. Kühl schmiegte sich seine geschliffene Haut in ihre Handfläche, wo jeder Herzschlag als Echo in ihrem Blut widerklang. Rasch richtete sie sich wieder auf. Sie hatte den Edelstein! Jetzt musste sie es nur noch schaffen, lebendig wieder unten zu landen. Sie schluckte. Klammerte die Finger um das Juwel, als könnte sie ihre Furcht dadurch abbauen. Am anderen Ende des Stegs wartete noch immer Arkin.

Likah zwang ihr Herz, ruhiger zu schlagen. *Du hast es schon einmal geschafft*, sagte sie sich selbst. *Das kannst du noch mal.*

Angespannt setzte sie einen Fuß zurück auf die dünne Holzplanke, die Hand mit dem Aquamarin zur Faust geballt. Der Wind wirbelte ihr Haar umher, und Gänsehaut überzog die Beine unter ihrer Hose. Aber sie lief. Sie balancierte über den Steg und ignorierte dabei konsequent die Gestalten, die weit unter ihr heraufstarrten.

Likah hatte es fast geschafft, als Schwindel sie ergriff. Benommenheit, die ihre Bewegungen mit lähmendem Eis überzog und ihren Füßen die Sicherheit nahm. Ihre Stiefelsohle rutschte über die Planke, als ihre Muskeln einer plötzlichen Taubheit unterlagen. Für einen Moment war Likah schwerelos, dann ratschte der Steg ihren Schenkel entlang und riss den Strumpf und ihre Haut auf. Likah schrie und griff blindlings mit den Händen in das Holz, als sie daran herunterrauschte.

Ein Ruck ging durch ihre Schultern, als der Fall abgebremst wurde. Nur mit den Händen an der dünnen Holzplanke baumelte sie in der Luft. Sie mochte gar nicht schätzen, wie hoch. Splitter fraßen sich in ihre Hände. Ihr Griff lockerte sich.

Sie keuchte, verzweifelt versuchte sie, sich hochzuziehen, aber ihre Hände waren schwächer als ihr Wille. Sie waren taub und gehorchten ihr nur widerwillig. Ihr Blut wurde zäh und kalt, die Benommenheit verwehrte ihr die Kontrolle über ihren Körper. Die Haut brannte, als Likah abrutschte und fiel. Ihre Kleidung flatterte unter den Stößen des Windes, und der Druck der Luft gegen ihre Kehle verhinderte den Schrei, der ihr entspringen wollte.

Der Erdboden flog ihr entgegen, während Likahs Sturz sich beschleunigte.

KAPITEL 6

DIE KAMMER

Thora war, als würde jemand versuchen, seinen Kopf mit einem Spaten auszuhöhlen, während er bei vollem Bewusstsein war. Der feuchte Lappen auf seiner Stirn linderte diesen Schmerz kaum. Die Kühle zwickte auf seiner überhitzten Haut.

»Bist du wach?«, sagte jemand neben ihm. Er meinte sich zu erinnern, dass die Stimme zu einem Mädchen namens Irisa gehörte.

Thora öffnete die Augen und blickte nach oben. Decken und Lumpen bildeten eine mit Stöcken gestützte Zeltkonstruktion, in die man ihn in seiner Ohnmacht wohl getragen hatte.

Er stöhnte. »Ich fürchte, ja …«

Irisa hob seinen Kopf sachte an, aber die Berührung ließ Donner in Thoras Kopf los. Ihm wurde ein Becher an die Lippen gedrückt, und das Wasser daraus benetzte seine Lippen. Es war wie eine Sintflut, die sich über eine Wüste ergoss. Thora schluckte den gesamten Inhalt des Bechers, und er fühlte sich mit einem Schlag lebendig. Elend, aber am Leben.

»Du warst ein paar Stunden weggetreten«, sagte sie. »Wie geht es deinem Kopf?«

Er versuchte, seine Stimme zu klären, denn seine Kehle fühlte sich an wie rostiges Eisen. »Grauenhaft«, brachte er heraus.

»Das wird schon wieder«, murmelte sie. »Wie heißt du?«

»Thora.«

»Thora.« Sie nickte, als hätte sie die Frage nur rasch abarbeiten wollen. »Ich hab nicht viel Zeit, kannst du dich aufsetzen?«

Obwohl ihm schwindlig war, gelang es ihm mit Irisas Hilfe, sich aufrecht an die Wand der klapprigen Bude zu lehnen, in der er geschlafen hatte. Ein labil aussehendes Gerüst aus schiefen und verzweigten Ästen, notdürftig mit Hanfseilen zusammengebunden, stützte einen Haufen Decken über sich. Die Seile knirschten, und einzelne Fäden lösten sich daraus und fielen zu Boden.

»Zeit, wofür? Was ist das hier für ein Ort? Und wer sind diese … Masken?«

Irisa zupfte das Stirnband zurecht, das ihr braunes Haar aus dem Gesicht hielt. »Ich wette, du verstehst die Welt nicht mehr.« Sie lächelte schmerzlich. »Wie haben sie dich erwischt? Du kommst nicht aus Nakita, oder?«

Er schüttelte den Kopf. »Ich war auf See, mit der Crew … Wir wollten eigentlich nur einen Zwischenstopp machen, aber dann kamen diese Gestalten in Weiß.«

Irisa nickte fahrig. »So oder so ähnlich ist das vielen von uns passiert. Die anderen … das spielt hier unten keine Rolle mehr.«

»Was spielt dann hier unten eine Rolle? Wer sind die, und was wollen sie?«

»Was sie wollen? Ich habe keine Ahnung. Sie entführen uns, bringen uns hier runter in die Tunnel, schneiden uns diese Zeichen in die Stirn … und dann lassen sie uns schuften, bis wir sterben.« Ihre Mundwinkel zuckten. »Aber sie sagen nie auch nur ein Wort zu uns. Niemals.«

Thora wollte gerade etwas erwidern, als eine Glocke schrillte. Irisa zuckte zusammen und fuhr aus dem Schneidersitz hoch. Ihr Gesicht erbleichte.

»Du stehst besser auf und kommst mit mir«, sagte sie schnell. »Sie sehen es nicht gern, wenn …« Sie reichte ihm eine Hand.

»Wenn was?«, hakte er nach.

»Es ist nicht so, als ob sie dir eine Einführung geben würden«, murmelte Irisa. »Du machst es richtig, oder sie bestrafen dich. Bis du herausgefunden hast, was richtig ist. Komm jetzt.«

Sie stand auf und schlug die Lumpen zurück, die das Zelt verschlossen.

»Aber Irisa …«

Sie war schon draußen, und Thora folgte ihr. Hinter der verlumpten Zeltwand kam eine graue Höhle zum Vorschein, gefüllt mit Dutzenden Deckenbehausungen, aus denen noch etliche andere Gefangene strömten und den weiß gekleideten Maskengesichtern in verschiedene Richtungen folgten. Irisa schloss sich einer Gruppe an und bedeutete Thora, zu folgen. Er taumelte ihr nach und war dankbar, dass sie seine Hand nahm und ihn unauffällig stützte. Er fühlte sich verloren an diesem Ort. Es war, als wäre seine ganze Welt auf einmal vergessen. Unwichtig geworden in der Düsternis des Untergrunds.

Als die Gefangenen hinter den Masken durch die dunklen Höhlenflure schlurften, starrten fast alle auf ihre Füße, nur wenige gingen aufrecht. Thora war einer der wenigen, doch auch er spürte eine Art kollektive Schwermut. Die Masken brachten die Gruppe zu einer vermoderten Holztür, die sie unter Knarren öffneten.

Thora schlug der Gestank von toten Tieren entgegen. Der Geruch von Blut und nassem Fell stand in der Luft. Er hielt sich die Hand vor die Nase, während die anderen stur weiterliefen, ohne sich anmerken zu lassen, wie widerwärtig es roch. Schließlich riss sich Thora zusammen und folgte ihnen in die Halle, die nur durch ein paar Öllampen mit fleckigem Licht erleuchtet war.

In Reihen standen hölzerne Gestelle, daneben haufenweise Tierhäute aufgestapelt. Er verstand nicht, wie irgendjemand dazu bereit sein konnte, ein so grausames Verbrechen zu begehen, nur um die eigenen primitiven Bedürfnisse zu befriedigen. Menschen, die Tiere jagten und töteten, um ihnen die Haut abzuziehen oder sich an deren Fleisch zu laben, war das Leben nicht heilig, und solche Menschen würden gewiss auch auf die Gräber ihrer Ahnen spucken.

Die Gefangenen nahmen ihre Plätze ein. Irisa zog Thora mit sich, und so setzte er sich neben ihr auf einen Schemel, während sie nach einem Fell griff und es auf das Gestell legte.

»Mach mir einfach nach«, flüsterte Irisa. »Sie gucken.«

Thora warf einen Blick auf die gestapelten Häute, die verbliebenen Fleischfetzen noch daran, und konnte nicht umhin, sich vorzustellen, wie diese Tiere gelitten hatten. Ekel und Mitleid stiegen in ihm hoch. »Das ist widerlich.«

Irisa stierte auf die Tierhaut und griff nach einem Messer, mit dem sie das Fleisch abschabte. Das metallische Kreischen stolperte ob ihrer zittrigen Hand. »Mach schon«, zischte sie.

Er verschränkte die Finger ineinander und presste die Knie zusammen. An den Überresten eines sinnlos getöteten Tieres würde er nicht herumkratzen. Von überallher erklang das Knirschen, nur nicht von ihm. Die Gefangenen schabten, aber Thora rührte keinen Finger.

Mit einem Mal überzog ihn ein Schatten. Vor ihm blieb eine Maske stehen, reglos. Thora sah auf, sagte aber nichts, betrachtete nur Irisa aus den Augenwinkeln, deren Bewegungen steif wurden.

Die Maske deutete auf das Gestell, dann griff sie in ihre Tasche. Es war eine metallene Gerätschaft, die wie ein Kästchen in einer Hand lag. Nur dass es aus einer Spitze an der Front gefährlich knisterte.

Irisa verkrampfte sich neben ihm. Thora sprang auf und wich einen Schritt zurück, ohne jedoch den Blickkontakt zu brechen.

»Ich mache das nicht, auf keinen Fall!«, sagte er fest.

Die Gerätschaft knisterte gefährlich. Ein weißer Blitz blendete Thoras Augen, bevor der Schock seinen Körper durchschlug. Thora knallte gegen ein Holzgestell. Seine Muskeln zitterten unkontrolliert, und ihm pochte die Stirn. Ein unangenehmes Piepen beherrschte seinen Gehörgang.

Mit tauben Händen drückte Thora sich auf die Knie. Irisa wandte den Blick von ihm ab, wie alle anderen, die plötzlich sehr genau ihre Arbeit inspizierten. Das Gerät in der Hand der Maske spie noch Funken, doch sie hielt es gesenkt. Thora schwindelte, als er auf die Beine kam, und die Blitze schienen immer noch seine Stirn zu durchschlagen. Er vergrub die Zähne in seiner Unterlippe und ließ sich auf den Schemel fallen, zögerte jedoch, das Messer zur Hand zu nehmen. Der Geruch toter Tierhaut stach ihm noch immer in die Nase. Der Ekel bauschte sich in seinem Magen auf und schlug Wellen.

Jemand holte laut japsend nach Atem, um dann einen Schrei von sich zu geben. Thora fuhr hoch. Drei Plätze weit von ihm wurde ein Junge völlig steif, dann quittierten ihm die Muskeln den Dienst, und er sackte in sich zusammen.

Für einen Moment war Thoras Kopf flau, während er versuchte zu verstehen. Dann sprang er auf und rannte zu dem Jungen. Er musste ihm helfen. Blut tropfte über die wulstige Runennarbe auf seiner Stirn. Der Junge war mit dem Kopf aufgeschlagen. Heiß triefte es über Thoras Finger, als er den Kopf des Jungen behutsam anhob.

»He!«, rief er. »Kannst du mich hören?«

Der Junge atmete nicht, sein Herz schlug nicht. Thoras Kehle wurde rau.

»Helft mir! Er atmet nicht mehr!«

Doch niemand blickte auf. Alle blieben stumpf bei ihrer Arbeit. Das Schaben von Klingen auf aufgeweichter Haut war die einzige Antwort, die Thora erhielt. Fassungslos sah er den anderen Gefangenen zu.

»Hört ihr mich nicht?«

Thora rief weiter um Hilfe. Aber niemand kam. Niemand, außer Irisa. Doch sie kam ihm nicht zu Hilfe. Sie legte ihm eine Hand auf die Schulter und schüttelte den Kopf.

»Er ist tot.« Ihre Stimme war belegt. »Steh auf, bevor du wieder in ihr Visier gerätst.«

»Du willst mir sagen, dass er einfach tot umgefallen ist?« Wütend riss er sich los. »Passiert so was hier öfter?«

»Ja, Thora, so was passiert hier öfter. Und jetzt bitte, komm zurück an deinen Platz.«

»Du verschweigst doch was.«

Sie senkte den Blick und eilte zurück an ihren Platz vor dem Gestell. Thora starrte den Toten an, überfordert, was er nun tun sollte, da hörte er wieder das Knistern. Vor ihm stand die Maske, das Gerät in der Hand.

»Ich will ihn begraben«, sagte Thora, den Kopf in den Nacken gelegt, um der Gestalt ins maskierte Gesicht zu sehen. »Er hat es verdient, dass wir ihm ein angemessenes Begräbnis …«

Ohne Vorwarnung schoss aus dem Gerät ein Blitz und schleuderte Thora zurück. Er zitterte, seine Muskeln krampften. Die Werkstatt verhüllte sich unter einem schwarzen Schleier, als die Ohnmacht Thora gefährlich nahe kam. Sie war wie der Sog eines schwarzen Sees, und er hielt sich nur mit Mühe an der kalten Oberfläche.

Woran war dieser Junge gestorben? Wieso schien sein Tod niemanden zu berühren? Kaum zu glauben, dass das Leben eines anderen Menschen die Gefangenen so kaltließ. Die Menschen hatten Angst, so sehr, dass ihnen das Mitgefühl abhandengekommen war. Aber weshalb waren sie hier? Sie waren Gefangene, gezwungen zur Arbeit, aber wozu dieses Symbol, das jeder von ihnen als Narbe auf der Stirn trug?

Aufgequollene Tierfelle drückten in seinen Nacken, wo sich Schweißtropfen mit dem Gestank vermischten. Thora hielt die Augen geschlossen, als das Gefühl in seine tauben Zehen zurückkehrte und sein Herz nicht mehr mit jedem Schlag aus der Brust zu springen drohte. Er fürchtete sich davor, die Augen zu öffnen. Davor, in die distanzierten Gesichter der Gefangenen zu sehen, wie sie völlig in ihrem eigenen Elend versanken und den Blick abwandten, wenn die Masken jemanden genauer inspizierten.

Er atmete langsam, saß die Zeit aus, als der Steinboden seine Wirbelsäule stauchte und seine Haut den Gestank aufgeweichter Tierhaut annahm. Thora harrte aus. Er ließ seinen Körper wie bei einer Ohnmacht erschlaffen und atmete flach. Er ertrug den Gedanken nicht, dass seine lebendige Haut an der toter Tiere haftete, doch er hielt die Augen geschlossen und wartete. Stunden, so kam es ihm vor, bis er endlich Bewegung in der Gerberei hörte.

Ein schriller Pfiff, dann das Klirren von Metall und Schrittgetrappel. Thora linste durch seine Wimpern.

»Komm«, wisperte Irisa und zog ihn am Oberarm hoch. »Misch dich unter die anderen.«

Er folgte ihr. Thora griff nach Irisas Hand, und es tat gut, den gleichmäßigen Puls eines anderen Menschen zu spüren, als sie in einer Schlange den Masken nachliefen. Es gab ihm das Gefühl, nicht völlig allein zu sein, obwohl man sich hier allein ließ. Die Masken führten sie zurück ins Lager. Die provisorisch geschusterten Zelte bedeckten bis auf ein paar schmale Durchgänge die gesamte Aushöhlung im Fels. Beleuchtet wurde das Lager von Feuerschalen, die auf sporadisch platzierten Holztischen standen. In zweien brannten Feuer, neben denen sich schmuddelige Schalen und Becher stapelten.

Einige saßen bereits an der kläglichen Glut und löffelten Brei aus dem dreckigen Geschirr.

Ein Mann löste sich aus den Reihen der Neuankömmlinge. Sein Schnurrbart war ungepflegt und schief, und seine Haut war rot angelaufen, weil er vor Anstrengung schnaufte.

»Da der Kleine ja abgemurkst wurde, hat jemand was dagegen, wenn ich sein Zelt nehme?« Er sah sich kurz um. Niemand sagte etwas. »Ja, das dachte ich auch nicht.«

»Warte.« Thora erhob die Stimme, ehe Irisa ihn zurückhalten konnte. Wütend funkelte er den Mann an. »Dieser Junge war dein Kamerad!«

Der Mann schnaubte. »Kamerad? Hier unten gibt's keine Kameradschaft. Und jetzt halt die Klappe, bevor ich dir den Kiefer breche.«

Thora wollte etwas erwidern, da hörte er erneut ein Geräusch in den Gängen. Zwei Weißgesichter kamen gemessenen Schrittes in ihre Mitte. Jedes Geräusch starb augenblicklich. Die Stille war tot. Nur das Rascheln weißer Kapuzenumhänge. Ein Mädchen wich zurück, als die Masken auf sie zukamen. Die Angst beugte ihre Haltung.

»I-ich hab es nicht genommen!« Sie riss die Hände hoch und stolperte rückwärts.

Die Masken machten nicht halt, sondern griffen nach dem Mädchen und schleiften es über den Steinboden. Die

Schuhsohlen hinterließ einen rauchigen Geruch, als sie verzweifelt die Hacken in den Boden stemmte. Wut keimte in Thoras Brust.

»Nein, bitte, ich habe nichts getan! Hilfe … helft mir!«

Thora machte einen Satz, doch Irisa riss ihn zurück. »Es gibt nichts, was du tun kannst«, sagte sie eindringlich, jedes Wort betonend.

»Was machen sie mit ihr?« Thora biss die Zähne zusammen.

Irisa deutete auf eine graue Tür, hinter welche die Weißgesichter das Mädchen sperrten. Ihre Stimme zitterte. »Das ist der Grund, weswegen niemand sich traut, etwas zu unternehmen. Die Kammer.«

»Was ist in dieser Kammer?«

»Den Göttlichen sei Dank weiß ich es nicht. Aber du wirst das arme Mädchen heute Nacht schreien hören.«

KAPITEL 7

KÖNIGIN NALHARI

Der Wind wird dich tragen.

Arkins Worte kamen Likah jetzt hämisch vor. Die Hand noch immer um den Aquamarin geschlossen, stürzte sie in die Tiefe, während die Zwillingsriesen um sie herum zu graugrünen Farbklecksen verschwammen. Der Wind rauschte um ihre ausgestreckten Gliedmaßen und riss ihren geflochtenen Zopf auf, sodass die dunklen Strähnen in ihr Gesicht schlugen. Der Schock ließ sie nicht einmal die Augen zusammenkneifen, sie war einfach starr.

Arkin hatte sich geirrt. Es war ein Fehler, das Vertrauen in sie zu setzen. Sie hatte versagt. Versagt, so kurz vor dem Ziel. Ihr sich zusammenziehendes Herz ließ Tränen in ihren Augen aufsprudeln.

In der Ferne schallte ein Falkenschrei. Lang gezogen echote er durch das Gebirge. Likahs Augen brannten im peitschenden Wind, als sie versuchte, den schwarzen Schwarm auszumachen, der hinter den Bergen in einem eleganten Bogen hervorkam. Ein Schwarm Vögel schoss auf sie zu, ohne auszuweichen. Likah schlug die Arme vor dem Gesicht zusammen, um sich vor den Klauen der Tiere zu schützen. Krallen kratzten über ihre Haut. Es folgte ein Moment der Schwerelosigkeit.

Likah schnappte nach Luft. Die Schar Vögel hatte sie an der Kleidung ergriffen, und das Schlagen Dutzender Flügel erklang rhythmisch über ihr. Sie drehte den Kopf. Die Falken trugen sie. Sie *flog*. Ganz langsam wich der Schock aus ihren betäubten Gliedmaßen, ließ sie den Druck spüren, den die Kleidung auf ihre Haut ausübte. Die Falken hielten sie perfekt ausbalanciert, sodass der Stoff nicht plötzlich riss und sie weiter in die Tiefe stürzte.

Sie würde nicht auf der Erde aufschlagen. Die Erkenntnis drang nur langsam in ihr Bewusstsein, unter dem angestrengten Flattern der Vogelschar, die ein unglaubliches Gewicht langsam zu Boden beförderte. Likah hätte in den Triumphschrei der Vögel einsteigen mögen, doch ihr fehlte jedweder Atem. Das Gefühl war unbeschreiblich, sie trotzte der Schwerkraft, und für einige Momente durchströmten sie Bilder eines Lebens, das sie hätte haben können, wäre sie frei wie ein Vogel gewesen.

Die Vogelschar glitt mit ihr über die Mitglieder des Septimats, beschrieb einen kunstvollen Bogen und setzte sie dann sanft ab. Likahs Beine zitterten, Hitze flutete ihre kalten Wangen. Sie fühlte sich, als ob Eiskristalle ihre Haut überzogen hätten. Ihre Lippen waren zu starr, um etwas zu sagen. Neben ihr rauschte ein Luftzug, dann spürte sie Arkins Hand auf ihrer Schulter, obwohl er vorher noch nicht dort gestanden hatte.

»Sieh mal einer an, Arkin«, knurrte Nexin. »Deine neue Schülerin hat versagt. Was für eine Überraschung.«

Likahs Herz sank augenblicklich. Nexin hatte die Arme verschränkt und stand Arkin zugewandt, während er für sie nur einen flüchtigen Blick übrighatte.

»Likah hat ihre Verbundenheit zu Kathasia unter Beweis gestellt«, gab Arkin zurück. »Nur sie hätte die Falken dazu bringen können, ihr zu Hilfe zu eilen.«

»Kathasia … oder du.«

»Sie hat die Aufgabe nicht erfüllt«, mischte sich Lisander ein. »Die Aufzeichnungen sind sehr deutlich darüber, wie –«

»Exakt, Lisander.« Rinoe machte eine ausladende Geste in Likahs Richtung. »Sie hat die Aufgabe zweifelsohne erfüllt. Öffne deine Hand, Likah.«

Bebend zeigte Likah den Aquamarin in ihrer Hand.

»Sie hat dem Wind nicht standgehalten und versagt.« Lisander warf das blonde Haar zurück. »Sinn des Ganzen ist doch, in Kathasias Herrschaftsgebiet –«

»Ihr Auftrag war, das Juwel heil abzugeben, und das ist gelungen«, sagte Rinoe.

Ein Schnauben blähte Lisanders schmale Nasenflügel, doch dann schwieg er. Alle wandten sich nun der Gesandten der Königin zu, denn schlussendlich oblag es ihr zu entscheiden, ob Likah die Prüfung bestanden hatte.

Likah ballte die Hände. Der Puls polterte in ihren Ohren, als sie gespannt zu der Gesandten aufsah. Die Anspannung war kaum zu ertragen. Von diesem Urteil hing ab, ob sie weiterleben durfte oder … tja, was? Ob man sie hinrichten würde? Was würde mit ihr geschehen, wenn die Gesandte entschied, dass sie versagt hatte? Likah konnte und wollte es sich nicht ausmalen.

»Nun ja …« Etwas unsicher studierte sie das Pergament in ihren Händen. »Ich bin mir nicht sicher. Diese Art, die Aufgabe zu lösen, ist gewiss eher unkonventionell.«

»Und nicht im Sinne der Göttin, die sie gestellt hat«, fügte Lisander hinzu.

»Da muss ich widersprechen«, hakte Arkin ein. Er drückte sachte Likahs Schulter, wie um ihr Mut zu machen, aber ihr war nur schlecht. »Nur weil wir diese Herangehensweise nicht bedacht haben, kann sie trotzdem in Kathasias Ansinnen sein. Der Eingriff der Falken spricht dafür. Es sei denn, Lisander, du möchtest *mir* erklären, wie ich Kathasias Willen zu deuten habe.«

»Um zu diesem Schluss zu kommen, muss man schon

reichlich um die Ecke denken!« Lisander richtete sich auf und erschien dadurch noch größer, als er ohnehin schon war.

Likah widerstand dem Impuls, sich zu ducken, zurückzuweichen und einfach wegzurennen. Sie umklammerte den Aquamarin, weil er das einzige Argument war, das sie hier rausholen konnte. Sie spannte sich an, dann wand sie sich aus Arkins Griff und trat vor die Gesandte der Königin.

»Ich weiß nicht, ob ich die Erwartungen des Septimats und der Königin erfüllt habe«, begann sie, »das müssen Sie als die Vertretung der Königin entscheiden. Aber ich habe den Edelstein gebracht, wie mir aufgetragen wurde.« Sie streckte den Arm aus, und die Gesandte hielt ihr ein wenig verdattert die offene Hand entgegen. Likah öffnete die Faust, der Edelstein, den sie umklammert hatte, entglitt ihr, und mit ihm auch das Einzige, was ihr das Leben retten konnte. Es war, als würde sie das letzte bisschen Kontrolle über die Situation in fremde Hände geben.

Die Gesandte musterte den Edelstein, dann verstaute sie ihn in einer kleinen Schatulle.

»Nun dann, ich denke, die Entscheidung in diesem Punkt steht fest«, sagte sie. »Likah Laien hat diese Prüfung bestanden. Ich finde Arkins Einwand berechtigt: Wir können nicht bestimmen, wie Kathasia ihre Prüfung gelöst sehen will, und die Bedingungen wurden erfüllt.«

Die ganze Anspannung entlud sich mit einem Mal in Likahs ganzen Körper. Ihre Brust schien abheben zu wollen, und ihr Magen kribbelte. Die Erleichterung zog ein Grinsen über ihr Gesicht. Jeliél, der Schüler Seishuns, strahlte und reckte beide Daumen in die Höhe. Likah lächelte zögerlich zurück.

Goldene Gitterzäune umrahmten den königlichen Palastgarten, nur durchbrochen von einem filigranen Torbogen, durch den Likah und Arkin hindurchschritten. Likah fühlte sich, als wäre sie nicht ganz sie selbst: Nach der Prüfung hatte Arkin sie zurück in die Kutsche begleitet, und man hatte sie in das Kleid gesteckt, sie geschminkt und frisiert. Das goldene Tor fühlte sich an wie ein Weg in eine andere Welt, und sie selbst, in ihrem aufgemachten Kostüm, kam sich merkwürdig vor. Wie ein Eindringling in dieser neuen Welt, der die Regeln noch nicht verstand.

Likah hielt Arkins Arm, als sie den gepflasterten Weg durch sattgrünes Gras nahmen. Rosensträucher mit blauen und roten Blüten versüßten die Luft und wiegten sich in der kühlen Abendbrise. Unter den halb geschlossenen Lidern des Tages strahlte goldenes Licht aus den Palastfenstern. Klares Wasser entsprang einem kleinen Steinbrunnen an der Mauer des obersten Stockwerks und plätscherte durch Steinrutschen bis hinunter in den Brunnen. Winzige Wasserfünkchen besprühten in sanftem Nebel Likahs Haut. Die Laternen druckten bunte Lichter auf die Wasseroberfläche, und aus dem Inneren tröpfelte Musik aus Violinen und Klaviertönen. Likah war verzaubert.

»Mach den Mund zu«, flüsterte Arkin ihr zu.

»Das ist unglaublich«, erwiderte sie atemlos.

Er lächelte. »Warte, bis du den Festsaal siehst.«

Vier Kronleuchter erwärmten das Foyer. Likah fühlte sich beobachtet, als sie mit ihren plumpen Schritten über die weichen, teuren Teppiche ging, und versuchte, sich Arkins aufrechten Gang abzuschauen, seine straffen Schultern, die Spannung in seinem Rücken. Arkin geleitete sie die Treppen hinauf zu einer vergoldeten Flügeltür, hinter der das Orchester energischer erklang. Nicht zu wissen, was sie dahinter erwartete, machte sie nervös. Ihr Blut pulsierte wie ein aufgebrachtes Meer, und sie schloss die Finger fester um Arkins Jackett.

Er öffnete die Türen. Streichmusik brandete Likah entgegen. Der Duft von Parfums wurde von wedelnden Fächern verteilt, und Kellner trugen Tabletts voller Gläser mit prickelnden Getränken umher.

Als sie eintraten, verstummte die Musik. Alle drehten sich zu ihnen um. Likah sah in geschminkte Gesichter, erwartungsvolle und neugierige Blicke, Blicke, die sie skeptisch zu prüfen schienen. Blicke, die scheinbar hinter die schönen Kleider und den Lippenstift sehen konnten. Sie schauderte. Ein einzelnes Horn spielte, dann sprach der Diener, der an der Tür stand:

»Verehrte Anwesende, darf ich um Ihre Aufmerksamkeit bitten? Arkin Minnestra von Kathasia und seine Schülerin Likah Laien.«

Hunderte Gesichter waren Likah zugewandt. Die Menge wich voller Demut beiseite, sodass sich eine Gasse bildete, durch die Arkin mit Likah am Arm voranschritt. Sie lief zögerlich an seiner Seite, wusste nicht, wohin sie ihren Blick richten sollte. Die Ehrfurcht der Gäste erdrückte sie.

»Rücken gerade, Likah«, murmelte Arkin, während er ihre Hand drückte. »Den Blick hoch.«

Ein wenig beschämt hob sie den Kopf. Sie hoffte, dass die Schminke wenigstens ihre roten Wangen verstecken würde. Ihr Blut wütete in den Adern, und sie verstärkte den Griff um seinen Arm. Likah stellte sich vor, sie könne einfach durch die Menschen hindurchblicken.

Sie stiegen die Treppe zu einer Empore hinauf. Nervös zupfte Likah an ihrem ohnehin schon glatten Haar. Arkin ließ sie los und wandte sich den Gästen zu.

»Ich wünsche allen heute Anwesenden einen wunderschönen Abend und möchte dafür danken, dass Sie sich die

Zeit genommen haben, mit uns zu feiern. Ich freue mich, verkünden zu dürfen, dass Likah Laien von heute an offiziell meine Schülerin ist. Sie hat Kathasias Prüfungen getrotzt und ihren Wert unter Beweis gestellt. Ihr und Kathasia soll eine strahlende Zukunft bevorstehen.« Er machte eine kurze Pause und wandte sich dann den anderen des Septimats zu, die an der Seite der Empore warteten. »Und ich hoffe, dass ihre Ausbildung ohne Störungen verlaufen wird. Es wäre zu schade, wenn ich dafür sorgen müsste, etwaige Probleme zu … beseitigen. In diesem Sinne wünsche ich Ihnen allen ein vergnügliches Fest.«

Arkin lächelte breit, aber sein Tonfall durchstach Likahs Haut. Es folgte Stille, dann kam zögerlich der erste Applaus. Likah behielt Arkin im Blick, noch irritiert von der Kälte in seiner Stimme.

Jetzt kamen die anderen Mitglieder des Septimats herauf und stellten sich in einem Halbkreis um Likah. Diese sank mit aufgestellten Fußballen und geradem Rücken auf die Knie. Mit klopfendem Herzen sah sie auf, als Rinoe, Fürstin Quinns, auf sie zukam. Sie hielt die Hände vor dem Oberkörper verschränkt, ohne mit den Fingern an irgendetwas rumzunesteln, wie Likah das immer tat, wenn sie nervös war. Neben ihr fühlte Likah sich wie ein Bettlermädchen. Die Schminke kam ihr jetzt vor wie eine schlechte Maske, das Kleid wie Samt, den man einer Kröte angelegt hatte.

»Likah Laien, ich schenke dir hiermit meinen Segen und erkenne dich als Schülerin von Arkin Minnestra an.«

Likah sah zu ihr hoch und bewunderte Rinoe für den Stolz in ihrer Haltung, die unnachgiebige und doch sanfte Stimme, und verstand, wie Arkin so sehr von dieser Frau schwärmen konnte. Sie war erhaben. Eine wahre Herrscherin.

»Um dich als zukünftiges Mitglied des Septimats willkommen zu heißen, möchte ich dir ein Geschenk überreichen.« Rinoe hielt Likah einen schrumpeligen Kern hin. »Pflanze ihn ein, und er wird mit dir wachsen und gedeihen.«

Der Samen roch nach trockener Erde. Likah ließ ihn in ihre Kleidtasche fallen. »Danke«, sagte sie und verfluchte sich dafür, dass ihr nichts anderes einfiel. Sie hätte etwas Kluges sagen müssen, etwas Angemessenes.

Rinoe nickte, legte beide Hände an Likahs Schläfen und küsste sie auf die Stirn. »Willkommen in unserer Familie.«

Applaus donnerte durch den Saal, der Likah beinahe unter sich begrub. Ihre Stirn wurde schweißnass, und ihr Körpergewicht drückte ihre Knie gegen den unnachgiebigen Steinboden, sodass sie zu schmerzen begannen. Rinoe kehrte zurück an ihren Platz in dem Halbkreis, der dem anwesenden Volk Sicht auf das Geschehen gab.

Die restlichen Mitglieder des Septimats wiederholten nacheinander die Zeremonie. Rayah, Shazmirs Fürstin, band ihr ein Armband um, dessen Anhänger den Jugendlichen als Glücksbringer mitgegeben wurde, wenn sie ihre Initiationsreise in die Wüste antraten. Rayah nickte anerkennend, was Likah überraschte.

Iasora, Sevas Fürstin, gab ihr eine durchsichtige Röhre, die mit Wasser gefüllt war. »Falls du dein Gleichgewicht einmal verlieren solltest«, sagte sie. Ihr Gesicht war schweigsam und leer, und Likah bezweifelte, dass sie ihr mehr erklären würde.

Nexin war der Fürst Yol-Khors aus dem hohen Norden. Seine Bewegungen waren bedacht und grazil, als er sich aus dem Kreis des Septimats löste und auf Likah zuschritt. Er sagte die zeremoniellen Worte und überreichte ihr einen Dolch mit rubindurchzogenem Heft. Likahs Hände zitterten, als sie ihn entgegennahm. Nur allzu deutlich kehrte die Erinnerung zurück, wie sie in der Nacht des Diebstahls das Messer geschwungen und es diesem Mann in die Schulter gerammt hatte.

Vor Lisander fürchtete Likah sich. Da sie wie er aus Lishol stammte, wusste sie um den Stolz, den er in sich trug, die Inbrunst seiner Reden, die Härte gegenüber jenen, die sich ihm widersetzten. Sein weißes Gewand blendete sie und verschmolz beinahe nahtlos in seinen weißblonden Flechtzopf.

»Herzlichen Glückwunsch zu deiner neuen Position als Schülerin«, sagte er, während er ihr sein Geschenk ins Haar steckte: eine Schmetterlingsspange, die in den Farben des Regenbogens schillerte. Nachdem er ihre Stirn geküsst hatte, beugte er sich vor und flüsterte ihr ins Ohr. »Pass auf dich auf, Likah. Arkin mag dich dieses Mal unter seinen Fittichen gehalten haben, aber er kann dich nicht immer beschützen.«

Likah schauderte, als er sich lächelnd erhob, und fragte sich, weswegen er sie so sehr verachtete, als bereits die letzte Fürstin vor sie trat. Seishun, die über Ganoire regierte. Ihr graues Haar war sorgsam zurückgekämmt. Seishun verneigte sich leicht vor Likah und verschränkte die schmalen Hände vor dem Körper.

»Meinen Segen sollst du haben, Likah Laien, Tochter des Windes. Ich heiße dich in unserer Familie willkommen. Verwende das hier, wenn du Rat suchst.« Sie legte Likah eine durchschimmernde Kugel in die Hand, etwas kleiner als ihr Kopf und federleicht.

Likah wusste nicht, was genau sie damit anfangen sollte, aber sie nickte und lächelte vorsichtig. Seishun beendete ihren Teil der Zeremonie. Der wichtigste Teil stand ihr allerdings noch bevor: der Segen der Königin.

Trommelwirbel ließ den Saal erzittern. Das Orchester spielte die Hymne Nakitas. Likah sah, wie das Septimat auf die Knie ging und alle Gäste das Haupt senkten. Die Musik endete abrupt in einem Crescendo. Likahs Herzschlag wurde noch immer vom Takt des Stückes dirigiert, als eine Stimme verkündete:

»Verehrte Gäste, Ihre Hoheit Königin Nalhari von Nakita!«

Es herrschte absolute Stille. Dann hörte Likah schweren Pelz über die hölzernen Dielen schleifen, Edelsteine und Gold klirrten aneinander, und das Leder feiner Stiefel quietschte. Ihre Stiefel waren auch alles, was Likah sah, als die Königin vor sie trat. Likah starrte auf den Boden, während ihre Brust in sich zusammenzufallen drohte.

Die Königin. Sie stand leibhaftig vor ihr. Hitze und Kälte überkamen sie gleichzeitig, ließen sie sogar das Stechen in ihren Knien vergessen. Die Königin war die einzige Person des Landes, die ihr noch mehr Respekt einflößte als das Septimat. Das Septimat stellte die menschliche Vertretung der sieben Göttlichen dar, aber die Königin symbolisierte das Erste Wesen, das die Göttlichen erschaffen hatte. Sie mischte sich nicht häufig in das Wirken des Septimats ein, aber wenn sie es tat, wagte es niemand, ihre Entscheidung anzuzweifeln.

»Sieh auf, Likah Laien.« Ihre Stimme war tief und erinnerte Likah an das Knarzen von getrocknetem Ebenholz, ruhig und allen Stürmen gewachsen.

Langsam hob sie den Blick, ließ ihn hinaufwandern, über Stiefel mit Schnallen aus purem Gold, das so glatt war, dass Likah jede Sommersprosse auf ihren Wangen ausmachen konnte. Der Gürtel von Königin Nalhari war mit Ornamenten der göttlichen Symbole verziert, und an fast jedem ihrer Finger prangte ein Ring. Goldfäden waren in die weit ausladenden Ärmel ihres Gewands gewebt, die an den Schultern wieder eng an ihrer Haut lagen. Ein schlichter Kragen verdeckte ihren Hals. Dann erblickte Likah zum ersten Mal in ihrem Leben das Gesicht der Königin von Nakita.

Graue Strähnen zogen die Farbe aus ihrem dunkelbraunen Haar, Falten zogen sich um Königin Nalharis grüne Augen. Ihre Nase war kantig, doch ihr Gesicht trotz der Erhabenheit weich. Die Krone saß auf ihrem Kopf, als gäbe es keinen passenderen Platz.

Likah holte Luft, aber selbst wenn sie Worte herausgebracht hätte, wäre ihr nichts Angemessenes eingefallen.

»Ich bin froh, dass Arkin endlich eine Nachfolgerin auserkoren hat. Likah Laien, du hast Gefahren und Herausforderungen getrotzt und dir den Respekt und das Vertrauen deines Meisters erworben. Ich muss dich fragen: Bist du bereit, das Erbe des Windes zu tragen, dein Leben Kathasia zu widmen und dein Land friedlich und gerecht zu führen, sobald Arkin sein Amt an dich abgibt?«

Ihre Lippen zitterten. Sie fühlte sich alles andere als bereit. Likahs Kehle fühlte sich verstopft an, aber als sie sprach, war ihre Stimme kräftiger, als sie gedacht hatte: »Ja, das bin ich.«

Königin Nalhari legte drei Finger quer über ihr Herz. Kathasias Symbol. Dann hauchte sie einen Kuss auf ihre Stirn, ohne sie zu berühren. Dennoch brannte sich das Gefühl in Likahs Stirn. Sie bebte. Als die Königin einen Schritt zurücktrat, sagte sie:

»Erhebe dich, Likah Laien.«

Ihre Knie knirschten, als sie sich aufrichtete. Schmerz schoss hindurch, als hätte ihr jemand mit einem Hammer auf die Kniescheibe geschlagen. Sie biss die Zähne fest aufeinander, damit sie das Gesicht nicht verzog, und verbeugte sich tief vor Königin Nalhari. Likah stützte sich unauffällig auf das Geländer, als die Königin sprach.

»Durch königliches Recht soll Likah Laien ab heute offiziell in die Dienste von Arkin Minnestra treten und seine Schülerin werden.«

Applaus erschütterte den Saal. Arkin trat vor und legte Likah eine Hand auf die Schulter. Sie wollte sich zu ihm umdrehen, aber er hielt sie fest und legte ihr eine Kette um den Hals. Feinste Glieder aus Silber schmiegten sich an ihre erhitzte Haut. Der Anhänger fasste einen Aquamarin. Kathasias Falke war in den Edelstein eingraviert. Dieselbe Kette, die auch Arkin trug.

Likah hörte nicht, was er sagte. Ihr fiel es schwer, aufrecht stehen zu bleiben. Bis eben hatte sie ausgeblendet, wie viele Menschen sie beobachteten, sie stand unsicher auf den Beinen, als könnte die Menge sie mit einem Ruf von den Füßen fegen. Hunderte Augen starrten sie an und klatschten, es schien keinen Ort zu geben, an dem sie keinem Blick begegnete. Als sie sich umdrehte, waren das Septimat und die Königin bereits fort.

Arkin bot ihr seinen Arm an. »Genug der Formalitäten, oder? Zeit, zu feiern.«

Er ging voraus, durch einen schmalen Gang von der Empore aus zu einem runden Tisch, an dem das Septimat samt Nachfolge sowie die Königin und ihr Mann Platz fanden. Von der Brüstung aus konnte Likah immer noch die Gäste im Erdgeschoss sehen, aber der Tisch stand weiter hinten und war von Tüchern verdeckt, sodass niemand aus dem Volk sie beim Essen sehen konnte.

Die Königin lächelte, als Likah sich neben Arkin setzte, doch diese war sich nicht sicher, ob sie es erwidern sollte. Unauffällig schielte sie an der Königin vorbei und lächelte, so dezent sie konnte.

Gedeckt war der Tisch mit etlichen Silbertellern, knusprig gebratener Truthahn schwamm in Rotweinsauce, Teigtaschen verströmten würzigen Duft, Fischfilets lagen in

Kräutermarinade, und Dampf stieg aus einer Schale mit überbackenem Gemüse auf. Es gab Fruchtmus in allen erdenklichen Farben, in flüssige Schokolade getauchtes Obst und Kirschtörtchen mit rosa Sahnehäubchen. Likah hatte noch nie so viele Leckereien auf einem Haufen gesehen.

Arkin schob ihr ein Glas mit zuckerbestäubtem Rand hin, in dem eine tiefrote Flüssigkeit schwappte.

»Gegen die Nervosität«, sagte er und zwinkerte.

Likah nickte und nippte an dem Wein. Er schmeckte süß und hatte einen fruchtigen Nachgeschmack. Zögerlich belud sie ihren Teller mit Köstlichkeiten, nachdem sie gesehen hatte, dass auch die anderen sich bedienten. Jemand stupste sie an.

»Nervenaufreibend, was? Ich glaube, ich war damals ähnlich nervös wie du.«

Likah wandte sich zur Seite. Neben ihr saß ein Mädchen mit roten engen Löckchen, die voluminös ihr Gesicht einrahmten. Ihre Haut schimmerte in einem matten Hellbraun, ihr Gesicht war weich, die Nase klein und rund.

»Ich bin Eiwee. Rinoes Schülerin.«

»Likah.« Sie lächelte.

»Mach dir keine Gedanken, wenn sie ein bisschen eklig zu dir sind«, erzählte Eiwee weiter. »Du bist neu, und man misstraut dir vielleicht noch. Besonders Lisander, der ist echt komisch.«

Likah runzelte die Stirn. »Wieso das?«

»Wer weiß? Sein Schüler ist nicht ganz so schlimm.« Sie kicherte, doch das Geräusch endete abrupt, als sich Kin, besagter Schüler, zu ihr umdrehte.

Likahs Blick blieb an Kins Hand hängen, ein goldener Ring zierte seinen rechten Ringfinger. Likah stutzte, weil sie glaubte, den Ring wiederzuerkennen. Bevor sie aber weitere Gedanken daran verschwenden konnte, begann Eiwee von ihrem Leben als Schülerin zu erzählen, sodass Likah den Ring rasch vergaß.

Die Gespräche bei Tisch wandten sich der Politik zu. Diskussionen über Grenzwachen und Handelspreise beherrschten das Geschehen. Ob die Handwerkergilden weiterhin innerhalb der Länder autonom agieren sollten oder ob es besser sei, in ganz Nakita eine Gilde zu etablieren. Schifffahrtsrouten und infrastrukturelle Veränderungen waren gerade Thema, als Likah sah, wie die zukünftigen Fürstinnen und Fürsten gelangweilt in ihrem Essen herumstocherten.

Sie seufzte und wünschte, die Zwillinge könnten hier sein. Dieses Fest war der Inbegriff von Verschwendung, aber den Kleinen hätte es gefallen. Bei dem Gedanken, wie sie sich begeistert über die Brüstung der Empore gelehnt hätten, musste sie schmunzeln. Sie hätte an sich halten müssen, sie nicht zurück zum Tisch zu zerren vor Sorge, sie könnten stürzen, aber Alia hätte sie mit glänzenden Augen angesehen und Gem hätte sich eine Honigtasche nach der anderen in den Mund gestopft, und das Glück in ihren Gesichtern hätte ihre Sorgen rasch vertrieben.

»Ich bin gespannt, Arkin«, erhob Lisander die Stimme, »wie lange deine neue Schülerin dabei sein wird. Glück hast du ja nicht gerade mit den Menschen um dich herum, wenn ich an Saaid denke.«

Likah horchte auf und blickte hinüber zu Arkin, der betont langsam einen Schluck aus seinem Glas nahm.

»Das ist kein angemessenes Thema bei Tisch, meinst du nicht?« Er tupfte sich mit einer Serviette den Mund ab.

Gern hätte Likah gefragt, was es damit auf sich hatte, aber ganz offensichtlich war es nicht der richtige Zeitpunkt.

Likah hatte versucht, sich den Bauch nicht allzu vollzustopfen, aber sie hatte einfach von allem etwas probieren müssen und fühlte sich nun wie ein zu straff aufgeblasener Ballon. Den anderen schien es ebenso zu gehen, und so entschuldigte Königin Nalhari sich und verschwand mit ihrem Mann, als die Mitglieder des Septimats sich erhoben.

»Was jetzt?«, fragte Likah an Arkin gewandt.

»Jetzt fängt der Spaß an.« Er schien überhaupt nicht träge von all dem Essen.

Likah begutachtete ihn misstrauisch. Sie hatte gelernt, dass mit Arkins Vorstellungen von Unterhaltung vorsichtig umzugehen war. »Spaß?«

»Der Ball, Likah.« Er hüpfte die Treppen hinunter auf die Tanzfläche.

Unten wogten Kleider wie ein Meer aus Regenbogen, Tanzpaare kreisten durch den Raum. Arkin rauschte zu Rinoe und forderte sie zum Tanz auf. Eiwee lachte Likah zu, und alle schwärmten aus, um jemanden um einen Tanz zu bitten.

Likah folgte zaghaft. Diese Art der gesellschaftlichen Welt hatte sie verlassen, noch ehe sie richtig hatte eintreten können. Sie wusste nicht, wen sie nach einem Tanz fragen sollte, und war sich unsicher, ob sie die Schritte noch beherrschte. Obwohl ihre Eltern mit ihr geübt hatten, war dies ihr erster Ball.

Während sie so dastand, wuchs das Gefühl, dass sie von allen Seiten angestarrt wurde wie ein Zirkustier und dass sie nicht hierher gehörte. Ihre Ohren pochten, und sie betrachtete eingehend den seidenen Stoff ihrer Handschuhe, um nur zu niemandem Augenkontakt herstellen zu müssen.

»Darf ich um diesen Tanz bitten?«

Sie fuhr herum. Jeliél, der Junge, der ihr bei der Prüfung zugezwinkert hatte, stand hinter ihr und streckte seine Hand aus. Ein schelmisches Lächeln brachte seine blauen Augen zum Funkeln.

Erleichtert atmete Likah aus. »Gern.« Sie ergriff seine Hand. »Aber ich habe lange nicht getanzt.«

Er zuckte mit den Schultern. »Wenn du dich nicht gerade wie ein Kind anstellst, merkt das niemand.«

Jeliél legte die linke Hand auf ihr Schulterblatt. Zuerst war Likah steif und stieß an den Zehen mit Jeliéls zusammen, aber bald fanden sie den Rhythmus der Musik, und ihre Schritte flossen so sicher dahin, als hätte sie erst gestern noch mit ihrem Vater in der Stube geübt. Im Stillen dankte sie ihm für die Tanzstunden, über die sie als Kind geklagt hatte.

»Siehst du? Alles kein Problem.« Jeliél drehte sie um ihre eigene Achse.

»Mein Vater hat mir das Tanzen beigebracht. Aber das ist schon lange her.«

»Ich weiß.«

Irritiert sah sie Jeliél an.

»Ich meine, ... ich weiß, dass du deine Familie früh verlassen hast. Entschuldige, das war nicht gerade sensibel.« Er sah zerknirscht aus.

»Schon gut.« Likah machte eine halbe Drehung. »Aber woher weißt du das?«

Verlegen zuckte er mit den Schultern. »Alte Angewohnheit. Ich informiere mich gern.«

Likah nickte. Sie ging davon aus, dass er nicht der Einzige war, der in ihrer Vergangenheit gekramt hatte. Bei dem Gedanken wurde ihr unwohl. Wie viel wusste das Septimat von ihrer Zeit auf der Straße? Wenn sie so darüber nachdachte, war es kein Wunder, dass sie ihr misstrauten. Immerhin war sie jahrelang eine heimatlose Diebin gewesen, und auch jetzt fühlte sie sich noch nicht wie ein Teil der gehobenen Gesellschaft.

Das ansteigende Tempo der Musik forderte ihre Aufmerksamkeit und ließ sie die Gedanken für einen Augenblick beiseiteschieben. Bereitwillig ließ sie es geschehen und genoss die Euphorie, als sie und Jeliél durch den Saal rauschten.

»Du hast mir einen Schrecken eingejagt, als du gefallen bist«, rief er über die Musik hinweg und drückte ihre Hand.

»Ich dachte, es wäre vorbei«, gab sie zu.

»Die Sache mit den Falken war ziemlich beeindruckend. Dass Kathasias heilige Tiere dir zu Hilfe gekommen sind …«

»Nexin glaubt, Arkin hätte sie dazu gebracht.«

»Hat er?«

Likah seufzte. »Keine Ahnung, wer weiß schon, was in seinem Kopf vorgeht … Er ist mal freundlich und verständnisvoll, aber dann völlig verschlossen und einfach seltsam.«

Jeliél ließ sie eine doppelte Drehung machen und lachte. »So oder so hätte er dich bestimmt nicht sterben lassen. Arkin war lange ohne Schülerin, da gibt er dich bestimmt nicht einfach auf. Er muss irgendwas Besonderes in dir sehen.«

»An mir ist nichts Besonderes«, murmelte Likah, doch dann dachte sie an ihr bisheriges Leben, und dass es durchaus besonders war, wenn man bedachte, wo sie jetzt war. Aber sie bezweifelte, dass diese Art von Besonderheit ihr helfen würde.

Die Musik nahm an Fahrt auf und steigerte sich in übermütige Akkorde, die immer lauter und schneller wurden. Bald wirbelten Likah und Jeliél über die Tanzfläche, Likahs Haar flog über ihre Wangen, und sie wusste nicht, wie ihre Beine mithalten konnten. Sie lachte, als sie sich mit Jeliél im Kreis drehte, und folgte dem Geleit der Violinen.

Das Lied endete zu abrupt. Mit einem letzten lauten Ton war das Stück vorbei. Jeliél ließ sie los und verneigte sich.

»Ich muss noch mit meiner Meisterin sprechen. War mir eine Ehre, Likah«, sagte er mit einer schelmischen Note in der Stimme.

Sie verdrehte die Augen. »Klar.«

Er grinste und entfernte sich.

In der Mitte des Ballsaals stand eine runde Bankreihe, deren grüne Polster nach Wacholder dufteten. Likahs Atem ging rasch, als sie sich setzte und einer der Kellner ihr ein Glas Sprudel anbot. Minzblätter zierten das Getränk, und sie konnte nicht umhin zu grinsen. Sie war aufgeputscht, und ihre Muskeln kribbelten noch vor Wärme.

»Ich dachte schon, der lässt dich nie allein.«

Ihr Griff um das Glas verhärtete sich. Likah drehte sich zu der Stimme um. Niheno, der Schüler Nexins, stand hinter ihr. Er hatte die Arme verschränkt und sah sie aus seiner gebeugten Haltung heraus abschätzig an.

»Fessle.«

Er flüsterte nur, doch seine Worte jagten Likah einen Schauer die Wirbelsäule hinab. Um sie herum wurde es kälter. Etwas Glattes schlängelte sich um ihre Knöchel. Entsetzt wollte sie einen Schritt machen, doch ihre Füße waren am Boden fixiert. Sie sah nach unten.

Wo ihr Schatten dem Licht nach hätte hinfallen müssen, war nichts mehr. Stattdessen hatte er sich von ihr gelöst und sich verformt, schlang sich nun um ihre Beine wie ein gieriger Schwarm Blutegel. Niheno hatte ihren Schatten materialisiert und unter seine Kontrolle gebracht. Likah holte tief Luft, um die Angst, die sich in ihrer Brust aufbäumte, niederzuringen. Niheno konnte ihren Schatten mit nichts als ein paar Worten kontrollieren.

»Ach, ihr zwei unterhaltet euch?« Fynn ließ sich schwungvoll neben Likah auf die Bank fallen. Seine dunkle Haut war von der Sonne gegerbt, wahrscheinlich, weil ihn seine Meisterin Rayah in der Wüste trainieren ließ.

»So würde ich es nicht nennen«, brachte Likah heraus. »Du bist ja mutig, das hier mit mir zu machen, vor allen Leuten.«

Niheno trat näher, die Augenbrauen wie harte Pinselstriche eng zusammengezogen. »*Stich.*«

Bei dem Wort schlangen sich die Schatten fester um Likahs Knöchel. Es schmerzte, als würden die Schatten mit Gewalt das Blut aus ihren Adern saugen. Sie kniff die Hände in ihr Kleid und reckte den Kopf, aber Arkin tanzte mit Rinoe und schien sie gar nicht zu bemerken.

»Und ich kann noch viel mehr machen, *vor allen Leuten,* was glaubst du?«, sagte Niheno. Sein Gesicht war nur eine Handbreit vor ihrem.

»Ich glaube, sie erhofft sich Hilfe von Arkin – wie vorhin bei der Prüfung«, fügte Fynn hinzu. »Zu dumm, dass er seine Gedanken gerade ganz woanders hat.«

Likah biss die Zähne zusammen. »Ich habe keine Angst vor euch.«

»Das würde keinen Unterschied machen.« Niheno schloss die Finger um ihr Handgelenk. »Mich interessiert deine Angst nicht. Du sollst nur verstehen, dass du nicht plötzlich etwas bist, nur weil dich Arkin zu seiner Schülerin gemacht hat.«

Die Schatten bohrten sich tiefer in ihre Haut, und Likah wünschte sich so sehr, dass Arkin ihr wenigstens irgendetwas beigebracht hätte, womit sie sich jetzt hätte verteidigen können.

»Du kannst gar nichts tun, also halt dich zurück und komm niemandem quer, verstanden?«

Likah drehte sich weg, damit die Jungen ihre Hilflosigkeit nicht sehen konnten, und atmete langsam ein und aus, als könne sie damit den Schmerz lindern. Mehr konnte sie nicht tun, Arkin hatte ihr kein einziges Wort beigebracht, das sie zur Verteidigung hätte sprechen können. Sie ballte die Hand zur Faust und schleuderte sie Niheno entgegen, doch die Schatten bohrten sich abermals tiefer in ihr Fleisch. Blitzartig zog sie die Hand zurück. Ein Schmerzenslaut entfuhr ihr, doch er ging in der Musik unter.

»Stimmt es eigentlich, dass du von der Straße kommst, Likah?« Fynn fragte beiläufig und zupfte seine Hemdsärmel zurecht. Seine Augen glitzerten hämisch.

»Geht dich nichts an.« Sie hob das Kinn und gab sich Mühe, keinen ihrer Zweifel auf ihrem Gesicht zu zeigen.

»Eine Diebin als zukünftige Fürstin?« Zornesfalten verdunkelten Nihenos Stirn. »Arkin traut sich ja was, wenn er sich damit nicht seinen ganzen Ruf ruiniert.«

Likah sah sich um, aber niemand schien sie zu beachten. Ihre Kehle wurde eng, als sie begriff, dass dieses Spiel weitergehen würde, solange die beiden Lust dazu hatten.

»Bist du dir überhaupt sicher, dass du mit dieser Verantwortung umgehen kannst?« Fynn fuhr sich lässig durchs lockige Haar und schien zufrieden mit sich zu sein. »Du, als Straßenmädchen?«

Der selbstgefällige Blick war Likah zu viel. Die Angst in ihrer Brust verbrannte in Zorn. Der Schmerz an ihren Knöcheln fachte das Feuer nur noch mehr an. Sie hatte nicht all das durchgemacht, um sich von einem Jungen sagen zu lassen, was sie konnte und was nicht.

»Und wie kommst du darauf, dass ich das nicht kann? Sei nicht naiv. Arkin hat mich nicht grundlos ausgewählt!« Sie verlieh jedem Wort Akzent. »Ich werde diese Verantwortung als zukünftige Herrscherin Kathasias tragen, und glaub ja nicht, dass ich mich dabei schlechter anstellen werde als du. Oder du«, fügte sie an Niheno gewandt hinzu. »Ich bin nicht irgendein Mädchen, das ihr herumschubsen könnt. Ich werde eine Herrscherin genau wie ihr. Und jetzt lass mich los!« Die letzten Worte rief sie so laut, dass sich die Umstehenden zu ihnen umwandten.

Verblüfft sah Fynn sie an. Jetzt richteten die Gäste die Aufmerksamkeit auf die drei. Widerwillig ließ Niheno die Schattenfesseln von ihren Knöcheln gleiten, nicht, ohne noch einmal abfällig zu schnauben. Sie fand Arkins Blick in der Menge. Er nickte und zwinkerte ihr zu.

Likah lächelte unsicher.

KAPITEL 8

DUNKELHEIT

Thora lag rücklings in den verlumpten Decken und starrte seit Stunden an die Zeltdecke. Schlafen konnte er nicht, denn die Schreie aus der Kammer hielten ihn wach. Neben ihm wälzte sich sein Zeltkamerad Mik hin und her, aber er schien immerhin zu dösen. Nach dem Arbeitstag war er so müde gewesen, dass er sich nur mit einem Murmeln vorgestellt hatte. Jeder Schrei des Mädchens ließ Thora heftig zusammenzucken. Es kostete ihn alle Mühe, liegen zu bleiben, so stark war das Bedürfnis, zu gehen und ihr zu helfen. Wenn er doch nur gewusst hätte, wie. Weil er nicht schlafen konnte, schlug er die Decke zurück und krabbelte aus der Behausung.

Inmitten aller Zelte röchelte die Glut vom Abend noch immer schwarzen Rauch. Die Masken öffneten einmal täglich zur Hauptmahlzeit die Lüftungsklappen, sodass das Feuer nur selten brannte, aber das Holz glühte noch. Thora räusperte sich, als der dunkle Atem zu ihm hinüberzog und in seiner Kehle kratzte. Er ließ sich neben die Feuerstelle sinken, doch die klägliche Restwärme konnte die Kälte um sein Herz nicht schmelzen. Die Schreie des Mädchens bohrten sich in seinen Kopf. Thora umfasste seine Knie und grub die nackten Zehen in die Asche, die aus der Glut geweht wurde.

Es gab nichts, was er tun konnte, um ihr zu helfen. Seiner Kameradin, seiner Schwester in der Not, deren Namen er nicht einmal kannte. Sie mochten einander fremd sein, aber hier unten waren sie Verbündete. Sie mussten es sein.

Hinter ihm raschelte Stoff. Irisas bleiche Gestalt schälte sich aus der Dunkelheit.

»Willst du nicht wenigstens versuchen, zu schlafen?« Ihre Stimme war heiser. »Morgen wird ein harter Tag.«

»Wie könnte ich?« Er stierte in die Glut.

»Ich kann dir Wachs für die Ohren schmelzen«, antwortete sie, doch Thora schüttelte den Kopf.

»Sie ist unsere Kameradin.«

Irisa spitzte die Lippen. »Diese Ansicht wird dir nur Schmerz bringen. Die Masken nehmen uns alles, früher oder später. Freundschaft ist wertlos hier unten.«

»So ein Unsinn!« Er schlug mit der Faust auf den Steinboden. Die Haut seiner Hand riss, aber den Schmerz spürte er kaum. »Zusammenhalt ist alles, was wir haben. Und du gibst das freiwillig auf?«

Irisa öffnete die Lippen. Ihre Augen zeigten einen Ausdruck, den Thora zuvor nicht bei ihr gesehen hatte. Darin funkelte Überraschung.

»Könnt ihr auch nicht schlafen?« Mik kroch aus seiner Behausung und rieb sich die blutunterlaufenen Augen. »Sie schreit ja fürchterlich …«

»Dann unternehmen wir etwas.« Thora stand auf. »Befreien wir sie.«

Keiner von beiden rührte sich. Irisa zupfte traurig an ihren Zehen, während Thora sie abwartend ansah.

»Und wie sollen wir das anstellen?«, fragte Mik nach einer Weile. »Für die Kammer braucht man einen Schlüssel.«

»Den die Masken haben«, ergänzte Irisa.

Thora sah zwischen den beiden hin und her. »Habt ihr denn nie daran gedacht, zu fliehen?«

Bitteres Lachen drang aus Irisas Mund. »Natürlich. Immer. Jede Sekunde, die ich klar genug im Kopf bin, um über so etwas nachzudenken.« Die Narbe auf ihrer Stirn schien zu glühen, als das Blut unter ihrem Gesicht raste. »Aber wie? Die Masken sehen alles, und die armen Strolche, die einen Versuch gewagt haben …« Sie schauderte. »Es ist hoffnungslos, und du wirst das auch noch verstehen.«

»Was ist denn hier draußen los?« Ein Mann mit wucherndem Schnurrbart und purpurroter Nasenspitze schleppte sich zu ihnen. Es war derjenige, der am Abend zuvor das Zelt des Toten für sich beansprucht hatte. Thora knirschte mit den Zähnen, als er ihn sah.

»Ach, du bist es, Myzam …« Mik seufzte. »Das wird eine lange Nacht, hm?« Er drückte sich hoch auf die Füße und klopfte Asche von seinen Knien. »Bin gleich wieder da.« Mit diesen Worten verschwand Mik im Dunkel.

Thora blickte Myzam nicht an, stattdessen wandte er sich an Irisa. »Wer ist sie? Das Mädchen.«

»Ich glaube, Sagi.«

»Wen kümmert's, wie die Göre heißt?« Myzam drängte sich unangenehm nah an Thora, als wollte er ihn von der Glut wegschieben, und ließ sich neben ihn plumpsen.

»Was ist dein Problem?«, fuhr Thora ihn an. »Du redest über andere Menschen, als gingen sie dich nichts an.«

»Die Menschen hier sind mir egal.« Myzam schnalzte verächtlich mit der Zunge.

»Wieso?« Thoras Augen verengten sich. »Wir segeln doch alle unter derselben Flagge!« Allmählich gesellten sich andere zu ihnen, die durch ihre Gespräche geweckt worden waren. Offenbar konnte niemand richtig schlafen. »Wir müssen zusammenhalten.«

Myzam schnaubte. »Zusammenhalten? Du kapierst es nicht, Junge. Das hier ist das Ende. Wir sind der Abschaum der Gesellschaft. Ich sollte für meine Verbrechen hingerichtet werden, und du bist wahrscheinlich auch nur einer, den keiner vermisst. Niemand schert sich um uns, niemand sucht nach uns. Niemand kommt.«

Thora sprang auf. »Denkt ihr das tatsächlich?«, rief er in die Runde. Seine Worte prallten an gesenkten Gesichtern ab. »Wollt ihr alle das einfach so hinnehmen? Als Abschaum bezeichnet werden? Ihr seid mehr als das! Ihr seid Menschen, verdammt, keine Puppen. Ihr habt Angst, ich auch. Aber ihr könnt euch nicht euren Wert absprechen lassen. Wir sind viele und dürfen nicht zulassen, dass noch mehr unserer Kameraden von diesen Masken gequält werden. Gemeinsam können wir es schaffen. Kämpfen wir! Für unsere Freiheit!«

Die Leidenschaft kräftigte seine Worte und schleuderte sie mit aller Inbrunst aus seinem Mund. Doch die Flamme, die in Thora züngelte, verfehlte die gefrorene Leidenschaft der anderen Gefangenen. Ihre Mienen blieben ausdruckslos und schlaff, weil der Funke den Sprung zu ihnen nicht schaffte.

Sie vertrauten nicht auf Thoras Worte, wie er es tat. Sie waren gebrochen. Zusammengesunken saßen sie da, Schulter an Schulter, ihre Herzen schwach, aber sie schlugen gleich. Vielleicht, dachte er, waren sie mehr Geschwister, als ihnen bewusst war, alle von denselben Narben auf der Stirn gezeichnet.

»Sprich ruhig weiter«, flüsterte Irisa. »Dann sind die Schreie nicht so zu hören.«

Es hatte keinen Zweck. Er hatte keine Worte mehr, obwohl er sich sicher war, dass die richtigen Worte existierten. Er wollte nicht glauben, dass die Menschen hier unten endgültig aufgegeben hatten. Resigniert ließ Thora sich in die Runde sinken. Für eine Weile war nur das Knacken der Kohlen zu hören, der Rauch von sterbender Glut zog in ihre schweißstarre Kleidung. Irisa ließ sich seufzend neben ihn fallen. Sie drückte ihre Wange an seine Schulter.

»Du hast es versucht«, murmelte sie.

Er biss die Zähne zusammen. Ein Versuch reichte nicht. Er musste nicht ihren Kopf überzeugen, sondern ihre Herzen erreichen. Aber wie?

Thora antwortete nicht, und auch Irisa schwieg. Nach einer Weile, als die orangen Punkte in der Kohle erstarben, kehrte Mik mit dem Arm voller Flaschen und Krüge zu ihnen zurück. Er füllte die milchigen Gläser, die Holzschalen und Tonkrüge, dann verteilte er Wein, Bier und Schnaps unter den Gefangenen.

»Hab ich bei meiner Schicht aus der Brauerei mitgehen lassen«, erzählte Mik. »Wir können wohl alle etwas Ablenkung gebrauchen.«

»Für Sagi, unsere Kameradin.« Thora erhob seinen Krug. Einige andere murmelten ihren Namen, doch die meisten schwiegen.

Das Getränk war bitter und schwer auf Thoras Zunge, es brannte in seinem Rachen und ließ seine Speiseröhre glühen, doch er kippte das Gesöff in einem Zug hinunter, wie die anderen das taten. Irisa schlürfte die violette Flüssigkeit langsam, aber deutlich hörbar.

Nach einer Weile wich das betretene Schweigen albernem Gekicher und geröteten Wangen. Der Alkohol tat Wirkung, und die Schreie des Mädchens in der Kammer verstummten für eine Weile. Eine junge Frau namens Serwiya sprach sehnsüchtig von den grünen Wiesen Quinns, den Wäldern, in denen sie mit ihrem älteren Bruder für die Jägergilde Wildschweine erlegt hatte, und wie sie gelernt hatten, in der Erde den Spuren der Eber zu folgen.

Thora hörte zu, wie der Junge Minak von seiner Heimat Seva erzählte, von den Postkugeln, die über Flusssysteme

Briefe trocken beförderten, und wie er das Weberhandwerk von seinem Großvater erlernt hatte. Karlie schwelgte in Erinnerungen über die Zuckerwatte, die auf den Märkten in Lishol verkauft wurde, und dem Chemielabor ihrer Eltern, in dem sie schon als Kind experimentiert hatte. Thora erfuhr etwas über die Fruchtlimonaden, die in Shazmirs Wüsten getrunken wurden, um den Körper in der Hitze zu erfrischen. Irisa lehnte die ganze Zeit an seiner Schulter, und er glaubte, sie einmal lächeln zu sehen, aber vielleicht hatte der schwache Feuerschein ihm das auch nur vorgegaukelt.

»Die Tannen riechen nur in Kathasia so, nirgends sonst«, berichtete Ulsan. »Meine Mutter konnte Öl daraus pressen, das wir immer für meine Klarinette benutzt haben. Damit hätte ich vor Arkin spielen können, vielleicht sogar vor der Königin.«

»Jetzt hör aber auf«, fuhr Serwiya dazwischen. »Du übertreibst.«

Sie lachten. Es war das ehrlichste und einzige Gelächter, das Thora hier unten bis jetzt gehört hatte. Karlie trug ein verwaschenes Lächeln, als Minak den Kopf auf ihren Schoß legte.

Das Lachen endete abrupt. Als hätte jemand die Tür zugeschlagen. Das Rascheln von Umhängen unterwanderte das Gelächter und ließ es einbrechen wie ein Gebäude, das auf Sand errichtet worden war. Ein Glas zerschellte am Boden, Ulsan verkrampfte die Hände in seinem Schoß, und Irisa wandte den Blick stur zu Boden. Thoras Brust schrumpfte in sich zusammen, als er die Masken kommen sah. Die Gefangenen hatten eine Miene aufgesetzt, die sich von jener der Masken nicht mehr allzu sehr unterschied: Ausdruckslosigkeit. Thoras Herz flatterte vor Beunruhigung und – er mochte es nicht zugeben – Angst.

Alle Blicke lagen auf Mik. Mik, der den Alkohol gestohlen hatte. Mik, der dieser Gruppe das einzige Lachen beschert hatte, und Mik, der die Masken auf sie aufmerksam gemacht hatte. Kaum dass die verstohlenen Blicke den Jungen trafen, schritten zwei Masken zielstrebig auf ihn zu.

Mik erbleichte, doch statt zurückzuweichen, blieb er stehen wie erstarrt, als hätte er sich in Marmor verwandelt. Die Masken streckten die Kreidehände nach ihm aus.

»Wartet.« Thoras Herzschlag drohte, seine Rippen zu zerbrechen, aber seine Stimme zitterte nicht.

Sie hielten inne und sahen ihn mit ihren gleichförmigen Gesichtern an. Der Zorn grub tiefe Furchen in seine Stirn.

»Ich habe den Alkohol gestohlen.« Es kostete ihn Überwindung. Thora schluckte, aber er hielt den starren Blicken der Masken stand. Er würde ihnen Mik nicht ausliefern. Nicht Mik, und niemanden seiner Kameraden mehr. Mit all seiner Macht würde er ihnen widerstehen. Er hob das Kinn.

Sie betrachteten ihn einen Moment, dann, als interessierten sie sich gar nicht, schritten sie in Miks Richtung. Thora breitete die Arme aus und stellte sich dazwischen.

»Habt ihr nicht gehört? Ich war es.« Noch immer keine Reaktion.

Als sie Anstalten machten, einfach an ihm vorbeizugehen, packte Thora einen von ihnen am Handgelenk und riss ihn zurück. Eine Sekunde war die Maske wie erstarrt, dann drehte sie sich zu Thora um, packte ihn an Schulter und Nacken und rammte ihn auf den Boden. Ein Schmerzenslaut entfuhr ihm, und er schmeckte Blut. Eine weitere Maske griff nach Thoras Arm, riss ihn wieder auf die Füße. Das Letzte, was er sah, als er davongeschleift wurde, waren die entsetzten Blicke der anderen Gefangenen, allen voran Irisas vor Schock geweitete Augen.

Die Masken stießen Thora in die Kammer. Er stolperte hinein, und als sie die Tür schlossen, verlosch mit dem letzten

Lichtstrahl jedwedes Geräusch. In der Kammer herrschte absolute Schwärze. Er rüttelte an der Tür, doch die Scharniere ächzten nicht einmal.

Ihm musste irgendetwas anderes einfallen. Noch konnte er nicht einmal einschätzen, wie groß die Kammer war, geschweige denn, ob sich außer ihm noch etwas darin befand. Foltergeräte? Irgendetwas musste Sagi schließlich zum Schreien gebracht haben, und eine winzige Hoffnung regte sich in ihm, dass die Tür nicht der einzige Zugang zur Kammer war. Er bewegte sich tastend durch die undurchdringbare Dunkelheit. Die Wände der Kammer waren kalt und rau, die Luft unbewegt, und das einzige Geräusch war sein Atem, der von der Dunkelheit eingesogen wurde, sonst gar nichts.

»Hallo?«, rief er, doch keine Antwort. Nicht, dass er eine erwartet hätte, ein anderer Mensch hätte sich sicher längst zu Wort gemeldet.

Es dauerte nicht lange, bis er einmal an den Wänden entlanggelaufen war. Die Kammer war nur wenige Schritt breit und völlig leer. Es gab nichts, um einen Fluchtplan auszutüfteln, vielleicht war er auch dumm gewesen, das zu glauben. Stein presste sich in seinen Rücken, als er sich frustriert an der Wand hinabgleiten ließ. Die Stirn auf die Hände gedrückt, saß er da. Was hatte Sagi nur so zum Schreien gebracht? Hier war nichts. Ob es ihr gut ging? Hatten die Masken sie zurückgebracht? Er konnte es nur hoffen. Thora seufzte und lehnte den Kopf an die nackten Wände.

Gedankenverloren betastete er die Wundkruste auf seiner Stirn. Sie brannte, wenn er sie berührte. Trockene Blutkrümel blieben an seinen Fingerkuppen haften und bröselten ab. Jetzt, da er völlig allein war, überkamen ihn die Gedanken. Die Gedanken an Kapitän Ross, den Thora in der Bilge zurückgelassen hatte. Damine und die anderen hatten ihn gewiss längst befreit. Damine, Assam, Rajan … Waren sie weitergesegelt? Suchten sie nach ihm? Und seine Großmutter, mit dem stolzen, resoluten Ausdruck, und dem glänzend schwarzen Haar, das auch im Alter nicht ausdünnte. Ihre weiche dunkle Haut, und der Brief, der den Duft ihres Lilienparfums auch auf See nie verloren hatte …

Trauer bemächtigte sich seiner. Seine Augen tränten, als ihm bewusst wurde, wie ihr Herz zerbrechen würde, wenn er nicht zurückkehrte. Er war die einzige Familie, die sie noch hatte. Und sie war seine einzige Familie. Er konnte das nicht geschehen lassen. Entschlossen ballte er die Faust. Er würde ausharren, bis die Masken ihn aus der Kammer holten. Falls das jemals sein würde. Und dann würde er einen Weg finden, zu entkommen. Einen Weg finden, wie sie alle entkommen konnten. Das hier war nicht nur sein Kampf.

In der vollständigen Dunkelheit zerrann das Zeitgefühl. Thora vermisste die Sonne und die frische Brise der See, das letzte Aufbäumen der Abendröte, ehe sie der Nacht wich. Er wusste nicht, ob er seit einer Stunde hier saß oder seit einem halben Tag. Allmählich schlich sich ein Druck hinter die Haut direkt über seinen Augenbrauen, ein pressender Kopfschmerz, der die Schnitte in seiner Stirn wieder auflodern ließ. Als würde die Dunkelheit Funken in seinem Kopf entzünden.

Er presste das Gesicht gegen die Knie und atmete durch den Mund. Bald drückte es Thora überall auf der Haut, und sein Orientierungssinn bröckelte. Er war sich nicht mehr sicher, wo oben und unten war, und wenn er sich bewegte, schien sich die Kammer mit ihm zu drehen. Seine Lippen wurden trocken und seine Kehle rau, der Druck wandelte sich in peitschenden Schmerz, der hinter seiner Stirn flackerte. Jedes Blinzeln war wie ein Schlag hinter seinen Augenbrauen. Und die Schatten. Thora konnte nichts sehen, und dennoch regten sich Dinge am Rand seines Sichtfeldes. Winzige Bewegungen, die er in der Dunkelheit ausmachen konnte, für ihn aber nicht zu beschreiben waren. Halluzinierte er, oder gab es vielleicht ein Rattenloch, das er übersehen hatte?

»Thora?«

Mühsam stützte er sich auf die Ellbogen. Er riss die Augen auf, doch der Fokus verflüssigte sich in endloser Dunkelheit.

»Oma?«

Da stand sie. Seine Großmutter, und streifte die Dunkelheit von sich ab wie den Sand, wenn sie am Strand Muscheln gesammelt hatte. Ungläubig starrte er sie an. Sie konnte nicht hier sein. Seine Großmutter befand sich Tausende Seemeilen entfernt von hier in ihrem kleinen Häuschen unter den Palmen in Zakria.

»Bei Darzys Bucht, wie siehst du aus?« Ihre Stirn bekam Falten. »Ganz ausgehungert, und deine Stirn …«

»Oma, wie …«, stotterte er und hievte sich unter Schmerzen auf. Er taumelte und schlug mit der Schulter gegen Stein.

»Du dachtest doch nicht, ich würde zulassen, dass du dich in solche Gefahr begibst, und dann zu Hause auf meinen kleinen Jungen warten?« Ihre Stimme war voll und tief.

»Bilde ich mir das ein? Werde ich verrückt?« Es hätte ihn nicht überrascht, wenn die Dunkelheit ihn inzwischen in den Wahnsinn getrieben hätte. Er wollte die Hand nach ihr ausstrecken, aber er brauchte sie, um sich zu stützen.

»Thora, Thora«, sagte sie und band ihr schwarzes Haar zurück, das er irgendwie in der Dunkelheit sehen konnte. Ihre Lippen formten sich zu einem beruhigenden Lächeln. »Sind das wirklich die Fragen, die du dir stellen solltest? Gibt es nicht wichtigere Dinge?«

»Was meinst du?«, brachte er heraus.

»Zum Beispiel die Frage, wieso du meinen Brief aus der Hand gegeben hast.«

Sein Herz machte einen schmerzhaft schnellen Schlag. »Ich habe ihn nicht aus der Hand gegeben.«

»Dieser Brief war alles, was du von mir hattest. Ich dachte, du würdest darauf achtgeben. Wenn du schon die Entscheidung treffen musstest, mich zu verlassen. Ich hatte nur dich, und du hast dich dennoch für dich selbst entschieden. Und so gehst du mit meinem Andenken um?«

Ihre Worte machten ihn misstrauisch. »Du bist nicht echt. Meine Oma kann nicht hier sein, und selbst wenn, würde sie so nie mit mir reden.«

Das weiche Lächeln verzerrte sich zu einem Grinsen. »Vielleicht nicht. Aber ändert das etwas?«

»Ja. Ich werde dir nicht zuhören.«

Die alte Frau kicherte. Lachte. Sie riss den Mund weit auf, und ein dunkleres Lachen als das seiner Großmutter kam aus ihrer Brust. Ihr Haar wand sich, die Strähnen kräuselten sich, und ihnen wuchsen Schuppen, lange Leiber und Mäuler, rote gespaltene Zungen. Überall aus dem Körper seiner Großmutter brachen jetzt die beschuppten Wesen hervor, krochen aus leeren Augenhöhlen und dem Mund, aus ihren Nasenlöchern. Thora knallte rücklings gegen die Wand. Obwohl es kein Licht gab, flackerten die Schuppen in grünen und violetten Farben, geschnitten scharf an jeder der acht Ecken. Glitschige Leiber streckten sich nach ihm aus. Übel riechender Schleim quoll aus den zerstörten Augenhöhlen und färbte das Gesicht seiner Großmutter schwarz, als flutschten Dutzende Nacktschnecken über ihre Lippen. Er schnappte nach Luft und zuckte zusammen vor Grauen.

Zischen. Dann schossen weiße Giftzähne gebleckt auf ihn zu, rotes und grünes Gift triefte neben ihm zu Boden. Thora schrie, als der zerfressene Körper seiner Großmutter auf dem Boden aufschlug und sich Zähne in seine Haut gruben.

KAPITEL 9

MÄCHTIGE WORTE

Draußen herrschte tiefste Nacht, und es würde noch mehrere Stunden dauern, bis Likah und Arkin wieder in Kathasia ankamen. Likahs Augenlider waren schwer, und das Rattern der Kutsche kam ihr jetzt vor wie eine Wiege, der pfeifende Wind draußen wie ein Schlaflied. Sie barg den Kopf an dem gepolsterten Rücksitz und hievte die Füße hoch, sodass sie Schmutzkrümel auf dem Polster hinterließ.

»Denen hast du es gezeigt.« Arkin kicherte in sich hinein. Seine Wangen waren gerötet von Wein und Vergnügen. »Ich wusste, dass ich die Richtige gefunden habe.«

Likah gähnte, zuckte aber nur mit den Schultern und versuchte, das stolze Lächeln unter ihrer Müdigkeit verschwinden zu lassen.

»Du hast doch aber hoffentlich nicht vor, mich allzu bald abzulösen, oder?« Er zupfte an seinem Hemdkragen und lockerte die Knöpfe.

»Vielleicht solltest du dein Schlafzimmer ab heute lieber abschließen.« Sie grinste und rieb sich über das Gesicht.

Arkin schüttelte den Kopf. »Du könntest mich nicht mal schlafend aus dem Weg räumen. Noch nicht.«

Sie lehnte sich zurück und schloss die Augen. Bis in die frühen Morgenstunden hatte Arkin sie auf dem Ball gehalten, bis ihre Füße in den engen Stiefeln eher krummen Krallen glichen und ihre geschminkten Wimpern schwerer und schwerer wurden. Von den Honigwaffeln war ihr eine süße

Note auf der Zunge geblieben, und die Überreste des Weins machten ihre Sicht weich.

»Was hältst du von den anderen?«, fragte Arkin beiläufig. »Freunde gefunden?«

Likah drückte sich in den Sitz und wünschte sich, er würde mit dem Reden aufhören und sie schlafen lassen. »Wozu denn Freunde?«, murmelte sie durch halb geöffnete Lippen.

»Die Einstellung solltest du ablegen.« Arkin bedachte sie mit einem tadelnden Funkeln in seinen Augen. »Deine Freunde und Feinde kennst du. Gefährlich sind diejenigen, die sich nicht zu dir bekannt haben. Du hast dich gut mit Jeliél amüsiert?«

Sie schnitt eine Grimasse. »Er und Eiwee waren als Einzige nett zu mir.«

»Eiwee ist ein talentiertes Mädchen. Natürlich. Sie ist Rinoes Schülerin.«

Likah hätte gern die Augen verdreht, aber der Schimmer, der in Arkins Lächeln aufglomm, wenn er von Rinoe sprach, war irgendwie rührend, weil er für einen Moment die Härte eines Fürsten ablegte und begeisterungsfähig wurde wie ein kleiner Junge.

»Ein paar aus dem Septimat sind unheimlich«, gab sie zu.

»Lisander und Nexin werden dir nichts tun. Das können sie gar nicht. Ich meine, sie könnten schon …« Er hob die Hände, als wolle er sie beschwichtigen. »Aber das werden sie nicht. Du bist jetzt offiziell meine Schülerin, von der Königin anerkannt. Sie werden keinen Finger rühren.«

»Niheno hat es getan. Er hatte keine Angst vor der Königin.«

»Niheno ist ein Dummkopf wie sein Meister. Gerissen, ja, aber sie spielen zu offensichtlich mit falschen Karten. Du liegst richtig, dich von ihnen fernzuhalten, aber du musst dich vor ihnen nicht verstecken.«

Das bezweifelte Likah. Ihr wurde eng um die Brust, wenn sie an die Macht dachte, die Niheno besaß. Er hatte sie heute inmitten all dieser Leute verletzen können. Er hatte die Macht, mit wenigen Worten ihren Schatten unter seine Kontrolle zu bringen.

Kalter Schweiß überzog ihren Rücken. Was konnte er noch tun? Und was erst das Septimat? Wer war sie schon, dass sie ihnen etwas entgegenzusetzen hatte? Das Septimat verfügte über die Macht, mit Worten die Naturgewalten nach seinem Willen zu formen. Sie alle konnten Likah mit einem einzigen Wort töten.

Das hier war nicht ihre Welt. Dieses Leben war so viel größer, als sie es jemals sein würde. Likah war ein Kind, das in die Fußstapfen eines Riesen treten sollte.

»Hab keine Angst.« Arkin sprach sanft. »Du wirst das alles schneller begreifen, als du denkst. Du darfst dich freuen. Jetzt beginnt deine wirkliche Ausbildung.«

Sie war sich nicht sicher, ob das tatsächlich ein Grund zur Freude war. Konnte die Ausbildung sie zu einer Person machen, die in diese Gesellschaft passte? Mit diesem mulmigen Gefühl in der Magengegend und unter dem Rattern der Kutsche verstrichen die Stunden.

Die Stiefel schüttelte Likah sich von den Füßen, als sie die Türschwelle in ihr Zimmer überquerte, und ließ sie einfach liegen. Sie streckte sich und spürte jeden Muskel, angefangen bei ihren Füßen bis hinauf in ihren schmerzenden, versteiften Rücken. Die Balance auf dem dünnen Steg der Zwillingsberge, das anschließende Tanzen, die langen Kutschenfahrten hatten sie völlig erschöpft zurückgelassen. Sie wollte nichts sehnlicher, als sich einfach in ihr Bett kuscheln und lang und ausgiebig schlafen. Mit viel Fingerspitzengefühl und ein wenig Brutalität schälte sie sich aus ihrem Kleid, das durch den Schweiß wie eine zweite, kratzige Haut an ihr klebte. Als der Stoff von ihrem Körper fiel, stach Likah etwas ins Auge: In dem Satin lag zusammengerollt ein winziger dunkler Körper mit acht angewinkelten Beinen. Eine Spinnenleiche. Stirnrunzelnd schnippte sie das tote Tier aus ihren Sachen und schüttelte das Kleid aus, ehe sie in ein Nachthemd schlüpfte. Sie war zu müde, um zu baden, obwohl sie es bitter nötig gehabt hätte.

Die Geschenke der Mitglieder des Septimats verstaute sie sorgfältig im Zimmer. Nur Lisanders Haarspange riss sie grob aus ihrem Haar und pfefferte sie in die Tiefen einer Schublade, die sie ohnehin nie öffnete. Sie hatte keine Lust, etwas zu tragen, das er ihr geschenkt hatte. Außerdem erinnerte die Machart sie schmerzlich an den Schmuck aus ihrer Heimatstadt Almarek, und daran wollte sie erst recht nicht denken.

Dann ließ sie sich in ihr Bett fallen wie ein Baum, der den Axthieben an seinem Stamm nachgab. Es war erst später Nachmittag, aber die Müdigkeit überrollte sie.

»*Likah …*« Wieder diese Stimme, die ihren Namen rief. Begriff sie denn nicht, dass sie viel zu müde war, um zu antworten?

»*Likah, finde mich …*«

Finde mich?

»Sie hören mir überhaupt nicht zu!«

Likah blinzelte. Der strenge Blick von Professor Hiskar brannte sich in sie.

»Ich habe zugehört, ich war nur –«

»Mit den Gedanken beim Sonnensystem?« Tadelnd schnalzte Hiskar mit der Zunge, als sein Blick auf die hölzerne Abbildung der Planeten fiel, die ihre Runden über die Decke der Bibliothek drehten. »Astronomie ist ohne Zweifel ein faszinierendes Fach, aber könnten Sie sich *bitte* auf die Theologie konzentrieren? Das hier ist konkurrenzlos das wichtigste Fach, in dem Sie als künftige Fürstin bewandert sein müssen!«

Sie seufzte und schüttelte den Traum der vergangenen Nacht ab. Theologie, das wichtigste Fach – dasselbe hatte sie in den letzten Tagen über Politik, Ethik, Naturwissenschaften, Philosophie, Mathematik, Geschichte, Kulturkunde und Geografie gehört. Sie hatte seitenlange Abhandlungen über den Verlauf der Revolutionen unter Saffay gelesen, Lissias Bücher zur Seele und Vernunft, wirtschaftliche Veränderungen über Dekaden, Flüsse und Gebirge Nakitas auf Karten verfolgt und markiert, und jeder der Gelehrten schien sein Fach für das wichtigste zu halten. Nur Arkin hatte sich in all den Tagen nicht blicken lassen. Sie hatte versucht, ihn zu erwischen, um endlich zu erfahren, wie es um Alia und Gem stand, aber immer wenn sie geglaubt hatte, ihn hinter einer Ecke im Flur verschwinden zu sehen, blieb nichts als die Ahnung eines Lufthauches zurück.

Likah warf sehnsüchtig einen Blick nach draußen, wo die Sonne die Baumkronen wie Smaragde glitzern ließ. Was gäbe sie jetzt für einen ausgiebigen Spaziergang unter der taugetränkten Herbstluft, ein paar Gedanken für sich. Und die Gewissheit, dass es ihnen gut ging. Schwach sank ihr Kopf auf die aufgestützten Hände.

»Also.« Professor Hiskar plusterte seine Brust auf und zwirbelte seinen grauen Bart. »Können Sie wiederholen, was ich Ihnen berichtet habe?«

Sie holte tief Luft, ehe sie das auswendig gelernte Wissen herunterratterte: »Das Erste Wesen hat unsere Welt, Nakita und alles, was darum herum existiert, erschaffen. Da es dieses Werk aber unendlich viel Kraft gekostet hat, schuf es die Göttlichen, die gemeinsam über sein Werk wachen sollten.

Kathasia, die über den Wind wacht. Lishol, der das Licht beherrscht, und Yol-Khor, Herr der Dunkelheit. Quinn als Mutter der Erde und Seva als Vater des Wassers. Shazmir, die über den Körper bestimmt, und Ganoire, der die Gedanken im Einklang miteinander hielt.«

Ein wenig widerstrebend nickte der Professor. »Ein bisschen Fleiß würde Ihnen dennoch nicht schaden.«

»Und dann gab es da noch Angriana«, fuhr sie fort, doch Professor Hiskar verzog das Gesicht.

»Ich hatte von den sieben Göttlichen gesprochen.«

»Damals waren es acht«, sagte sie ruhig. Sie erinnerte sich daran, dass Angriana in den alten Märchen Erwähnung fand, und verstand nicht, warum der Professor nicht davon sprechen wollte.

»Angriana ist eine Dämonin, die sich vom Ersten Wesen abgewandt hat. Wir wollen nicht darüber sprechen.« Die Barthaare des Professors verknoteten sich unter seinem Gezwirbel.

»Und dann hat sie den Angrianischen Krieg ausgelöst.« Likahs Füllfederhalter kratzte über das Papier. »Können Sie mir denn nicht erzählen, was genau damals geschehen ist? Die Geschichtsbücher kann ich auch allein lesen, aber Sie wissen doch noch mehr.«

»Das ist kein Thema für diesen Unterricht«, sagte er, und Likah spürte das Unbehagen in seiner Stimme.

»Ach bitte, Professor. Das Wissen wäre doch verschwendet, wenn Sie es nicht weitergeben würden. Genau das ist doch Ihre Aufgabe, oder nicht?«

Professor Hiskar räusperte sich. Likah hatte einen wunden Punkt getroffen, an seine Moral zu appellieren. »Nun, wo Sie recht haben …, aber Sie müssen wissen, dass Angriana eine Abscheulichkeit ist, ein dämonisches Wesen, das zu Recht vom Antlitz der Welt getilgt wurde.«

Likah nickte. »Das weiß ich alles. Aber der Krieg. Was hatte der mit ihr zu tun?«

Der Professor seufzte. »Vor zweihundertsiebzehn Jahren, da war das Pantheon der damals noch acht auf der ganzen Welt vertreten, nicht nur auf Nakita. Angriana wurde zu dieser Zeit ebenfalls angebetet. Zwischen den Göttlichen entbrannte ein Streit, als Angriana ihre Geschwister dazu aufforderte, das Werk des Ersten Wesens an sich zu reißen. Angriana wünschte sich mehr als die göttliche Macht, die ihr geschenkt wurde. Sie wollte die Macht der Ersten Sprache, die nur die Göttlichen sprachen, dazu nutzen, die Menschen und die gesamte Schöpfung zu unterwerfen. Angriana fand Anhänger auf Nakita. Und, nun, dann kam der Krieg, um ihr Einhalt zu gebieten. Ihre Bastion ist samt dem nach ihr benannten Land vernichtet worden.«

Likah legte die Hand an ihr Kinn, wie immer, wenn sie nachdachte. »Ich kann mich nicht erinnern, Angriana auf irgendeiner Karte gesehen zu haben.«

»Natürlich nicht!« Empört schlug Professor Hiskar sein Buch zu. »Dieses Land gibt es nicht mehr.«

»Auf alten Karten meine ich.«

»Ihr jungen Menschen versteht nicht viel von verstreichender Zeit. Es ist bloß zweihundertsiebzehn Jahre her, dass die sieben Göttlichen und Angriana uns Sterblichen das Geheimnis der Ersten Sprache anvertrauten – natürlich um Krieg zu führen. Haben Sie überhaupt eine Vorstellung davon, welchen Sprung die Entwicklung der Menschheit seitdem gemacht hat? Damals gab es keine Zirkel, kein Papier, keine Lineale und Füllfederhalter! Die Menschen dachten klein, und kaum jemand kam ernsthaft auf die Idee, akkurate Karten zu zeichnen.«

»Aber wo lag es denn dann, Angriana?«, fragte Likah.

»Woher soll ich das wissen?« Der Professor schnaubte.

»Wir sollten froh darüber sein, dass es zerstört ist. Also, zurück zu den wichtigen Dingen. Jedes göttliche Wesen gebietet nicht nur über einen bestimmten Aspekt der Ersten Sprache, sondern ihnen wird auch je ein heiliges Tier zugesprochen.«

»So wie Kathasia die Falken?«, fragte Likah, aber ihre Gedanken waren noch nicht wieder zurückgekehrt.

Der Professor nickte. »Sevas heiliges Tier ist die Schildkröte, und Ganoire war seit jeher ein Freund der Spinnentiere. Können Sie mir sagen, was Lishols heiliges Tier ist?«

»Die weiße Schlange.« Ein kurzer Schauder überlief Likahs Arme, als sie an Lisanders eisiges Gesicht dachte. Sie hatte die weiße Schlange nie zu Gesicht bekommen, und in diesem Moment war sie froh darüber.

Als der Tag sich dem Ende neigte, war Likah so müde, dass sie nach dem Abendessen sofort in ihr Zimmer verschwand. Ihr Kopf dröhnte von all den Jahreszahlen und Grenzverschiebungen. Achtlos schüttelte sie ihre Bluse aus und pfefferte die Stiefel in die Ecke.

Jetzt, da sie Zeit hatte, ihren Gedanken zu lauschen, kam die Frustration zu ihr durch. Arkin war ihr Meister und sollte sie Dinge lehren, stattdessen versteckte er sich. Sie hatte ihn seit Tagen nicht gesehen, nicht einmal in seinem verschlossenen Büro in der Bibliothek. Niemand wusste, wo er sich aufhielt.

Likah eilte als Erstes ins Badezimmer. Es lag im pfirsichfarbenen Licht der Dämmerung, und der Mond zog seinen blassen Kreis in der Ferne. Das Sommerlüftchen trug den Duft reifender Äpfel herein, und Likah wusste, dass der Herbst schon ungeduldig auf das Abtreten des Sommers wartete.

Sie wusch sich das Gesicht, aber die Gedanken konnte sie

damit nicht abspülen. Die Tage über hatte sie versucht, sich abzulenken, all die Dinge zu lernen, von denen Arkin offenbar wollte, dass sie sie lernte. Aber schlussendlich sorgte sie sich nur um Alia und Gem. Ohne sie kamen die beiden doch überhaupt nicht zurecht, sie brauchten sie, als ihre große Schwester, die auf sie aufpasste.

Likah wollte für die beiden da sein, und wenn sie ehrlich war, wollte sie mit ihnen in einem einfachen Haus mit Garten ein einfaches Leben führen. Sie hatte es versucht. Likah war bereit gewesen, die Rolle einzunehmen, die Arkin ihr andachte, aber je länger sie lernte, was dazu nötig war, desto mehr zweifelte sie daran, ob dieses Leben zu ihr passte.

Konnte sie tagein, tagaus damit betraut sein, ein Land zu führen? Statt bei den Menschen zu sein, die ihr wichtig waren? Bei den Kindern. Ihrer Familie.

Ein merkwürdiges Geräusch ertönte in ihrem Zimmer. Ein Rauschen, gepaart mit dem Geräusch einer Klangschale. Likah trocknete ihr Gesicht und lief zurück in ihr Schlafgemach. Auf ihrem Nachttisch glühte es hellviolett. Es war die Kugel, die Seishun ihr geschenkt hatte, nachdem sie die Prüfung bestanden hatte.

Zögerlich berührte sie die Kugel. Sie war warm, und das violette Licht färbte sich weiß wie Nebel, der sich allmählich klärte und dann den Blick auf ein Gesicht eröffnete.

Likah machte große Augen. »Jeliél?«

»Likah! Toll, dass ich dich gleich erreicht habe. Ich wusste nicht, ob Arkin dir eine freie Minute lässt.«

»Was … wie machst du das?« Fasziniert hob sie die Kugel an. Jeliél war vom Kopf bis zur Brust darin zu sehen wie in einem Spiegel.

»Was denkst du?« Er zwinkerte ihr wissend zu. »Ganoire ist der Herr der Kommunikation und Telepathie. Seishun hat diese Geräte vor ein paar Jahren erfunden … Na ja, sie hat sie *verbessert*. Aber sie prahlt gerne damit, dass sie sie erfunden hätte.«

»Ich hab so was noch nie gesehen.«

»Logisch, oder? Außer Seishun und mir kann sie niemand herstellen, und der Tag hat nur vierundzwanzig Stunden.«

»Wie, es gibt keine Worte, die ein paar Stunden erschummeln?« Likah ließ sich mit der Kugel aufs Bett fallen.

»Zumindest kenne ich keine. Wie geht es dir?«

Ihre Nase berührte die Kugel fast, während sie sie von Nahem inspizierte. »Gut soweit.«

»Sicher? Das Training kann hart sein.«

»Arkin lässt mich alles lernen, nur die Erste Sprache nicht. Mittlerweile glaube ich, ich werde wissen, wie man Mäuse seziert, bevor ich auch nur ein Wort spreche.«

Jeliél kicherte. »Vielleicht glaubt er ja, du müsstest zuerst Geduld erlernen.«

»Ich bin geduldig.«

»Mach dir keine Gedanken«, sagte er. »Arkin weiß, was er tut. Vertrau ihm.«

»Das fällt mir schwer«, gab sie zu. Sie seufzte, drehte sich auf den Bauch und schob die Kugel auf Armlänge weg von sich.

»Was ist denn los?«

»Er verschweigt mir etwas, das mir sehr wichtig ist.«

Jeliél setzte eine nachdenkliche Miene auf. »Und du glaubst, er hätte dir etwas zu verheimlichen?«

»Wieso sollte er sonst meinen Fragen ausweichen? Ich befürchte nur, dass …« Sie brach ab und ließ frustriert den Kopf auf die Matratze fallen.

»Dass?«

»Dass die Antwort schmerzhaft sein könnte.«

»Das bereitet dir also Kopfzerbrechen …« Jeliél sah nachdenklich aus. »Arkin kann ein schwieriger Zeitgenosse sein. Ich weiß nicht, was er vor dir geheim hält oder wieso, aber er ist dein Meister und würde dir nichts Böses wollen. Vielleicht ist es nicht an der Zeit, das zu erfahren, was du wissen willst.«

Die Zeit dafür war längst verstrichen, fand Likah. Sie war unsicher, was sie sagen sollte. Aber dann sagte sie: »Ich habe ihn tagelang nicht gesehen. Du bist doch schon länger bei Seishun. Ist sie auch kaum bei dir? Sollte Arkin nicht als mein Lehrmeister, ich weiß nicht, mir Dinge beibringen?«

Jeliéls Bild wackelte, als er lachte, und er fing die Kugel auf, die ihm beinahe entglitten war. »Darüber würde ich mir an deiner Stelle am wenigsten Sorgen machen. Arkin wird schon dafür sorgen, dass du ausreichend vorbereitet bist. Saaid, dein Vorgänger, hat immer darüber geklagt, dass Arkin so hohe Erwartungen an ihn hatte.«

»Ich weiß nur nicht, wie ich mit ihm umgehen soll. Es fühlt sich so surreal an.«

»Weil du jetzt seine Schülerin bist.«

Likah nickte.

»Du hast dich noch nicht an den Gedanken gewöhnt, eine Fürstin zu werden.«

Sie zuckte mit den Schultern und rutschte näher an die Kugel heran. »Ich weiß nicht, ob ich das Ausmaß richtig verstehe. Eine Fürstin …« Ihr Blick verlor sich und wurde weich. »Das bedeutet, ich muss eine Menge Verantwortung tragen. Ich weiß nicht, ob ich das kann.« *Oder will.*

Jeliél lächelte. »Du hast dich, seit du selbst ein Kind warst, um zwei Kinder gekümmert. Ich glaube, du bist zu einer ganzen Menge bereit.«

Genau darin lag das Problem. Sie war zu einer Menge bereit, wenn es um die Zwillinge ging. Aber für ein Reich?

Am nächsten Tag erreichte Likah endlich eine Nachricht von Arkin. Er erwartete sie auf der Ebene nördlich des Schlosses am Vorläufer des Aranthan-Gebirges.

Sie hatte sich beeilt, die weitläufigen Hügel zu erreichen, über die der Wind jagte wie eine Herde Wildpferde. Der Himmel war von Wolken durchzogen. Der Wind durchstreifte ihr Haar und prickelte eisig auf ihren Händen, bis sie sie in die Hosentaschen schob.

Arkin stand mit geschlossenen Augen auf der freien Ebene. Sein blaues Gewand schien mit dem ausgebleichten Himmel zu verschmelzen, und sein Haar loderte wie ein schwarzes Flammenmeer im Wind. Die Kälte hatte einen zarten Rosaschimmer auf seine Wangen geblasen, aber er stand reglos da, die Augen geschlossen, als meditierte er.

»Arkin?«, fragte sie zögerlich.

Er öffnete die Augen. Ein dünnes Lächeln hob seine Mundwinkel. »Du bist ja gekommen.«

»Du hast mich doch rufen lassen. Überraschenderweise.«

»Überraschend?«

»Ich habe dich seit Tagen nicht gesehen.«

Er schmunzelte. »Ein Land führt sich nicht von allein, Likah.«

»Aber jetzt hast du Zeit?« Sie verschränkte die Arme.

»Jetzt«, sagte er betont langsam, »fangen wir an, dir das Sprechen beizubringen.«

Likah hielt inne. Die Erste Sprache. Würde Arkin sie endlich in diese Macht einweihen? Das war das Einzige, worauf sie wirklich gespannt war, was ihre Ausbildung betraf, denn die Erste Sprache war eine Macht, die nicht verstanden werden konnte, wenn man sie nicht beherrschte.

Arkin legte den Arm um ihre Schultern und wandte sich zum Gehen. »Die Erste Sprache, wie sie genannt wird, ist ein mächtiges Werkzeug«, erklärte er. »Machtinstrument des Septimats, und nur des Septimats.«

»Was ist mit der Königin?«

»Die nicht.«

»Wieso nicht? Und wieso ist sie dann immer noch Königin?«

Er legte den Kopf schief, konnte aber ein Schmunzeln nicht unterdrücken. »Unterstellst du dem Septimat, dass wir unsere Königin stürzen wollen?«

»Nein«, sagte sie hastig. »Aber es ist nicht so, dass ihr es nicht könntet … oder?«

»Du hast recht. Als göttlich erwählter Fürst könnte ich jetzt nach Ganoire reisen, alle Wachen der Königin abschlachten, den Zorn des ganzen Volkes von Nakita auf mich ziehen und die Repräsentantin des Ersten Wesens ermorden. Dann könnte ich endlich den Krieg führen, den ich schon so lange ersehne, wir hatten immerhin seit über zweihundert Jahren keinen mehr.«

Der Sarkasmus war schwer in seiner Stimme, doch Likah spürte trotzdem die Kälte unter ihrer Haut, als sie an den Krieg dachte.

»Nachdem das geklärt ist«, sagte er fröhlich, »lass uns anfangen.«

Sie blinzelte. Sein plötzlicher Stimmungswechsel verwirrte Likah.

»Die Erste Sprache ist eigentlich nicht wirklich eine Sprache«, erklärte er. »Es ist mehr die Art und Weise, Worten eine andere Bedeutung zu geben. Kathasia gibt den Worten eine andere Bedeutung als die anderen Göttlichen, und nur diese Art kann ich dich lehren.«

»Du sprichst in Rätseln.«

»Es ist nicht so leicht zu erklären, schau mal genau hin. *Trag mich.*«

Bevor Likah weiter nachhaken konnte, war Arkin verschwunden. Sie blinzelte, aber er war nicht mehr da.

»Dreh dich um.«

Likah fuhr herum, doch alles, was sie sah, war ein Schatten in der Ferne. In der nächsten Sekunde schlug ihr ein Luftzug entgegen, und ihr Meister stand nur Zentimeter vor ihr. Sie schrak zurück.

»Du kannst dich teleportieren?«, fragte sie entgeistert.

Lächelnd schüttelte er den Kopf. »Sieh genau hin. *Trag mich.*«

Diesmal versuchte Likah, nicht zu blinzeln. Arkin verwischte zu einem Farbstrich über der blassen Ebene, der Wind pustete, dann tauchte er wenige Meter neben ihr auf.

»Du bewegst dich sehr schnell«, stellte sie fest. »Mit dem Wind.«

»Scharfe Augen. Wir verschmelzen sozusagen.« Er nahm ihre Hand und malte ein Zeichen in die Handfläche. Wo sein Finger sie berührte, kribbelte ihre Haut. Es war, als könnte sie das Alter des Zeichens nachempfinden. Für einen winzigen Augenblick sah Likah die Rune auf ihrer Haut weißblau glühen, dann sank das Licht in ihre Haut.

»Versuch es mal«, ermunterte Arkin sie.

»Trag mich.« Nichts geschah.

»Diese Sprache zapft Energien an. Du musst es in dir hören«, wies er sie an.

»Trag mich.« Likah versuchte es wieder, sagte die Worte, aber sie besaßen nicht die gleiche tiefe Bedeutung, wie wenn Arkin sie aussprach. Seiner Stimme hallte etwas nach, das den Worten mehr gab.

»Versuch mal, deinen Kehlkopf zu fühlen, wenn du sprichst«, sagte Arkin und tippte sich selbst an den Hals. »Dort spürst du das Vibrieren deiner Stimmbänder.«

Likah tat wie geheißen. Noch zwei Finger am Hals, sah sie Arkin fragend an.

»Da entstehen deine Worte, aber die Erste Sprache passiert viel früher.« Er trat neben sie. »Durch jeden Körper fließt diese Energie, mit der wir die Erste Sprache anwenden können.«

»Durch jeden?«, fragte Likah.

Er nickte. »Wenn du diese Energien spürst, kannst du sie in Worte formen. Die Energien laufen an bestimmten Punkten in deinem Körper zusammen.«

»An welchen?«, fragte Likah.

Arkin klopfte an eine Stelle knapp neben ihrer Wirbelsäule, unter ihrem Schulterblatt, drückte sachte in ihre Armbeuge, und jedes Mal zuckte es in ihren Muskeln.

»Merkst du das?«, fragte er, während er die Hand zurückzog. »Das sind die Punkte, aus denen du die Kraft ziehen kannst. Ich helfe dir, hör genau hin.«

Likah nickte nur, zu konzentriert, um ihm zu antworten. Arkin sprach ihr die Worte vor, und ihr war, als könne sie ein Echo der Energien in sich hören, die er kanalisierte. Sie fühlte kaum noch mehr als die pulsierenden Energiequellen in ihrem Körper, sie versuchte, diese Quellen in ihre Worte zu lenken und sie anzureichern mit der bislang unbekannten Kraft in sich selbst.

»Trag mich.«

Mit einem Mal fühlte Likah sich leicht. Ihr Körper schien sich aufzulösen, ohne tatsächlich zu verschwinden. Sie machte einen Schritt – und raste über die Ebene. Sie rauschte davon, ungebremst, wie ein Pfeil, der seine Richtung nicht mehr ändern konnte. Und dann, mitten im Lauf, als die Berge immer näher kamen, strauchelte sie. Likah überschlug sich.

Mit den Schulterblättern voran krachte sie auf den Erdboden. Der Schmerz schoss ihr durch die Knochen, sie rang nach Luft und hustete. Klammes Moos befeuchtete ihre Haut. Die Atemnot trieb Likah Tränen in die Augen. Arkin war mit einem Luftzug bei ihr. Er lächelte verschmitzt von oben auf sie herab.

»Nicht schlecht für den Anfang.« Er half ihr, sich aufzusetzen. Sie hustete.

»Das sah wohl nicht gerade elegant aus«, gab sie zurück.

»Die Erste Sprache ist nichts, was leicht gemeistert werden kann. Du machst deine Sache gut.«

»Wenn du findest, dass ich meine Sache gut mache, könntest du damit anfangen, mir mehr Freiheiten zu lassen.«

Er verschränkte die Arme. »Schon wieder die Zwillinge?«

»Du hast selbst gesagt, dass du es dir überlegst, wenn ich mich gut mache. Und das tue ich, oder?«

»Schon«, gab er zu.

»Aber?«, bohrte sie nach.

»Es ist nicht gut, dass du so sehr an den beiden festhältst. Es wäre viel besser für dich, mit der Vergangenheit abzuschließen.«

Entgeistert schüttelte Likah den Kopf. »Wie bitte? Die beiden sind meine Familie.«

»Und du tust dir keinen Gefallen damit, dein ganzes Leben an ihnen auszurichten. Du hast deine Gedanken immer woanders.«

Likahs Augen wurden schmal, und sie trat näher an ihn heran. »Es geht hier gar nicht wirklich um mich, oder? Ich frage mich, wer von uns beiden nicht mit der Vergangenheit abschließen kann.«

»Was willst du damit sagen?«, fragte Arkin.

»Ich bin nicht Saaid«, sagte Likah eindringlich.

»Das hat nichts mit Saaid zu tun«, unterbrach er sie harsch.

»Ach nein?« Likah streckte den Rücken durch und machte sich so groß, wie sie konnte. »Komm schon, Arkin. Ich kann mit Verantwortung umgehen, das musste ich mein Leben lang. Ich verstehe, dass Saaids Tod dich verletzt hat, aber wir sind nicht dieselbe Person, und du musst mich nicht vor seinen Fehlern bewahren.«

»Likah.« Arkin atmete langsam aus, und allmählich zeichneten sich angespannt seine Muskeln um die Lippen ab. »Du überschreitest deine Grenzen. Es geht hier nicht um Saaid, er ist tot. Es geht um deine Pflichten, und die liegen in deiner Ausbildung. Kathasia muss für dich an erster Stelle stehen. Du kannst nicht nur die Privilegien deiner Stellung auskosten und die Verantwortung scheuen.«

Seine Worte fühlten sich an wie Gift in ihrem Blut, Likah trat einen Schritt zurück.

»Vielleicht übernehme ich die Verantwortung, sobald du anfängst, mich als die Person zu sehen, die ich bin«, sagte sie mit vor Wut zitternder Stimme. »*Trag mich*«, flüsterte sie.

Und dann trug der Wind sie hinfort.

KAPITEL 10

CAIA QUESAN

Likahs Reise mit dem Wind endete mit einem entsetzlich lauten Krachen und brennenden Schmerzen. Orientierungslos fand sie sich wieder in einem Haufen zerbrochener Bretter, die vor wenigen Augenblicken noch ein Holzkarren gewesen waren. Sie fiel auf den Hintern und blieb sitzen, bis das schmerzhafte Prickeln nachließ. Dann tastete sie vorsichtig ihre Arme und Beine ab. Schrammen übersäten die Haut unter dem teils gerissenen Stoff. Sie biss die Zähne zusammen und hielt die Tränen zurück, richtete sich auf und blickte sich um.

Sie war in einer stinkenden, engen Gasse gelandet, Häuser mit gesplitterten Balken und milchigen Fensterscheiben rahmten das schiefe Gehpflaster ein, und hinter den Mülltonnen krochen Ratten und Kakerlaken in den Schatten. Obwohl die Gegend heruntergekommen war, erkannte sie die hölzernen Häuserbauten. Sie war immer noch in Seran, aber in einem der ärmlicheren Stadtteile. Allzu weit war sie nicht gekommen.

In der Ferne ertönten munteres Geplapper und das Klingeln der Ladentüren, aber mit zerfetzter Kleidung wollte sie sich nirgends blicken lassen, also schlurfte sie unter den Spinnweben, die sich zwischen den verwahrlosteren Hausdächern spannten. Die Sonne ging schon unter. Sie hatte nicht bemerkt, wie lange sie mit Arkin geübt hatte.

»Warum so niedergeschlagen?«

Likah blickte hoch in ein sonnengebräuntes, keckes Gesicht mit Grübchen und vollen Lippen, die von Honig verschmiert waren. Caia, die Schneidersgehilfin aus dem Schloss. Sie trug ein schlichtes Kleid, das ihren fülligen Körper sanft umspielte. Die Schürze fehlte – offenbar hatte sie heute frei.

»Honigbirne?«, fragte sie und hielt Likah eine geviertelte Birne am Stiel hin. Die Honigmarinade duftete süß.

Grob rieb Likah sich über die noch feuchten Augen. »Danke. Was machst du hier?«

»Freizeit. Für ein paar Stunden.« Sie verschränkte die Finger und streckte sich ausgiebig.

»Nein, ich meinte: Was machst du *hier?*«, fragte Likah erneut mit Verweis auf die verwahrloste Gasse.

»Na ja, der Krach war ganz schön heftig«, erwiderte sie. »Ich hab nur schnell reingelinst und dann dich gesehen.«

»Ich brauchte nur ein bisschen Luft.«

»Ja, klar. Gehst du ein Stück mit mir? Du siehst nicht aus, als wolltest du allzu bald ins Schloss zurück.« Sie hielt Likah die Hand hin, und sie ergriff sie.

Während sie gemeinsam die Straßen entlangliefen, wippte Caias hoher Pferdeschwanz mit ihren fröhlichen Schritten.

»Du wirkst immer so entspannt.« Likah biss von der Birne ab.

»Und? Wenn du glaubst, ich würde vor dir auf die Knie fallen, nur weil du Arkins Schülerin bist, liegst du falsch.« Caia hob ihre verschränkten Hände grinsend über einen abgebrochenen Laternenpfahl. »Du bist kleiner als ich. Und du sprichst nicht mal wirklich die Erste Sprache, ich hab also nichts zu befürchten.«

Likah schmunzelte. »Ich war lange genug auf mich allein gestellt, ich glaube, ich könnte dir schon gefährlich werden.«

»Du bist aber *winzig.*« Sie kicherte. »Ich könnte dich auf den Schultern tragen.«

Wenn Likah darüber nachdachte, hatte sie nichts dagegen, von Caia auf den Schultern getragen zu werden. Aber der Gedanke war ihr peinlich, also behielt sie ihn für sich und schnaubte nur.

Sie fanden ihren Weg zu den Schmuckläden, und Caia blieb interessiert an den Ausstellungsstücken eines Juweliers stehen. Sie betrachtete ein Armband mit glasierten Tonperlen.

»Schön, nicht?«, fragte sie und hielt das Stück gegen ihre Haut.

»Wenn es dir gefällt, dann kauf es«, sagte Likah und schnippte das angeknabberte Holzstäbchen an den Wegesrand.

»Aber gefällt es dir?«, fragte Caia.

»Das ist doch egal. Wenn du es schön findest …«

»Also magst du es nicht.«

»Das hab ich nicht gesagt.«

Caia lachte. »Das ist sowieso egal. Als Lehrling verdiene ich nicht sonderlich viel.«

Likah runzelte die Stirn. »Aber du arbeitest doch im Schloss. Bei Arkin.«

Caia setzte sich einfach auf den Ausstellungstisch und ließ das Perlenarmband durch ihre Finger gleiten. »Schon. Und das Gute daran ist, dass ich eine Unterkunft habe und Essen, Kleidung, ohne etwas bezahlen zu müssen. Was ich darüber hinaus verdiene, schicke ich meinen Eltern. Sie wohnen in Seva, aber Vaters Arbeit läuft nicht so besonders. Und mir geht es gut, also …«

»Oh …« Likah sah betreten zu Boden. Das hatte sie nicht erwartet. Caia wirkte immer so fröhlich, obwohl ihre Familie weit weg war und ihre Unterstützung brauchte, weil ihr Vater Schwierigkeiten mit der Arbeit hatte. »Was macht dein Vater denn?«

»Er ist Kartograf. Früher Abenteurer, er hat die Welt umsegelt und Kontakte zu anderen Kulturen geknüpft. Aber heute nicht mehr, seit er beim Winkelmessen von einem Berg abgerutscht ist.«

Likah wollte gerade zu einer Antwort ansetzen, als die Schmuckmacherin erbost aus dem Laden stürmte. Ihr goldbeladenes Dekolleté schwitzte, und spitze Fingernägel stachen beinahe durch ihre Handschuhe, während sie ihre Hände ineinander wrang.

»Junge Dame«, brachte sie zwischen zwei heftigen Atemzügen hervor, »das ist ein Ausstellungstisch.«

»Verzeihung.« Caia rutschte vom Tisch herunter und zog dabei die samtene Ausstellungsdecke halb hinunter.

»Der Stoff ist völlig zerknittert!«, schimpfte die Frau. »Hast du eine Ahnung, wie lange es dauert, den zu bügeln? Und wenn du nicht vorhast, dieses Armband zu kaufen, dann –«

»Wie viel?«, unterbrach Likah ihren Wortschwall.

Die Schmuckmacherin drehte sich zu ihr um. »Pardon?«

»Wie viel für das Armband?«, wiederholte Likah.

»Zwei Silber«, stammelte sie, offenbar verwirrt von Likahs Frage.

Likah griff nach dem Lederbeutel an ihrem Gürtel, angelte drei Silbermünzen aus dem Geldbeutel und drückte sie der Schmuckmacherin in die Hand. »Als Entschädigung für den Samt. Und das Armband für die junge Dame.«

»Na gut«, sagte die Frau widerstrebend. »Aber wenn ich noch mal sehe, wie du es dir auf meinem Tisch gemütlich machst, bleibst du zum Bügeln.«

»Klar.« Caia nickte geschäftig, schnürte das Armband an den Lederriemen fest und schlenderte die Straße entlang.

»Ich zahle es dir zurück«, versprach sie und griff nach Likahs Hand. Die glasierten Tonperlen reflektierten das Sonnenlicht.

»Es ist ein Geschenk.« Likah lächelte. »Mach dir keine Sorgen, Arkin hat mir genug Geld gegeben.«

Caia sah fast verlegen aus, als sie die Augen niederschlug, aber sie lächelte. »Danke, Likah.«

Das Dankeschön klang, als ginge es über das Geschenk hinaus, und brachte Likah ebenfalls zum Lächeln. Es war ein gutes Gefühl, jemandem eine Freude machen zu können. Und jetzt verfügte sie sogar über die nötigen Mittel. Es war nie leicht gewesen, Geschenke für die Zwillinge zu besorgen.

Caia führte sie weg von den spärlich besuchten Straßen, den jauchzenden Kinderstimmen in den Parks der Stadt und dem kratzigen Geruch von Waschmitteln, der aus zwischen den Dächern aufgehängten Kleiderreihen drang. Moos fraß an einer kniehohen Mauer, die aussah wie die schiefe Zahnreihe einer alten Frau. Knorrige Bäume brachen aus dem Boden und wachten über die Ratten, die im Schatten der Hauswände Wurzeln zernagten. Wildblumen verdrängten die verbrauchte Luft aus der Stadt, und das einzige Geräusch, das den Sonnenuntergang begleitete, war das Ungeschick des Eichhörnchens, als es seine Haselnuss fallen ließ. Dieser Teil der Stadt war wild, aber nicht schäbig. Likah mochte den Anblick der frei wachsenden Natur, die sich einen Ort zurückeroberte.

Caia strich den Stoff ihres Rocks glatt und setzte sich auf die Mauer. Ein gestreiftes Kätzchen sprang auf ihren Schoß und steckte die blassrosa Nase in ihre Schürzentaschen. Mit einem Kichern gab Caia die Leckerchen aus ihrer Tasche frei, die das Kätzchen von ihrer Hand fraß.

»Sie hat drei Geschwister«, erklärte sie. »Keine Ahnung, wo die Mutter ist, aber sie freuen sich über Kuchenreste.«

Likahs Herz wurde warm, als sie sah, wie das Kätzchen mit der schmalen Zunge über Caias Finger leckte. Sie setzte sich behutsam, um das Kleine nicht zu verschrecken, auf die

Mauer. Zaghaft streckte sie die Hand aus. Schnurrhaare kitzelten an ihrer Hand, als das Kätzchen sie beschnupperte. Die Nase war warm. Likahs Fingerspitzen fuhren über das Fell am Kopf und den Rücken entlang. Die Tigerkatze schnurrte und streckte den Körper lang, während Likah ihre Wangen kraulte.

»Meinst du nicht, du solltest langsam zu Arkin zurück?«, fragte Caia, während sie die Katze weiter streichelte.

»Ich weiß es nicht. Er …«

»Warum bist du überhaupt weggelaufen?« Jetzt wandte sie sich Likah zu.

Likah seufzte. Zwar hatte sie das Gefühl, dass sie Caia vertrauen konnte, aber sie schämte sich, ihr von den Zwillingen und damit von dem schäbigen Leben zu erzählen, das sie mit ihnen gelebt hatte.

»Es gab eine Meinungsverschiedenheit zwischen uns«, antwortete sie nur.

»Offensichtlich.« Caia schien zu warten, aber als Likah nichts sagte, atmete sie tief ein und fuhr dann fort: »Geheimnisse sind gut. Sie helfen dabei, bei sich zu bleiben.«

Likah runzelte die Stirn. Geheimnisse. Genau das, was sie an Arkin so ärgerte, was sie auf jeden Fall aus ihm herausbekommen wollte. Doch jetzt hatte sie selbst welche vor Caia, und das nur, weil sie sich davor fürchtete, verurteilt zu werden. Vielleicht war es reiner Trotz, aber Likah beschloss, dass sie nicht denselben Fehler machen wollte wie Arkin. Nein, sie wollte Caia vertrauen.

»Vor meiner Zeit bei Arkin habe ich auf der Straße gelebt«, begann sie, ohne Caia anzusehen. »Mit zwei Kindern, Alia und Gem. Ich habe sie aufgenommen. Und natürlich will ich sie sehen, aber er lässt mich nicht. Behauptet die ganze Zeit, ich würde dann die Ausbildung vernachlässigen.«

»Dabei machst du dir nur Sorgen um die Kinder?«

Caias verständnisvoller Ton ließ Likah nun doch aufblicken.

»Ja«, sagte sie.

»Das ist ja auch klar. Vielleicht musst du einfach noch mal mit ihm reden, er kann dich ja nicht ewig bevormunden.«

»So sicher bin ich mir da nicht«, erwiderte Likah mutlos. »Ich habe das Gefühl, er sieht nur seinen früheren Schüler in mir.«

»Ich kannte Saaid nicht sonderlich gut«, gab Caia zu. »Aber ich denke, Arkin macht sich einfach Sorgen, dass es dir ergehen könnte wie ihm.«

»Ich bin aber nicht wie er«, widersprach Likah. Zumindest nicht, wenn sie Arkins Erzählungen glauben konnte. Saaid war waghalsig gewesen und hatte sich von seinen Freunden beeinflussen lassen. Sie hingegen wollte nichts weiter als die Verbindungen zu ihrer Familie aufrechterhalten.

»Na komm.« Caia setzte das Kätzchen ab und sprang von der Mauer. »Ich bringe dich zurück. Er muss doch einfach verstehen, dass du dich so nicht auf deine Ausbildung konzentrieren kannst.«

»Das wäre schön«, murmelte Likah, nur halb überzeugt, aber glücklich, dass sie Caia doch von ihren Sorgen erzählt hatte.

Zum Schloss gingen sie schweigend. Likah sah zu Boden und überlegte, was sie Arkin sagen sollte. Würde er sie anschreien? Vielleicht hatte sie einen Fehler gemacht, ihre Worte nicht sorgsam genug gewählt. Und wenn sie ihm unrecht getan hatte?

Caia hakte sich bei Likah unter. Sie lächelte. »Du schaffst das schon. Ich glaube, er muss einfach nur verstehen, was dir wirklich wichtig ist.«

»Wenn das so leicht wäre …«, murmelte Likah.

Sie schafften es nicht bis Schloss Falkenschwinge. Arkin stand vor den Toren, die in den Vorgarten führten, und wartete. Er hatte die Arme verschränkt, doch kein Zorn spiegelte sich auf seinem Gesicht. Er sah sie nur an, mit Gedanken, die fest hinter seiner Stirn verschlossen blieben. Caia ließ von Likah ab und knickste. Likah verschränkte die Finger ineinander und verlagerte ihr Gewicht von einem Bein auf das andere.

»Wir haben uns zufällig getroffen«, sagte sie in leiser Stimme, obwohl er noch gar keine Frage gestellt hatte.

Arkin musterte Caia. »Jarson sagt, du machst dich gut. Und ich habe dir zu danken, dass du Likah aufgegriffen hast.«

Caia errötete leicht und lächelte. Er nickte ihr noch einmal anerkennend zu, dann wandte er sich zu Likah.

»Wollen wir?«

Likah presste die Lippen aufeinander. Offenbar war er nicht mehr wütend auf sie, doch ihr Zorn war noch nicht verflogen. Diese Sache würde sie um jeden Preis mit ihm klären. Noch einmal drehte sie sich zu Caia um.

»Ich hatte viel Spaß. Sehen wir uns wieder?«

Caia strahlte. »Darauf kannst du wetten.«

Dann wandte sie sich Arkin zu, der vor ihr stand und sie musterte.

»Du bist wütend«, stellte er fest.

»Ich hab es einfach satt, von dir bevormundet zu werden«, sagte Likah. »Ich bin nicht weggelaufen, damit du jetzt so weitermachst wie bisher.«

Arkin lehnte sich gegen den Balken einer Häuserwand und musterte sie, wie sie weit gestikulierend dastand. »Und ich habe dich nicht als Schülerin aufgenommen, damit du vor deinen Pflichten wegläufst.«

»Du verstehst es nicht. Ich hatte nie vor, das zu tun. Du siehst etwas in mir, das nicht da ist.«

»Ich weiß.«

Seine Worte brachten Likah aus dem Konzept. Sie hatte erwartet, dass er sich rechtfertigen würde oder dass er sie anschrie. Stattdessen ließ er die Schultern hängen und mied ihren Blick.

»Du hast recht«, fuhr er fort. »Saaid und du, ihr seid euch ähnlicher, als du vielleicht glaubst, aber du bist eine eigenständige Person. Das muss ich akzeptieren, auch wenn mir deine Entscheidungen nicht gefallen.«

Likah war baff. »Heißt das, ich darf die Zwillinge sehen?«

Er nickte langsam. »Versprich mir, dass du auf dich aufpasst. Du neigst dazu, dich selbst zu vernachlässigen, wenn es um die Zwillinge geht.«

»Sie sind meine einzige Familie«, erwiderte Likah darauf nur.

Arkin schob die Lippen vor, als gefiele ihm ihre Antwort nicht, aber setzte sich dennoch in Bewegung. »Dann lass uns gehen, einverstanden?«

Er lief bereits los, Likah hinter ihm. Ihr Magen kribbelte, und Wärme ließ ihre Schritte kraftvoller werden. Sie brachte kein Wort heraus, lief nur über den Pflasterstein und lauschte dem Klopfen ihres Herzens.

Endlich blieb Arkin stehen und klopfte an die verwitterte Lindentür eines Hauses, vor dem eine brütende Esse stand. Der Dampf daraus stieg empor und kondensierte in glitzernden Tröpfchen an den Spinnweben unter dem Dachvorstand.

Ein kahlköpfiger Mann öffnete. Spuren verschmierten Öls verdunkelten sein Hemd, unter seinen Fingernägeln war ein dunkler Rand. Auf dem kantigen Gesicht zeigte sich ein Lächeln, als er sich verneigte.

»Arkin. Eine Freude, Sie zu sehen.«

Arkin schob seinen Hut zurecht. »Shesir, würde es dir etwas ausmachen, Likah heute zum Abendessen bei dir aufzunehmen?«

»Es wäre mir eine Ehre.« Shesir rubbelte die Hände an seinem Hemd ab, was das Öl nur mehr darauf verteilte, bevor er Likah die Hand anbot. »Guten Abend.«

Irritiert besah sie sich erst Arkin, dann Shesir, ehe sie die Hand nahm. Wer war dieser Mann?

»Likah?«, ertönte eine helle Stimme aus dem Inneren des Raumes. Zwei nur allzu bekannte Gesichter lugten hinter Shesirs breitem Kreuz hervor.

»Alia, Gem!« Likahs Herz schwoll auf die doppelte Größe an, als die Kinder aus dem Haus gerannt kamen. Und dann fand sie sich wieder in einer Zwillingsumarmung.

Die Kinder umschlangen ihre Hüfte, und Likah fiel auf die Knie, um die beiden an sich zu drücken. Der Geruch der Kinder führte sie über ihre einzige heimische Türschwelle. Sie kam nach Hause.

»Ich hab dich so vermisst«, keuchte Gem, als sie ihn drückte. »Aber deine Haare sind furchtbar geflochten.«

Die Tränen strömten heiß über Likahs Wangen. Sie vergrub die Finger in den Haaren der Zwillinge, die nach Seife dufteten, und keine Dreckkrümel blieben an ihrer Haut haften, ihre Wangen waren weich von Creme und die Kleidung glatt gebügelt und sauber.

Sie spürte eine weitere Hand auf ihrem Rücken. Arkin.

»Ich hole dich heute Abend ab.«

Likah drückte die Stirn an Alias Schulter.

»Also kam Arkin mit diesen beiden kleinen Rackern zu mir, und ich dachte, wieso nicht?« Shesir schaufelte Likah Bohnen mit Speck auf den Teller. »Ich lebe allein, und die beiden bringen etwas Abwechslung.«

»Ich habe mich am Bügeleisen verbrannt«, erzählte Gem

mit vollen Backen. »Aber Shesir hat eine Salbe draufgemacht, und dann tat es fast nicht mehr weh.«

»Und wir haben sogar jeder ein eigenes Zimmer!«, erzählte Alia zwischen zwei Happen. »Obwohl Gem manchmal nachts zu mir kommt, weil er allein nicht schlafen kann.«

»Na und«, grummelte Gem. »Wir haben uns sowieso immer den Schlafsack geteilt.«

»Ich habe die beiden für die Schule angemeldet«, berichtete Shesir. »Aber sie können ja sogar schon ein wenig lesen und schreiben.«

Likah lächelte. Sie betrachtete Alias rosige Wangen und den Glanz auf Gems Haaren. Die beiden waren glücklich. Sie schliefen unter warmen Decken, aßen ganze Mahlzeiten und konnten baden, wann immer sie wollten, und bald würden sie sogar eine Schule besuchen. Sie würden lernen, sich über Hausaufgaben beklagen, ihre Pausenbrote tauschen und Freunde finden, sich streiten und wieder vertragen – wie normale Kinder. Und Arkin hatte ihr von alledem nichts gesagt. Er hatte die beiden in gute Obhut gegeben und es ihr verschwiegen. Fürchtete er, die Zwillinge könnten sie ablenken, von ihrem Entschluss abbringen? Wenn ja, hatte er sich geirrt. Likah war so erleichtert, dass sie sich fühlte, als könne sie jede gestellte Aufgabe nun mit doppelter Konzentration erledigen.

Das Abendessen war wie der Traum, den Likah sich lange für Alia und Gem gewünscht hatte. Doch auch dieser Abend musste zu Ende gehen, und so fand sie sich viel zu bald auf der Türschwelle von Shesirs Haus wieder.

»Komm uns wieder besuchen«, bat Alia. »Du bist unsere Schwester. Ja? Auch, wenn du jetzt viel zu tun hast.«

Likah hockte sich hin und küsste sie auf die Nasenspitze. »Versprochen.« Gem drückte sie einen Kuss auf die Wange und umarmte beide zum Abschied. Dann nickte sie Shesir zu.

»Danke. Die beiden … sie haben jemanden verdient, der sich gut um sie kümmert.«

Shesir strahlte. »Ich gebe mein Bestes.«

»Du siehst glücklich aus.« Arkin linste zu ihr herüber, während sie die von Laternen erleuchteten Straßen entlangliefen. Er hatte sie von Shesirs Haus abgeholt.

»Ich weiß endlich, dass es ihnen gut geht. Sie sind in besten Händen. Ich bin einfach erleichtert.«

Sie sah zu ihm auf, um ihm zu danken, aber sie stutzte. Seine Miene war undeutbar mit dem Schatten auf seinem Gesicht, den der Hut warf. Arkin atmete tief durch. Es hörte sich an, als müsste er sich eine Niederlage eingestehen.

»Es war ein Fehler, über deinen Kopf hinweg zu entscheiden. Es tut mir leid.«

»Warum hast du es dann getan?«

»Ist das nicht offensichtlich?«, fragte er leise. »Sie sind deine Schwäche, Likah. Dein wunder Punkt. Glaub mir, irgendwann wirst du das sehr deutlich spüren. Ich wollte dich davor bewahren. Aber ich sehe ein, das kann ich nicht. Und es steht mir auch nicht zu.«

Sie vergrub die Hände in den Hosentaschen. Die Zwillinge waren ihre Schwäche, aber sie waren auch ihr Antrieb. Ohne sie war zu vieles ohne Sinn.

Ein Geräusch ließ sie aufhorchen. Es war ein leises Geräusch, aber nicht das Knirschen ihrer Stiefelsohlen auf dem Pflaster, sondern eher ein Wispern. Der Wind, der durch die Straßen schlich?

»Likah …«

Sie fuhr herum, blickte dann in Arkins Gesicht. »Hast du das gehört?«

Er blieb stehen. »Was?«

»Diese …« Sie stockte. Diese Stimme. Likah kannte diese

weiche Stimme, die gerade ihren Namen gerufen hatte. Sie hatte sie in ihren Träumen gehört. Likah schauderte. Diese Stimme, die so sehr in ihr widerklang, als hätte sie selbst gesprochen. Auf ihren Oberarmen bildete sich eine Gänsehaut, und sie schüttelte den Kopf, als könne sie so den vertrauten Klang ihres Namens abschütteln.

»Nichts, schon gut«, sagte sie und ging weiter.

Stimmen zu erträumen war eine Sache. Aber sie in wachem Zustand als Einzige zu hören, war beängstigend.

KAPITEL 11

DIE WAHRHEIT VERSTECKT SICH NICHT

Du glaubst doch nicht wirklich an Geister?« Likah sprang die Böschung hinab und schenkte Caia ein spöttisches Lächeln.

Es war ihr erster freier Nachmittag seit zwei Wochen, und sie hatte sich von Caia überreden lassen, diesen kleinen Abenteuerausflug zu unternehmen, weil sie ihr so unbedingt etwas zeigen wollte. Likah hätte gar nicht Nein sagen können.

Sie knotete ein Säckchen Zuckerbonbons, das sie den Zwillingen später vorbeibringen wollte, an ihren Gürtel und grinste zu Caia nach oben.

»Und du glaubst an eine Sprache, die über die Naturgesetze bestimmt, aber nicht an ruhelose Seelen?«, wollte Caia wissen und nahm dann den Sprung nach unten.

»Ich glaube, dass alle Toten in ein Paradies eingehen.« Sie steckte die Hände in die Hosentaschen, sah nach oben und verlor ihren Blick in den Baumwipfeln. Kastanien platzten aus den Schalen und flochten sich farblich in das rot-orange Blättermeer.

»Nicht alle«, flüsterte Caia und spähte durch die Baumreihen hindurch. »Es gibt da diese alte Ruine im Wald. Da spukt es.«

»Der Teil mit dem Waldspaziergang gefällt mir«, sagte sie und schob den Farn für Caia beiseite. »Aber Geistergeschichten?« Likah fand, sie war lange genug in der Welt unterwegs gewesen, um einmal einem Geist begegnet sein zu können, wenn es sie denn gab.

»Das sagst du jetzt so, aber du wirst schon sehen.« Caia rieb sich demonstrativ über die Arme, um zu zeigen, wie sehr es sie schauderte.

Likah klopfte Caia sachte auf den Rücken. »Na dann los. Wo sind denn deine Geister?«

»Auf der Lichtung da drüben.« Caia deutete zwischen den Kastanienbäumen hindurch auf eine Lichtung. Sie sah aus, als hätte sie jemand aus einem anderen Ort geschnitten und in den Wald gequetscht. Als gehörte sie überhaupt nicht hierher.

Die Lichtung war dunkel, die Sonnenstrahlen zu schwach, um bis zu ihr durchzudringen. Blassblaue Schleier überzogen die Baumrinden wie an einem zögerlichen Wintermorgen. Mitten auf der Lichtung stand die Ruine. Die schwarzen Säulen, deren Fundamente schon splitterten, trugen eine Platte mit weißem, verwittertem Schriftzug.

»Die Wahrheit versteckt sich nicht«, las Likah vor. »Was ist das für ein Ort?«

»Ich weiß es nicht«, antwortete Caia. »Aber es muss unglaublich alt sein.«

»So alt sieht es gar nicht aus.« Likah näherte sich der Ruine.

Von einem Schritt auf den anderen wurde ihr kalt. Die laue Luft des Spätsommers verging innerhalb eines Wimpernschlages. Gänsehaut prickelte auf Likahs Armen, die Erde unter ihren Stiefelsohlen wurde hart. Ungläubig hockte sie sich hin. Ihre Finger fuhren über verhärtete Erdfurchen.

»Das ist gefroren«, stellte sie erstaunt fest.

»Ist ja auch eisig kalt hier.« Caia schlang die Arme um sich und tippelte auf und ab. Erde knackste unter ihren Füßen.

»Das ist es ja. Wir haben August.« Ein Blatt splitterte unter Likahs Hand. »Total seltsam. Gehen wir rein«, sagte sie und stand auf.

»Ehrlich? Du willst da rein?«

»Du nicht?« Likah hob eine Augenbraue und musterte Caia belustigt. »Das war doch deine Idee. Jetzt sag mir nicht, du wolltest den Geistertempel nur von außen angucken.«

»Da drinnen sind bestimmt Spinnen und anderes Krabbelvieh.«

Likah lachte. »Ich beschütze dich schon vor den bösen Achtbeinern.«

»Wie mutig«, erwiderte Caia spöttisch.

»Von mir aus warte hier draußen.« Likah klopfte sich die Knie ab und stapfte auf den Eingang zu. »Feigling.«

»Ich habe keine Angst. Ich will nur nicht … Wenn ich Jarsons Kleid schmutzig mache, wird er sauer, und …«

»Feig-ling.«

Caia stöhnte, gab sich geschlagen und folgte Likah in die Ruine. Diese lächelte in sich hinein, dann nahm sie Caias Hand. Die Schatten überzogen die beiden, und mit der Dunkelheit kam eine Stille, die das Rascheln der Blätter und das Klopfen des Spechts draußen im Wald erstickte. Likahs Füße schwammen durch Schutt, und aufgewirbelter Staub kroch in ihre Atemwege, sodass sie husten musste. Sie und Caia schlichen einen schmalen Gang entlang, von dem aus links und rechts weitere Gängeabzweigten, aber sie liefen weiter geradeaus.

»Vernichten … vernichtet, was vernichtet werden musste …«

Die Stimme drang aus den Wänden, kratzig und fahl wie zerbröselte Kreide. Sie fuhr über Likahs Haut wie ein Nordwindhauch, als gehörte sie keinem Menschen. Gänsehaut prickelte auf Likahs Rücken, und sie blieb stehen.

»Wer ist da?«, rief sie in die Dunkelheit hinein.

»Zerstören, zerstören, zerstören«, säuselte eine zweite Stimme.

Likah umschloss Caias Hand fester und war froh um die Wärme ihres Körpers, auch wenn Caias Gesicht blass und starr wie erkaltetes Kerzenwachs war.

»Dämonen, ja, es war dämonisch, böse, abgrundtief … abgrund, a-abgrund … tief …«

»Du hörst die Stimmen doch auch, oder?«, fragte Caia.

»Ja.«

»Geister. Ich hab's dir gesagt, Likah.«

»Das werden wir sehen.«

»Du willst weitergehen?«

»Natürlich.« Likah klang entschlossener, als sie sich fühlte, und versuchte zu lachen, doch ihre Unsicherheit klang hindurch. »Wenn wir schon hier sind, will ich auch wissen, was es mit diesem Ort auf sich hat.«

»Du bist entweder verrückt oder völlig angstfrei.«

Es war keines von beidem. Likah fürchtete sich, ihre Handflächen waren verschwitzt und ihr Atem zu schnell. Doch ihr Verstand war noch immer klar. Sie konnte nicht erklären, warum sie weitergehen wollte. Es war ein Druck in ihrer Brust, wie ein Drang, der schwer zu ignorieren war. Dieser Druck wies ihr ganz intuitiv eine Richtung, und sie wollte ihr folgen. Aber wie sollte sie das Caia erklären?

Sie nahm einen tiefen Atemzug, rang ihre Angst nieder und lief dann weiter. Sie schmeckte den faden Staub in der Luft, der ihre Kehle trocken und rau machte. Caia klammerte sich an ihre Hand, und Likah erwiderte den Druck ihrer Finger. Das Flüstern der Geister quoll unverständlich aus den Wänden. Behutsam und mit kleinen Schritten tastete sich Likah voran. Der dunkle Korridor mündete in einen kreisrunden Saal mit einer maroden Decke, durch die fahles

Licht hineinrieselte. Der Boden war ein Mosaik aus schwarzen und weißen Steinplatten. Likah hastete in die Mitte des Raumes.

Likah beugte sich hinab und berührte die scharfkantigen Mosaiksteinchen, die ein Symbol bildeten: schwarz auf weißem Hintergrund war ein gleichschenkliges Dreieck abgebildet, das aussah, als sei die Spitze abgebrochen. Ihr war, als erblicke sie etwas, das sie seit Kindertagen vergessen hatte. Obwohl Likah dieses Symbol noch nie zuvor in ihrem Leben gesehen hatte, schien seine Form etwas in ihr zu wecken, das ihr bisher verborgen geblieben war.

Caias zögerliche Schritte hallten hinter ihr, kaum hörbar unter dem wirren Geflüster in den Wänden. Ihr Schatten verfinsterte das Mosaik. »Was ist das für ein Zeichen?«

»Ich weiß es nicht.« Gedankenverloren betrachtete Likah es. »Ich habe es noch nie gesehen.«

»Ach nein? Du hast dasselbe Symbol auf deinem Nacken.«

»Was?«

»Deine Tätowierung.« Caia strich mit weichen Fingern über ihren Nacken. »Es sieht genauso aus wie das auf dem Boden.«

»Unmöglich.«

»Es ist dasselbe«, beharrte Caia. »Ganz sicher. Was bedeutet es?«

»Ich … ich weiß nicht.« Likah hielt die Hand auf ihren Nacken. Als Arkin sie darauf angesprochen hatte, hatte sie dem nicht viel Bedeutung beigemessen, aber jetzt kam es ihr doch seltsam vor. Was genau war dieser Tempel? »Ich habe es mir nicht stechen lassen.«

»Du wirst wohl kaum damit geboren worden sein.«

»Doch … eigentlich schon.«

Caia hob skeptisch eine Augenbraue.

»Ich lüge nicht«, sagte Likah und kam auf die Füße.

»Das habe ich doch auch nicht gesagt. Ich meine nur, irgendjemand muss es doch gemacht haben.«

Likah überging die Bemerkung. Sie hatte keine Antwort darauf. Dass dieses Mal auf ihrem Nacken immer wieder Fragen aufwarf, die sie nicht beantworten konnte, verunsicherte sie. Es war, als würden andere sie drängen, etwas zu erklären, das sie selbst nicht verstand. Sie fühlte sich entblößt und verletzlich. Umso mehr musste sie herausfinden, was es mit diesem Mal auf sich hatte, also wandte sie sich von Caia ab und inspizierte den Raum genauer.

Am nördlichen Ende des Raumes stand ein Altar, die Decke darüber von zwei Obsidiansäulen getragen. Wie hypnotisiert ging Likah darauf zu, eine Hand an ihrem Nacken, sowohl, weil es ihr unangenehm war, dieses unbekannte Symbol zu tragen, als auch, weil ihre Haut dort spannte und knisterte.

»Likah?«, hörte sie Caia gedämpft.

All ihre Sinne waren auf den Altar fokussiert, auf dem eine dunkle Urne stand. In das tiefe Schwarz des Gefäßes war ein Rubin eingelassen, der durch die Dunkelheit leuchtete. Der Staub rieselte von den Säulen, als Likah an den Altar trat. Fein bedeckte er ihre Schulter und ihren Schopf. Das Geflüster verstummte für den Moment. Sie streckte die Hand nach der Urne aus, um ihren Deckel anzuheben, da setzte das Geflüster wieder ein. Raues, zerbrochenes Geflüster. Die Worte sagten ihr etwas, und beinahe wollte Likah einsteigen in das Gemurmel, obwohl sie nicht verstand, was die Botschaft dahinter war.

»Sie wollten es ruhen lassen«, wisperte eine Stimme, *»aber sie haben alles verdorben …«*

»Uns verdorben«, schnitt eine zweite Stimme dazwischen, *»wir sind verdorben.«*

Likahs Finger zitterten, und sie hielt den Atem an. Dann

schob sie den Deckel von der Urne. Er kratzte über das Gefäß und landete mit einem Klirren auf dem Altartisch. Ein Schrei brachte den Saal zum Beben. Ein mehrstimmiger Schrei, der aus der Tiefe einer schwarzen Seele zu kommen schien. Die Obsidiansäulen schwankten. Bröckelten. Dann brach die Decke über Likah zusammen.

Steinbrocken fielen auf ihren Rücken, und die scharfen Kanten rissen ihr die Haut auf. Die Last von oben ließ sie zu Boden stürzen, sie knallte mit dem Kinn auf den Mosaikboden, weil sie die Arme zum Schutz über ihren Kopf gerissen hatte. Der Schmerz flackerte in wirren Lichtblitzen. Ihr linkes Bein war unter Schutt begraben, und sie kämpfte bei jedem Atemzug gegen enormes Gewicht an.

»Likah!«, schrie Caia und rannte zu ihr. »Himmel und Erde, Likah! Kannst du mich hören?«

Likah sah verschwommen, wie sich Caia zu ihr auf die Knie warf, sie spürte schwach Caias Hand auf ihrer Stirn. »Ich höre dich«, keuchte sie.

»Bleib ganz ruhig, ich … ich hole dich da raus!« Hektisch sprang sie auf und schaufelte den Schutt von Likahs Körper.

Likahs Atem kam stockend, aber sie erhielt ihn aufrecht. Blut pulsierte in ihren Adern, sodass sie vor Schmerz das Gesicht verkrampfte.

Dann hauchte wieder eine Stimme an ihr Ohr, weich und sanft, vertraut. Nicht kalt und grau wie die Stimmen der Geister. Die Stimme aus ihren Träumen. Sie seufzte ihren Namen.

»Du bist hier.«

Die Stimme kletterte in ihr Ohr bis in ihren Kopf herein. Und dort explodierte sie. Jedes Wort brannte sich in ihr Gehirn wie glühende Schmiedeeisen. Ihre Augen verdrehten sich in den Höhlen, als wollte sie sehen, was in ihrem Gehirn geschah.

»Sie hat zu lange auf dich gewartet, Likah Laien«, erscholl die Stimme in ihrem Kopf. *»Sie wartet noch immer auf dich.«*

Likah wollte fragen, wer *sie* war, doch sie schrie nur vor Schmerz in ihrem Kopf und ihrem Körper. Das Gewicht über ihr drückte sie nieder, und es ertönte ein scheußliches Knacken in ihrem Brustkorb. Ihr Nacken glühte, und die Stimme in ihrem Kopf trieb ihr weiter Nadeln ins Gehirn.

»Finde sie.« Diese Worte waren inbrünstig, und mit ihnen wich die Stimme aus Likahs Bewusstsein.

Likah sackte schlaff in sich zusammen, Wellen von Dunkelheit überkamen sie. Übelkeit und Schwindel verdunkelten den Raum. Der Schmerz trommelte unerbittlich auf sie nieder wie Platzregen. Unter ihr flimmerte der Mosaikboden, schwarze und weiße Steinchen brannten sich in ihr Blickfeld, Schlieren durchzogen den Raum und ließen klare Konturen ineinander verschmelzen.

Ihr Körper pochte, als das Gewicht von ihren Rippen geschoben wurde. Likah wurde auf den Rücken gedreht. Atem durchströmte ihre Lunge, so plötzlich, dass sie würgen musste. Verschwommen blickte sie in Caias glänzendes Gesicht. Tränen strömten über ihre Wangen, während sie ihren Mund öffnete und schloss, Worte formte, die Likah krampfhaft versuchte zu verstehen, aber alles, was in ihrem Kopf widerhallte, war das Stechen Hunderter Stellen auf ihrer Haut.

»Likah? Hörst du mich? Bei den Göttlichen, sag was!«

»Ich lebe. Glaube ich …«, würgte sie die Worte heraus.

Caia schloss sie in die Arme, und Likah keuchte auf und hustete, als sie ihre Rippen drückte. Sofort ließ Caia sie erschrocken los.

»Ich glaube, eine Rippe ist gebrochen«, brachte Likah heraus.

»Die Decke ist einfach über dir zusammengebrochen.« Caias Stimme war schwer und zitterte.

Sie hatte die Hände noch erhoben, als wolle sie etwas tun, aber dann ließ sie sie sinken.

»Es ist alles gut.« Likah versuchte ein Lächeln, aber ihr Kinn und ihre Lippen waren aufgeschrammt und bluteten, sodass sie vor Schmerz das Gesicht verzog.

»Kannst du aufstehen? Ich helfe dir.«

Likah nickte, und Caia hievte die Hände unter Likahs Achseln und stemmte sie nach oben. Die Ruine drehte Kreise um Likah, und ihr linkes Bein schmerzte, als flossen statt Blut Reißzwecken durch ihre Adern, aber mit Caias Hilfe stand sie bald mehr oder minder aufrecht.

»Likah, es tut mir so leid …«, sagte sie. »Ich habe dich überredet, mitzukommen. Das ist meine Schuld.«

»Unsinn«, widersprach Likah. »Ich wollte reingehen.«

Sie lallte leicht, ihre Zunge war ob der Schmerzen träge. »Nicht du.«

»Ich weiß«, behauptete ihre Freundin gequält, aber Likah bezweifelte, dass sie wirklich verstanden hatte.

Mit Mühe verließen sie die Ruine, die nun tatsächlich wie eine aussah. Die Decke war weggebrochen, und die Wände sahen verwittert aus, als wäre das Gebäude innerhalb von Minuten um Jahre gealtert. Likah wurde das Gefühl nicht los, dass die Ruine, bevor sie hineingegangen waren, noch nicht so verwachsen ausgesehen hatte. Aber sie hatte im Moment nicht den Kopf frei, sich über all die Dinge zu wundern.

Die Sonne war untergegangen, und Frost lag in der Luft. Obwohl die Kälte auf den Wunden stach, fand Likah das angenehmer als die Hitze in ihrem Körper.

Sie war wie betäubt, und nur mit Caias Hilfe konnte sie einen Schritt vor den anderen setzen. Aber so würden sie es unmöglich wieder die Böschung hinaufschaffen. Sie entschieden sich, entlang der flacheren Pfade zu gehen, auch wenn es länger dauern würde.

Das Laub raschelte unter Likahs mühevollen Schritten, und hin und wieder musste sie stehen bleiben, bis das Stechen ihrer gebrochenen Rippe sich wieder legte. Als sie weitergehen wollte, hielt Caia sie zurück.

»Was ist?«, fragte Likah. Es musste Caia ebenfalls Kraft kosten, Likahs halbes Körpergewicht zu stemmen.

Caia schüttelte den Kopf. »Halt mal still.« Behutsam griff sie unter Likahs Kniekehlen und hob sie hoch. Einfach so stapfte sie mit ihr auf den Armen weiter. Das Schaukeln zwickte zunächst in ihren Rippen, aber dann fühlte Likah, wie die Spannung nachließ und das Reißen in ihrem Bein sie weniger quälte.

»Du bist verrückt.« Likah biss die Zähne zusammen und versenkte das Gesicht an Caias Schulter. »So weit kannst du mich niemals tragen.«

»Du wärst überrascht. Es sind schließlich nicht alle so zierlich wie du.«

»Das heißt nicht, dass ich schwach bin«, murmelte Likah. »Ich bin wahrscheinlich robuster als du.«

»Mag sein.« Caia beschleunigte. »Aber gerade bist du verletzt, also übernimm dich nicht und lass mich darüber nachdenken, was ich Arkin erzähle, damit er mich nicht umbringt.«

»Ich weiß nicht, ob es eine gute Idee ist, ihm überhaupt etwas hiervon zu erzählen«, sagte Likah unsicher.

Dabei war er der Einzige, dem sie es erzählen konnte. Mehr als alles andere wollte Likah wissen, was die Tätowierung bedeutete und warum sie sie trug, und wer konnte ihr dabei besser helfen als Arkin? Doch sie wurde das Gefühl nicht los, dass hinter der Antwort Gefahren lagen, und Fragen, die er nicht würde beantworten können – oder wollen. Und weder wollte sie Caia mit hineinziehen, noch riskieren, dass Arkin Dinge herausfand, die sie in Schwierigkeiten bringen konnten.

»Er ist dein Meister«, versuchte Caia sie zu beruhigen. »Du solltest es ihm sagen.«

Likah wusste, dass Caia recht hatte. Aber sie fürchtete sich auch davor, was Arkin sagen und denken würde.

Likah bestand darauf, dass Caia sie noch vor dem Gartengelände von Schloss Falkenschwinge absetzte. Sie wollte nicht auch noch Gerüchte über Caia streuen. Der Steinplattenpfad durch die Gärten bis hin zum Schloss war ohnehin ein weiter Weg, aber jetzt erschien er ihr wie eine Ewigkeit. Ihr linkes Bein brannte beim Laufen, und ihr Gleichgewicht schwankte. Das Knirschen ihrer Sohlen auf Stein klang schmerzhaft in ihrem Körper nach, und sie musste sich auf die Zäune stützen, um nicht mitten auf dem Weg zusammenzubrechen.

»Was ist mit dir passiert?«

Sie hatte Arkin nicht kommen gehört. Er lief neben ihr, als hätte er das schon die ganze Zeit getan, mit Hut und Spazierstock.

»Ich hatte einen kleinen Unfall«, brachte sie heraus.

»Wolltest du nicht Caia Quesan treffen?«

»Hab ich auch.«

Arkin wirbelte seinen Gehstock in der Hand und reichte ihn Likah. »Möchtest du mir erzählen, was genau geschehen ist?«

Einen Moment zögerte Likah, doch dann begann sie zu erzählen. Sie berichtete Arkin von der Ruine im Wald, die wie völlig aus der Zeit geschnitten wirkte, von den Stimmen darin und dem Symbol, das ihrer Tätowierung so ähnlich war. Und von dem Schrei, der alles hatte zusammenstürzen lassen, und wie sie unter dem Schutt begraben worden war. Als sie geendet hatte, schwieg Arkin.

»Sagt dir das etwas?«, fragte Likah, nachdem keine Antwort kam.

»Vielleicht.« Arkin steckte die Hände in sein mitternachtsblaues Jackett und runzelte die Stirn. »Lass mich das recherchieren.«

»Woran denkst du?«

»Kann ich noch nicht genau sagen«, wehrte er ab. »Ich bringe dich zur Hofärztin. Ruh dich aus, und dann sehen wir weiter.«

Aber Likah wurde das Gefühl nicht los, dass Arkin ihr irgendetwas verschwieg. Sein Gang wurde viel zu schwer, als dass er nicht von beunruhigenden Gedanken beherrscht würde.

KAPITEL 12

DER ANFÜHRER

Das Kratzen der Tür über Stein war viel zu laut in Thoras Ohren. Durch den sich öffnenden Spalt drang ein Lichtstrahl, der in seinen Augen brannte, sodass er die Hände vor das Gesicht schlug. Er saß zusammengesackt in der Ecke der Kammer und hörte die Masken die Kammer betreten, dann spürte er ihren groben Griff, als sie ihn hochzerrten. Er blinzelte und keuchte, seine Beine fühlten sich an wie loses Fleisch, und seine Sinne waren überladen, als sie ihn hinaus und durch die Gänge schleiften. Jede Berührung schmerzte, schon das schummrige Licht der Öllampen war zu hell, und Geräusche schlugen gegen seine Ohren. Sein Kopf fühlte sich an, als hätte ein Blitz ihn gespalten. Die Masken stießen ihn auf die Knie in die Mitte der anderen Gefangenen. Er schlug mit der Wange auf dem kalten Boden auf.

Thora blieb zusammengekauert liegen. Der Geruch von Schweiß und muffigem Brot übermannte ihn, der unebenmäßige Steinboden fühlte sich an wie Nadelstiche unter seinen Handflächen. Die Masken entfernten sich in gleichen, mechanischen Schritten.

Er hörte ein Schniefen. »Thora, es tut mir so leid. Wenn ich das Zeug nicht gestohlen hätte … Du hast dich für mich geopfert.« Mik schlug die Hände vor das Gesicht. »Das hätte meine Strafe sein sollen!«

Thora nahm einen tiefen Atemzug. Er hob den Kopf und hievte sich auf die Knie, dann stand er auf. Mik hatte die

Arme schützend vor dem Körper gekreuzt, als wolle er sich schützen. Thora legte Mik eine Hand auf den Kopf, eine beruhigende Geste, obwohl Thora wusste, dass er ihm die Schuldgefühle nicht einfach nehmen konnte.

Dutzende Gesichter fixierten ihn, manche argwöhnisch, andere mitleidig und wieder andere angespannt, als erwarteten sie etwas von ihm. Vielleicht, dass er zusammenbrach oder den Jungen beschimpfte. Aber Thora dachte gar nicht daran. Die Menschen hier unten erwarteten keinen Kampfgeist, doch genau das würden sie von ihm bekommen.

»Das ist nicht deine Schuld«, sagte er sanft, bevor er aufsah und sich mit lauterer Stimme an die anderen wandte: »Niemand von uns trägt die Schuld an dem, was hier passiert. Es sind die Masken, die sie schultern müssen. Sie versuchen, uns zu brechen und für ihre Zwecke zu benutzen. Sie wollen, dass wir schweigen und gehorchen. Aber ich werde weder das eine noch das andere tun. Ich werde mich widersetzen. Und für meine Kameraden opfere ich mich jederzeit wieder. Wir sind Verbündete, und ich werde mit und für euch kämpfen. Es ist an der Zeit, dass wir füreinander einstehen und das einfordern, was uns längst zusteht: unsere Freiheit. Sie können uns nicht kontrollieren. Nicht, wenn wir zusammenhalten und unser Wille stark ist. Wir müssen nur endlich unsere Stimmen erheben!«

Schweigen. Niemand sagte etwas, doch dieses Mal füllte etwas die leeren Augen der Gefangenen: Hoffnung. Feuer. Wille. Mik rannen Tränen über das Gesicht. Er wischte mit dem Unterarm über seine Augen und damit das dünne Haar von seiner Stirn, sodass die Narbe dahinter hervorlugte. Sie alle trugen dieselben Narben. Verborgen unter Haar oder Stirnbändern, andere trugen sie offen, aber alle hatten denselben Schmerz gespürt. Sie waren sich längst nicht so fremd, wie sie glaubten.

Irisa machte einen energischen Schritt nach vorne. »Er hat recht. Diese Monster haben uns zu viel weggenommen, aber Thora hat verflucht noch mal bewiesen, dass er für uns einsteht. Für alle von uns. Ich hab genug davon, mir den Rücken krumm zu schuften, um dann hier unten zu sterben.«

»Ich auch!« Mik stieß die Hand in die Luft. »Thora ist mein Held. Er hat keine Angst. Dann habe ich auch keine.«

»Ich bin auch dabei«, sagte Karlie, das Mädchen aus Lishol, und drückte fest Minaks Hand, der ebenfalls entschlossen nickte.

Zustimmendes Gemurmel erhob sich aus der Menge. Fäuste wurden geballt, Schultern gestrafft, und zum ersten Mal waren ihre Mienen nicht leer und verängstigt, sondern stark und entschlossen. Sie waren nicht gebrochen. Alles, was sie brauchten, war eine Stütze, an der sie wachsen konnten.

Thora war gerührt, als er sah, wie sie sich aufrichteten und die Entschlossenheit sie alle verband und ihnen Kraft gab. Sie hatten ihren Willen zurückerlangt. Sie waren stark. Gemeinsam. Er lächelte und verdrückte sich die Tränen. Am liebsten hätte er jeden von ihnen umarmt vor Glück.

Ulsan erhob die Stimme. »Also, was sollen wir tun, Thora? Was ist der Plan?«

Thora räusperte sich, als alle ihn erwartungsvoll ansahen. Er hatte es geschafft, dass sie ihm zuhörten, aber was sollte er jetzt sagen? Er hatte keinen Plan, sie hier rauszubringen. Aber ihm musste schnell einer einfallen.

»Hört zu«, begann er zögerlich. »Wir müssen alle zusammenarbeiten, jeder Kopf wird gebraucht. Ihr habt Erfahrungen und Wissen, auf das wir zurückgreifen müssen. Das ist unser Widerstand.« Er sah in die Runde, vergewisserte sich, dass sie alle aufmerksam waren, bevor er fortfuhr: »Vorerst verhalten wir uns ruhig, die Masken dürfen nicht merken, was wir vorhaben. Unser Vorteil wird die Überraschung sein. Wir brauchen erstens eine detaillierte Liste von allem, was wir über die Masken wissen. Ihre Gewohnheiten, die Tagespläne, den Ablauf von einfach allem. Und zweitens brauchen wir Ressourcen: Nahrungsvorräte, Kleidung, Waffen. Das müssen wir alles beschaffen, ohne dass die Masken es merken, und wir brauchen Verstecke dafür. Karlie und ich werden die Erkundung des Tunnelsystems übernehmen und Karten anfertigen. Wir finden einen Weg hier raus. Das verspreche ich euch.«

Seine Worte erreichten ihre Herzen, das konnte Thora sehen. Ihre Augen glommen auf, und der gemeinsame Mut brannte die Furcht aus ihren Herzen. Sie nickten ernst. Tuscheln erhob sich.

»Kurz vor unserem Lager gibt es eine Aushöhlung in der Wand«, meldete sich Serwiya zu Wort. »Und es gibt noch ein paar andere Orte, an denen man kleinere Sachen unterbringen kann.«

»Dann leitest du die Gruppe, die für das Lager zuständig ist«, bestimmte Irisa. »Seid einfallsreich, die Masken werden es auch sein.«

»Dann müssen wir eben schlauer sein als sie«, sagte Karlie mit zusammengepressten Lippen. »Wenn wir das Material zusammenbekommen, kann ich Sprengstoff machen. Das wird ihnen einheizen.«

»So was wie Schwarzpulver?«, fragte Mik interessiert.

»Ja, genau.«

»Ich glaub, ich weiß, wo wir vielleicht etwas in der Art herkriegen …«

Die Pläne erspannen sich beinahe wie von selbst, weil jeder seine Ideen einbrachte, und so entstand rasch ein reges Treiben. Vorräte wurden zurückgelegt und Verstecke vorbereitet. Minak trieb für Thora einen Stoß Papier und Kohlestücke auf, mit denen er die Karten zeichnen konnte. Der war den restlichen Abend damit beschäftigt, seinen Verbündeten Mut zuzusprechen und ihnen zu helfen, ihre Aufgaben zu strukturieren. Sie entwickelten eine Stärke, die nur gemeinsam brennen konnte. Er genoss das Gefühl der neugewonnenen Eigenverantwortung ihrer Gemeinschaft und wähnte sich in der Sicherheit, die die Gruppe ihm gab. Sie konnten es schaffen, zu fliehen, daran glaubte er fest. Er musste daran glauben.

Am Abend lag Thora wach in seinem Zelt. Der Trubel und die Aufregung hatten seine Ängste verborgen. Ängste, die in der Zeit in der Kammer entstanden und gewachsen waren. Nun, da es ruhig war, krochen sie wieder an die Oberfläche, und Thora wusste nicht, wann sie wieder hervorbrechen würden. Jedes Mal, wenn Schatten seinen Blick streiften, glaubte er, das Gesicht seiner Oma zu sehen, und die Schlangen, die aus den Augenhöhlen quollen. Ihre Stimme schien in jedem Flüstern nachzuklingen.

Ich hatte nur dich, und du hast dich dennoch für dich selbst entschieden.

Er hatte sie im Stich gelassen. Das hatte er auch vor der Halluzination längst begriffen. Der Klang ihrer verzerrten, einst weichen Stimme ließ Thora nicht los. Sie krallte sich in sein Herz. Sein Atem wurde schwerer, als wären die Schlangen auf ihn übergesprungen und schnürten sich nun um seine Brust.

»Thora?«

Er öffnete die Augen. Irisa kniete am Eingang und schien mit ihm reden zu wollen. Also schüttelte er sich, um die dunklen Gedanken loszuwerden. »Ja.«

»Hast du einen Moment Zeit?«

Thora richtete sich auf. »Natürlich. Was ist?«

Irisa setzte sich neben ihn, doch ihre Bewegungen waren vorsichtig. »Ich wollte dir danken. Dafür, dass du so stark bist. Dass du so unendlich viel Kraft hast. Für deinen Mut. Und deine Hoffnung.«

Er lächelte. »Es ist alles, was wir haben.«

»Wir hatten all das verloren. Und du hast so viel auf dich genommen, um es uns zurückzubringen. Mik hat recht: Du bist ein Held.«

Sie nahm seine Hand. Ihre Haut wirkte hell wie ein Fischbauch im Kontrast mit seiner. Thora spürte ihre Wärme, und für den Moment vertrieb sie die düsteren Gedanken.

»Ich habe nachgedacht«, fuhr sie fort. »Wir könnten es schaffen, hier rauszukommen. Vielleicht erkämpfen wir uns tatsächlich unsere Freiheit. Vielleicht wird Karlie wieder ihre Zuckerwatte essen und Serwiya wieder auf die Jagd gehen. Oder wir sterben bei dem Versuch.«

Die Worte waren bitter, doch Thora nickte. »Einige von uns werden es vielleicht nicht schaffen.«

»Keine aufbauenden Worte?« Sie schien eine andere Antwort erwartet zu haben. Als würde sie Schutz suchen, schob sie die Decken zusammen.

»Keine Lügen.«

Irisa schwieg. Ihr langes braunes Haar war verknotet, ihre Gelenke hoben sich knöchern hervor. Trotzdem fand Thora sie schön. Vielleicht lag es an der Art, wie sie sich bewegte, den sicheren Handgriffen, dem stolzen Ausdruck, der manchmal zu müde war, aber nicht ausgelöscht werden konnte.

»Ich war noch sehr jung, als ich mit meinem Bruder hierherkam«, erzählte sie, während sie auf den Boden starrte. »Er hat gesagt, alles würde gut werden. Ich habe ihm geglaubt.«

»Wo ist er jetzt?«, fragte Thora vorsichtig.

»Wo auch immer sie die Leichen loswerden.« Sie knibbelte an den rauen Knötchen, die sich an der filzigen Wolldecke gebildet hatten. »Tot umgefallen wie die meisten.«

»Das tut mir leid.« Thora strich über ihren Rücken. Er konnte die einzelnen Wirbel fühlen, so abgemagert war sie.

»Unsere Eltern wurden von Assassinen umgebracht.« Grob riss sie die Knötchen nun aus der Wolle und zog dabei große Fäden mit heraus. »In Yol-Khor spricht man stolz von der Assassinengilde, die die schlimmsten Verbrecher bestraft, aber vergisst zu erwähnen, dass sie am Ende doch nur käufliche Mörder sind. Heuchler. Hatten gerade genug Anstand, die Kinder am Leben zu lassen. Oder vielleicht …«, sie machte eine Pause, griff die Decke und schleuderte sie dann verbittert gen Boden, »war es auch nur fehlende Gnade.«

»Die Welt da oben, Nakita, klingt nach einem grausamen Ort«, erwiderte Thora.

»Nicht für die Privilegierten.«

»Das ist ungerecht.«

»Das Leben ist nicht gerecht, Thora«, sagte sie. »Es wird schon aufgrund deiner Geburt entschieden, ob du es zu etwas bringen kannst. Das ist wie ein Spiel, und wer Pech hat, verliert.«

»Das stimmt nicht.« Entschieden griff er sie an den Schultern und drehte sie zu sich herum. »Das Leben ist kein Spiel, und du bist auch nicht machtlos dagegen. Du kannst etwas verändern. Du *wirst* etwas ändern. Wir werden das.«

»Aber wie?« Es war, als suchten ihre Augen eine Antwort in seinen. Eine Antwort auf alles, eine Antwort so komplex, dass sie den Sinn von Leben und Tod erklären konnte. Aber Thora hatte nur eine Antwort, die so simpel war, dass er sie kaum aussprechen konnte.

»Zusammen.«

Ihre Erwartung wich einem Lächeln. Einem einfachen Lächeln. Doch es war warm und ehrlich. Einen Moment lang hielt er sich an diesem Lächeln fest, weil es größer zu sein schien als ein flüchtiger Moment des Glücks. An einem anderen Ort, in einer anderen Zeit, war das Lächeln leicht und vergänglich. Aber hier und jetzt bedeutete ihm diese winzige Mimik alles. Dann kniff sie die Lippen ernst zusammen.

»Thora?«

»Ja?«

»Ich habe noch nie jemanden geküsst.«

Er blinzelte. Spürte seinen Herzschlag plötzlich sehr deutlich hinter seinen Rippen und in seinen Ohren. »Ich auch nicht«, gab er zu.

»Wenn wir hierbei sterben können …« Sie hielt einen Moment inne, sah ihn abschätzend an, als versuchte sie, eine sehr schwierige Frage zu ergründen, »würdest du mich dann vorher küssen?«

»A-auf die Lippen?«, stotterte er.

»Natürlich auf die Lippen.«

»Aber, ich meine …« Blut flutete seine Wangen, ihm wurde heiß. »Ich kann dich doch nicht einfach so …«

»Du hast doch gesagt, wir sind alles, was wir hier unten haben. Und wenn das hier meine letzte Chance ist, dann …« Röte überzog ihre Wangenknochen. »Dann küss mich.«

Thora sah sie sehr lange an, sein Herz klopfte fest, seine Finger zitterten. Irisas Lippen standen einen Spalt offen, ihre Finger schlossen sich um seine Hand. Sie lehnte sich vor, die Augen erwartungsvoll in seinen versenkt. Ihr Duft umfing Thora und drängte dabei den Geruch von Staub und Schweiß beiseite. Hinter den vollen Lippen kamen ihre geraden Zähne zum Vorschein, darüber der niedliche Schwung ihrer Nasenspitze. Thora streichelte ihre Wange, fuhr über die weiche Haut … dann brach er ab und seufzte.

»Ich kann nicht.«

»Du meinst, du willst nicht.« Irisa ließ seine Hand los und richtete sich auf, um Abstand zwischen sie zu bringen.

»Nein, das meine ich nicht. Ich will nicht, dass du …« Er strich durch sein Haar und vermied, sie anzusehen. »Du hast Angst. Ich will das nicht – ich meine, nicht auf diese Weise. Nicht deswegen.«

»Ich verstehe. Du hast recht.« Sie erhob sich und klopfte ihre Knie vom Staub frei. »Es war blöd, zu fragen. Wir kennen uns kaum.«

»Irisa, ich wollte damit nicht sagen …«

»Gute Nacht, Thora. Wir sehen uns morgen früh.« Mit diesen Worten verließ sie fluchtartig das Zelt.

Und Thora blieb sitzen, mit wild schlagendem Herzen und sich zusammenziehendem Magen. Es war nicht so, dass er sie nicht hätte küssen wollen. Aber er war sich nicht sicher gewesen, ob sie es wirklich gewollt hätte. Ob sie sich *gezwungen* fühlte, aus Angst, etwas zu versäumen. Aber anstatt ihr das verständlich zu machen, hatte er sie gekränkt und beschämt. Thora bohrte das Gesicht in sein Kissen und spürte nach wie vor Irisas Wange unter seiner Hand. Wenn sie beide das hier überleben würden, und sie es dann immer noch wollte, dann würde er sie küssen.

KAPITEL 13

DAS VERBOTENE ZEICHEN

Likahs Augen brannten. Sie hatte kaum geschlafen, und vor ihrem Fenster leuchteten noch Eulenaugen im Halbdunkeln. Die Medikamente der Ärztin halfen gut, doch der Geruch der Salbe, die unter den Verbänden schwelte, biss in ihrer Nase. Likah rollte ihren müden Körper aus dem Bett. Der gestrige Tag mochte ihr nicht aus dem Kopf gehen.

Die Wahrheit versteckt sich nicht. Was sollte das bedeuten? *Finde sie. Sie wartet auf dich.* Aber wen sollte sie finden, wer war *sie,* die auf sie wartete, und warum? Likahs Kopf fühlte sich leer an, und doch zirkulierten hundert Gedanken darin.

Sie stützte sich auf den Stock, den ihr Arkin überlassen hatte. Nachdem er sie bei der Ärztin abgesetzt hatte, hatte sie ihn nicht mehr gesehen. Ob er schon Nachforschungen zu dem Symbol angestellt hatte? Irgendetwas wusste er, dessen war sie sich sicher. Sie hingegen tappte völlig im Dunkeln. Bis er sich entschied, seine Erkenntnisse mit ihr zu teilen, beschloss sie, sich selbst darum zu kümmern.

Likah streifte sich einen Morgenmantel über das Nachthemd, stürzte ein Glas Wasser hinunter und humpelte aus ihrem Zimmer. Ihr Körper fühlte sich klapprig an, als würde er jeden Moment auseinanderfallen, die Treppen musste sie sich hinunterkämpfen. Es dauerte eine Weile, aber schlussendlich kam sie im unteren Geschoss an, und die ebenen Flure zur Bibliothek waren leichter zu bewältigen.

Sie drückte die Türen der Bibliothek auf und trat ein. Ihr Stock kratzte über die Rillen der Fußdielen der sonst stillen Bibliothek. Der Geruch von Menz' Bonbons ließ sich noch fade in der Luft wittern. An der Decke simulierte das mechanische Planetarium die Flugbahnen der Planeten, und Staub ruhte auf den obersten Regalbrettern.

Da stand Likah, vor einer Unendlichkeit an Möglichkeiten, ihre Recherche zu beginnen, und wusste nicht recht, wonach genau sie suchen sollte. Sie schlenderte die Regalreihen entlang und ließ den Blick über vielversprechende Buchtitel schweifen. Mit einem Finger an den locker sitzenden Buchrücken ging sie die Reihen entlang, bis sie schließlich in der Abteilung des Religiösen und Okkulten angekommen war. Sie überflog Berichte über die Seelentiere der sieben Göttlichen, Verehrungsformen der verschiedenen Länder und Tempelbauten. Auf den Seiten fand sie Kathasias heiliges Symbol abgebildet, das Likah selbst in den Anhänger einer Kette graviert um den Hals trug. Drei geschwungene Linien, die parallel zueinander verliefen. Eines der sieben göttlichen Zeichen. Dann hielt sie inne, für einen Moment sprang ihr Herzschlag übermütig in ihre Schläfen. *Sieben.* Mit zittrigen Fingern klappte sie das Buch zu. Ohne es zurückzulegen, stand sie auf und zog ein anderes aus dem Regal. *Okkulte Symbole des ersten Jahrhunderts.*

Sie ließ sich mit dem Buch nieder und blätterte durch die brüchigen Seiten. Staub kitzelte ihre Nase, und die Buchstaben verschwammen in ihrem müden Blick, aber Likah machte weiter und suchte das Buch nach einem abgebrochenen Dreieck ab. Es dauerte über zweihundert Seiten, bis ihr die vertraute Form endlich entgegensprang. Likah erstarrte einen Moment, als sie den Namen auf der Seite mit dem Symbol erblickte. Sie begriff, dass ihre vage Vermutung richtig war. Das Symbol gehörte zu einer Göttlichen. Einer ehemaligen Göttlichen. Angriana. Sie fuhr sich mit der Hand über den Nacken. Vor über zweihundert Jahren hatte man sie aus dem Pantheon ausgestoßen, weil sie die Welt in einen Krieg gestürzt hatte, den nur die sieben Gottheiten hatten beenden können. Jedes Kind kannte die Geschichten. Aber was hatte Likah mit ihr zu tun?

Sie las weiter:

Die Symbole der Angriana bedeuten häufig Unglück für jene, die sie erblicken. Gerüchte besagen, die Überreste der ehemaligen Gottesgestalt würden alle damit zeichnen, die es wagen, einen Pakt mit dieser dunklen Seele einzugehen. Für die Betroffenen führt dies unweigerlich zum Tod. Entweder durch die schwarze Hand der Dämonin selbst oder jenen Rechtschaffenen, welche die Paktierer als solche erkennen. Heute ist der Kult um Angriana weitestgehend ausgelöscht, aber es wird immer wieder von Vorfällen berichtet, die sich durch ihren Kult ereignet haben sollen. So soll es um 187 einen Putschversuch in den Schlammvierteln von Araje gegeben haben …

Likahs Blick folgte ihren Fingern, die gebannt über die Buchstaben glitten. Ein Zeichen, das Angrianas Gläubige benutzt hatten, um sich gegenseitig zu erkennen. Aber woher hatte sie diese Zeichnung? Ihre Finger zitterten, und unwillkürlich schlug sie ihren Kragen hoch, um ihren Nacken zu bedecken. Sie wusste nicht, wie viele Menschen das Symbol überhaupt erkennen würden.

Auch wenn sie nicht wusste, woher diese Tätowierung stammte, so war sie sich doch ganz sicher, dass sie nichts Gutes bedeuten konnte. Wie sollte sie erklären, das Zeichen einer Dämonin zu tragen? Sie glaubte kaum, dass irgendjemand aus dem Septimat ihr die Wahrheit glauben würde. Es war ihr lieber, niemand erfuhr davon. Ausgenommen von Arkin. Ob er bereits um die Bedeutung wusste?

Es kitzelte auf ihrer Hand. Eine schwarze Spinne krabbelte über ihren Arm und seilte sich auf den Tisch ab. Likah beachtete sie nicht weiter und zog das Buch näher an ihr Gesicht heran. Draußen färbte sich die Morgendämmerung allmählich rötlich und malte pfirsichfarbenes Licht auf die umherwirbelnden Staubpartikel. Die Bibliothekstür knarrte. Hastig schlug Likah das Buch zu und drehte sich auf der Bank herum.

Arkin betrat die Bibliothek, er war bereits fertig angezogen und hatte das Haar gekämmt. Er sah gepflegter aus als sonst, wenn auch müder.

»So früh schon auf?«, fragte er. »Die Sache mit diesem Tempel lässt dich nicht los, was?« Er ließ sich neben ihr auf die Bank nieder und zog ihr das Buch weg.

»Okkulte Symbole des ersten Jahrhunderts«, zitierte sie rasch den Titel, ehe er es selbst lesen konnte.

»Ich glaube nicht, dass du darin fündig wirst.«

»Meine Tätowierung ist Angrianas Symbol«, platzte Likah heraus. Sie konnte diese Erkenntnis kaum für sich behalten, nicht vor Arkin. Er musste doch etwas wissen. Er war der Einzige, an den sie sich wenden konnte, der auch tatsächlich in der Lage war, ihr zu helfen.

Arkin hielt nur für den Bruchteil einer Sekunde inne, dann schlug er das Buch zu. »Wir finden schon heraus, was das zu bedeuten hat.«

»Du wirkst nicht überrascht«, merkte Likah an.

»Ich muss mir erst noch ein umfassendes Bild machen«, erwiderte er, stand auf und räumte das Buch fein säuberlich zurück.

Damit wollte Likah sich nicht abspeisen lassen.

»Lass mich helfen«, schlug sie vor und erhob sich ebenfalls. »Das ist mir mindestens so wichtig wie dir.«

»Wenn wir diese Art der Recherche anfangen«, sagte er

mit gesenkter Stimme, »dann musst du darüber absolutes Stillschweigen bewahren. Kein Wort, auch nicht zu Caia, verstanden? Und erst recht nicht zu Jeliél oder Eiwee. Niemandem.«

Likah nickte.

»Das kann gefährlich werden.« Er sagte das, als hoffe er, Likah würde ihr Angebot zurückziehen. Doch sie war fest entschlossen, herauszufinden, was es mit diesem Mal auf sich hatte.

»Ich passe auf«, sagte sie fest.

»Komm mit.« Arkin ging voran in sein Arbeitszimmer, das Likah nun zum ersten Mal betrat.

Das Zimmer quoll über vor Büchern, auf einem schmalen Pult in der Ecke staubte eine Schreibmaschine ein, die anscheinend selten genutzt wurde, und in den aufgeschlagenen Büchern verliefen Tintenstriche, die es nie ganz zu Worten gebracht hatten, halb beendete Notizen und Anmerkungen. Das Fenster war geschlossen, dennoch durchzog eine Brise das Zimmer, und Arkins Falke schlief oben auf einem Stapel Bücher.

Er eilte hinter seinen Schreibtisch und schob die Bücher unwirsch beiseite. Mit leisen Worten, die Likah nicht verstand, brachte er den Wind dazu, sie aufzufangen, ehe sie auf dem Boden aufschlugen.

»Du kannst dich da drüben hinsetzen«, sagte Arkin und deutete auf einen verstaubten Schemel nahe der Tür. Dann zog er einen Schlüssel aus der Schreibtischschublade, es war ein klobiger Schlüssel, dessen Metall bereits schwarz angelaufen war. Er ging damit hinüber zu einem Schrank mit großen Flügeltüren, und anhand des Staubs darauf schätzte Likah, dass er lange nicht mehr geöffnet worden war. Die Scharniere quietschten, als Arkin die Türen aufzog, und eine Staubwolke drang aus dem Inneren. Einige

Augenblicke lang stand Arkin nur davor, ehe er sich die Arme mit einem Haufen beinahe schon zerfallender Bücher und Schriftstücken belud, die er daraufhin vorsichtig auf dem Schreibtisch ausbreitete. Er ging behutsam mit den Werken um.

»Was ist das alles?«, fragte Likah.

»Die Literatur, die wir brauchen«, antwortete Arkin vage. »Vielleicht sogar alles, was wir noch von Angriana und ihrem Kult wissen. Es ist nicht viel übrig.«

»Und wo hast du so was her?« Likah staunte. »Du bist nicht etwa ein Anhänger, oder?«

Harsch schüttelte er den Kopf. »Nein. Aber das ist eine längere Geschichte.«

Likah unterdrückte die Neugierde, die in ihr aufkam. Sie wollte mehr wissen, aber er schien nicht darüber reden zu wollen, als wäre es ihm unangenehm.

»In Ordnung«, lenkte sie ein und trat an seinen Schreibtisch heran, mit verstohlenem Gang, weil sie merkte, wie er sich halb von ihr abwandte und den Arm schützend über die Schrift der Bücher hielt.

»Ich hab doch gesagt, du kannst dich da drüben hinsetzen.« Er sah nicht auf, fischte nur eine Lesebrille aus seiner Jacketttasche und setzte sie auf.

»Lass mich mitlesen«, forderte Likah. »Es geht hier doch auch um mich.«

Er schüttelte den Kopf, noch immer auf die Schriften fixiert. »Ich weiß nicht, was ich hier finden werde. Aber ich werde es dir mitteilen.«

»Soll das ein Witz sein?« Die Frage war rhetorisch gemeint, denn Arkin blickte ernst drein, mit der tiefen Denkfalte zwischen seinen Augenbrauen, und wirkte ausnahmsweise nicht so, als wolle er scherzen.

»Angrianas Kult ist verboten, Likah. Ich möchte dich

nicht verunsichern oder dir falsche Ideen in den Kopf setzen. Lass mich erst einmal herausfinden, was es mit alldem auf sich hat, und dann reden wir darüber.«

»Du kannst mich nicht einfach so ausschließen«, sagte sie entrüstet.

»Bitte vertrau mir in der Sache, ja? Ich kümmere mich darum.«

»Vertrauen? Ich habe dir vertraut. Ich hab dir alles gesagt, und jetzt hast du Geheimnisse?«

Er fuhr sich durchs Haar und wandte sich halb zum Fenster hinter ihm. »Es war richtig von dir, mir das anzuvertrauen, und ich kann dir helfen, aber dafür musst du abwarten. Ich werde dich da nicht mit hineinziehen, bevor ich Genaueres weiß.«

»Und mehr hast du mir dazu nicht zu sagen?« Das Mahlen ihrer Zähne aufeinander dröhnte laut in Likahs Kopf, als sich unter der vordergründigen Wut leise Enttäuschung formte. Sie hatte ihm alle Karten auf den Tisch gelegt. Doch Arkin erwies ihr nicht dasselbe Vertrauen.

»Nein«, schloss er das Gespräch.

»Schön.« Ruckartig drehte sie sich um und verließ stampfend das Zimmer. Sie ließ die Tür achtlos ins Schloss fallen und durchquerte die Bibliothek. Sie wollte nur in ihr Zimmer, wo sie niemand stören konnte und wo sie all den Frust ungesehen rauslassen konnte.

Während sie durch die Gänge stürmte, verflog ihre Wut rasch. Die Schmerzen in ihrem Körper erinnerten sie daran, langsam zu gehen, und lenkten ihre Konzentration ab von dem Zorn, der sie bisher getrieben hatte. Müde schleppte sie sich in ihr Schlafzimmer und schob alle Fenster auf. Das Fensterbrett gab unter ihren Ellbogen nach, als sie sich hinauslehnte und auf Seran hinunterblickte.

Vielleicht war sie doch zu harsch gewesen? Zu ausfallend?

In den Wochen, die sie auf dem Schloss verbracht hatte, mochte sie vergessen haben, dass er nach wie vor ein Fürst war. Dass sie eine gesellschaftliche Struktur einzuhalten hatte, selbst als seine Schülerin, auch wenn sich ihre Beziehung zueinander nie so distanziert anfühlte.

Wieder einmal wurde Likah bewusst, wie sehr die Jahre auf Reisen sie verändert hatten. Wie wenig sie im Grunde noch von der Gesellschaft verstand, an der sie so lange nicht teilgenommen hatte.

Likah hatte das Gefühl, sich aus einer Realität zu entfernen, in die sie sich immer zurückgesehnt hatte. Jetzt, wo ihr alle Möglichkeiten in die gesellschaftliche Welt offenstanden, schien sie den Sprung einfach nicht zu schaffen.

Wehmütig betrachtete sie den Schlossgarten. Sträucher umgarnten den Brunnen, der hinter den Treppenstufen sprudelte, und zahllose Abbilder von Kathasia aus Kalkstein, erbaut von namhaften Künstlerinnen und Künstlern, die Likah alle benennen konnte.

Die Statuen brachten sie zum Lächeln. Niemand erwartete von dem Marmor, dass er mit der Zeit ging. Er war hart und unveränderlich, und es wäre lächerlich, von ihm zu verlangen, sich an andere Bedingungen anzupassen. Es war der Zweck dieser Statue, für immer genau so bestehen zu bleiben, und in diesem Moment wünschte Likah sich das Gleiche für sich selbst. Sie wollte stark und beständig sein, und frei davon, nach Regeln zu leben, die sie nicht verinnerlicht hatte.

Likah löste sich von dem Duft treibender Gewächse und tauchte in das Bad aus Kissen und Decken auf ihrem Bett. Sie fühlte sich mutlos und seufzte, als ihr Blick auf die durchsichtige Kugel auf dem Nachttisch fiel, die sie von Seishun bekommen hatte. Likah nahm sie zur Hand und dachte daran, wie sie mit Jeliél geredet und er ihr Mut zugesprochen hatte. Jemand zum Reden wäre jetzt genau das Richtige.

Die Kugel begann zu glühen. Wenige Sekunden später formte sich ein Gesicht hinter der Scheibe, das sie überrascht anlächelte.

»Likah?«, fragte Jeliél, das Haar noch feucht und ein Handtuch um die Schultern.

»Jeliél.« Sie lächelte, ein wenig überrascht, wie leicht ihre Gedanken die Kugel steuern konnten.

»Du hast dich noch nie bei mir gemeldet.« Seine Augen blitzten auf, dann verdunkelte sich seine Miene. »Du hattest einen Unfall.«

»Woher weißt du das?«, fragte Likah.

»Hellsicht.« Er machte eine kurze Pause, in der Likah skeptisch die Augenbrauen hochzog, dann fuhr er fort: »Von den Schürfwunden in deinem Gesicht natürlich. Was hast du angestellt?«

Sie lehnte sich zurück. »Warum gehen eigentlich alle davon aus, dass ich etwas angestellt hätte?«

Er grinste. »Weil du keine bist, die sich an Regeln und Verbote hält. Du gehst deinen Weg, und das sieht man dir auch an. Ich würde dir allerdings raten, bis Ende September die Abschürfungen loszuwerden.«

»Wieso? Was ist im September?«

Jeliél zwinkerte. »Das verrate ich dir noch nicht.«

Likah zog die Augenbrauen zusammen. »Und warum glauben eigentlich alle, sie müssten mir Dinge verheimlichen?«

»Ach komm.« Er lehnte sich zurück und senkte den Kopf. »Sonst hast du doch keinen Grund, wieder mit mir zu reden, wenn nicht aus Neugierde.«

»Das stimmt doch nicht.« Sie streckte die Hand aus, wie um sie ihm auf die Schulter zu legen, bis sie merkte, dass sie ihn ja gar nicht berühren konnte. »Du bist der Einzige, mit dem ich über Arkin reden kann, weil du … na ja, das auch durchgemacht hast.«

»Durchgemacht ist ein treffendes Wort.« Jeliéls Lachen roch nach Sarkasmus. »Wir alle machen so was durch. Das Septimat ist … eigen. Alle miteinander.«

»Manchmal machen sie mir Angst.« Likah schloss die Augen.

»Mir auch«, gab Jeliél zu.

KAPITEL 14

DIE LILIENSTADT

Likah blickte sehnsüchtig auf den Garten von Schloss Falkenschwinge hinaus. Es glich einem Flammenmeer. Die Blätter der Laubbäume trugen ockerfarbene und rote Gewänder, der Rasen färbte sich gelb. Durch das geöffnete Fenster schlich der Duft sich schälender Kastanien. Die kleine Spinne im oberen Winkel des Fensters hockte gemütlich in den Sonnenstrahlen, die ihr Netz glitzern ließen.

Der Platz am Fenster der Bibliothek war Likah in den vergangenen Wochen ein zweites Zimmer geworden, den Großteil ihrer Zeit verbrachte sie hier, über Bücher gebeugt oder den Hauslehrkräften lauschend. Sie liebte die Bibliothek, aber an Tagen wie diesen sehnte sie sich nach einem ausgiebigen Spaziergang durch die Schlossgärten, und viel mehr noch ein paar Stunden mit den Zwillingen, die sie nur wenige Male gesehen hatte seit jenem Abend mit Shesir. Alia und Gem lebten ihr Leben, ohne dass Likah sie dabei beobachten konnte. Sie bedauerte, dass sie die glücklichen Momente der Zwillinge nicht miterleben durfte, und dieses Gefühl lenkte sie von ihren Pflichten und Aufgaben ab. Aber zugegeben hätte sie das nicht, insbesondere nicht vor Arkin.

Sie hatte ihn kaum gesprochen, seit er sich ohne sie in seinen Nachforschungen vergraben hatte, und Likah hatte nicht den Eindruck, dass er sie bald einweihen würde. Er verschloss die alten Bücher immer wieder sorgfältig in dem alten Schrank, wenn er sein Büro verließ, und weigerte sich, ihr Auskunft darüber zu geben, was er fand. Stattdessen wirkte er mit jedem Tag müder, sein sonst spielerischer Gang wurde schwerfällig. Likah hatte es vorerst aufgegeben, Arkin danach zu fragen, denn er wirkte nur noch resigniert und winkte ab, wenn sie das Thema ansprach.

Den Kopf an den Fensterrahmen gelehnt, blickte sie in die zahlreichen Regalreihen. Sonnenlicht leckte über ihre Hand, die sie mit der Fläche nach oben gestreckt hielt. Die Wärme kribbelte.

»*Tanze*«, flüsterte sie. Der Wind sammelte sich in ihrer Hand zu einem winzigen Wirbelsturm, der sie kitzelte, als er die Rillen in ihrer Haut nachfuhr. »*Flieg.*« Der Wirbelsturm löste sich von ihrer Hand und hüpfte auf den Boden der Bibliothek. Er raste zwischen den Regalen hindurch und fuhr die Buchreihen empor bis auf das oberste Regalbrett.

Likah lachte, als der Staub durch die Luft wirbelte und Kreise zog. Sie dirigierte den Windstoß und ließ ihn durch den Raum tanzen, bis ihr Haar zu flattern begann. Sie fühlte sich wie die Choreografin einer bewunderten Tänzerin und bestaunte die Bewegung, die in die sonst so ruhige Bibliothek kam. Hinter sich hörte sie jemanden erschrocken aufatmen.

»Likah?«, brachte der Bibliothekar atemlos hervor. »All dieser Dreck! Bei den Göttlichen, lassen Sie die Bücher heil! Halt! Stop!« Menz fuchtelte mit den Armen vor Likahs Gesicht herum, aber sie lachte nur.

»Da passiert doch nichts«, rief sie über das übermütige Pfeifen des Windes hinweg.

Dann verstummte der Wirbel. Aber es war nicht Likah gewesen, die ihn zurückgerufen hatte. Ihr Meister schlurfte durch die Tür in die Bibliothek herein und musterte skeptisch die Staubflusen, die wie Ratten den gesamten Boden bedeckten. Likah ließ die Hände sinken und wippte auf den Fußballen. Abwartend blickte sie Arkin an. Er wirkte erschöpft. Seine Augen waren leicht geschwollen, und die Schultern hingen schlaff herunter.

»Ich muss dem Reinigungspersonal wohl eine Leiter zur Verfügung stellen. Für die oberen Regale«, sagte Arkin.

»Ein Glück, dass Sie gekommen sind, Arkin!« Erleichtert atmete Menz aus. »Chaos ist ausgebrochen.«

Arkin schmunzelte. »Beeindruckend, was du zustande bringst, Likah, aber üb so etwas bitte draußen.«

»Du hast gesagt, ich soll hier lernen.«

»Nach dem Stundenplan, ja. Wenn du nur bei allem so ambitioniert wärst ...« Er seufzte. Als ob er ihre Faszination nicht verstehen könnte.

Likah schüttelte ihr Haar aus und entwirrte es, indem sie ein paarmal mit den Fingern hindurchkämmte. »Bist du aus einem Grund hier?«

Arkin nickte. »Wir müssen eine Lektion vorrücken. Aus gegebenem Anlass.« Er bedeutete ihr mit einer Handbewegung, ihm zu folgen, bevor er die Bibliothek verließ. Likah warf Menz einen entschuldigenden Blick zu, dann lief sie Arkin hinterher.

»Worum geht es denn?«, fragte sie, während sie sich bemühte, an Arkins Seite zu bleiben.

Arkin lächelte. »Die Nichte der Königin feiert ihren Geburtstag. Magrene.«

»Das heißt, das gesamte Septimat wird auch dort sein, oder?«, fragte sie vorsichtig.

»Du hast doch keine Angst, oder?«

»Natürlich nicht. Ich freue mich, Jeliél und Eiwee wiederzusehen.«

»Angst zu haben ist keine Schande.« Arkin legte Likah eine Hand auf die Schulter, und irgendwie war das tröstlich.

Als würde er ihr helfen in dieser merkwürdigen Welt, die Likah nur noch in Grundzügen verstand. »Sich ihr hinzugeben ist es.«

»Das tu ich nicht.«

»Ich weiß. Deswegen bist du meine Schülerin.«

Nein, erwiderte Likah in Gedanken. *Was auch immer der Grund ist, du hast ihn mir noch nicht verraten.*

Arkin hatte den Speisesaal in einen Ballsaal umfunktionieren lassen. Die Tische und Stühle waren an die Seite gerückt worden, und auf einer Erhöhung neben dem Eingang in die Küche spielte bereits leise ein kleines Ensemble mit Streichinstrumenten und Flöten. Likah sah sich um.

»Du hast keinen richtigen Ballsaal?«, fragte sie skeptisch. »Was, wenn du Gäste einladen willst?«

Arkin winkte ab. »Hast du mich schon mal ein Fest geben sehen? Die anderen reißen sich darum, also, warum sollte ich mir die Mühe machen? Die Aufräumarbeiten würden das Personal tagelang von ihrer Arbeit abhalten.«

»Das Schloss muss doch einen Ballsaal haben.«

»Hat es ja auch. Du lernst jeden Tag darin.«

»Die Bibliothek?«

Er nickte. »Ein weitaus besserer Zweck, wenn du mich fragst. Mein Meister hat Bälle sehr geschätzt. Aber als das Erbe dann auf mich überging …« Er zuckte mit den Schultern. »Ich habe keine Verwendung für so viel Prunk.«

»Na gut …« Sie verschränkte die Arme vor der Brust. »Und was jetzt?«

»Muss ich dir das Tanzen beibringen. Deine Einweihungsfeier war eine Sache, aber bei solch einem Anlass muss das besser aussehen.«

»Ich hab es gut hinbekommen«, entgegnete Likah mit einem pikierten Unterton.

»Jeliél hat es gut hinbekommen. Du hast dich nur leiten lassen.« Er gab dem Ensemble ein Zeichen, die Musik wurde lauter, und Arkin legte die Hand hinter ihr Schulterblatt, während er ihre ergriff. »Tanzen bedeutet mehr, als die Füße an die richtigen Stellen zu setzen. Haltung korrigieren – wie beim Laufen.« Sie geriet ein wenig ins Straucheln, als er sie in eine Halbkreisbewegung zog.

»Du bist keine Puppe. Also sei ein bisschen energischer mit deinen Schritten. Du weißt, wo es langgeht. Tanzen bedeutet immer zu zweit.«

Sie sah ihn zweifelnd an. Likah fühlte sich wie eine Puppe, wenn Arkin sie zu einem schnellen Geigenquartett herumwirbelte, ihre Füße kamen dem Rhythmus kaum hinterher.

»Lass den Arm nicht so hängen«, mahnte er sie. »Und Haltung. Schultern gerade, dein Kopf ist die Verlängerung deiner Wirbelsäule. Bei Vögeln mag es ja niedlich aussehen, wenn sie den Kopf unter den Flügel stecken, aber du willst nicht niedlich sein.«

»Vielen Dank.« Likah verzog den Mund, aber sie straffte ihren Körper, wie er gesagt hatte.

»Das erscheint dir vielleicht überflüssig«, sagte Arkin, während sie den Speisesaal als Tanzfläche nutzten, »aber öffentliches Auftreten ist wichtiger, als du denkst. Du bist meine Schülerin, und auf diese Position darfst du stolz sein.«

»Es erscheint mir überhaupt nicht überflüssig«, antwortete sie und setzte einen bestimmten Schritt vorwärts.

»Und die Politikstunden? Der Fechtunterricht? Geschichte? Ich dachte, vielleicht langweilt es dich inzwischen.«

»Nein.« Konzentriert hielt Likah ihren Schwerpunkt in der Drehung. »All das muss ich ja lernen, wenn ich Fürstin werden soll. Außerdem mag ich Bücher.«

Er grinste. »Wissen und Bildung sind unabdinglich für ein Mitglied des Septimats, aber das reicht nicht. Um wirklich eine Anführerin zu sein, braucht es mehr. Einen klugen Kopf, die Fähigkeit, schnell Entscheidungen zu treffen. Hingabe. Und einen gewissen Hang zum Schauspiel und zur Lüge.«

»Na toll«, brummte Likah. »Ein falsches Spiel.«

»Nein. Hunderte falscher Spielchen. Das wirst du schneller begreifen, als dir lieb ist.«

»Ich hasse Lügen.«

»Ist mir aufgefallen. Du bist furchtbar schlecht darin.«

Likah wandte den Blick von seinen Augen ab und sah stattdessen auf seinen kantigen Nasenknochen.

»Dann bin ich definitiv die falsche Kandidatin für all das hier.« Sie sah zur Seite. »Ich erfülle wenig davon.«

»Noch.« Er zwinkerte. »Aber aus diesem Grund bist du die Schülerin und ich der Meister.«

»Du könntest dir aber auch was von mir abschauen. Zum Beispiel, wie man anderen ein bisschen mehr vertraut.« Sie verstummte abrupt, erschrocken über ihre unbedachten Worte. Sie hatte ihn nicht kritisieren wollen, denn eigentlich wusste sie, dass es ihm schwerfiel, mit ihr über seine Nachforschungen zu sprechen, wenngleich sie nicht verstand, warum. Ihre Hand umfasste seine stärker, und sie studierte vorsichtig seine Gesichtszüge, ob Zorn in den Meerestiefen seiner Augen aufglomm. Aber das geschah nicht. Arkin zuckte mit den Schultern.

»Jeder hat seine Schwächen«, sagte er mit einem Lächeln, von dem Likah nicht wusste, ob es echt war.

Zwei Tage später wartete Likah in einem für die Reise viel zu protzigen Kleid vor Arkins Kutsche. Ihr glattes schwarzes Haar fiel ihr offen über den Rücken. Caia und die Zwillinge standen neben ihr. Arkin trommelte ungeduldig auf seinem Spazierstock herum, während Likah die Kinder umarmte.

»Wann sind Sie zurück, wenn ich fragen darf?«, fragte Caia an Arkin gewandt.

»Eine Woche vielleicht«, antwortete Arkin.

»Wir erwarten Ihre Rückkehr, Herr.« Caia lächelte.

»Du meinst, du erwartest Likahs Rückkehr«, murmelte Arkin unter einem unterdrückten Lächeln.

Sie schloss den Mund und trat einen Schritt zurück. »Ich habe ohnehin zu viel zu tun, um zu warten.«

Likah hob die Augenbrauen. Caia benahm sich steifer, wenn Arkin dabei war, ihre Finger schlugen Falten in den Stoff, den sie umschlossen, und sie verlagerte andauernd das Gewicht. Likah legte die Arme um sie und grinste bei dem Gedanken an ihr erschrockenes Gesicht.

»Wir sind Freundinnen«, flüsterte sie. »Du darfst das auch vor Arkin zeigen. Es ist kein Geheimnis.«

Caia lachte verhalten. »Wie du meinst.« Sie drückte Likah ebenfalls.

Sie winkte zum Abschied, und als Likah hinter Arkin in die Kutsche stieg, fragte diese: »Fahren wir wieder nach Ganoire?«

Arkin schüttelte den Kopf. »Diesmal hat Lisander die Ehre. Es geht nach Lishol.«

Likah spürte alle Farbe aus ihrem Gesicht weichen. »Almarek?«

»Ja. Eine bildschöne Stadt, wenn du mich fragst. Vielleicht etwas protzig.«

Die Kutsche glitt dahin wie ein Hauch des Windes. Likah spürte das Holz, wie die Sitzpolsterung nachgab, und das Ruckeln des Gefährts stach in ihre Wirbelsäule. Vor und hinter ihnen fuhren Kutschen mit Dienstpersonal, das ihnen die Reise angenehmer machen sollte. Wachen ritten auf Pferden, sodass sie aussahen wie eine kleine Karawane.

»In Seva forschen sie an einem Gefährt, das ohne Zugkraft fahren soll. Ohne Pferde. Mit der Kraft von Wasserdampf«, plauderte Arkin und ignorierte dabei Likahs bleiches Gesicht.

Sie versuchte, etwas zu sagen, aber ihre Stimme war schwer. »Ich fühle mich nicht wohl dabei. Ich habe meine Kindheit dort verbracht.« Ihr Magen wurde zu einem schweren Klumpen.

»Zu viele Erinnerungen?«, riet Arkin.

Likah seufzte und stützte das Gesicht in die Hände, sodass ihr Gewicht auf ihren Oberschenkeln ruhte. »Alles wird verändert sein, oder?«

»Ja.« Sein Tonfall wurde vorsichtig, als würde er sich an etwas herantasten wollen. »Es wird nicht mehr dieselbe Stadt sein, die du kennst. Aber ist das ein Problem?«

»Ich habe das Gefühl, die ganze Welt hat sich verändert, und nur ich bin stehen geblieben.« Ihre Ellbogen bohrten sich in ihre Knie.

Arkin lächelte stumm, erhob sich von seinem Sitz ihr gegenüber und setzte sich neben sie. Er stützte den Ellbogen ebenfalls auf seinen Oberschenkel und legte den Kopf in die eigene Hand, sodass er und Likah wieder auf Augenhöhe waren. In diesem Moment fühlte sie sich verstanden, und dafür war es nicht einmal wichtig, dass Arkin sie wirklich im Einzelnen verstand.

»Glaubst du, ich … sollte meine Eltern besuchen?«, fragte sie und drehte den Kopf, um ihn anzusehen.

Er schüttelte den Kopf. »Ich würde dir davon abraten.«

»Wieso?«

»Willst du die Wahrheit wissen?«

Sie nickte.

»Dasselbe, was ich dir zu den Zwillingen gesagt habe. Es ist nicht weise, an der Vergangenheit festzuhalten, wenn man sich auf die Zukunft konzentrieren möchte. Es wird dir nicht helfen.«

»Aber es geht um meine Eltern …« Sie senkte den Blick.

»Du hast dein Zuhause sicherlich nicht ohne Grund verlassen.«

»Sie haben mich weggeschickt. Ich wollte nicht gehen.«

»Was ist passiert?« Die Frage war so offensichtlich, und doch hatte Arkin sie bisher nie gestellt. Vielleicht befürchtete er, die Frage könne zu persönlich sein, aber für Likah bestand das Traurige nicht darin, davon zu berichten. Traurig war nur, dass diese Zeit ihrer Vergangenheit so normal geworden war, dass sie sie als Teil ihrer Selbst akzeptierte.

Also begann sie zu erzählen: »Das Ganze ist ziemlich schnell passiert. Mein Vater hat mich nachts aufgeweckt und gesagt, ich soll mich warm anziehen. Ich hatte keine Ahnung, was los war, aber er war so ernst, dass ich mich nicht getraut habe, nachzufragen. Ich habe ihn dann mit meiner Mutter streiten hören. Aber zu mir haben sie nur gesagt, ich soll weglaufen und nie stehen bleiben, und auf gar keinen Fall zurück nach Hause kommen. Ich sollte so weit weg, wie ich konnte. Dann haben sie mir einen Rucksack in die Hand gedrückt und … mich rausgeschoben und die Tür zugeschlagen.« Keine letzte Umarmung, keine lieben Worte.

Arkin hatte ihr aufmerksam zugehört, doch nun schien er in Gedanken versunken und abwesend. Likah richtete sich wieder auf, lehnte sich an die Rückbank und atmete tief durch.

»Vielleicht ist es besser so«, murmelte Arkin und war kaum hörbar über das Flattern der Kutschensegel draußen.

»Ich weiß nicht«, flüsterte sie. »Nicht mit der eigenen Familie zusammen sein zu können, egal, aus welchem Grund – ist das wirklich die bessere Wahl?«

Ihr Leben hätte anders sein können. Frei von Hunger und Frieren in kalten Winternächten. Likah hätte die Schule beendet, wäre vielleicht auf eine Akademie gegangen. Sie hätte nie stehlen müssen. Und allem voran hätte sie eine Familie erlebt, in der sie nicht die alleinige Verantwortung für zwei Kinder hätte tragen müssen. Rasch schüttelte sie den Gedanken ab, doch die Schuldgefühle hatten bereits Einlass in ihr Herz gefunden und siedeten dort.

Die Tage verbrachte Likah in der hölzernen Kutsche. Sie gewöhnte sich an das Rattern unter ihrem Sitz und den Geruch von Staub, der auf dem lackierten Holz liegen blieb. Sie hielten nur an, damit Arkin und Likah sich waschen und ein wenig die Beine vertreten konnten. Das Getrappel der Pferdehufe begleitete Likah in den Schlaf und war das Erste, was sie in den Morgenstunden weckte, es sei denn, Arkin beschloss zur Dämmerung, sein Blockflötenspiel zu üben. Er spielte gut, aber das konnte ihre Laune nicht heben. Die morgendlichen Nebelschwaden versetzten sie schon in schlechte Stimmung, denn das bedeutete, dass ihre Reise voranschritt, und Likah war nicht wohl dabei, in ihre Heimatstadt zurückzukehren.

Draußen verschwanden die dichten Wälder Kathasias, und als ihre Reise sie immer mehr gen Süden führte, wurde das Land flacher. Das Reich von Lishol war auf weiten, blassen Ebenen errichtet. Ein Hauch Wehmut überkam sie. Wie oft hatte sie sich heimlich dem Turm der Lisholkirche hinaufgeschlichen, um auf die Ebene zu blicken und sich zu fragen, wie groß die Welt noch hinter dieser schieren Unendlichkeit sein musste. Später hatte sie es mit schmerzenden Füßen und knurrendem Magen am eigenen Leib erfahren.

»Seltsam, nach Hause zu kommen.« Sie drückte die Stirn an die Scheibe, die von der Sonne warm war.

Gedankenversunken lehnte Arkin sich in seinen Sitz. Dann fragte er: »Kommst du denn nach Hause?«

»Vielleicht. Wenn es auf mich gewartet hat.« Sie lächelte bitter und bezweifelte, dass die Zeit ihr etwas gelassen hatte, wohin sie hätte zurückkehren können.

Almarek zeichnete sich bereits am Horizont ab, und als Likah die gewaltigen Sandsteinmauern und die Türme sah, die wie zwei tadelnde Zeigefinger über alles emporzuragen schienen, empfand sie nicht die Erleichterung, sondern das Gefühl von Verlust, das ihr vor vielen Jahren kalt ins Ohr geflüstert hatte. Damals, als sie sich ein letztes Mal umgedreht hatte, um ihrer Heimat Lebewohl zu sagen. Die Lilienstadt würde immer in ihrem Herzen bleiben, ob als heimisches Kaminfeuer oder kalte Erinnerung.

Was genau erwartete sie? Wie hatte Lishol sich verändert? Sie war sich nicht sicher, ob sie sehen wollte, was aus ihrer Heimatstadt geworden war, ganz gleich, wie sie nun aussehen mochte.

Als sie durch die Tore Almareks fuhren, wagte sie einen Blick aus dem Fenster der Kutsche, überall erblickte sie weiß. Der Boden war mit weißen Steinen gepflastert, weiße Blüten prangten an den penibel gestutzten Hecken, die aus rechteckigen Beeten in der Mitte der Straßen wuchsen. Selbst die Vorgärten an den Straßen lagen unter weißem Stein. Weiße Häuser, weiße Schornsteine, weißer Rauch. Kunstschaffende liebten Almarek, und das sah man der Lilienstadt an.

Von einem Podest direkt am Stadteingang drangen Harfenklänge zu Likah. Die Kutschentür wurde ihnen geöffnet. Arkin stieg als Erster aus, und nachdem Likah hinter ihm aus der Kutsche gestiegen war, atmete sie tief ein. Der Geruch, der Almarek anhaftete, war derselbe geblieben: etliche

Parfums und der Duft der Lilien hing jedem Atemzug nach. Die Luft war leicht und gefüllt mit zurückhaltendem Lachen und hinter vorgehaltener Hand bekundeten Liebesgeständnissen.

Arkin pfiff durch die Zähne. »Lisander gefällt es, seinen Prunk zur Schau zu stellen.«

»Er hat die Stadt nicht gebaut«, erinnerte Likah ihn.

Arkin grinste. »Sprich nicht von Dingen, für die du viel zu jung bist. Ich habe diese Stadt sich wandeln sehen. Sein Vorgänger hatte einfach mehr Klasse, was Gestaltung angeht.«

»Ich finde sie wunderschön.« Likah ließ ihren Blick durch die Straßen schweifen, und die Menschen, denen er begegnete, versteiften und senkten schnell den Kopf, als versuchten sie, nicht Likahs Zorn auf sich zu ziehen. Sie hielt sich dicht an ihrem Meister und versuchte, nicht allzu furchteinflößend auszusehen, was leicht hätte sein müssen, und doch wich man vor ihr zurück und mied Augenkontakt.

»Was ist denn mit denen los?«, murmelte Likah in Arkins Richtung.

»Lisander hat Freude daran, seinen Untertanen deutlich zu machen, dass sie genau *das* sind.« Arkin zuckte mit den Schultern. »Er spricht die Erste Sprache, und das Volk weiß das.«

»Jeder weiß das«, erwiderte Likah. »Aber deine Untertanen haben keine Angst vor dir.«

»Du müsstest das eigentlich verstehen können.« Arkin sah sie nicht an, sondern hielt den Kopf gerade, während er ruhig und sicher durch die Straßen ging. »Du hattest denselben Ausdruck in den Augen, damals im Gericht.«

»Das war etwas anderes.« Er schmunzelte, sagte aber nichts.

Eine Weile liefen sie schweigend nebeneinander, bis Likah die Schultern straffte, als könnte ihr das den Mut verleihen, um ihren Entschluss auszusprechen: »Ich möchte zu meinen

Eltern gehen. Und heute Abend zurückkommen. Oder morgen früh.«

Arkin blieb stehen. »Bist du dir sicher?«

Likah zögerte, nickte dann aber.

»Ich glaube nicht, dass das eine gute Idee ist.«

»Ich weiß.« Sie lächelte schief und hob den Kopf. »Aber ich will es. Den Weg zu Lisanders Palast finde ich allein.«

Arkin schüttelte den Kopf. »Ich werde in der Nähe bleiben.«

»Wieso?«

»Weil ich auf meine Schülerin aufpasse.« Er berührte sie an der Schulter, eine kurze Geste, doch sie zeigte Likah, dass er sich wirklich Gedanken machte, und dass er sie dennoch gewähren ließ. Sie lächelte. Vielleicht hatte er begriffen, dass sie auf sich selbst aufpassen konnte. Es bedeutete ihr viel, zu sehen, wie er ihr diese Entscheidung ließ, obwohl er selbst sie nicht guthieß.

Und so begleitete er sie durch die vertrauten Straßen. Die Säulen, die die Gebäude trugen, warfen lange Schatten auf das ordentlich geschliffene Wegpflaster, das gesäumt wurde von prächtig blühenden Blumenfässern. Eine sanfte Brise wehte von der Küste her in die Stadt und fegte die prickelnde Wärme der Sonne von Likahs Gesicht. Sie erreichten den Zentralplatz der Stadt, eine riesige runde Parkanlage mit einem eckigen Springbrunnen in der Mitte, der die Luft über sich in Regenbogenfarben schimmern ließ. Makellos lackierte Parkbänke trennten Wege und Blumenbeete voneinander.

Von diesem zentralen Platz aus führten Wege strahlenförmig in die verschiedenen Viertel Almareks, sodass der Ort von oben tatsächlich wie eine Sonne aussah.

»Treffen möchtest du sie bestimmt allein. Ich bin nicht weit weg.« Er ließ sich auf eine Parkbank nieder, doch Likah bezweifelte, dass er lange dort sitzen bleiben würde.

Likah nickte ihm zu und bog in das Randstrahlenviertel ein. Was würde sie erwarten? Wenn sie jetzt ihre Eltern wiedersah ... und wenn ihre Eltern gar nicht mehr hier lebten? Was, wenn sie umgezogen waren? Doch Likah mochte nicht glauben, dass ihre Eltern es übers Herz gebracht hätten, ihr Heim zurückzulassen. Energisch ging sie weiter und bog in die Straße ein, die sie als Kind so oft zur Abenddämmerung hinuntergelaufen war. Sie erinnerte sich an den losen Pflasterstein, über den sie jedes Mal gestolpert war. Der war noch da. Sie stand auf wackeligen Beinen, als sie vor ihrem Elternhaus stehen blieb.

Der Garten war verschwunden. Vaters geliebter Kräutergarten, übermauert mit weißen Fliesen. Stattdessen schmückten nun teure Vasen und Büsten den Vorhof. Die bröckelige Mauer war glatt geschliffen und neu bemalt worden. Die Fugen, in die Likah als Kind Insekten einquartiert hatte, gab es nicht mehr, und statt mintgrün war das Dach nun gelb. Alles war anders. Der Ort ihrer Kindheit war ihr fremd geworden. Es fühlte sich nicht an, als würde sie vor ihrer Vergangenheit stehen. Dieses Haus hatte nichts mehr von dem Charme und Charakter von damals.

Sie nahm all ihren Mut zusammen und trat in den Vordergarten ein. An der Tür hing ein metallener Türklopfer in Form eines Fuchskopfes. Likah runzelte die Stirn. Ihre Mutter hasste Füchse – sie hätte sich mit aller Kraft gegen diesen Türklopfer gewehrt, und doch hing er dort. Likah spürte Zweifel in sich aufkommen, ob ihre Eltern noch hier lebten. Und wenn doch, wie sehr mochten sie sich verändert haben? Mit unruhigen Händen klopfte sie drei Mal. Dann wartete sie, während Wellensittiche auf einem der Nachbargrundstücke zwitscherten.

Ein Mann kam an die Tür, das lange Haar von grauen Strähnen durchwachsen, das er gepflegt in einem Zopf gebunden trug. Er zupfte seinen Hemdkragen zurecht und lächelte Likah verwirrt an. Sie kannte den Mann nicht.

»Ja, bitte?«

»I-ich … also …«, stotterte sie. »Ich suche nach Familie Laien.«

Augen und Mund des Mannes weiteten sich, seine Hand rutschte von der Türklinke. »Sie sind Likah Laien, nicht wahr? Die Schülerin von Arkin Minnestra!«

»Ja, aber wo sind Seito und Jara?« Sie blickte sich um.

»Umgezogen, soweit ich weiß. In das Kernschattenviertel im Norden der Stadt. Aber ich lebe schon einige Jahre hier. Sagen Sie, wollen Sie nicht reinkommen? Sie sehen blass aus.«

»Nein, danke«, murmelte Likah, während sie sich schon entfernte. »Ich kenne mich aus. Wissen Sie zufällig, wo genau sie leben?«

Der Mann schüttelte den Kopf. »Das leider nicht.«

»Danke trotzdem«, sagte sie und verließ eilig das Grundstück.

Likah versuchte, die Trauer und die Wut in ihr zu verdrängen. Ihre Kindheit war futsch. Überlackiert und mit Steinen bedeckt, einfach ausgelöscht. Das Haus, in dem sie aufgewachsen war, gab es nicht mehr. Sie hatte gehofft, an einen Ort wiederzukommen, der sie vielleicht willkommen hieß, aber wenn sie jetzt darüber nachdachte, war dieser Gedanke naiv gewesen. Ihre Eltern hatten ihr deutlich gemacht, dass sie nicht zurückkommen sollte. Nichts hier hätte sie willkommen geheißen – nicht das Haus, und ihre Eltern auch nicht. Es hatte gar keine Bedeutung, dass nichts so war wie damals. Denn wenn alles gleichgeblieben wäre, hätte sie nur ihre Eltern angetroffen, die sie rausgeschoben und die Tür hinter ihr zugeschlagen hätten.

Likah atmete tief durch. Wieso betraf sie das so sehr? Sie

wollte mit ihrer Vergangenheit abschließen. Das hatte sie schon gewusst, bevor Arkin es ihr gesagt hatte. Und doch fiel es ihr so viel schwerer zu akzeptieren, dass ihre Eltern und ihre Heimat sie nicht mehr zurückwollten.

Während sie die Straßen von Almarek durchquerte, war ihr, als liefe sie durch eine hellere und glanzvollere Version ihrer Erinnerung. Keine Ratten in der Gosse, aus den Fenstern wehte der Duft von Herbsteintöpfen, rote und blaue Blumen blühten auf den Fensterbänken. Dieses Almarek war nicht dasselbe wie früher.

Die Stadt war lauter geworden, lebhafter. Und doch schien sie Likah so tot wie nie. Die Sehnsucht der Liebespaare, die sich am Springbrunnen des Sonnenplatzes trafen, konnte sie nicht nachempfinden. Das Wasser plätscherte aus dem Zepter des Marmorbildnisses von Lishol in den Brunnen und übertönte die geflüsterten Worte heimlicher Liebschaften. Kinderlachen ertönte aus den Vierteln, die sich sonnenstrahlenförmig um den Stadtplatz erstreckten, aber das Lachen blieb Likah fern.

Das Kernschattenviertel war das nördlichste von allen und lag die meiste Zeit des Tages im Schatten des Uhrturms der Lisholkirche. Likah zögerte unter dem weißen, schon leicht verwitterten Torbogen, der den Eingang in das Kernschattenviertel markierte. Ihre Eltern hatten sie stets ermahnt, nicht dort zu spielen, weil die Diebesgilde von Yol-Khor dort ein Versteck hätte. Eine Gänsehaut fuhr Likah über die Arme, als sie in den nördlichen Pfad der Stadt einbog. Hier sollten ihre Eltern leben? Vielleicht hatte sich der Mann geirrt …

Als sie durch das Kernschattenviertel lief, von Haus zu Haus, auf der Suche nach einem Schild, das ihren Namen trug, fühlte sich Likah wie eine Verbrecherin, beinahe, als wäre ihre bloße Anwesenheit gegen das Gesetz. Die Häuserfassaden waren ergraut und die Fenster von Staub und lumpigen Gardinen verhangen. Der Name einer Wechselstube ließ sich durch die zerkratzten Buchstaben des Schildes nur erahnen. Der Boden unter ihren Füßen war von Wurzeln und Pflanzen zerfressen, die das Pflaster aufbrachen. Auf den Straßen herrschte völlige Leere.

Während sie suchte, ergriff der Abend den Himmel, und Likah fürchtete sich vor dem, was sie vorfinden würde. In ihrem Kreuz sammelte sich der Schweiß, und ihr Gang hatte die Entschlossenheit längst verloren.

Dann tönte ein Windspiel, glockenklar und hell wie ein einzelner Stern am Nachthimmel. Ein kleines Haus stand weiter vorne an der Straße. Mit dem Efeu, der an den verwitterten, mit Brettern verstärkten Wänden emporkletterte, glich es eher einer Hütte. Likah roch den würzigen Duft von Thymian. Ein winziger Kräutergarten schmückte das Haus. Die Pflanzen erreichten nur eine kümmerliche Größe, weil das Licht kaum bis hierher schien, aber die beschrifteten Zettelchen, die an den in die Erde gesteckten Holzstäbchen klebten, verrieten ihr, wer dieses Beet angelegt hatte. Likah musste nicht auf das Schild sehen, um zu wissen, dass sie das Haus ihrer Eltern gefunden hatte. Vor Aufregung zitterten ihre Hände, als sie an die schmucklose Tür klopfte. Lange geschah nichts. Dann kreischten die Scharniere. Likah hörte auf zu atmen.

Sein Haar war vollständig ergraut. Der unsauber rasierte Bart erstreckte sich über das von Falten zerfurchte Gesicht, und unter den Augen lagen dunkle Schatten. Vaters Hemd war zerknittert und die Hosenträger ausgeleiert. Likah schluckte und zweifelte an der Kraft ihrer Worte, als sie sagte:

»Papa?«

Seito Laiens Gesicht nahm die Farbe von Asche an. Lange

Zeit musterte er seine Tochter nur. Als er schließlich sprach, klang seine Stimme, als hätte er Kreidestaub verschluckt. »Likah. Gehen wir ein Stück?«

Wortlos nickte sie. Likah war zu beschäftigt damit, zu verarbeiten, wie sehr ihr Vater sich verändert hatte, um ihm eine Antwort zu geben.

Er traute sich hinaus, machte einen Bogen um sie, als wolle er eine Berührung vermeiden. Nachdem er die Tür geschlossen hatte, ging er an ihr vorbei, ohne zurückzublicken.

Ohne zu wissen, was sie tun sollte, stolperte Likah hinter ihm her. Gemeinsam gingen sie die Gasse entlang, in der Seito wohnte, und schwiegen eine lange Zeit.

»Wieso bist du zurückgekommen?«, fragte er, und sie hörte ihm die Müdigkeit an.

Die Frage war wie ein Schlag in den Magen. Es waren nicht die Worte selbst, die sie verletzten, sondern der hilflose, gebrochene Tonfall ohne jede Freude. Es hörte sich an, als wäre ihre Wiederkehr nur eine weitere große Enttäuschung in Seitos unerfülltem Leben.

»Ich wollte euch sehen, dich und Mama. Ich … habe euch vermisst.«

»Du hättest nicht zurückkommen sollen. Wir haben dich damals nicht ohne Grund weggeschickt.« Sein Ton blieb unbewegt, als hätte er gar nicht die Kraft, tatsächlich Ärger zu empfinden.

»Ich wollte nur …« Sie brach ab. Wie naiv konnte sie nur sein, dass ihre Eltern sie mit offenen Armen aufnehmen würden, nur weil sie ihrerseits sie vermisste. Ihre Brust zog sich bei dem Gedanken zusammen, dass das Vermissen einseitig war.

»Warum bist du wieder hier?«, fragte ihr Vater.

Likah wusste nicht, wie sie auf diese Frage antworten sollte, sie wusste die Antwort selbst nicht. Eine Weile lang liefen sie weiter, während Likah mit den Worten rang und einen Anfang suchte. Doch dann platzte alles hervor, und sie begann mit rauer Stimme zu erzählen. Sie berichtete von ihrem Aufbruch und den Zwillingen, die sie gefunden hatte. Wie sie die beiden Kinder aufgenommen und als ihre eigenen Geschwister aufgezogen hatte, auch wenn sie selbst noch ein Kind gewesen war. Likah erzählte, wie sie sich mit Diebstählen durchgeschlagen hatten und wie oft sie gehungert hatten, weil im Winter wenig Essbares zu finden war und das Geld nicht immer reichte. Sie erzählte von ihren Plänen, die teure Kutsche auszurauben und von dem Geld ein Grundstück in Kathasia zu kaufen. Und schließlich berichtete sie von dem Diebstahl, der schiefgegangen war.

»Ich hatte solche Angst, dass den Kindern etwas passiert«, schloss sie mit leiser Stimme.

»Und dann hat Arkin dich in seine Dienste genommen?« Er schien gar keine Notiz davon zu nehmen, wie viel Angst Likah gehabt hatte. Als sei es gar nicht wichtig. Ihn bewegte nicht, was sie bewegte. Seito Laiens Gesicht war alt und müde. Likah mochte vor Trauer schreien, dass ihr Vater sich nicht von denselben Gefühlen durchströmen ließ wie sie, dass er kein tröstendes Wort für sie übrig hatte. Aber sie schluckte es hinunter und sagte nur: »Ja. Arkin hat mich zu seiner Schülerin erwählt.«

»Gut.« Er nickte. »Das sind gute Neuigkeiten. Das erklärt, warum du hier bist.«

Likah wollte sich ihrem Vater nähern, wollte ihm zeigen, dass sie hier war, weil sie ihn vermisst hatte, aber sie wusste nicht, wie, ohne dass er sie abstoßen würde. Ihr Herz zog sich zusammen, als sich ihre Vermutung bestätigte und der Vater die Arme verschränkte und sich von ihr abwandte.

»Wo ist Mama?«, flüsterte sie. War sie im Haus geblieben?

Likah konnte sich kaum vorstellen, dass sie sie nicht wenigstens hätte sehen wollen. Ob sie gerade arbeitete?

»Ich bringe dich zu ihr.«

Wortlos führte er sie an den äußeren Rand der Stadt. Um von einem Viertel in das andere zu kommen, gab es nur zwei Wege: der Gang über den zentralen Sonnenplatz, der alle sonnenstrahlenförmigen Stadtteile miteinander verband, und ein kreisförmiger Ring, der eine Ebene unter der Stadt ausgehoben worden war und aus jedem Stadtteil betreten werden konnte. Dieser Ring, der halb unter der Stadt lag, war der Friedhof.

Likah blieb mit einem Ruck stehen. »Nein«, wisperte sie. Ihre Mutter konnte unmöglich hier sein.

Ihr Vater blieb stehen und sah sie an. »Deine Mutter ist tot«, sprach er aus, was Likah befürchtet hatte. Er sah aus, als wäre er vor langer Zeit mit Jara gestorben. »Willst du ihr Grab sehen?«

Likah konnte ihm nicht antworten. Natürlich wollte sie, aber es auszusprechen, verlieh dem Tod ihrer Mutter eine Realität, die sie sich nicht eingestehen wollte. Also nickte sie nur. Abgewetzte Treppenstufen führten hinab in den unterirdischen Gang. Der Geruch von Erde mischte sich mit dem der moosbewachsenen Steinsäulen. Und weil dieser Teil der Stadt an einer Klippe lag, ließen die Lücken zwischen den Steinsäulen freien Blick auf das darunterliegende Meer, das unten friedlich rauschte.

Likah folgte ihrem Vater über den verwahrlosten Trampelpfad, der sie an einer Reihe Gräbern vorbeiführte. Vor einem Granitgrabstein blieb er stehen. Der Stein war einfach gehalten, er trug nur den Namen ihrer Mutter und die Geburts- und Sterbedaten, aber die Blumen darauf waren kräftig und gut gepflegt. Das Grab war besser erhalten als die schäbige Hütte, in der Seito hauste, und Likah wusste nicht, was sie mehr schmerzte: der Tod ihrer Mutter, oder wie wenig ihr Vater sich noch um sein eigenes Wohlergehen kümmerte.

»Wieso?«, brachte sie hervor. Ihr Herz schien für einen Moment in der Luft zu schweben, als wäre da nichts mehr in ihrer Brust. Sie starrte auf den eingravierten Namen ihrer Mutter und konnte den Verlust noch nicht richtig spüren.

Zum ersten Mal hörte sie ihren Vater zögern. Er näherte sich seiner Tochter. Schwach antwortete er: »Erinnerst du dich daran, was ich dir vor vielen Jahren gesagt habe, Likah? Als wir dich weggeschickt haben?«

»Dass ich nicht zurückkommen soll …«

»Sie haben nach dir gesucht, Kind.« Ihr Vater holte tief Luft. »Fremde in schwarzen Kutten. Sie wollten dich. Uns blieb nichts anderes übrig, als dich fortzuschicken in der Hoffnung, dass sie dich nicht finden.«

Likah starrte ihren Vater an, ohne die Bedeutung seiner Worte ganz zu begreifen. »Aber wer … wer waren diese Leute …?«

Seito schüttelte den Kopf. »Ich weiß es nicht. Aber sie wussten, dass wir dich hatten fliehen lassen. Und bezahlen musste deine Mutter.«

Die Kratzer in ihrer Brust schlugen sich in ihr Herz, und die Trauer ergoss sich mit einem Schluchzen aus ihren Augen.

»Nein!«

Likah keuchte und rang nach Luft, während sie an der Wand hinabrutschte. Tränen fluteten ihre Wangen, drangen salzig auf ihre Zunge, und ein schaler Geschmack breitete sich in ihrem Rachen aus.

Ihre Mutter war tot, und schuld daran war sie. Sie war getötet worden, weil Likah weggelaufen war. Ein getauschtes Leben. Ihr Vater hasste sie. Er musste sie hassen.

»Likah …« Die Stimme ihres Vaters war anders. Gebrochen. Dann hörte Likah sein Hemd an ihrem Ohr rascheln, als er sich vor sie hockte und sie in die Arme schloss. Sein Körper fühlte sich steif und unbeholfen an. »Es tut mir leid«, flüsterte er. »Es tut mir so leid, dass du nie Kind sein durftest.«

Likah drückte sich an ihn und barg das Gesicht in der Mulde über seinem Schlüsselbein. Seine Wärme drang zu ihr durch und linderte den Schmerz. Der vertraut erdige Geruch seiner Hände umfing sie, die Tintenflecken auf seinen Fingern, weil er wieder einmal zu eilig seine Forschungen hatte aufschreiben müssen. Likah kehrte nach Hause zurück. Sie war wieder Kind, und doch fehlte eine Hälfte ihres Lebens. Es war ein anderes Zuhause, ein vergessenes, und doch war ihr diese Umarmung näher als alles andere.

»Das ist meine Schuld.« Ihre Worte ertranken. »Dass Mama tot ist. Wäre ich nicht weggelaufen …«

»Nichts davon ist deine Schuld.« Ihr Vater drückte sie, und trotz der ungewohnten Berührung klammerte sie sich daran. Sie spürte seine Hände über ihren Kopf streichen. Die Berührung fühlte sich rau an, doch Likah zog ihren Kopf nicht zurück.

»Sie haben nach mir gesucht. Nicht nach ihr.« Die Tätowierung. Es musste diese verfluchte Tätowierung sein! Warum sonst hätte irgendjemand nach ihr suchen sollen?

»Likah.« Ihr Vater schob sie von sich, hielt sie auf einer Armlänge, um sie anzusehen. »Ich weiß, das ist hart für dich. Aber du wirst das durchstehen. Du musst. In all den Jahren … Du hast dich verändert.« Seine Augen hatten einen klaren Ausdruck, der hinter der verstaubten Iris hervorgetreten war. »Du bist stark geworden, und zu einer bemerkenswerten Frau.« Er lächelte, wenn auch ein wenig gequält. »Ich bin sehr stolz auf dich.«

Likahs Haut über den Wangen fühlte sich aufgeschwemmt an, ihre Lippen zitterten und schmeckten nach Salz. »Es gibt nichts, worauf du stolz sein könntest«, sagte sie leise.

Ihr Vater sah sie an, dann blickte er an ihr vorbei und sagte: »Sie werden meine Tochter nicht allein lassen, oder?«

Verwirrt drehte Likah sich um. Oben an der Treppe, die zum Friedhofsring führte, stand Arkin, das Gesicht reglos, und schritt die Treppe hinab.

»Natürlich nicht«, erwiderte er nur.

Likah versuchte nicht einmal, den Tränenfluss zu stoppen, als sie ihren Meister sah. Es spielte keine Rolle, und sie war eine schlechte Lügnerin. Nicht einmal die Scham erreichte sie, und so ließ sie nur den Kopf sinken, weil sie keine Kraft mehr hatte.

»Likah«, sagte ihr Vater wieder und hob ihr Kinn an. Seine Miene war ernst, und die Weichheit war erstarrt. »Ich muss dich um eine letzte Sache bitten: Such mich und das Grab deiner Mutter nie wieder auf. Das hier muss unser letztes Treffen bleiben.« Diesmal verstand sie. Sie war eine Gefahr für ihn. Wenn sie blieb, würde vielleicht auch er ihretwegen sterben.

»Lebewohl, Likah. Ich liebe dich.«

Dann entglitt er ihren Fingern, und es dauerte einen Moment, ehe sie realisierte, dass sie ihn für immer verlieren würde. Dass sie ihren Vater nie wiedersehen würde, nie mehr seine Umarmung spüren würde.

»Warte!« Sie warf sich nach vorn, beide Arme nach ihrem Vater ausgestreckt, als ein fester Griff ihre Handgelenke umschloss und sie zurückhielt. »Was machst du denn da? Lass mich los!«, rief sie und wandte den Kopf, doch Arkin lockerte seinen Griff nicht. Wie lange hatte er da schon gestanden und ihnen zugehört?

Sie wand sich und versuchte, sich loszureißen, doch kein

Erfolg. Likah warf sich mit ihrem ganzen Körpergewicht gegen seinen Griff, bis ihr die Handgelenke schmerzten, und zerrte, versuchte, nach ihm zu treten. Nichts half.

»Lass ihn gehen«, sagte er mit fester Stimme. »Bitte. Es ist besser für euch beide. Lass ihn los.«

»Besser?«, schrie sie ihm entgegen. »Nein. Nein! Was weißt du schon davon, du willst mich doch ständig nur von allem fernhalten!« Ihre Augen brannten, und die Muskeln zitterten vor Anstrengung.

»Ich weiß«, sagte Arkin ruhig. »Ich weiß.«

Seine Worte ließen sie innehalten, und als sie nicht mehr zog, löste er den Griff um ihre Handgelenke. Erschöpft ließ sie sich zu Boden sinken. Likah tastete nach ihrem Meister, als er sich neben sie kniete, fand seinen Ärmel und krallte sich daran fest.

Arkin strich ihr vorsichtig übers Haar, ließ sie weinen, bis ihre Tränen versiegten. Likah glaubte schon, keine Tränen mehr zu haben. Bald wurde sie ruhiger, aber die Trauer blieb. Und mit ihr eine eisige Kluft, die sich durch ihre Brust schnitt. Auch Arkin konnte sie nicht auffangen.

KAPITEL 15

EIN SCHLUCK GEDANKEN

Likah starrte aus einem der tausend Fenster von Schloss Lichtschuppe. Die abendlichen Sonnenstrahlen zerflossen an der weißen Mansarde des Gebäudes gegenüber, wurden bis in den Raum reflektiert, in dem Likah saß, und ließen die zahllosen Fliesen darin wie die Schuppen der weißen Schlange wirken, die Lishols heiliges Tier war und namensgebend für Lisanders Schloss.

Zusammengesunken saß sie in ihrem Sessel und regte sich nur zum Atmen. Ihre Tränen waren längst getrocknet und die gerötete Haut von neuer Farbe übermalt. Likah wusste, dass Trauer und Verzweiflung noch immer in ihr waren. Irgendwo. Sie drangen nur nicht bis zu ihr durch, weil sie all ihre Energie bereits verweint hatte.

Lebewohl, Likah. Ich liebe dich.

Es waren so einfache Worte ihres Vaters gewesen, aber mächtig genug, um ihr Inneres leer zu fegen. Sie war eine Närrin gewesen, zu denken, nur die Mitglieder des Septimats könnten mit Worten zerstören. Sie konnten ihren Körper zerbrechen. Mehr aber auch nicht. Kein Wort Arkins hätte sie härter erschüttern können als die ihres Vaters.

Sie seufzte tief, als sie sich erhob, und die Bewegung erforderte so viel Anstrengung von ihr, dass sie am liebsten sitzen geblieben wäre. Aber sie musste aufstehen. Es war das, was man von ihr erwartete. Sie musste lächeln, Haltung zeigen und wichtige Geschäftsleute grüßen.

Sie schleppte sich aus dem Zimmer. Der Weg zu Arkins Gemach zog sich, obwohl er im selben Flügel untergebracht war wie sie. Likahs Füße schleiften über den hellblauen Teppich, und sie ließ die Schultern kraftlos nach vorne fallen. An den Reihen der sonnenförmigen Lampen schlich sie vorbei.

Als sie endlich bei Arkins Zimmer ankam, war ihr, als wäre eine Ewigkeit vergangen. Sie schaffte es nicht, den Arm zum Klopfen zu erheben, und regte sich nicht einmal, als die Tür geräuschlos aufschwang. Arkin stand vor ihr, das schwarze Haar zwar gekämmt, aber immer noch wirr, in dunkelblauer, von Goldfäden durchwebter Weste. Er stützte den Unterarm an den Türrahmen, sah sie an, und zum ersten Mal schienen ihm die Worte zu fehlen.

»Ich bin so weit«, flüsterte sie rau.

»Das bist du nicht«, widersprach er. Sein dunkler Blick verfing sich in ihrer Leere.

»Du hast doch gesagt, ich bräuchte einen Hang zu Lüge und Schauspiel.« Likah lächelte bitter. »Ich schätze, den kann ich jetzt erproben.«

Ein dünnes Lächeln verlängerte Arkins Lippen. Er legte drei Finger quer über Likahs Stirn – das Zeichen des Windes. »Dein Herz wird diesen Sturm überstehen … mit der Zeit.«

Das bezweifelte Likah nicht. Sie würde ihn überstehen, früher oder später, aber den Sturm nicht als dieselbe Person verlassen, die sie zuvor gewesen war. Die Distanz zwischen ihr selbst und der alten Likah würde wachsen, die Entfernung ihr den Schmerz nehmen, weil er kein Teil mehr von ihr sein würde. Schlussendlich.

Sie straffte die Schultern und holte tiefen Atem, ehe sie sagte: »Wir haben ein Fest zu feiern, nicht wahr? Die königliche Familie lässt man nicht warten.«

Arkin schnaubte und bot ihr seinen Arm an. »Als ob sie auf uns warten würde.«

Der Ballsaal war wie ein Puzzle aus Dutzenden farblich unterschiedlichen Teilen. Die schuppenhaften Fliesen an der Wand tranken die Farben, sodass der Saal gemeinsam mit den Lampen wie ein Regenbogen schillerte. Es war ein Lichtspiel, wie Likah es nie zuvor gesehen hatte. Unter etlichen Decken schlummerten die Spiegel, die erst später enthüllt werden sollten, um den Saal noch größer und farbenprächtiger erscheinen zu lassen. Der Duft von würzigem Met flocht sich in die Geruchssinfonie des Parfums, und die gedämpften Stimmen der Gäste begleitete das Klirren von Gläsern und Besteck. Die Bühne an der hinteren Wand war leer. Anscheinend ließ der Ehrengast der Feier auf sich warten.

»Möchtest du dich hinsetzen?«, sagte Arkin leise in Likahs Ohr.

»Wohl kaum«, gab sie zurück. »Was wäre das für ein Eindruck?«

Er drückte ihren Arm. »Versuch, dich ein wenig abzulenken.« Mit diesen Worten ließ er sie stehen und mischte sich unter die Feiernden.

Likah sah ihn oft mit wichtig aussehenden Leuten plaudern, die perfekt gebügelte Hemden und edlen Schmuck trugen. Likah wusste nicht recht, was sie tun sollte. Ihr war nicht nach Essen zumute, sie wollte niemanden ansprechen und erst recht nicht zum Tanzen auffordern.

»Likah!«

Sie musste nicht raten, wem die Stimme gehörte. Likah hatte ihn in den vergangenen Wochen häufig sprechen gehört. Jeliél stand hinter ihr, ein himmelblauer Mantel schmiegte sich an seine schlanke Figur, sanfte Fältchen umrahmten seine lächelnden Augen.

»Du siehst mitgenommen aus.« Das schelmische Lächeln verblasste, und Sorge flackerte in seinem Blick auf. »Ist alles in Ordnung?«

Sie lächelte, und obwohl die Schwermut ihr noch immer anhaftete, war das Lächeln echt. Sie freute sich, ihn von Angesicht zu Angesicht wiederzusehen. »Natürlich. Bestens.«

»Bist du sicher? Du weißt, dass du mit mir darüber reden kannst.«

Likah hatte oft mit ihm über ihre Sorgen gesprochen. Wenn sie darüber nachdachte, meist einzig und allein darüber. Er musste sie für ein verweichlichtes Kind halten. Und dennoch hatte er ihr immer zugehört, immer versucht zu helfen. Likah konnte Jeliél vertrauen.

»Ich weiß«, antwortete sie ihm. »Aber ich möchte nicht. Lass uns lieber tanzen, ja? Ablenkung tut mir bestimmt gut.«

Sie bot ihm die Hand an, und als er ihre ergriff, zog sie ihn an sich, und sie bewegten sich im sanften Rhythmus der Streicher. Sie ließ den Duft seines frisch gebügelten Hemdes auf sich wirken. Es war vertraut und doch fremd. Seishuns Erfindung übertrug nur Bilder, und obwohl Jeliéls Duft sich von ihrer Vorstellung unterschied, fühlte Likah sich heimisch. Geborgen.

»Menschen offenbaren ihre Schwächen, wenn sie mit anderen darüber reden, was sie bewegt«, sagte Jeliél. »Möchtest du es mir deswegen nicht erzählen?«

»Unsinn«, widersprach Likah, und ihr Ton ließ keine Widerrede zu. »Ich will einfach an etwas anderes denken.«

»Likah?«

»Ja?«

»Wenn du meine Schwäche kennen würdest, würdest du sie gegen mich verwenden?«

»Natürlich nicht.« Wollte er ihr etwas erzählen? »Warum sollte ich so etwas tun? Wir sind Freunde, oder nicht?«

»Denk darüber nach. Du würdest sie nicht benutzen, mich nicht verraten, um keinen Preis?«

»Jeliél, wieso sollte ich dich verraten wollen?«

»Du würdest es tun, wenn der Preis nur hoch genug wäre, glaub mir«, hauchte er. »Die einzig offene Frage ist, wie hoch deiner ist. Geht es dir um deine Familie? Dein Leben? Macht?«

»Wieso sagst du so einen Blödsinn?« Wütend und fester als nötig zog sie an seinem Arm, als sie eine Drehung vollführten. »Warum vertraust du mir nicht?«

Seine blauen Augen verloren den Fokus und glitten in eine Gedankenwelt ab, die für Likah nur noch schwer fassbar war. Unerreichbar.

»Es ist nicht so, als würde ich dir nicht vertrauen. Du bist ein Mensch. Es gehört nun mal zu unserem Wesen, andere zu hintergehen.« Er ließ sie los, trat einen Schritt zurück und ließ den Kopf hängen.

Likah wollte etwas erwidern, aber ihr fehlten die Worte. Sie verstand ihn nicht, begriff nicht, was ihn bewegte und auf seinem Herzen lag. Die Geborgenheit erkaltete. Likah spürte eine Distanz zwischen ihnen, aber zu überwinden wusste sie sie nicht. Likah war ratlos.

»Verzeihung, aber wenn Sie nicht tanzen, würde es Ihnen etwas ausmachen, mir Ihr Mädchen für einen Moment auszuleihen?«

Likah drehte sich um. Ein junger Mann stand hinter ihr und lächelte verschmitzt. Sein Jackett hatte Knöpfe aus purem Gold, und er verströmte den Geruch eines herben Parfums.

»Ausleihen?«, fragte Likah und hob die Augenbrauen.

»Nur für einen Tanz, meine Schöne«, erwiderte er.

»Die angemessene Handlung wäre dann wohl, mich zu fragen und nicht meinen Tanzpartner«, entgegnete Likah kühl.

»Natürlich.« Der junge Mann neigte den Kopf, aber das spitzbübische Lächeln auf seinen schmalen Lippen zog die

Geste ins Lächerliche. »Gestatten, Alaris Istian Rochan. Ich bin der Neffe deiner Königin und der Bruder von Magrene.« Er küsste ihre Hand, langsam, sodass sie genug Zeit hatte, seine warmen Lippen auf ihrer Haut zu spüren. »Darf ich Sie um diesen Tanz bitten, Schülerin des Windes?«

Likah zog die Hand zurück. Sie spürte das Blut in ihrer Halsschlagader pochen, als Alaris sie begutachtete wie ein teures Kunstwerk, aber dann nickte sie langsam.

»Einen Tanz.« *Für die Höflichkeit,* wollte sie hinzufügen, aber sie schwieg, als er sie zu sich zog und die Hand an ihr Schulterblatt legte.

»Ich wollte dich unbedingt treffen«, raunte er Likah warm ins Ohr. »Weil ich zu deiner Einweihung leider verhindert war. Eine Schande. Du bist eine wunderschöne junge Frau.«

Likah verengte die Augen. Es gefiel ihr nicht, wie er so tat, als wäre ihr Aussehen das einzig Interessante an ihr – wenngleich es für ihn vielleicht sogar stimmte. Alaris' Tanzschritte waren sicher und führend, beinahe so, als wollte er sie drängen. Aber sie kannte die Schrittfolge ebenso gut, und nicht weniger energisch setzte sie ihm nach. Arkins Worte hallten ihr durch den Kopf. *Du bist keine Puppe.*

»Sie haben wenig verpasst«, sagte sie trocken. »Ich hätte ohnehin keine Zeit gehabt, mit Ihnen zu tanzen.«

Alaris grinste. »Du hast eine scharfe Zunge.«

»Das hab ich schon mal gehört.«

Er lachte. »In deinen Augen brennt ein Feuer, Likah. Vielleicht bist du deinem Element ähnlicher, als du glaubst. Du bist wie ein Sturm. Unzähmbar.«

Likah widerstand dem Drang, die Augen zu verdrehen, und doch schoss ihr das Blut in die Wangen. Seine selbstsichere Ausstrahlung ließ Nervosität heiß auf ihre Wangen krauchen. Alaris spielte unverkennbar mit ihr. Aber Likah kannte die Spielregeln nicht, und dass sie sich dadurch verunsichern ließ, machte sie wütend. Sie räusperte sich und spürte Spannung in ihrem Kiefer.

»Arkin würde sich freuen, das zu hören.« Sie hoffte, dass ihre Stimme nicht wankte.

»Man könnte meinen, du weichst meinen Komplimenten aus.« Mit Druck an ihrer Schulter verringerte Alaris den Abstand zwischen ihnen beiden. »Und ich dachte immer, die Damenwelt würde mir meines Charmes wegen erliegen.«

»Das ist nicht Ihr Charme. Sie hängen an Ihnen, weil Sie zur königlichen Familie gehören.«

»Weißt du, was ich noch viel bezaubernder finde?« Alaris ließ ihre Hand los und hob sie zu ihrem Gesicht. Seine Berührung war eisig auf ihrer erhitzten Wange. Mit einem Kribbeln fuhren sanft seine Fingernägel über ihre Haut. Likah schauderte und war wie gelähmt.

»Diese unbeholfene Röte in deinem Gesicht«, beendete er seinen Satz. Sein Atem kitzelte auf ihrer Haut, sein Hüftknochen berührte ihren Bauch. Likah atmete flach, Blut pulsierte durch ihren Körper, doch dann schluckte sie und sagte leise:

»Das Lied ist vorbei.«

»Du hast recht.« Alaris schmunzelte, und als er eine Sekunde später einen Schritt von ihr zurücktrat, hatte ihre Brust endlich wieder Platz, Atem in sich aufzunehmen. »Es war mir eine Freude, Likah.«

Das konnte sie sich vorstellen. Alaris hatte seinen Spaß gehabt, sie aus der Fassung zu bringen. Aber Likah atmete tief durch und versuchte, die Kühle zurückzuerlangen, mit der sie ihn zuerst begrüßt hatte.

»Sie sind ein guter Tänzer, Alaris«, sprach sie scharf. »Aber an Ihrem Benehmen müssen Sie noch arbeiten.« Ihr Blick durchbohrte seine grinsende Miene.

»Da bist du die Erste, die das sagt«, entgegnete er ihr, ohne sein Lächeln aufzugeben.

»Vielleicht, weil Sie niemandem recht die Möglichkeit dazu geben, *Nein* zu sagen«, erwiderte Likah kalt.

»Du wolltest gar nicht Nein sagen, hab ich nicht recht?« Das süffisante Lächeln begann, Likah anzuwidern.

»*Stoß*«, sagte sie kalt, und ein winziger Windstoß fuhr mit einem Ruck durch Alaris' glatt gekämmtes Haar und zog die Strähnen aus seinem Zopf.

»Huch.« So gekünstelt sie konnte, schlug sie eine Hand vor den Mund. »Jetzt ist deine Frisur hinüber.«

Alaris hob die Hände zu seinem Haar und versuchte verzweifelt, es wieder zu ordnen, doch es half alles nichts. »Das hast du nicht getan«, brachte er hervor, doch dann drehte er sich auf dem Absatz um, die Hände auf seine zerfledderte Frisur gepresst, und verschwand in der Menge. Likah grinste. Vielleicht verstand sie die Regeln solcher Zusammentreffen nicht, aber sie wusste, dass kein Königspinkel sich mit solchem Haar sehen lassen konnte.

Während sie noch zufrieden mit sich selbst an Alaris' entsetztes Gesicht dachte, verstummte das Orchester. Die Gäste ließen ihre Gespräche fallen, und Stille fing den Saal ein, als eine junge Frau die Bühne betrat. Es war so leise, dass die Absätze ihrer polierten Schuhe wie Donnerschläge wirkten.

Magrene strahlte, doch das lag weder an ihrer Miene, denn sie lächelte nicht, noch daran, dass ihre Schönheit die Gäste geblendet hätte. Ihr Körper war zu mager, um als schön zu gelten, ihre Gesichtszüge zu kantig und ihre Lippen zu schmal für das einnehmende Lächeln, das man von der Nichte der Königin erwartete.

Dennoch musterten die Gäste Magrene mit Ehrfurcht. Denn sie hatte die Erhabenheit einer Königin. Stolz lag in ihren Augen. Magrene loderte vor Autorität, die Likah Schauer über die Haut jagte.

Kurz wandte sich Magrene zu Königin Nalhari und ihrem

Gemahl um, die hinter ihr auf der Bühne standen. Ein schweigsamer Mann mit düsterem Blick wartete neben ihr, hinter ihnen eine Spiegelwand, die die Bühne viel größer wirken ließ, als sie war.

Die Gäste musterten Magrene mit einer Mischung aus Respekt und Abneigung, als sie zu sprechen begann. Ihre Stimme war so voll und tief, dass sie in Likahs Knochen zu vibrieren schien.

»Ich freue mich, dass so zahlreich Gäste erschienen sind, um heute mit mir meinen Geburtstag zu feiern«, sprach Magrene. »Es erfreut mein Herz, dass unser Volk so viel Anteil daran nimmt, was innerhalb der königlichen Familie geschieht, und will Ihnen versprechen, dass auch der Königin Ihre Anliegen eine Herzensangelegenheit sind. Und natürlich gilt mein Dank auch dem Septimat, das heute hier ist und neben seinem wertvollen Dienst an unserem Land die Zeit gefunden hat, diesen Tag mit mir zu genießen. Ich wünsche allen ein erfreuliches Fest.«

Der Applaus kam zögerlich, als hätten ihre Worte die Hände steif gemacht. Als er verklungen war, trat die Königin vor und legte Magrene eine Hand auf die Schulter.

»Auch ich will Ihnen danken, dass Sie alle hier sind. Mir bedeutet es viel, das Volk heute hier zu sehen. Bevor wir die Feierlichkeiten beginnen wollen, gebührt dem Septimat zuallererst die Ehre, Magrene Asophia die Gaben für dieses neue Jahr zu überreichen. Selbstverständlich wird diese Ehre allen voran unserem Gastgeber Lisander gebühren.«

Es war nicht Lisander und auch nicht sein Schüler Kin, der die Bühne erklomm. Es war Jeliél, der die Stufen emporstieg und sich tief vor der Königin verneigte.

»Bitte verzeihen Sie die Unterbrechung, Majestät.«

Die Königin sah mit zorngeschmälerten Augen auf Jeliél hinab, Magrene fasste irritiert ihren Rock und stellte sich dann direkt neben Nalhari. Likah konnte die Verwirrung in der Menge zittern spüren. Königin Nalhari schien nicht zu wissen, was sie sagen sollte. Niemand schien recht zu wissen, wie zu reagieren war. Niemand hatte es je zuvor gewagt, die Traditionen zu unterbrechen, die von einem Mitglied der königlichen Familie geführt wurden.

»Mir ist bewusst, dass ich Regeln breche, die alt sind wie unser Reich, aber ich kann nicht schweigen. Es geht um das Leben der königlichen Familie. Unser aller Leben.«

Stille hielt den Saal eisern, dann tauschte sie mit angeregtem Getuschel. Likah drehte sich zu Arkin um, der sie keines Blickes würdigte. Seine Aufmerksamkeit lag auf Jeliél.

»Unsere Leben?« Die Worte drangen ruhig aus den Lippen der Königin, aber ihre Miene zeigte, dass sie hören wollte, wovon er sprach.

»Leider ja, Majestät. Es kann nicht warten.«

»Dann sprich, Jeliél«, sagte Nalhari. »Ich will für dich hoffen, dass dein Verdacht ernst ist.«

»Und ich will hoffen, dass ich irre.« Suchend glitt Jeliéls Blick durch die Menge, bis er an Likah hängen blieb.

»Es betrifft dich, Likah.« Likah stand da wie erstarrt.

Sie sollte eine Gefahr sein? Die Wärme wich aus ihrem Gesicht. Sie drehte den Kopf zu Arkin, hoffte, dass er etwas sagen würde, um sie zu verteidigen, aber das Einzige, was er sagte, war:

»Geh.« Sein Gesichtsausdruck war glatt und nichtssagend, nur ein wenig blasser als sonst, der Kiefer minimal verhärtet. Sie war also auf sich allein gestellt.

Ihre Knie waren wie Gelee, sie zitterten und konnten ihren Körper kaum halten, als sie allein die Stufen hinaufstieg und die Erhöhung betrat.

»Likah ist Arkins neue Schülerin«, verkündete Jeliél. »Begabt und trotzdem fleißig, belesen, schlau. Aber das ist nicht alles, oder, Likah?« Es herrschte Totenstille. Er hob die Hand, zeigte anklagend auf sie, sah aus, als schmerzte ihn diese Geste. »Likah … du bist eine Anhängerin der Dämonin Angriana. Und ich –« Er holte tief Luft, als müsste er für die folgenden Worte zuerst Kraft sammeln. »Ich habe deine Sorgen geteilt und wir wurden Freunde. Zumindest dachte ich es, aber … so sehr ich dich auch mag, ich kann nicht zulassen, dass du unsere göttliche Ordnung und das Leben der Königin bedrohst.«

Das Publikum schnappte in einem Atemzug nach Luft. Jeliél ließ langsam den Arm sinken und wandte sich dem Publikum zu. Likah schüttelte den Kopf, eine unsichere, schnelle Bewegung, als könnte sie Jeliél davon abhalten, weiterzureden, obwohl er das Schlimmste bereits ausgesprochen hatte.

»Das … das ist nicht wahr«, brachte sie leise hervor. Angst verhärtete sich in ihrem Magen. Fassungslosigkeit. »Wie kommst du auf so etwas? Du irrst dich, das musst du mir glauben!«

»Ich wünschte, es wäre so«, flüsterte er und senkte den Blick. »Ich wünschte, du wärst so aufrichtig, wie du dich gibst, Likah. Ich habe es mir gewünscht, seit ich meinen ersten Verdacht hatte. Weil ich wirklich gehofft hatte, dass du eine verantwortungsvolle Fürstin werden würdest.«

Mit einem pfeifenden Windzug stand Arkin vor Likah und baute sich vor Jeliél auf. Die Luft um ihn war unendlich kalt wie die, welche Angrianas Tempel umgeben hatte. Arkins Augen schluckten das Licht wie schwarze Abgründe, und seine Präsenz wuchs schlagartig wie die eines Raubvogels, der kurz vor einem Sturzflug die Flügel anlegte.

»Das ist eine Anmaßung, wie ich sie in meinem Leben noch nie gehört habe. Eine Schülerin eines solchen Verbrechens zu bezichtigen, ist ohne hinreichende Beweise Hochverrat.« Arkin wurde nicht laut. Seine Stimme verlor auch nicht die Form. Aber sie war eisig und stach Likah wie hundert Nadeln in den Rücken.

Seishun stieg die Bühne bedächtig hinauf. Ihr violettes Jackett glänzte im Licht wie Eidechsenhaut. Zaghaft hob Likah den Kopf, während die Fürstin neben ihrem Schüler Haltung einnahm. Sie war alt, viel älter als die anderen Mitglieder des Septimats, und ihre Weisheit schien Likah zu durchleuchten. »Nicht doch, Arkin. Wir wollen nicht in Anschuldigungen verfallen.«

»Das sollte sich dein Schüler zu Herzen nehmen«, erwiderte Arkin ruhig. »Er hat keinerlei Beweise für seine Behauptung.«

Jeliél neigte das Haupt. »Ich würde nie so etwas sagen, wenn ich nicht absolut sicher wäre.«

Likahs Herz flatterte, als Jeliél ein Fläschchen einer blasslilafarbenen Flüssigkeit aus der Tasche zog. Er drehte sich um zu Magrene, die das Spiel mit versteinerter Miene betrachtete. Sie sagte kein Wort, schien nur abzuwarten, was nun geschah. Jeliél verneigte sich vor ihr und blieb neben der Spiegelwand stehen, welche die Rückwand der Bühne bedeckte.

»Das hier«, sagte Jeliél und hielt das Fläschchen hoch, »ist Gedankenextrakt. Ein Abbild des Geistes.« Er träufelte die Flüssigkeit auf den Spiegel. Purpurn rannen die Tropfen über die Oberfläche, sanken in den Spiegel hinein und hüllten die Scheibe in lilafarbene Nebelschwaden. Dann kristallisierte sich ein Bild aus dem Dampf.

Mit hämmerndem Herzen starrte Likah auf die Spiegeloberfläche. Sie sah sich selbst, in Schwarz-und-Weiß-Abstufungen, wie sie in der Bibliothek über ein dickes Buch gebeugt saß und las. Die Stille drückte auf Likahs Ohren.

»Als sich der Verdacht bei mir auftat, dass es sich bei Likah um eine Dämonenanbeterin handeln könnte, habe ich meine Spinnen auf sie angesetzt. Sie sehen die Bilder, die sie mir per Telepathie übermittelt haben. Das sind reale Beobachtungen.«

»Du hast mir nachspioniert?«, fragte sie leise.

»Ich hatte keine Wahl. Es geht um die Sicherheit unseres Reiches.« Jeliél vermied, sie anzusehen, als schmerzte es ihn tatsächlich, dass er ihr seinen Verdacht verschwiegen hatte.

Sie wrang die Hände ineinander und machte einen Schritt zurück. »Ich lese ein Buch. Was soll das beweisen?«

Das Bild wandelte sich. Ein riesiger Tempel erhob sich vor den Augen der Spinne, aus deren Sicht die Bilder auf dem Spiegel flimmerten. *Die Wahrheit versteckt sich nicht,* prangte es in deutlichen Lettern über dem Tempeleingang.

»In der Tat«, flüsterte Jeliél. »Die Wahrheit versteckt sich nicht. Angriana ist ein durch und durch böses Wesen, aber mit dieser einen Botschaft hat sie recht. Was hattest du in einer alten Anbetungsstätte Angrianas zu tun?«

»Ich ... ich wusste nicht, dass dieser Ort zu dem Zeitpunkt ... Ich bete keine Dämonen an!« Likah schluckte. Hunderte Anklagen aus dem Publikum lasteten auf ihr. Jeliél aber hatte nur gesehen, dass sie diese Bücher gelesen hatte, nicht aber ihre Zweifel und Ängste darüber, warum sie Angrianas Symbol trug. Wie wollte er daraus ableiten können, dass sie all dies guthieß? Sie kannte Angriana und ihre Lehren nicht einmal!

»Bücher über ihren Kult, dämonische Tempelbesuche – wir alle können es sehen. Du hast ihren Tempel betreten, dich vor ihren Altar gekniet. Du dienst dem Wesen, das beinahe die vom Schöpfer auferlegte Ordnung zerrissen hätte. Was gibt es da noch zu rechtfertigen?«

»Ich wusste nicht, was das für ein Ort war, das habe ich erst später herausgefunden!« Hilfe suchend sah sie sich um. »Das müsst Ihr mir glauben, ich bin keine ...«

»Und eine weitere Frage stellt sich mir«, unterbrach Jeliél sie. »Wusste Arkin davon? Kann es sein, dass nicht nur Likah etwas zu verbergen hat?«

»Schluss damit«, schnitt eine harsche, aber klare Stimme durch den Saal. Rinoe funkelte Jeliél kalt an. »Nichts von dem, was du gezeigt hast, ist ein eindeutiger Beweis gegen Likah. Du hast nichts vorzubringen, nicht gegen sie, und schon gar nicht gegen Arkin. Es ist eine bodenlose Frechheit, und Scham und Schande für deine Meisterin.«

»Ist das so?« Jeliél drehte das nun leere Fläschchen in den Händen. »Likah, zeige den anderen deinen Nacken. Dann werden alle sehen, was ich meine.«

»Wozu soll das gut sein?«, brachte sie hervor. Natürlich wusste sie genau, wozu das gut sein sollte. Unwillkürlich fuhren ihre Hände hinauf zu ihrem Kragen, und sie klammerte sich an den Stoff, der noch schützend über der Tätowierung lag. Wenn sie ihn entblößte, gab es für niemanden einen Zweifel mehr, dass sie Angriana anbetete. Dann war alles, was sie noch dagegen sagen konnte, sinnlos, und Likah konnte es Jeliél nicht einmal verübeln. Was sollte sie auch sagen? Dass sie nicht wusste, woher die Tätowierung kam? Die Wahrheit klang ja nicht einmal in ihren eigenen Ohren glaubhaft.

»Das ist ein Skandal«, sagte Arkin ruhig. »Sie sehen es doch gewiss, Majestät«, fuhr er an die Königin gewandt fort. »Dieses Kind weiß nicht, wovon es spricht. Es versetzt völlig grundlos alle Gäste dieser Feier in Unruhe.«

Nalhari holte tief Luft, dann wandte sie sich Likah zu. »Zeig es uns, Kind. Wenn du unschuldig bist, wirst du es uns zeigen können.«

Verzweifelt suchte Likah nach Ausreden, nach Ablenkungen und Argumenten, aber in ihrem Kopf bildete sich kein klarer Gedanke. Es gab gar keinen Ausweg, der sie freigesprochen hätte.

Likah griff sich ins Haar, dem Publikum und der Königin den Rücken zugewandt, als sie die Strähnen beiseiteschob und darunter die Tätowierung zum Vorschein kam.

Absolute Stille legte sich wie ein Leichentuch über den Saal. Likahs ganzer Körper spannte sich an. Sie fürchtete sich vor den Reaktionen.

»Das Symbol der Dämonin Angriana«, hörte sie Jeliél sagen. »Likah … ich konnte es kaum glauben, als ich das herausgefunden habe. Aber was hast du vor?«

Hastig zog sie den Stoff wieder hoch und schlug den Kragen nach oben. Sie drehte sich um. Hitze stieg in ihre Augen. Verzweiflung und Hilflosigkeit rangen um ihre Tränen.

»Ich weiß, es sieht so aus, als ob –«

»Sie haben es gesehen, Majestät«, unterbrach Jeliél sie. »Sie ist ohne Zweifel eine Dämonenanbeterin.«

»Wartet!«, rief Likah. »Hören Sie mich doch wenigstens an!«

»Es ist vorbei, Likah.« Jeliél hatte die Arme vor der Brust verschränkt, seine Ärmel warfen Falten, weil er die Finger so fest hineinkrallte. »Und bevor Königin Nalhari entscheidet, wie mit dir verfahren werden soll, habe ich nur eine letzte Frage an dich.«

Das Publikum lauschte still. In Likahs Brust baute sich ein Druck auf, als sie Jeliél betrachtete.

»Warum?«

Likah hatte keine Antwort. Sie wollte sich verteidigen, protestieren, aber sie fühlte sich klein und unbedeutend. Ihre Stimmbänder waren verknotet, und sie konnte ihren Freund nur anstarren, flehentlich, als könne sie mit Blicken verständlich machen, dass er sich irrte. Doch er hatte sich bereits zu weit von ihr entfernt, und niemand im Saal hatte einen klaren Gedanken für die Wahrheit übrig.

»Einen Moment noch.« Arkins Stimme hallte klar durch

den Saal, trug bis in die letzten Winkel, als würde die Luft sie erheben und an die Ohren des Publikums tragen. »Laut der Phicaer Klausel steht es einem Fürsten im Falle derartiger Anschuldigungen immer noch zu, zuallererst mit der Schülerin zu sprechen. *Bevor* Rechtfertigung vor dem Gesetz erfolgen muss.«

»Mit Verlaub, Arkin, aber das ist in diesem Fall – verzeihen Sie meine Wortwahl – unnötig.« Jeliél neigte den Kopf. »Das Verbrechen ist klar, das sehen Sie genauso deutlich wie ich.«

»Still jetzt. Du bist immer noch ein Schüler, Jeliél.« Königin Nalhari räusperte sich. Sie hob das Kinn, als sie sich an Arkin wandte. »Bist du dir da sicher, Arkin? Du willst diese Regelung in Anspruch nehmen?«

»Absolut.«

»Dann will ich sieben göttliche Tage gewähren. Am achten Tag erwartet deine Schülerin das Gericht von Zasshin in Yol-Khor. Bis dahin soll sie frei sein zu tun, was du ihr gestattest.«

»Sieben Tage«, wiederholte Arkin.

»Aus Respekt vor dir«, antwortete Nalhari.

Da packte Arkin Likah an der Schulter. Er eilte die Stufen der Bühne hinab und riss sie mit. Das Publikum wich tuschelnd vor ihnen zurück, als Likah versuchte, Arkin in seinem Tempo durch den Saal zu folgen. Angst ließ ihre Sicht verschwimmen, sodass die Menschen um ihr zu einem bunten Gewusel verschwammen. Arkin stieß die Flügeltüren auf, schob Likah hindurch, bevor er die Tür schloss und das Gemurmel wegsperrte.

Nun war es still. Eine Stille, die Likah gefährlicher vorkam als das aufgeregte Getuschel und all die geflüsterten Verschwörungstheorien im Saal.

»Arkin, wohin gehen wir?«, brachte Likah zögerlich hervor, aber er zischte nur durch die Zähne und hastete mit ihr zu den Ställen, wo ihre Kutsche wartete.

Arkin riss die Tür auf und scheuchte die schlafende Kutscherin aus dem Innenraum, die ihnen verwirrt entgegenblinzelte. »Zurück nach Seran. Keine Umwege. Keine Pausen.«

Die Kutscherin verstand sofort, rieb sich kurz übers Gesicht, dann sprang sie auf und weckte den Rest der Eskorte. Arkin schob Likah unwirsch auf den Kutschensitz.

Likah wollte etwas sagen, wollte ihm versichern, dass sie unschuldig war, dabei hatte er heute Abend nicht Neues erfahren. Arkin wusste von ihrem Mal, und sie war sich sicher, dass er noch mehr wusste. Irgendetwas musste er einfach wissen. Aber er teilte es nicht mit ihr, ebenso wenig wie Jeliél seine Bedenken mit ihr besprochen hatte.

Jeliél hatte sie verraten. Likah hatte geglaubt, sie wären Freunde gewesen. Hätte sie ihm von dem Mal erzählen sollen? Sie schloss die Finger um ihre Knie. Hatte er Angst gehabt? Vor *ihr?* Wie lange hatte er schon einen Verdacht gehabt und in den Abenden ihren Gedanken gelauscht, ohne dass sie es bemerkt hätte? Sie biss die Zähne zusammen und stierte auf die Hände in ihrem Schoß. Likah hatte sich nicht einmal erklären können. Jeder schien sie für schuldig zu halten – für eine Dämonenanbeterin. Und Arkin? Der wechselte weder Wort noch Blick mit ihr. Dabei wusste er doch, dass sie keine Schuld trug. Er kannte sie.

So polterte die Kutsche über das Land, in Höchstgeschwindigkeit und ohne, dass sie auch nur ein einziges Mal anhielten. Und die ganze Zeit über traute Likah sich nicht einmal, das Wort an ihren Meister zu richten. Zu groß war die Angst vor seiner Reaktion. Er schien so angespannt, dass sie fürchtete, jedes falsche Wort könnte ihn zum Explodieren bringen.

Als sie nach anderthalb Tagen Fahrt ohne Pausen endlich in Seran ankamen, sprang Arkin aus der Kutsche, ohne sich nach Likah umzusehen. Sie fühlte sich müde und zerschlagen, die Glieder schwer, und ihre Augen brannten nach der langen, holprigen Reise.

Das Schloss war in tiefste Nacht gekleidet, und mit den mitternachtsblauen Sachen und dem dunklen Haar verschmolz Arkin beinahe mit der Umgebung, als er zum Eingang eilte. Likahs Beine und ihr Rücken schmerzten, doch Arkin schien es nicht zu bemerken. Und falls doch, ignorierte er es. Er rauschte durch die Korridore, ohne Rücksicht auf Likah zu nehmen.

»Arkin«, keuchte sie, als er um die Ecke bog, »warte!«

Er wartete nicht, sondern befahl barsch das Personal aus den Betten. Der noch schläfrigen Dienerschaft rief er zu: »Bereitet alles für eine Reise vor, eine lange. Sattelt ein Pferd. Proviant, Schlafzeug. Und um Himmels willen, bewegt euch endlich!«

Schon war er in die Bibliothek weitergerast. Er schlug die Tür zu seinem Büro auf und bedeutete ihr, hineinzukommen. Likah lief ihm nach, blieb dann aber mitten im Raum stehen und folgte seinen Bewegungen nur mit den Augen, als er einen Stoß Dokumente aus einer der Schubladen zerrte. Ihr Herz raste. Sie wusste nicht, ob es an der Zeit war, endlich die Stimme zu erheben. Doch der Drang nach Klarheit obsiegte.

»Arkin? Sag doch endlich was.«

Langsam wandte er sich zu ihr um. Er ließ die Papiere sinken, und endlich schien er sie tatsächlich anzusehen. Er fuhr sich durch das sturmzerzauste Haar.

»Es tut mir leid, Likah.«

Likah trat an seinen Schreibtisch heran, erleichtert, dass er wieder mit ihr sprach.

»Ich dachte, du bist wütend«, sagte sie.

»Das bin ich auch. Du steckst in Schwierigkeiten, und ich weiß nicht, wie ich dich da wieder herausbekommen soll. Ich bin mit meinen Nachforschungen nicht viel weitergekommen als damals.«

Likah horchte auf. »Damals?«

Arkin rieb sich über das Gesicht und wandte sich halb zum Fenster hinter seinem Schreibtisch. »Jetzt muss ich es dir wohl erzählen, was?«

»Was erzählen?«

Er seufzte tief, und danach sagte er lange nichts. Ungeduldig verlagerte Likah ihr Gewicht und wartete. Dann begann er, noch immer ohne sich ihr zuzuwenden:

»Als du damals vor Gericht standest, erinnerst du dich daran, wie das Pergament des Richters Feuer gefangen hat?«

Jetzt, da er es sagte, erinnerte sie sich tatsächlich daran. Sie hatte nur unter all den anderen Dingen, die ihr wichtig gewesen waren, nicht weiter daran zurückgedacht.

»Das warst du«, erzählte Arkin. »Feuer ist Angrianas Element, und du warst damals schon in der Lage, die Erste Sprache zu sprechen.«

»Bitte was? Das war ich?«, fragte sie fassungslos. Sie sollte die Erste Sprache gesprochen haben? Sie hatte sie nie gelernt, und der Gedanke, dass sie womöglich intuitiv auf dieses Wissen zugreifen konnte, gefiel ihr überhaupt nicht. Denn das würde bedeuten, dass ihre Verbindung zu Angriana stärker war, als sie glaubte.

Arkin nickte. »Und dann noch das Symbol, das du trägst. Ohne zu wissen, woher es kommt – ich sehe das nicht zum ersten Mal.«

Likah stand der Mund offen. »Du kennst noch jemand anderen mit diesem Symbol?«

»Ja.«

»Und du wusstest das von Anfang an?« Die Überraschung wandelte sich langsam in Wut. Dass Arkin ihr nicht alles erzählt hatte, was er über Angriana wusste, war ihr klar gewesen. Aber dass er jemanden kannte, der wie sie war, und es ihr verschwiegen hatte, das war zu viel.

Arkin nickte. »Mehr geahnt als gewusst, aber ja.«

»Warum hast du mir bis jetzt nichts davon erzählt?« Likah ballte die Hand zur Faust.

»Weil es mein Meister war«, sagte Arkin tonlos. »Und er wurde dafür umgebracht.«

»Umgebracht?«, fragte Likah leise. »Von wem?«

»Ich weiß es nicht.« Arkin umrundete den Tisch und legte ihr eine Hand auf die Schulter. »Ich wollte dich nicht in Panik versetzen. Ich habe ja selbst noch nicht alles verstanden, was hier passiert –«

»Bitte erzähl mir, was mit deinem Meister geschehen ist«, unterbrach sie ihn.

Arkin ließ sie los, brachte etwas mehr Abstand zwischen sich und Likah, ehe er sprach:

»Mein Meister Amaal hatte das gleiche Symbol wie du auf dem Nacken. Er wusste auch nicht, was es bedeutet, aber er hat so viel Zeit damit zugebracht, es herauszufinden, dass ich ihn außerhalb des Unterrichts fast nie gesehen habe. Es war ein ziemlicher Schock für mich, als er mir von dem Mal erzählt hat – jedes Kind kannte die Gruselgeschichten der Dämonin.«

»Aber du hast ihm trotzdem vertraut?«, riet Likah und lehnte sich gegen den Schreibtisch.

»Nach einiger Zeit. Amaal hat mich in seine Forschungen eingeweiht. Das ging auch eine ganze Weile gut, mehrere Jahre sogar. Aber dann …« Arkin hielt inne, als müsse er erst einmal die Kraft sammeln, um weiterzusprechen. »Dann habe ich ihn tot aufgefunden. In seinem Bett.«

»Und du glaubst nicht, dass er natürlich gestorben ist?«, fragte Likah, halb hoffnungsvoll und halb verängstigt.

Arkin schüttelte den Kopf. »Nein, das glaube ich nicht. Ich weiß nicht, was ihn getötet hat, ob es an dem Mal lag oder daran, dass ihm jemand Böses wollte – ich weiß nur, dass du in Gefahr bist.«

Amaal war gestorben, weil er dasselbe Symbol trug wie sie. Stand ihr das gleiche Schicksal bevor? Likah drückte sich vom Schreibtisch ab, der langsam entstehenden Entschlossenheit in ihr folgend.

»Dann muss ich herausfinden, was das alles zu bedeuten hat.«

»Es steht nichts in den Büchern«, sagte Arkin dumpf, »ich habe sie wirklich alle gelesen.«

»Die Wahrheit steht sicher nicht in den Büchern«, erwiderte Likah, »aber irgendwo muss sie sein. Und solange ich nicht mehr weiß, kann ich auch nicht zur Anhörung gehen. Niemand würde mir glauben.«

»Das Personal hat dir alles für eine Reise bereit gemacht«, sagte Arkin. »Du musst weg von hier. Wenn du dort in Zasshin auftauchst, bringt das gar nichts.«

Likah glaubte, bereits zu wissen, wohin ihre Reise sie führen würde. Wenn sie die Wahrheit herausfinden wollte, musste sie an den Ort gehen, der vor zweihundertsiebzehn Jahren verschwunden war: Angriana.

KAPITEL 16

IM DACHSBAU

Die Öllampe warf nur fleckiges Licht auf das zerknitterte Pergament, aber es reichte gerade aus, damit Thora die verschmierten Kohlestriche darauf erkennen konnte. Er drückte Irisa das Pergament in die Hand. Aufmerksam studierte sie die Zeichnung, während sie weiterliefen.

»Das Tunnelsystem ist so verwinkelt«, stöhnte sie. »Niemals finden wir hier raus.«

»Sag das nicht.« Thora legte eine Hand auf ihre Schulter. »Es muss einen Ausgang geben, und wir finden ihn.«

»Wenn wir nicht vorher dabei draufgehen.«

»Irisa, sieh mich an.« Er blieb stehen. Sie ebenfalls. »Wir kommen hier raus. Daran müssen wir einfach glauben.«

Sie legte ihre kalten Finger auf seine Hand. »Ich weiß«, flüsterte sie rau. »Und ich habe Angst.«

Thora drückte ihre bleiche Hand. »Die haben wir alle.«

»Du nicht«, erwiderte sie.

Er schüttelte den Kopf. »Ich habe Angst. Aber ich will hier nicht sterben. Ich hasse den Gedanken, vielleicht nie mehr zu meiner Großmutter zurückkehren zu können. Und ich vermisse meine Leute.«

»Du wirkst überhaupt nicht besorgt oder ängstlich.«

»Das ist, weil –« Er brach ab, als Schritte durch den Tunnel hallten.

Thoras Herz klopfte wild, er und Irisa drückten sich an die modrige Wand und schlüpften geduckt in einen angrenzenden Gang. Thora verdeckte den Schein ihrer Lampe mit seinem Körper. Beide hielten die Luft an, als zwei Masken keine Armlänge entfernt an ihnen vorbeirauschten. Irisa und Thora umklammerten sich gegenseitig an den Händen, um sich nur ein kleines bisschen Sicherheit zu geben. Die Schritte der Masken verhallten in der Dunkelheit. Irisa kletterte zuerst aus dem tiefliegenden Gang.

»Die machen mir eine Scheißangst«, brachte sie hervor.

»Du musst mich nicht begleiten«, sagte Thora. »Die anderen könnten auch Hilfe gebrauchen.«

Sie schüttelte den Kopf. »Du machst das hier nicht allein. Suchen wir diesen verdammten Ausgang.« Sie verscheuchte die Furcht, die sich in ihrer gebeugten Haltung abzeichnete, und reckte stolz das Kinn.

Thora lächelte. Irisa war stärker, als sie glaubte.

Sie arbeiteten sich weiter durch die dunklen Tunnel. Kohle kratzte über raues Pergament, und die Kälte schlich sich langsam durch ihre zerlumpten Kleider, während sich die muffige Luft wie Staub auf ihre Lungen legte. Thoras Zehen kribbelten vor Kälte. Sie liefen und zeichneten lange, scheinbar ohne voranzukommen. Das Tunnelsystem war verworren und verwinkelt, und die meisten Wege führten sie zurück auf einen bereits bekannten Gang. Aber sie gaben nicht auf. Auch wenn der Frust Irisa Flüche auf die Zunge legte, sie sagte kein Wort. Sie beschwerte sich nicht. Wieder und wieder erkannten sie, dass sie im Kreis gelaufen waren, kehrten wieder und wieder um, und dann, endlich, flimmerte Licht in den Tunneln.

Doch es war kein Tageslicht, sondern das schmutzige Gelb von flammendem Öl, das in Schalen an den Wänden stand.

»Glaubst du, hier sind noch mehr Masken?«, fragte Irisa.

Wortlos drückte Thora ihre Hand und nickte. Er stellte

sich näher an die Wand und lauschte aufmerksam. Die Luft schmeckte ölig und nach Staub, sodass Thora bewusst wurde, wie lange er nichts mehr getrunken hatte. Irisa lehnte sich vor, als versuchte sie dadurch, irgendeine Bewegung in dem schmierigen Schein auszumachen.

»Es muss einen Ausgang in der Nähe geben, wenn sie sich die Mühe gemacht haben, Lichter aufzustellen«, flüsterte Irisa nah an seinem Ohr. »Vielleicht haben wir das Lager entdeckt, oder –« Irisa brach ab, als sie eine Stimme hörten, die aus einem Gang kam.

Er legte einen Finger auf die Lippen, nickte Irisa zu, dann schlichen sie dem Geräusch nach. Es drang hinter einer vermoderten Holztür hervor, die nur einen Spalt breit offen stand. Dahinter raschelte Stoff, und es wurde hitzig miteinander diskutiert.

»Drei Tote in zwei Wochen! Die Bedingungen beim Bergbau müssen gelockert werden. Das bringt sie um«, klagte die erste Person.

»Und wenn schon«, knurrte der zweite Sprecher. »Wir haben Verträge zu erfüllen. Die Handwerksgilde braucht die Rohstoffe.«

Irisa wurde blass. Sie neigte sich vor und spähte durch den Türspalt, ehe Thora sie zurückhalten konnte. Ihre Lippen öffneten sich, sie blickte Thora an, und ihr Mund formte das Wort *Masken*.

Thora nickte. Das hatte er sich bereits gedacht. Und trotzdem rumpelte ihm das Herz in der Brust.

»Die Handwerksgilde?« Etwas schlug gegen Holz und ließ Porzellan scheppern. »Du vergisst, weswegen wir hier sind. Das Septimat braucht die Gefäße *lebend.*«

»Das ist mir klar«, erwiderte der Mann kalt. »Du bist aber auch nicht diejenige, die erklären darf, warum die Lieferung ausbleibt.«

»Dann willst du lieber dem Septimat erklären, wieso ihrer Sprache plötzlich die Macht fehlt? Sie verlassen sich auf ihre Energiequellen.«

Irisa ließ das Kohlestück fallen, mit dem sie bisher die Karte gezeichnet hatte. Der Aufprall war dumpf, aber er reichte aus, um das Gespräch in der Kammer verstummen zu lassen. Den Bruchteil einer Sekunde war es absolut still, dann rauschten die Umhänge der Masken.

Thora sprang auf und riss Irisa am Ellbogen hoch. Zuerst war sie noch starr vor Schreck, sodass Thora sie mit sich ziehen musste, doch dann nahm sie sich zusammen und schloss von allein zu ihm auf. Die beiden rannten durch die Tunnel, Thoras Oberschenkelmuskeln erhitzten und seine Finger bohrten sich tief in Irisas Ärmel. Es kümmerte ihn nicht, welchen Weg sie einschlugen, solange sie die Masken abschütteln konnten – so sie ihnen denn überhaupt folgten. Doch er drehte sich nicht um, er wollte bloß weg von hier.

Er hielt erst an, als er Irisa nicht mehr neben sich spürte. Er drehte sich um.

»Wir sind sicher«, brachte Irisa zwischen zwei keuchenden Atemzügen hervor. »Niemand hinter uns.«

Sie beide husteten, während sie wieder zu Atem kamen, ließen sich dann nebeneinander zu Boden sinken. Irisa presste die Stirn gegen ihre Knie. Thora hätte nicht gewusst, was er sagen sollte, und er war selbst zu beschäftigt mit seinen Gefühlen.

»Thora …«, begann Irisa vorsichtig, so als wolle sie ihn nicht verletzen. »Thora, hast du … hast du gehört, was die Masken gesagt haben? Hast du es begriffen?«

»Ich … bin mir nicht ganz sicher«, gab er zu.

Irisa raufte sich die Haare. »Ich dachte, das, was hier geschieht – dass sie uns einsperren, diese Zeichen in die Stirn schneiden, uns arbeiten lassen –, ich dachte, das wäre eine

Ungerechtigkeit. Ich dachte, die Masken wären im Unrecht.« Einige Haare lösten sich von ihrem Schopf und blieben zwischen ihren Fingern hängen. »Aber das alles hier hat seine Richtigkeit. Das *Septimat* will uns hier haben. Sie benutzen uns als Energiequelle für die Erste Sprache.«

Thora schlang die Arme um die Knie. Er konnte das nicht glauben – wollte es nicht glauben. Die Erste Sprache war etwas Großartiges, eine Errungenschaft. Sie war dazu gedacht, den Menschen zu helfen und Gutes zu tun.

»Bei uns zu Hause erzählt man es sich anders«, wandte er ein. »Die Erste Sprache ist ein Werkzeug der Göttlichen, um die Welt im Gleichgewicht zu halten. Sie nimmt keine Leben, sondern ist ein Mittel für die Welt, um gesund zu bleiben.«

»Ach ja?«, fragte Irisa bitter. »Und, hat es der Welt geholfen? Sterben wir hier unten, um die Welt besser zu machen? Es interessiert mich einen Dreck, womit das Septimat sich all das gutredet. Mein Bruder ist hier unten gestorben, ich habe ihm dabei zugesehen. Und jetzt weiß ich, warum. Damit das Septimat mit den tollen Erfindungen prahlen kann. Die Herrschaft da oben gründet sich auf Leben, nein – eigentlich gründet sie sich auf den Tod. Sie töten. Sie töten *uns*.«

Als sie geendet hatte, war es still. Langsam sickerte die Erkenntnis in ihn ein. Er sah ein, dass Irisa recht hatte, und das Gefühl, dass er etwas bewundert hatte, was Leben nahm, schmerzte ihn so sehr, dass er weinte. Der bloße Erhalt von Macht war dem sogenannten Septimat wert, dass Lebewesen dafür starben, und zum ersten Mal seit er im Untergrund war, fühlte Thora sich wirklich schwach. Zum allerersten Mal kostete er von dem Gefühl der Machtlosigkeit, das die anderen vor seiner Ankunft so lange beherrscht hatte. Und während er so weinte, begriff er auch endlich, warum.

Irisa legte den Arm um ihn, und Thora ließ seinen Tränen freien Lauf. Niemand würde ihnen zu Hilfe kommen. Sie waren völlig auf sich allein gestellt.

Auf dem Weg zurück ins Lager sagten Thora und Irisa kein Wort. Sie nahm seine Hand, und es fühlte sich gut an, wie sie ihn hielt, warm und tröstend. Thora horchte genau, ehe sie hinter die nächste Ecke abbogen. Aber keine Maske begegnete ihnen, und als sie ihr Lager erreichten, erwartete sie Schweigen. Betretene Mienen empfingen sie. Serwiya empfing die beiden, aber sie wandte sich immer wieder zu den anderen um, die in einer Gruppe im Lager saßen. Thora spähte zu den anderen hinüber. *Nicht noch jemand,* flehte er in Gedanken, doch er fürchtete, dass seine Hoffnung vergebens war.

»Ihr wart lang weg«, sagte sie.

»Wer ist es diesmal?« Irisas Stimme war matt, sie ließ Thora los und trat neben Serwiya und berührte sie sachte am Ellbogen. Gemeinsam liefen sie hinüber zu den anderen.

»Minak. Vor etwa einer Stunde«, sagte Ulsan. In der Mitte der Gruppe lag ein lebloser Körper.

Mik und Karlie knieten neben dem toten Jungen, doch Mik hatte das Gesicht in den Händen vergraben und schluchzte nur. Mit Tränen auf den Wangen sah Karlie hoch. Sie umklammerte Minaks Leiche.

»Ich hatte es ihm versprochen«, brachte sie unter Hicksen hervor. Ihre Augen waren rot unterlaufen. »Ich wollte ihm Lishol zeigen, wenn wir hier raus sind.« Karlie versenkte das Gesicht an Minaks Brust. »Er wollte so gern das Theater am Lindenplatz sehen. Aber jetzt …«

Irisa ließ sich neben Karlie auf die Knie fallen und streichelte ihren Rücken. Doch das Mitgefühl dieser Geste war nicht das Gefühl, das Thora in ihr sah. Blanker Zorn ließ ihre Lippen erblassen, und Anspannung zitterte in ihrem Körper.

»Dafür werden sie bezahlen. Jeder Einzelne von ihnen«, presste sie hervor, als sie sich erhob. Ihre Hände schlossen sich zu Fäusten, aber das Ziel ihrer Wut war nicht hier, und so ballten und lockerten sich ihre Fäuste immer wieder wie ein pulsierendes Herz. »Wir müssen euch etwas erzählen.«

Erwartungsvoll wandten sich ihnen alle zu. Doch Thoras Aufmerksamkeit weilte immer noch auf Minak und Karlie, ihr Schmerz durchfraß seine Brust, und Kummer darüber, einen Kameraden verloren zu haben, setzte sich in seiner Magengegend fest wie ein Krebs an einer geöffneten Miesmuschel.

Er hatte von Anfang an gewusst, dass er sie nicht alle retten konnte. Und doch war dieser Verlust wie ein Schlag in den Magen, und ihm war, als würde er einem Geschwisterkind auf ewig Lebewohl sagen müssen.

»Was habt ihr herausgefunden?« Mik war aufgestanden, hatte seine Tränen getrocknet und trat von einem Bein aufs andere, als würde er einen Schritt zurückweichen und dennoch standhaft bleiben wollen.

Jetzt blickte auch Karlie auf. Sie starrte wie die anderen gebannt auf Thora und Irisa und wartete auf eine Antwort. Eine Antwort, von der Thora glaubte, dass sie unmöglich richtig zu geben war.

Er räusperte sich, und als er zu sprechen begann, waren seine Worte rau: »Wir haben wieder einen toten Freund zu beklagen. Ich weiß, dass Minak in unserer Mitte fehlen wird, wie jeder Einzelne von euch fehlen würde. Ich werde seinen Humor vermissen. Er hatte die Fähigkeit, uns an jedem noch so tristen Abend ein Lächeln zu schenken. Und für mache von uns …« Er machte eine Pause, in der er zu Karlie sah, »… sollte er Teil einer Zukunft werden.« Er wusste, dass sie von ihm hatten hören wollen, was er und Irisa herausgefunden hatten, doch in diesem Moment erschien ihm das nicht wichtig. Jetzt zählte nur Minak, und dass sie sich von ihrem Freund verabschieden konnten.

Thora kniete sich neben Minaks Leiche, legte die Hand über seine Augen und murmelte: »Ich hoffe, du findest deinen Frieden, mein Bruder.« Er bedeckte Minaks Gesicht und erinnerte sich an das warme Funkeln in seinen grünen Augen, die Grübchen, wenn er verschmitzt grinste und Karlie ein Lachen entlockte.

»Ich werde deine sanfte Art vermissen«, sagte Mik, und seine Stimme brach. Ulsan nahm ihn in den Arm und barg das Gesicht des Jungen, sodass er die Leiche nicht mehr sehen musste.

»Und ich will versuchen, die Welt für dich zu sehen, falls ich es jemals hier rausschaffe«, murmelte Serwiya und strich Minak sachte über die Stirn.

»Weiß jemand, wie man den Toten eine gute Reise wünscht, wo Minak herkommt?«, fragte Thora rau.

Serwiya sprach ihnen die Abschiedsworte vor. Ihre Stimmen verwoben sich zu einem Chor, der sich lindernd auf Thoras Seele legte wie eine Schmerzsalbe. Die Trauer verband sie alle, durchzog sie wie ein Webgeflecht, das sie aufrecht hielt.

Als ihr letzter Abschied an Minak verklungen war, erhob sich Karlie, die Miene ausdruckslos wie eine Statue. Sie schaute in Thoras Richtung, aber es war, als sähe sie durch ihn hindurch.

»Du hast gesagt, du wüsstest, wieso er sterben musste.«

Thora senkte den Blick. »Irisa und ich haben ein Gespräch zwischen zwei Masken belauscht. Sie sagten, sie hätten Geschäfte mit den Leuten da oben. Dass sie uns benutzen, um an Waren zu kommen. Aber der Grund, aus dem wir wirklich hier sind …« Thora schluckte. Er hatte keine bedeutungsvolle Pause einlegen wollen. Er wollte die anderen nicht auf die Folter spannen, aber seine Zunge lag ihm schwer im Gaumen.

Er war erleichtert, als Irisa sich einschaltete. Er hätte niemals die richtigen Worte gefunden. »Wir sind hier, weil wir als Gefäße dienen sollen. Die Menschen da oben benutzen uns als Energiequelle für die Erste Sprache. Wir sind Treibstoff.«

»Das bedeutet, jedes Mal, wenn …« Serwiyas Stimme zitterte, sie hatte beide Hände über dem Herzen verschränkt, als könne sie auf diese Weise die Erkenntnis von sich fernhalten. »Jedes Mal, wenn sie zaubern, stirbt jemand von uns? Das ist alles, das Geheimnis um die Erste Sprache?«

»Ja. Genau das bedeutet es«, knurrte Irisa. »Die Masken sind nichts als Marionetten. Nur Instrumente, die dem Septimat dabei helfen, ihre falsche Macht aufrechtzuerhalten. Macht, die sie aus dem Tod gewinnen. Sie töten uns, um zu herrschen. Und dabei kümmert es sie keinen Deut, dass sie Unschuldige ermorden, nur, damit sie auf ihrem Thron sitzen können.« Ihre Stimme wurde lauter, als der Zorn sie in den Rausch zog. »Wir dachten, die Masken wären unsere Feinde, weil sie uns hier einsperren und leiden lassen. Aber in Wahrheit sind nicht sie es, sondern die Mitglieder des Septimats. Sie sind es, die uns hier unten halten lassen wie Vieh. Die uns diese Zeichen einschneiden lassen, um ihre … ihre Hexerei benutzen zu können! Sie lassen uns sterben aus reiner Machtgier.«

Schrecken breitete sich auf den Gesichtern aus. Die alte Hoffnungslosigkeit fraß das Feuer aus ihren Augen, und all der Rückhalt, den Thora so mühsam in ihnen aufgebaut hatte, schien in sich zusammenzubrechen wie ein Eichensetzling, der von einem Sturm entwurzelt wurde.

»Wenn das Septimat der Feind ist, dann können wir nichts tun. Gar nichts.« Karlies Stimme klang hohl. »Wir sind verloren. Waren es von Anfang an. Und all diese Aktionen, der Widerstand, die Pläne, zu fliehen – es war alles umsonst. Wir kommen hier nie weg, und irgendwann verrecken wir alle wie Minak und Sagi und alle anderen. Es gibt keinen Weg hinaus.«

Irisa lächelte grimmig. »Nein. Da irrst du dich. Thora und ihr alle habt mir eine Sache beigebracht: Es bringt nichts, aufzugeben. Egal, wie übermächtig der Feind sein mag. Wisst ihr noch, wie keiner von euch geglaubt hat, wir könnten es mit den Masken aufnehmen? Und trotzdem haben wir es getan. Natürlich habe ich Angst. Sehr viel Angst. Aber ich will nicht auf den Tod warten. Wenn wir sowieso sterben, dann gibt es keinen Grund für mich, untätig herumzusitzen.« Stolz reckte sie ihr Kinn in die Luft, das Gesicht funkelte vor Tränen, aber der Zorn brannte die Trauer von ihrem Gesicht. »Ich beuge nicht das Knie vor dem Septimat. Dieses Spiel werden sie ohne mich spielen müssen. Und ich schwöre, dass ich dem mit all meinen Kräften ein Ende setzen werde. Zur Hölle mit dem Septimat und seiner Magie und den Göttlichen!«

Karlie sprang auf, als wolle sie Irisa herausfordern, zurückzuweichen. »Auch wenn es dir ein Ende setzt?«

Aber Irisa wich nicht zurück. »Vor allem dann. Ich habe nichts zu verlieren. Die schon.«

Thora war einen Moment sprachlos, dann nickte er und trat an ihre Seite. »Irisa hat recht. Wir können nicht aufgeben. Wir sind zu stark, um jetzt zu fallen.«

Sie alle nickten stumm. Entschlossenheit schärfte ihre Blicke.

KAPITEL 17

AUFBRUCH

Der Rucksack auf Likahs Schultern war schwer. Die Dienerschaft hatte sie bestens ausgestattet: Neben Kleidung, Schlafsack, Proviant und Geld hatte sie auch Karte und Kompass, Pergamente und einen Füllfederhalter samt Tintenfass im Gepäck. Sie schnallte gerade die ledernen Träger enger, als Arkin mit einem Falken auf dem Arm auf sie zukam.

»Ich gebe ihn dir mit, falls du mich kontaktieren musst«, sagte er mit ernster Miene. Der Vogel beachtete Likah kaum. »Er wird den Weg zu mir finden. Aber sei vorsichtig, was du in den Briefen schreibst. Deine Reise kommt einem Schuldgeständnis gleich, vergiss das nie. Schreib mir nur im größten Notfall.«

Likah nickte. »Man wird nach mir suchen, oder? Eine Verbrecherin wie mich könnte niemand frei herumlaufen lassen.«

»Du musst auf der Hut sein. Sie werden glauben, dass du geflohen bist, weil du das Gericht fürchtest.«

»Ich verstehe. Solange ich meine Unschuld nicht beweisen kann, muss ich mich bedeckt halten. Und wenn ich niemals die Beweise finde ...« Sie brach ab. Der Gedanke daran hauchte Kälte in ihr Blut.

Wenn sie niemals Beweise für ihre Unschuld fand, würde sie nie mehr wiederkehren können. Sie würde Arkin nie wiedersehen. Caia. Alia und Gem. Likah würde sich nie mehr ein Leben aufbauen können. Jeder, der sie erkannte, würde sie dem Gericht ausliefern, und nach ihrer Flucht bedeutete das für sie den sicheren Tod. Die Masken würden sie mitnehmen und ihrer Strafe zuführen. Niemand würde je erfahren, dass sie unschuldig war.

Arkin legte die Hand auf Likahs Schulter und drückte sie ermutigend. »Du wirst zurückkehren und deinen Namen reinwaschen. Ich erwarte dich hier, Likah. Ich will, dass du eines Tages wieder deinen rechtmäßigen Platz einnimmst.«

Likah war gerührt. Auch, wenn ihr rechtmäßiger Platz ihr nicht so viel bedeutete, wie er vielleicht sollte, freute sie der Gedanke, dass Arkin an sie glaubte. Er hoffte auf ihre Rückkehr, weil sie ihm wirklich wichtig war. Sie musste die Tränen wegblinzeln, die sich wie Tropfen eines Dampfbades an ihre Wimpern hefteten.

Arkin schmunzelte. »Ich muss mir doch keine Sorgen um dich machen, oder?«

Likah lachte über seine Frage, weil sie nicht zugeben mochte, wie gut es sich anfühlte, dass sich einmal jemand um sie sorgte. Dass nur ein einziges Mal jemand sich für sie verantwortlich fühlte. »Ich bin das Leben auf der Straße gewöhnt. Keine Sorge, ich komme zurecht.«

»Gut.« Sein Lächeln verebbte. »Denn wenn du das Schloss erst einmal verlassen hast, wird die Königin handeln müssen. Ich kann dir ein wenig Zeit verschaffen, aber Likah, sobald du diese Reise antrittst, kann ich nicht mehr auf deiner Seite stehen. Du wirst offiziell zur Verräterin erklärt. Und auch ich werde mich diesem Urteil beugen müssen. Verstehst du, was das bedeutet?«

»Natürlich.« Dennoch versuchte sie, nicht zu zeigen, wie sehr der Gedanke sie erschreckte. Bisher hatte Arkin ihr immer den Rücken gedeckt. Von jetzt an war ihm das nicht mehr möglich. Nicht, wenn er nicht ebenfalls als Verräter gebrandmarkt werden wollte.

»Du hast genug für mich getan. Ich verstehe das. Danke. Für deinen Beistand, und dass du Alia und Gem ein Zuhause gegeben hast. Mehr hätte ich nie erwarten können.«

Mit zittrigen Fingern ertastete sie den Verschluss der Kette in ihrem Nacken. Die Metallglieder waren wie Eiskronen unter ihren Fingerkuppen. Die Kette war das Zeichen, das sie als Arkins Schülerin auswies. Auf dem Weg, der vor ihr lag, würde sie ihr nichts mehr nützen.

Während sie an dem Verschluss herumnestelte, zog Arkin ihre Hände weg. »Was tust du da?«

Irritiert sah sie ihn an. »Jemand wie ich sollte wohl kaum das Zeichen des Windes tragen.«

»Du bist meine Schülerin. So leicht wirst du deinen Meister nicht los. Also wirst du auch Kathasias Zeichen tragen, bis ich es dir abnehme. Verstanden?«

Die Eindringlichkeit in seiner Stimme irritierte sie kurz, aber dann nickte sie und ließ langsam die Hände sinken. »Verstanden«, sagte sie nur. Aber ihre Brust wurde warm vor Stolz und Dankbarkeit. Er mochte sich nicht öffentlich zu ihr bekennen, aber sie würde immer noch seine Schülerin sein.

Einen Moment lang standen sie betreten nebeneinander, wussten beide nicht recht einen Abschluss zu finden. Likah hatte keine Erfahrung mit wirklichen Abschieden. Von ihren Eltern war sie ohne gegangen. Sowohl damals als Kind als auch vor wenigen Wochen bei ihrer Rückkehr nach Lishol. Arkin schien ebenfalls zu überlegen, dann hob er, ein wenig hilflos, die Arme. Likah zögerte nicht länger und zog Arkin in eine Umarmung. Für einen kurzen Moment fühlte Likah sich sicher, als müsse sie ihn nicht jeden Moment loslassen und auf eine Reise aufbrechen, deren Ausgang sie nicht kannte.

»Danke für alles«, murmelte sie. »Und auch, wenn das wie

ein Abschied klingt: Ich finde die Wahrheit und komme dann wieder. Versprochen.«

Arkin drückte sie. »Ich wünsche dir alles Glück dieser Welt. Pass auf dich auf. Ich weiß, du kannst das.«

Die Flure von Schloss Falkenschwinge erschienen Likah heute Nacht belebter denn je. Dienstpersonal in Nachthemden huschte über die Gänge, Getuschel ließ die Luft summen, und hier und da stieg Dampf aus Teetassen auf, die aufgeregte Hofleute in Händen hielten. Sie beäugten sie, aber niemand sagte ein Wort zu Likah, niemand schien sie fragen zu wollen, was geschehen war oder wohin sie ging. Verübeln konnte Likah es ihnen nicht. Niemand, der Arkin erlebt hatte, als er mit ihr ins Schloss gestürmt war, hätte sich getraut, Fragen zu stellen.

Likah eilte die Treppen hinunter in die Eingangshalle und hinaus in den Hintergarten. Die Herbstnächte erkalteten, und die Luft roch kristallklar. Keine Wolke verschleierte den Sternenhimmel, als würden tausend Augen einen genauen Blick auf Likah werfen wollen. Die Baumwipfel wisperten, und das Gras quietschte feucht unter Likahs Stiefeln. Als sie die Tür zu den Ställen aufdrückte, flatterte ihr der Geruch von Backsteinen und trockenem Stroh entgegen. Das leise Schnauben der Pferde hatte etwas Tröstliches, das Likah Ruhe und Routine verlieh. Ihr Rappe Schneestirn schlief in der vorletzten Box.

Das Pferd begrüßte sie mit einem leicht verärgerten Wiehern. Schneestirn schien die Brauen zusammenzuziehen, sodass der weiße Fleck über seinen Augen gekrümmt wurde. Offensichtlich war er nicht erfreut, dass Likah ihn um seinen Schlaf bringen wollte. Sie seufzte, schob die Boxentür auf und hielt ihm die Hand zum Schnuppern hin.

»Mir gefällt das auch nicht besser als dir«, flüsterte sie, als sie ihm über die Nase strich. »Aber wir haben eine kleine Reise vor uns. Willst du mich nicht begleiten?«

Nach ein wenig gutem Zureden und störrischem Schnauben ließ sich Schneestirn aus dem Stall führen. Ohne ihn vorher zu striegeln, sattelte Likah ihn auf, band ein wenig von ihrem Gepäck an ihm fest und legte ihm Zaumzeug an. Dann nahm sie Schneestirn beim Zügel und wollte ihn aus dem Stall führen.

»Du gehst also tatsächlich?« Im Türbogen stand mit verschränkten Armen Caia. Ihr sonst so seidenes Haar stand wirr vom Kopf ab.

Likah holte Luft, aber sie wusste nicht, was sie ihrer Freundin sagen sollte. Auf diese Art Abschied war sie nicht vorbereitet gewesen. Sie war auf gar keinen Abschied vorbereitet gewesen.

»Was ist passiert?« Caia stieß sich vom Türrahmen ab und ging auf Likah zu. »Das ganze Schloss ist in Aufruhr.«

»Es ist kompliziert, und ich habe nicht viel Zeit.« Sie vermied es, ihrer Freundin in die Augen zu sehen. Es war so schon schwer genug, nicht zu wissen, ob und wann sie sich wiedersehen würden. »Aber ich werde zurückkommen, versprochen. Ich bin nicht lange weg.«

»Likah Laien, du bist eine furchtbare Lügnerin.«

Sie lächelte zerknirscht. »Ich weiß. Was ich sagen will, ist: Mach dir bitte keine Sorgen um mich. Ich komme zurecht.«

»Wohin wirst du gehen?«, fragte Caia.

»Womöglich weit weg. Ich weiß es nicht.«

»Wieso?«

»Das kann ich dir nicht erklären. Nicht jetzt. Es tut mir leid.« Likah schnalzte und nahm die Zügel enger, um Schneestirn an Caia vorbeizuführen.

»Dann erklär es mir auf dem Weg.« Caia machte dem Rappen Platz und folgte Likah aus dem Stall.

Abrupt blieb Likah stehen. »Was?«

»Ich sagte, erklär es mir auf dem Weg«, wiederholte sie ungerührt.

»Auf keinen Fall.« Likah schüttelte den Kopf. »Nie im Leben kommst du mit.«

»Wieso nicht?«

»Es wird gefährlich. Das ist kein Urlaub, Caia. Man wird nach mir suchen. Ich … ich begehe Hochverrat. An der Königin.« Sie wandte den Blick ab und wartete, dass ihre Freundin nach Luft schnappte, aber Caia blieb ruhig.

»Dann brauchst du umso mehr jemanden an deiner Seite. Likah, du bist meine Freundin, vielleicht sogar meine einzige richtige Freundin. Lass mich dich begleiten.«

Likah barg das Gesicht an Schneestirns Kiefer und schloss die Augen. »Wenn du mich begleitest, bist du ebenfalls eine Verräterin. Und wenn sich das nicht aufklärt, können wir nie wieder zurückkommen. Das kannst du unmöglich wollen.«

»Du kannst mich nicht davon abhalten.« Felsenfest stand Caia da, die Füße schulterbreit und Härte in ihrem Blick.

»Du hast deine Aufgaben hier, deine Zukunft.« Gequält verzog Likah die Miene und verfestigte ihren Griff in Schneestirns Zaumzeug. »Das kannst du nicht für mich wegwerfen.«

»Es ist nicht weggeworfen«, erwiderte Caia. »Ich tue es für dich.«

»Das ist ja das Problem. Die Entscheidungen, die dein Leben verändern, solltest du für dich treffen und niemand anderen. Es ist dein Leben. Leb es für dich.« Likah hörte sich an wie Arkin, der sie ermahnte, nicht immer nur an die Zwillinge zu denken. Musste sie die Worte erst für andere aussprechen, ehe sie sie für sich selbst begreifen konnte?

»Beantworte mir eine Frage«, sagte Caia ruhig. »Und beantworte sie ehrlich.« Sie nahm Likahs freie Hand und strich mit dem Daumen über ihren Handrücken. »Möchtest du wirklich ganz allein gehen?«

Likah schwieg. Natürlich wollte sie nicht allein gehen. Sie verließ Seran nicht, weil sie es wollte, sondern weil sie es musste. Sie fürchtete sich vor dem, was vor ihr lag. Caias Berührung war angenehm warm und weich und verlieh Likah das Gefühl, dass da jemand bei ihr war, der diese Ängste lindern konnte.

»Nein«, sagte sie leise. »Ich habe Angst.«

Ein warmes Lächeln zeigte sich auf Caias Gesicht. »Dann komme ich mit dir.«

Likah wandte den Blick ab und verließ stumm den Stall. Sie konnte Caia nicht ansehen. Indem sie ihre Freundin mit auf diese Reise nahm, gab es unter Umständen auch für Caia kein Zurück mehr in ihr normales Leben. Noch konnte Caia sich umentscheiden: so tun, als hätte dieses Gespräch nie stattgefunden, sich in ihr warmes Bett im Schloss legen und am nächsten Tag wie gewohnt der Schneiderarbeit nachgehen. Doch Likah brachte es nicht über sich, Caia dieses Angebot zu machen, aus Angst, sie könnte es annehmen. In Wahrheit war sie glücklich, dass Caia bei ihr war. Und sie hoffte, dass sich auf der Reise die Gelegenheit für Likah ergeben würde, Caia ihre Freundschaft genauso zu zeigen.

Sie saßen auf Schneestirn auf. Seine Hufe klapperten auf dem Pflaster durch die kühlfeuchte Herbstnacht, und außer dem Rauschen der Baumkronen lauschte die Dunkelheit still den beiden jungen Frauen, die eine Reise antraten, von der es nur eine mögliche Rückkehr gab.

Während die beiden auf Schneestirns Rücken schaukelten, vertraute sich Likah ihrer Freundin Caia an. Sie berichtete von der Bedeutung des Symbols, das sie in Angrianas

Tempel gefunden hatten, dass sie nach wie vor nicht wusste, warum sie es trug. Und von der Geburtsfeier Magrenes, wo Jeliél sie vor allen offenbart hatte, und dass die Königin und das Septimat sie nun für eine Dämonenanbeterin hielten.

»Deswegen suche ich jetzt nach Angrianas Reich«, endete Likah. »Um Beweise für meine Unschuld zu finden. Falls es solche Beweise überhaupt gibt …«

»Verstehe …« Caia legte die Arme um Likahs Taille, um sich besser auf Schneestirns Rücken halten zu können. »Wir suchen also nach dem verschollenen Land. Irgendwelche Ideen, wo wir danach suchen?«

Likah nahm die Zügel enger. »Nicht so wirklich«, gab sie zu. »Professor Hiskar sagte, es gäbe keine richtigen Karten. Niemand weiß, wo dieser Ort ist. Da Angriana verschwunden ist, könnte es an jeder Küste sein.«

»Wir können wohl kaum Nakita komplett umrunden.«

Likah biss die Zähne zusammen. Sie fühlte sich hilflos und wusste nicht, wohin sie gehen sollte. Was hatte sie sich überhaupt von dieser Reise erhofft? Dass sie mehr sein würde als eine ziellose Flucht? Bitter dachte sie daran zurück, dass sie doch bloß wieder dort gelandet war, wo sie schon immer gewesen war: auf einer nie endenden Reise. Likah war zurück auf ihren eigenen Wegen.

»Wenn du nicht weißt, wohin wir gehen, weiß ich vielleicht, wen wir fragen können«, erklang Caias Stimme hinter ihr.

Likah drehte sich um. Als sie ihr Gewicht verlagerte, blieb auch Schneestirn stehen und wandte unsicher den Kopf. »Wen?«, fragte sie.

»Meinen Vater. Er ist doch Kartograf gewesen. Wenn es jemand weiß, dann er.«

KAPITEL 18

MEHL UND NORMALITÄT

Nach zahllosen Stunden auf einem Pferderücken schmerzten Likahs Gesäß und Rücken, als würde jeder Schritt ihre Bandscheiben zu Sand und Kiesel zermalmen. Schneestirn wurde zunehmend träge vom Gewicht beider Frauen.

»Warum haben wir nicht einfach ein zweites Pferd mitgenommen?«, fragte Caia und tätschelte die Flanke des Rappen.

»Weil ich dann nicht behaupten kann, ich hätte dich gezwungen mitzukommen, wenn sie uns erwischen«, antwortete Likah trocken. »Es ist nicht mehr weit, dann kann er sich ausruhen. Ich sehe schon die Aquädukte.«

»Das muss nicht heißen, dass wir bald da sind«, murmelte Caia. »Das können ebenso gut noch hundert Kilometer nach Himaran sein.«

Likah ignorierte die Bemerkung und schnalzte mit der Zunge, um Schneestirn anzutreiben. Auch Caia schwieg, und so zogen weitere Stunden ins Land, während die Sonne sich langsam der Abenddämmerung hingab. Sie überquerten das hügelbesetzte Land Sevas, folgten dem Großen Schildkrötenfluss, bis endlich die steinernen Stadtmauern Himarans zum Vorschein kamen.

Likah hielt Schneestirn an und bewunderte das in der Dämmerung schattenhafte Bild der Stadt. In der Mitte floss Wasser aus dem riesigen Uhrturm, in kreisrunden Spiralen über die etlichen, nach unten breiter werdenden Stockwerke. Die Luft dieses Landes hauchte warm und feucht gegen Likahs Haut.

Sie hievte sich von Schneestirns Rücken, schüttelte ihre kribbelnde Beine aus, während Caia noch im Sattel saß und verträumt in die Ferne blickte.

»Fühlt sich das nach zu Hause an?« Likah lächelte ihr zu.

»Nach Heimat.« Caia stieg schwungvoll ab und tätschelte Schneestirn. »Wenn du mich fragst, ist Himaran tausendmal schöner als Zelvten.«

Likah hatte nie viel von Sevas Städten gesehen, weder von der Hauptstadt Zelvten noch von irgendeiner anderen. Sie erinnerte sich einzig an die schwierig zu überquerenden Sumpfgebiete, die sie mit den Zwillingen, so gut sie konnte, gemieden hatte.

Caia hüpfte los, aber Likah hielt sie zurück. »Caia … ich weiß nicht, ob meine Flucht sich schon herumgesprochen hat. Falls man schon nach mir sucht, können wir deinen Eltern dann vertrauen?«

Einen Moment starrte Caia sie nur an, dann nickte sie mit noch leicht irritiertem Blick. »Natürlich können wir das. Sie würden uns nie verraten.«

»Bist du dir da sicher?«

»Zu einhundert Prozent.« Caia drückte Likahs Hände. »Meine Eltern interessieren sich nicht für Politik. Für sie zählt nur die Familie. Bei den Göttlichen, sie würden Iasora persönlich ins Gesicht lügen, wenn es für die Familie wäre. Du kannst ihnen vertrauen.«

»Ich hoffe, du hast recht«, erwiderte Likah, noch nicht ganz überzeugt.

Eine ruhige Geräuschkulisse beherrschte Himaran, denn es wurde langsam dunkel, und die Straßen waren leer. Mochten die Menschen auch schweigen, säuselte dennoch das Wasser und flüsterte in die Stille der Nacht. Straßenlaternen gab es keine, dafür stieg ein bläuliches Licht aus den steinernen Wasserleitungen.

Caia übernahm die Führung, weil sie sich in der Stadt auskannte. Likah hingegen war wie an jedem anderen Ort eine Fremde, selbst ihre eigene Heimat kam ihr inzwischen so weit weg vor. So weit, wie sie in ihrem Leben herumgekommen war, hätte man meinen können, Likah würde sich überall heimisch fühlen. Aber sie trug schon immer den Wunsch mit sich herum, sich eines Tages an einem sicheren Ort niederzulassen. Nur gefunden hatte sie keinen solchen Platz.

»Nach Sonnenuntergang passiert hier nicht mehr viel«, flüsterte Caia ihr zu. »Es ist nicht aufregend, aber man muss auch keine Angst haben, nachts auf die Straße zu gehen. Die Leute hier sind ziemlich entspannt.«

»Es ist schön hier« Likah ließ beiläufig ihre Finger durch das Wasser gleiten, das an den Straßenrändern durch kleine Äquadukte floss und jeden Haushalt mit fließendem Wasser versorgte. »Warum bist du fortgegangen?«

»Weil ich verliebt war«, sagte Caia geradeheraus. »Eine ziemlich simple Geschichte. Er war aus Kathasia, und als er abreisen musste, wollte ich mit ihm kommen, das ließ ich mir auch gar nicht ausreden. Ich dachte, das wäre die ganz große Liebe, aber es hielt nicht an. Wir haben dann beide beschlossen, lieber getrennte Wege zu gehen – aber ich hatte schon meine Anstellung bei Jarson, und deswegen bin ich geblieben.«

»Oh. Ich wusste nicht, dass du einen Freund hattest«, sagte Likah nur.

Caia kicherte. »Du bist so überrascht.«

»Nein, ich meinte nur …« Sie brach ab, weil sie das Blut in

ihren Wangen spürte. Zu ihrem Glück war es bereits sehr dunkel. »Du hast nie von ihm erzählt.«

»Wieso auch? Beziehungen kommen und gehen, schätze ich.«

Daraufhin schwieg Likah und fragte sich, ob Caia über sie dasselbe sagen würde, sollten sie irgendwann einmal auseinandergehen. Immerhin hatte sie für diesen Mann damals ihre Heimat verlassen, und auch das schien für sie kaum noch eine Rolle zu spielen, sodass sich Likah nicht sicher war, wie viel es Caia bedeutete, dass sie sie auf ihrer Reise begleitete. Aber Likah sprach keinen dieser Zweifel aus, und so liefen sie schweigend durch die plätschernde Stadt. Likah hielt die Arme vor ihren Rippen verschränkt und sah hinauf zu den Sternen.

»Es ist nicht mehr weit«, sagte Caia nach einer Weile. »Hey, ist alles in Ordnung mit dir?«

»Mir geht's gut. Ich bin nur nervös.«

»Meine Eltern sind toll, ehrlich.« Aufmunternd klopfte sie Likah auf die Schulter.

Dann erreichten sie das Haus, in dem Caias Familie wohnte. Es war schmal, zwischen zwei andere Wohnhäuser gequetscht, und in einem guten Zustand. Blumentöpfe beherbergten wohlgehegte Pflanzen, und die Tür wies keinerlei Risse auf. Caia zog einen angelaufenen Schlüssel aus ihrer Rocktasche und öffnete die Tür. Sie trat als Erste ein und rief mit lauter Stimme in den Flur:

»Mama, Papa, ich bin's, Caia!«

Kurz herrschte Stille, dann flog eine Tür auf, und ein dürrer Mann warf sich Caia in die Arme. Caia lachte und strich ihm über den Rücken, während er das Gesicht an ihre Schulter drückte und schniefte.

»Caia, mein Mädchen! Warum hast du deinen Besuch nicht angekündigt? Wie geht es dir? Und wer ist deine Begleitung?«

»Pass auf, Papa, du erstickst mich noch«, prustete sie.

Nun trat eine Frau neben Caias Vater, das volle schwarze Haar, das kaum einen Kontrast zu ihrer Haut bildete, fiel ihr offen über die Schultern, und sie breitete die Arme aus, um ihre Tochter zu begrüßen. Caia küsste ihre Mutter auf die Wange, während Likah noch halb im Türrahmen stand und jeden anderen Punkt des Flurs fixierte, nur nicht die wiedervereinte Familie.

Die Situation hätte Likah ein Lächeln ins Gesicht malen sollen, aber in ihr zwickte nur der alte, just neu belebte Schmerz, als sie ihren Vater wiedergetroffen hatte. Und sie fragte sich, wieso ihr das Glück verwehrt blieb, während es auf Caia wartete, wann immer sie heimkehrte. Gleichzeitig schämte sie sich für den Gedanken – als ob ihr eigenes Glück wachsen würde, wenn sie Caias schmälerte.

»Sie ist Arkins Schülerin und eine Freundin«, hörte sie Caia sagen. »Likah und ich sind hergekommen, um dich etwas zu fragen, Papa –«

»Ich bitte dich, Caia, das hat doch noch Zeit. Du und Likah, ihr seid bestimmt hungrig. Hätte ich gewusst, dass du heute kommst, hätten wir gewartet, aber ich fürchte, jetzt müsst ihr euch mit Resten zufriedengeben.«

Caia grinste. »Das ist schon gut so, deine Reste sind die besten.«

Caias Mutter winkte Likah heran und lächelte. »Du kannst die Schuhe einfach in den Flur stellen. Es war ein weiter Weg aus Seran, nicht? Ich bin übrigens Maya, und mein Mann heißt Silwan.«

Likah nickte und öffnete die Schnallen ihrer Stiefel, stellte sie neben dem schmalen Fußabtreter ab und folgte dann Mayas Handbewegung in die Küche. Der Raum war mit abgenutzten Kacheln ausgekleidet, die an einigen Stellen schon brüchig wurden. Eine kurze Küchenzeile mit steinerner Arbeitsplatte nahm eine Hälfte des Raumes ein, der Esstisch die andere. Töpfe, Pfannen und Kochgeschirr baumelten an Haken, die an der Decke befestigt waren.

Silwan drehte an den Rädchen des Herdes, bis Flämmchen aus dem Metall züngelten, und erwärmte eine Pfanne mit geschnittenem Fisch und Gemüse.

»Ich bin überrascht, dass du freibekommen hast, um uns zu besuchen«, sagte Maya zu ihrer Tochter und zog dann einen rustikalen Holzstuhl unter dem steinernen Küchentisch hervor, an den sie sich setzte.

»So ganz stimmt das nicht«, wandte Caia ein. »Ich habe beschlossen, Likah zu begleiten. Wir müssen etwas Wichtiges tun.«

»So?« Maya hob eine der dunklen Augenbrauen. »Was denn?«

»Deswegen sind wir hier.« Caia krempelte die Ärmel ihres Kleides nach oben. »Wir suchen nach einem verschollenen Ort. Papa, ich hatte gehofft, du könntest uns vielleicht weiterhelfen.«

»Kommt darauf an.« Silwan stellte zwei Teller vor Likah und Caia ab, dann ließ er sich in krummer Haltung, wie er es wahrscheinlich vom vielen Lesen gewöhnt war, auf einen Stuhl plumpsen. »Worum geht es denn?«

»Wir suchen nach Angriana.« Es war das erste Mal, dass Likah ungefragt die Stimme erhob. Sie sprach leise, und doch drehte Silwan ihr sofort achtsam den Kopf zu. »Dem untergegangenen achten Reich.«

Für einen Moment wurde es so still, dass Likah das Kratzen des Windes durch die verzogenen Fensterrahmen hören konnte.

»Angriana«, wiederholte er und lehnte sich vor. »Warum sucht ihr danach?«

Das dampfende Essen vor ihnen war vergessen, auch

Maya lauschte interessiert, und Caia wandte sich ebenfalls Likah zu, als hätte sie eine gute Antwort auf die Frage.

»Das kann ich Ihnen nicht sagen«, erwiderte Likah, »aber ich würde Sie nicht damit belästigen, wenn es nicht wirklich wichtig wäre. Caia sagte, Sie seien Kartograf, deswegen dachte ich, wenn jemand helfen kann, dann Sie.«

»Eine Karte von Angriana zu beschaffen ist nicht gerade im Rahmen des Gesetzes«, sagte Silwan. »Seid ihr in Arkins Auftrag hier?«

»Sozusagen«, fuhr Likah dazwischen, noch ehe Caia antworten konnte.

»Aber gegen das Gesetz ist es trotzdem«, fügte Caia hinzu. Likah schreckte hoch, als Caia das so geradeheraus sagte. Sie legte die Hand auf Likahs, als wolle sie ihren Schreck damit abfangen.

»Ich wollte nicht allzu sehr ins Detail gehen«, sagte Likah, dann wandte sie sich an Silwan. »Wir können Ihnen sicher vertrauen, aber ich möchte Sie auch nicht in Gefahr bringen, indem Sie uns helfen. Es würde schon reichen, wenn Sie uns sagen könnten, was Sie wissen.«

»Mit der Gefahr, da ist was dran.« Maya nahm einen ausgiebigen Schluck aus ihrer dampfenden Teetasse. »Für uns alle. Wenn man euch hier bei uns sieht, weiß man sowohl, dass ihr in Himaran seid, als auch, dass wir euch aufgenommen haben.«

»Das Beste wird es sein, wenn Caia und Likah sich etwas bedeckt halten«, stimmte Silwan seiner Frau zu.

»Und du könntest dich dann im Spezialarchiv umsehen, ob du etwas findest.« Maya stellte die Tasse ab.

Likah verfolgte den Abtausch von Caias Eltern und wusste zunächst nicht, was sie dazu sagen sollte. Die beiden entwickelten einen Plan, sie übernahmen ganz selbstverständlich die Verantwortung für ein Problem, das sie erst seit wenigen Minuten kannten. Likah wollte protestieren, aber sie war zu gerührt davon, wie die beiden, ohne weitere Nachfragen zu stellen, helfen wollten.

»Moment mal«, hakte sie ein, als sie wieder die Worte dazu fand. »Sie können tatsächlich eine Karte beschaffen?«

Silwan nickte. »Ich habe viel zu den Archiven beigesteuert früher. Sie werden mich sicherlich hineinlassen. Aber ich glaube nicht, dass ich eine Karte mitnehmen kann.«

»Es reicht schon, wenn wir ungefähr wissen, wo Angriana liegt«, sagte Caia und umarmte Silwan. »Danke, Papa.«

»Ich weiß nicht, ob das eine gute Idee ist ...«, sagte Likah, doch ihr Widerspruch war nur halbherzig. In Wirklichkeit war sie dankbar für die Unterstützung, die Caias Eltern ihr so bereitwillig zuteilwerden ließen.

»Jetzt esst erst mal, und dann ruht euch die Nacht über aus«, sagte Silwan. »Morgen sehen wir dann weiter, einverstanden?«

Die Nacht verbrachten sie in Caias altem Zimmer, das Maya rasch hergerichtet hatte. Die Dielen knarrten, und es war spärlich eingerichtet: Nur ein Bett, ein Nachttisch, dessen Holzfasern sich bereits ablösten, und ein leeres Bücherregal standen darin. Caia ließ sich mit einem langen Seufzer aufs Bett fallen, doch Likah blieb im Raum stehen und wusste nicht recht, wohin mit sich, bis Caia ihr einen Platz neben sich anbot.

»Machst du dir Sorgen wegen des Septimats?«, fragte Caia, als Likah sich an die Bettkante setzte, die Ellbogen auf die Oberschenkel gestützt und das Kinn in den Handflächen.

»Du nicht? Wenn sie uns finden, war es das. Für uns beide, und deine Eltern auch.« Likah zupfte an der frisch bezogenen Bettdecke und schlug sie sich über die Oberschenkel. Sie fürchtete sich tatsächlich davor, aber noch mehr war sie beunruhigt, dass Caia ihre Eltern so einfach in ihren Plan eingeweiht hatte.

»Sie finden uns nicht, deswegen halten wir uns doch bedeckt. Mein Vater besorgt die Informationen aus dem Archiv, und dann können wir wieder gehen. Niemandem passiert etwas.«

»Das kannst du nicht wissen. Vielleicht entdecken sie uns doch irgendwie«, sagte Likah. *Und wenn du es weißt, ist es schon zu spät,* fügte sie in Gedanken hinzu. Wollte Caia wirklich einfach diese Beziehung, die sie mit ihren Eltern hatte, aufs Spiel setzen? »Ich würde es dir nicht übel nehmen, wenn dir das alles zu viel wird und du lieber bei deinen Eltern bleiben möchtest.«

»Wieso sollte ich das wollen?«

Weil du hier ein Zuhause hast und glücklich sein kannst, dachte Likah, aber sie sprach den Satz nicht aus. Es war zu schmerzhaft daran zu denken, dass ihre Freundin etwas besaß, das sie nie haben würde. Sie wäre gern wütend, weil sie ihre Wut gegen irgendjemanden hätte richten können, aber in Wahrheit war sie einfach nur traurig. Und so schwieg sie. Dann fühlte sie Caias Arme, die sich um ihren Körper legten, entspannte sich in dem sanften Druck einer Umarmung, die mehr sagte als alle Worte dieser Welt. In dieser Nacht schlief Likah traumlos.

Als Likah und Caia am nächsten Morgen erwachten und in die Küche gingen, war der Frühstückstisch bereits gedeckt. Caia ließ sich sofort auf einen der Stühle fallen und goss Traubensaft in die leeren Gläser, während Likah noch zögerte, weil sie sich fremd fühlte in dieser Familie. Aber Caias Eltern hießen sie willkommen. Maya bot Likah einen Stuhl an und schob ihr einen Teller mit geschnittenen Gurken, Möhren und Reisbällchen zu.

»Gut geschlafen?«, fragte sie und biss von einer halbierten Gurke ab.

Likah zog den Teller zu sich, aß jedoch noch nicht. Sie nickte. »Danke, dass ihr uns aufgenommen habt. Ich weiß gar nicht, wie ich euch dafür danken soll.«

Maya winkte ab und lächelte. »Es ist selbstverständlich, für die Familie da zu sein.«

Aber Likah war kein Teil dieser Familie, dachte sie, während sie zu essen begann. Caias Familie war harmonisch und friedlich wie ein abendlicher Spaziergang am Strand, und Likah war der Kiesel im Schuh, den sie nicht loswerden konnten. Zumindest kam sie sich so vor. Likah gehörte nicht hierher, und obwohl Caias Eltern ihr keinen Grund gaben, so zu denken, konnte sie dieses Gefühl nicht abschütteln.

Silwan stand auf und schob den Stuhl an den Tisch.

»Ich mache mich dann wohl mal auf den Weg«, sagte er, während er versuchte, die Falten aus seinem Hemd glatt zu streichen. Er wirkte sichtlich nervös.

»Du siehst großartig aus, Schatz«, sagte Maya aufmunternd.

»Als ich das Kollegium das letzte Mal gesehen habe, war der Haarausfall aber noch nicht so schlimm«, murmelte er und zupfte sich das graue Haar zurecht, ehe er sich einen etwas zerbeulten Hut aufsetzte.

»Du musst das nicht tun«, sagte Likah noch einmal zu Silwan.

Doch er lächelte nur beschwichtigend. »Es ist zu eurer Sicherheit, und mir passiert nichts. Ich bin froh, wenn ich meiner Tochter helfen kann. Ihr zwei haltet euch bedeckt, und wenn ich die Karte gefunden habe, könnt ihr euch immer noch ins Abenteuer stürzen, einverstanden?«

Likah wollte widersprechen, aber dann sagte sie doch nur: »Einverstanden. Danke.« Und sie meinte es ehrlich.

Nachdem er gegangen war, räumte Likah gemeinsam mit Caia und ihrer Mutter das Geschirr in die Spüle. Es war ein Moment, wie er normaler nicht hätte sein können, doch Likah kam einfach nicht zur Ruhe. Es fühlte sich falsch an, hier tatenlos herumzusitzen, während Silwan sich in Gefahr begab. Sie war es einfach nicht gewohnt, abzuwarten und darauf zu vertrauen, dass jemand anders die Verantwortung trug. Und obwohl sie wusste, dass der Plan, Silwan nach der Karte suchen zu lassen, am vernünftigsten war, fiel es ihr schwer.

»Wie wäre es, wenn wir uns ein bisschen die Zeit vertreiben, hm?«, unterbrach Maya in fröhlichem Tonfall die Stille. »Ich wollte sowieso ein Brot für heute Abend backen. Da könnt ihr zwei euch gleich was abschauen.«

»Ich hasse backen.« Caia stöhnte, aber hob die Hände, als wisse sie, dass es keinen Sinn hatte, den Vorschlag ihrer Mutter abzulehnen.

»Ich hasse es auch, Wäsche zu waschen, und trotzdem muss ich es machen, wenn dein Vater die Tage beschäftigt ist, also an die Arbeit!« Maya wedelte mit den Händen, als wolle sie Vögel aufscheuchen, und Caia schlurfte in die Vorratskammer, um mit einem kleinen Sack Mehl zurückzukommen.

Likah hatte noch nie zuvor Brot gebacken. Ihre Eltern hatten sie manchmal zur örtlichen Bäckerin mitgenommen und sie einen Laib aussuchen lassen, aber heute war das erste Mal, dass sie selbst Hand anlegte.

»Räumt ihr schon mal die Arbeitsplatte frei«, wies Maya sie an, während sie eine Waage aus dem Schrank kramte. »Und in der Schublade da drüben sind Schürzen.«

Likah krempelte sich die Ärmel hoch, während Caia ihr hinter dem Rücken die Schürze zuband. Caia steckte beide Hände in den Mehlsack und verrieb das Mehl auf der Arbeitsplatte.

»Das stinkt immer so«, klagte Caia, als ihre Mutter Hefe in warmem Wasser auflöste. Tatsächlich roch das Gemisch muffig, wie wenn man Kleidung nach dem Waschen nicht rechtzeitig aufhing.

Während Likah wartete, malte sie mit dem Zeigefinger Muster in die Mehlspuren.

»Hier, bitte einmal kneten!«, wies Maya sie an und stellte die Schüssel vor Likah auf die Platte.

Likah tat wie geheißen und grub die Hände mit einem lauten Schmatzen in den klebrigen Teig. Zuerst blieb er an den Fingern kleben, aber nach einiger Zeit wurde der Teig geschmeidiger und ließ sich zu einer glatten Kugel formen.

»Jetzt auf die Platte schlagen und drücken«, erklärte Maya weiter.

Likah ließ den riesigen Klumpen auf die Oberfläche fallen, und das Mehl stob in alle Richtungen auf.

»Ich glaube, ich mach das nicht richtig«, prustete sie, während Caia versuchte, die Mehlspuren aus Likahs schwarzem Haar zu entfernen.

Maya gab den Teig zurück in die Schüssel und deckte ihn ab. In einer Stunde würden sie das Prozedere noch einmal wiederholen.

Likah setzte sich auf den Küchenstuhl. Sie hatte nie gedacht, dass ihr etwas so Banales wie Brot backen Spaß machen könnte, aber die Arbeit mit den beiden Frauen war eine gute Ablenkung gewesen. Sie wünschte sich, sie hätte diese Freude mit den Zwillingen teilen können. Bestimmt hatten auch sie schon mit Shesir Brot gebacken. Doch sie würden dieses Glück in ihrem Leben behalten, und Likah musste es in wenigen Tagen wieder ablegen. Der Gedanke schmerzte sie mehr, als er sollte.

»Ich geh mal kurz Luft schnappen.« Likah stand auf, krempelte ihre Ärmel runter und verschwand allein in den Hintergarten.

Die kalte Luft roch nach Herbst, nach trockenen Blättern und reifenden Kräutern. Den ganzen Tag über war sie so beschäftigt gewesen, dass es kaum Raum gab für schwere Gedanken oder die Angst, das Septimat könnte sie aufspüren. Sie war einfach … glücklich gewesen. Wenn sie so darüber nachdachte, hatte sie heute erfahren, wonach sie seit Jahren suchte: einen Ort, an dem sie ihre Sorgen vergessen und sich geborgen fühlen konnte. Ein Zuhause. Und obwohl dieser Ort nicht Likahs Zuhause war, war das, was sie heute erlebt hatte, so nah dran wie noch nie.

Mit einem Seufzen öffnete sie die Augen und erkannte, dass sie früher oder später in die Wirklichkeit zurückkehren musste. Sie drückte sich hoch, spürte die rauen Backsteine im Rücken und streckte sich, als sie stand. Sobald Silwan die Karten gefunden hatte, musste sie ohnehin wieder aufbrechen. Aber bis dahin genoss sie die Zeit.

Likah lief hinüber zu den Beeten. Sie runzelte die Stirn. Die Blätter der Gemüsepflanzen waren gelb und welk.

»Tomaten neben Paprika«, murmelte sie. Ihr Vater hätte über Likah den Kopf geschüttelt, wenn sie zwei Nachtschattengewächse nebeneinander gepflanzt hätte.

Beete in der richtigen Mischkultur zu planen, war eine Wissenschaft für sich, hatte ihr Vater immer gesagt, und Likah beschloss, Maya bei nächster Gelegenheit von den verschiedenen Schädlingen zu erzählen, und wie sie ihre Pflanzen davon frei halten konnte, indem sie einfach die richtigen Nachbarn säte.

Am nächsten Tag kümmerte Likah sich um den Garten, um sich die Zeit zu vertreiben, bis Silwan mit Neuigkeiten zurückkam. Viel zu retten war nicht, denn der Herbst würde bald den ersten Frost bringen, und es gab nicht viele Pflanzen, die die Kälte überstehen würden. Also zupfte sie Unkraut und sammelte die Schnecken von den Salatköpfen. Die Tiere hinterließen eine kalte Schleimspur auf ihren Fingern, als sie sie vorsichtig in die andere Ecke des Gartens trug und dort unter die Hecke setzte. Nützen würde es nichts, aber Likah brachte es nicht über sich, die Nacktschnecken zu zertreten, und wiederkommen würden sie ja doch.

»Das ist eklig«, ertönte Caias Stimme hinter ihr.

Likah schob die Nacktschnecke von ihrem Finger, strich den Schleim im Gras ab und drehte sich dann um. »Das ist nur Schleim. Er schützt die Schnecken vor Krankheiten und dem Austrocknen, außerdem können sie sich ohne gar nicht fortbewegen.«

Caia schnaubte. »Das macht es nicht weniger eklig, aber schön, dass du so was weißt. Was treibst du hier?«

»Ich schaue, ob ich hier noch mehr tun kann, als Schnecken zu fangen«, erklärte Likah.

»Und?«

»Negativ.« Likah wischte den restlichen Schneckenschleim an ihrer Hose ab und pflückte eine grün gebliebene Tomate, die an einem trockenen Stiel mit welken Blättern baumelte. »Zum Düngen und Umpflanzen ist es leider schon zu spät, aber das macht nichts. Wir machen die Aussaat im Frühjahr einfach besser.«

Caia hob eine Augenbraue. »Wir?«

»Ich meine deine Eltern, natürlich«, sagte Likah schnell und wandte sich ab. Natürlich wusste sie, dass sie im Frühjahr nicht mehr hier sein würde. Aber die Vorstellung, Saatgut in einem der Geschäfte zu kaufen, die langsam auftauende Erde umzugraben und den erdigen Duft aus dem Winterschlaf zu heben, gefiel ihr so sehr, dass sie es für einen Moment vergessen hatte.

Eine warme Hand legte sich um ihre Taille, und Likah spürte Caia dicht hinter sich.

»Wenn du das Gärtnern so sehr magst, warum hast du nicht etwas bei Arkin angepflanzt?«, fragte Caia.

Likah brauchte einen Moment, um zu antworten. Den ganzen Rücken entlang griff Caias Körperwärme auf sie über und ließ sie schaudern, als der kühle Herbstwind über ihre Haut streifte. Likah griff Caias Hand, die leicht auf ihrer Hüfte lag, und lehnte den Kopf zurück, sodass er Caias Schulter berührte.

»Arkins Garten ist so hübsch wild«, sagte Likah. »Ich wollte nicht darin rumpfuschen. Es wächst eben alles so, wie es ist. In Almarek wird alles gestutzt. Ich habe mal gesehen, wie sie Winkelmesser benutzt haben, um die Hecken in einem Park zu pflanzen.«

»Kein Scherz?«, fragte Caia.

»Kein Scherz.«

Eine Weile standen sie schweigend da, aneinandergeschmiegt, und Likah fragte sich, was Caia dachte. Likah konnte ihren eigenen Herzschlag spüren, und das Blut kribbelte sie dort, wo Caia sie berührte. Ob Caia das Kribbeln auch spürte? Likah versuchte, unauffällig zu ihr hinüberzuschielen, doch es gelang ihr nicht.

Es war Caia, die Likah als Erstes losließ. »Ich glaube, ich habe die Vordertür gehört.« Sie lief los, zog jedoch Likah an der Hand mit sich. Likah folgte ihr und hing noch ein wenig länger dem klopfenden Herzen und der Verwirrung nach, die der Moment in ihr ausgelöst hatte. Sie gingen hinein ins Haus. Silwan war ebenfalls gerade angekommen und streifte sich die abgetragenen Lederschuhe von den Füßen und öffnete mit einem Klicken die Hosenträger, die er daraufhin in seinen Hosenbund klemmte. Man sah ihm die Nacht an, die er außer Haus gewesen war. Likah blieb knapp hinter Caia stehen und konnte kaum warten, ihn zu fragen, ob er etwas gefunden hatte, doch sie wollte nicht unhöflich sein und ihn direkt mit Fragen überfallen.

Doch Silwan kam ihrer Neugierde nach, noch ehe er den Flur verlassen hatte. »Ich hab's gefunden«, sagte er atemlos. »In Ladan. Angriana lag an der Küste von Ladan.«

Er hatte also tatsächlich eine Karte gefunden. Likah wollte sich freuen, dass sie einen Anhaltspunkt hatten, aber richtig gelang es ihr nicht. Ihre Abreise rückte unangenehm nahe.

»Hätten wir das gewusst, das nenn ich mal einen Umweg«, merkte Caia an. »Jetzt müssen wir den ganzen Weg zurück nach Kathasia.«

Ladan war eine Hafenstadt in Kathasia, die im Nordosten Nakitas am Ozean lag. Likah war noch nie dort gewesen, aber da ihre Heimatstadt Almarek ebenfalls an einem großen Hafen lag, wusste sie, dass tagtäglich so viele Gesichter durch solche Städte kamen, dass niemand sich an sie erinnern oder sie wiedererkennen würde. Das war gut, denn die Woche, die die Königin ihr und Arkin gewährt hatte, neigte sich dem Ende zu.

»Keine Sorge, wir gehen ja nicht sofort«, wandte Likah ein und strich Caia flüchtig über die Schulter. »Da dein Vater erst vor Kurzem im Archiv war, sollten wir noch ein, zwei Tage warten, bis sich alles beruhigt hat, ja?« Die Vorstellung gefiel Likah mehr, als sie sollte. Sie wusste, dass jeder weitere Tag es ihnen schwerer machen würde, schlussendlich aufzubrechen und sicher in Ladan anzukommen. Aber sie wollte nicht gehen – noch nicht.

Die nächsten Tage kam ihre Abreise nicht zur Sprache. Es war, als hätten sich alle stumm auf diese zwei Tage geeinigt. Weil es sicherer war. Um Caias Eltern nicht zur Last zu fallen, half sie Silwan beim Wäschewaschen und stand früher auf, um das Frühstück zuzubereiten. Die siebentägige Frist, die die Königin Likah gewährt hatte, verstrich, und Likah lebte sich immer mehr ein in das einfache Leben und vergaß die Verpflichtungen und die gefahrvolle Reise, die vor ihr lag. Vielleicht ignorierte sie diese Gedanken auch.

Es war ein rauer Herbstnachmittag, als das Thema, über das sie lange geschwiegen hatten, zur Sprache kam. Sie saßen mit wärmenden Teetassen am Küchentisch, weil der graue Himmel sie aus dem Garten ins Haus getrieben hatte, als Likah Maya gerade von ihren Plänen mit dem Garten erzählen wollte.

»Ich habe den Eindruck, dass es dir hier bei uns gefällt, Likah«, erhob Maya das Wort.

»Ja, natürlich«, sagte Likah, ohne weiter darüber nachzudenken.

»Und dass du gar nicht mehr gehen willst«, fügte Maya hinzu. Das Brodeln des Teekessels legte sich über das Schweigen, das eintrat.

Likah starrte in den Dampf, der aus ihrer Tasse nach oben stieg. »Ich wollte euch nicht stören.« Wurde es Caias Eltern nun doch zu viel? Likah konnte es ihnen nicht verübeln. Sie kannten sie schließlich kaum, und sie saß nun schon seit Tagen in ihrem Haus. Sie konnte es ihnen nicht vorwerfen, wenn sie wollten, dass Likah ging.

»Darum geht es nicht.« Silwans Löffel klirrte gegen das Porzellan, als er Honig in seinen Tee rührte. »Ich habe das Gefühl, du willst eigentlich gar nicht nach Angriana gehen und dich all diesen Gefahren stellen. Darum wollten wir dir sagen, dass du gern noch bleiben kannst.«

Likah versteifte sich, sie fühlte sich ertappt und wusste gleichzeitig nicht, wie sie mit diesem Angebot umgehen sollte.

»Wie meint ihr das?«, fragte sie vorsichtig, weil sie nicht glauben konnte, was sie da hörte.

»Genau so, wie wir es gesagt haben.« Maya lächelte und legte Likah eine Hand auf die Schulter. »Du kannst darüber nachdenken. Aber du schienst so glücklich die letzten Tage.«

Das war sie. Likah war glücklich und unbeschwert gewesen wie lange nicht mehr. Und die Verlockung, diese Zeit beizubehalten, war groß: im Frühling den Garten zu bepflanzen und ein ruhiges Leben mit Caia und ihrer Familie zu verbringen, alles, was sie je gewollt hatte. Mehr, als sie sich erträumt hätte.

Und doch konnte sie ihre Reise nicht länger aufschieben. Likah konnte das Verlangen, die Wahrheit über sich selbst zu erfahren, einfach nicht gegen diese ruhige Zeit eintauschen.

»Das ist nett, und ich weiß das zu schätzen. Aber hier geht es nicht nur darum, was ich will. Morgen früh brechen wir auf.«

Der Abschied war für Likah nicht sonderlich schmerzhaft. Sie war es gewohnt, nie zu bleiben.

KAPITEL 19

DER RAND DER KARTE

Nachdem sie Seva verlassen hatten, trieb Likah Schneestirn schneller an. Der Wind peitschte ihr ins Gesicht, und die Kälte kroch allmählich durch ihre Kleidung, obwohl sie bereits einen zweiten, mit Fell gefütterten Umhang trugen. Nach einigen Tagen erreichten sie den Grauwald, der Seran im Norden wie eine Sichel umschloss. Zweige knackten unter den Pferdehufen, als sie in das Dickicht einbogen.

Bald wurde Likah und Caia so kalt, dass sie beschlossen, den Rest der Nacht im Schutz der Bäume zu rasten. Schneestirn prustete, als Likah ihn an eine Erle band und ihren Rucksack in das Laub fallen ließ.

Caia lief los, um Feuerholz zu sammeln, während Likah aus dünnen Baumstämmen und Ästen einen provisorischen Unterschlupf zusammenbaute, den sie mit Blättern, Tannennadeln und Baumrinde auskleidete, damit die Wärme in der kleinen Nische haften blieb.

Nachdem Caia ein paar Zweige gesammelt und sie aufgeschichtet hatte, holte Likah das silberne Gerät aus der Tasche, das mit der Drehung eines Rädchens eine kleine Flamme aus dem oberen Ende spuckte, und hielt dieses an einen Haufen Blätter. Zunächst sonderte er nur Qualm ab, es zischte und knatterte, aber schließlich brannte es kläglich und griff auf die Äste über. Die Flammen reichten aus, um die Frauen ein wenig aufzuwärmen. Und obwohl es kalt war, fand Likah sich in einer vertrauten Situation. Es war unbequem, aber sie wusste genau, wie sie sich verhalten musste. Es gab ihr Sicherheit.

»Ich weiß nicht genau, wie lange der Proviant reicht«, sagte sie und reichte Caia einen Streifen getrockneten Fleisches.

Caia rutschte näher ans Feuer und schmiegte sich in ihren Umhang. »Wir kommen schon zurecht. Oder?«

»Ich bin dieses Leben gewöhnt«, antwortete Likah mit einem bitteren Lächeln. »Wenn ich auf Alia und Gem aufpassen konnte, werde ich dich schon auch durchfüttern.«

»Durchfüttern?« Caia verschränkte die Arme. »Du wirst schon sehen, ich werde dir keine Last sein. Ich lerne schnell.«

Likah lächelte und starrte zwischen den Spalt ihrer Knie auf den feuchten Boden. »Die beiden waren mir nie eine Last. Und du auch nicht.«

Caia umrundete ihre Feuerstelle und setzte sich neben Likah, sodass sie nun nahe beieinander in dem kleinen Unterschlupf saßen. »Möchtest du mir davon erzählen? Von deiner Zeit vor Arkin?«

Likah betrachtete für einen Moment die Sterne und ließ die Wärme des Feuers an ihren Händen knabbern, dann atmete sie tief aus und begann zu erzählen. Sie berichtete Caia, dass sie selbst noch ein Kind gewesen war, als sie die Zwillinge aufgelesen hatte. Sie erzählte, wie die drei entschlossen waren, sich ein eigenes Leben aufzubauen, und dafür zu Dieben wurden. Nur zögerlich berichtete sie von den Diebstählen selbst, obschon sie froh war, in Caias Gesicht kein Urteil zu finden.

Sie zögerte, von ihren Eltern zu erzählen, doch nachdem Caia ihr so aufmerksam und verständnisvoll zuhörte, berichtete Likah ihr auch davon. Sie erzählte von ihrer Kindheit, wie ihre Eltern sie fortgeschickt hatten, und schlussendlich vertraute sie Caia auch das letzte Zusammentreffen mit ihrem Vater an, und wie sie vor dem Grab ihrer Mutter von beiden Abschied genommen hatte. Caia war da, legte einen Arm um Likah, und als die Erzählung schließlich versiegte, war Likah erleichtert. Caia hatte ihr zugehört. Sie war nicht allein. Dankbarkeit erfüllte sie darüber, dass sie diese Reise nicht allein durchstehen musste.

Zwei Tage später durchquerten sie immer noch den Grauwald. Likahs Nasenspitze war kalt, und unter den Handschuhen froren ihre Finger, aber sie bemühte sich, sich nichts anmerken zu lassen.

»Weiter vorne ist ein Dorf«, sagte sie mit Blick auf die Karte. »Das müssen wir umgehen. Ich will nicht, dass uns jemand erkennt.«

Caia grummelte. »Dann könnten wir aber heute Nacht wenigstens in einem vernünftigen Bett schlafen und ein paar Vorräte mitnehmen.«

»Du bist ein richtiges Stadtkind.« Likah schnaubte, doch sie musste zugeben, dass Caia sich wacker hielt. Trotz der Isolierung des Unterschlupfes war es kalt in den Nächten, und Caia hatte sich nicht beschwert.

»Tu nicht so, du hast auch gefroren«, gab Caia zurück. »Trotzdem sollten wir uns etwas zu essen besorgen.«

Likah nickte. »Lass mich das erledigen.«

Aufmerksam schärfte sie Blick und Ohren. Zu dieser Jahreszeit, wenn der fade Nebel die Wälder feucht und blass machte, waren Wildtiere leichter zu erkennen. Angestrengt spähte sie zwischen den Bäumen hindurch, ob nicht irgendwo ein ahnungsloses Tier an den letzten Blüten knabberte. Sie bedeutete Caia, ihr zu folgen. Sie schlichen durch den Wald, und schließlich, am Rand eines Baches, sahen sie ihn: einen jungen Hirsch, einen Dreiender, der seinen Durst in dem eisigen Kristallwasser stillte.

Likah legte einen Finger auf die Lippen und nahm ein

Fläschchen aus der Tasche, ein lähmendes Gift, das sie gemischt hatte. Sie hatte die Zwillinge damals nur sehr ungern mit auf Jagden genommen, aber die beiden hatten schnell verstanden, weshalb sie es taten, und Likah hatte sie immer gelehrt, demütig mit dem zu sein, was sie hatten.

Likah nahm ihr Messer zur Hand, öffnete das Fläschchen und benetzte die Klinge mit dem Gift.

»Was soll das werden?«, fragte Caia unsicher.

»Ich wollte uns was zu essen besorgen«, erwiderte Likah schlicht. »Und ich hab nun mal nichts zum Schießen, aber ich werfe die Messer eigentlich ziemlich präzise, also keine Angst.«

»Du willst dieses Tier vergiften und mit einem Messer abwerfen?«

Likah hob die Augenbrauen. »Du isst doch Fleisch.«

»Schon, aber ... ich töte keine Tiere.« Caia sah nicht Likah an, sondern in Richtung des Hirsches, und machte einen unsicheren Schritt rückwärts.

Likah verstand sie. Als jemand, der es nicht gewohnt war, für das eigene Überleben zu sorgen, war es leicht, die Verantwortung nicht bei sich zu sehen. Aber sie wollte ihrer Freundin diesen Gewissenskonflikt nicht aufladen.

»Weißt du was, es gibt noch genug anderes Essbares im Wald um die Jahreszeit.« Sie wischte das Messer an einer Handvoll Blättern ab und steckte es wieder weg. »Ich besorge uns was, du gehst zurück zu Schneestirn und passt auf ihn auf. Ich komme gleich nach.«

Caia biss sich auf die Unterlippe und blickte zurück. »Kommst du zurecht?«

»Beim Pilzesammeln?« Likah hob die Augenbrauen.

Caia zuckte mit den Schultern und sah etwas geknickt aus. »Ich kümmere mich um Schneestirn. Der arme Kerl hat ja wirklich zu schuften.«

Likah lächelte und atmete langsam, um ihren Herzschlag zu beruhigen. Dann drehte sie sich um und richtete ihren Blick gen Waldboden. Das Wetter war feucht, sodass die Pilze aus dem Boden sprossen wie Unkraut. Der erdige Geruch vernebelte ihren Geruchssinn, als sie eine Gruppe Steinpilze aus der Erde grub.

Dann drang das Rascheln und Knacken von einem Haufen Blättern an ihre Ohren. Sie hörte Caia erschrocken nach Luft schnappen. Der Waldboden aus Blättern, Ästen und Steinen rollte wie eine Lawine den Hang hinab, und Caia stürzte mit den Armen rudernd in die Böschung. Likah sprang auf und rannte zum Rand des Abhangs. Unten lag Caia und war mit dem Rücken gegen einen Baumstamm geknallt. Sie hatte die Augen zusammengekniffen und atmete langsam mit offenem Mund. Vorsichtig setzte sie sich auf und tastete nach ihrem Knie.

Die Hacken in den Boden geschlagen, rutschte Likah hinunter, und sobald sie unten angekommen war, warf sie sich auf die Knie und nahm ihre Freundin bei den Schultern.

»Bist du verletzt?«, fragte sie schnell. »Zeig her.«

Caia presste den Kopf rücklings gegen den Baumstamm. Ihr Gesicht war bleich wie Marmor.

»Nur der Schock«, stöhnte sie. »Geht gleich wieder.«

Barsch schob Likah Caias Hände beiseite, krempelte ihren Stiefel nach unten und schob behutsam das Hosenbein über ihr Knie. Caia keuchte, als der Stoff an ihrer Kniescheibe rieb.

»Von wegen«, murmelte Likah. »Du überschätzt dich wirklich.« Caias Knie war an den Seiten blau angelaufen und angeschwollen. »Kannst du es bewegen?«

Caia versuchte es, aber die Regung entlockte ihr einen Schmerzenslaut. »Tut mir leid. Ich hätte besser aufpassen sollen.«

»Unsinn. Das ist nicht deine Schuld. Wir müssen dich zum Lager bringen, dann können wir das versorgen.«

Caia biss die Zähne zusammen und krallte die Hände in den Baumstamm hinter sich, um aufzustehen, doch dann keuchte sie vor Schmerz und sank zurück auf den Boden.

»Lass mich dir helfen.« Likah streckte die Hände aus und wollte Caia hochhieven, doch diese schlug sie weg.

»Ich bin viel zu schwer für dich!«

»Hör jetzt auf mit dem Quatsch.« Likahs Stimme wurde schärfer. »Du bist verletzt, jetzt lass mich dir helfen, damit wir überhaupt noch vom Fleck kommen und das behandeln können. Vertrau mir mal, ausnahmsweise weiß ich, wie das geht, klar?«

Diesmal ließ Caia sich helfen. Likah hockte sich neben ihr hin, schob die Arme unter ihre Achseln und half ihr, aufzustehen. Mit Likah als Stütze konnte Caia humpeln, auch wenn ihr Atem schwer ging und sie die Zähne fest zusammenbiss.

»Das kommt mir irgendwie bekannt vor«, sagte Likah und lächelte Caia an, um sie zu erinnern, wie sie vor nicht allzu langer Zeit Likah eine Waldböschung hinaufgetragen hatte, doch Caia ging nicht darauf ein.

Oben angekommen, ließ Likah Caia vorsichtig hinab und reichte ihr eine der Wasserflaschen, die sie dabeihatten. Die Außentemperatur hatte sie abgekühlt.

»Kühl das damit, ich kümmere mich um den Verband, und dann musst du das Knie hochlagern.«

»Es tut schon gar nicht mehr weh«, widersprach Caia. »Wirklich, es ist alles gut.«

Likah kramte einen Verband aus der Tasche. »Das glaube ich kaum. Winkel das Knie mal bitte an.« Sie half Caia dabei.

»Ich kann das selbst.« Caia wollte ihr den Verband aus der Hand nehmen, doch nun war es an Likah, ihre Hände beiseitezuschieben. Sie begann damit, das Gelenk zu umwickeln, ohne auf ihre Freundin zu antworten.

»Likah, hörst du mir überhaupt zu?«

»Sicher höre ich dir zu.«

»Dann hör auf, mich wie ein Kind zu behandeln! Ich weiß, wie man das macht.« Caia entriss ihr den Verband und umwickelte ihr Knie. »Ich bin nicht so hilflos, wie du glaubst, klar?«

»Warum bist du denn auf einmal so sauer?« Likah verstand nicht. Sie hatte Caia nur helfen wollen, die Verletzung zu versorgen, und sie spielte jetzt die Einzelkämpferin?

»Es ist nichts, aber du reagierst über.« Grob stopfte Caia das Ende des Verbands fest.

Likah reichte ihr die Flasche zum Kühlen. »Mit so einer Verletzung kannst du nicht weiterreisen, wenn wir sie nicht behandeln.«

»Ich halte uns nicht auf. Wir können einfach weitergehen, ich schaffe das schon.«

»Wenn du dein Knie jetzt belastest, wird es anschwellen.«

»Und wenn schon. Ich bin doch nicht mitgekommen, um dich aufzuhalten.«

»Du fühlst dich schuldig«, stellte Likah fest. Daran, wie Caia den Blick abwandte, wurde ihr klar, dass sie recht hatte.

Sie setzte sich neben Caia. »Schau, wir sehen morgen, wie schlimm es ist, und wahrscheinlich kannst du dann auf Schneestirn reiten, und wir können weiterziehen. Ich möchte, dass du gesund bleibst. Und ich bin froh, dass du mitgekommen bist. Ich wüsste nicht, was ich tun sollte, wenn du nicht hier wärst. Du kannst nichts für deine Verletzung.«

Caia lehnte den Kopf an Likahs Schulter. Sie sagte nichts, aber Likah hoffte, ihr das schlechte Gewissen genommen zu haben. In dieser Nacht schliefen sie früh.

Likah trieb sanft hin und her, während ihre Füße im kühlen Sand des Meeresgrundes steckten. Licht, Geräusche, Empfinden, alles war dumpf vom Wasser um sie herum. Bläschen kitzelten über ihre Wangenknochen. Salzige Finger kratzten über ihre Lippen, und weit oben schimmerte eine Prise Licht, die sich unten verlor.

»Likah.« Es war eine volle Frauenstimme, die nach ihr rief, sanft und melancholisch. »Endlich … endlich erhörst du meinen Ruf.«

Likah öffnete mühevoll den Mund. Ihr Körper fühlte sich an wie Blei, so müde war sie. »Wer bist du?«

Ein gemäßigtes Kichern wallte in der blauen Düsternis. »Du weißt, wer ich bin, Tochter des Feuers.«

»Angriana?« Der Name lastete schwer auf Likahs Zunge. Zu groß war die Angst, sie könnte recht haben.

»Ja, mein Kind. Du befindest dich auf dem rechten Weg. Zu den Antworten, nach denen du suchst.«

Likah wandte träge den Kopf, als sie versuchte, den Ursprung der Stimme auszumachen. »Wieso sprichst du zu mir?« Sie kämpfte verzweifelt gegen die Müdigkeit an, die sie zu überrollen drohte. »Wer bin ich?«

»Ich kann nicht länger bleiben«, entgegnete die Dämonin mit weichem Laut. »Folge deinem Gefühl, es wird dich leiten, und du wirst alles erfahren, was du wissen musst. Jetzt, da du gekommen bist, um mich zu finden.«

»Nein, warte!« Likah streckte beide Hände aus, obwohl Angrianas Stimme aus keiner definierbaren Richtung gekommen war. Doch jetzt, da Antworten so nahe waren, wollte sie sie auf keinen Fall gehen lassen.

»Ich warte auf deine Rückkehr, Likah Laien …« Damit entwich Angriana, und Likah war allein. Allein in unerreichbarer, kalter Dunkelheit.

Likah erwachte langsam, und obwohl sie kalte, aber trockene Luft atmete, ging ihr Puls langsam, als hätte ihr Körper noch nicht begriffen, dass sie nicht mehr unter Wasser war. Verwirrt blinzelte sie in die Helligkeit. Die Baumkronen über ihr wankten und schienen sich um sie zu drehen. Noch einen Moment länger blieb sie liegen, ehe sie sich aufsetzte. Caia neben ihr schlief noch, daher stand sie auf, um einen kleinen Spaziergang zu machen und die Schwere ihres Traumes abzuschütteln. Arkins Falke begleitete sie.

Während sie lief, begann Likah, mit dem Wind zu spielen, ließ ihn singen und pfeifen, sie umrunden und wild durch die Bäume jagen. Dem Falken schien das zu gefallen, denn er tanzte auf den Böen und stieß schrille Freudenschreie aus, wenn der Wind ihn in die Lüfte fegte. Likah machte sich einen Spaß daraus, ihn aus der Flugbahn zu bringen, ohne ihm tatsächlich zu schaden.

Sie lief beschwingt weiter und versuchte dabei, nicht an ihren Traum zu denken. Angriana hatte zu ihr gesprochen, das war nicht zu leugnen, und Likah wusste nicht, wie sie damit umgehen sollte. Angriana hatte ganz und gar nicht wie eine böse Dämonin geklungen, sondern sanft und freundlich. Ob Arkins Meister ähnliche Träume gehabt hatte? Wenn sie tatsächlich diese Verbindung zu Angriana hatte, musste sie herausfinden, was es bedeutete, und dann … was dann? Die Verbindung brechen? Sich die Tätowierung vom Leib schaben? Sie hatte sich aufgemacht, die Wahrheit zu finden und ihre Unschuld zu beweisen, aber jetzt war sie sich nicht mehr sicher, ob diese beiden Dinge zusammenpassten.

Unruhe sammelte sich in ihrem Körper, Angst davor, was sie erfahren könnte. Für einen Moment überlegte sie, das drängende Gefühl in sich zu ignorieren, das sie in den letzten Tagen immer stärker spürte. Es war wie ein Ziehen, das ihr den Weg weisen wollte, ein innerer Kompass. Wenn es der Weg war, von dem Angriana wollte, dass sie ihn beschritt, war es vielleicht der falsche.

Aber sie konnte nicht umkehren. So viele Leute hatten ihr geholfen: Arkin hatte sie gedeckt, Caia begleitete sie, ihre Eltern hatten die Karte besorgt. Likahs Ziel war Angriana, und so schrecklich die Wahrheit auch sein mochte, die sie erfahren würde, sie hatte keine Wahl. Für Likah gab es kein Zurück mehr.

Ich warte auf deine Rückkehr, Likah Laien, hatte Angriana zu ihr gesagt.

Sie war nachdenklich, als sie zum Lager zurückkehrte. Der Falke flog direkt zum Unterschlupf, wo Caia sich gerade regte.

Likah lächelte und ging zu ihr. »Wie geht es dir?«, fragte sie. Caia sah schon weniger bleich aus, wie sie erleichtert feststellte.

»Viel besser, es tut fast gar nicht weh.«

Caia machte Anstalten aufzustehen, aber Likah hielt sie zurück. »Bleib sitzen. Du musst dich noch schonen. Ich bereite alles vor, dann bekommen wir dich irgendwie auf Schneestirns Rücken und können weiterziehen.«

»Na gut«, lenkte Caia ein.

»Prima, dann kann es ja weitergehen.« Likah klatschte in die Hände. »Bereit, Ladan zu sehen?«

Caias Augen leuchteten. »So was von.«

KAPITEL 20

DER STURM

Die Küste salzte den Wind, je näher sie der Hafenstadt Ladan kamen. Likah schmeckte das Meer in jedem Atemzug, die Luft wurde rauer und kitzelte auf ihrer Haut. Schneestirns Fell zerzauste, und der Rappe nieste häufig. Jetzt, da sie den Grauwald verlassen hatten, brütete die Sonne über ihnen, und Likah war froh über die Wärme, auch wenn sie allzu rasch vom Wind hinfortgeweht wurde.

»Ungemütlich«, sagte Caia hinter ihr mit bibbernden Zähnen. »Aber irgendwie romantisch, oder?«

»Findest du?« Likah schnalzte mit der Zunge, sodass Schneestirn das Tempo anzog. Caia umklammerte Likah fester. Likah nahm die Zügel ein wenig enger, weil sie hörte, wie Caias Atem flacher wurde. Ihr Knie schmerzte noch immer.

Als sie vor der Stadtbrücke Ladans standen, war Caias Mund offen vor Staunen. »Wahnsinn!«

Das Meer hatte eine Kluft ins Land gefressen, sodass die Stadt selbst vom Festland abgeschnitten war. Ladan war eine Insel, die nur durch Brücken an das Land gebunden war. Unten sprudelte die salzige Geißel, die die Stadt früher oder später zu sich nehmen würde.

Für den Moment aber erhob sich die Stadt um den größten Hafen Kathasias wie eine Krone aus Sandstein in die Höhe. Häuser und Türme stapelten sich gelb und weiß in der Stadt, und etliche Flaggen zierten die helle Pracht. Sie schlugen im Wind wie jauchzende Kinder, und die Böen ließen nur Fetzen der Menschenstimmen verlauten.

Likah half Caia, vom Pferd zu steigen. Ehrfurchtsvoll humpelte sie über die Brücke, die in die Stadt führte. Eine niedrige Mauer umgab Ladan, aber das Tor war immer geöffnet, und es waren nie Wachen davor postiert. Likah versteckte das Gesicht unter der Kapuze ihres Umhangs.

Likah verschränkte die Hände vor ihrem Körper und atmete tief durch. Vielleicht hatte Arkin ihr so viel Zeit verschaffen können, dass die Nachricht noch nicht bis hierher vorgedrungen war. Vielleicht wusste man hier noch nichts von ihrer Flucht. Dennoch verfolgte Likah ein stechendes Kribbeln, als sie in Ladan zum ersten Mal wieder auf andere Menschen traf. Sie fühlte sich beobachtet.

Sie griff Caia beim Handgelenk und zog sie nah an sich heran, damit sie ihr ins Ohr flüstern konnte.

»Wir machen uns auf den Weg zum Hafen«, sagte sie leise. »Und nehmen ein Schiff.«

»Du glaubst, Angriana ist draußen auf dem Meer?«

Likah schüttelte den Kopf. »Nein. Unter dem Meer. Angriana ist versunken. Es muss auf dem Meeresgrund liegen.«

»Woher weißt du das?«, wollte Caia wissen.

»Würdest du mir glauben, wenn ich dir sage, dass ich es einfach im Gefühl habe?«

»Ja.«

»Ich weiß nicht, was das zu bedeuten hat, aber je näher wir kommen, desto stärker wird dieses Gefühl.« Likah hielt kurz inne und sah sich um, doch niemand beachtete sie weiter. »Ich würde es verstehen, wenn du nicht mitkommen willst.«

Caia schüttelte entschlossen den Kopf. »Ich will mitkommen.«

Endlich folgst du meinem Ruf, hatte Angriana gesagt.

Likah schauderte. Was immer dieses Gefühl zu bedeuten hatte, genau wie ihre Träume verhieß es sicher nichts Gutes. Sie brachten Schneestirn in einen der Ställe am Stadtrand und zahlten seinen Aufenthalt dort im Voraus. Schneestirn schien wütend, dass sie ihn verließ, aber sie küsste ihn auf die Nüstern und versprach, bald zurück zu sein. Dann machte sie sich mit Caia auf den Weg zu den Häfen.

Sie durchquerten Gassen mit Häusern, die auf grauen Steinfundamenten fußten, Holz bildete die Stützbalken der mit Schilf gefaserten Dächer, und der Geruch des Meeres haftete jedem Meter der Stadt an. Aufgefädelte Muscheln klirrten wie Windspiele über den Veranden, feine Sandschichten bedeckten die Holzgeländer, und die Wege waren mit grobem Sandstein gepflastert. Ein Mädchen hing kopfüber von einem Geländer und lachte Caia an. Likah lächelte. Das Mädchen erinnerte sie an eine ältere Version von Alia, mit ihren munter springenden Zöpfen und dem Leuchten in den Augen. Das hier hätte Likahs Haus sein können, in dem sie mit den Zwillingen lebte. Es war eine schöne Vorstellung. Likah erntete frisches Gemüse aus dem Garten, während Caia die Kleidung der Zwillinge flickte, und die Zwillinge tobten über das kleine Gelände. Es war eine Wunschvorstellung, und Likah wusste das. Sie vertrieb das geschönte Bild aus ihrem Kopf.

Die Menschen schleppten Körbe mit Fisch und anderem Meeresgetier durch die Straßen, ein älterer Herr wischte die Glasscheiben der Straßenlaternen, und aus einem Fenster im zweiten Stock schmachtete ein Junge die Schmiedin gegenüber an.

Die fröhliche Stimmung verwehte, als die beiden den Hafen sahen. Der Wind raute das Meer auf, Möwen flatterten über den sich rasch wandelnden Himmel, und die Seeleute hetzten von einem Punkt zum nächsten. Da wurden Befehle gebrüllt, Fracht einander zugeworfen und Segel gehisst.

»An Bord, wird's bald!«, hörte Likah eine harsche Männerstimme rufen. »Lausebengel, alle miteinander. Meine Mutter hätt euch schon beigebracht, anständige Seemänner zu werden.«

Caia kicherte. »Reizend.«

Likah schnitt eine Grimasse, die Caia aufgrund ihrer Kapuze nicht sehen konnte. »Ich hab Seeleute nie gemocht. Viel zu eigen.«

»Aber die Abenteuer, die sie erleben! Und die Geschichten!«, rief Caia. Ihr Wangen glühten vor Aufregung. »Als kleines Mädchen wollte ich immer in See stechen. Und die größten Seeungeheuer als Trophäen mit nach Hause bringen.« Sie breitete ihre Arme aus, als würde sie sich sofort ins Abenteuer stürzen wollen.

Likah verdrehte die Augen. »Seeungeheuer? Du hast echt zu viel Seemannsgarn gehört.«

»Dass ausgerechnet du nicht an Seeungeheuer glaubst –«

»Oi, Mädels! Ihr steht meiner Crew im Weg.« Es war eine raue Stimme, die klang, als hätte die Besitzerin schon ihr ganzes Leben lang die salzige Meeresluft inhaliert.

Gesprochen hatte eine Frau in weißer Kapitänskleidung. Das kurz geschnittene blonde Haar lag eng unter ihrer Mütze, und sie hatte eine kerzengerade Haltung, wie der Hauptmast eines stolzen Schiffes. Als weder Likah noch Caia etwas sagten, trommelte sie mit ihren Fingern auf dem Unterarm.

»Hört ihr schlecht? Macht den Weg frei, die Passagierschiffe sind überhaupt nicht hier.« Sie wedelte mit den Händen, wie um Fliegen zu verscheuchen. »Da müsst ihr zum Austerndock. Im Osten.«

Statt sich fortzubewegen, fragte Likah: »Sie haben ein Schiff?«

Die Frau blinzelte verwirrt, dann schüttelte sie den Kopf. »Käpt'n Trova für euch Seeigel. Ihr seid wohl nicht von hier.«

»Wir brauchen ein Schiff und eine Besatzung, die uns an einen bestimmten Ort segeln können«, erklärte Likah.

»Passagierschiffe am Austerndock«, wiederholte Trova. »Wohin wollt ihr, Seeigel?«

»Das ist es ja«, sagte Likah und wurde leiser. »Wir sind nicht hier, um weiterzureisen. Auf uns wartet ein kleines Abenteuer.«

Trova lachte, dann taxierte sie den Schatten, den sie von Likahs Gesicht erkennen konnte. »Ein Abenteuer? Versucht euer Glück im Trunkenen Seestern. Da solltet ihr 'n paar Trottel zusammenbekommen, die verrückt genug sind, Abenteuer in diesen Gewässern erleben zu wollen.«

»Wieso?« Caia legte den Kopf schief. »Warum verrückt?«

»Niemand segelt gern über die Nord-Ost-Kante. Zu viele Unfälle. Zu viele Schiffe, die nicht zurückkommen. Zumindest nicht im Ganzen. Die Schiffe hier laufen bloß nach Yol-Khor und Ganoire aus.«

»Ich zahle gut«, erwiderte Likah kühn. »Haben Sie Tauchausrüstung auf Ihrem Schiff?«

»Du bist mir eine!« Trova zeigte einen silbernen Eckzahn, als sie grinste. »Wohin soll's denn gehen, bis ans Ende der Welt?«

»So ähnlich«, murmelte Likah. »Aber vorerst raus aufs Meer. Ich navigiere.«

»Mädel! Wie eine Seefahrerin siehst du mir nicht aus.«

»Bin ich auch nicht. Ich weiß, wo es langgeht, Sie wissen, wie man das Schiff steuert, und zusammen ergibt das einen schönen Haufen klingelnder Münzen für Ihre Taschen.«

»Von wie viel sprechen wir da, wenn du mich schon darum bittest, Schiff und Kragen zu riskieren?«

Likah lächelte spitzbübisch und ließ einen Lederbeutel

auf ihrer Hand hüpfen. Er bewegte sich ob des Gewichts darin nur schwerfällig und klimperte verheißungsvoll. »Ich habe also Ihr Interesse geweckt.«

Zwei Stunden später war die Sache geritzt. Trova hatte ihre Besatzung versammelt. Beide Hände in die Hüften gestemmt und die Nase in den Wind gereckt, richtete sie ihre kräftigen Worte an die Crew. »Verstanden, Matrosinnen und Matrosen? Wir bringen unsere beiden abenteuerlustigen Seeigel hier raus aufs Meer. Destination: unbekannt.«

»Seit wann sind Sie wieder auf Abenteuer aus, Käpt'n?«, fragte eine der Matrosinnen.

Trova hielt Likahs Lederbeutel hoch. »Seit für uns hübsches Gold dafür rausspringt. Alle, die sich gut machen, dürfen sich einen saftigen Anteil abgreifen.«

»Aber die Gewässer sind gefährlich, Käpt'n«, gab einer zu bedenken. Er war groß und breit gebaut, aber sein Rücken war krumm und die Schultern zusammengezogen. »Das sagen Sie selbst immer. Meine Cousine kannte einmal einen Seemann, der –«

»Schluss jetzt mit den alten Geschichten«, schnappte Trova. »Wem die Knie schlottern, bleibt bei den Landratten. Diejenigen unter euch, die genug Mumm haben, unter meiner Flagge zu segeln: An Bord! Ich will kein Gejaule hören.«

Zögerliches Murmeln, dann reckten die Mitglieder der Besatzung die Fäuste in die Höhe und johlten.

»Aye, Käpt'n!«, rief ein junger Bursche, der mit seinem blau karierten Kopftuch verwegen aussehen wollte, aber so wirkte, als hätte er sich ein Geschirrtuch um den Schopf gewickelt. »Für Ruhm und Reichtum!«

Trova lächelte zufrieden. Ihre Besatzung lud Proviant aufs Schiff, die Ruder wurden eingeölt und Segel überprüft, während sich in Likah allmählich ein Engegefühl einnistete. Angriana lag irgendwo da draußen auf dem Meeresgrund. Das wusste sie einfach. Ehe sie den wankenden Holzboden des Schiffes betrat, schluckte sie schmerzhaft. Sobald sie den Hafen verließen, gab es kein Zurück mehr. Egal, wie das, was sie am Ende fand, aussehen mochte. Die Wahrheit, die sie retten sollte, musste irgendwo da draußen auf sie warten.

Sie versuchte, den Seeleuten nicht zu sehr im Weg zu stehen, als diese Fässer mit Hanfseilen befestigten, an dem riesigen grau-grünen Segel herumnestelten und die Ruder durch die Öffnungen schoben. Caia beobachtete all das fasziniert. Ungeachtet ihres angeschwollenen Knies machte sie einen kleinen Hüpfer, als wolle sie loslaufen und die Seeleute ausfragen, sodass Likah sie zurückziehen musste. Likah musterte gern ihr vor Freude glänzendes Gesicht. Caia vermochte es, auch in schwierigen Situation ehrlich zu lächeln. Sie hatte sich einen schützenswerten Teil Kind bewahrt, von dem Likah gehofft hatte, dass auch Alia und Gem ihn nie verlieren würden. Irgendwann nach diesem Abenteuer würden sie wieder beisammen sein. Und Likah war fest entschlossen, die Kindheit mit den Zwillingen nachzuholen. Sachte lehnte sie die Stirn an Caias Schulter. Sie war so froh, dass ihre Freundin bei ihr war.

»Segel setzen!«, bellte Trova über das Deck, dass die Möwen auf dem Mast erschrocken aufflatterten. »Setzt Kurs auf das offene Meer. Nordwärts!«

»Aye!«, erscholl es aus einem Dutzend Mündern.

Die Besatzung sprang an die Ruder. Kräftige Arme drehten die Holzplanken durch das spritzige Meerwasser, und schließlich lief das Schiff aus. Likahs Magen schwebte einen Moment in der Luft, und sie hielt sich an der Reling fest. Seile wurden losgelassen, und das Segel stieg empor, blähte sich im Wind, und dann pustete der Luftzug sie aus der

Bucht. Likah lehnte sich weit über Bord und sog die bissige Meeresluft in sich auf.

Sie hatte nie eine derart ungezähmte Schönheit erlebt. Selbst die Winde hoch oben auf Schloss Falkenschwinge waren niemals so herrisch und gleichzeitig erhaben gewesen wie die raue Krone des Meeres. Sie genoss das Gefühl, sich klein vorzukommen und sich dieser Macht hinzugeben, gegen die sie ohnehin nicht ankam. Trotzdem, dachte Likah, es hätte seinen Reiz, es zu versuchen.

»He, Seeigel!«, kam es barsch hinter ihr. Trova feixte, als Likah sich zu der Kapitänin umdrehte. »Noch nie Meeresluft geschnuppert, was?«

Likahs Augen leuchteten. »Noch nie von einem Schiff aus.«

»Freiheit schmeckt salzig.« Trova seufzte und stützte sich auf die Reling. »Ein wenig bitter, aber immer anders. Ich könnte mir kein Leben ohne das Segeln vorstellen.«

»Sie sind ungebunden«, sagte Likah, doch sie blickte Trova nicht an, und auch deren Blick lag auf dem immer kleiner werdenden Fleck namens Ladan. »Das muss toll sein.«

»Ungebunden? Wie man's nimmt, Seeigel. Und du wirst mir wohl nicht erzählen, wonach genau ihr beide sucht?«

Likah schüttelte den Kopf und zog die Kapuze tiefer ins Gesicht. »Das würde Sie in Gefahr bringen. Mehr als diese Gewässer. Glaubt mir.«

Die Kapitänin zuckte mit den Schultern. »Ich will mich nicht tiefer in so was verstricken als nötig.«

»Dachte ich mir doch, dass Sie die richtige Wahl sind.«

Trova schnaubte. »Du wirst uns sagen müssen, wohin wir segeln sollen.«

»Haltet nach rechts.« Likah zögerte nicht bei ihrer Antwort.

»Irham! Nach Steuerbord!«, rief Trova, und das Schiff neigte sich sachte.

Als Likah auf das Meer hinausschaute, verpuffte allmählich ihre Euphorie, und Unruhe kam in ihrem Inneren zu einem Sturm auf. Ihre Fingernägel fuhren die Rillen im Holz nach, während sie nachdachte. Sie konnte Caia nicht auf den Meeresgrund mitnehmen. Likah wusste nicht, was sie dort unten vorfinden würde, und so sehr die Angst sie auch lähmte, sie konnte das ihrer Freundin einfach nicht zumuten.

Warme Arme umschlossen ihre Hüfte. Sie hörte Caias Stimme dicht an ihrem Ohr. »Woran denkst du?«

Likah schmiegte ihren Rücken in die warme Berührung. »An das, was noch kommt.«

»Hast du Angst?«

»Ja.«

Caia drückte sie fester. »Du bist mutig, Likah. Die tapferste Person, die ich kenne.«

»Ich habe keine Wahl«, entgegnete Likah tonlos.

»Du könntest wegrennen«, flüsterte Caia, sodass ihre Worte beinahe vom Wind verschluckt wurden.

Likah lachte trocken. »Du nennst es Mut, aber in Wahrheit habe ich nur noch mehr Angst davor, dass sie mich finden, als vor dem, was mich hier erwartet.«

Caia schwieg. Sie lehnte sich an Likah, und sie verblieben in der Umarmung, bis der blaue Himmel über dem Schiff sich der Nacht übergab. Die Dunkelheit war schnell gekommen, und Likah spürte, dass sie Angriana jetzt sehr nahe waren. Ihre Brust glühte und drängte sie. Likahs Herz hämmerte, als sie sich von Caia löste und zu Trova hinüberlief.

»Es ist nicht mehr weit«, sagte sie. »Korrigiert nach links und macht die Tauchausrüstung bereit.«

Trova hielt die Augen gen Himmel gerichtet und runzelte die Stirn. »Das ist seltsam«, sagte sie, als ihr Blick den wolkenverschwommenen Himmel abtastete. »Laut unseren Berechnungen müssten wir noch Tageslicht für etwa vier Stunden haben. Und es sieht nach Sturm aus da drüben.«

Trova hatte recht. Der Himmel vor ihnen war ein graues Gemisch aus zornigen Wolken, die die Sterne darunter beinahe gänzlich erstickten. Die Luft war dick und schien unter Spannung zu stehen, der Wind passiv, als würde er sich sammeln, um doppelt zurückzuschlagen.

»Verstehe.« Likah nickte. »Dann bereitet das Tauchboot vor. Reicht der Tank aus, um von hier aus zurück zur Küste zu gelangen?«

Trova zögerte. »Mit der Reserve vielleicht. Aber bei diesen Wetteraussichten wäre es klüger, den Sturm zu umfahren und später wiederzukommen.«

»Das wird nicht nötig sein. Sie fahren zurück nach Ladan, ich gehe von hier aus allein weiter. Sie müssen verschwinden, bevor der Sturm hierherzieht.«

»Da gibt es nur ein Problem«, wand Trova ein. »Ihr passt nicht beide ins Tauchboot.«

»Was?« Caia trat neben Likah. »Wieso haben Sie das nicht gleich gesagt?«

Likah legte ihr eine Hand auf die Schulter. »Das ist schon in Ordnung. Du fährst mit ihnen zurück, und ich werde nachkommen, sobald das hier erledigt ist.«

»Auf gar keinen Fall, ich habe dir gesagt, dass ich mit dir kommen würde, und das meinte ich auch.«

»Ich weiß, und das bedeutet mir viel, aber wir passen nun mal nicht beide ins Boot.« Sie nahm Caias Hände und schaute ihr tief in die Augen. »Ich komme zurück, das verspreche ich dir.«

Caia holte tief Luft, um zu antworten, als der Regen vom Himmel zu schießen begann. Ein Tropfen platschte auf Caias Wange und … dampfte? Sie zuckte zurück.

»Au! Das ist heiß!« Sie rieb sich über die Wange, wo der Tropfen eine rote Spur hinterlassen hatte.

Alle Blicke schossen nach oben. Die Luft erhitzte, das Meer bauschte sich auf. Eine Welle erhob sich wie eine Faust aus dem Wasser und schlug auf das Deck. Likah war von oben bis unten durchnässt, Salz brannte in ihren Augen und auf den Lippen. Von oben rann Regen hinab. Doch der Regen war heiß, er prasselte auf das Deck des Schiffes.

Likah schrie auf, als kochende Hitze auf ihre Haut einstach. Die Schmerzenslaute vom Rest der Besatzung ging im Schallen des Windes unter, der nun erwachte wie ein wütender Gigant. Der Sturm hatte sie erreicht.

Das Schiff kippte gefährlich weit zur Seite, Likah rutschte über das Deck und krallte sich an die Reling. Heißer Regen färbte ihre Hände krebsrot, und sie kniff die Lider zusammen, damit ihr nichts in die Augen lief.

»Caia!«, schrie sie, doch dann brandete eine Ladung Meerwasser über die Reling und füllte ihren Mund. Das Wasser traf sie wie ein Fausthieb, ihre Finger wurden von der Reling gerissen, und sie flog rücklings über das Deck. Husten kämpfte sich gewaltsam aus ihrer Kehle; als sie blinzelte, nahm alles verschwommene Formen an, und der Schmerz auf ihrer Haut pochte wild.

»Segel einziehen!«, hörte sie Trova brüllen. »Macht die Lady sturmfest, und dann unter Deck! Wird's bald?!«

Dampf hüllte das Schiff ein, nebelhafter, weißer Dampf, der vom Sturm in verworrene Formen gerissen wurde. Dann entdeckte Likah Caia. Sie lag zusammengesunken am Schiffsbug, das Haar klatschnass an ihrem geröteten Gesicht. Ächzend kam Likah auf die Knie, als sie das Holz splittern hörte. Sie biss die Zähne zusammen und kämpfte sich vorwärts.

Reißen. Ruckartig sah Likah hoch, heißes Wasser wusch über ihre Stirn. Das Segel war in der Mitte gerissen, lange

Stofffäden flatterten im Wind. Likahs Körper war so heiß von dem kochenden Regen, dass sie sich übergeben mochte. Ein Matrose schlitterte an ihr vorbei, knallte gegen die Reling und flog hinüber. Sie hörte seinen Aufschlag im Meer nicht einmal. Trova brüllte nun unverständliche Befehle, und all das schien für Likah plötzlich weit weg, als wäre sie nichts weiter als eine Beobachterin. Der Schmerz prickelte am Rande ihrer Wahrnehmung.

»Beruhige dich!«, rief sie. Nichts geschah. Ihre Worte waren nicht stark genug, um diese tobende Naturgewalt unter ihre Kontrolle zu zwingen.

»Alle unter Deck!«, schrie Trova. »JETZT!«

Likah nahm all die Kraft ihrer Stimme zusammen, sie hörte die Worte tief in sich selbst nachhallen, ehe ihre Lippen sie formen konnten. *»Beruhige dich!«*

Noch immer tobte der Sturm. Mächtig und unnachgiebig tänzelte er um das Schiff, suchte nach Schwachstellen, um dann zuzuschlagen. Likah senkte ihre Stimme. Er würde ihr nicht gehorchen, nur weil sie laut war. Sie musste mächtiger und unnachgiebiger sein.

»Beruhige dich.« Sie sprach leise, aber fest und sicher. Streng.

Der Wind flaute ab. Der Regen verdünnte sich zu Wasserfäden, bis er schließlich verebbte. Langsam beruhigte sich das Meer.

Einen Moment stand Likah wie gelähmt da, dann rannte sie zu Caia, die reglos auf dem Deck lag. Ihre Haut schimmerte rot und war an vielen Stellen verbrüht. Likah kniete sich neben sie und richtete sie behutsam auf. Caia stöhnte und klammerte sich an Likah fest.

»Geht es dir gut? Bist du verletzt?«, fragte Likah rasch.

»Ich glaube, mein Knie ist …« Sie verzog das Gesicht, als sie ihr Bein abtastete. »Was war das? Dieser Regen …«

»Das würde ich auch gern wissen.« Trovas Stimme erklang schwach hinter ihnen. Als Likah sich umdrehte, fixierte ihr Blick sie. »Du bist Likah Laien. Schülerin des Windes, oder?« Trova stand da auf den Überresten ihres Schiffes, stützte sich an den gebrochenen Vordermast, als könne sie sich allein nicht auf den Beinen halten, und wartete.

»Was hier geschehen ist, tut mir leid«, sagte Likah mit belegter Stimme.

»Wir haben Samma und Gren verloren. Zwei meiner tüchtigsten Crewmitglieder.«

Likah senkte den Blick. »Es tut mir leid, Trova.«

Sie schüttelte den Kopf. »Das Leben auf See ist rau und gefährlich. Der Tod lauert immer. Aber sag mir wenigstens, wofür meine Leute sterben mussten.«

»Das kann ich nicht.« Likah erhob sich und fischte einen weiteren Geldbeutel aus ihrer Tasche. Sie reichte ihn Trova. »Fahren Sie zurück nach Ladan und nehmen Sie das hier mit. Reparieren Sie damit Ihr Schiff. Und bitte lassen Sie Caia zu einem Heiler bringen.«

Wie sollte sie das Trova auch erklären, ohne dass sie Likah gefangen nahm und zurück ans Festland schleppte? Vielleicht verdiente sie die Wahrheit, aber Likah wusste nicht, wie sie ihr glaubhaft versichern konnte, warum sie nach dem untergegangenen Reich der Dämonin suchte?

»Du verlangst viel von uns.« Trova sah sich um, umringt von dem demolierten Schiff und den toten Körpern.

»Und ich muss noch eine viel größere Sache von Ihnen verlangen, Trova. Schweigen Sie über das, was hier geschehen ist. Niemand darf hiervon erfahren.«

Trova sah Likah lange an. Dann senkte sie den Kopf und sagte: »ich kann das nicht versprechen, Seeigel. Ich gebe dir mein Tauchboot und bringe deine Freundin zurück an Land, und selbst das ist schon viel verlangt.«

Likah nickte. Es war mehr, als ihr zustand. Sie hatte die Kapitänin schon viel gekostet. Selbst wenn Trova von diesen Vorkommnissen berichtete, steckte Likah schon so tief in den Problemen, dass es vielleicht gar keinen Unterschied mehr machte. Trova schwieg nur einen kurzen Moment, dann kehrte die alte Härte auf ihr Gesicht zurück.

»Was steht ihr hier rum? Wir haben ein Tauchboot vorzubereiten!«

Die Besatzung raffte sich auf, aber der Enthusiasmus fehlte ihren Schritten, und sie betrachteten Likah mit zusammengezogenen Augenbrauen und einem dunklen Funkeln in den Augen. Dann hoben sie das Boot über die Reling, ein schwarzes Konstrukt mit kleinen Fenstern und Röhren und einem plattenförmigen Ruder am Heck. Die obere Kuppel ließ sich aufklappen und gab neben einem beengten Sitz den Blick auf die Steuerzentrale frei. Sie war simpel, bestand aus einem frei beweglichen Hebel und lediglich drei Knöpfen.

»Du steuerst beinahe nur mit dem Hebel«, erklärte Trova, als sie sich gegen das Boot lehnte. »Mit diesem Knopf regulierst du die Höhe, an der Seite kannst du das Boot öffnen, und von diesen beiden hier lässt du besser die Finger. Kapiert?«

»Ich danke Ihnen, Trova. Es bedeutet mir viel.«

»Ich werd diesen Tag nicht so schnell vergessen.«

Likah holte tief Luft, dann drehte sie sich zu Caia um. »Es tut mir leid, was dir passiert ist. Mit deiner Verletzung und allem. Aber ich bin trotzdem froh, dich dabeigehabt zu haben. Ich weiß nicht, ob ich das ohne dich gepackt hätte.«

Caia blinzelte. »Wehe dir, du kommst nicht zurück. Ich warte auf dich.«

»Ich komme zurück. Bis bald, Caia.« Sie setzte sich in das enge Boot und drückte den Rücken in den Sitz. Ihre Brust brodelte, als sie die Kuppel über sich schließen wollte.

»Warte.« Caia humpelte zu Likah hinüber und beugte sich zu ihr hinab.

Ihre Nasen berührten sich beinahe, und Likah konnte jede Sommersprosse auf ihren Wangen zählen. Ihr Atem kitzelte auf Likahs Mund. Ihre Blicke verflochten sich für einen Moment, dann legte Caia ihre Lippen auf Likahs.

Die Berührung war weich und zart, aber so ungewohnt, dass Likah starr blieb. Caia war ebenso starr, als wäre sie überrascht, dann öffnete sie zaghaft den Mund, und ihre Lippen schmiegten sich aneinander. Mit hämmerndem Herzen erwiderte Likah den Kuss, obwohl es fremd war und sie noch nie in ihrem Leben so intim mit jemandem gewesen war, fühlte es sich natürlich an. Ihre Gedanken waren durch Watte ersetzt worden. Als Caia den Kuss löste, atmete Likah in einem Stoß aus und starrte sie an.

»Caia …« Sie wusste nichts anderes zu sagen, und ihre Freundin lächelte warm.

»Komm einfach wieder zurück«, sagte sie und klappte die Kuppel zu.

Dann sank Likah hinab in die Tiefe, mit pochendem Puls und weit offenem Starren hinauf zu Caia.

Sie hatte sie geküsst.

KAPITEL 21

KEIN ZURÜCK MEHR

Am besten tragt ihr die Dolche an der Innenseite eurer Jacken«, sagte Thora. »Dort können sie zwar leichter gefunden werden als im Stiefel, aber ihr kommt schnell dran. Zögert nicht, sie zu benutzen. Wir fliehen noch heute, und nichts soll schiefgehen.«

Die Gruppe nickte entschlossen. Alle dreiundfünfzig von ihnen waren bereit, die Klingen zu benutzen, die sie über Wochen in winzigen Mengen aus den Schmieden gestohlen hatten. Sie würden nicht mehr hinnehmen, gefangen gehalten zu werden und sich benutzen zu lassen.

Karlie wickelte das kleine Paket in ihrer Hand in verlumpten Stoff ein, damit das Zündstäbchen an der Lunte nicht durch die Reibung in ihrer Tasche Feuer fing. Dann steckte sie den Sprengsatz ein. Thora hatte ihr eingeschärft, ihn nur im Notfall zu benutzen, und Karlie hatte düster genickt, ohne ihn anzusehen.

Irisa verschränkte die Arme und warf das Haar zurück. »Heute kosten wir von der Freiheit«, sagte sie leise, aber bestimmt, und alle lauschten ihren Worten. »Wir haben sie uns erkämpft und dafür gelitten, aber heute ist es Zeit, dass wir auch etwas zurückbekommen. Und wir werden es uns nehmen!«

Zustimmung summte unter den Menschen. Karlie wischte sich Tränen vom Gesicht, und obwohl Minaks Tod immer noch schwer auf ihrem Körper zu lasten schien, straffte auch sie die Schultern und presste die Lippen zusammen.

Merkwürdig, dachte Thora, wie die Stimmung innerhalb ihrer Gemeinschaft umgeschlagen war. Er erinnerte sich noch an die hoffnungslosen, leeren Gesichter, die schiere Ergebenheit vor dem Schicksal. Er erinnerte sich daran, wie er die Hoffnung in ihnen entzündet hatte. Die sehnsüchtigen Blicke in eine Zukunft, die sie sich endlich wieder zu erträumen wagten. Der zarte Ansatz von Glück, vorsichtiges Frohlocken nach einem guten Leben.

Das hatte sich geändert. Nicht länger die Hoffnung trieb seine Freunde an. Sondern Hass. Unbändiger Hass, der sie von innen zerfraß, ihre Angst verbrannte und sie antrieb, immer weiterzumachen.

Bedauern kühlte Thoras Brust. Er hatte ihnen Gutes bringen wollen, aber die Chance verpasst, sie von dem hasserfüllten Weg abzubringen. Vielleicht hatte er die dunklen Gedanken zu spät bemerkt, als sich aus dem Unbekannten allmählich ein klarer Feind herausschälte. Ein Feind, den es mit allen Mitteln zu bekämpfen galt – bis zur Selbstaufgabe. Nun musste er sie mit in diesen Kampf führen, auch wenn es bedeutete, einen Teil seiner Selbst aufzugeben. Er konnte das, was er begonnen hatte, nicht mehr stoppen oder ändern.

Es tut mir leid, Oma, flüsterte er in Gedanken. *So hättest du mich niemals sehen wollen. All diese negativen Gedanken und Gefühle. Und die Bereitschaft zum Mord. Sie werden es tun. Sie werden töten, und sie werden weder das Blut an ihren Händen noch das versiegende Leben bereuen. Und ich? Ich stehe an ihrer Seite. Habe ich dich verraten, Oma?*

Traurig blickte Thora zu Boden. Irisa drückte seine Hand und lächelte grimmig. Sie schien zufrieden. Thora zog sie an sich und versenkte das Gesicht in ihrem strähnigen Haar.

Vielleicht war sie von ihnen allen von Anfang an dem Abgrund am nächsten gewesen.

»W-was? O nein …«, stieß ein Junge hervor und schlug beide Hände vor die Stirn.

»Was ist los?«, fragte sie besorgt.

»Es ist …« Den Satz vollendete er nicht mehr.

Serwiya fing ihn rasch auf, als er taumelte und stürzte. In ihren Armen sackte der Junge zusammen. Stumm ließ sie ihn zu Boden gleiten, als auch sein Atem versiegt war. Er war nicht der Einzige, der zusammengebrochen war. Thora zählte drei weitere schlaffe Körper am Boden.

Er ließ sich auf die Knie fallen und kauerte neben dem Mädchen, das für sie die Dolche geschärft und ihnen die grundlegenden Angriffe beigebracht hatte. Jetzt war ihr Gesicht bleich, nur das Symbol auf ihrer Stirn hob sich wie eine rote Gebirgskette ab.

Thora tastete nach ihrem Hals. Unter seinen Fingern regte sich nichts. Ihr Körper war warm, aber reglos, kein Puls machte sich unter ihrer Haut bemerkbar. Er holte Luft, um etwas zu sagen, den Mienen seiner Freunde die Starre zu nehmen, doch schon stürzten weitere von ihnen zu Boden. Sieben an der Zahl krachten auf den Steinboden, und niemand reagierte schnell genug, um die Körper aufzufangen.

Es herrschte Stille. Ruckartig drehte Thora sich zu Irisa um. Sie stand noch. Reglos betrachtete sie die anderen. Thoras Herz hielt vor Furcht und Entsetzen an.

Ein drittes Mal fielen sie. Einfach tot, als hätte jemand ihren Lebensfaden ganz plötzlich durchtrennt. Niemand regte sich. Alle beäugten wachsam ihre Umgebung, als würden sie den nächsten Streich erwarten.

Jetzt sterben wir alle, stand ihnen in die bleichen Gesichter geschrieben.

Ihre Gruppe war licht geworden, wie ein Wald, in dem

Menschen gedankenlos gerodet hatten. Ein Kribbeln zog sich von seinen Zehen und Fingerspitzen bis hin zu seiner Körpermitte. Thoras Herz raste, und er fragte sich, ob das Sterben wehtat. Hatten sie Schmerz empfunden, oder geschah es so schnell, dass sie ihr Sterben gar nicht bemerkten?

Er kniff die Augen zusammen und wartete. Wartete darauf, dass er spürte, wie die Lebensenergie ihm entzogen und sein Körper schwer wurde. Er fühlte die schale Luft der Tunnel auf seiner Zunge, hörte das angespannt flache Atmen seiner Verbündeten. Doch nichts geschah. Niemand starb. Ihre Angst blieb gegenstandslos.

Mehrere Minuten standen alle still da, als wagte niemand zu glauben, dass es vorüber war.

Dann sprach Ulsan mit bebender Stimme: »Was beim Ersten Wesen ... was war das?« Tränen schimmerten in seinen Augen. »Sie sind alle ... so viele mit einem Mal ...«

»Hexerei«, brachte Irisa zwischen zusammengepressten Zähnen hervor. Thora atmete erleichtert auf, als er ihre Stimme hörte. Sie lebte. Er machte einen Schritt auf sie zu, um ihr näher zu sein. »Das Septimat muss irgendeine Hexerei gewirkt haben, eine mächtige.« Mit den letzten Worten brach ihre Stimme. Selbst sie konnte der Hass nicht beständig aufrechterhalten. Es war schwer, den gebrochenen Ausdruck auf ihrem Gesicht zu ertragen.

»Ich kann das nicht glauben ...« Mik schniefte. »Auf einen Streich, so viele von unseren Freunden ... Dyna, Harik, Sovya ...«

Karlie nahm Mik in die Arme. Sie schloss die Augen, und Mik lehnte sich an sie. Thora erinnerte sich daran, wie mit dem Jungen alles begonnen hatte. Wie Mik damals in einer trostlosen Nacht den gestohlenen Alkohol herbeigeschafft hatte. Wie die Masken ihn in die Kammer hatten bringen wollen, und wie Thora statt seiner in der Dunkelheit verschwunden war. Danach hatte die Gruppe ihm vertraut. Ohne Furcht, ohne Bedenken. Jetzt brauchten sie kein Vertrauen mehr. Der Hass war gut genug und vertrieb die Trauer über ihre toten Freunde.

Die Stille war so gespannt, dass Thora war, als könnte er sie berühren. Wie scharfe Fäden, die sie alle gefangen hielten. Das Geräusch wallender Umhänge, das ihnen so vertraut war, schlug durch die Geräuschlosigkeit, und die Fäden rissen. Hektisch drehte Thora sich um.

Die Masken kamen.

So viele hatte er noch nie zusammen gesehen. Die Maskierten brachten sie für gewöhnlich zu viert zu den Arbeitsplätzen, und obwohl es von ihnen eine scheinbar unendliche Menge gab, waren sie selten in großen Gruppen aufgetreten. Jetzt standen da fünfzehn kalkweiße Maskengesichter, die sich nur anhand ihrer Körperformen unterschieden. Thora und die anderen wichen zurück, doch sie schlossen einen Halbkreis um die Leichen, wie um zu schützen, was bereits verloren war. Fäuste schlossen sich, und Knöchel knackten. Sie waren bereit, zu kämpfen. Thoras Herz tastete an seiner Kehle, und er griff nach Irisas Hand. Sie drückte seine. Ihre Finger waren kalt.

Eine der Masken trat vor. »Tritt vor, Thora«, sagte sie gedämpft.

Thora schluckte, aber er hob das Kinn und musterte den Mann, der zu ihnen redete.

»Ihr habt viel verloren«, sprach der Mann weiter. »Aber euer Einsatz ist sinnlos. Es gibt keinen Ausweg für euch. Gebt uns euren Anführer, und niemand sonst muss eine Strafe befürchten.«

Schweigen. Angst streifte durch die Menge. Karlies Körper zitterte, und ihre Hände verkrampften sich an Miks

Schultern. Serwiya warf einen unsicheren Blick zurück zu Thora. Fragend, als hätte er die Antwort.

»Selbst wenn ihr mich tötet, wird euch das nichts helfen«, sagte er ruhig. »Wir sind zusammen stark. Wir brauchen keinen Anführer.«

»Ihr werdet alle Gefallen an der Kammer finden«, sagte die Maske leise. »Nach ein paar Stunden setzen die Kopfschmerzen ein. Jede Faser eures Körpers wird brennen.« Er machte eine lange Pause, als wolle er die Angst aus jedem Gesicht in sich aufsaugen. »Da drinnen begegnet euch Wahnsinn und eine Macht, der ihr nicht entfliehen könnt, weil sie sich in eurem Kopf festkrallt wie ein Parasit.«

Der Stand der Gemeinschaft bröckelte. Hatten sie vorher noch sicher und entschlossen wie eine Mauer dagestanden, so wichen jetzt einige zurück und sahen Hilfe suchend ihre Nachbarn an. Die Masken warteten.

»Gebt uns Thora, und ihr werdet all das nicht zu befürchten haben.«

»Niemals!« Die helle Stimme war wie ein Schlag, der jeden von ihnen wieder aufrichtete. Mik, der kleine Junge, den Thora schon einmal vor der Kammer bewahrt hatte, drängte sich vor und stellte sich allein den Masken entgegen. »Thora ist mein Held. Ich lasse nicht zu, dass ihr ihn nehmt.«

»Mik …«, rief Thora und befreite sich aus Irisas Hand. Sie wollte ihn festhalten, aber er schüttelte sie ab. »Nein.«

Mik reichte der Maske kaum bis zur Brust. Dennoch straffte er die Schultern und sah zu ihr hoch. Seine Augen funkelten wie ein aufloderndes Lagerfeuer. Die Maske neigte den Kopf zur Seite, bevor sie unter ihren Umhang griff. Das Metall sang leise, als er die lange scharfe Klinge hervorzog. Selbst im dämmrigen Fackellicht schimmerte die Schneide. Mik zog seinen Dolch, als die Maske die Waffe zurückzog und zum Stich ansetzte, doch zu langsam.

»Mik! Zurück!«, schrie Thora und warf sich durch die Menge nach vorne. Er streckte die Hand aus, obwohl der Junge weit außerhalb seiner Reichweite war. Er öffnete den Mund, als wollte er schreien, aber kein Laut drang heraus. Mik schwang ebenfalls seine Klinge. Seine Hände zitterten.

»Mich bekommt ihr auch nicht. Nie!«

Die Luft zischte. Mik keuchte. Die Klinge drang in seinen Körper und wurde mit einem feuchten Schmatzen wieder herausgezogen. Die Arme des Jungen sanken langsam. Er berührte seinen Oberkörper, als müsse er überprüfen, ob er tatsächlich verwundet war. Metallisches Scheppern, als sein Dolch zu Boden fiel. Als hätte sich die Zeit in zähes Gummi verwandelt, sank Mik nach vorn auf die Knie. Seinem Husten folgten Blutspritzer, vor schweren Atemzügen hoben und senkten sich die Schultern weit.

»Mik!« Thora warf sich neben dem Jungen auf den Boden. Der Junge hatte sich seinetwegen vor die Maske gestellt. Er zog Miks Kopf auf seinen Schoß. »Hörst du mich? Bleib wach, Kleiner.«

Thora wurde heiß an seinen Augenrändern. Dieser Stich hätte seiner sein sollen. Sie hatten die Plätze ein zweites Mal getauscht, nur dieses Mal hing ein Leben daran.

Das Ratschen der Klinge tönte erneut, aber Thora war gefangen in Miks zugekniffenen Augen. Die bleichen Wangen und der winzige Tropfen Blut, der an seinem Mundwinkel haftete wie ein Marienkäfer. Die schmale Hand, die sich in sein Hemd klammerte … Einen Wimpernschlag später fand Thora sich hinter einer geschlossenen Linie aus Körpern wieder. Alle hatten sich vor ihn gestellt, sodass sie wie eine Mauer zwischen ihm und den Masken standen.

»Thora …« Mik holte rasselnd Atem. »Ich schaffe es wohl nicht mehr … aber …«

»Warum hast du das getan, Mik?« Thoras Zunge war schwer. »Wozu?«

Mik lächelte gequält. »Ich habe keine Angst vor ihnen. Sie können uns nichts antun, Thora, weil wir sie nicht fürchten. Nicht mehr.« Er schloss die Augen, doch der Schmerz zeichnete sein Gesicht. »Sie haben jetzt gesehen, wozu wir imstande sind ... dass wir uns nicht mal im Angesicht des Todes beugen werden ...«

Thora nahm seine Wangen zwischen die Hände und küsste den Jungen auf die Nasenspitze. Seine Träne zerschellte auf Miks hellen Wangen.

»Du gibst dein Leben aus eigenem Willen«, flüsterte Thora. »Du wolltest es dir nicht von anderen nehmen lassen. Im Tod so frei wie nur möglich.«

Mik lächelte. Er öffnete seinen Mund, als hätte er noch etwas Wichtiges zu sagen. Doch bevor Thora es hören konnte, erschlaffte Miks Gesicht. Der letzte Atemzug hinterließ seinen Brustkorb flach, und der Junge regte sich nicht mehr. Die blutbefleckte Hand rutschte von seiner Brust. Sanft legte Thora Miks Kopf auf den Boden und strich ein letztes Mal durch das dichte Haar, dann erhob er sich langsam. Sie alle waren bereit. So bereit wie möglich.

»Ihr kontrolliert uns nicht mehr«, sagte Karlie mit harter Stimme. »Da müsst ihr uns schon alle töten.«

»Aber das würdet ihr nicht tun, nicht wahr?« Irisas Rücken war straff wie eine gespannte Gitarrensaite, die jeden Moment reißen würde. »Immerhin haben unsere Leben einen Wert für euch.«

»Nicht so wertvoll«, knurrte die Maske, die Mik erstochen hatte.

Es hob seine Waffe. Auch die anderen Masken griffen unter ihre Umhänge, doch bevor sie ihre Klingen ziehen konnten, brüllte Irisa:

»Los!«

Thora hörte zwei Dutzend Dolche synchron aus der Kleidung schnellen. Auch er griff mit zitternder Hand nach der Klinge in seiner Weste. Obwohl er die Waffe entschlossen führte, flatterte sein Herz unsicher. Er hatte nie im Leben eine Waffe aus Metall getragen.

Der Dolch fühlte sich klobig und sinnlos in seiner Hand an. Er konnte diese Waffe einfach nicht gegen ein atmendes Wesen richten. Immer wieder wich er vor den Angriffen zurück, sah das Metall blitzen und spürte den Luftzug auf seiner Haut.

Blut tränkte bald den Gang. Der schwere Rostgeruch ließ Thora würgen, ihm war, als würde er gezwungen, das Fleisch eines verendeten Tieres zu essen. Blut stand salzig auf seiner Zunge, Schweiß kribbelte und juckte auf seiner Haut. Ihm war so schlecht, dass sein Sichtfeld flirrte wie die Luft über einem Feuer.

Sein Fuß blieb an dem Steinboden hängen, und Thora stolperte zurück. Er krachte rücklings gegen die Wand, und der Schmerz raste von seinem Steißbein über seine Wirbelsäule bis in seinen Hinterkopf. Er stöhnte und rutschte an dem kalten Stein zu Boden.

Über ihm erhob sich die kalkweiße Gestalt und warf einen schwarzen Schatten über Thora. Hinter der ausdruckslosen Maske konnte es kein Mitgefühl geben. Unmöglich.

Die Gestalt zog die Klinge langsam, genüsslich beinahe, und zielte auf Thoras Herz. Doch Thoras Körper war träge und begriff nicht. Das Kreischen von aufeinanderschlagendem Metall umrahmte die Szene, der Blutgeruch krallte sich in seine Nase. Thora schloss die Augen.

Lebt wohl, Oma. Irisa, Karlie, Ulsan, Serwiya. Ihr schafft das auch ohne mich. Ich werde bei Mik und den anderen sein.

»Nein!« Irisa riss Thora aus seiner Trance.

Der Dolch in ihrer Hand blitzte, als sie ihn gegen die Stichwaffe der Maske schmetterte. Für einen Moment traf das Metall aufeinander, doch dann überwand die Klinge des Maskierten die kurze Schneide von Irisas Dolch und rutschte über ihren Arm. Der Stoff ihres Hemds gab widerstandslos nach.

Die Klinge hinterließ einen tiefen Schnitt auf ihrer Haut, und dunkelrotes Blut quoll hervor. Sie schrie auf, und der hilflose, wankende Laut ließ Thora erschauern. Irisa stolperte zurück, sich den verletzten Arm haltend. Ihr Gegner drehte sich zu ihr um und richtete erneut seine Waffe auf sie. Irisa stand an die Wand gelehnt, ihre Haut wurde weiß, wo sie ihren kläglich winzigen Dolch umklammerte.

Thora dachte nicht nach. Mit einem Satz stand er auf beiden Füßen, umklammerte die Waffe in seiner Linken und stürzte auf die Maske zu, die mit dem Rücken zu ihm stand. Er vergaß das Grauen der Klinge in seiner Hand, hatte keine Kontrolle über seinen Körper mehr. Die bewaffnete Hand schoss vor, die Klinge funkelte im Lampenschein, und dann färbte reinstes Weiß sich rot, als Thoras Dolch sich in die Seite der Maske bohrte. Der menschliche Körper bot einen natürlichen Widerstand, den Thora nicht erwartet hatte. Wer einem Menschen durch einen Stich das Leben nehmen wollte, musste die mörderische Hand mit eiserner Entschlossenheit führen.

Aber Thoras Hände zitterten, als er begriff, was er getan hatte. Er hatte die Klinge nicht geradlinig genug geführt. Das Eisen war nicht tief genug in das Fleisch gedrungen, um es vor Schmerz zu lähmen. Mit einem Brüllen fuhr der Mann herum und beschrieb dabei einen ausgedehnten Bogen mit seiner Waffe. Thora stolperte zurück.

Irisa schrie, als sie die Gelegenheit ergriff und ihr Dolch

zwischen die Rippen der Maske drang. Es gurgelte hinter der Maske, und der weiß gewandete Körper schlug leblos auf dem Boden auf.

Rascher Atem hallte in den Tunneln, Wimmern und schmerzerfülltes Keuchen beherrschte die Gänge. Keine Maske stand mehr. Ihre Feinde waren in den Tod gegangen, allesamt, ohne Ausnahme. Zumindest jene, die zu ihnen gekommen waren, dachte Thora mit Schauern.

Einige seiner Verbündeten waren tot, andere saßen, die Hände auf ihre Wunden gedrückt, in den Gängen.

»Kümmert euch um die Verletzten!«, rief Thora, nachdem er sich wieder gefangen hatte. Dann lief er zu Irisa. »Lass mich deinen Arm ansehen.«

Sie schüttelte den Kopf. »Anderen geht es schlechter. Hilf denen.«

Sie hatte recht. Serwiya lag nicht weit von ihm und presste die Hand auf ihren Bauch. Blut quoll zwischen ihren Fingern hervor. Thora eilte zu ihr, kniete sich neben sie und legte eine Hand auf ihre Schulter.

»Lass mal sehen«, sagte er sanft.

Zitternd nahm sie die Hand von ihrem Bauch. Ihr Atem kam zischelnd, und Schweiß stand auf ihrem Gesicht. Keuchend kniff sie die Augen zusammen, als Thora ihre Kleidung anhob. Das Blut strömte in regelmäßigen Abständen aus dem Schnitt. Vorsichtig tupfte er die Wunde ab und wusch sie mit Wasser aus. Serwiya murmelte wirre Worte, doch Thora war zu fokussiert auf all das Blut, um zu versuchen, sie zu entziffern.

Verflucht! Was sollte er nur tun? Was, wenn sie das Bewusstsein verlor? Hektisch drehte er sich zu Irisa. »Bring Karlie her.«

Irisa nickte stumm und machte sich auf den Weg. Thora streichelte Serwiya über den Kopf und redete ihr gut zu. Die unverletzten Verbündeten stabilisierten die Verletzten, sie stoppten Blutungen und verbanden offene Wunden, Wasserflaschen wurden herumgereicht und tröstende Worte ausgetauscht.

»Karlie kriegt das hin«, sagte Thora zu Serwiya, als müsse er sich selbst davon überzeugen. »Sie hat auch Fariks gebrochene Hand geschient, erinnerst du dich?«

Serwiya nickte steif. »Es sind nicht mehr viele von uns übrig, oder?«, keuchte sie.

Thora senkte den Blick und nahm ihre Hand. Vielleicht konnte er sie so bei sich halten. »Ja.« Das Wort fraß sich wie Säure durch seinen Hals.

»Dafür werden sie bezahlen«, erklang Karlies Stimme rau über ihnen. »Für jeden Einzelnen.«

Sie kniete sich hin und untersuchte Serwiyas Wunde. Ihre Hände zitterten, aber sie erteilte Thora Anweisungen, ihr saubere Tücher und mehr Wasser zu bringen. Schließlich brachten sie alle Verwundeten auf die Beine. Thora blickte in aufgewühlte und müde Gesichter. Doch niemand von ihnen war bereit, aufzugeben. Nicht jetzt, wo sie schon so viel für ihre Freiheit geopfert hatten, wo sie ihre gesamte Existenz diesem Ziel gewidmet hatten.

Nachdem alle versorgt waren, verabschiedeten sie sich von ihren gefallenen Verbündeten, nahmen den toten Masken ihre Waffen ab und packten ihre Sachen zusammen.

»Es gibt jetzt kein Zurück mehr«, sagte er zu den anderen. Sie nickten schwer. »Wir suchen den Ausgang. Jetzt. Gemeinsam.«

Thora zückte seine Karte und ging voran. Er würde sie alle in die Freiheit führen, und wenn er bei dem Versuch sterben sollte.

KAPITEL 22

DAS OBSIDIANSCHLOSS

Das Wasser um Likahs Tauchboot verdunkelte sich mit jedem Meter, den sie in die Tiefe sank. Neben ihr stiegen Wasserbläschen an den Fensterscheiben empor, und sie hörte das Wiegen der Wellen, die ihr Boot zur Seite schoben. Je tiefer sie kam, desto stärker schien der Druck die Luft im Tauchboot zusammenzudrücken, bis ihr das Atmen schwerfiel. Likah holte zitternd durch den Mund Luft, doch sie konnte das Gefühl der Beklemmung nicht abschütteln.

Sie lehnte sich zurück in den Sitz und schloss die Augen, während das Boot gemächlich im Wasser sank.

»Verdammt, Caia«, grummelte Likah in sich hinein. »Und dir ist kein passenderer Zeitpunkt eingefallen, mich zu küssen?«

Sie hatte nicht bemerkt, welche Gefühle zart in ihr gesprossen waren. Nein, sie *hatte* es bemerkt, jedes Mal, wenn sie sich in Himaran nähergekommen waren, an jedem Abend, den sie zusammengesessen und gelacht hatten. Likah hatte ihre Gefühle nur falsch gedeutet. Sie hatte geglaubt, was sie für Caia fühlte, war nichts als die Dankbarkeit darüber, dass sie alles für sie aufzugeben bereit war. Dabei war sie … verliebt?

Sie schürzte die Lippen, als müsse sie erst einmal probieren, wie das Wort auf der Zunge schmeckte. Romantische Liebe war nie ein Teil ihres Lebens gewesen, und auch in ihren perfekten Zukunftsvorstellungen hatte es nie eine Rolle gespielt.

Sie ließ den Kopf kraftlos gegen die Wand sinken und atmete langsam aus. Ausgerechnet jetzt. Jetzt, wo sie so viele andere Dinge im Kopf hatte. Sie nahm sich vor, erst darüber nachzudenken, wenn all das hier vorbei war.

Likah konzentrierte sich wieder auf die Dunkelheit der Meerestiefen. Inmitten der schwarzen See schimmerte etwas hellblau. Ein Streifen in der Ferne, weit unter der Wasseroberfläche am Meeresgrund. Sie steuerte darauf zu.

Ihr Tauchboot ruckelte, als wäre es aufgelaufen, und Likah wurde aus dem Sitz geschleudert und stieß sich den Ellbogen an einem der Schalter, während sie zurück auf den Sitz fiel. Ihr Kreuz schmerzte, und als sie aus dem Fenster blickte und die Lampe des Bootes drehte, sah sie, woran sie entlanggeschrammt war. Ein aufragender Stein, der aussah wie ein abgebrochener Zahn. Bei genauerem Hinsehen erkannte Likah die Rückstände einer Säule und heruntergebrochene Mauern.

Nachdem das Tauchboot sich wieder aufgerichtet hatte, steuerte Likah leicht nach oben und blickte dann durch die schmalen Glasstreifen an der Seite hinunter.

Sie schwamm mitten durch eingestürzte, verwitterte Gebäude. Es waren Ruinen. Das raue Meerwasser hatte sie geschliffen und die Strömung Kanten hineingefressen, aber sie konnte noch die verwinkelten Formen und die zahlreichen Steinarten erkennen. Wie ein Mosaik griffen die Überreste der Architektur ineinander. War das hier Angriana oder zumindest das, was davon übrig geblieben war?

Der Anblick ließ Likahs Herz rasen. Ihr war, als überkäme sie eine schmerzliche Erinnerung, die sie lange vergessen hatte. Das Gefühl in ihrer Brust trieb sie voran, jenes vertraute Ziehen, das sie schon seit dem Aufbruch in Kathasia begleitet hatte. Sie war jetzt ganz nah – das spürte sie.

Mechanisch bediente sie die Steuerung des Tauchbootes, die blaue Dunkelheit wischte an ihr vorbei, während sie auf den hellen Schimmer inmitten der Düsternis zuhielt.

Es war eine Kuppel. Eine Kuppel, die aus reinem Schimmer zu bestehen schien und sich aus der Mitte der Ruinenstadt in die Höhe schraubte. Hinter diesem leuchtenden Schleier zeichneten sich verschwommen onyxschwarze Konturen ab, die Türme und Mauern formten. Unwillkürlich lehnte Likah sich vor und erhöhte das Tempo des Gefährts. Das Wasser wich dem Boot in sanften Wellen. Likah spürte in ihrem Nacken ein begieriges Kribbeln.

Dies war der Ort. Sie wusste es einfach. In diesem pechschwarzen Gebäude befand sich die Wahrheit. Endlich würde sie erfahren, woher ihre Verbindung zu Angriana stammte und was sie zu bedeuten hatte. Hier konnte sie die Wahrheit darüber finden, was sie und Amaal gemein hatten, wieso erst er als Arkins Meister und nun sie als seine Schülerin dieses Zeichen trugen. Und wenn sie sie erfahren hatte, konnte sie Arkin davon berichten.

Die Wahrheit. Likah zögerte. Plötzlich war sie sich nicht mehr sicher, ob sie die Wahrheit finden wollte. Sie wusste nicht einmal, was Arkins Meister für ein Mensch gewesen war, welche Geheimnisse er gehütet hatte. Vielleicht war er nicht so gutmütig gewesen, wie Arkin ihn kennengelernt hatte. Vielleicht hatte er etwas mit Likahs Verbindung zu Angriana zu tun. Vielleicht konnte sie hiernach überhaupt nicht zurückkehren.

Die Wahrheit versteckt sich nicht, hallten die Worte in Likahs Geist wider. Es waren Angrianas Worte, und für diesen Moment klangen sie wie das Natürlichste und Richtigste der Welt. Wie eine Erkenntnis, mit der sich alles andere erklären ließe. Mit zitterndem Leib lenkte sie das Boot auf die leuchtende, zarte Haut der Kuppel zu. Es war kaum zu erkennen, was sich dahinter befand, nur verwaschene Farben, die sich kaum voneinander abgrenzten. Likah nahm all ihren Mut zusammen, drückte auf das Pedal, und der Bug des Tauchbootes durchstieß die Kuppel.

Als sie hindurchfuhr, tanzten blaue und weiße Glitzerpartikel vor ihren Fenstern. Für Sekunden schien die Zeit sich ihren auferlegten Gesetzen zu entziehen, dann kippte das Boot nach vorn und fiel. Mit zusammengekniffenen Augen klammerte sich Likah an die Steuereinheit, während sie langsam aus dem Sitz gehoben wurde und für einen kleinen Moment in der Luft schwebte. Es rumste. Likah landete unsanft wieder im Sitz. Das Tauchboot lag auf festem Grund. Likah blieb noch einen Moment sitzen, bis der Schreck aus ihren Gliedern verschwand, dann öffnete sie die Luke und stieg aus dem Boot aus.

Sie stand inmitten einer Stadt aus Stein. Innerhalb dieser Kuppel fühlte es sich an wie an der Erdoberfläche. Zweifellos waren die Ruinen auf dem Meeresgrund einst Teil dieser Stadt gewesen mit der hochgewachsenen, säulengetragenen Architektur, den zahllosen Steinbauten und Gravuren. Es musste einmal eine prächtige Stadt gewesen sein, aber jetzt wehte ein eisiger Wind hindurch. Über die Stadt wachte nicht das Dunkel der Meerestiefen und auch kein Himmel, sondern ein kränkliches Gemisch aus violetten Nebelschwaden und grünen Schlieren. Der Meeresgrund war von innerhalb nicht zu erkennen. An einer verfallenen Häuserecke hing ein einsamer Blumentopf, doch die Blüten reckten sich nicht gen Himmel, sondern wuchsen kopfüber durch den Boden des Topfes. Likah umschloss ihren Oberkörper mit beiden Armen und setzte vorsichtig einen Fuß vor den anderen. Das Geräusch ihrer Schritte kam ihr unnatürlich laut vor – nein, es kam ihr nicht nur so vor: Sie schallten, als renne sie durch einen steinernen Gang, dabei gab es weit und breit nur eingestürzte Häuser.

Über die teils herausgerissenen und gesplitterten Pflastersteine kam sie bald an einen achteckigen Platz mit einem Springbrunnen in der Mitte. Das Wasser wurde noch in die Luft gespien, beschrieb dabei Zickzacklinien und fiel in Tropfen zurück in den Brunnen, wo sie weder ein Geräusch noch eine Kräuselung des Wassers erzeugten.

Was war bloß los an diesem Ort? Fassungslos machte Likah einen großen Bogen um den Brunnen, doch kaum dass sie den Platz verlassen hatte, krachte es zu ihrer Linken. Ihr Kopf ruckte zur Seite, und sie sah, wie eine dunkelgraue Steinmauer in sich zusammenbrach. Splitter flogen auf Likah zu, sie riss die Arme nach oben, um ihr Gesicht zu schützen, und stolperte zurück. Nichts geschah. Kein Brennen auf ihrer Haut, kein schneidender Schmerz.

Langsam ließ sie die Arme sinken. Die Mauer war wieder ganz, als wäre sie nie beschädigt gewesen. Dann zerriss der Stein erneut, und diesmal sah Likah hin. Die Brocken flogen durch die Luft, hielten an einem Punkt einfach an, bebten in der Luft und flogen dann zurück an ihren alten Platz, nur um erneut wieder zu zerbrechen. Mit offenem Mund betrachtete Likah die Mauer, die in der Zeit festzustecken schien. Wie hypnotisiert kniete sie sich dorthin, wo die Brocken in der Luft stehen blieben, und streckte die Hand nach einem verstaubten Granitstück aus. Der Stein vibrierte unter ihren Fingern – und dann schob er sich unerbittlich nach oben, presste sich in Likahs Hand und wäre wohl durch ihre Haut getreten, hätte sie den Arm nicht weggezogen.

Likah schauderte. Dieser Ort fühlte sich so unnatürlich, so *falsch* an. Einige Gebäude waren zerfallen, während andere aussahen wie kürzlich errichtet, die Gravitation schien keinen festen Regeln zu unterliegen, und wo Gebäude hätten Schatten werfen müssen, strahlte Licht in ungewöhnlichen Farben. Die Flaggen standen starr in der Luft und weigerten sich, der lauen Brise nachzugeben. Eine Brise in einer luftgefüllten Kuppel am Grund des Meeres. Nichts an diesem Ort folgte irgendeiner Ordnung.

Das schwarze Gebäude, dessen Schemen Likah von außerhalb nur hatte erahnen können, lag über diesem Ort wie ein gewaltiger Rabe, der seine Flügel über der Stadt erstreckte. Ein Schloss aus Obsidian, gebaut wie der Tempel, den Likah und Caia in Kathasia erkundet hatten. Der gleiche glatt geschliffene Stein, die schlanken Säulen und flachen Dächer. An deren Rand war etwas in den Marmor eingraviert worden:

Die Wahrheit versteckt sich nicht.

Sie krampfte die Hände in ihre Hosen und ging auf wackeligen Knien weiter. Ihr wurde schlecht, als sie die menschenleeren Ruinen durchquerte. Ihr Magen fühlte sich an wie ein Haufen harter Erde, der gewaltsam von Baumwurzeln durchdrungen wurde. Sie konnte nicht glauben, dass sie Angriana tatsächlich gefunden hatte. Das verschollene achte Land. Das verfluchte Land. Das Mal in ihrem Nacken stach ungeduldig, als sie weiterlief und die pechschwarzen Türme sich immer mächtiger über ihr erhoben. Sie stieg über zerbröckelte Mauern und musste dabei aufpassen, nicht von fliegendem Schutt getroffen zu werden.

Dann endlich hatte sie die Straßen überwunden und stand an dem Ort, an den Angrianas Anhänger sich zurückgezogen hatten, als der Krieg vor zweihundertsiebzehn Jahren ein Ende gefunden hatte. Damals, als die sieben Göttlichen ihre geballte Macht gegen ihre korrumpierte Schwester gerichtet hatten, um die Ordnung des Ersten Wesens zu bewahren, die Angriana hatte zerstören wollen.

Ihr Herz flatterte wie ein junger Vogel, der unvorbereitet aus seinem Nest geworfen worden war. Sie konnte kaum glauben, hier zu sein, an einem Ort so voller Geschichte. Voller Leid und Frevel.

Ihr ganzer Körper wurde kalt, als sie die Treppen hinaufzusteigen begann. Immer höher und höher stieg sie, ihr Puls fing an zu rasen, und ihr Atem erschwerte sich mit jeder Stufe. Doch noch ein anderes Geräusch erhob sich, während sie die Stufen erklomm. Flüstern. Dutzende, gar Hunderte Stimmen, die tuschelten, aufgebrachte Worte austauschten. Ein Flüstern, wie sie es bereits einmal gehört hatte. In Angrianas unheiliger Stätte.

Likah hielt den Atem an und ignorierte die Angst, die ihr Herz wie Efeu umrankte. Schweiß rann ihren Hals hinunter, und das Hemd klebte ihr am Rücken. Säulen so hoch wie drei Stockwerke schossen in den Himmel, und das Geflüster wurde lauter, wirrer. Es war das Geflüster des Wahns. Geister, die für immer an diesen Ort des Chaos gebunden waren.

Sie blickte zurück, in die von der Zeit vergessenen Ebenen unter ihr, und wusste doch, dass sie nur Zeit schindete. Sie musste in das Obsidianschloss, die Wahrheit erfahren. Und Arkin würde sich ihrer schämen, wenn sie jetzt vor Angst ihr Ziel nicht erfüllte.

Über Likah erhob sich jetzt der gewaltige schwarze Torbogen mit der Flügeltür, die zu groß war, um für einen Menschen gemacht zu sein. Ihre Hände zitterten, als sie sie gegen den eiskalten Stein drückte. Langsam stemmte sie die Tür auf.

Vor ihr erstreckte sich eine runde Eingangshalle, der Boden war mit schwarzen und weißen Steinen gepflastert, die in der Mitte des Raumes Angrianas Symbol abbildeten. Das abgebrochene Dreieck, das jetzt auf Likahs Nacken kribbelte und brannte. Eine weiße Empore durchbrach das finstere Schwarz des Schlosses, und der massive Stein verschluckte jedes Geräusch. Die Luft schmeckte kalt und bitter.

Das Flüstern wurde lauter, und Kälte beschlich Likah, als sie sah, dass die Stimmen nicht aus dem Nichts kamen. Blassrote Gestalten, die kaum heller waren als ein Fackelschein, schwebten durch das Obsidianschloss. Geister. Ruhelose, blasse Seelen, denen das Leben entwichen war.

Likahs Herz schlug warnend gegen ihre Brust. Mit angehaltenem Atem verweilte ihr Blick auf den Geistern. Sie beäugten Likah misstrauisch, näherten sich ihr, nur um dann rasch wieder Abstand zu nehmen. Während Likah die Eingangshalle durchquerte, sah sie sich immer wieder nach den blassen Gestalten um, aber sie kamen nicht in ihre Nähe, sondern starrten sie nur an und flüsterten aufgeregt.

Waren all diese Geister Opfer des Krieges vor zweihundertsiebzehn Jahren? Gestorben in diesem Schloss mit ihrer unheiligen Herrin und nun für immer als Tote in der Welt der Lebenden gefangen? Ein grausiger Gedanke, obwohl sie sich nicht sicher war, ob man diesen Ort tatsächlich als *lebend* bezeichnen konnte. Likah hoffte, dass sie sich irrte, und richtete ihren Blick wieder nach vorne.

Sie war endlich an ihrem Ziel angekommen, an dem Ort, der sie so lange zu sich gerufen hatte. Sie schauderte, als sie vor den Türen am Ende der Eingangshalle stehen blieb. Ungewiss, was sie nun finden würde. Likah nahm all ihre Kraft zusammen und öffnete die Tür. Das Quietschen der Scharniere konnte sie über ihren eigenen Herzschlag kaum hören. Schwindel neigte den Boden unter ihr, dann setzte sie ihren Fuß in den kalten Thronsaal.

Säulen reihten sich und stützten die von Fresken verzierte Decke, Banner mit Angrianas Symbol hingen an den

Wänden. Die Luft roch feucht und nach Meer, aber nicht die Art von Meer, die einem das Gefühl von Freiheit vermittelte. Es stank nach Algen und Schlick, nach einer Bucht, aus der das schmutzige Brackwasser nicht herausgetragen werden konnte.

Likah verzog das Gesicht und lief weiter. Dort, hinten im Saal direkt vor einem Thron, stand ein schwarzer, glänzender Sarg. Ein Sarg aus Obsidian, von leuchtenden Rubinen geziert, und strahlte eine Kälte ab, die den ganzen Raum frösteln ließ. Sie gelangte bis zu dem Altar direkt vor dem Thron. Mit einer Mischung aus Grauen und unabwendbarer Neugierde starrte sie den Sarg an.

Er kam ihr vertraut vor. Als hätte sie diesen Sarg schon einmal gesehen – nein, als hätte sie bereits einmal darin *gelegen*. Ihre Brust wurde eiskalt, sie spürte ihre Fingerspitzen nicht mehr. Träge streckte sie die Hände nach dem Gefäß aus, kalt und hart war der Stein unter ihren Fingerspitzen, als sie ihn berührte. Ihre Finger glitten in die Fugen unter dem Deckel, um ihn anzuheben. Das Gewicht drückte schwer auf ihre Hände, als wehre sich der Sarg.

»Öffne ihn nicht«, hallte eine zarte Stimme hinter Likah. »Der Anblick würde deinen Geist zerschmettern.«

Likah fuhr zurück. Sie drehte sich um. Hinter ihr stand eine Frau von unvergleichlicher Schönheit. Sie war groß und durchscheinend wie die Geister, doch ihr Körper, der bis zu den Knöcheln von wallendem Haar umspielt wurde, glühte in einem kräftigen Rotschimmer. Obwohl sich Stolz in ihrer Haltung widerspiegelte, verschloss Melancholie ihre Arme. Die Frau sah Likah aus hochmütigen Augen an, die wie Flammen loderten.

Ein sanftes Lächeln bog ihre Lippen, als sie mit großen Schritten auf Likah zukam. Sie streckte die Hand nach Likahs Gesicht aus, und diese war so starr, dass sie nicht einmal zurückwich, als die Geisterfrau sie berührte. Die Finger prickelten auf Likahs Wange wie ein verspieltes Kaminfeuer nach einem harten Wintertag.

»Ich habe so lange darauf gewartet, dass du endlich zu mir kommst«, sagte die Frau leise.

»Bist du … Angriana?«, fragte Likah mit gebrochener Stimme. Likah hätte vor der Dämonin zurückweichen müssen, ihr mit Misstrauen begegnen, aber sie fürchtete Angrianas Gestalt nicht. Stattdessen fühlte sie eine Gewissheit in sich, die ihr sagte, dass keine Gefahr von Angriana ausging. Nicht in diesem Moment jedenfalls.

»Ja, mein Kind.« Angriana ließ von Likah ab und breitete die Arme aus, als wolle sie sich Likah präsentieren. »Die bin ich.«

»Was ist in diesem Sarg?« Likah wollte sich dorthin wenden, aber sie war gefangen in dem flammenden Blick der Dämonin.

Angriana schwieg einen Moment, und als sie zu einer Antwort ansetzte, war ihre Stimme belegt mit dem Gewicht von Eisen. »Darin … sind meine Überreste. Als sich meine Geschwister vor vielen Jahren dazu entschieden, mir den Rücken zu kehren, zerschmetterten sie meinen sterblichen Körper. Meine Gläubigen haben sie in diesen Sarg gebettet, kurz bevor es auch sie zerriss.«

»Aber du … du bist nicht tot.« Likah kam sich absurd vor. Natürlich starben dämonische Wesen nicht, aber sie hatte auch nicht gewusst, dass sie sterbliche Hüllen besaßen.

»Nein, mein Körper ist für immer verloren. Das Wesen, das meine Geschwister und mich erschaffen hat, gab jedem von uns nur eine fleischliche Hülle. Aber meine Seele ist unsterblich, so sehr das meinen Geschwistern auch missfallen mag.« Angriana gab ein abfälliges Schnauben von sich, doch als sie sich wieder Likah zuwandte, wurde ihre Miene wieder sanft. »Ich bin so froh, dich endlich hier zu sehen. Ich habe zu lange auf dich warten müssen, Tochter des Feuers.«

»Warum nennst du mich so?«, fragte Likah.

Angrianas Augen loderten auf, als hätte sie nur darauf gewartet, dass Likah diese Frage stellte. »Weißt du, wofür man mich einst verehrte?« Als Likah langsam den Kopf schüttelte, fuhr Angriana fort: »Ich war die Zerstörung. Um Neues zu schaffen, musste Altes weichen, und dafür hatte das Erste Wesen mich auserkoren.«

»Aber das hast du nicht getan«, folgerte Likah. »Oder zu sehr.« Immerhin hatte Angriana die göttliche Ordnung zerstören wollen. Deswegen war sie schließlich verbannt worden.

Angriana schürzte die Lippen, ging aber nicht auf den Vorwurf ein. »Es bestimmte mich zur Hüterin über Alt und Neu, und aus der Asche des Alten sollte das Neue erwachsen. Das Feuer labt sich an Zerstörung, und so bestimmte ich es zu meinem Element.«

»Aber was hat das mit mir zu tun? Was willst du von mir?«

Angriana betrachtete sie einen Moment lang prüfend, dann nahm sie Likahs Gesicht zwischen beide Hände. Fast konnte sie die Berührung spüren, sie kitzelte auf ihrer Haut. Angrianas Nasenspitze war keinen Fingerbreit von Likahs entfernt, und das Lodern ihrer Augen wärmte Likahs Gesicht.

»Weil du mein Feuer sein wirst, Likah. Du wirst die Flamme sein, die Erneuerung bringt.«

Warum sagte sie Erneuerung, wenn sie Zerstörung meinte? Angriana wollte, dass Likah irgendein Feuer brachte, um Dinge zu zerstören? Das klang absurd, unmöglich, und obwohl sie nicht begriff, wie diese Erneuerung mit den Flammen aussehen sollte, riss Likah sich von ihr los. Was auch immer Angriana mit ihr vorhatte, es konnte nichts Gutes verheißen.

»Deswegen bin ich nicht hier«, wehrte Likah ab. »Sondern weil ich eine Frage an dich habe.«

Angriana trat einen Schritt zurück und nickte. »Frage nur.«

Likah blickte der Dämonin ins Gesicht, versuchte, ihre Mimik zu lesen und herauszufinden, ob die Vertrautheit, die sie in Angriana sah, ihr helfen oder sie ins Verderben stürzen würde. »Ich habe dich noch nie getroffen. Ich hatte nie Kontakt zu dir oder deinem Kult. Und trotzdem ...«

»Du fragst dich, wieso du mein Symbol trägst«, vollendete Angriana sanft.

Stumm nickte sie.

»Damals, als der große Krieg in Nakita ausbrach und die anderen Göttlichen beschlossen, mich zum Schweigen zu bringen, wurde mir klar, dass ich sie niemals würde stoppen können. Nicht alle sieben von ihnen. Und ich wusste, ich würde für immer untergehen, wenn ich nichts täte.«

»Und was hast du getan?«, fragte Likah mit heiserer Stimme.

»Meine Seele zerschnitten«, antwortete Angriana ruhig. »Kurz vor dem Aufprall habe ich Splitter meiner unsterblichen Seele über Nakita verteilt. Einer von ihnen hat dich gefunden. Du trägst einen Teil meiner Essenz in dir, Likah. Du gehörst zu mir.« Den letzten Satz sprach sie sanft und leise, wie ein Schlaflied, das man einem Kind vorsang.

Likahs Atem stockte. Sie wich einen Schritt zurück, und unwillkürlich fuhr ihre Hand zu ihrem Nacken. »Was ...«, murmelte sie. Angriana schaute sie ruhig und abwartend an. »Einen Teil deiner Seele ... aber was ... was bedeutet das für mich? Wer oder *was* bin ich?« Die letzte Frage wisperte sie nur. Gebannt sah Likah die Dämonin an, die verständnisvoll, wenn auch schwermütig lächelte.

»Das bedeutet, dass du meine Flamme werden wirst.«

»Ich will aber nicht deine Flamme werden!«, rief Likah. »Ich will endlich eine Heimat haben, ein Zuhause, und dort sein mit den Menschen, die mir wichtig sind. Ich kann dieses falsche Getue nicht mehr ertragen. Es ist genau dasselbe mit dem Septimat und dem königlichen Haus. Du willst irgendetwas erledigt haben? Dann mach es verflucht noch mal selbst!« Likahs Verzweiflung verschwand hinter der Wut, die sie jetzt überkam.

Sie war doch keine Marionette, die alle nach Belieben steuern konnten. Zuerst hatte sie für die Zwillinge gelebt, dann nach der Pfeife des Septimats getanzt. Und jetzt wollte Angriana, dass sie irgendetwas für sie tat? Likah hatte es so satt, herumkommandiert zu werden.

Angriana lief gemächlich auf sie zu, und Likah machte einen Schritt zurück. Das feurige Flackern von Angrianas Gestalt beruhigte sich, als die Dämonin einen verständnisvollen Blick aufsetzte.

»Sorge dich nicht, Tochter. Der Weg ist nicht so uneben, wie er scheint.«

»Ich bin nicht deine Tochter!«, widersprach Likah. »Ich wollte meinen Namen reinwaschen und wieder zurück nach Hause kehren, aber das Einzige, was ich mit nach Hause bringen könnte, ist die Nachricht, dass ich einen dämonischen Seelensplitter in mir trage.«

»Dämonisch?« Angriana lachte trocken. »Es sollte mich wohl nicht überraschen, dass man an der Oberwelt Lügen über mich erzählt.«

»Wie bitte?«

»Ich glaube, du solltest den Rest meiner Geschichte hören. Den Rest, den man in der Version, die du kennst, umgedichtet hat«, sagte Angriana.

Likah schwieg. Genau deswegen war sie hier, um von Angriana die Wahrheit zu erfahren, die niemand kannte. Sie wollte doch Antworten, aber jetzt, da Angriana behauptete, Lügen würden über sie verbreitet, wusste Likah nicht, ob sie Erleichterung verspüren oder misstrauisch werden sollte.

Dann begann die geisterhafte Frau zu erzählen:

»Als wir erschaffen wurden, meine Geschwister und ich, gab das Erste Wesen uns die Gabe der Ersten Sprache. Jenes Wesen hatte bereits eine Welt geformt und ihr Gesetze gegeben, nach denen sie zu existieren hatte. Zeit. Schwerkraft. Licht und Schatten. Aber das Wesen war erschöpft von alledem, und unser Wort sollte seitdem die Gesetze der Welt lenken und intakt halten. Und so war es auch. Die Naturgesetze gehorchten unserem Willen, und auf diese Weise funktionierte die Welt, wie das Erste Wesen sie vorgesehen hatte. Wir hüteten das Gleichgewicht und arbeiteten hervorragend zusammen. Unter uns gedieh eine neue Lebensform: der Mensch. Und der Mensch … wurde uns zunehmend ähnlicher.«

Likah nickte. »Ich kenne die Geschichte. Du wolltest dich der Ordnung nicht länger beugen. Deswegen hast du den Krieg angefangen.«

»Ach?« Angriana zupfte am Rock ihres Kleides und wirkte für einen Moment traurig. »Ganoire und Yol-Khor sind unschlagbar darin, Geschichten zu ersinnen.«

»Ist es denn gelogen?«, fragte Likah scharf.

Angriana hob die Hand, und mit einem Mal wurde es heiß im Saal. »Hör mir zu, dann wird es leichter, ein Urteil zu fällen. Die Erste Sprache war als Instrument für uns gedacht, um die Welt im Gleichgewicht zu halten, und das funktionierte auch. Die Menschen machten sich sehr gut in dieser Welt, sie arbeiteten zusammen und bildeten Gesellschaften – wie wir. Meine Geschwister hielten es für klug, sich je einen Menschen zu erwählen, dem sie die Gabe der Ersten Sprache schenken wollten.«

»Aber du nicht?«

»Die Erste Sprache war *uns* gegeben, um über die Natur zu wachen. Die menschliche Zunge ist nicht dazu gedacht, unsere Sprache zu sprechen, aber keines meiner Geschwister wollte sich überzeugen lassen. Es vergingen Jahre und Jahrzehnte, ehe aus der Meinungsverschiedenheit ein Konflikt wurde, der in einen Krieg ausartete.«

»Du hast nur deswegen einen Krieg angefangen?«, hauchte Likah. »Weil dir nicht gefallen hat, dass sie den Menschen die Erste Sprache beigebracht haben?«

Ein Krieg. Ein Krieg war geführt worden, nur weil die Menschen begonnen hatten zu verstehen. Kriege, die nichts als Blut und Tränen hervorbringen konnten, weil die Menschen Wissen erlangt hatten.

Angriana lachte bitter. »Ich habe diesen Krieg nicht angefangen. Und wenn du sehen würdest, was für einen Schaden die Menschen mit der Ersten Sprache anrichten, würdest du verstehen.«

»Schaden? Durch die Erste Sprache wurden Heilmittel gegen die Rote Gicht geschaffen, es gibt überall warmes Wasser …«

»Aber zu welchem Preis? Denk nach, meine Tochter! Es gibt eine Wahrheit, die du noch erkennen musst.« Angriana ließ ihre langen Haarsträhnen durch die Finger gleiten.

Likah schwieg. Langsam schüttelte sie den Kopf. Sie wollte nicht akzeptieren, was sie da hörte. Es musste eine Lüge sein. Niemals konnte die Erste Sprache etwas Schlechtes sein.

»Es macht die Welt krank, den Menschen die Erste Sprache zu schenken«, sprach Angriana weiter und nahm Likah bei den Schultern, als wolle sie sie schütteln. »Die Menschen sind einfach nicht dafür geboren, die Gesetze der Natur infrage zu stellen, ebenso wenig wie wir Göttlichen. Ich glaube gern, dass meine Geschwister der Meinung waren, ich wolle die Ordnung zerstören. Aber in Wirklichkeit war ich wohl die Einzige, die sie aufrechterhalten wollte.«

Angriana wollte die schöpferische Ordnung nicht aufrechterhalten; sie wollte sie zerstören. Sie war die Dämonin, die sich von dem Ersten Wesen abgewandt hatte. Das hatte Likah immer und immer wieder gehört, und jetzt sollte Angriana sich als die Gute herausstellen? Unmöglich. Eine so große Lüge hätte sich niemals über Jahrhunderte halten können.

Likah wich zurück, auch wenn die geisterhafte Berührung kaum spürbar war. Ungläubig betrachtete sie Angriana. »Woher weiß ich, dass du mir das nicht nur erzählst, damit ich auf deiner Seite stehe?«

Während Angriana mit ihrem Haar spielte, verkrampften sich ihre Finger. »Brauchst du noch mehr Beweise als die verdrehte Existenz dieses Ortes? Die Verzerrung der Natur hat bereits in der Oberwelt begonnen. Die Erste Sprache tut diese Dinge, sie ist nicht das Werkzeug der Menschen. Meine Geschwister hätten das längst begreifen müssen. Aber das tun sie nicht. Wenigstens du musst es verstehen.«

»Vielleicht hast du diese Dinge bewirkt, um mich zu täuschen«, entgegnete Likah hitzig und wusste doch, dass sie sich eine Täuschung mehr wünschte, als sie daran glaubte.

Sie wollte nicht glauben, dass Angriana in Wahrheit die Gute war. Sie konnte nicht. Nicht, wenn das bedeutete, jede Chance auf ein ruhiges Leben aufzugeben. Wenn sie sich für die Wahrheit tatsächlich mit Angriana auf dieselbe Seite stellen musste, würde sie kämpfen müssen. Wenn das tatsächlich die Wahrheit war, wenn die Erste Sprache der Welt schadete, war es keine Wahrheit, die das Septimat oder die Königin akzeptieren würde. Und doch wusste Likah, tief in ihrem Inneren, dass Angriana die Wahrheit sagte.

Likah spürte Angrianas Finger warm unter ihrem Kinn, als die Göttliche ihren Kopf anhob und sich ihr Blick in Likahs brannte wie ein Schmiedeeisen. »Ich habe nicht länger die Macht, die Welt von den Folgen der Ersten Sprache zu heilen. Ich bin nur noch ein kläglicher Überrest meines ehemaligen Selbst. Ich brauche dich, Tochter des Feuers. Die Welt braucht dich.«

Die Welt braucht dich. Es war ein Satz, in dem große Verantwortung mitschwang, und doch schien er Likah vertraut, als hätte sie ihr ganzes Leben lang nach diesem Satz gelebt.

Die Kinder brauchen dich.

Likah griff nach Angrianas durchscheinenden Handgelenken. Es war keine körperliche Berührung, aber Likah spürte ihre warme Haut im Geist. Wie eine Stimme, die beruhigend in ihr widerklang, ein Verband, der sich auf eine immer wieder aufreißende Wunde legte.

»Die Welt?«, fragte Likah schwach.

Angriana nickte. »Die Erste Sprache wird die Welt zerstören, wenn du nicht meine Flamme werden willst.«

»Das ist unmöglich.« Und doch wusste Likah, dass Angriana recht hatte. Die Erste Sprache wurde von den Menschen missbraucht, sie hatte es gesehen an der alten Tempelruine, wo plötzlich mitten im August Frost aufgetaucht war, sie hatte den unnatürlichen Sturm auf dem Meer mit dem brodelnd heißen Regen erlebt, und das untergegangene Reich, das sich jedem Naturgesetz widersetzte.

»Vielleicht hat die Welt noch Zeit«, erklärte die Göttliche. »Aber auf lange Sicht wird sie daran zugrunde gehen. Es ist deine Pflicht, zu handeln. Niemand außer dir kann das tun.«

»Es gab noch jemanden vor mir«, warf Likah ein. »Einen Mann namens Amaal. Er trug auch dein Zeichen.«

»Es gibt außer dir niemanden mehr. Amaal ist von meinen Widersachern getötet worden, ehe er meinem Ruf folgen konnte. Aber du kannst das schaffen. Ich brauche dich. Verschließ nicht die Augen davor.«

»Was muss ich tun?« Die Frage erschien ihr nicht einmal mehr groß. Nur notwendig.

»Finde jemanden reinen Herzens«, sprach die Göttliche. »Jemanden, der die Erste Sprache nicht versteht und kühn genug ist, dich auf deinem Auftrag zu begleiten. Jemanden ohne Schuld.«

»Und wo soll ich, unter all den Menschen auf der Welt, so jemanden finden?«

»Suche im Untergrund«, erwiderte Angriana. »Es gibt viele Geheimnisse unter der Erdoberfläche, und einige von ihnen wirst du nur glauben, wenn du sie mit eigenen Augen siehst. Ich weiß, dass du noch zweifelst. Das wird sich ändern, wenn du diese Person gefunden hast.«

»Und wenn ich sie gefunden habe, was dann?«

»Dann werdet ihr beide gemeinsam die Erste Sprache zerstören.«

Mit offenem Mund starrte Likah Angrianas durchscheinende Gestalt an. »Was?«

»Hab keine Angst, Tochter des Feuers«, flüsterte die Göttliche. »Du kannst das tun. Meine Seele hätte dich nicht gefunden, wenn du nicht die Richtige für diese Aufgabe wärst.«

»Aber … wie?« Hilflos hob Likah die Hände, ihr Mund war trocken, und noch war nicht in ihr Bewusstsein gedrungen, was sie erfahren hatte. »Ich kann doch nicht …«

»Du musst das Septimat versammeln, denn jedes einzelne Mitglied steht für einen Aspekt der Göttlichkeit und der Ersten Sprache. Du und der Mensch reinen Herzens, der noch unberührt ist von der Ersten Sprache, ihr werdet sie gemeinsam bannen. Und ich lehre dich die Worte, die du dafür brauchst.«

Angriana beugte sich vor. Ihre rot glimmenden Hände

berührten sie sanft an den Schläfen, und obwohl Likah ihre Finger nicht spüren konnte, umfing sie eine wohlige Wärme, ein angenehmes Schaudern, als Angriana sie auf die Stirn küsste.

Likah entspannte sich, während die Wärme durch ihren Körper strömte. Dann löste sich Angriana auf. Die roten Überreste schossen wie Dutzende Nadeln in Likahs Brust, und dann brach sie zusammen, als alles in Schmerz explodierte.

KAPITEL 23

DER BISS DER WEISSEN SCHLANGE

Matt vor Schmerz lag Likah auf dem steinernen Boden des Thronsaals. Obwohl jeder Knochen unter ihrem Fleisch brannte, richtete sie sich auf. Ihr Körper fühlte sich an wie eine einzige Brandwunde, selbst die Berührung ihrer Kleidung darauf schmerzte.

Likah stand lange nur da, starrte in das gemischte Licht, das durch die Fenster hereinschien, und blendete die flüsternden Stimmen der Geister aus, die seltsam still wurden, wenn sie Likah zu nahe kamen, und sie unverhohlen anstarrten. Gedankenverloren betrachtete sie ihre Hände, von denen ein rötlicher Schimmer ausging, der nun langsam verblasste.

Sie war gekommen, um die Wahrheit zu erfahren, aber die Erkenntnis, dass Angriana den Krieg damals gar nicht begonnen und nie gegen das Erste Wesen rebelliert hatte, war noch nicht vollständig zu Likah durchgedrungen. Wenn Angriana das Chaos verhindern statt es herbeiführen wollte, dann war sie über zweihundert Jahre zu Unrecht verurteilt worden. Und mit ihr all die Menschen, die sie unterstützt hatten. Wenn es sich herausstellte, dass Angriana zu Unrecht als Dämonin bezeichnet wurde und in Wahrheit eine Göttin war, gab es keinen Grund, Likah als Anhängerin einer Dämonin zu verurteilen. Dann wäre sie unschuldig.

Doch wie überzeugte sie das Septimat davon, wenn sie

keine Beweise für ihre Geschichte hatte? Und selbst wenn Likah es schaffte, sie zu überzeugen, würden sie niemals zulassen, dass Likah ihnen die Erste Sprache nahm. Der bittere Geschmack kroch in Likahs Rachen. Nein, niemals würden sie zulassen, dass ihnen das einzige Mittel genommen wurde, das ihnen zu Macht verhalf. Sie würden sich ihre Macht nicht nehmen lassen, nicht einmal, wenn das bedeutete, die Welt zu schützen. Nicht, solange die Bedrohung nicht unmittelbar sie betraf. Von dem Septimat konnte sie keine Voraussicht erwarten. Immerhin wären ja nicht sie diejenigen, die die Folgen zu tragen hätten.

Die Erste Sprache war kaum wegzudenken. Der Luxus der oberen Gesellschaftsschichten bräche weg, das Septimat verlöre die Legitimation seiner Herrschaft, und niemand würde akzeptieren, dass all dies notwendig war. Niemand würde akzeptieren, dass Angriana, die Erzdämonin und Feindin der Schöpfung, die Einzige war, die die Wahrheit erkannte. Die Erste Sprache war zu einem zusätzlichen Organ geworden, einst fremd im Leib der Welt, doch nun so eng damit verwachsen, dass es überlebensnotwendig geworden war. Und doch … wenn Likah dem Septimat davon erzählte, was sie gesehen hatte, von dem Sturm und den Naturgesetzen in Angriana, vielleicht würde man ihr dann glauben.

Vielleicht würde Arkin ihr glauben. Er hatte so viel Vertrauen in sie gehabt, möglicherweise reichte es aus, um zu verstehen, dass er seine Macht abgeben musste, um Nakita vor dem Chaos zu bewahren. Und gemeinsam konnten sie vielleicht die anderen überzeugen, zu handeln. Schlussendlich jedoch musste die Königin eine Entscheidung treffen. Sie würde ihr Reich niemals der Zerstörung hingeben – sofern sie Likah glaubte, dass die schlimmste Feindin der schöpferischen Ordnung eben diese retten wollte. Frustriert stieß Likah die Luft aus.

Auf schwachen Knien verließ sie den Thronsaal. Sie stieg die Stufen außerhalb des Obsidianschlosses hinunter und ließ das Flüstern der Geister hinter sich. Von nun an würde sie ihre Worte bedächtiger wählen. Sprechen, in dem Bewusstsein um die Folgen für diese Welt und ihre Natur. Der Geruch verrottender Blumen erhob sich um sie, als sie den Garten durchquerte und das aufgerissene Pflaster der Straßen durchpflügte.

Dieses Mal jedoch sah sie die Stadt mit anderen Augen. Sie wusste, dass nicht Angriana für diese verzerrte Welt verantwortlich war, sondern ein Missbrauch der Ersten Sprache. Sie schämte sich, weil auch sie verantwortlich für die Änderungen in der Natur war. Auch sie hatte die Erste Sprache benutzt.

Sie hörte das Knacken der Steine, die sich der Zeit entzogen, sah die Schatten des eigentümlich gefärbten Himmels und spürte die Brise auf der Haut, die nun eisig zwickte. Das war der Grund, weshalb Angriana untergegangen war, Likah durfte auf keinen Fall zulassen, dass dies mit dem Rest von Nakita passierte.

Eilig lief Likah zum Tauchboot. Sie wollte nicht länger als nötig bleiben, und jetzt, da sie um die Bedeutung ihrer Tätowierung wusste, war es an der Zeit, sich auf den Weg zu machen.

Finde jemanden reinen Herzens. Suche im Untergrund.

Das waren keine sonderlich genauen Anweisungen, aber mehr hatte Likah nicht. Sie kannte die Worte und das Ritual, aber hatte dennoch nicht das Gefühl, der Aufgabe gewachsen zu sein.

Sie warf einen letzten Blick zurück auf die zerstörte und verzerrte Stadt, bevor sie das Boot nahe an den Rand der Kuppel schob und sich hineinzwängte. Dann richtete sie den Blick gen Meerestiefen und sprach mit leiser Stimme:

»Schiebe«, und ein Windstoß erfasste das auf dem Trockenen liegende Boot und trieb es in das schwarze Meerwasser hinein.

Das Ziehen in ihrer Brust war verschwunden. Das Gefühl, das sie angeleitet hatte, war verblasst, und Likah ließ sich nun ruhig in den Sitz zurücksinken. Endlich begriff sie, was es gewesen war, das sie so zielsicher hierher hatte kommen lassen. Angrianas Seelensplitter hatte sie geführt. Aber wie lange schon hatte sie sich von diesem Gefühl leiten lassen? Seit sie denken konnte, war Kathasia ihr Ziel gewesen, um dort ein Leben aufzubauen. Wie lange schon hatte dieser Seelensplitter ihre Wege wohl geleitet? Wie viele ihrer Entscheidungen waren tatsächlich auf ihre eigenen Überlegungen zurückzuführen, wie viele ihrer Argumente ausschlaggebend? Likah schauderte und vermied, weiter darüber nachzudenken. Ihr gefiel die Vorstellung nicht, dass all ihre Entscheidungen durch eine äußere Kraft beeinflusst worden waren.

Sie ließ sich eine Weile durch die von der Tiefe geschwärzten Ruinen treiben und hing der Erleichterung in sich nach. Die Aussichten mochten dunkel sein, und doch hatte Likah das Gefühl, dass sich etwas gebessert hätte. Sie war nicht länger ahnungslos. Einmal im Leben kannte sie ihr Ziel, auch wenn der Weg dahin bis auf wenige Punkte ungewiss war. Sie fühlte sich nicht länger wie ein Stück Treibholz in einem stürmischen Ozean, sie konnte schwimmen, auch wenn die Fluten übermächtig waren.

Eine gefühlte Ewigkeit tauchte sie mit ihrem kleinen Boot unter der Wasseroberfläche entlang und orientierte sich dabei an der roten Nadel auf dem Armaturenbrett, die ihr den Weg wies. Als sie allmählich wieder auftauchte, sah sie Ladan am Schnitt zwischen Meer und Himmel. Likah steuerte auf das Land zu, wobei sie den großen Hafen mied und lieber auf das unbewohntere Land zuhielt. Sie wusste nicht, ob Trova dichtgehalten hatte, und wollte nicht riskieren, entdeckt zu werden. Nicht jetzt, wo sie endlich wusste, was zu tun war.

Als sie anlegte und aus der kleinen Kapsel stieg, füllte die salzige Luft ihre Brust, und sie sog sie ein, als hätte sie nie zuvor etwas so Köstliches gekostet. Likah breitete die Arme aus und schloss die Augen. Sie hatte nicht bemerkt, wie leblos und steif die Luft unten in Angriana geschmeckt hatte, und die Sonne am Himmel kam ihr vor wie das erste Licht nach Jahren voller Dunkelheit. Die weichen Strahlen liebkosten ihre Haut, und Likah war sich sicher, dass sie dies nicht verlieren wollte. Nachdem sie Angriana gesehen hatte, kam ihr alles, was zuvor selbstverständlich gewesen war, wie ein Geschenk vor. Die Natur, wie sie sie hier und jetzt erleben durfte, war vollkommen, doch wenn die Menschen die Erste Sprache benutzten, kam die Natur zum Erliegen. Likah konnte nicht zulassen, dass die ganze Welt in einen so verzerrten Stillstand geriet wie Angriana.

Eine Weile stand sie einfach nur da und bewunderte die orangen Strahlen der untergehenden Abendsonne. Der Wind kitzelte die feinen Härchen auf ihren Waden, die unter der hochgekrempelten Hose frei lagen. Mit einem Seufzen sank Likah zu Boden und lehnte sich an einen Stein, der von der Sonne angenehm gewärmt war. Mit geschlossenen Augen lauschte Likah dem Wind, der ihr ein ruhiges Lied summte.

Ob es Caia wohl gut ging? Sie hoffte, dass Trova sie sicher zurück an Land gebracht hatte. Sollte sie sie kontaktieren? Wenn sie recht überlegte, hatten die beiden gar nicht ausgemacht, wie sie sich wiedertreffen wollten. Vielleicht sollte Likah es zunächst im Gasthaus am Hafen versuchen.

Oder sie schickte den Falken, der hoffentlich noch bei Schneestirn im Stall wartete, nach Caia Ausschau zu halten.

Ein Zischeln brach die Melodie des Windes. Likah öffnete die Augen und blickte über die hohen Gräser am Küstenrand. Eine perlmuttweiße Schlange, schmal wie das Handgelenk eines Kindes und von der Länge her wie eine Elle, ringelte sich im Kies. Aus dem Maul des Tieres zischelte die Zunge hervor, und schwarze Augen ohne Lider stierten ihr entgegen. Likah starrte sie an. Ihr Herzschlag pochte bis in ihre Ohren, als sie sich langsam, bedächtig erhob. Schlangen griffen ohne Grund keine Menschen an.

Sie wich zurück. Die Schlange kroch gemächlich auf sie zu und hob den Kopf in Likahs Richtung. Ein Zischen ließ Likah zusammenzucken, dann schoss der Körper der Schlange vor. Mit einem Keuchen stolperte Likah rückwärts, kalte, glatte Schuppen glitten über ihre Wade.

»Schiebe!« Ihr Herz hämmerte, als der Wind den glänzenden Leib ergriff und von sich schleuderte. Das Zischen der Schlange durchzog die Luft, dann klatschte das Tier auf den Boden, und Likah rannte.

Hinter ihr raschelte das Küstengras, sie sah zurück über ihre Schulter und sah das Tier wieder auf sich zukriechen. Unmöglich, kein Tier folgte derart verbissen einem Menschen. Es sei denn …

Wieder zischte die Schlange. Likah biss die Zähne zusammen, wartete noch eine Sekunde, dann sprang sie zur Seite. Sie stieß mit dem Knöchel gegen einen Stein, verlor das Gleichgewicht und stürzte. Der Ruck presste Likah die Luft aus dem Körper, um der Atemlosigkeit zu entkommen, rollte sie sich auf den Rücken und hustete. Die Schlange glitt auf sie zu. Jetzt hatte Likah keine Zweifel mehr. Es war Lisanders weiße Schlange, das heilige Tier Lishols, und Likah konnte rennen, so viel sie wollte, sie würde sie verfolgen, bis das Tier sie entweder erwischte oder ihr vor Erschöpfung nicht länger folgen konnte.

Hastig rappelte sie sich auf, die Hand schon am Griff ihres Dolchs. In einer flüssigen Bewegung hatte sie die Klinge gezogen und stach auf die Schlange ein, die unter ihr am Boden lauerte. Es war ein Fauchen, unter dem die Schlange einen weiteren Angriff startete, Likahs Klinge fuhr durch den schuppigen Körper und nagelte das Tier an den Boden, doch anstatt leblos zusammenzusacken, schoss die Schlange auf Likah zu und versenkte die Zähne in ihrem Handgelenk. Mit einem Schrei riss Likah den Arm zurück, die Schlange blieb zuckend liegen.

Likah wischte sich den Schweiß von der Stirn und atmete auf, während das dicke Blut der weißen Schlange in den Sandboden sickerte. Sie setzte sich in den Schneidersitz und krempelte den rechten Hemdsärmel hoch. Zwei winzige Bisslöcher bildeten einen dunklen Kontrast auf ihrer bleichen Haut, die Wunden brannten und juckten.

»Ich dachte schon, ich müsste mich hier zu Tode langweilen«, ertönte eine helle Stimme hinter Likah.

Langsam drehte sie den Kopf und sah einen Jungen dort stehen. Einen Jungen mit kurzem, karamellfarbenem Haar, mit schmalen Schultern und eleganter, aber schmuckloser weißer Robe. Kin, Lisanders Schüler.

»Das wird Lisander nicht freuen«, sagte er und deutete mit mürrisch verzogenem Mund auf die zweigeteilte Schlange. »Er hat nicht mehr viele davon.«

»Wie hast du mich gefunden?« Likah packte den Dolch, der noch im Sand und der Schlange steckte, und zog ihn aus dem Boden.

»Lisander meinte, du würdest irgendwo hier in der Nähe auftauchen. Und wusstest du, wie präzise Schlangen Vibrationen im Boden spüren können?«

Grob wischte Likah das Blut vom Dolch ab. »Du hast nur hier auf mich gewartet, um mich dann zu vergiften?«

»Ja.« Kin zog die Beine an und schaukelte auf dem Stein, auf dem er saß. »Irgendwie muss ich dich ja zwingen, mit mir zu kommen, und ich hatte keine Lust, dir einen Knüppel über den Kopf zu ziehen. Das ist nicht mein Stil.«

Nun richtete Likah den Dolch auf Kin. Wie hatte sie nur so unvorsichtig sein können? »Dein Pech, mein Stil ist es schon.«

»Lisander erwartet dich in der Stadt«, fuhr der Schüler fort, als bemerke er ihren Dolch überhaupt nicht. »Und an deiner Stelle würde ich mich beeilen, sieht so aus, als hätte sie dich übel erwischt.«

Finster erwiderte Likah seinen Blick, ließ den Dolch sinken und drückte die Hand auf ihren Unterarm. Die Haut um die Einstiche nahm bereits eine dunkle Farbe an und pochte wie eine Prellung. »Da kann er lange warten«, knurrte sie.

»Er hat das Gegengift.«

»Wenn er mich unbedingt sehen will, warum ist er dann nicht selbst hier?«, fragte Likah mit zusammengebissenen Zähnen. Wut ließ das Blut durch ihre Ohren rauschen. Wut darüber, dass Kin gleichgültig blieb, während ihr die Angst in die Kehle schnitt. Wut über sich selbst, dass sie sich so leicht hatte erwischen lassen. Wut über die Hilflosigkeit, in der sie sich erneut gefangen sah.

»Du bist dümmer, als ich dachte«, antwortete Kin und verdrehte die Augen. »Du denkst doch nicht, Lisander würde für jemanden wie dich persönlich diese … Wildnis aufsuchen und dort warten.«

»Aber du schon.«

»Ich muss eben tun, was mein Meister mir sagt. Daran hast du dich wohl nicht gehalten. Oder eher: Arkin ist auch ein Verräter, und ihr steckt unter einer Decke?«

»Was willst du damit sagen?«, fuhr Likah scharf dazwischen. »Dass er mich hat fliehen lassen? Willst du diese Anschuldigung wiederholen, wenn die Königin dich fragt?«

Kin schnalzte mit der Zunge, und Likah spürte, wie das Kribbeln ihre Hand betäubte und langsam ihre Schulter hinaufkletterte.

»Nein. Aber dir glaubt sowieso niemand. Kommst du jetzt mit?«

»Wir haben nie darüber gesprochen, wer du warst, bevor Lisander dich als Schüler aufgenommen hat, oder?«

»Und du willst das jetzt unbedingt nachholen?«

Sie wies zu seiner Hand, wo ein goldener Ring im Abendrot glühte. »Dieser Ring ziert die rechte Hand der Hausherrin der Familie Kastanach. Er wurde seit Generationen von Mutter zu Tochter weitergegeben, aber nie an einen Sohn.« Sie hatte den Ring am Abend ihrer Einweihung bemerkt. Die Tragödie in Almarek wurde streng geheim gehalten. Nur die damals Anwesenden wussten von dem schrecklichen Feuer, in dem die gesamte Familie verstorben war.

»Du hast den Ring genommen, nachdem deine Mutter und Schwestern im Feuer starben, richtig?«, schloss Likah. »Ich habe damals davon gehört.« Sie wusste nicht, warum sie das sagte. Um Zeit zu schinden? Zeit, die sie nicht hatte?

Die Hand, an der Kin den Ring trug, presste er fest zusammen, sodass sich seine filigranen Knöchel weiß färbten. Bleicher Zorn verhärtete seine Lippen, doch dann löste sich die Spannung aus seiner Miene, und er setzte denselben gelangweilten Gesichtsausdruck auf wie zuvor.

»Du weißt gar nichts, weder über mich noch über meine Familie. Und wenn du glaubst, du könntest mich irgendwie dazu bringen, dir das Gegengift zu geben – spar dir den Atem, der wird dir ohnehin noch knapp. Ich habe kein Gegenmittel. Also entweder kommst du mit und lässt es dir geben, oder du stirbst hier und lässt uns deine Leiche finden. Deine Entscheidung.« Kin pustete sich lässig eine Haarsträhne aus dem Gesicht, bevor er die Hände in die Hosentaschen steckte und ging. »Ach ja, und wenn du glaubst, mich irgendwie erpressen zu können«, sagte er noch, ohne sich umzudrehen. »Lisander weiß alles über mich.«

»Ihr würdet mich nicht sterben lassen«, sagte Likah ruhiger, als sie war. »Die Königin wird eine Verhandlung wollen.«

Für einen Moment hielt Kin inne, scheinbar nur, um genervt auszuatmen. »Zu schade, wenn du durch einen Unfall stirbst. Was glaubst du, macht sie mit uns? Du wirst vergessen, Likah. Wenn du stirbst, kritisiert sie vielleicht Lisander, aber sie wird darüber hinwegsehen, und Arkin wird eine neue Schülerin haben. Du bist austauschbar, finde dich damit ab.«

»Nein! Wenn ich sterbe, habt ihr die Verantwortung zu tragen. Die Königin würde eine Verräterin lebend wollen.«

»Willst du darauf wetten?« Kin zuckte mit den Schultern und stapfte los.

Likah streckte die Hand aus, wie um ihn aufzuhalten, doch ein zweites Mal hielt er nicht an. Ihr Körper kribbelte, als sie hinter ihm herstolperte. Der Herzschlag wurde schwer in ihrer Brust, und das Atmen gewann an Gewicht. Sie biss die Zähne zusammen. Kin sprach kein Wort mehr, und Likah musste sich darauf konzentrieren, den Schwindel zu bekämpfen.

Ihre Gedanken überschlugen sich. Wenn sie gewusst hätte, was für ein Gift es war, hätte sie vielleicht ein Gegenmittel herstellen können, aber die weißen Schlangen unterstanden ausschließlich Lisanders und Kins Befehlen, und sie wäre tot, ehe sie die Ingredienzien gesammelt hätte.

Sie hatte keine andere Wahl, als zu Lisander zu gehen und sich das Gegengift geben zu lassen. Aber wenn sie erst einmal bei ihm war, konnte sie Angrianas Plan nicht verfolgen. Lisander würde sie vor Gericht bringen, und Likah müsste sich erklären – aber würde irgendjemand ihr auch nur zuhören, geschweige denn glauben?

Übelkeit drückte ihre Kehle zusammen, und sie fühlte, wie das Gift langsam durch ihren Körper rann wie dickflüssiges Sumpfwasser. Jeder Schritt schmerzte jetzt in ihrem Oberschenkel, und ihre Wade brannte. Nebel schloss sich um Likahs Geist und machte jede weitere Überlegung schwer. Kin drehte sich nicht zu ihr um. Vielleicht hätte er sie liegen gelassen, wäre sie auf der Stelle zusammengebrochen.

Sie schleppte sich hinter ihm her und lallte mit schwerer Zunge die Worte. »Was hast du überhaupt von alledem?«

»Das kannst du dir sicher selbst beantworten.«

»Ihr glaubt, ich würde dem Reich schaden wollen«, sprach Likah verzweifelt, »aber das stimmt nicht.«

»Sag doch, was du willst, es spielt keine Rolle. Nicht für mich.«

Bevor Likah antworten konnte, schlug ihr heißer Schwindel entgegen, sie keuchte und streckte die Hände nach dem Boden aus, um sich abzufangen. Dann ging sie langsam in die Knie. Alles drehte sich.

»Meine Güte.« Sie hörte das Augenrollen in seinem Tonfall. Dann riss sie etwas am Ärmel hoch.

Kin hatte viel Kraft für seinen zierlichen Körper, er zog Likah in eine aufrechte Haltung und schleifte sie hinter sich her. Benommen hielt sie sich an Kin fest.

Von da an war alles ein verwirrendes Gemisch aus Farben und Geräuschen, die sich nur schwer zuordnen ließen und ihre Gedanken bogen und verkrümmt zurückließen.

Ihr Körper verlor die Stütze. Sie fiel. Dann lag sie, schwach wanderten die Hände zu ihrer Brust, auf der ein riesiger Stein zu lasten schien.

Panisch rang Likah nach Atem, aber ihr Körper wurde reglos, ihre Muskeln zogen sich zusammen, und sie vermochte es kaum noch, sich zu regen. Die Umwelt verlor ihre Bedeutung, und dann erloschen alle Lichter. Schwarzes Sein senkte sich über Likah.

Ihr Erwachen kam langsam, sie wusste nicht, wie viel Zeit vergangen war, aber Likah atmete langsam und gleichmäßig. Ihre Augenlider sprangen auf.

»Schlecht geschlafen?«, hörte sie eine kalte, honigfarbene Stimme neben sich.

Ihr Blick wanderte zur Seite. Dort saß Lisander, im Schneidersitz in einem bezogenen Sessel mit einer Porzellantasse in der Hand, aus der weißer Dampf aufstieg. Seine Mundwinkel zeigten nach oben, aber er lächelte nicht. »Setz dich auf«, befahl er.

Der Schwindel und das Pochen in ihrem Kopf waren nicht verschwunden, aber sie drehte die Beine vom Sofa, auf dem sie gelegen hatte, und erwiderte Lisanders Blick.

»Ihre Methoden lassen zu wünschen übrig«, stieß Likah wütend hervor. »Ich bin immer noch Arkins Schülerin.«

»Die vor dem Gesetz geflohen ist«, ergänzte er. »Es wird dich überraschen, aber das ist auch der Königin nicht entgangen.« Er schob ihr ein gefaltetes Stück Pergament zu, dessen Siegel bereits gebrochen war. Dennoch erkannte Likah noch das Zeichen des Königshofes. Der einzigen Instanz, die gesetzliche Macht über das Septimat hatte.

Mit zitternden Händen nahm sie das Dokument auf. Als sie es auffaltete, las sie Folgendes:

Durch königlichen Erlass sei es jedem Bürger und jeder Bürgerin von Nakita gestattet, jedwede Maßnahme zu ergreifen, um die Staatsverräterin Likah Laien, geboren in Almarek, Lishol, am 27. des vierten Monats im Jahre 200, zu fassen. Sie ist lebend nach Zasshin, Yol-Khor, zu bringen. Wer sie ergreift, soll belohnt werden.
Königin Nalhari Aradir Rochan III

Mit steifen Fingern legte Likah den Erlass zurück auf den Tisch. Dann hob sie den Blick zu Lisander, der sie triumphierend ansah.

»Ich habe einige Fragen an dich, bevor ich dich mitnehme«, begann er und legte die langen Finger aneinander. »Was hattest du dir erhofft, zu finden?«

Er wollte sich einen Vorteil verschaffen, indem er so viele Informationen für sich sammelte wie nur möglich. Likah kannte das Spiel, aber sie war nicht bereit, sich darauf einzulassen. »Woher wussten Sie, dass ich hier sein würde?«

»Ein wenig Kombinationsgabe und Hilfe einer Person, die mehr als kooperationswillig war. Es war nicht schwer, sich auszumalen, wonach du suchen würdest. Nach deiner unheiligen Herrin, so ist es doch, oder nicht? Hast du sie gefunden?«

»Mit wem haben Sie gesprochen?«, fragte Likah, aus Angst, er könnte Trova oder schlimmer noch Caia aufgegriffen haben, aber Lisander antwortete ihr nicht, sondern lehnte sich entspannt zurück.

»Hast du gefunden, wonach du gesucht hast?«, wiederholte er.

Likah grub die Hände in den Sofabezug. »Ich will, dass Sie mich zu Arkin bringen. Sonst sage ich Ihnen gar nichts.«

»Keine Sorge, ihn siehst du bald genug. Die Dinge entwickeln sich in eine sehr interessante Richtung. Arkin scheint einfach kein Glück mit seiner Nachfolge zu haben, auf die eine oder andere Weise …« Er stand auf, so plötzlich, dass Likah zurückzuckte. »Kin, kümmere dich darum, dass sie auf der Reise keine Probleme macht. Ich werde nicht den Aufpasser spielen.«

Sie hatte Kin nicht bemerkt, er trat jetzt aus den Schatten des Raumes heraus und nickte stumm. Dann brachte er ein Seil und knotete Likahs Handgelenke hinter ihrem Rücken zusammen. Sie wehrte sich nicht, denn sie wusste, dass ihr keine Flucht gelingen würde. Nicht, während Lisander sie beobachtete.

Sie würden sie nach Zasshin bringen, wo Likah hoffentlich vor Gericht würde sprechen dürfen. Gegen das Septimat konnte sie nicht ankommen, jedenfalls nicht, solange sie nicht die Person reinen Herzens gefunden hatte. Ohne diese waren die Worte, die Angriana sie gelehrt hatte, bedeutungslos. Sie musste ihnen die Wahrheit erzählen und hoffen, dass sie ihr glaubten. Oder vorher fliehen.

Sie fühlte sich so klein und machtlos, dass sich ihr ganzer Körper verkrampfte. Sie kniff die Augen zusammen, um die Tränen der Wut zurückzuhalten. Grob zog Kin sie am Kiefer nach oben, um ihr ein Stofftuch über den Mund zu knoten. Likah fuhr zurück und funkelte den Jungen an.

»Wehr dich nicht«, sagte er. »Das macht es sowieso nur schlimmer.« Seine Sprache verriet nichts davon, ob er an der Idee Gefallen fand oder sie verabscheute.

»Das ist nicht notwendig.«

Er rollte mit den Augen. »Also ob du nicht wüsstest, wieso das notwendig ist.«

»Ihr habt Angst, ich könnte abhauen.«

»Schon gut«, unterbrach Lisander. »Lass den Knebel, wenn sie sich so daran stört. Ihr die Zunge rauszuschneiden, hat den gleichen Effekt.« Er reichte Kin ein kleines Tafelmesser. »Du musst vielleicht ein wenig sägen, aber das wird es schon tun.«

Kin verzog angeekelt das Gesicht, ließ aber den Stoff fallen und nahm das Messer zur Hand. Likah drückte sich in die Lehne des Sofas und schüttelte den Kopf, während sie die Klinge anstarrte und ihr Herz nach oben zu wandern begann. Sie schluckte, während ihr Herzschlag ihr die Luft einklemmte.

»Ich glaube, ich bevorzuge doch den Knebel«, flüsterte sie.

Likah konnte sich nicht erinnern, wann sie das letzte Mal tatsächlich ein Gebet in Gedanken formuliert hatte, aber an diesem Tag betete sie. Sie betete zu allen acht Gottheiten und schließlich zum Ersten Wesen, während sie gefesselt in Lisanders Kutsche saß, die auf dem schnellsten Weg nach Zasshin fuhr. Sie hatte nie so sehr das Gefühl gehabt, göttliche Hilfe zu brauchen. Völlig erschöpft und körperlich wie geistig am Ende ihrer Kräfte schlief Likah an diesem Abend ein.

Als sich das Tempo der Kutsche verlangsamte, wachte Likah auf. Ihre Augen brannten noch von den Albträumen, die sie in der unruhigen Nacht gequält hatten. Das Rattern der Kutschenräder ließ nach, und sie wusste, dass sie über das geschliffene Pflaster von Seran fuhren.

Es war ein vertrautes und doch merkwürdiges Gefühl, hierher zurückzukehren, in ihr neu geschaffenes Zuhause. Ihr Herz nahm an Fahrt auf wie eine Lawine, die immer schneller einen Berg hinunterraste. Likah kam auf die Knie und linste aus dem Fenster. Trotz der Umstände flatterte die Aufregung in ihr darüber, dass sie Arkin wiedersehen würde. Nur … was dann? Er würde sie wohl kaum freudig empfangen. Ihre Brust gefror, und der kurze Anflug von Freude zerbrach so schnell, wie er gekommen war.

Die Kutsche hielt. Mit der sich öffnenden Tür strahlte bleiches Licht in das Innere. Lisander stand vor ihr und streckte ihr die Hand entgegen. Likah schnitt eine finstere Grimasse. Sie konnte seine Hand ob der Fesseln gar nicht ergreifen, und so mühte sie sich auf die Knie und in den Stand. Lisander schien es zu langsam zu gehen, er packte sie am Oberarm und zog sie hinaus.

Um das Gefährt hatten sich Menschen versammelt. Sie starrten Likah an. Keinem von ihnen konnte sie in die Augen sehen. Sie schämte sich und sie hatte Angst davor, ihren anklagenden Mienen zu begegnen.

»Gebt Arkin Bescheid«, rief Lisander, »dass seine verlorene Schülerin heimgekehrt ist.«

»Das wird nicht mehr nötig sein. Dein Eintreffen war unmöglich zu übersehen.« Die Menge teilte sich wie Wolken vor einem Gewitter, als in dunkelblauer Robe und mit zerzaustem Haar Arkin auf sie zuschritt und Lisander mit einem prüfenden Blick musterte, Likah hingegen würdigte er keines Blickes.

Likahs Herz pochte schwer. Arkin sah strenger aus als das letzte Mal, als sie ihn gesehen hatte. Es verunsicherte sie, ihn so zu sehen. Seine Leichtigkeit war verschwunden, aber sie konnte ihn nicht fragen, wie es ihm ging, obwohl sie sich sorgte.

»Ich habe die Verräterin aufgegriffen«, sagte Lisander mit einer süffisanten Note in der Stimme. »Natürlich muss sie unverzüglich nach Yol-Khor, aber ich wollte dir den Respekt erweisen und dir die Möglichkeit geben, deine Schülerin dieser Rechtsprechung zu übergeben. Es ist dein Recht und deine Pflicht. Um dich von dieser Schande zu befreien …«

Endlich schenkte er Likah einen Blick, doch seine harte Miene änderte sich nicht. Da ihr der Knebel noch im Mund steckte, versuchte sie ihm mit den Augen zu sagen, dass sie die Antworten gefunden hatte. Aber dies schien nicht mehr derselbe Arkin zu sein, der ihr sein Vertrauen geschenkt hatte und der auf ihre Rückkehr wartete.

»Ich kümmere mich darum«, erwiderte Arkin kühl. Dann trat er an Likah heran und nestelte an den Fesseln um ihre Handgelenke. Die Haut war aufgescheuert und schmerzte, doch Likah kümmerte es kaum noch. Der Schmerz war nichts im Vergleich zu dem, den sie in den letzten Tagen erduldet hatte.

»Das sind Sicherheitsmaßnahmen«, wandte Lisander ein.

»Ich werde auf sie aufpassen«, sagte Arkin, und die Fesseln glitten zu Boden.

Es war, als fiele etwas viel Schwereres von ihr ab als nur Hanfseile. Likah zog die Hände vor ihren Körper und betastete vorsichtig die gerötete Haut, während sich Arkin an dem Stofftuch zu schaffen machte.

»Das solltest du besser lassen, wenn du nicht willst, dass sie dir wieder davonläuft«, sagte Lisander.

»Ich kann sie unter Kontrolle halten.« Der Knebel fiel aus Likahs Mund, sie wischte sich über die Lippen, sah zu Arkin hoch und flüsterte:

»Arkin, es tut mir leid. Ich wollte nicht –«

Seine Hand traf wie eine Peitsche auf ihre Wange und fegte ihren Kopf zur Seite. Likah stolperte einen Schritt zurück. Ihre Hand zitterte, sie hob die Fingerspitzen zu ihrer heiß pulsierenden Wange als müsse sie sich vergewissern, dass er sie tatsächlich geschlagen hatte.

»Sei still«, sagte Arkin leise, als sie den Mund öffnete. »Du wirst Gelegenheit bekommen, zu sprechen. Vor dem Gericht von Zasshin.«

Fassungslos sah Likah Arkin an, dessen Miene noch immer nichts verriet. Sein Blick bohrte sich in ihren, ihr Herz raste und klopfte, dann ergossen sich Tränen wie brennende Flüsse über ihre Wangen, und sie senkte den Blick.

Er musste das tun, um sein Gesicht zu wahren, sagte sie zu sich selbst. *Er glaubt immer noch an dich.*

Und doch flüsterte eine kleine Stimme in Likahs Kopf eine winzige Frage, die ihr mehr Angst machte als das bevorstehende Urteil:

Und was, wenn nicht?

KAPITEL 24

KÖNIGLICHES URTEIL

Den hereinbrechenden Morgen verbrachte Likah vor einem vergitterten Kerkerfenster, frierend saß sie auf den Knien, das Kinn auf die kleine Ausbuchtung des Fensters gestützt. Die graue Stadt Zasshin erhob sich aus dem Frühnebel. Yol-Khor war ein blasses Land, erbaut aus Stein und umgeben von dichten Nadelwäldern, die den Nebel heraufbeschworen. Die Sonne schien das Land zu meiden, als wäre der Himmel über Yol-Khor ein selten blinzelndes Augenlid.

Likah hatte aufgehört zu zählen, wie viele Tage sie darauf wartete, dass alle Mitglieder des Septimats in Zasshin eintrafen. Darauf wartete, dass ihr Prozess begann.

Bei dem Gedanken daran wurde ihr Mund trocken. Ihr Prozess. Sie würde vor die Königin treten und sich erklären müssen. Mehr konnte sie nicht tun. Ihr Schicksal lag in den Händen der Königin.

Ein scharfer Windstoß fuhr durch das Gitter in die Zelle und kratzte Likahs Haut. Sie zitterte und rieb sich die Oberarme, aber die Kälte ließ sich nicht abschütteln.

»*Beruhige dich.*« Sie flüsterte nur, dennoch hatte der Wind sie gehört. Er legte sich und hörte auf, nach ihr zu schnappen. Sie wusste, dass sie die Erste Sprache nicht so leichtfertig verwenden sollte, aber die Verlockung, dem beißenden Wind zu entgehen, war zu groß und die Decke, die man ihr gegeben hatte, zu dünn.

Erschöpft sank Likah gegen die Wand und wärmte sich die Hände an den Wangen. Aber es war nicht nur physische Wärme, die ihr fehlte. Likah war ganz allein. Eine einsame Flamme in einer Wüste aus Eis. Sie horchte in sich hinein, aber da war nichts als Stille. Angriana hatte sie allein gelassen.

Sie hauchte eine weiße Dampfschwade in die Kälte, als sie die Schlüssel klappern hörte. Schritte hallten durch das schwarze Gefängnis, und das schmierige Licht einer Öllampe warf verwaschene Schatten an die Wände.

»Steh auf«, sagte die Wache knapp. Likah konnte ihr Gesicht nicht erkennen. Wie alle Wachen von Yol-Khor trug sie eine schwarze Kutte mit einer Kapuze, die das gesamte Gesicht verbarg.

Likah presste die Zähne aufeinander, damit sie nicht klapperten, ein Schauer kritzelte Gänsehaut auf ihre Arme.

»Keine Dummheiten«, warnte die Wache, als sie die Zelle aufschloss. »Das Septimat ist hier.«

Stumm nickte Likah. Sie atmete leise und wagte kaum, die Frau in der schwarzen Kutte anzusehen, als sie quietschend die Tür öffnete. Likah hatte nicht vorgehabt, zu fliehen. Nicht jetzt, dafür war es zu spät. Dem Septimat war sie nicht gewachsen. Es gab nur einen Weg: Sie musste die Wahrheit sagen. Ihnen all das erzählen, was Angriana gesagt hatte, und sie vor den Konsequenzen ihres Handelns warnen. Und sie mussten ihr glauben.

Likah folgte der Wärterin durch die Flure. Es gab keine Lampen, und der Wind fauchte durch die Lücken der Gitterfenster. Es ging eine schier endlose Zahl an Stufen nach oben, und während ihre Zehen immer noch taub vor Kälte waren, breitete sich Hitze in ihren Beinen aus. Das Gericht von Zasshin befand sich über dem Gefängnis.

Als sie oben ankamen, tobte Likahs Herz in ihrer Brust,

dass ihr schlecht wurde. Sie schluckte ihre Angst hinunter, doch noch immer wucherte sie in ihrem Magen wie ein giftiger Schimmelpilz.

»Du gehst einfach hinein«, erklärte die Wärterin tonlos. »Bis zu deinem Platz in der Mitte. Du wirst ihn erkennen.« Sie wies auf die schmale, mit Eisen beschlagene Holztür, die gerade hoch genug für einen Menschen war. Ihre Hände zitterten, als sie nach der Klinke griff, die Scharniere kreischten, dann betrat sie den Gerichtssaal mit aufrecht erhobenem Kopf, obwohl ihr Herz in der Brust zu zerspringen drohte. Sie kannte die Wahrheit. Jetzt musste sie nur noch die Königin dazu bewegen, dass sie das ebenfalls erkannte.

Der Saal war rund aufgebaut. An den Wänden standen Zuschauerbänke, auf denen für gewöhnlich das hohe und gebildete Volk saß, um wichtigen Prozessen beizuwohnen. Jetzt waren die Sitze leer. Likah runzelte die Stirn; entweder wollte die Königin mit der freudigen Nachricht warten, dass sie die Verräterin geschnappt hatten, oder sie wollte möglichst diskret mit Likah umgehen. Vielleicht, dachte sie bitter, wollte man auch bloß vermeiden, dass später eine andere Geschichte die Runde machte als die offizielle.

Likah blickte in die Gesichter des Septimats, die erhöht an ihren Pulten saßen, zur Linken und Rechten der Königin, sodass sich ein verlängerter Halbkreis um ein einzelnes Pult zog, das viel tiefer lag als die anderen. Likahs Platz.

Mit rasendem Herzen begab Likah sich in die Mitte und wusste, dass sie beobachtet wurde von dem Septimat und dessen Nachfolge.

Lisander trug ein kühles Lächeln, durch das Likah hindurchsehen konnte wie durch ein poliertes Fenster. Er stützte das Kinn auf die Hand, und sie konnte den verspannten Kiefer darunter sehen, während Kin desinteressiert in Dokumenten blätterte.

Nur der Platz an Arkins Seite blieb leer. Denn Likah, die dort hätte sitzen sollen, ließ sich steif auf dem Platz der Angeklagten nieder. Sie faltete die Hände, um das Zittern zu verbergen, und presste unter dem Tisch die Knie aneinander. Arkin sah sie nicht an. Sein Blick war gesenkt auf einen Stapel Papiere. Seine Miene war schwer zu lesen. Vielleicht hatte nicht nur Angriana Likah allein gelassen, sondern auch Arkin. Sie musste durch all das ganz allein durch.

Königin Nalharis schwerer Umhang raschelte, als sie sich erhob. Sie räusperte sich, bevor sie begann: »Ich würde sagen, ich bin froh, jeden von euch zu sehen, aber der Grund, aus dem wir heute hier sind, ist alles andere als erfreulich.« Sie sah in die Runde. »Wir sind hier, um über das Schicksal von Likah Laien, Schülerin von Arkin Minnestra von Kathasia, zu entscheiden. Es ist ein trauriger Tag, an dem die Schülerin des Septimats von unserer weltlichen Macht gerichtet werden muss. Dir, Likah Laien, wird Folgendes vorgeworfen: Verrat an unserem Staat, der auf den Grundfesten der Ordnung des Ersten Wesens erbaut wurde, Flucht vor dem Gesetz in seiner höchsten Instanz und Anbetung der Dämonin Angriana.«

Likah stand auf und hob den Kopf, beide Hände auf ihr Pult gestützt, damit sie nicht vor Schwäche zusammenbrach. »Ich kenne die Vorwürfe, die mir gemacht werden, aber wenn Sie mich sprechen lassen, werden Sie feststellen, dass ich alles erklären kann.«

»Sei still!« Lisanders Stimme schnappte durch den Saal. »Wie kannst du es wagen, vor der Königin zu sprechen, ohne dazu aufgefordert zu werden? *Blende!*«

Das Licht explodierte, als wäre plötzlich eine Sonne aufgeflammt, und brannte sich in Likahs Augen. Ein Schrei schoss aus ihrer Kehle, und sie schlug beide Hände vor das Gesicht, während sie vornüber auf die Knie fiel. Weiße und rote Punkte schwammen wie ein Schwarm aufgebrachter Raubfische vor ihrer Sicht. Ihre Hände wurden feucht vor Tränen, sie kauerte sich zusammen und schluchzte vor Pein.

Ein harter Luftstoß schoss an ihr vorbei. »Noch ist sie meine Schülerin, Lisander«, hörte sie Arkin nun direkt neben sich. Sein Tonfall war wie ein frisch geschärftes Messer. »Leg Hand an sie, und du wirst es bereuen. Wir sind hier noch nicht fertig.«

»Noch«, wiederholte Lisander. »Dieser Wahnsinn wird nicht viel länger dauern.«

»Das hast nicht du zu entscheiden«, antwortete Arkin.

Likah blinzelte. Allmählich kam ihre Sicht zurück, auch wenn der Kopfschmerz wie eine Felsspalte hinter ihrer Stirn klaffte. Sie stützte sich auf den Stuhl und hievte sich unter Schmerzen darauf. Verblüfft betrachtete sie den Blickabtausch zwischen Arkin und Lisander. Verteidigte Arkin sie etwa?

»Über Likahs Schicksal werde ich entscheiden, sobald diese Anhörung beendet ist«, sprach Nalhari ruhig dazwischen. »Bis es so weit ist, da stimme ich Arkin zu, ist von ihr abzulassen. Bitte setzt Euch, damit wir fortfahren können.«

»Trag mich.« Die Worte ließen Arkin in einem Windrausch zurück an seinen Platz kommen, wo er sich mit demütig gesenktem Kopf setzte.

Seishun, die Stimme von Ganoire, räusperte und erhob sich. Ihr graues Haar war ordentlich zurückgekämmt. »Wenn ich bitten darf, würde ich gern als Erste das Wort erheben.« Als Nalhari nickte, fuhr sie fort: »Dieser Fall ist für uns alle nicht leicht zu handhaben. Jemanden aus unserem innersten Kreis vor die Rechtsprechung führen zu müssen, ist in der Geschichte unseres Staates noch nicht vorgekommen. Deshalb sind Sie heute hier, meine Königin, um die Entscheidung zu treffen. Denn am Ende wird nur Ihre Weisheit gut genug sein, nur Ihre Augen klar genug, um die Wahrheit zu durchschauen. Darum bin ich froh, Sie hier zu wissen, obwohl die Umstände betrüblich sind.« Seishun machte eine längere Atempause, in der sie Likah ansah. Ihr fliederfarbenes Jackett war ohne jeden Makel, und sie hatte die Hände, die unter den Rüschen der Ärmel hervorspähten, sachte übereinandergelegt.

»Ich habe dich trotz deiner Vergangenheit als ein sehr liebenswertes Mädchen kennengelernt, Likah. Trotz all der Dinge in deinem Leben, die vielfach dagegengesprochen hätten, dich als Schülerin aufzunehmen, wollte ich dich mit offenen Armen und ohne Vorurteile empfangen. Du warst ein Mädchen, das ohne Eltern aufwuchs, ohne in den Genuss einer zivilisierten Welt zu kommen, ein Mädchen, das einfach nicht verstehen konnte, wie unsere Welt funktioniert, weil du nie ein Teil davon warst.

Bevor Arkin Likah zu seiner Schülerin erklärte, lebte sie das Leben einer einfachen Straßendiebin. Sie bereicherte sich am Leid anderer, nahm, was ihr nicht gehörte. Aber noch mehr als das, sie beanspruchte nicht nur fremdes Eigentum für sich, diese Gier trieb Likah noch weiter: Für Geld ging sie sogar so weit, bewaffnet auf Unschuldige loszugehen. Likah verübte bewaffnete Raubüberfälle, und entgehen konnte sie der Strafe nur, weil sie durch Arkin eine Immunität gegen das bürgerliche Recht erlangte.

So sehr ich auch versucht habe, all die Anzeichen umzudeuten, es betrübt mich dennoch, dass Arkin nach der Sache mit Saaid erneut mit einer solch schwierigen Schülerin zu kämpfen hat. Aber das war es nicht, was mich die Hoffnung aufgeben ließ. Nicht, dass wir es mit einer Diebin und Mörderin zu tun hatten, nicht, dass sie Kathasias Erbe nicht tragen konnte, und auch nicht, dass sie das Mal der Dämonin trägt. Nein, was mich am allermeisten bestürzt, ist Likahs Flucht vor der Gerechtigkeit. Als ein Mensch mit klarem Verstand konnte ich nicht umhin, das als Schuldeingeständnis zu werten.

Selbst wenn wir all die anderen Dinge beiseiteließen – die Diebstähle, die Körperverletzung, den Pakt mit der Dämonin –, selbst dann ist Likah Laien vor den Konsequenzen ihres Handelns geflohen, vor der Gerechtigkeit unserer göttlichen Gesetze, und hat so unseren mühsam aufgebauten Staat infrage gestellt und durch ihre abtrünnigen Wege in Gefahr gebracht. Selbst wenn sie unschuldig wäre, war sie nicht bereit, ihre Unschuld vor Euch, meiner Königin, zu verteidigen. Weil sie wusste, dass jedes Argument gegen sie sprechen würde. Nein, bei Weitem kann ich mir nicht vorstellen, wie ein Mensch mit klarem Geist all diese Dinge noch weiter ignorieren möchte. In meinen Augen ist diese Frau schuldig in jedem Punkt. Likah Laien ist des Hochverrates schuldig zu sprechen.«

Nach dieser Rede herrschte Stille. Likah konnte es nicht fassen, dass die Herrscherin von Ganoire sie für schuldig erklärt hatte. Gerade Seishun, die Likah für so ruhig und weise gehalten hatte. Wollte sie ihr denn gar nicht erst zuhören? Auch Jeliél neben seiner Meisterin machte keine Anstalten, zu widersprechen. Enttäuschung ließ Likah stumm bleiben.

Ein dunkles Hüsteln ließ die Luft im Saal erzittern. Arkin erhob sich aus seinem Sitz, legte die Hände ruhig auf sein Pult und ließ den Blick zu Seishun hinüberwandern. »Eine mitreißende Rede«, kommentierte er trocken. »Aber ein wenig übereifrig, ehe wir Gelegenheit hatten, die Sicht der Angeklagten zu hören, meinst du nicht?«

Seishun lächelte höflich und nickte. »Ich bin ebenso gewillt sie anzuhören wie du. Selbst jemand wie sie verdient es, sich verteidigen zu dürfen.«

»Darf sie dann sprechen, meine Königin?«, fragte Rinoe.

»Einen Moment noch«, fuhr Lisander dazwischen. Likah verzog das Gesicht, sie mochte kaum erfahren, was er nun einzuwenden hatte. Es konnte nichts Gutes für sie bedeuten. »Ich habe eine Zeugin finden können, die gewiss Licht ins Dunkel bringen kann – *bevor* die Angeklagte auf die Idee kommt, uns Lügen aufzutischen.«

»Ich würde nicht lügen«, erwiderte Likah matt, obwohl ihr wohl niemand glaubte.

»Du sprichst, wenn du gefragt wirst«, herrschte Lisander sie an. »Bringt sie herein.«

Die zwei Wachen an der Tür nickten und drehten sich auf dem Absatz um. Eine junge Frau betrat den Gerichtssaal. Eine Frau mit einem schlichten Gehstock, weil ihr Knie in einer Schiene steckte. Caia. Likahs Magen zog sich zusammen.

Sie sah fürchterlich aus. Ihre Schultern waren nach vorn gesunken, sie ging gebeugt und blickte weder Likah noch das Septimat direkt an.

Likah widerstand dem Drang, aufzuspringen und zu ihr zu laufen. Die Sehnen um Likahs Fingerknöchel strafften sich, weil sie die Hand eng zur Faust presste, als sie zornig zu Lisander sagte: »Was haben Sie mit ihr gemacht?«

Lisander aber lächelte nur kalt. »Meine Königin, Caia Quesan war Schneiderlehrling an Arkins Hof. Ich habe sie in Ladan aufgegriffen. Sie hat mir erzählt, dass sie Likah begleitet hat, und ist bereit, die Geschichte hier zu wiederholen.«

Königin Nalhari beugte sich zu Caia, als wolle sie ihr zuflüstern. »Du hast Likah auf ihrer Flucht begleitet?«, fragte sie sanft.

Stumm nickte Caia.

»Dir ist bewusst, dass allein dies als ein Verbrechen geahndet werden kann?«

Wieder nickte sie, dieses Mal jedoch begleitete ihre Bewegung eine Unsicherheit.

»Durch deine Aussage hier könnten wir zu dem Schluss kommen, dass du eine Begnadigung verdienst«, verkündete die Königin. »Aber bevor du dich dazu entscheidest, denke daran, dass auch eine Lüge vor dem höchsten Gericht als Hochverrat geahndet wird.« Sie machte eine Pause, als wolle sie die Worte auf Caia wirken lassen. »Wofür auch immer du dich entscheidest, kann dir nur dein Gewissen sagen.«

Caia nickte noch einmal, ihre sonst gebräunte Haut hatte einen gräulichen Ton angenommen. Sie hatte die Hände in ihren Rock gekrallt. »Es stimmt, dass ich Likah gefolgt bin«, sagte sie mit brüchiger Stimme. »Wir sind Freundinnen. Ich wollte sie nicht allein gehen lassen.«

»Sie hatte dich also nicht dazu gezwungen?«, hakte Lisander nach.

Caia schüttelte den Kopf, ihr Blick huschte von ihm zu Likah und wieder zurück. »Ich bin freiwillig mit ihr gegangen. Trotz ihrer Warnung, dass es mich in Gefahr bringen könnte.«

»Deine Loyalität ist bewundernswert«, warf Seishun ein und neigte den Kopf.

»Zu schade, dass sie der falschen Seite gilt.« Lisander erhob sich hinter seinem Pult, um sich vor Caia aufzubauen. Obwohl die junge Frau kräftig war, wirkte sie schmächtig und zusammengefallen vor ihm. »Sie hat dir auch erzählt, was sie vorhatte, nicht wahr?«

Caia zögerte. Ihre Schultern zitterten. »Ja. Likah wollte herausfinden, was es mit dem Mal auf ihrem Nacken auf sich hatte.«

»Das bedeutet, sie wusste es nicht?«, fragte Rinoe.

»Nein. Ich meine, sie wusste, dass es das Symbol von Angriana war, aber nicht, woher sie diese Tätowierung hatte.

Sie ist ganz bestimmt keine Anhängerin von ihr, da bin ich mir sicher!«

»Wohin wart ihr unterwegs?«, fragte Lisander mit weicher Stimme, als wolle er sie in eine Falle locken. Likah ruckte zu ihrer Freundin herum, wollte ihr stumm sagen, dass ihm nicht zu trauen war.

Doch Caia bemerkte sie nicht. Sie verschränkte die Hände vor ihrem Körper, und als sie fortfuhr, war ihre Stimme leise. »Nach Angriana.«

Es war Arkin, der darauf antwortete: »Und, habt ihr es gefunden, dieses unheilige Land?«

Caias Schultern strafften sich. Langsam hob sie den Kopf und blickte Likah direkt an. Die warme Schokolade ihrer Iris war gefroren und zerbrochen, Verzweiflung starr darin verblieben.

Likah ignorierte den Knoten in ihrer Magengegend, die Kälte in ihrer Brust, die ihr einflüsterte, dass Caia sie verraten hatte. Trova hatte ihr Wort gehalten: Es war Caia, die Likah an Lisander verraten hatte, nicht die Kapitänin. Und doch fühlte Likah keinen Zorn in sich, keine Enttäuschung, dass eher eine fremde Frau zu ihr gehalten hatte als ihre Freundin. Sie fühlte Caias Schmerz, und das reichte aus, um zu verstehen. Lisander hatte sie dazu gezwungen, ihr Wissen preiszugeben, und Likah hatte hier nicht mehr viel zu verlieren. Es hatte keinen Sinn, Caia mit Wut zu strafen. Das tat Caia selbst bereits.

So schenkte Likah ihrer Freundin Caia das wärmste Lächeln, das sie aufbringen konnte, und nickte ihr zu. Caia wich einen Schritt zurück und errötete vor Scham.

»Also?«, wiederholte Arkin. »Habt ihr das unheilige Land gefunden?«

»Ich weiß es nicht«, antwortete Caia. »Bevor wir so weit gekommen sind, ist Likah allein weitergezogen.«

Likah räusperte sich und stand auf. Sie spürte die Hitze jeden Fingerbreit ihres Körpers erwärmen. »Vielleicht ist es an der Zeit, dass ich meine Sicht der Dinge vortragen kann.«

Die Königin nickte langsam. »Das halte ich für gerecht. Du darfst fürs Erste den Saal verlassen, Caia Quesan. Über dich wird später entschieden.«

Wachen kamen und begleiteten Caia hinaus. Die Türen klangen bedeutungsvoll, als sie hinter Caia zufielen, und der Energieschub, den Likah zuvor gefühlt hatte, wich aus ihr.

Dann begann sie mit rauer Stimme zu erzählen. Sie log über ihren Aufbruch, dass sie Arkin hinters Licht geführt habe und aus Seran geflohen war, ohne dass er davon wusste. Dass sie losgezogen war, um nach dem verschollenen Land Angriana zu suchen, weil sie selbst sich nicht erklären konnte, woher das Symbol stammte.

»Ich konnte nicht bis zu meiner Verhandlung warten«, erzählte sie Königin Nalhari. »Niemand hätte mir geglaubt. Ich hätte es selbst nicht getan. Also habe ich nach den Beweisen gesucht, die ich brauchte.«

»Und hast du Beweise gefunden?«, fragte Seishun interessiert. Sie schien aufrichtig, aber Likah wollte sich nicht davon täuschen lassen. Seishun hatte sie verurteilt, ohne sie anzuhören.

»Ich war in Angriana«, erwiderte sie langsam. »Und bin ihr begegnet. Ihren Überresten. Was ich Ihnen erzählen werde, klingt vielleicht unglaubwürdig und blasphemisch, aber es ist die Wahrheit.«

»Du sprichst von Blasphemie und bittest uns, dich anzuhören?«, knurrte Rayah. Ihr bronzefarbenes Gesicht war hart vor Ärger.

»Es ist keine Blasphemie«, widersprach Likah. »Nur die Wahrheit. Nichts weiter.«

»Sprich.« Arkin lehnte sich vor, wirkte angespannt.

»Zuerst möchte ich Euch den Ort beschreiben, an dem ich war. Ich habe so etwas noch nie gesehen. In Angriana, da haben die Gesetze der Natur keine Geltung mehr. Die Zeit hat keine Bedeutung, der Wind weht nicht, und es gibt Objekte, die der Schwerkraft einfach trotzen. Es ist ein grotesker, unnatürlicher Ort, und ich muss Euch erklären, warum.«

»Ich kann mir denken, warum«, fuhr Lisander dazwischen. »Weil die Dämonin dort residiert. Sie verabscheut die Schöpfung, natürlich würde ihr Reich sich dem nicht beugen.«

»Das ist Ihre erste falsche Annahme«, sagte Likah in einem festen Ton, der sie selbst überraschte. »Angriana hat die Ordnung des Ersten Wesens nie zerstören wollen.«

Stille. Likah blickte in steinerne Gesichter, hart und undurchdringlich. Es überraschte sie nicht, dass sie ihr nicht glaubten. Sie stellte Dinge infrage, die seit über zweihundert Jahren als Fakt galten, und lieferte keinen einzigen Beweis dafür außer ihr Wort.

»Ich weiß, wie das klingt«, fuhr sie fort, solange die Mitglieder des Septimats noch in ihrem Schweigen gefesselt waren. »Sie haben allen Grund, mir zu misstrauen, aber lasst mich berichten, was ich dort unten gesehen habe. Ich habe mit Angriana gesprochen.«

»Und sollen wir ihren Worten vielleicht glauben?« Nexin schnaubte.

»Das kann ich nicht entscheiden«, sagte sie ruhig, obwohl die Angst, sie würden ihr nicht glauben, in ihr wütete. »Ich kann Ihnen nur die Wahrheit erzählen und beten, dass Sie sie glauben. Angriana ist nicht die böse Dämonin, für die sie gehalten wird, und auch mir fiel es schwer, das zu begreifen.«

»Und was soll diese Wahrheit sein?«, fragte Lisander.

»Dass diese Welt untergehen wird, wenn wir nichts unternehmen.« Likah machte eine Pause, um die Worte wirken zu lassen. »Es ist die Erste Sprache. Sie, nicht Angriana, sorgt dafür, dass die Ordnung aus den Fugen gerät. Die Erste Sprache ist etwas Göttliches und hätte nie den Menschen gegeben werden dürfen.«

Iasora, die bisher noch gar nichts gesagt hatte, lehnte sich auf ihrem Stuhl zurück und musterte Likah. In ihrem Blick lag keine Abwertung, kein Misstrauen, nur reine Neugierde. Likah hielt ihrer Inspektion stand, und dann hörte sie Iasora zum ersten Mal seit ihrer Einweihungszeremonie sprechen.

»Du sagst, die Erste Sprache sei etwas, das nicht sein sollte?«

Likah nickte fahrig. »Ich weiß, das ist schwer zu verstehen, aber wir zerstören langsam und stetig die Welt, in der wir leben. Sie haben nicht gesehen, wie es in Angriana war. Aber ich schon.«

»Hast du irgendwelche Beweise dafür?« Die Stimme kam leise und doch klar. Es war Arkin, der gefragt hatte. Sein dunkler Blick fing Likah ein, und als er sie jetzt ansah, fand sie nichts in seinen Augen wieder. Kein Zeichen davon, dass er an sie glaubte. Oder *ihr* glaubte.

Zögerlich wählte sie ihre Worte. »Ich habe die Auswirkungen mehrmals gesehen. Als ich in der alten Tempelruine war, spielten die Jahreszeiten völlig verrückt. Auf dem Meer über Angriana fiel kochend heißer Regen, und Angriana selbst … ich habe gesehen, was die Erste Sprache tut.«

»Dann habe ich noch eine Frage«, sagte Seishun langsam. »Von all den Orten, an denen du Verzerrungen der natürlichen Ordnung gesehen hast – war auch nur einer davon ein Ort, der nichts mit Angriana zu tun hatte?«

Likah schwieg. Daran hatte sie nicht gedacht. Es stimmte,

jeder dieser Orte war von Angrianas Magie durchdrungen gewesen.

»Und wenn nicht«, fuhr Seishun fort, »woher willst du dann wissen, dass es an der Ersten Sprache liegt, und nicht an der dämonischen Energie?«

Likah hatte keine Antwort. Keine Antwort, außer *Weil Angriana es gesagt hat.*

»Ich glaube dir, Likah Laien.« Die Stimme der Königin dröhnte durch den Saal und fuhr zitternd durch Likahs Knochen. Ungläubig blickte sie auf. »Ich glaube dir, dass du meinst, richtig zu handeln und zu denken. Aber diese Worte entspringen der Dämonin, und ich zweifle nicht daran, dass sie zu dir gesprochen hat. Ich habe einen Entschluss gefasst.«

Likah hielt die Luft an. Ihre Finger krallten sich in die schwarzen Rillen ihres Pultes, nervös sah sie zu Arkin hoch und wandte dann den Blick wieder zu Königin Nalhari. Sie hatte keine Zeit mehr.

»Du bist nicht länger Anwärterin auf den Thron in Kathasia.« Nalhari legte den Füllfederhalter beiseite, nachdem sie damit etwas auf ein Dokument geschrieben hatte. »Unser Reich kann nicht verantworten, jemanden wie dich in den Führungsrängen zu tragen. Du hast diesen Staat verraten, dich den dunklen Mächten zugewandt und versucht, die Worte Angrianas bis ins Septimat zu tragen, und die Dämonin bis ins Letzte verteidigt. Diese Verhandlung ist beendet, und für Likah Laien wird bis zum nächsten Sonnenaufgang die Todesstrafe vollstreckt. Es tut mir leid, dass es so weit kommen musste.« Nach diesen harten Worten wurde Nalharis Blick weich, mitleidig beinahe. »Ich weiß, dass du glaubst, richtig zu handeln. Aber du bist eine Gefahr, und so leid es mir tut, Likah, ich werde Nakita einer solchen Gefahr nicht aussetzen.«

Die Worte verloren ihre Bedeutung, als sie leer in Likahs

Kopf widerhallten. Sie hörte sie, aber bis in ihr Bewusstsein gelangten sie nicht. *Todesstrafe. Bis zum nächsten Sonnenaufgang.* Was bedeutete das?

»Arkin, ich muss Sie bitten, Likah Laien unverzüglich aus Ihren Diensten zu entlassen«, sagte die Königin.

Die Worte waren leer und bedeutungslos. In Likah regte sich gar nichts, als Arkin vor sie trat. Sein Gesicht zeigte nichts als kalte Strenge, aber auch das war egal. Likah hatte verloren, und selbst wenn sie noch etwas hätte sagen sollen, schienen Worte auf einmal so fragil, so sinnlos, schwach. Ihre Stimme konnte einen Sturm auf See zähmen, aber ihr nicht das Leben retten. Die Erkenntnis schmerzte nicht einmal, denn Likahs Geist schwebte an einem Ort, an dem all dies unwichtig war.

»Du hast Schande über Kathasias Erbe gebracht«, sagte Arkin langsam. »Du hast die Grundsätze verraten, denen du die Treue gelobt hattest, und die Macht der Göttlichen für Frevel benutzt. Likah Laien, ich entlasse dich aus deinen Diensten als meine Schülerin und übergebe dich der göttlichen Rechtsprechung.«

Er nahm sie bei den Schultern und griff nach dem Verschluss an ihrem Hals. Sanft nahm er die Kette von ihrem Hals, und als er ihr so nahe war, brach seine Körperwärme das Eis in ihrem Körper.

In einem Stoß atmete Likah aus und ließ sich fallen. Sie umarmte Arkin und drückte ihre kalten Wangen an seine Brust. Aller Druck war aus ihr gewichen, und sie hing schlaff da, würde fallen, sollte er einen Schritt zur Seite machen. Aber das tat er nicht. Er ließ sie gewähren.

»Ich kann dir vielleicht die Kette und deine Privilegien abnehmen«, flüsterte Arkin warm in ihr Ohr, »aber das Erbe des Windes trägst du bereits in dir. Das kann dir nur Kathasia wieder nehmen. Vergiss das nicht, Likah.«

»Ich dachte, du hättest den Glauben in mich verloren«, murmelte sie so leise, dass nur Arkin sie hören konnte.

»Aber nicht doch. Du bist meine Schülerin.« Er drückte sie leicht, und für eine Sekunde nur schien alles in Ordnung, aber dann schob er sie grob von sich und drehte sich um.

»Führt sie ab. Zum Morgengrauen will ich sie bei den Hinrichtungen sehen.«

Dann kamen die Wachen, die Likah in ihre Zelle brachten. Die Zelle, in der sie die letzte Nacht ihres Lebens verbringen sollte.

KAPITEL 25

DAS WAHRE GESICHT DER SPINNE

Es war vorbei. Sie würde sterben.

Erst jetzt, wo Likah vor der letzten Mahlzeit saß, die man ihr gewähren würde, verstand sie das ganze Ausmaß. Sie würde die Zwillinge nie wiedersehen, sie nie mehr in die Arme schließen. Sie konnte Caia nicht mehr sagen, wie sich der Kuss angefühlt hatte, konnte ihr nicht sagen, wie leid es ihr tat. Nie mehr konnte sie ihren Vater wiedersehen, der in seinem schäbigen Haus im Kernschattenviertel saß und aus der Ferne die Geschichte der zur Strecke gebrachten Staatsfeindin hören würde. Likah schluchzte. Ihr Vater musste unendlich enttäuscht von ihr sein, ohne dass er jemals die Wahrheit erfahren würde.

Und Arkin? Wozu hatte er sie überhaupt gerettet, damals an diesem lauen Frühlingsnachmittag, als Likah vor dem Gerichtspublikum gestanden hatte? Es hatte doch nichts geändert. Nur das Unausweichliche verzögert.

Du trägst das Erbe des Windes in dir, und das kann dir nur Kathasia wieder nehmen.

Aber was nützte ihr das, wenn sie hingerichtet werden sollte? Tränen füllten ihre Augen, während Likah sich gleichermaßen an den guten Gedanken festhielt. Alia und Gem hatten eine neue Heimat gefunden. Zwar würden sie trauern, aber aufwachsen und mit der Zeit heilen. Ihnen stand eine Zukunft bevor.

Durch den Tränenschleier sah Likah einen dunkelgrauen Punkt über ihren Oberschenkel wandern. Sie blinzelte das Salzwasser aus den Augen und erkannte das winzige Spinnentier.

»Was willst du jetzt noch von mir ausspionieren, hm?« Wütend holte sie aus und wischte den Achtbeiner von sich. Dann lehnte sie sich seufzend zurück. Hier in der Zelle wimmelte es von Spinnen, und wahrscheinlich gehörte keine davon zu Seishun oder Jeliél. Warum auch?

Vor dem Fenster schluckte die Dämmerung Zasshin, und sobald der Morgen erwachte, würde nur ihre Leiche bleiben. Likah schüttelte den Gedanken ab. Es hatte keinen Sinn, sich darum zu sorgen. Sie zog die Suppenschale, die man ihr hingestellt hatte, zu sich heran. Mit dem Löffel rührte sie in der bleichen Flüssigkeit mit dem verkochten Gemüse herum. Ihre Mutter hatte Gemüsesuppen auch immer viel zu lange gekocht, und obwohl Likah als Kind darüber geschimpft hatte, war sie glücklich, das Gemüse aus dem eigenen Garten zum Abendessen zu haben. Sie erinnerte sich gern an das Gefühl, für sich selbst zu sorgen. Aber das lieblos zerkochte Gemüse erinnerte sie nur daran, wie sehr sie darin versagt hatte. Leise Tränen verklärten ihr die Sicht. Es gab keinen Ausweg.

Das Klirren des Löffels auf der Porzellanschale hallte durch den Kerker. Likah hielt inne, als sie etwas in den Fluren rascheln hörte.

Da stand jemand vor ihrer Zelle. Ein Junge in olivgrünem Umhang. Jeliél. Likah hatte ihn nicht bemerkt und rieb sich unwirsch die verquollenen Augen, als könne sie damit noch das erbärmliche Bild retten, das sie vor Jeliél abgab.

»Was willst du?« Sie hatte scharf klingen wollen, aber ihre Stimme war rau wie Kalkstein.

Jeliél betrachtete sie einen Moment schweigsam, ehe er

antwortete. »Ich wollte dir sagen, dass ich dir glaube. Jedes Wort.«

»Wie bitte?«

»Ich glaube dir«, wiederholte er ernst. »Und … es tut mir leid. Ich hätte mit dir sprechen müssen, als ich meinen Verdacht hatte. Nur meinetwegen steckst du jetzt hier drinnen. Ich habe mich von meiner Angst leiten lassen, und dafür musst du den Preis bezahlen.« Er holte tief Luft. »Likah, es tut mir so leid.«

Für ein paar Sekunden starrte sie ihn nur an, wie er dastand, die strahlenden Augen von Schatten verwischt, der Kopf hing hinab, und seine behandschuhten Hände lösten ihren Griff um die Gitterstäbe.

Zögerlich stand Likah auf und kam auf ihn zu. Sie streckte die Hand zwischen den Gittern hindurch. Es fühlte sich seltsam an, die Hand auf seine Schulter zu legen, als sei er derjenige, der Trost brauchte. Aber Likah brachte ein müdes Lächeln zustande.

»Ist schon gut. Du wusstest es ja nicht besser.« Es waren die einzigen Worte, die sie in dieser Situation sagen konnte, die nicht dafür sorgten, dass all die Ängste in ihr herausbrachen.

»Eben darum«, flüsterte Jeliél. »Du warst meine Freundin. Und ich habe dir misstraut. Das ist unverzeihlich.«

»Nein«, widersprach sie und drückte seine Schulter. »Ich verzeihe dir.«

Er sah auf. »Tatsächlich?«

Sie zuckte mit den Achseln, erneut kämpfte Likah mit den Tränen. »Wenn nicht jetzt, wann dann?« Die Worte klangen simpel, aber es gab keine treffenderen.

Es hatte keinen Sinn, wütend auf ihn zu sein. Jeliél hatte einen Fehler gemacht, der sie das Leben kosten würde, aber was sollte sie tun? Mit dem Hass sterben? Nein. Wenn sie schon gehen musste, würde sie wenigstens in Frieden gehen.

Langsam zog Likah ihre Hand von seiner Schulter, aber er legte seine Hand auf ihre und hielt sie fest.

»Du sagtest, die Erste Sprache zerstöre die Welt«, setzte Jeliél leise an. »Aber du hast doch nicht wirklich gedacht, dadurch würde das Septimat aufhören, sie zu benutzen, oder?«

»Mir blieb nichts anderes übrig, als auf ihr Vertrauen zu hoffen, nachdem ich geschnappt worden bin. Aber ich bin nicht freiwillig hergekommen.«

»Und wenn sie dich nicht gekriegt hätten? Was hattest du vor?« Neugierde klang in seinem Tonfall hindurch.

»Dann hätte ich die Erste Sprache eigenständig zerstört.«

Jeliél fuhr abrupt hoch und packte die Gitterstäbe so fest, dass das Metall schepperte. »Das kannst du?«

Sie wollte viele Dinge sagen, sich erklären, rechtfertigen, warum ihre Entscheidung die richtige sei, aber Likah sagte nur: »Ja. Das kann ich.«

»Verstehe.« Jeliél nickte. »Dann ist es wirklich das Beste, wenn du umgebracht wirst.«

Likahs Herz setzte einen Schlag aus. »Was?«

Jeliél löste sich von der Tür, trat einen Schritt zurück und lächelte Likah unverschämt an. »Ich sagte, es ist gut, dass du stirbst. Dann kannst du auch den Rest von Angrianas erbärmlicher Seele mit dir nehmen.«

Likah erwiderte nichts. Sie zog die Hände zurück, und nach dem ersten kurzen Schock überkam sie Resignation. Hatte sie geglaubt, Jeliél vertrauen zu können? Er hinterging sie schon wieder, jetzt, wo sie ohnehin keine Gefahr mehr darstellte. Sie hatte Mitleid mit ihm gehabt, aber jetzt fand Likah ihn nur noch erbärmlich.

»Du bist ziemlich naiv, weißt du das? Du warst so versessen darauf, Freunde zu finden, dass ein paar nette Worte gereicht haben, damit du mir vertraust. Das zeigt schon, wie wenig du von unserer Welt verstehst. Verflucht, Likah, in unseren Kreisen vertraut man nicht so einfach. Aber du …« Er brach ab, weil ein kleines Lachen seine Worte beiseitedrängte. »Du warst einfach so leicht für mich zu gewinnen. Wie ein Mäuschen, das jede Brotkrume aufliest.«

»Dann hast du mich von Anfang an belogen?«, fuhr sie ihn an. Sie erwartete nicht wirklich eine Antwort. Er hatte sie ihr bereits gegeben. Und das schmerzte tief in ihrer Brust. In ihrem Oberkörper zog sich alles zusammen, bis es ihr den Atem stahl.

»Ja.« Er steckte seine Hände in die Hosentaschen und lehnte sich an die Gitter. »Von der ersten Sekunde an. Trotzdem weiß ich, dass du die Wahrheit sagst. Ich wusste es schon die ganze Zeit, was du auf deiner kleinen Reise mühsam in Erfahrung gebracht hast. Ja, auch was die Erste Sprache mit den Naturgesetzen macht.«

Ungläubig starrte sie ihn an. »Warum willst du mich dann aus dem Weg haben?«

Er schnaubte. »Glaubst du wirklich, das Septimat würde freiwillig auf seine Macht verzichten, nur weil es das Gleichgewicht durcheinanderbringt? Nur weil irgendeine künftige Generation mal darunter leiden wird, dass sie ihre Macht nicht begrenzen wollten? Ich bitte dich, Likah: Sie sind die Göttlichen dieser Welt. Die wenigsten von ihnen wird das, was du erzählt hast, überrascht haben.«

Likahs Mund wurde trocken. »Aber wenn alle dachten, Angriana sei böse …«

»Denken sie ja auch. *Zeige.*« Jeliél sprach das Wort sanft aus, und vor ihm in der Luft zeigte sich ein lilafarbener Schimmer, die Silhouette einer lächelnden Frau, die kurz darauf in Flammen aufging. »Ganoire hat die anderen Göttlichen hervorragend manipuliert, sodass alle glaubten, Angriana sei die Böse. Und wer gewinnt, bestimmt nun mal, was in den Büchern steht. Keine Ahnung, wie viel die anderen aus dem Septimat noch wissen, aber Seishun hat immer aufgepasst, dass niemand die Wahrheit erfährt, besonders nicht das gemeine Volk. Einen Aufstand kann keiner brauchen.«

»Ihr wusstet, was ihr tut und dass Angriana keine bösen Absichten hat«, brachte Likah zornig hervor, »und trotzdem habt ihr mich vor Gericht gestellt?«

Jeliél hatte von Likahs Unschuld gewusst und sie dennoch verraten. Er glaubte nicht einmal, das Richtige zu tun. Er wusste, dass er falsch handelte, und tat es trotzdem.

»Nicht ganz«, hauchte Jeliél, und seine Augen glänzten. »*Deswegen* haben wir dafür gesorgt, dass du uns keine Probleme bereiten würdest. Weil wir wussten, dass Angriana uns gefährlich werden konnte, musstest du verschwinden. Du, die du ihre Seele jetzt trägst. Hast du dich nie gefragt, wer die Leute waren, die dich als Kind holen wollten? Der Grund, aus dem dich deine Eltern weggeschickt haben und deine Mutter sterben musste? Seishun hat es nicht gefallen, dass deine Eltern dir zur Flucht verholfen haben. Aber dein Vater hat seine Strafe ja anscheinend bekommen. Und deine Mutter, na ja …« Er zuckte mit den Schultern.

Likah sprang auf, langte durch die Gitterstäbe und packte Jeliél am Kragen seines Umhangs. Voller Wut riss sie ihn zu sich heran, sodass sein Gesicht gegen das Eisen krachte. Das Metall schellte und klapperte, aber Jeliél verzog nur flüchtig das Gesicht, als sein Jochbein sich bläulich färbte.

»Noch ein Wort über meine Eltern«, zischte sie und presste ihn durch ihren Zug weiter an die Gitterstäbe. Zorn und Trauer rangen miteinander in ihrer Brust.

»Und dann?« Seine Mundwinkel verzerrten sich nach oben. »Was willst du machen?«

»Ich bring dich um«, fauchte Likah. Nie zuvor hatte sie solch einen Hass verspürt, er loderte heiß in ihrer Brust und drohte, sie zu zerreißen, wenn sie ihn nicht entlud. Aber Jeliél verging das Lächeln auch ob dieser Drohung nicht, was Likah nur noch wütender stimmte.

Ihre Finger verkrallten sich in den Stoff seines Umhangs, als sie Jeliél nah an sich heranzog, ihn zurückschleuderte und ihn wieder zu sich riss, sodass er wieder und wieder mit den Metallstäben zusammenkrachte. Das Gitter rasselte, sein Schädelknochen knallte auf Metall. Er wehrte sich nicht. Blut quoll aus seiner gesprungenen Unterlippe und der Nase, die linke Gesichtshälfte bekam lilafarbene und grüne Flecken.

Likah ließ ihn los. Ihre Brust bebte unter ihrem schweren Atem, und ihre Finger zitterten, während das Flattern ihren ganzen Körper durchströmte. Ihre Knie gaben nach, und als sie sich zu Boden fallen ließ, spürte sie Tränen wie dicke Wasserfälle über ihre Wangen fließen.

»Bist du jetzt fertig?«, fragte Jeliél. Behutsam tupfte er das Blut von seinem Gesicht. »Fühlst du dich besser?«

Ihr Kopf war leer und doch voller Gedanken, flüchtige Bilder, die hin und her huschten, ohne sich ihr zu offenbaren. Jeliél, der so ergeben ihren Ausbruch über sich hatte ergehen lassen. Seishun, die ihre Eltern hatte töten lassen, weil sie ihre Tochter beschützen wollten. Sie hatte geglaubt, Jeliél wäre ein Freund – wie konnte er so vor ihr stehen und ihr so ruhig davon erzählen, wie Seishun Likahs Leben zerstört hatte?

»Sie alle müssen ihre Gesichter wahren«, hörte sie Jeliél schwach sagen. »Deswegen führen wir die riskanten Schachzüge aus. Und manchmal werden wir schachmatt gesetzt. So wie du.«

Für ihn war das alles ein Spiel. »Du bist ein Scheusal«, brachte Likah hervor. »Ich hasse dich.«

Im Augenwinkel sah sie, wie er sich neben die Gitterstäbe kniete, doch sie blickte nicht zur Seite, um ihn zu sehen.

»Ich weiß«, erwiderte er. »Du hast allen Grund, mich zu hassen. Du hast recht mit allem, Likah. Die Erste Sprache gehört uns nicht. Sie hätte uns nie gehören dürfen.«

»Dann … wieso …?« Feuchte Tropfen trafen auf ihren Handrücken. Ihr Herzschlag schmerzte sie.

»Weil ich sie nicht sterben lassen kann«, flüsterte er. »Ich kann sie nicht verlieren.«

»Wen?« Nun sah sie doch zur Seite.

Jeliél hielt eine Hand sachte auf die Wange gedrückt, die dick angeschwollen war. Er schüttelte den Kopf und lächelte gequält. »Lebewohl, Likah.«

»Nein! Warte!« Sie stürzte vorwärts, doch sein Umhangzipfel glitt ihr durch die Finger, als er sich abwandte.

»Es tut mir leid, dass gerade du da hineingeraten musstest. Du hast das nicht verdient.« Dann verschwand er in der Dunkelheit.

Likah saß lange da und starrte in den Gang. Das Geräusch des klappernden Metalls saß ihr noch in den Ohren und verhakte sich in ihrem Kopf. Sie sah das Blut abermals aus Jeliéls Nase rinnen, so wie ihr Leben verrann, und was übrig blieb, war ein dunkler Fleck auf der Erde, über den die Menschen trampeln würden, sodass sich bald niemand mehr daran erinnerte. Sie wollte sich zusammenkauern und nie wieder aufstehen.

Aber das tat sie nicht. Statt am Boden zu bleiben, richtete sie sich auf, wischte die Tränen vom Gesicht und schluckte den Knoten hinunter, der ihre Stimmbänder lähmte. Nach all den Strapazen ihrer Reise, nach dem Verrat von Jeliél und Caia konnte sie nicht einfach abwarten. Vielleicht war alles hoffnungslos, aber das hatte sie, seit sie ihr Elternhaus als Kind hatte verlassen müssen, immer wieder gedacht, und doch war es immer irgendwie weitergegangen. Wieso nicht auch jetzt?

Ich will nicht sterben. Nicht hier und nicht jetzt.

Es war bereits das zweite Mal in ihrem Leben, dass ihr dieser Gedanke in den Kopf schoss. Dieses Mal verursachte er ihr Kopfschmerzen, da dieses Mal mehr auf dem Spiel stand als nur ihr jämmerliches Leben. Es ging um alles. Um die Welt, in der Alia und Gem aufwachsen und glücklich werden sollten, ihre Kinder und Enkelkinder. Und jetzt sollte ein Gefängnis Likah aufhalten?

Likah kniete sich vor die Gitterstäbe und überlegte einen guten Fluchtweg. Vielleicht saßen Gitterstäbe locker. Sie nahm den Löffel zur Hand, mit dem sie die Suppe gegessen hatte, als könne sie damit tatsächlich irgendetwas anfangen, doch diese Vorstellung war lächerlich. Keine Möglichkeit zu entkommen. Vor Wut rüttelte Likah an den Gitterstäben, doch nichts rührte sich.

Ein Echo hallte durch die Gänge, das Knarren von altem Holz, begleitet vom zaghaften Quietschen einer langsam geöffneten Tür.

»Autsch! Pass doch auf, wo du hintrittst, das war meine … hey!«

»Still. Die erwischen uns noch.«

Likah schrak hoch. Die beiden Stimmen kamen ihr bekannt vor. Es waren Eiwee und Fynn. Ob sie ebenfalls eine letzte Nachricht überbringen wollten, wie Jeliél es getan hatte? Sie wusste nicht, ob sie sich darüber freuen sollte, Eiwee noch einmal zu sehen, aber auf Fynns Gesellschaft konnte sie verzichten. Er war bestimmt nicht gekommen, um sich nett zu verabschieden – warum trieb Eiwee sich mit ihm herum? Dann tauchte Eiwee vor ihrer Zelle auf.

»Likah!« Eiwee lächelte sie an, aber das Lächeln verschwand in der Sekunde, als sie Likah erblickte. »Oh … du siehst schlimm aus.«

»Eiwee? Was bei den Göttlichen machst du hier?«, wollte Likah wissen.

»Was glaubst du?« Fynn trat in die Halbschatten, die sich von dem bleichen Sternenlicht nährten. »Wir kommen, um dich rauszuholen.« Er wedelte klirrend mit einem Bund Schlüssel herum.

Likah konnte es kaum fassen. Um sie rauszuholen? Das hieß, die beiden vertrauten ihr. Das Klappern der Schlüssel war laut und alarmierte sie, als könne das Geräusch die Wachen rufen, aber gleichzeitig verhieß es vor allem eines: Freiheit.

»Aber du hasst mich«, sagte sie an Fynn gewandt. »Am Tag meiner Einweihung hast du das sehr deutlich gemacht.«

»Du hast dich aber nicht einschüchtern lassen«, erwiderte Fynn mit einem Schulterzucken. »Dafür hast du meinen Respekt. Du warst stark und mutig wie keine Zweite. Warum sollte ich dich wie einen Feigling behandeln?«

»Und deshalb willst du mich retten?«, fragte sie ungläubig. »Ich glaube kaum, dass die Königin ihre Meinung geändert hat.«

»Rinoe glaubt dir, Likah«, sagte Eiwee warm. »Es ist das Richtige, dich freizulassen, und sie weiß das.«

»Und da schickt sie dich?«

Eiwee schüttelte den Kopf. »Das würde sie nicht tun. Die Stimmen tun so etwas nie. Nicht direkt.«

»Rayah ist sich nicht sicher, ob du die Wahrheit sagst«, knurrte Fynn. »Also hoffe ich für dich, dass du es tust.«

»Habt ihr … mit Arkin gesprochen?«, wollte Likah zögerlich wissen. Ob er von alledem hier wusste?

»Nein«, antwortete Eiwee. »Ich glaube aber, ich habe

Rinoe mit ihm gesehen. Aber wie auch immer, holen wir dich erst mal da raus. Fynn?«

Fynn nickte und öffnete das Schloss mit einem der rostig angelaufenen Schlüssel. Likahs Herz machte einen Sprung, als sie aus ihrer Zelle trat. Sie streckte sich, ihre Knochen knackten, und sie atmete tief durch.

»In den Haupteingängen sind überall Wachen«, erklärte Eiwee.

»Wie seid ihr überhaupt unbemerkt hier reingekommen?«, fragte Likah.

»Genau so, wie wir wieder rauskommen«, erwiderte Eiwee, schob Likah beiseite und blieb vor dem nackten Gemäuer stehen. Ehe Likah sie fragen konnte, was sie da tat, sprach Eiwee: *»Mach Platz.«*

Der Stein begann zu knirschen. Feiner Staub rieselte aus den Fugen, als die Wand bröckelte und der kalte Stein brach und zu Boden fiel. Immer mehr Teile lösten sich ab, bis ein Loch in der Wand entstand, das nach draußen führte. Likah staunte. Alles, was sie mit der Ersten Sprache tun konnte, war bei Weitem nicht so handfest. Der Wind war zwar stark, aber er konnte kein Gemäuer zum Einstürzen bringen.

»Raus hier«, murmelte Eiwee und zog Likah und Fynn mit nach draußen.

Sie traten hinaus in eine muffige Seitengasse, die von dichten Nebelschwaden und Rauch eingehüllt war. Der Qualm, der aus den zahllosen Schornsteinen quoll, verdunkelte die Sterne am Nachthimmel, sodass die Lichter hinter verstaubten Fenstern heller leuchteten. Likah atmete tief ein, und obwohl die Luft nach Rauch und Rattenmist stank, wollte sie in diesem Moment nichts anderes. Sie war frei.

Eiwee fügte das zerbrochene Gemäuer wieder zusammen.

»Also, was jetzt?« Fynn drehte den Schlüsselbund um seinen Zeigefinger. »Was hast du vor?«

»Ich muss in den Untergrund«, sagte Likah, ohne nachzudenken. Sie erklärte den beiden, was Angriana ihr gesagt hatte, dass sie jemanden reinen Herzens finden müsse, um die Erste Sprache zu zerstören. Während sie das sagte, blickte Eiwee betreten zu Boden, und auch Fynn schwieg für einen Moment.

»In den Untergrund?«, murmelte Eiwee. »Wieso gerade dort?«

»Ich weiß nicht«, gab Likah zu. »Wo ist dieser Untergrund überhaupt? Ich wusste nicht mal, dass es so was gibt.«

»Der Untergrund ist Gebiet der Masken«, erklärte Fynn. »Niemand von uns war je dort. Wir wissen nur, dass sie die Verurteilten dorthin bringen. Das Beste wäre also, du folgst ihnen dann.«

Likah hielt inne. Sie sollte jemanden reinen Herzens finden und ausgerechnet unter den Verurteilten danach suchen? Was dachte sich Angriana nur dabei?

»Das dürfte leicht sein«, fügte Eiwee leise an. »Ich habe draußen eine ganze Schar Gefangener gesehen.«

»Ich danke euch beiden.« Likah umarmte Eiwee flüchtig und nickte Fynn zu. »Ihr habt euch selbst in Gefahr gebracht, um mir zu helfen.«

»Lass es uns nicht bereuen«, erwiderte Fynn knapp.

»Werde ich nicht. Wo sind die Gefangenen?«

»Ich bringe dich gleich hin«, antwortete Eiwee. »Aber vorher will dich noch jemand treffen.«

Likah wandte sich um, als hätte sie sie spüren können. Da stand sie, inmitten der umgekippten Fässer an eine Mauer gelehnt und sah Likah mit unsicheren Augen an.

»Likah, ich …« Ihre Stimme klang brüchig wie die Häuserwand, an der sie lehnte. »Es tut mir so leid … ich habe dich verraten. Sie wollten dich umbringen, und ich habe noch geredet wie ein Feigling.« Sie schien den Tränen nahe, ihre Nasenflügel zitterten, die Lippen bebten.

Likah legte beide Hände auf Caias Schultern. »Das ist nicht deine Schuld. Was hat dir Lisander gesagt?«

»Er wollte meinen Eltern etwas antun«, schluchzte sie. »Meinen Eltern, Likah …«

»Ich weiß.« Beruhigend zog sie ihre Freundin in die Arme und streichelte ihren Rücken. »Ich bin nicht sauer. Du hast das einzig Richtige für deine Familie getan.«

»Und dafür meine Freundin verraten.« Caia barg das Gesicht an Likahs Schopf.

»Sie hätten mich ohnehin bekommen«, flüsterte sie. »Aber jetzt bin ich frei und bringe alles in Ordnung. Weine doch nicht. Mir geht es gut, und dir werden sie auch nichts tun. Caia, sieh mich an.«

Caia löste die Umarmung und tat einen Schritt zurück, um Likah anzusehen. Sie sah gequält aus. Zart streichelte Likah ihre Wange, als könne sie ihr so den Schmerz nehmen, und Caia schmiegte sich in die Liebkosung.

»Ich habe dich verraten«, flüsterte Caia leise. »Ich weiß nicht, wie ich das wiedergutmachen soll.«

»Das musst du nicht. Ich werde nicht jede deiner Handlungen gegeneinander aufwiegen, und am Ende der Gleichung weiß ich, ob ich dich noch mag. Ich verstehe, wieso du das getan hast. Du hast mich auf dieser Reise begleitet, und dafür bin ich dir unendlich dankbar.«

Unter Schniefen brachte Caia ein Lächeln hervor. »Nur dankbar?«

Likah war mehr als dankbar. Caia war ihr eine Stütze gewesen, und ohne sie wäre die Suche nach Angriana eine Tortur gewesen. So aber war Likah nicht allein.

»Nicht nur.« Likah zögerte, suchte nach Worten, die komplex genug waren, um die Gefühle in ihr zu beschreiben, dabei war es leicht. »Ich glaube, ich liebe dich«, brachte sie heraus. »Und dieser Kuss, kurz bevor das Tauchboot zuging, war ziemlich fies.«

»Fies?« Caia hob die Augenbrauen.

»Na ja …« Likah rang nach Worten und spürte das Blut in ihr Gesicht steigen. »Das hättest du ruhig früher machen können«, platzte sie heraus.

Mit diesem Satz verschwanden die Tränen aus Caias Gesicht, und sie lachte. »Es gab einfach keinen richtigen Zeitpunkt, oder?«

Statt einer Antwort zog Likah Caia zu sich heran und küsste sie. Caias Finger strichen über Likahs Nacken und hinterließen ein warmes Kribbeln dort auf der Haut. Sanft liebkosten sich ihre Lippen, warm und salzig vor Tränen, sehnsüchtig und verzweifelt zugleich pulsierten Kummer und Leidenschaft in diesem Kuss. Als Likah sich bedauernd löste, lächelte sie matt.

»Danke für alles«, flüsterte sie.

Caias Augen schmälerten sich. »Warum klingt das wie ein endgültiger Abschied?«

»Weil es ein Abschied sein muss, Caia.«

KAPITEL 26

JEMAND REINEN HERZENS

Caias Blick war in ihrem Gedächtnis eingebrannt. Likah konnte an nichts anderes denken, während sie – die Hände in den Taschen vergraben und das Gesicht zur Hälfte in einem Schal verborgen – durch die Straßen von Zasshin eilte. Likah seufzte, aber für Bedauern war jetzt keine Zeit. Sie hatte eine Aufgabe zu erfüllen. Für Caia. Für die Zwillinge, für ihren Vater. Für sie alle. Damit die Welt kein Ort wurde, wie Angriana es geworden war. Es war keine Welt, in der Likah ihre Liebsten wissen wollte, um keinen Preis.

Sie folgte der Wegbeschreibung, die Eiwee ihr gegeben hatte, als sie über sich ein wohlvertrautes Geräusch hörte. Es war der Schrei eines Falken.

Sie sah hinauf zum grau verhangenen Himmel. Ein braun gefiederter Vogel sauste über sie hinweg. Es war der Falke, den Arkin ihr auf die Reise mitgegeben hatte. Im Flug ließ er ein gefaltetes Stück Papier fallen, das jetzt in Kreisen heruntersegelte wie ein Ahornsamen.

Stirnrunzelnd fing Likah es auf. Es duftete nach dem weichen Unterkleid, das den Vögeln auf Schloss Falkenschwinge im Winter spross, und für einen Moment fühlte Likah sich zu Hause. Als würde sie ein weiteres Mal das große Außengehege betreten. Die Illusion verpuffte, als sie das Blatt öffnete. Darauf stand nur ein Wort, in fein säuberlich geschwungener Handschrift, die ihr wohlvertraut war.

Geh.

Nur ein Wort. Und doch umklammerte Likah die Nachricht wie einen Schatz, den sie nie mehr verlieren wollte. Ihr war, als könne sie Arkins Wärme in den Buchstaben fühlen, in der Tinte das wehmütige Lächeln erahnen, das er vielleicht getragen hatte. Unterschrieben hatte er nicht, aber sie wusste, dass die Notiz von ihm war. Niemand sonst hätte seinen Falken schicken können, und die Handschrift war ihr zu vertraut.

Sie schloss die Augen. Er wollte, dass sie floh und nie mehr zurückkehrte. Dass sie ihre Aufgabe abbrach und sich in Sicherheit brachte, irgendwo weit weg von Nakita. Weil ihm nach wie vor etwas an ihr lag, weil er ihr vertraute und weil sie sich inzwischen so nahestanden, wie Likah es seit Jahren an ihrem Vater vermisste. Und doch konnte sie seiner Aufforderung nicht nachkommen. Angriana hatte ihr eine Aufgabe übertragen. Es gab niemanden außer ihr, der wissen konnte, was zu tun war. Zumindest niemanden, der es tun würde, dachte sie bitter.

Obschon sich Likah machtlos fühlte, behielt sie ihren Mut. Sie würde nicht weglaufen, sondern Angrianas Flamme werden, und die Person mit dem reinen Herzen würde ihr dabei helfen. Wie genau, das wusste sie nicht, noch nicht. Aber Arkin glaubte nach wie vor an sie, ebenso wie Eiwee und Fynn, die ihr geholfen hatten zu fliehen. Und auch Caia glaubte an sie. Für sie und die Zwillinge musste sie die Erste Sprache bannen. Damit sie nicht in einer Welt leben mussten, wie Likah sie auf dem Meeresgrund erlebt hatte. Sie fühlte sich ein wenig stärker als zuvor und bog in die Straße ein, die zum Nebengebäude des Gefängnisses führte, wo Eiwee die Gefangenen gesehen hatte.

Eine menschenhohe Steinmauer umrahmte das Nebengebäude des Gefängnisses, und nur ein schmaler Torbogen führte in den Innenhof. Likah schlich über die schiefen Pflastersteine, die von darunter wachsenden Pflanzen in die Höhe gedrückt wurden, und positionierte sich nahe dem Bogen, um in den Hof zu spähen. Die Masken stellten die Gefangenen wortlos in eine Reihe.

Dort standen sie: Die Masken, die immer nur dann auftauchten, wenn Menschen verurteilt wurden. Sie verschwanden mit ihnen und kehrten erst zum nächsten Prozess zurück. Wie Geister waren sie, bleiche Gestalten, die die Menschen in ein Reich brachten, das niemand sonst kannte. Bisher hatte Likah immer geglaubt, sie würden die Verurteilten töten. Sie schauderte. An die zehn Menschen drängten sich zusammen, wobei jeder von ihnen sich hinter den anderen zu verstecken versuchte.

»Ich habe nichts getan!«, schrie ein Junge. Seine fleckige Kleidung war zerrissen, verkrustetes Blut klebte ihm an Stirn und Wangen. »Warum tut ihr das?«

Doch niemand antwortete ihm. Die Masken schienen ihn gar nicht gehört zu haben, zumindest ignorierten sie ihn geflissentlich. Dann schritt einer von ihnen voran und bedeutete den Gefangenen, ihm zu folgen. Verängstigt gehorchten sie, hinten eskortiert von einer schmaleren Gestalt mit kurzen, hastigen Schritten. Likah hielt die Luft an und tappte mit Abstand hinter ihnen her.

»Nein!« Der Junge, der bereits einmal geschrien hatte, brach aus der Linie aus und rannte los. Seine Schritte klatschten über das feuchte Pflaster und hallten an den steinernen Wänden wider.

Die Masken blieben stehen, sie machten keine Anstalten, dem Jungen hinterherzurennen. Sie blieben in einer Linie vor den Gefangenen stehen, ihre strenge Formation ein Kontrast zu der lose gesammelten Gruppe der Gefangenen.

Die schmächtigste Maske holte in einer kurzen, strammen Bewegung eine handgroße Armbrust hervor. Ein winziger Bolzen schnellte von der Sehne und bohrte sich in das Schulterblatt des Jungen, der noch ein paar Schritte weiterrannte, bevor er taumelte und schließlich zu Boden stürzte. Er hatte es gerade noch geschafft, seinen Kopf vor dem Pflaster zu bewahren, dann erschlaffte er bis auf den Atem vollends.

Davon anscheinend unbeeindruckt, hockte sich ein großer, bulliger Mann mit Maske hin, sodass die Kiesel unter seinem Gewicht knirschten, und zog einen schweren Schlüssel aus der Umhangtasche. Zu seinen Füßen befand sich in den Stein eingelassen ein Gitter, das aussah wie die Zugänge zur Kanalisation. Die Blicke der anderen Gefangenen lagen sprachlos auf dem Bewusstlosen, aber Likah beobachtete den Eingang. Sie musste mit den Masken hineingelangen, oder sie würden den Zugang einfach wieder abschließen. Wie sollte sie sich unter die Gefangenen mischen? Sie waren weniger als zehn, und die Masken waren zu aufmerksam. Sie musste nachdenken. Schnell.

Mit zusammengebissenen Zähnen wartete Likah. Auf die perfekte Gelegenheit, von der sie gar nicht wusste, wie sie aussah. Der Muskelbepackte ging voran, die Pflastersteine senkten sich unter seinem Gewicht, und die Gefangenen folgten. Die schmächtige Maske schnappte sich noch den bewusstlosen Jungen, während die anderen schon über eine Leiter im Untergrund verschwanden, und schleifte ihn hinter sich her. Likah trat aus den Schatten und stellte sich der Maske in den Weg. Diese blieb stehen, wartete einen Moment und legte den Kopf schief, als überlegte sie, ob sie Likah beiseiteschieben oder einfach warten sollte.

»*Weiche.*« Likah hatte dieses Wort nie zuvor gesprochen, und doch kam es ihr so leicht von den Lippen wie ihr eigener Name. Arkin hatte sie immer davor gewarnt. Es steckte eine gefährliche Macht dahinter. Die Luft aus einem Ort zu verdrängen, konnte schnell tödlich enden für alle Lebewesen im Umkreis. Aber Likah hatte keine Zeit, schonend vorzugehen. Sie musste es riskieren.

Die Maske begann zu röcheln, als die Luft zum Atmen für ihre Lunge knapp wurde. Sie atmete, aber die Luft rauschte nutzlos durch ihre Brust wie Rauch, den sie mit bloßen Fingern fangen wollte. Weiße Hände fuhren zum Hals, sie krümmte sich und taumelte rückwärts. Schlaff fiel sie zu Boden.

»*Ruhig*«, sagte Likah hastig, um den Wind zu besänftigen, und er nahm wieder seine natürliche Form an.

Sie ging neben der Maske auf die Knie und stellte erleichtert fest, dass ihre Brust sich noch regte. Sie hatte nicht getötet. Diese Person war nur ohnmächtig.

Mit zitternden Fingern nahm Likah die Maske ab. Darunter kam das Gesicht eines Mädchens zum Vorschein, beinahe noch ein Kind. Ihre Haut war bleich, was verständlich war, da sie, wenn sie sich an der Oberfläche aufhielt, eine Maske trug. Von der Leichenblässe abgesehen sah sie aus wie ein normaler Mensch. Trotzdem wunderte sich Likah darüber, wer die Masken eigentlich waren, denn zu wissen schien das niemand.

Sie schlüpfte rasch in die Kleidung des Mädchens und drehte dann deren Körper etwas, damit sie nicht so verrenkt lag, wenn sie erwachte. Likah zupfte den weißen Umhang zurecht und schob die Maske über ihrem Gesicht hin und her. Ihr eigener Atem schlug ihr unter der Maske heiß entgegen. Sie hoffte, nicht lange im Untergrund verweilen zu müssen.

Sie wollte schon hinabsteigen, da fiel ihr der Junge ein, der ebenfalls bewusstlos dalag. Sie würde Misstrauen erregen, wenn sie ihn nicht mitbrachte. Unter den Achseln hob sie ihn an und schleifte ihn mit zu der Luke, darauf bedacht, ihm keine Schürfwunden zuzufügen.

»Es tut mir leid«, flüsterte sie. Vorsichtig ließ sie ihn hinunter, dann kletterte sie ihm nach.

Die große Maske wartete mit den Gefangenen. Als sie herunterkam, schloss er das Gitter wieder ab und lud sich den Jungen auf die Schultern. Dann nickte er ihr zu und drehte sich um. Likah hatte nicht den Eindruck, dass sie ihn begleiten sollte. Nachdem sie die Schritte der Gefangenen im entfernten Gang verhallen hörte, atmete sie erleichtert auf, dann war sie allein.

Ohne einen Anhaltspunkt zu haben, wo sie die Person mit dem reinen Herzen finden konnte, begab sie sich hinein in die Dunkelheit. Das Licht von entzündeten Ölschalen flackerte in den Gängen. Zu ihrer Rechten entdeckte Likah eine Tür, eingerahmt in dunkles Eisen, sonst aber aus Holz. Sie war nicht verschlossen. Zuerst schob sie sie nur einen Spalt auf, doch weil dahinter nichts zu sein schien, öffnete sie sie ganz.

Likah erstarrte. Der Raum war nicht leer, sondern voller regloser Körper. Leichen, aufeinandergestapelt und gegeneinandergelehnt, schlaff und verkrampft, bleich und mit dunkler Haut, Männer wie Frauen, Jungen und Mädchen, alle lagen sie da, alle mit derselben Gleichgültigkeit deponiert. Likah presste die Hand auf den Mund, als sie den Raum betrat. Fassungslos kniete sie sich neben die Toten, und so unterschiedlich sie auch waren, alle teilten eine Gemeinsamkeit. Sie alle trugen dasselbe Runensymbol auf der Stirn.

Likah schob einem Mann, der ihr am nächsten lag, das Haar aus der Stirn. Mit den Fingerspitzen fuhr sie über die narbige Wulst, die sich aus seiner faltenreichen Stirn erhob. Sie erinnerte sich an dieses Symbol. In einem der Bücher hatte sie es gesehen. Allerdings hatte sie geglaubt, dass es längst keine Anwendung mehr fände. Dieses Symbol kanalisierte Energie. In Likahs Brust schien alles stillzustehen, während ihr Kopf rauschte. Sie hatte sich nie gefragt, was mit den Menschen geschah, die hier runtergebracht wurden. Sie hatte angenommen, die Masken würden sie angemessen bestrafen, was immer das heißen mochte. Aber das hier … Konnte es sein?

Ein leiser Verdacht bäumte sich in ihr auf. Ein Verdacht, der zu schrecklich war, um sich zu bestätigen. Die Menschen waren nicht dazu geschaffen, die Erste Sprache zu beherrschen. Und die Natur nicht dazu, von ihnen geformt zu werden. Konnte es sein, dass die Quelle der immensen Kraft der Stimme erst für die Menschen geöffnet werden musste? Und dass die Quelle dieser Kraft … menschliche Lebensenergie war?

Likah fuhr zurück. All diese Menschen – waren sie gestorben, um der Ersten Sprache als Energiequelle zu dienen? Das konnte nicht sein – Angriana hätte ihr das gewiss erzählt. Oder nicht?

Rückwärts stolperte sie aus dem Raum hinaus, knallte die Tür zu und presste sich mit dem Rücken dagegen. Likah barg das Gesicht in den Händen, doch die Gedanken konnte sie damit nicht aus ihrem Kopf verbannen.

Dass die Erste Sprache schädlich war, überraschte Likah nicht mehr, aber dass sie Leben nahm, hatte Angriana ihr verschwiegen. Und Likah hatte die Sprache seitdem genutzt. War sie mitverantwortlich für diese Leichen? Waren all die Errungenschaften, die die Menschheit durch die Erste Sprache erreicht hatte, auf Leichen erbaut worden?

Likah musste handeln und diese leidvollen Machtspielchen beenden. Dazu musste sie nur die Person reinen Herzens finden, und dann könnte sie … Likah dachte den Gedanken nicht zu Ende, denn nachdem sie all die Toten gesehen hatte, überkam sie eine grausige Ahnung, wofür sie diese Person brauchte. Sie befestigte die Maske über ihrem Gesicht und lief strammen Schrittes weiter. Das Gesicht zu bedecken half, um ihre Gefühle im Zaum zu halten. Es war, als könne die äußere Schale das Innere stützen.

Etwas krallte sich in ihren Arm. Erschrocken zuckte sie zurück, verlor den Halt, weil an ihrem Arm gerissen wurde, stolperte und knallte mit dem Rücken gegen die Wand. Eine Klinge drückte sich an ihre Kehle. Sie hatte den jungen Mann nicht kommen sehen.

»*Fort!*«, rief Likah mit schriller Stimme. Wind sauste zwischen ihrer beider Körper und schob ihn mit einer Druckwelle von ihr.

Sie glaubte, die Gefahr gebannt zu haben, da wurde sie von mehreren Personen umringt, die je ein Messer auf sie richteten.

»Hört auf!«, rief Likah und nahm die Maske von ihrem Gesicht. »Ich bin nicht eure Feindin.«

»Wer in Angrianas Namen bist du?«, fauchte eine Frau, die neben ihrem Kameraden auf die Knie gesunken war, um ihn aufzustützen. Ein Stirnband hielt das Haar aus ihrem Gesicht, und sie funkelte Likah an. »Seit wann beherrschen die Masken die Erste Sprache?«

»Ich gehöre nicht zu denen«, sagte Likah schnell und ließ die Maske sinken. »Ich habe mich eingeschlichen. Bitte hört mir zu. Und steckt die Messer weg.«

Misstrauen und Hass verzerrte die Gesichter der Menschen, keiner von ihnen machte Anstalten, die Waffen zu senken. Aber sie griffen nicht an.

»Wer bist du?«, fragte der Junge, den sie von sich geschleudert hatte. Er rappelte sich auf und klopfte sich den Staub von den Hosen, obwohl es sinnlos war, denn wie alle anderen auch war seine Kleidung von oben bis unten verdreckt. Aber vor allem trug jeder von ihnen dasselbe Symbol auf der Stirn, eingeschnitten und noch als hochgewachsene Narben zu erkennen.

»Mein Name ist Likah Laien«, sagte sie und hob die Hände. »Ich tu euch nichts.«

»Du bist eine von denen.« Die Frau mit dem Stirnband stellte sich neben den Mann und betrachtete Likah mit Abscheu in den Augen. »Eine Schülerin.«

»Nicht mehr. Mein Meister hat mich verstoßen.«

»Wir wissen alles!« Sie trat mit gezückter Waffe einen Schritt auf Likah zu. »Dass ihr uns hier runterbringen lasst, um dann unsere Leben für eure Zauberei zu benutzen! Und vorher lasst ihr uns noch schuften, um alles aus uns rauszuholen, was ihr kriegen könnt. Ihr seid schlimmer als Blutegel! Die lassen zumindest von einem ab, wenn sie satt sind. Aber ihr habt nie genug!«

Likah ließ die Maske fallen, und sie schlug mit einem dumpfen Geräusch auf dem Boden auf. »Ich habe nicht gewusst, was hier vor sich geht«, murmelte sie. »Aber ich bin hier, um dem ein Ende zu setzen. Ich werde die Erste Sprache vernichten.« Sie glaubten Likah nicht. Zusammengezogene Augenbrauen und verschränkte Arme, verhärtete Kiefer und zurückgelehnte Körper verweigerten ihr das Vertrauen. Likah fuhr fort: »Ich meine es ernst. Die Erste Sprache muss vernichtet werden. Aber ich kann das nicht allein. Ich brauche jemanden mit reinem Herzen. Jemanden, der mutig genug ist, mir bei dieser Sache zu helfen, und der noch nie mit der Ersten Sprache zu tun hatte.«

»Warum solltest du das wollen? Du beherrschst die Sprache doch.« Der Mann, der sie als Erstes angegriffen hatte, senkte seine Waffe. Im Gegensatz zu seinen Freunden glomm bei ihm kein Hass im Gesicht. Er schien tatsächlich ihre Antwort hören zu wollen.

»Aber zu welchem Preis? Wenn es bedeutet, dass ich dafür Menschenleben opfern muss, und wenn es bedeutet, die Naturgesetze zu verändern, dann gebe ich das gerne hin.«

»Du hast gerade bewiesen, wie egal dir das ist«, knurrte die Frau mit dem Stirnband.

»Alles in Ordnung, Irisa.« Er legt Irisa eine Hand auf die Schulter und nickte ihr ermutigend zu, dann wandte er sich wieder Likah zu. »Ich heiße Thora Aszak. Du hast deinen Helfer gefunden.«

»Thora …«, sagte Irisa, »glaubst du ihr etwa?«

»Ich glaube ihr.«

Erleichtert atmete Likah aus. Diese Leute mussten ihr nicht wirklich vertrauen, es reichte, wenn sie verstanden, dass sie ein gemeinsames Ziel verfolgten.

»Gut. Wir müssen als Erstes hier raus.«

KAPITEL 27

EIN LETZTER FUNKEN

»Also«, begann Serwiya an die Frau gewandt, die sich Likah Laien nannte. Sie saßen im Gang, um kurz zu verschnaufen und das Brot zu essen, das Thora herumgab. »Du hast dich gegen das Septimat gewandt? Obwohl du eine Schülerin warst?«

Likah nickte langsam. »So in etwa.«

»Mutig von dir«, kommentierte sie. »Und du hattest überhaupt keine Angst?«

Likah räusperte sich, aber anstatt auf Serwiya einzugehen, wandte sie sich schnell an Thora. »Ich wusste nicht, was hier unten passiert.«

»Wir haben viele gute Freunde verloren«, antwortete er, brach ein großes Stück vom Brot ab und reichte es ihr. »Und es war ein harter Weg für uns.«

»Wieso seid ihr alle hier? Ich dachte, nur Verbrecher kämen hierher.«

»Was macht dich so sicher, dass wir es nicht sind?«, fragte Irisa, die neben Thora saß. Sie klang bedrohlich wie ein knurrender Wolf. »Wir könnten gemordet haben, und du hättest keine Ahnung.«

Thora hatte geglaubt, die tiefste Abscheu zu kennen, die Irisa zu empfinden imstande war, aber er hatte sich geirrt. Die Art und Weise, wie sie Likah anschaute, als wolle sie ihr heißes Pech über die Haut schütten. Beruhigend strich er über ihre Hand, doch sie entspannte sich nicht.

Likah zerrupfte das Stück Brot in Spatzenportionen und seufzte. »Ich würde euch nicht dafür verurteilen.«

»Weil es heuchlerisch wäre?«, fuhr Irisa sie an. Sie zog ihre Hand unter Thoras hervor und ballte sie zu einer Faust, als wolle sie ihre Worte mit einem Schlag unterstreichen.

»Ja«, antwortete Likah leise. »Ja, es wäre heuchlerisch.«

Und als sie es aussprach, wich der Hass auf Irisas Gesicht für einen Sekundenbruchteil Verblüffung.

»Einige von uns wurden verurteilt«, sagte Thora. »Aber nicht alle. Die Masken entführen jeden, von dem sie glauben, dass ihn niemand vermissen wird. Ich kam mit dem Schiff nach Nakita.«

»Und trotzdem willst du mir dabei helfen, die Erste Sprache zu zerstören? Du willst nicht in deine Heimat zurück?«

»Wieso sollte ich das wollen?«, gab Thora zurück. Er hatte am eigenen Leib erfahren, wie die Menschen unter der Ersten Sprache litten. Es wäre nicht gerecht, nach Hause zurückzukehren und das Unrecht weitergehen zu lassen.

»Dort wärst du in Sicherheit. Was ich vorhabe, ist gefährlich«, sagte Likah, als wolle sie ihn überreden.

»Ich habe den Schrecken hier gesehen. Selbst wenn ich dem entfliehen könnte, würde ich es nicht tun. Nicht, solange es sich fortsetzen würde. Nicht, solange andere weiterhin darunter leiden.« Er konnte den Gedanken nicht ertragen, dass andere weiter das erleiden mussten, was er, Irisa und all die anderen durchmachten.

Likah nickte, dann stopfte sie sich den Rest ihrer Ration in den Mund. Thora knabberte an dem trockenen Brot und bedachte dabei, dass ihre Vorräte nicht mehr ewig halten würden. Auch die Wasserflaschen leerten sich immer mehr. Sie mussten einen Weg hinausfinden, und das schnell.

»Ich …« Likah räusperte sich, sodass alle sie ansahen. »Was das Septimat tut … und was ich getan habe, war falsch.

Es ist furchtbar, was ihr deswegen durchleben musstet. Es ist schrecklich, und ich trage auch Verantwortung dafür. Es tut mir leid.«

Für einen Moment herrschte Stille, als Irisa neben Thora wie vom Blitz getroffen aufsprang. Ihr Gesicht wurde purpurn vor Wut.

»Es tut dir leid? Schön, wenn du dein Gewissen damit beruhigen kannst, aber das ändert nichts an der Tatsache, dass unsere Freunde tot sind. Es macht sie nicht wieder lebendig, und wahrscheinlich hast du viele von ihnen eigenhändig umgebracht! Diese Entschuldigung ist nicht für uns, sie ist nur für dich selbst, damit du dich besser fühlen kannst. Du kommst hierher und glaubst, du verdienst einen Platz neben uns, um mit uns zu essen?« Dann machte sie auf dem Absatz kehrt und stürmte in die Dunkelheit der Tunnel.

Thora machte keine Anstalten, sie aufzuhalten. Er hörte ihren Zorn wie ein Echo in sich, aber er durfte sich nicht davon hinreißen lassen. Nicht jetzt, wo er kurz davor war, seine Kameradinnen und Kameraden hier rauszuschaffen. Sie waren beinahe am Ziel. Jetzt mussten sie sich konzentrieren.

»Die Pause ist vorbei«, sagte er dann mit fester Stimme. »Packt die Sachen zusammen. Ich hole Irisa, und wenn wir wiederkommen, gehen wir weiter.«

Er drückte sich hoch in den Stand und lief ihr nach. Sie war nicht so unvernünftig, sich allzu weit von der Gruppe zu entfernen, auch im Zorn nicht. Irisa kannte die Gefahren hier unten besser als die meisten von ihnen. Thora fand sie leicht in einer Nische abseits des Haupttunnels. Sie hockte am Boden.

Er setzte sich neben sie und legte eine Hand sanft auf ihre angespannten Schultern. Weil ihm nichts einfiel, was nicht abgedroschen oder lächerlich geklungen hätte, schwieg Thora. Irisa schüttelte seine Hand ab. Der Zorn ließ Dampf in ihren Augen aufsteigen.

»Warum vertraust du ihr?«, fragte sie leise. »Sie ist eine von denen. Nicht unsere Freundin.«

»Du bist verbissen.« Thora ließ seine Stirn gegen ihre Schulter sinken. »Und trägst viel Hass in dir. Ich habe Angst, dass es dich kaputtmacht.«

»Nicht das macht mich kaputt«, erwiderte sie gepresst. »Sondern Leute wie sie mit ihrer Magie! Hast du es nicht bemerkt, als sie dich angegriffen hat? Fast hätte sie mich dabei getötet, ich habe schon gespürt, wie … irgendetwas mir fast entglitten ist.«

Er zog Irisa in eine Umarmung und drückte sie fest. »Ich bin froh, dass du in Ordnung bist«, flüsterte er.

»Aber das bin ich gar nicht. Niemand von uns ist das, und schuld sind Leute wie sie. Also warum?«

Thora schloss die Augen und schwelgte für einen Moment in ihrem Geruch, der ihm inzwischen so vertraut geworden war. Wie die Meeresbrise aus seiner Heimat. »Weil die Menschen sich ändern, Irisa. Und sie ist die beste Möglichkeit, die wir haben.«

»Da irrst du dich«, widersprach sie. »Menschen ändern sich nicht. Niemals. Und das wird diese Likah uns noch zeigen.«

Irisa war schweigsam, als sie in der Gruppe weiter der Karte nach durch die Gänge liefen. Allmählich näherten sie sich dem Ende von Thoras gezeichneter Karte. Weiter war er bei seinen Forschungen nicht gekommen. Wenn sie jetzt den Weg nicht fanden, waren all ihre Bemühungen umsonst geblieben. Ihre Zeit verrann rasch. An der nächsten Gabelung blieb er stehen.

»Wohin jetzt?«, fragte Serwiya, und Thora hielt ihr die Karte hin, woraufhin sie frustriert ausatmete.

Thora faltete das Papier zusammen und stopfte sie in seine Tasche. »Weiter weiß ich leider auch nicht …«

»Ich glaube, wir müssen links abbiegen«, flüsterte ihm Likah von hinten zu. »Aber ich bin nicht sicher. Es sieht alles gleich aus.«

»Wie sicher bist du dir?«

»Ich weiß nicht. Aber selbst wenn wir den Ausgang wiederfinden, habt ihr denn einen Schlüssel?«

»Nein. Wir konnten keinen stehlen, weil die Masken sie bei sich tragen.«

»Bestimmt gibt es so etwas wie einen zentralen Verwaltungsraum«, überlegte Likah. »Dort könnten die Hauptschlüs–«

Ein Zischen unterbrach sie. Ulsan hatte sich umgedreht und legte einen Finger warnend über die Lippen. Wahrscheinlich eine Patrouille. Sofort drängten sich alle eng an die Wand und machten sich schmal, während Ulsan seinen Dolch in die Hand nahm und vorwärtsschlich.

Wie vermutet schritt eine Maske durch den Gang, der weiße Umhang wallte um die schlanke, hochgewachsene Gestalt. Als sie dann um die Ecke bog, machte Ulsan einen Satz hinter die Person, packte sie an der Maske und ließ die Dolchklinge über ihre Kehle blitzen.

Thora wandte den Blick ab. Er hasste diese Selbstverständlichkeit, mit der seine Freunde töteten. Auch wenn es sich dabei um die Masken handelte. Er hörte den Körper zu Boden gleiten, ein feuchtes Gurgeln und das warme Sprudeln von Blut, das den Gang jetzt mit dem Geruch von Eisen füllte.

Likah neben ihm erstarrte schlagartig.

Thora berührte sie sachte am Oberarm. »Hey. Ist alles in Ordnung mit dir?«

Likah rieb sich unwirsch über das Gesicht. »Mir geht es gut.«

»Sieh nicht hin«, riet er und schob sie weiter. Seinen eigenen Rat konnte er selbst gut gebrauchen, aber immer wieder zuckten seine Augen in die Richtung des Blutes, das rasend schnell in das Weiß des Umhangs eindrang.

Likah machte sich von ihm los und kniete sich neben die Leiche. Ihre Finger zitterten, als sie in die Taschen glitten, die inzwischen mit Blut getränkt waren.

»Kein Schlüssel«, sagte Likah, stand dann hastig auf und räusperte sich.

»Sag mir nicht, dass der da dir leidtut.« Irisa stemmte die Hände in die Hüfte. »Gerade dir.«

Likahs Miene verfinsterte sich. »Wir müssen weitergehen. Bevor sie uns finden.« Mit diesen Worten, und ohne sich noch einmal umzudrehen, lief sie weiter.

»Wie kann man nur Mitleid mit den Masken haben?«, zischte Irisa laut, wohl mehr an Likah gerichtet als an die anderen.

Thora verstand ihren Hass, aber ihm war das Leben der Masken dennoch nicht egal. »Früher hätte dich so etwas auch getroffen. Der Tod ist nicht immer so an dir vorbeigegangen.«

Sie blickte ihn an, die Lippen leicht verzogen, und schien antworten zu wollen, ohne dass sich die Worte bereits in ihr geformt hatten. Sie ließ die Fußballen bei jedem Schritt schleifen, als wolle sie ihren Frust in den Mulden vergraben.

Gemeinsam kehrten sie zurück zu den anderen, die in der Nähe des Raumes warteten, von dem Likah gesprochen hatte. In den Tunneln davor streiften Patrouillen auf und ab. Es waren viele. Zu viele. Thora zählte sechzehn Masken. Wenn es dort drinnen wirklich einen Schlüssel für den Ausgang gab, würde es verflucht schwierig werden, dranzukommen. Zumindest, wenn das Ganze nicht in einem Blutbad enden sollte.

»Wir brauchen eine Ablenkung«, flüsterte Likah.

»Und dann kann sich einer von uns reinschleichen und den Schlüssel besorgen«, schloss Thora. Das könnte klappen. Aber eine Ablenkung war ebenso riskant.

»Es sei denn, ihr zieht es vor, den Schlüssel den Leichen zu entreißen.« Vorwurf schwang in ihrem Ton mit. Ein Vorwurf, der Thora unangenehm aufstieß.

»Vielleicht könnten wir eine Gruppe durch die Tunnel schicken, die von hier zum Lager führen, mit einem Umweg über die Brauerei«, schlug er vor. »Wenn sie das hören, kommen sie bestimmt. Die sind sowieso in Alarmbereitschaft. Dann besorgt jemand den Schlüssel.«

»Und wie bekommen wir den Ablenkungstrupp lebend da raus?«, fragte Karlie skeptisch.

»Ihr lauft einmal im Kreis«, erklärte Likah. »Es gab einen Rundgang auf dem Weg hierher, erinnert ihr euch? Thora, gib mir mal die Karte.« Er holte die Karte aus der Tasche hervor, Likah nahm sie entgegen und kramte etwas aus ihrem Rucksack, das er noch nie gesehen hatte.

Es war länglich und passte bequem in die Hand wie ein Grafitstift, aber es hatte eine metallene Spitze, mit der sie jetzt Farbe auf sein Pergament auftrug. Sie zeichnete Linien und Kreise, ein Abbild des Tunnelsystems aus ihrer Erinnerung. Unwillkürlich musste er sich fragen, ob dieses Objekt auch der Ersten Sprache und damit vielen Opfern zu verdanken war – damit man sauber schreiben konnte.

»Hier gibt es eine Gabelung«, fuhr sie fort. »Sie können euch also nicht einkesseln. Und an der Stelle könnt ihr sie abhängen und wieder zu uns stoßen.«

»Und wenn wir es nicht schaffen, sie abzuhängen?«, fragte

Irisa, diesmal ernsthaft besorgt, ohne eine Spur Schärfe in ihrer Stimme.

»Dann rennen wir.«

»Toll.« Irisa biss die Zähne zusammen. »Fantastischer Plan.«

»Wenn du eine bessere Idee hast, bitte«, sagte Likah ruhig. »Ich höre.«

Offenbar hatte sie keine. Thora musste zugeben, dass der Plan nicht sonderlich sicher erschien, aber es war der einzige, den sie hatten, und bisher war keiner ihrer Pläne perfekt gewesen. Was sie hier taten, hing von einer Menge Glück ab. Und nicht zuletzt dem Glück, dass Likah zu ihnen gestoßen war.

Thora wartete, dann räusperte er sich.

»Bleibt nur noch eins zu klären …« Er schluckte, doch sein Hals blieb wie zugeschnürt. »Wer macht die Ablenkung?«

Niemand sagte etwas. Thora konnte es gut nachvollziehen. Wochenlang hatten sie sich vorbereitet, Brüder und Schwestern verloren im Kampf für die Freiheit. Nun standen sie so dicht davor, und jeder von ihnen wollte die Luft von der Welt über der Erde atmen. Niemand wollte sich freiwillig als Köder hergeben. Schweigen machte die Luft unerträglich fest. Thora wollte sich gerade anbieten – er fühlte sich für die Gruppe verantwortlich –, da trat Karlie vor.

»Ich mach's.« Sie hatte die Hände fest in ihre Jacke gekrallt.

Er hatte sie nie zuvor so entschlossen gesehen, aber er wusste auch, dass es nicht nur Mut war, der sie zu dieser Entscheidung geführt hatte. Es war die fehlende Aussicht auf eine Zukunft, in der sie glücklich werden konnte.

»Ich bringe dich hier raus, Karlie«, sagte er leise, doch er war sicher, dass sie jedes Wort verstand. »Versprochen.«

Sie lächelte. »Ich weiß.« Es klang aufrichtig. »Also, wer ist dabei?«

»Ich.« Irisa hob knapp die Hand. »Am besten, wir teilen uns in zwei Gruppen, sobald sie uns bemerkt haben. Ich bringe die erste Gruppe dann hier um die Biegung, und du führst die anderen diesen Umweg lang.« Sie fuhr mit dem Finger die Kohlestriche auf der Karte entlang. »Wir treffen dann später zusammen. Und du …«, sagte sie mit Blick auf Likah, »bleibst bei Thora. Ich will nicht ständig auf dich aufpassen müssen.«

»Und Thora besorgt den Schlüssel«, ergänzte Ulsan mit einem Nicken. »Du hast uns die erste Tür geöffnet. Dann soll die letzte auch deine sein.«

»Ihr könnt auf mich zählen«, sagte Thora mit einem festen Nicken. Er würde alles tun, was er konnte, um sie alle hier rauszubringen.

Dann schwärmten die Trupps aus. Thora blieb mit Likah allein. Sie duckte sich und lugte hinter einer Wand hervor, um den Raum im Auge zu behalten und dabei gleichzeitig von den Masken unentdeckt zu bleiben.

Dann warteten sie darauf, dass die Ablenkung einsetzte, die Masken auseinanderstoben und ihnen eine Gelegenheit boten, den Schlüssel zu schnappen. Die Zeit dehnte sich zu einer Ewigkeit und zerrte an Thoras Geduld. Er musste sich zusammenreißen, nicht immer wieder um die Ecke zu schauen, und knabberte stattdessen an der Innenseite seiner Wangen. Likah hingegen blieb reglos wie ein Steingebilde. Wenn sie nervös war, ließ sie sich nichts anmerken.

Dann der Knall. Ein Poltern und Ratschen schlug durch die Flure wie ein Turm aus Geschirr, der umgefallen war. Es folgte Stille, dann ein weißer Schwall, der aus dem Raum schwappte. Die Masken bemerkten es auch. Von den Gängen und aus dem Raum strömten sie. Thora wollte losstürmen, doch Likah streckte den Arm aus und hielt ihn zurück.

»Warte noch«, flüsterte sie.

»Was redest du denn da?« Thora schob ihren Arm nach unten. »Die anderen sind in Gefahr, wir müssen uns beeilen!«

»Es hilft ihnen aber nicht, wenn wir in die Masken reinrennen. Reiß dich zusammen und denk nach!«, zischte Likah.

Thora knirschte mit den Zähnen, blieb aber stehen und beobachtete genau. Wieso hatte er Karlie und die anderen gehen lassen? Was, wenn sie sie erwischten? Sein Körper fühlte sich an wie ein Strudel, der sein Inneres nach unten riss und wild umherwirbelte. Es kribbelte in seinen Füßen und drängte ihn, loszurennen, seinen Freunden zu Hilfe zu eilen, aber er wartete. Wartete, dass Likah endlich das Zeichen gab. Als sie nickte, sprang er auf. Hart stieß er die Tür in den Raum auf und verschaffte sich eine rasche Übersicht. Das Zimmer war spärlich eingerichtet, mehrere Tische mit zerkratzten Bänken und ein paar einsame Schränke.

»Ich suche die linke Seite ab, du die rechte!«, rief er und war schon auf dem Sprung.

Er riss eine Kommode auf, durchpflügte drei Schubladen – ohne Erfolg. Hektisch schob er eine Schranktür beiseite. Kleidung, ein Spiegel. Sein gehetztes Gesicht. Ein Tippen auf seiner Schulter. Das metallische Rasseln ließ ihn herumfahren.

»Schnell«, sagte Likah, die den Schlüsselbund in der Hand hielt. »Wir haben keine Zeit. Komm schon.«

Er nickte und kam auf die Füße. Gemeinsam verließen sie den Raum und huschten zurück hinter die Ecke. Wieder warteten sie, die Stille kam ihm erdrückend vor. Es sollte nicht so still sein. Thoras Anspannung wuchs, während er nach seinen Kameraden Ausschau hielt. Wo blieben sie bloß?

Fußgetrappel und Keuchen hallte von den Wänden wider,

und Erleichterung überkam ihn, als er Irisa den anderen voranlaufen sah. Er brach aus seinem Versteck hervor und lief ihr entgegen, als ihm auffiel, dass Karlies Gruppe fehlte.

»Wo sind sie anderen?«, rief er. Irisa keuchte und schnappte nach Luft.

»Wir haben sie … nicht getroffen … vielleicht haben die Masken sich auch …« Irisa hustete, und Thora zog sie zu sich hoch. Sein Herz humpelte.

»Ihr habt sie nicht …« Er schluckte. Waren die anderen erwischt worden?

»Dann sollten wir gehen«, sagte Likah.

Fassungslos drehte Thora sich zu ihr um. »Was?«

»Wir sollten gehen, solange die Masken noch nicht hier sind. Wir sollten den Vorsprung nutzen«, wiederholte sie mit einer Nüchternheit, dass es Thora kalt den Rücken hinablief. Zuvor noch hatte er gesehen, wie sie fassungslos über den Leichen der Masken gestanden hatte, und jetzt schlug sie vor, die anderen zurückzulassen?

»Nein«, setzte Thora an, aber Irisa unterbrach ihn.

»Was sagst du denn da?« Irisa kam langsam wieder zu Atem und stierte Likah aus ihrem verschwitzten Gesicht an. »Das sind unsere *Freunde*. Wir lassen sie nicht zurück, auf keinen Fall!«

»Sie wussten, worauf sie sich einlassen.«

»Deswegen willst du sie sterben lassen?« Irisa schob Thora von sich und machte zwei große Schritte auf Likah zu, bis sie direkt vor ihr stand und ihre Gesichter nur eine Handbreit voneinander entfernt waren. »Ja, so handhabt ihr das da oben in der privilegierten Gesellschaft, nicht wahr? Wer seinen Zweck für euch erfüllt hat, kann sterben, das kümmert euch nicht mehr!«

Likah verzog keine Miene. Sie verschränkte die Arme und trat einen Schritt zurück. »Erzähl mir nichts von Privilegien.

Es gibt manchmal Dinge, die größer sind als ein einzelner Mensch oder sogar eine Gruppe Menschen.«

Irisas Hand flog schneller als ein Pfeil von einer zum Zerreißen gespannten Sehne, als sie Likah mit voller Wucht ins Gesicht schlug. Likah taumelte zwei Schritte zurück und presste die Hand auf ihre Wange.

Instinktiv riss Thora Irisa an den Schultern zurück. Sie konnten nicht anfangen, sich auch noch gegenseitig anzugreifen. »Irisa, das bringt doch nichts.«

»Nein, tut es wirklich nicht.« Sie schob ihn von sich, ehe sie sich wieder an Likah richtete: »Ich habe mich nicht in dir geirrt.« Irisas Schultern hoben und senkten sich unter ihrem schweren Atmen. »Du bist vielleicht mächtig, aber menschlich bist du Abfall. Du bist es nicht wert, dass man dich rettet. Das verstehst du wahrscheinlich nicht mal. Nein, du glaubst, alles richtig zu machen, oder?«

Likah schien nur sehr langsam zu begreifen, was gerade geschehen war. Sie hob den Blick. »Ist das so?«, hauchte sie. Ihr Gesicht verfärbte sich langsam, wo Irisas Schlag sie getroffen hatte.

Thora schluckte. Er konnte in ihnen beiden tief sitzenden Schmerz sehen. Bei Irisa von Hass befeuert, in Likah von Hoffnungslosigkeit untergraben. Irisa drohte zu entflammen, während Likah jeden Moment einzubrechen schien. Aber beide hielten sich. Noch.

»Wir werden sie nicht hierlassen«, sagte er dann fest. »Wir sind eine Gruppe. Und halten zusammen.«

»Selbst wenn es bedeutet, dass keiner von euch hier rauskommt?«, wollte Likah wissen. Sie schien der Konflikte müde, ihre Schultern sackten herab, und sie atmete lange aus.

Ehe Thora darauf antworten konnte, ertönten Schritte hinter ihnen. Viele Schritte. Die Masken hatten sie eingeholt, aber sie gingen langsam, spazierten beinahe. Thoras Magen war wie mit Eissplittern gespickt.

Da waren Karlie und die anderen. Festgehalten von den Masken und mit Messern an den Kehlen. Ulsan prangte eine frische Wunde auf dem Gesicht, ein Schnitt, der sich von seiner Augenbraue bis zum Kiefer zog. Sein Hals glich einem Wasserfall aus Blut, doch Zorn machte sein Gesicht hart. Aber er wehrte sich nicht, und kein Funken Angst mischte sich in das strömende Blut.

»Ergebt euch«, sagte eine der Masken kalt. »Eure kleine Rebellion ist vorbei.«

Thora machte einen Schritt vorwärts, doch Likah hielt ihn am Ärmel fest. »Sei nicht dumm.« Ihre Stimme war eindringlich, fast schon zornig. Er spürte jeden ihrer Finger auf seiner Haut.

»Sie hat recht, Thora«, sagte Karlie. Das Messer an ihrer Kehle schien sie nicht im Mindesten zu beeindrucken. Sie lächelte verzerrt, ihr Körper wirkte entspannt, als hätte sie endlich nach jahrelanger Suche gefunden, wonach sie Ausschau gehalten hatte.

»Wir sind verloren. Aber ihr nicht.« Karlies Finger wanderten in ihre Tasche, beiläufig und scheinbar unwichtig. »Ihr könnt es schaffen. Tut das für mich, ja?«

Die Maske, die Karlie festhielt, reagierte nicht schnell genug. Karlie riss ein schmutziges Päckchen aus der Tasche, zog das Zündstäbchen über die raue Fläche und entflammte die Schnur. Die Maske hinter ihr wollte es ihr aus der Hand schlagen und schubste sie dabei von sich.

»Nein!«, schrie Thora und stürzte nach vorn, doch dieses Mal war es Irisa, die ihn festhielt.

»Thora!«

Karlie hielt das Säckchen voll mit explosivem Pulver in der Handfläche, als Tränen über ihr lächelndes Gesicht rannen. »Danke, Thora. Danke für alles.« Mit diesen Worten schleuderte sie das Säckchen gegen die Decke über sich. Es kollidierte und löste mit einem ohrenbetäubenden Knall Gesteinsbrocken von oberhalb.

Thora schlug sich die Hände auf die Ohren, als die Decke über den Masken zusammenkrachte. Felssplitter prasselten wie Platzregen auf sie nieder. Der Rauch kratzte in seiner Brust, und er hustete.

»Lauft!«, hörte er Likah schreien.

Alle drehten sich auf dem Absatz um und rannten los. Der Boden bebte unter ihren Füßen, der schwarze Qualm lag in der Luft, aber sie wurden nicht langsamer. Erst als das Rumoren und Krachen hinter ihnen träger wurde und schließlich Schweigen gefunden hatte, blieben sie stehen. Thora stützte sich erst an der Wand ab, doch dann sank er hinab auf den Boden, zog die Beine an den Körper und stützte den Kopf auf seine Knie.

Eine Weile lang hallten nur das Keuchen und das schwere Atmen in den Gängen, doch bald erholten sie sich, es wurde still. Und mit der Stille kam die Erkenntnis.

Karlie und die anderen waren tot. Sie hatten sich geopfert, damit die anderen von ihnen weiterkommen konnten, und lagen zum Dank begraben unter Tonnen von Schutt und Erde.

Thora strömten ungehindert die Tränen über das Gesicht und verschmierten die groben Staubspuren. Er hatte ihr versprochen, sie rauszubringen. Jetzt war Karlie tot.

KAPITEL 28

FREIHEIT UND ABSCHIEDE

Sie waren nur noch zu acht. Thora zählte sechs seiner Freunde und Likah. Alle anderen waren tot.

Auf einmal kam ihm alles unwirklich vor. Jetzt, wo sie endlich an dem Punkt standen, auf den sie so lange hingearbeitet hatten, waren die meisten nicht einmal da, um es zu sehen. Thora hatte sie retten wollen, und sie waren bereit gewesen, sich für das große Ganze zu opfern. Aber jetzt gab es kein großes Ganzes mehr, weil die Einzelteile fehlten. Es war unter Thoras Händen weggebrochen und zu Staub zerronnen, ehe er es richtig begriffen hatte. Das Einzige, was ihnen jetzt noch blieb, war die Hoffnung, das Leid der Ersten Sprache für die Zukunft zu beenden.

Plötzlich ruckte Irisa hoch. Ihre Wangen waren feucht und ihre Augen rot vor Tränen. Sie wandte sich zu Likah und schrie: »Das ist alles deine Schuld. Diese blöde Ablenkung – das war doch deine Idee!«, schrie sie. »Als alles schiefgelaufen ist, hast du nichts dagegen getan. Du hättest sie retten können, mit deiner tollen Sprache!«

»Dann hättest du mich genauso gehasst«, antwortete Likah. »Weil dann jemand anderes gestorben wäre.«

»Wenn du nicht gesagt hättest, dass wir Ablenkung brauchen, dann wäre Karlie nicht …«

»Ich habe die Bombe nicht gezündet. Das war ihre Entscheidung.«

»Und deine Entscheidung ist es, sie sterben zu lassen, obwohl du es hättest verhindern können?« Irisa schniefte wütend.

»Sie wollte es so. Als ihre Freundin sollte dir das etwas bedeuten. Glaubst du, es wäre in ihrem Sinne, wenn du ihr diese letzte Entscheidung absprichst und mir die Schuld gibst?«

»Das reicht jetzt.« Thora legte Irisa eine Hand auf die Schulter und warf Likah einen strengen Blick zu. Was Irisa gerade durchmachte, war auch ohne versteckte Vorwürfe schmerzhaft genug.

Irisa spuckte aus und drehte den Kopf beleidigt in die andere Richtung. Dann erstarrte ihr Gesichtsausdruck, und die Wut und der Frust verloren sich in ihren hypnotisierten Blick, und als Thora ihrem Blick folgte, verstand er, warum. Dort sah er Tageslicht.

Bleicher Schein drang zögerlich hinab in die Höhlen. Thoras Blick war gefesselt von dieser einfachen Schönheit natürlichen Lichts. Ihm war, als hätte er wochenlang nicht geatmet, ohne es zu bemerken, und jetzt holte er mit einem Mal tief Luft.

Den anderen schien es ähnlich zu gehen. Serwiya, die noch immer einen Verband um die Wunde an ihrem Bauch trug, schritt wie verzaubert voran und tauchte ihre Hände in das Licht, als wolle sie darin baden. »Ich glaub es nicht«, hauchte sie. »Ist das wirklich … die Sonne?«

Thora spürte, wie sich ein breites Grinsen über sein Gesicht spannte. Für diesen Moment hatten sie gekämpft und gelitten. Das Gefühl überwältigte ihn und hob ihn von den Füßen.

Auch Likah stand auf, sie holte den Schlüsselbund aus ihrer Hosentasche. Das Rasseln des angelaufenen Metalls verhieß die Freiheit, nach der sie alle sich so lange gesehnt hatten. Der Schlüssel kratzte in dem alten Vorhängeschloss, und das Gitter quietschte, als Likah es aufdrückte.

Dahinter befand sich in die Wand eingelassen eine Leiter.

Likah drehte sich zu ihnen um, mit einem fragenden Gesicht, und nachdem Thora genickt hatte, erklomm sie als Erste die Sprossen.

Sie alle drängten sich in den Schacht, dann griffen sie einer nach dem anderen die Leitersprossen und kletterten hastig hinauf, dem Licht entgegen, das Thoras Augen beinahe blendete. Behände kam Thora nach oben, und als sein Kopf aus dem Untergrund auftauchte, hatte er das Gefühl, nach einem langen Tauchgang wieder aus den Tiefen des Meeres zu kommen.

Der Wind pfiff Thora über die Haut und liebkoste ihn. Er sog die Luft ein und streckte die Arme aus. Sofort hatte er das Gefühl, dass der muffige Höhlengeruch seinen Kleidern entfloh. Über sich sah Thora den Himmel glitzern. Sein Herz öffnete sich, und das Gefühl von Freiheit, des unendlichen Himmels über seinem Kopf strömte hinein. Der Rausch beherrschte sein Blut und seinen Atem wie ein Zauber. Wie musste es da erst den anderen gehen, die jahrelang unter der Erde verbracht hatten?

Thora umarmte jeden von ihnen, der noch übrig war. Irisa war wie gelähmt, Serwiya liefen Tränen über das Gesicht.

»Wir haben es geschafft«, sagte er, noch immer fassungslos. Es schien ihm so unwirklich. »Wir sind draußen.«

Sie nickten. Lächelten. Weinten.

»Ich muss euch um etwas bitten«, erhob Likah das Wort. »Bitte schweigt von dieser Sache. Es hat keinen Sinn, davon zu erzählen.«

»*Was?*« Irisas Stimme zitterte vor Wut. »Wir wurden dort unten jahrelang gefangen gehalten. Und wir sollen das für uns behalten? Damit es weiterhin geschieht?«

»Ihr seid doch jetzt frei.« Likahs Blick verlor sich in den Sternen. »Ihr könnt gehen, wohin ihr wollt, alles vergessen und ein neues Leben anfangen.«

»Du hast keine Ahnung, wovon du redest, oder?«, zischte Irisa. »Du hast sicherlich nicht um dein Leben bangen müssen.«

»Dieses Unrecht wird nie mehr gutgemacht«, sagte Thora leise zu Likah.

»Das weiß ich«, lenkte Likah ein, und die Kälte verschwand aus ihrer Stimme. Sie wandte sich Irisa zu. »Ich verstehe deine Wut, und ich bin genauso wütend wie du. Deswegen bin ich zu euch gekommen, und deswegen werde ich alles tun, was in meiner Macht steht, um die Erste Sprache zu vernichten. Ich weiß, dass es dir nicht die Zeit zurückgibt, die du unter der Ersten Sprache gelitten hast.«

»Oder meinen Bruder«, fügte Irisa flüsternd hinzu.

Thora widerstand dem Drang, ihr eine Hand auf die Schulter zu legen. Er sah Irisas Hass bröckeln, und irgendwie drangen Likahs Worte hinter die harte Mauer. Er wollte den Moment nicht stören.

»Ich kann dir all das nicht zurückgeben«, hauchte Likah. »Aber ich kann das Septimat bekämpfen und dafür sorgen, dass niemand mehr so etwas durchleiden muss. Und du … du kannst dein Leben leben. Und heilen.«

Irisa atmete langsam aus, und Thora sah, wie sie die Tränen zurückkämpfte. »Kann ich dir denn vertrauen?«

»Ja«, erwiderte Likah. »Aber wenn dir das nicht möglich ist, vertrau Thora.«

Er nickte. Thora war entschlossen, diese Sache zu Ende zu bringen. Nicht nur für Irisa, sondern für alle, die unter den Masken gelitten hatten und leiden würden, wenn er Likah nicht half.

»Du willst also wirklich gehen?«, fragte Irisa ihn. »Wir sind gerade erst rausgekommen. Und du willst dich schon wieder in Gefahr bringen?«

Thora nahm sie in seine Arme und legte den Kopf an

ihre Schulter. »Du glaubst doch nicht, dass ich nicht zurückkommen werde?« Er selbst war sich da nicht so sicher, aber er wollte sie nicht beunruhigen.

»Wirst du?«, fragte sie leise.

Er nickte. Seine Stimme war ihm verloren gegangen. Ihr warmer, fragender Blick zog ihn an. Langsam näherte er sich ihr und legte zögerlich die Fingerspitzen an ihre Wange. Kaum merklich beugte er sich zu ihr hinunter, während er zweifelte, ob er sie wirklich küssen sollte. Er betrachtete ihre glatten Lippen, aber ehe er seine auf ihre legen konnte, drehte sie den Kopf weg und lehnte das Gesicht an seine Brust. Thora schluckte. Sie hatte ihn abgewiesen.

»Nicht«, flüsterte sie und griff fest in sein Hemd.

Er löste seinen angespannten Griff von ihrer Schulter und nickte. »Ich dachte, du …« Er brach ab und ließ sie los.

»Das ist es nicht«, erwiderte sie hastig. »Es ist nicht so, dass ich nicht will.«

»Was ist es dann?«

»Dasselbe, was du mir damals gesagt hast«, flüsterte sie. »Du hast Angst, dass du nicht zurückkommst, so ist es doch. Und dass du nicht mehr die Gelegenheit haben wirst.«

»Ich habe doch gesagt, ich komme wieder«, sagte er rasch, da er das Gefühl hatte, von ihr durchschaut zu werden.

Sie lächelte. »Wenn du dir so sicher bist, dann kann ich auch noch warten. Es gibt einen alten Brunnen in den äußeren Vierteln, den Javonsbrunnen. Ich werde da sein. Jeden Sonntag. Bis du dort auftauchst.«

»Aber Irisa, ich –«

»Versprich es mir, ja?« Sanft nahm sie seine Hände und wartete, bis er ihr in die Augen blickte. »Lass mich nicht ewig dort warten.«

Thora schluckte das Kribbeln hinunter, das sich seine Kehle hinaufdrängte. Er verstärkte den Griff um ihre Finger.

»Ich werde da sein. Versprochen. Vielleicht nicht diesen und nicht nächsten Sonntag, aber ich werde kommen. Verlass dich darauf.« Die Worte lagen schwer auf seiner Zunge, weil er nicht wusste, ob er sie halten konnte.

»Gut.« Sie lächelte und hauchte ihm einen flüchtigen Kuss auf die Wange. Die Wärme verflog zu schnell.

Irisa ließ seine Finger los. Thora fühlte sich schuldig, weil er seine Sorgen nicht mit Irisa geteilt hatte – nicht teilen konnte. Er rang sich ein Lächeln ab. Rasch drehte er sich zu Likah um, ehe Irisa merken konnte, dass es gespielt war.

»Wohin geht es?«, fragte er mit belegter Stimme.

»Nach Ganoire«, antwortete sie. Dann setzte sie sich in Bewegung, und er folgte ihr auf einen Weg, von dem er nicht wusste, ob er ihn jemals zurückgehen würde. Und es gab nur eine einzige Sache, die seine Entschlossenheit ins Wanken brachte:

Irisa.

KAPITEL 29

DER PREIS

Leise schwebten dicke Schneeflocken vom Himmel und bedeckten die ganze Welt mit einem weißen Überzug. Likahs Schritte knirschten im Schnee, und sie genoss das Geräusch ihrer Stiefel, die mit jedem Schritt den hellen Flaum zusammenpressten, obwohl ihre Zehen vor Kälte taub waren. Es tat gut, einmal allein zu sein, und sie zögerte, zu Thora zurückzukehren, der in dem gut gepolsterten Unterschlupf auf sie wartete. Er sprach von nichts anderem mehr außer dem bevorstehenden Ritual, und immer wieder bohrte er nach, wie es ablaufen würde.

Wenn er es wüsste, würde er auf der Stelle umkehren. Likah konnte es ihm nicht verübeln, aber sie traute sich auch nicht, es ihm zu sagen. Obwohl Angriana es nicht direkt ausgesprochen hatte, ahnte Likah bereits, wofür sie Thora mitnehmen sollte. Die Erste Sprache forderte immer Opfer, wenn ein Mensch sie sprach, und sie war sich sicher, dass Thora das letzte sein sollte. Doch wenn sie ihm das sagte, würde er sie nicht länger begleiten, und wohin sollte Likah dann gehen, was sollte sie tun? Das hier war der einzige Weg, den sie gehen konnte, und er widerstrebte ihr so sehr.

Irgendwann musste sie zu ihm zurückkehren.

Thora drängte sich neben die schwache Glut, die er am Leben gehalten hatte, während Likah den Wald nach der letzten Nahrung des Winters abgesucht hatte. Die Eichhörnchen, die sie gefangen hatte, hatte sie gehäutet, bevor sie ins

Lager zurückgekehrt war, weil sie wusste, wie betroffen Thora davon war.

Er stand auf, als Likah auf das Feuer zukam. »Du warst lange weg«, begrüßte er sie. »Geht es dir gut?«

»Mir geht es gut, es ist nur nicht leicht, um die Jahreszeit was zu essen zu finden.« Sie überreichte ihm die Wurzeln und Nüsse, die sie gefunden hatte, und spießte dann das Fleisch auf einen angespitzten Stock.

»Dann wärm dich erst mal auf.«

»Danke«, sagte Likah und ließ sich am Feuer nieder. Die Wärme rauschte schmerzhaft gegen ihre Haut, als wolle sie sie vertreiben.

Likah stierte in die Flammen und sah zu, wie sich das Fleisch unter der Hitze langsam weiß färbte.

Thora ließ sich ihr gegenüber nieder. »Denkst du an deine Familie?«, fragte er.

»Nein«, entgegnete sie gereizter, als sie eigentlich wollte. Sie wollte nicht an ihre Familie denken, sondern diesen Teil ihrer Vergangenheit endlich hinter sich lassen. Es sollte keine Rolle mehr spielen.

»Also, ich denke oft an meine Familie und meine Heimat.« Ein kleines, sorgloses Lachen entschlüpfte ihm. »Wahrscheinlich ist das Heimweh, das kennst du doch sicher auch.«

Likah presste die Lippen aufeinander. Wie sollte sie ihm sagen, dass er weder seine Familie noch seine Heimat wiedersehen würde?

»Nicht wirklich«, sagte sie nur. »Meine Eltern haben mich weggeschickt, als ich noch sehr jung war. Eine richtige Heimat habe ich nicht.«

»Wirklich nicht?« Thora rutschte näher an die Glut und stützte das Gesicht in die Hände.

Likah dachte nach, aber die Erinnerungen an ihre Kindheit waren so unscharf, dass sie kaum noch etwas dabei empfand. Die Bilderfetzen, die warm und lebendig waren und sie mit einem Gefühl von Vertrautheit erfüllten, handelten von ihren gemeinsamen Streifzügen mit Alia und Gem, von Caia und der Zeit, die sie mit ihr und ihrer Familie verbracht hatte. Und von Arkin, der sie mit väterlicher Geduld bei sich aufgenommen hatte und selbst jetzt noch an sie glaubte.

»Ich habe keinen Ort, der sich nach Heimat anfühlt«, beschrieb Likah ihre Gedanken, »aber Menschen, die mir wichtig sind.«

»Und deswegen zögerst du?«, riet Thora. »Weil du sie wiedersehen willst?«

»Das ist es nicht«, erklärte sie. »Ich konnte mich von allen verabschieden.« Beim Gedanken an den letzten Kuss mit Caia huschte ihr ein Lächeln über die Lippen. »Ich habe erledigt, was wichtig ist. Sollte ich hierbei sterben … bereue ich nichts.«

Thora biss in eine der Wurzeln, die Likah für ihn gesammelt hatte. »Wenn du keine Angst vor dem Tod hast, keine Heimat, in die du zurückkehren möchtest, und dich verabschiedet hast, dann gibt es keinen Grund, hier durch die Wälder zu streifen. Dass du hier besser Nahrung findest, ist doch vorgeschoben, oder etwa nicht? Lass uns endlich gehen und die Erste Sprache aushebeln.«

Likah schwieg. Sie wusste, dass sie nur Zeit schindete. Aber er wusste nicht, dass sein Leben daran hing. Und sie konnte es ihm nicht sagen.

Thora erhob sich, umrundete das Feuer und ließ sich neben ihr auf die klamme Decke sinken. Sanft strich er ihr über den Rücken und sah ihr von unten herauf ins Gesicht. Seine Haut war überraschend warm in der Winterkälte, und Likah entspannte sich unwillkürlich bei der Berührung.

»Du bist ungeheuer mutig«, sagte er leise und lächelte. »Die wenigsten könnten das schaffen, was du vollbringen wirst.«

Likah unterdrückte ein Schnauben. Sie war nicht mutig. Sie hatte Angriana an ihrer Seite und wusste, dass ihre geliebten Menschen an sie glaubten. Thora hingegen hatte sich nie verabschieden können, und im Gegensatz zu ihr hatte er eine Heimat, die auf ihn wartete.

Danach herrschte langes Schweigen, und niemand von ihnen wollte zu Bett gehen, weil das bedeutete, sich vom wärmenden Feuer entfernen zu müssen.

»Ich muss dir etwas sagen«, setzte sie an.

»Worum geht es?« Er klang achtsam, aber nicht sonderlich überrascht.

Eine Weile schwieg sie. Wollte es nicht aussprechen. Aber sie konnte ihn auch nicht länger im Ungewissen lassen. Es war nicht gerecht. Sie konnte ihn nicht opfern, nicht, ohne dass er wusste, worauf er sich einließ. Likah sah ihn schon wütend zurück zum Lager stampfen und seine Sachen zusammenpacken. Dann wäre sie wieder allein, ohne die Möglichkeit, ihren Auftrag zu Ende zu bringen.

»Hast du eine Ahnung, warum Angriana mich zu den Masken geschickt hat?«, fragte sie mit belegter Stimme.

Er nickte. »Um mich zu finden.«

Likah nahm eine Hand voll Schnee in die Faust. Eisig kniff das Wasser in ihre Haut, als es durch ihre Finger verrann und nichts als einen stechenden Schmerz hinterließ.

»Jemand reinen Herzens«, flüsterte sie. »Von der Ersten Sprache unberührt. Du hast nie ein Wort gesprochen und bist nicht damit aufgewachsen. Thora, um die Erste Sprache zu zerstören, muss ich sie ein letztes Mal benutzen. Und wie du weißt, braucht jedes Wort dabei ein Opfer. Eine Quelle.«

Stille. Likah wagte es nicht, ihn anzusehen. In diesem Moment war sie froh, dass sie sich darauf konzentrieren konnte, ihr Fleisch über dem Feuer zu garen.

»Das habe ich mir schon gedacht«, sagte er schließlich.

»Was?« Ruckartig drehte Likah sich zu ihm um. »Und du … bist trotzdem mitgekommen?«

»Ja.«

»Warum?«

»Weil ich es gesehen habe«, sagte er schlicht. »Was diese Sprache mit den Menschen macht. Was Menschen aufgrund dieser Sprache mit Menschen machen. Das Leid. Weil ich schon dagegen gekämpft habe, bevor wir uns getroffen haben, Likah.«

»Und dafür bist du bereit, dein Leben zu geben?«

»Nicht nur du hast Menschen, die du sicher wissen willst.«

Und er hatte sie mutig genannt. Likah fragte sich, woher er diese Stärke nahm, diese Selbstverständlichkeit, mit der er in Kauf nahm zu sterben, um andere zu retten.

»Erzähl mir von diesen Menschen«, bat Likah. »Erzähl mir, für wen du es machst.«

Dieses Mal sah sie sein sanftes Lächeln, als seine weißen Zähne hinter der braunen Haut sichtbar wurden. Er begann zu erzählen von seiner Großmutter, die ihn nur widerstrebend auf die Seefahrt hatte gehen lassen, und wie er mit ihr an den Sandstränden spazieren gegangen war, von seinen Freunden, die er im Untergrund verloren hatte, und jenen, die es mit ihm in die Freiheit geschafft hatten. Und Likah hörte ihm zu, als könne auch sie Stärke daraus ziehen. Die würde sie brauchen. Denn am nächsten Tag würden sie endlich nach Ganoire weiterziehen.

KAPITEL 30

BRUCH DER MASKERADE

Likah wirbelte mit den Stiefeln den feinen Pulverschnee auf, den letzten vor der Stadt. Wo die Straßen sich näher an die Wohngegenden drängten, war der Schnee zu grauem Matsch verkommen. Die Hauptstadt von Ganoire, Isrin, trug das Schloss der königlichen Familie in direkter Nachbarschaft mit Seishuns Palast.

Der Abend senkte sich allmählich über Isrin wie ein Vorhang, der das Ende eines Theaterstücks verkündete. Dabei steuerte das Stück gerade auf den letzten Akt zu. Nur wusste das keiner der Gäste in dem überfüllten Lokal an der elften Kreuzung in der Innenstadt. Die Männer und Frauen ließen den Arbeitstag mit einer großen Portion Wein und Schnaps auslaufen und füllten das Gasthaus dabei mit einem Chor aus Plaudereien und angetrunkenem Gelächter.

Likah schlugen die süßlichen Düfte von geschmolzenem Honig des Mets und Pfeifenrauch entgegen, als sie die Schenke betrat. Eine Kapuze weit über den Kopf gezogen, ließ Likah den Blick durch die rauchige Luft schweifen. Es gab keinen einzigen freien Tisch in dem Lokal, und so blieb sie bei einer munteren Runde stehen, die noch zwei Stühle anzubieten hatte.

»Guten Abend. Dürfen mein Freund und ich uns vielleicht dazusetzen?«, fragte sie höflich.

»Bitte sehr«, sagte ein abgemagerter Mann, dessen Weste sich an den Rändern in Fäden auflöste, mit einer einladenden Handbewegung. »Nehmen Sie doch die Kapuze ab, hier drinnen ruiniert Ihnen schon kein Regen die Frisur.«

Ihr höhnisches Lächeln blitzte aus den Schatten hervor, als sie sich setzte. Die Vorstellung, sich um ihr Haar zu sorgen, erschien ihr einfach zu lächerlich. »Glauben Sie mir, ich wäre froh, wenn das auch nur annähernd meine größte Sorge wäre.«

»Schlechten Tag gehabt?«, fragte eine blonde Frau, die gerade einen Keks zwischen den Zähnen knacken ließ. Sie schwenkte die würzig duftende Flüssigkeit in der Tasse umher und winkte dem Jungen, der an einem anderen Tisch Scherben aufgekehrt hatte. Lächelnd kam er zu ihnen.

»Guten Abend. Was kann ich Ihnen bringen?«

»Eine große Gänsekeule wäre nicht schlecht«, sagte Likah. »Mit Empfehlungen des Hauses. Einen Gemüseeintopf für meinen Freund und Getränke für die ganze Runde.«

Der Kellner nickte eifrig und notierte etwas auf einem Block. »Dann bekomme ich drei Goldkitze von Ihnen.«

Likah zog ihren Geldbeutel aus der Tasche und legte dem Jungen fünf goldene Münzen auf den Tisch. Seine Augen wurden groß.

»Behalt den Rest.« Sie brauchte es schließlich nicht mehr.

Thora trat ihr unter dem Tisch auf den Fuß.

»Was?«, zischte sie, während der Kellner das Geld in den Beutel um seine Hüfte fallen ließ und sich mehrfach bedankte.

»Was tun wir hier?«, wollte Thora wissen. »Du könntest mich wenigstens einweihen.«

»Nur eine Henkersmahlzeit«, erwiderte sie mit leichtem Vorwurf in der Stimme. »Ein letztes gutes Essen.« Ein letztes Mal Zeit schinden.

Bevor er darauf eingehen konnte, klatschte der Mann mit der zerfledderten Weste in die Hände.

»Wir haben eine Gönnerin!«, rief der Mann aus, der Likah den Platz angeboten hatte.

Sie lächelte und lehnte sich dann auf ihrem Stuhl zurück, darauf bedacht, ihr Gesicht nicht zu zeigen. Mit übergeschlagenen Beinen und verschränkten Armen betrachtete sie die Runde. Rote Wangen und trübe Augen maßen den Alkoholstand in den Leuten.

»Sagt mal, habt ihr eigentlich inzwischen was von der Verräterin gehört?«, fragte sie beiläufig. »Ich war eine Weile fort. Wurde sie gefasst?«

Die blonde Frau lachte und stellte ihren Tee beiseite, um sich am Tratsch zu beteiligen. »Die Schülerin von Arkin? Nein. Wenn du mich fragst, ist die längst abgehauen. Wahrscheinlich mit dem Schiff ins Nirgendwo gesegelt, oder was weiß ich. Die finden die nie.«

»Gesegelt!« Ein Mann lachte. »Sie ist noch in Yol-Khor, ganz sicher. Irgendwann hören wir wieder von ihr. So leicht geben diese Dämonengläubigen nicht auf, kannst du glauben.«

Likah runzelte die Stirn. »Und wo habt ihr das gehört?«

»Die Leute reden eben«, antwortete die Frau und nahm genüsslich schlürfend etwas Tee zu sich. »Aber wissen tut es keiner. Diese Woche soll noch eine Konferenz stattfinden. Das Septimat reist an. Lässt die Königin wohl nicht los, dass sie immer noch frei rumläuft – verständlich.«

»Wenn die Glück haben, finden sie vielleicht ihre Leiche«, warf ein anderer ein. »Wäre ich sie, hätte ich mich längst umgebracht. Wer weiß, was die mit ihr machen, wenn sie sie kriegen.«

Likah gluckste. Was die Leute sich für Geschichten zusammenspannen! Sie hatte gedacht, dass sie längst bessere Themen zum Tratschen gefunden hätten. Aber das spielte ihr in die Hände. Das Septimat war auf dem Weg hierher.

Genau das brauchte sie. Eine Repräsentation jeder Gottheit, damit sie das Ritual durchführen konnte.

Das Geräusch von Porzellan auf Holz riss sie aus ihren Gedanken. Der Kellner hatte ihr Essen gebracht. Der Duft knusprig gebratener Gänsekeule wallte ihr in die Nase, süß roch die dunkelrote Weinsauce, die das Gemüse auf dem Teller sanft schwimmen ließ. Zum ersten Mal seit Monaten nahm sie wieder Messer und Gabel zur Hand. Trank aus einem richtigen Glas und schmeckte Salz und Pfeffer. Es war himmlisch, wie die Kruste unter ihren Zähnen knusperte und das Fleisch weich in ihrem Mund zerging. Likah kaute langsam, schob jeden Bissen über ihre Zunge und ließ die Karottenfasern über ihre Zähne spazieren. Nach jeder Gabel leckte sie die Sauce von ihrem Gaumen und spürte dem Geschmack nach, der auf den Lippen verblieb. Sie ließ ein halbiertes Pfefferkorn über ihre Zunge rollen, wobei sie der brennenden Spur, die es hinterließ, nachfühlte, als gäbe es nichts Genussvolleres. Sie genoss den fruchtigen Nachgeschmack des Weins und ertastete mit der Zunge jeden Gabelzinken, nur, damit dieses letzte Mahl länger anhielt.

Likah wollte nicht, dass es endete. Sie wollte für immer hier sitzen, in dem beheizten Gasthaus, und von diesem Essen kosten, das sie nie wieder haben würde. Thora hatte das geschnittene, noch ofenwarme Brot zusammen mit seiner Gemüsesuppe in den Mund gestopft und kaute zufrieden. Dann fing er Likahs Blick auf und lächelte schwermütig. Sie nahm einen tiefen Atemzug, doch so langsam sie auch von ihrem Mahl zehrte, irgendwann hatte sie die letzten Bohnen auf die Gabel geschoben.

Thora stützte die Ellbogen auf den Tisch und sah sie lange an, als suchte er nach etwas in ihrem Gesicht. Likah erwiderte seinen Blick, dann schlug sie die Augen nieder und seufzte. Jetzt war sie sich nicht mehr sicher, ob es eine kluge Idee gewesen war, sich den Bauch vollzuschlagen. Ihr wurde schlecht. Aber es war Zeit. Sie erhob sich.

»Nanu?« Der Mann mit der lumpigen Kleidung sah überrascht zu ihr auf. »Gehen Sie schon?«

»Nein. Ich habe nur etwas zu sagen.« Sie erhob die Stimme über das Geplärre der Menschen im Gasthaus. Das Herz preschte hoch bis an ihre Kehle, als sie die Kapuze von ihrem Kopf streifte. Mit zwei Sätzen war sie über den Stuhl auf den Tisch gesprungen und blickte aus ihrer erhöhten Position einmal um sich. Die Leute, bei denen sie gesessen hatte, rückten hastig vom Tisch ab und starrten sie an, während nacheinander nun auch die anderen Gäste die Aufmerksamkeit auf sie richteten. Sie hob den Kopf, damit alle sie genau sehen konnten. Nervöses Getuschel übertönte das holzige Knarzen unter Likahs Füßen.

»Das ist Likah Laien!«, rief eine junge Frau aus. »Die überall gesucht wird! Die Verräterin!«

Das Gemurmel wurde lauter. »Gut erkannt«, sagte Likah, und als sie sprach, verstummte die Gastschaft. »Ich war eine Weile von der Bildfläche verschwunden, aber ihr scheint euch ja hervorragend zu erinnern. Ich habe gehört, das Septimat sucht mich.«

Entgleiste Gesichter. Kalkmienen. Offene Münder und verängstigtes Getuschel. Die Menschen hatten Angst. Angst vor ihr, Likah. Und das war gut so, denn darauf baute sie. Sie musste Eindruck hinterlassen.

Trockenes Splittern krachte durch die Stille. Die Tür des Gasthauses brach aus der Angel, als die Garde hereingestürmt kam. Zwölf Wachen trampelten in Rüstung herein und umrundeten den Tisch, auf dem Likah stand. Sie erhoben ihre Waffen und richteten die Spitzen auf Likahs Brusthöhe. Sie regte sich nicht. Sie fürchtete sich nicht einmal vor den scharfen Klingen, die ihren Körper wie feuchten Lehm zerteilen konnten.

»Runter da!«, rief eine barsche Stimme und drückte ihr die Schwertspitze ins Kreuz.

Ehe sie sich rühren konnte, zerschnitt die Klinge Fleisch. Nur nicht ihres. Likah fuhr herum, als Thora aufschrie, er taumelte zurück und hielt sich den rechten Oberarm, an dem Blut hinuntertroff. Einer der Soldaten stand, die Waffe erhoben, vor ihm. Das erste Blut war geflossen. Die Soldaten zückten ihre Waffen zum Stich gegen Likah.

»*Fort!*«, rief sie, und der Wind sammelte sich um ihren Körper, um die Soldaten rund um sie wegzustoßen. Sie wurden von den Füßen gehoben und wirbelten durch die Luft wie Herbstblätter in einem unbarmherzigen Sturm. Metall klirrte auf Holz, als die Männer und Frauen ihre Waffen fallen ließen und diese hart auf dem Dielenboden aufkamen.

Likah sprang vom Tisch. Um sie herum war jetzt ein riesiger Kreis, in dem niemand mehr stand. Alle waren an die Wände des Hauses zurückgewichen, und nur Thora kniete nahe bei ihr und wickelte mit den Zähnen und der linken Hand einen Stofffetzen um seine blutende Wunde.

»*Spiele*«, sagte sie klar. Der Wind umpflügte sie und ließ Haar und Kleidung aufwirbeln. Es war eine reine Demonstration ihrer Macht, die hoffentlich bei den Menschen wirken würde. Sie musste gefährlich genug wirken, dass wirklich alle Stimmen kommen würden. Sie brauchte sie. Jeden Einzelnen von ihnen.

Likah trat vor einen der Soldaten, der vor ihr kauerte und zurückwich, als sie vor ihm stehen blieb. Sie zog ihren Dolch, vollführte eine Drehung damit, sodass auch jeder im Gasthaus es sehen konnte, und hielt nur Haaresbreite von seinem Hals entfernt an. Der Mann keuchte und robbte rückwärts, als Likahs Klingenspitze seine Halsschlagader kitzelte.

»Ich meine es ernst«, sagte sie laut. »Berichtet dem Septimat: Wenn sie mich fassen wollen, finden sie mich auf dem Gipfel der Zwillingsriesen. Wenn ihnen Nakita etwas wert ist, werden sie kommen.«

Schwungvoll zog sie die Klinge zurück und ließ sie in die Scheide fahren. Die Zwillingsriesen. Dort hatte ihre Schülerschaft begonnen. Und die Erste Sprache sollte dort enden. So musste es sein, und Likah wünschte sich, sie hätte nur annähernd die Kraft, die sie hier vorgespielt hatte.

Sie nickte in Richtung Tür, damit Thora ihr folgte, und rauschte hinaus. Thora lief ihr nach, und zurück ließen sie einen verängstigten und fassungslosen Haufen Menschen, denen Likah das bisher größte Spektakel geboten hatte. Ihre Beine zitterten, in ihren Schläfen hämmerte der Puls.

Um wirklich eine Anführerin zu sein, braucht es mehr. Einen klugen Kopf, Verantwortungsbewusstsein, die Fähigkeit, schnell Entscheidungen zu treffen. Mut. Hingabe. Und einen gewissen Hang zum Schauspiel und zur Lüge.

Likah sah zu Boden. Für die Anführerin hatte es nicht gereicht. Aber wenigstens das Schauspiel und das Lügen hatte sie inzwischen begriffen. Lügen funktionierten dort, wo die Wahrheit nicht reichte.

KAPITEL 31

IM AUGE DES STURMS

Ein heftiger Sturm umtoste die beiden Zwillingsberge. Sturmböen zogen enge Kreise um die nahe liegenden Gipfel und rissen Kieselsteine von den Kanten, die sich im Sturm verloren. Die dicken Regentropfen gelangten nur als feiner Sprühregen in das Sturminnere, wo es verdächtig ruhig war. Likah fragte sich, ob der Wind sie mitreißen würde, wenn sie sich zu nahe an den Rand des Gipfels wagte. Doch hier, mitten auf dem Gipfel, waren sie dem Sturm so nahe, dass er sie nicht berührte.

Likah kniete auf dem steinigen Boden, ihre schwarzen Haare wehten um ihren Kopf, während sie mit weißer Farbe Angrianas Symbol auf den Grund zeichnete. Neben ihr stand Thora und blickte abwechselnd auf ihre Zeichnung und die Windböen, die sich um den Gipfel aufbauschten. Likah drückte Thora die Schale und den Pinsel in die Hand.

»Wir brauchen sieben Markierungen außen um das Symbol«, erklärte sie. »In einem Kreis angeordnet. Punkte oder Kreuze reichen.«

»Sind das die Plätze für die Leute, die hierherkommen sollen?«, fragte Thora nach.

»Ja.« Likah klopfte sich die Knie ab, als sie aufstand. »Es ist nicht so wichtig, dass es perfekt ausgemessen ist, dieses Symbol hier muss nur in der Mitte sein.«

»Und wozu dieser Sturm?«

Ein Donnergrollen ertönte in der Nähe, laut, als hätte sich

Geröll von den Bergen gelöst und wäre ungebremst ins Tal gestürzt.

»Das war ich nicht.« Likah wurde unruhig, der Wind fuhr durch den Umhang, den sie sich umgeschlungen hatte, und Regentropfen hinterließen dunkle Punkte auf dem grauen Boden. »Es hat von allein angefangen, als ich das Symbol gezeichnet habe.« Fast, als würde die Natur verstehen, was Likah tun wollte. Probeweise streckte Likah die Hand aus, aber die Regentropfen fühlten sich entgegen ihrer Befürchtung normal an: kalt und nass. Was hier geschah, war natürlich. Keine Anzeichen jener verzerrten Naturgesetze, die sie zuvor erlebt hatte. Der Sturm war wie ein grimmiger Begleiter ihres Weges, als wäre er bereit, sich zurückzuholen, was ihm lange verwehrt geblieben war. Der Gedanke, dass Likah die Welt von etwas befreien würde, gab ihr Kraft und Gewissheit, für das Richtige einzustehen.

Als Thora die Markierungen aufgemalt hatte, kehrte er mit der Farbe zu ihr zurück. »Wenn wirklich das gesamte Septimat hier auftaucht, bist du dann überhaupt stark genug?«, fragte er vorsichtig. »Sie beherrschen doch auch alle die Erste Sprache.«

Likah nahm die Farbschale entgegen. »Sie haben kaum noch Energiequellen dafür. Ich glaube nicht, dass die Masken schon für genügend Nachschub gesorgt haben. Ich hingegen …« Sie brach ab. Schlimm genug, dass sie Thora töten musste – sie konnte es nicht auch noch über die Lippen bringen.

»Du hast mich.«

Sie nickte. »Es tut mir leid, Thora.« Sie hoffte, dass der Wind über den Bruch in ihrer Stimme hinwegtäuschte. »Ich weiß nicht, wie ich das sonst tun soll.«

»Ich weiß.« Er legte ihr eine Hand auf die Schulter. »Aber du schaffst das. Hab keine Angst.«

»Es ist keine Schande, Angst zu haben. Aber sich davon kontrollieren zu lassen, das schon.«

»Wo hast du die Weisheit aufgeschnappt?« Selbst jetzt grinste er noch. Vielleicht konnte er so besser mit seinem bevorstehenden Schicksal umgehen.

»Von meinem Meister.«

Sie wollte hinzufügen, dass sie keine Angst haben muss-ten, aber da war Likah sich nicht mehr sicher. Angriana hat-te ihr gesagt, dass Likah ihre Flamme werden würde. Denn die Erste Sprache durfte nicht weiter fortbestehen, sonst würden die Menschen sie missbrauchen. Aber der Weg an dieses Ziel kam ihr falsch vor. Feuer war zerstörerisch, es fraß alles, was es unter die gierigen Zähne bekommen konn-te, und breitete sich so lange aus, bis alles vernichtet war, was es am Leben erhielt. Und wenn das Feuer alles verbrannt hatte, schlussendlich, erlosch es.

War es das, was auch mit Likah geschehen würde?

Sie würde alles zerstören, die Erste Sprache, das Septi-mat – und am Ende auch sich selbst? So deutlich hatte An-griana es nicht gesagt, aber es erschien nur logisch. Wenn sie alle hier versammelt waren und jeder von ihnen den Platz einer Gottheit übernahm, musste Likah Angrianas Rolle einnehmen. Dann würde sie dasselbe Schicksal ereilen wie den Rest des Septimats.

Dasselbe Schicksal wie Arkin.

Am Rande ihres Sichtfeldes regte sich etwas. Sie drehte den Kopf. Sechs Gestalten erklommen den Gipfel der Zwil-lingsberge. Unter Ächzen stemmten sie sich gegen den Wind, während die den Berg hochkraxelten, bemühten sich, den umherschlagenden Stoff ihrer Kleidung unter Kontrolle zu halten. Sie kniffen die Augen zusammen, um sie vor dem herrischen Pfeifen des Windes zu schützen. Durchnässt und keuchend gelangten sie oben an.

Likah machte einen Schritt auf Thora zu, ohne sich von den Ankömmlingen abzuwenden, und griff nach seiner Hand, um ihn festzuhalten, falls er fliehen wollte. Vielleicht auch, damit sie selbst nicht fortrannte.

Langsam und mit festen Schritten kamen Rinoe, Iasora, Rayah, Lisander, Nexin und Seishun auf sie zu. Likah wartete, dass sich noch jemand aus dem Dunkel zeigte. Doch niemand kam mehr. Ihr Meister war nirgends zu sehen.

»Wo ist Arkin?«, rief Likah über den Sturm hinweg.

»Nicht hier«, antwortete Lisander, und als er näher trat, hinein in das Auge des Sturms, legte sich das Flattern seiner langen Robe. »Was soll dieses ganze Spiel?«

»Ich habe es schon einmal erklärt, ihr wolltet mir nicht zuhören. Also warum fragst du?« Sie war nicht wütend auf ihn, nur resigniert.

»Es spielt keine Rolle, was das soll, Lisander.« Rinoe trug eine entschlossene Miene, als sie sich zu Likah wandte. »Die Königin hat uns befohlen, dich zu töten. Um jeden Preis.«

Likahs Finger schlossen sich enger um Thoras Arm. Vielleicht hatte ihre Rettung doch weniger zu bedeuten gehabt, als sie dachte. Rayah und Rinoe hielten genauso an ihrer Macht fest wie alle anderen.

»Das ist die Einstellung, unter der alles kaputt gehen wird. Um jeden Preis. Ihr könnt eure Kraft nicht gehen lassen, und den Preis dafür zahlt die Natur.«

Rayah streckte den Arm aus, um Lisander daran zu hindern, noch näher an Likah heranzutreten, aber er schlug Rayahs Arm von sich. »Du bist wahnhaft!«, rief er Likah zu. »Für dich hört sich all das logisch an, aber Angriana hat deinen Geist völlig gefangen, Likah!« Eine Spur Verzweiflung blitzte in seiner Stimme auf, als wolle er etwas retten, von dem er wusste, dass es verloren war. »Egal, wie viel Gegenrede du hörst, das prallt alles an dir ab, und du glaubst trotzdem, recht damit zu haben. Aber alles, was du glaubst, gesehen zu haben, war in *ihrer* Gegenwart!«

Likah kniff die Augen zusammen. Sie war die Einzige, die klar sah. Das Septimat scherte sich nicht um die Natur, nicht wirklich, sonst hätten sie Likah zugehört.

»*Stich*«, sagte Nexin rau.

Nichts geschah, außer dass Likahs Schatten sich unnatürlich verbog und dann wieder in seine alte Form zurücksprang. Ungläubig fasste sich Nexin an den Hals, als könne er dort nachfühlen, wo ihm die Macht über seine Worte entglitten war. Rinoe machte einen Schritt auf ihn zu, die Augen aufmerksam geweitet, und streckte die Hand nach ihm aus, dabei erlitt er keine körperlichen Beschwerden, die sie mit einer Berührung hätte lindern können.

»Nexin?«, brachte Rayah ungläubig hervor. »Was ist los? *Stärke. Stärke!*« Sie hob ihre Hände, hielt sie hoch vor ihr Gesicht, Entsetzen erschütterte ihre Miene.

Sie hatten sich zu lange auf die Erste Sprache verlassen. Ihre Abwesenheit brachte das Septimat aus der Fassung.

»Das ist unmöglich«, zischte Lisander. Er sah aus, als wolle er die anderen schütteln, um ihnen die Erste Sprache zu entlocken.

Sie alle sprachen ihre Worte, doch keines davon ermunterte die Natur, sich gegen ihre Gesetze aufzulehnen. Rinoe brachte die Erde nur zum Grummeln, Lisander brachte kaum mehr als ein Flackern zustande.

»Ich war im Untergrund«, erklärte Likah ruhig, aber laut genug, um den Wind zu übertönen. »Ich habe gesehen, woher die Energie kommt, die wir beziehen, wenn wir die Erste Sprache nutzen. Aber die meisten sind tot. Jetzt solltet ihr endlich verstehen, dass es nicht natürlich ist, und ganz bestimmt nicht vom Ersten Wesen so gewollt.«

Sie waren machtlos ohne die Gefäße. Die Erste Sprache kam nicht aus den Menschen, sie kam aus dem Wissen und der Lebensenergie Unschuldiger. Likah konnte sich da nicht ausnehmen. Sie traute sich nicht, zu Thora zurückzublicken. Auch wenn ihr Ziel ein anderes war, tötete auch sie, um die Erste Sprache zu sprechen.

Doch was sollte sie tun? Arkin fehlte noch immer. Das Ritual war nicht vollständig, aber sie konnte das hier nicht abbrechen. Man würde sie diesmal wirklich töten. Eine zweite Chance gab es nicht. Sie musste es versuchen.

»*Verwelkt.*«

Likah hatte das Wort nie gelernt, und trotzdem kannte sie es aus ihrem tiefsten Inneren. Ganz natürlich sprang es ihr von den Lippen. Hinter sich hörte sie Thora scharf aufatmen, als sie ihm die Lebensenergie entzog. Aber er stand noch, die anderen hingegen sanken langsam auf die Knie, als entweiche ihnen plötzlich jedwede Energie.

»Was war das?« Thora schnaufte, doch er fasste sich schnell wieder und schritt vor, um die Gestalten am Boden näher zu betrachten.

»Nichts Schlimmes«, erklärte Likah, »wir bringen sie jetzt auf die vorgesehenen Plätze.«

»Aber … wird das überhaupt funktionieren, wenn das Septimat nicht vollständig ist?«

»Wenn Arkin fehlt, muss ich eben Feuer und Wind sein. Ich trage beides in mir«, sagte sie mit einer Überzeugung, die ihr fehlte. »Hilf mir, sie auf die Plätze zu bringen.«

»Man kann ein Ritual nicht ohne die richtigen Komponenten durchführen.« Thora hielt sie fest. »Das schaffst du nicht.«

Likah schob ihre Zweifel beiseite und riss sich los. »Es wird klappen. Los jetzt.«

Sie lief hinüber zu den Menschen, die auf den Boden gesunken waren. Neben Rinoe kniete Likah sich hin, nahm sie bei den Schultern. Der Wind pfiff um sie herum.

»Wo ist Arkin?«, fragte Likah sie leise, bemüht, sie sanft über den Boden an ihren Platz zu ziehen.

»Du hättest wirklich gehen sollen«, erwiderte Rinoe. »Das hier ist gegen jede Vernunft, Likah. Selbst wenn du recht hast, kann das hier doch nicht richtig sein, schau dich um.«

Wie um ihre Worte zu unterstreichen, tauchte ein Blitz die Szenerie in gleißendes Weiß, und der Donner ließ die Erde zittern. Likah ließ Rinoe auf der Markierung zu Boden.

»Wo ist er?«, wiederholte sie noch einmal.

»Ich weiß es nicht … Likah. Hör mir zu. Ganz gleich, wie gut deine Absichten sein mögen – es gibt Grenzen, die nicht überschritten werden dürfen.«

»Ich weiß.« Likah wandte sich ab. Verächtlich blickte sie auf Seishuns verschwommene Konturen hinunter. Ihre Lügen hatten Angrianas Wahrheit nicht standgehalten. Seishun, die Frau, die ihr Leben ruiniert hatte. Jeliéls Leben. Die Frau, die über zweihundert Jahre alte Lügen weitergetragen und beschützt hatte.

Die alte Frau hustete, und erst jetzt merkte Likah ihr die Last der Jahre wirklich an. Ihre Stimme war rau und hohl, und für einen erschreckenden Moment musste sie an die ihres Vaters denken. Für nur eine Sekunde sah sie ihr dieselbe Schwäche an, dieselben gebeugten Schultern, denselben müden Blick.

»Du glaubst, das Richtige zu tun«, sagte sie schwach, »aber sieh dich doch mal um. Ist es das, wofür du so lange gekämpft hast? Um zu töten? Likah. Du bist keine Mörderin.«

»Es ist für … einen höheren Zweck.« Likahs Zunge war schwer. Sie sprach die Rechtfertigung aus, dabei stand die Begründung vor ihrem eigenen Gewissen auf einem instabilen Fundament.

Sie sah zu der Stelle, die hinauf zu den Gipfeln der Zwillingsberge führte. Arkin war noch immer nicht aufgetaucht.

»Ein höherer Zweck!« Wieder hustete Seishun. »Hörst du dich reden, Likah? Hast du überhaupt darüber nachgedacht, was du hier tust? Oder tust du es, weil deine Herrin es dir befohlen hat?«

»Sie hat mir gar nichts befohlen.«

»Gewiss nicht. Du tust das alles aus eigenem Willen heraus. Angriana ist jemand, der sich sehr gern in die Träume ihrer Anhängerinnen schleicht. Das ist dir nie passiert?«

Likah schwieg. Natürlich hatte Angriana in ihren Träumen zu ihr gesprochen. Aber nur, um sie zu sich zu rufen. Damit sie ihr half, das Gleichgewicht der Welt zu bewahren. Die Schöpfung, die das Septimat so sehr zu verteidigen glaubte.

»Glaubst du nicht, dass auch Angriana dir Dinge vorenthalten hat?« Seishun klang müde. »Dass sie nicht auch ihre eigenen Ziele erreichen will? Sie ist seit über zweihundert Jahren gefangen, die Verzweiflung wächst zu rasch für rationale Entscheidungen. Sie würde dir alles sagen und zeigen, damit du zu ihrem Werkzeug wirst.«

»Es ist das einzig Richtige«, wiederholte Likah wie ein Mantra, als müsste sie sich selbst davon überzeugen.

»Weil sie das gesagt hat, oder weil du es selbst glaubst?«

»Ich habe gesehen, was die Erste Sprache tut«, sagte Likah, doch ihre Stimme bebte. Sie rief sich die Bilder erneut ins Gedächtnis. Sie hatte es selbst erlebt. Angriana hatte nicht gelogen. »Einschließlich der Menschen, die von den Masken gefangen gehalten werden.«

»Dann hast du nicht alles gesehen. Wenn die Erste Sprache erst einmal fort ist, werden die Menschen nicht mehr wissen, was sie gegen Krankheiten tun sollen. Sie werden Naturkatastrophen hilflos ausgeliefert sein. Hunger wird die Menschen befallen. Leid. Du glaubst vielleicht, die Dinge zu richten, aber in Wahrheit weißt du gar nicht, wie eine Welt ohne die Erste Sprache aussieht. Woher weißt du überhaupt, dass die Änderungen in der Naturgewalt darauf zurückzuführen sind? Was macht dich so sicher, dass Angriana dich nicht die ganze Zeit belogen hat, um ihre eigenen Ziele durchzusetzen? Ich würde mich fragen, ob sie nicht die Macht hätte, die Natur zu verändern, wenn sie in der Lage ist, in meinen Träumen zu mir zu sprechen. Ob sie nicht vielleicht mit meinem Geist gespielt hat, meine Ängste und Hoffnungen benutzt hat, um ihr eigenes Joch zu beenden ...«

Schweiß rann Likah über den Hals. Seishun redete zu viel. Likah war sicher, dass die Frau sie ablenken und Zeit gewinnen wollte ... Aber Likah konnte nicht anders, als ihr zuzuhören. Seishun hatte recht. Die Menschen hatten sich an die Erste Sprache gewöhnt wie an ihren eigenen Herzschlag. Wenn sie ihnen das nahm, konnten sie das überleben? Sie öffnete den Mund, war aber sprachlos.

»Nein ...« Aber ihre Stimme wankte. Die Zweifel kehrten zurück. Die Angst. Vielleicht war all dies falsch. Was, wenn Angriana sie wirklich belogen hatte?

»Und was ist mit den Menschen, die du liebst?«, fragte Seishun in einem Tonfall, der von einer liebevollen Großmutter hätte kommen können. »Dein Vater? Und die beiden Zwillinge? Was ist mit diesem Schneidermädchen, Caia? Du könntest alle von ihnen wiedersehen, Likah. Glücklich werden. Statt alles zu zerstören, könntest du bei ihnen sein und das Glück finden, das du immer gesucht hast.«

»Aber das ist deine Schuld«, flüsterte sie. »Es ist alles deine Schuld. Du hast Leute nach mir geschickt, als ich noch ein Kind war, Jeliél hat es mir gesagt! Du hast all diese Lügen weiterverbreitet, deinetwegen denkt die ganze Welt, dass die

Erste Sprache harmlos ist und ich diejenige wäre, die alles zerstören will! Ich habe ein Ziel, und davon wirst du mich nicht abbringen. Du kannst es nicht.«

»Ich dachte mir, dass du das sagst.« Seishun schielte an Likah vorbei. »Kommt schon, ihr dürft jetzt herkommen.«

Likah drehte sich um. Zwei weitere Gestalten wurden in der Dunkelheit sichtbar. Zwei kleine Gestalten, die nun rasch auf sie zugelaufen kamen.

Alia und Gem.

KAPITEL 32

DAS WESEN DER MENSCHEN

Für einen Moment stand Likah wie gelähmt da, hörte nur das laute Platschen, als die Kinder durch die Pfützen auf sie zurannten. Das Geräusch vermischte sich mit dem Aufschlagen der Regentropfen auf die harte Erde. Likah wagte kaum, sich zu Seishun umzudrehen. Keuchend blieben die Zwillinge vor ihr stehen.

»Alia, Gem«, rief sie verzweifelt, »was tut ihr denn hier?«

Gem schlang die Arme um Likah, die nassen Ärmel klebten an ihrem Hals. »Seishun hat gesagt, du bist in Gefahr und dass wir dir helfen können!« Er schniefte, blickte dann zu Likah hoch.

Vor ihm ließ Likah sich auf die Knie sinken, um mit den Kindern auf Augenhöhe zu sein. Sie streckte die Hand nach Alia aus, und das Mädchen schmiegte sich ebenfalls an Likah. Einen kurzen Moment hielt Likah die beiden nur im Arm, dann drehte sie sich langsam zu Seishun um.

»Was soll das?«, herrschte Likah sie an. Am liebsten hätte sie die Zwillinge losgelassen und Seishun den Berg hinuntergeschubst. Doch Seishun saß nur da, in sich zusammengesunken, und holte schwer Atem.

»Das hast du nicht wirklich getan!«, schrie Likah und unterdrückte einen Fluch. Sie konnte doch Alia und Gem nicht opfern.

Doch Seishun schien Likahs Drohung nicht zu verängstigen. »Wenn du das wirklich vorhast, wenn du wirklich die

Erste Sprache zerstören willst, wird das Energien freisetzen, die uns alle töten. Auch dich. Und auch diese beiden Kinder.« Ihr rasselnder Atem machte es schwer, die Worte zu verstehen.

Likah sprang auf und schob Alia und Gem hinter ihren Rücken.

»Ich bin nicht diejenige, vor der sie geschützt werden müssen«, sagte Seishun, als hätte sie Likahs Gedanken gelesen. »Du bist es. Die einzige Gefahr weit und breit bist du.«

Likah sah zurück zu den anderen Mitgliedern des Septimats, die erschöpft auf ihren Plätzen saßen. Auch Thora wankte allmählich. Wie lange konnte sie die Schwächung noch aufrechterhalten, ohne ihn zu gefährden?

»Du schaffst es nicht mehr, sie in Sicherheit zu bringen«, sagte Seishun schwach. »Bis dahin hält dein Gefäß nicht durch.«

Likah blickte hinunter zu den Zwillingen. Es lag in ihrer Hand, ob die Kinder leben oder sterben würden. Es war ihre Entscheidung, ob sie Alia und Gem in den Tod schicken oder Nakita den Folgen einer nicht zu beherrschenden Macht überlassen wollte. Ihre Lunge krampfte, und sie bemerkte, dass sie nicht atmete.

»Likah«, hörte sie Thora warnend hinter sich sagen. »Du hast dein Wort gegeben. Allen von uns. Brich es nicht. Du hast versprochen, diesen Wahnsinn zu beenden.«

Kalt strich der feuchte Wind über ihre Schläfen. Likahs Augen brannten, weil sie nicht blinzelte. Sie wollte ihr Vorhaben nicht brechen. Wollte das Richtige tun. Aber es fiel ihr schwer zu glauben, dass es in irgendeiner Weise richtig sein könnte, Alia und Gem zu töten. Wenn Likah das Ritual durchführte, würden die beiden sterben. Ebenso gut hätte sie ihnen persönlich das letzte Brot wegnehmen können, als sie sie vor Jahren in der stinkenden Gasse gefunden hatte.

»Likah, warum weinst du denn?« Gem legte seine kleine Hand an ihre Wange und sah verblüfft auf die herabperlenden Tropfen. Seine Stimme war weich, aber untergraben von Hilflosigkeit. Nie zuvor hatte er sie weinen sehen. Niemals. »Wir sind hier, in Ordnung? Wir sind doch eine Familie und für dich da.«

Likah schniefte und drückte ihn an ihre Schulter. »Ich liebe euch zwei«, brachte sie heraus. »Ihr habt alles Glück dieser Welt verdient.« Ihre Stimme brach, ihr fehlte der Atem.

»Wir lieben dich doch auch!«, rief Alia und rieb Likah über den Rücken. »Bitte sei nicht so traurig.«

»In Ordnung.« Likah lächelte, aber die Tränen versiegten nicht.

Du weißt, was das Richtige zu tun ist, Tochter des Feuers, erklang eine Stimme in ihrem Kopf. Angrianas vollmundige Stimme, von Bedauern beschwert, aber fest und bestimmt. *Deine Liebe für diese Kinder ist aufrichtig, das spüre ich in deinem Herzen. Aber tief in dir weißt du, dass du ihr Wohl nicht über das Nakitas stellen kannst. Du bist die große Schwester dieser Kinder. Aber an erster Stelle bist du meine Flamme, Likah. Und das weißt du.*

Ihr Herz krampfte sich zusammen. Sie wollte, dass die Zwillinge aufwachsen konnten. Sie wollte, dass sie lebten. Es war nicht gerecht, dass sie jetzt für andere sterben sollten, nach all den Jahren, die sie in der Kälte hatten schlafen müssen, mit hungrigen Mägen Nächte durchmarschiert waren. Nach all den Jahren, die sie nicht Kinder hatten sein können. Sie hatten kaum von der Schönheit des Lebens kosten dürfen.

Ich fühle deinen Schmerz, Tochter. Angrianas Stimme war eine sanfte Wärme, die die Krämpfe in Likahs Brust löste. Eine Umarmung, die sie Tränen und Pein vergessen ließ. *Und ich fühle den Schmerz der Menschen, die unter der Ersten*

Sprache leiden müssen. Vielleicht nicht heute und nicht morgen, aber der Tag wird kommen, an dem Nakita unter dieser Gewalt zusammenbricht. Ihr Menschen seid leider nicht dazu geschaffen, weit in die Zukunft zu denken. Ihr begreift viel zu selten das Ausmaß eurer Taten. Wollt es nicht begreifen. Aber du musst besser sein als das, Tochter. Deine Augen müssen mehr sehen als nur das Leben dieser beiden Kinder. Deine Augen müssen das Wohl aller sehen.

Für diese beiden Leben hatte sie alles gegeben. Alia und Gem waren ihre Familie, ihre Geschwister. Wie sollte sie darüber hinaussehen, wenn die beiden ihre Welt waren? Wenn sie alles, selbst ihr eigenes Leben für Alia und Gem aufgeben konnte, warum sollte sie dann nicht auch die Welt aufgeben? Welchen Wert hatte eine Welt, in der die Zwillinge sich nicht an der Sonne erfreuen konnten, weil der Tod ihr Augenlicht ausgelöscht hatte? Weil Likah ihr Augenlicht ausgelöscht hatte.

Ich weiß, wisperte Angriana in ihrem Kopf, und Likah hörte ihr zu, als könne sie dadurch alles Leid vergessen. Zweifel wurden bedeutungslos und hoben die Schwere von Likah. Sie konnte sich an diese warme Stimme lehnen und ganz in ihr versinken, wie in dem Schoß der Mutter, die sie vor so langer Zeit eingebüßt hatte.

Andere Kinder wollen auch leben. Tausende Kinder, denen du eine Zukunft ermöglichen kannst. Und nur du. Menschen, die eine Zukunft haben. Durch dich. Likah, ich bitte dich im Namen aller Menschen, beweise ein letztes Mal deinen Mut, ein letztes Mal deine Selbstlosigkeit, und ich verspreche, ich werde dich und diese Kinder zu mir nehmen. Eure Seelen sollen Frieden finden. Ihr sollt glücklich werden, Tochter, und Hunderttausenden mehr Glück und Frieden bringen.

Als Likah die Augen öffnete, strömten keine Tränen mehr. Sie streichelte den Zwillingen über die Wangen.

»Erinnert ihr euch noch an früher, was ich euch erzählt habe, wo Mama und Papa hingegangen sind?«, fragte sie brüchig.

Beide nickten. »Sie sind im Paradies«, erwiderte Alia. »Da, wo es keinen Krieg gibt, und keine bösen Menschen. Dort sind alle gut, niemand hat Hunger, niemand friert oder hat Albträume.«

»Genau.« Likah lächelte. »Es ist ein wunderschöner Ort. Und wir leben gut, damit die Göttlichen uns eines Tages dorthin bringen, nicht wahr?«

»Damit wir Mama und Papa wiedersehen können«, ergänzte Gem, aber seine Freude wankte. »Likah, sehen wir sie ... bald wieder?«

Likah wandte den Blick ab. Das konnte sie nicht tun. »Nein«, sagte sie fest. »Ihr geht nach Hause.«

Sie stand auf. »*Webe*«, rief sie laut, und der Wind aus dem Sturm trug die Kinder hinauf in die Lüfte. Blitze knisterten ganz nahe und ließen die Regentropfen wie Diamanten schillern. Likah ließ den Wind die Zwillinge tragen. Sie würde dafür sorgen, dass es ihnen gut ging.

»Nein!«, schrie Seishun verzerrt. Likah drehte sich zu ihr um und sah zu spät, was sie in der Hand hatte: ein Wurfmesser, das sie in Richtung der Zwillinge schleuderte.

Nur für eine Sekunde verlor Likah die Konzentration. Das Messer flog, und der Wind entzog sich für den Bruchteil einer Sekunde Likahs Kontrolle. Die Zwillinge klammerten sich aneinander, als sie über die Kante der Zwillingsberge fielen.

Likah schrie und stürzte vor. »Nein! *Webe!*« Doch nichts geschah mehr. Der tosende Sturm war so dunkel, dass sie die Körper der Zwillinge nicht mehr sehen konnte. Im Bruchteil einer Sekunde waren Alia und Gem fort. Für einen Moment war Likah vollkommen leer. Fühlte gar nichts, als hätte der Schreck jede Emotion aus ihr vertrieben.

Die Zwillinge waren tot.

Diese Erkenntnis schmerzte mehr als der Tod ihrer Mutter, die Distanz zu ihrem Vater. Alia und Gem waren ihre Familie. Sie hatte sie verloren.

Langsam drehte sie sich zu dem Septimat um. Schweigend blickten sie Likah an, nur Seishun war nach dem letzten Kraftakt mit dem Wurfmesser gestürzt und lag nun seltsam verdreht da. Thora kam schweren Schrittes auf Likah zu und legte ihr eine Hand auf die Schulter.

»Es tut mir leid.«

Likahs Kehle fühlte sich an, als wäre sie zugenäht, sie wusste nicht, wie sie Worte herausbringen sollte, ohne sich die Stimmbänder zu zerschneiden.

»Das ist nicht deine Schuld«, sagte sie rau.

Jetzt war nur noch wichtig, ihr Ziel zu erfüllen. Die Zwillinge waren tot, und nach dem Ritual würde sie es ebenfalls sein. Sie musste sich der Trauer nicht stellen, wenn sie einfach das Richtige tat. Wenn sie einfach nur die Erste Sprache zerstörte.

Likah wandte sich Rinoe zu, die zu schwach war, um noch zu sprechen. Ihre Augen waren glasig geworden.

»Quinn«, sagte Likah, *»es ist Zeit, zu gehen. Komm.«* Sie streckte die Hand aus, und dann folgte die Energie ihrem Ruf. Sie zog grüne Flammen wie frische Knospen aus Rinoes Körper. Die Meisterin stöhnte, als die grünen Fäden wie Rauch aufstiegen und in Likahs Arm flossen. Macht kribbelte in Likahs Arm, und in ihr brach etwas auf. Ein Limit zersplitterte in ihr, und als sie von Quinns Kraft kostete, da begriff sie, dass die Erste Sprache jedes Hindernis überkam. Rinoe sackte zusammen.

»Shazmir, Ganoire, Seva, eure Zeit ist gekommen. Begleitet mich ein letztes Mal. Lishol, Yol-Khor, eure Sklaverei ist beendet. Nehmt meine Hand.« Schwarze und weiße Flammen drangen aus Lisander und Nexin hervor, blau quoll es aus Iasoras Leib, und gelbes Feuer brach aus Rayah heraus. Die lilafarbenen Flammen aus Seishun leuchteten rein und wunderschön, zeugten nicht von der Verdorbenheit der Frau, die sie so lange getragen hatte. Das Feuer entflammte Likah, und sie schrie auf vor Schmerz, als die Flammen sich in ihr vereinten. Jetzt musste sie die Flammen nur noch verbrennen lassen, bis nichts mehr von ihnen übrig war.

»Likah!« Der Ausruf war verzweifelt, atemlos.

Für einen Moment erstarrte sie, dann wandte sie sich der Stimme in ihrem Rücken zu.

»Arkin …?« Sie wusste nicht, ob sie laut genug gesprochen hatte, damit er sie hörte. Sie machte vorsichtige Schritte auf ihn zu.

Er sah noch zerzauster aus als sonst, das Haar stand wirr in alle Richtungen ab, und die Robe klebte ihm schwer auf der Haut. Sein Gang hatte die leichte Federung verloren, als er zu ihr hastete. Arkin griff Likah an den Schultern.

»Likah …« Sein Blick schweifte über die schwach atmenden Körper hinter ihr, »was tust du hier?«

»Das Richtige«, antwortete sie. »Die Erste Sprache muss weichen, Arkin. Ich weiß nicht, wie ich es sonst machen soll. Und … die Zwillinge …« Tränen stiegen ihr in die Augen.

Arkin zog sie zu sich heran und umarmte sie fest. »Ich habe versucht, Seishun aufzuhalten«, flüsterte er. »Es tut mir leid, dass ich so spät bin.«

Sie hielt ihn für einen Moment, war froh, dass er da war. Für diesen Moment war ihr, als wäre da jemand, um sie aufzufangen, obwohl sie wusste, dass er ihr ihre Bürde nicht abnehmen konnte.

»Ich bin froh, dass du da bist.« Das stimmte nur zur Hälfte. Denn dass er hier war, bedeutete, dass auch er sterben musste. Und dass sie ihm die Erste Sprache ebenso entziehen musste wie dem Rest des Septimats.

»Ich konnte dich so etwas doch nicht alleine machen lassen.« In seinem Ton lag ein leises Lachen, fein wie der Sprühregen, der die helle Erde der Berggipfel dunkel gefärbt hatte.

»Aber jetzt wirst du auch noch sterben.« Sie drückte die Stirn an seine Brust.

»Das hast du nicht gewusst, bevor du hiermit begonnen hast?«, fragte er sanft.

»Doch«, erwiderte sie. »Aber ich hatte gehofft, du würdest wegbleiben.« Und das, obwohl sie nicht wusste, ob sie ohne ihn das Ritual hätte beenden können. Sie wollte ihn nicht töten. Aber das Kribbeln der Energien in ihrem Körper drängte sie dazu, weiterzumachen. Lange konnte sie all die Kraft nicht in sich halten. Der grollende Donner kam ihr jetzt wie eine Warnung vor, das Pulsieren einer Kraft, die bald aus ihr hervorbrechen würde.

»Und der Junge?« Arkin schob sie auf Armlänge, um sie anzusehen. »Er wird auch dabei sterben.«

Likah wandte den Blick ab und verlor sich in dem dunklen Grau der Wolken, die sich zu einer geschlossenen Decke über ihren Köpfen verengten. »Ich weiß.« Der Tod kam ihr so weit entfernt vor, als wäre er gar nicht wirklich real. Das letzte Bild, das sie von Alia und Gem gesehen hatte, verblieb grau in ihren Erinnerungen.

»So viel Leid und Tod …« Arkin drehte sie an der Schulter herum, sodass sie das Septimat und Thora sehen konnte, und legte den Arm um sie. »Das bist du doch nicht, Likah. Das warst du nie.«

Die Mitglieder des Septimats waren nicht tot. Noch nicht. Aber sie würden es bald sein, wenn Likah das Ritual vollendete.

»Es ist das einzig Richtige«, sagte sie, doch sie griff Arkins Hand, als könne sie so ihre Worte bekräftigen. »Ich muss es tun.«

»Das sagte ich ja: Das bist nicht du. Es ist ein Zwang.«

Sie schob seinen Arm von sich und brachte Distanz zwischen sich und ihn, als sie sich zu ihm umdrehte. »Du glaubst also auch, dass Angriana mich manipuliert hat?«

Vielleicht hatte sie sich tatsächlich getäuscht, und er glaubte doch nicht so sehr an sie, wie sie gedacht hatte. Konnte sie es ihm denn verübeln? Er hatte nicht gesehen, wie verschroben die Natur sein konnte. Er hatte es nicht erlebt. Die reißenden Winde hier waren nichts im Vergleich zu dem, was ihnen drohte.

Doch Arkin schüttelte den Kopf. »Über Angriana will ich mir kein Urteil erlauben. Mir geht es um dich. Du hast immer auf dein Gewissen gehört und das getan, was du für richtig gehalten hast.«

»Genau deswegen tue ich das hier ja!« Ihre Stimme wurde laut vor Verzweiflung, sie streckte die Arme aus, als könne sie das ganze Ritual in einer Geste einfangen. Ein Donner krachte nahe über ihnen.

»Weißt du, was das Richtige gewesen wäre, damals, als du vor mir im Gericht standest?« Arkin war ruhig, und sein Tonfall hatte nichts von der manipulativen Süße, die jedes von Seishuns Worten begleitete. Er meinte es ehrlich.

»Ich hätte für meine Verbrechen zur Rechenschaft gezogen werden müssen«, sagte Likah ohne Umschweife, »aber …«

»Aber?«

»Das wäre ungerecht gewesen!« Wütend ließ sie die Arme fallen und wünschte sich die Kraft der Gewitterwolken, um ihren Gefühlen Ausdruck zu verleihen. »Wir hatten kaum eine Wahl, niemand hätte uns wirklich vorwerfen können …«

»Und deswegen hast du eine andere Lösung gesucht.«

»Um Alia und Gem zu retten …« Der Gedanke an die Zwillinge schmerzte Likah.

»Um das Richtige zu tun«, korrigierte Arkin sie. Dann wies er auf das Siegel, das sie und Thora gezogen hatten, und die kraftlosen Körper, die dort lagen. »Aber das hier ist falsch. Dass die Zwillinge sterben mussten, ist falsch. Das bist nicht du, Likah. Und das weißt du.«

Die Luft zitterte vor Elektrizität, die Blitze knabberten an Likahs Haut, als würden sie jeden Moment zuschlagen. Doch noch hielt die Natur sich zurück. Gab ihr Bedenkzeit.

Likah vergrub das Gesicht in den Händen. Arkin hatte recht. Von dem Moment an, da sie begriffen hatte, welchen Preis die Erste Sprache forderte, war es ihr falsch vorgekommen. Sie hatte Angrianas Weg dennoch beschritten, weil sie geglaubt hatte, es sei der einzige.

Aber vielleicht war dem nicht so.

Likah hatte sich nie auf die einfachen Wege verlassen. Sie wusste, dass ihre eigenen Entscheidungen sie immer weiter bringen konnten. Weil sie selbst sich am besten kannte.

Alia und Gem waren tot. Aber vielleicht mussten Thora und das Septimat nicht sterben. Likah kannte das Problem und hatte bereitwillig Angrianas Lösung akzeptiert, ohne darüber nachzudenken, ob sie es nicht auf ihre Art lösen konnte. Sie musste selbst denken.

Die Erste Sprache war die Seuche, die die Welt krank machte. Zumindest im Moment, wo die Menschen diese Kraft für sich beanspruchten. Dabei war die Erste Sprache ursprünglich den Göttlichen gegeben worden, um über die Naturgesetze zu wachen und das Gleichgewicht der Schöpfung zu wahren. Sie war ein Werkzeug der Göttlichen, um die Welt im Gleichgewicht zu halten. Sie zu zerstören, würde die Natur ebenso zerstören oder zumindest sich selbst überlassen. Dann ging Likah ein Licht auf. Nicht die Erste Sprache war das Problem, sondern die Menschen, die sie zu ihrem Vorteil und gegen die Natur nutzten.

Aber wenn sie die Erste Sprache ihrem eigentlichen Nutzen zurückgab …

Ihre neue Erkenntnis verlieh ihr eine Ruhe, die ihr auch das Wüten des Himmels nicht nehmen konnte. Nun, da sie wusste, was sie zu tun hatte, vereinnahmte die Angst sie kaum noch. Sie blickte Arkin an, nun nicht mehr hoffnungslos oder verzweifelt. Sondern mutig.

Auf Arkins Gesicht breitete sich ein Lächeln aus. »Da bist du ja«, sagte er mit einem schelmischen Lächeln. »Ich dachte schon, du wärst gar nicht mehr da.«

»Ich weiß jetzt, was ich tun muss«, erwiderte Likah, von einer ruhigen Gewissheit erfüllt.

Sie legte Arkin beide Hände auf die Brust. Er wich nicht zurück. Stattdessen legte er seine Hände auf ihre und drückte sie. Likah verstand die Botschaft.

Ich glaube an dich.

»Kathasia, es ist Zeit für dich, zu gehen.« Dieses Mal sprach sie die Worte ohne Reue, und die Erste Sprache floss in glatten silbernen Flammen aus Arkin heraus. Auch er sank zu Boden, und sie hielt ihn, damit er nicht zu hart auf dem Boden aufschlug. Sie strich ihm das nasse Haar aus dem Gesicht und legte seinen Kopf vorsichtig ab.

Likah spürte eine Macht in sich, die sie beinahe zerriss. Flammen tobten in ihr, Flammen, die sie verzehren würden, wenn sie sie noch viel länger trug.

Was hast du vor, Tochter?, hörte sie Angrianas Stimme in sich.

»Das, was ich für richtig befunden habe«, antwortete Likah leise, aber fest. »Ich gebe die Erste Sprache zurück an ihren Ursprung. Sie gehört uns Menschen nicht. Aber ihr, die Göttlichen, ihr braucht sie.«

»*Nein!*« Angrianas Stimme klang schrill und verzerrt und so laut in Likahs Kopf, dass sie sich die Hände auf die Ohren schlug, aber das half nichts, denn die Stimme ertönte in ihrem Kopf. Likahs Nacken begann zu glühen, dann entfachte ein Brennen in ihrer Brust, und rote Flammen brachen aus ihr hervor. Likah keuchte und hielt sich den nach vorn gekrümmten Oberkörper, während sich vor ihr aus wirren Flammen Angrianas Gestalt zeigte, die sie mit zusammengekniffenen Augen wütend musterte. Die Flammen ihrer geisterhaften Gestalt loderten so hell, dass Likah beinahe das Gesicht abwenden musste.

»Hast du den Verstand verloren? Ich habe dir aufgetragen, die Erste Sprache zu vernichten!«

Likah holte tief Luft, während das Brennen langsam aus ihr wich, doch Angrianas Gestalt strahlte eine Hitze ab, die Likah auf der Haut brannte. »Alles zu zerstören ist der leichte Weg«, erklärte sie, als sie wieder Atem fasste. »Aber nicht der richtige.«

»Es ist der einzig richtige Weg«, fauchte die Göttin. »Durch die Erste Sprache geht die Natur zugrunde, und du willst aus deinen selbstsüchtigen Idealen heraus noch mehr Leid riskieren?«

»Nein«, widersprach Likah. »Hör mir doch zu. Du glaubst vielleicht, ein Neuanfang würde alles besser machen, aber dem ist nicht so. Du willst die Fehler, die geschehen sind, auslöschen, aber damit wirst du dein Ziel nicht erreichen. Erinnerst du dich noch, warum das Erste Wesen euch die Sprache geschenkt hat?«

»Um die Natur im Gleichgewicht zu halten«, gab Angriana zögerlich zu. »Aber du siehst ja selbst, wie gut das funktioniert. Nein, die Erste Sprache war ein Fehler.«

»Den Fehler haben deine Geschwister gemacht, als sie dich verrieten. Und ich weiß, dass dieser Schmerz tief sitzen muss.«

Angrianas flammende Wut war verraucht, und sie ließ die Arme sinken. »Es geht hier nicht um mich, Tochter des Feuers. Sondern um die Natur, das Werk des Ersten Wesens. Es hat nicht funktioniert, wie es vorgesehen war. Du musst dafür sorgen, dass die Erste Sprache keinen weiteren Schaden anrichtet.«

»Das wird sie nicht, wenn ihr verantwortungsvoll mit ihr umgeht. Vertrau mir.«

»Du weißt, was das letzte Mal geschehen ist, warnte Angriana. Die Erste Sprache bringt nur Übel. Es ist besser, wenn sie nicht mehr ist.«

Doch Likah schüttelte den Kopf. »Sie den Menschen zu geben, war ein Fehler. Ich bin mir sicher, auch deine Geschwister – oder zumindest die meisten von ihnen – haben das mittlerweile verstanden. Und jeder hat eine zweite Chance verdient.«

So wie Likah eine zweite Chance erhalten hatte. Arkin hatte sie ihr gewährt, als er sie als Schülerin aufgenommen hatte. Sie sprach weiter:

»Vielleicht glaubst du, ein Neuanfang würde alles besser machen. Aber das stimmt nicht. Wir müssen mit unseren Fehlern und den Konsequenzen leben. Und daraus lernen. Nur so können wir wirklich eine bessere Zukunft gestalten.«

»Fehler sind nicht dazu da, um ausgelöscht zu werden …« Einen Moment lang schwieg Angriana, als denke sie darüber nach. »Das ist sehr weise, Tochter des Feuers. Flammen wohnt es nicht inne, die Asche zu überdenken, die sie hinterlassen haben. Aber du trägst das Erbe des Windes in dir. Was der Wind durcheinanderbringt, kann man wieder richten. Vielleicht fehlt mir diese Sichtweise.«

Likah lächelte. »So empfinde ich. Aber das Erste Wesen hat euch zu acht geschaffen, damit ihr gemeinsam die Natur und ihre Eigenheiten lenken könnt. Ich glaube, es wird Zeit, dass du zu den anderen zurückkehrst und ihr euch wieder zuhört.«

Ein Glühen erwärmte Likahs Brust, und aus ihr brachen rote Flämmchen hervor, wie zuvor aus dem Rest des Septimats. Eine schwache Silhouette Angrianas erhob sich vor ihr in der Luft. Sie lächelte sanft.

»Ihr Menschen seid wirklich erstaunlich«, sprach sie. »Ihr seid in keinem Punkt so erhaben wie wir, aber ihr tragt ein bisschen von jedem von uns, und das gibt euch eine gewisse ... Unberechenbarkeit.«

Likah wusste nicht recht, ob die Göttin das als Kompliment meinte, aber sie neigte den Kopf und lächelte. »Nutzt die Erste Sprache wieder so, wie sie gedacht war. Bitte.« Likah streckte die Hand aus, und Angriana ergriff sie.

Die Flammen sprangen auf die Silhouette der Göttin über und hüllten sie in bunten Schein, die zahllosen Farben umringten sie, und sie lächelte.

»Ich danke dir, Likah. Du warst wirklich meine Flamme. Die beste, die ich mir hätte wünschen können. Du hast Großes vollbracht.«

Likah wollte etwas antworten, doch da verblasste Angrianas Bild bereits. Bunte Schwaden zogen gen Himmel, dann war das letzte Anzeichen der Anwesenheit der Göttin verpufft.

Du hast Großes vollbracht.

Likah blickte hinab zu dem noch immer bewusstlosen Septimat. Sie musste beten, dass sie das genauso sehen würden.

Die Windböen lösten sich aus den Kreisen, die sie um die Berge gezogen hatten, entwurzelte Grasnarben, Kieselsteine und Äste, die nun nicht mehr vom Wind getragen wurden, fielen zu Boden.

»Ist es ... vorbei?« Thora schlurfte auf sie zu, aber er lebte.

Likah nickte und fiel ihm um den Hals. »Es ist vorbei. Du kannst nach Hause zurück.«

Ein kleines Lachen entschlüpfte ihm. Likah aber konnte nicht einstimmen. Denn jetzt, da der Sturm sich legte, ihr Haar nicht mehr wild mit sich riss, das Flattern ihrer Kleidung zur Ruhe kam und die Wolken hinter dem satten Grau bleiches Sonnenlicht freigaben, wurde ihr klar, dass, wohin auch immer sie nach dem heutigen Tag gehen würde, die Zwillinge niemals dort sein konnten.

DAS ERBE DES WINDES

Likah saß an einem Tisch, der auf der kleinen Terrasse ihres Häuschens stand, und ignorierte das leere Blatt Papier unter ihren Händen, um auf die zarten Pflänzchen zu schauen, die allmählich zu keimen begannen. Ihr fiel einfach nicht ein, wie sie den Brief beginnen sollte. Die laue Frühlingsluft ließ Likah erst gegen Abend frösteln, und noch hatte die Sonne orange Streifen auf dem dunkler werdenden Himmel hinterlassen und tauchte den steinigen Terrassenboden in ein warmes Grau. Der Duft von lockerer Erde und zart blühenden Pflanzen lud sie ein, abends so lange im Garten zu sitzen, bis sie es vor Kälte nicht mehr aushielt.

Die ersten Monate waren hart gewesen. Schuldgefühle, Trauer um den Verlust von Alia und Gem. In diesem Winter hatte Likah kaum eine Nacht geschlafen. Das Bett, das sie mit Caia teilte, blieb oft leer. Caias Pflichten an Arkins Hof ließen es selten zu, dass sie Likah in dem kleinen Haus an Serans Stadtrand besuchte, und seit Likah sich dagegen entschieden hatte, wieder in Arkins Dienste zu treten, sah sie auch ihn kaum mehr.

Mit dem Erwachen des Frühlings jedoch wurde alles besser. Hals über Kopf stürzte sie sich in ihren neuen Garten. Den ganzen Tag über war sie so beschäftigt, dass für Trauer keine Zeit blieb. Aber abends, wenn sie dasaß und in den Sonnenuntergang blickte, haftete ihr eine Melancholie an, von der sie glaubte, dass sie nie mehr von ihrer Seite weichen würde.

Sie hielt das Stück Pergament in der Hand, und obwohl sie kaum Worte hatte, begann sie zu schreiben:

Lieber Thora,
du schreibst, du und Irisa seid gut in deiner Heimat angekommen. Ich hoffe, die lange Reise hat euch nicht zu sehr zugesetzt. Ich weiß nicht, ob ihr je nach Nakita zurückkommen werdet, aber falls doch, freue ich mich immer über einen Besuch von euch. Ich lebe mich langsam ein in mein neues Leben.
Es ist seltsam, jetzt, wo Seishun tot ist und die Königin mich freigesprochen hat. Jeliél hätte ihren Platz einnehmen sollen, aber seit der Beerdigung seiner Schwester hat ihn niemand mehr gesehen. Es gibt viel Aufruhr im Septimat, aber ich bin froh, dass ich damit nichts mehr zu tun habe.
Ich versuche, die Tage zu genießen, und hoffe, ihr könnt dasselbe tun. Vielleicht berichtest du im nächsten Brief von deiner Oma?

Alles Liebe
Likah

Das Knarren des hölzernen Gatters zu ihrem Grundstück ließ sie aufhorchen. Likah sprang von ihrem Stuhl auf und lief hinüber in den Vorgarten. Ein Lächeln schnellte auf ihr Gesicht, als Arkin das Grundstück betrat.

»Womit habe ich diese Ehre verdient?«, fragte sie, doch sie erwartete keine Antwort und lief ihm in die Arme.

Arkin strich ihr über das Haar. »Gut, dich zu sehen«, sagte er, ehe er sie losließ. Er steckte die Hände in die Taschen und ließ den Blick über den Garten schweifen. »Ich sehe, du hast es dir heimisch gemacht.«

»Ich zeig dir den Garten, wenn du willst.« Likah hielt ihm die Hand hin, und er ergriff sie und ließ sich von ihr über das Grundstück führen, obwohl es kaum etwas gab, das nicht auf den ersten Blick zu erkennen war. Doch Likah war stolz auf das, was sie aufgebaut hatte, und Arkin lauschte ihren Ausführungen aufmerksam.

»Wie geht es dir?«, fragte er, als sie Luft holte. Er klang ernst, und das Lächeln war von seinem Gesicht gewichen.

Likah zuckte mit den Schultern. »Es ist schwer. Und ich glaube, das wird es immer sein.« Leise Tränen stiegen ihr in die Augen. Dass Alia und Gem tot waren, würde sie sich nie verzeihen.

Arkin nickte. »Du weißt, du kannst jederzeit ins Schloss kommen. Und auch wenn du nicht mehr meine Schülerin bist, dein Zimmer wird immer für dich frei sein.«

»Danke.« Sie meinte es ehrlich. Und so sehr sie sich auch wünschte, ihn öfter zu sehen, näher bei Caia zu sein, so wenig konnte sie das Leben, das sie jetzt führte, eintauschen. Sie hatte nun das, was sie Alia und Gem immer versprochen hatte: ein eigenes Haus mit eigenem Garten. Und das löste sowohl Schuldgefühle in ihr aus als auch das unbändige Verlangen, so zu leben, wie die Kinder es sich gewünscht hatten.

»Aber du möchtest nicht mitkommen, richtig?«, hakte er weiter nach.

»Nein.« Arkin verstand sie, das wusste Likah.

»Ich mache mir Sorgen um dich.«

Likah tätschelte ihm die Schulter, dann kniete sie sich hinab zu ihren Keimlingen und sagte: »Ich weiß. Und wahrscheinlich zu Recht. Aber ich habe hier etwas, worum ich mich kümmern muss.« Und wenn sie zurückdachte, hatte es sie seit jeher bei Sinnen gehalten, die Verantwortung für irgendetwas zu tragen. Wie sollte sie noch funktionieren, wenn es nichts und niemanden mehr gab, der sie brauchte, der sich auf sie verließ?

»Na dann!« Arkins Worte wurden begleitet von Wasser, das gegen Eisen schwappte. Likah drehte sich um. Er hielt ihre Gießkanne in der Hand. »Zeig mir doch mal, wie man sich um so einen Garten kümmert.«

Sie lächelte. Dann begann sie, ihm zu erzählen, welche Pflanzen sie angelegt hatte, wie oft man das Unkraut zupfen und die Pflanzen bewässern musste. Sie erzählte ihm von Blütezeiten und zeigte ihm, wie man die Erde umgraben musste, und während die beiden so nebeneinander arbeiteten, wusste Likah, dass ihre Wunden heilen würden, wie die Natur sich erholen würde von der Ersten Sprache.

»Ich habe mit Caia gesprochen«, sagte Arkin, als er sich verabschiedete. »Sie hat ein paar Tage frei und wollte sie gern mit dir verbringen – wenn das für dich in Ordnung ist.«

Likah strahlte. »Gern.« In diesen Momenten fühlte sie sich viel weniger einsam. Doch obwohl sie Caia liebte und Arkin ihr wie ein Vater geworden war, würde es noch lange Zeit dauern, bis Likah wirklich glücklich werden konnte.

Denn keine Magie dieser Welt konnte eine Seele ohne Umwege heilen. Diese Wunden brauchten ihre Zeit, und manchmal dachte Likah daran, dass es einen einfacheren Weg gegeben hätte.

Angrianas Flammen hätten all die Probleme verzehrt und mit sich genommen. Aber Kathasias Wind würde sie immer weitertragen.

Likah hatte sich für das Erbe des Windes entschieden.

DANKSAGUNG

Ein gutes Buch ist Teamarbeit. Das ist die vielleicht wichtigste Erkenntnis, die ich bei der Entstehung von »Die Erbin des Windes« erlangt habe. Deswegen gibt es einige Menschen, denen ich hier danken möchte. Einige von euch haben direkt an dem Buch mitgewirkt, andere indirekt.

Ganz am Anfang meiner Schreibkarriere steht meine Mutter. Danke, Mama, dass du mich immer unterstützt hast. Du würdest sagen, das ist doch selbstverständlich und dein Job als Mama. Aber ohne dich könnten meine Leser* innen dieses Buch niemals in Händen halten. Danke, dass du immer für mich da warst. Ich habe dir so viel mehr zu verdanken als dieses Buch.

Danke auch an den Menschen, ohne den ich das Schreiben vielleicht nie begonnen hätte: meinen Onkel Sascha. Danke für deine wahnwitzige Idee, einfach mal ein Buch zu schreiben. Aus einer spontanen Idee vor zwölf Jahren wurde ein Traum, der nun endlich wahr geworden ist. Ohne dich wäre ich heute vielleicht keine Autorin. Ich halte nicht viel von Spontanität, aber das war genial.

Ich danke meinem Freund Denni, dafür, dass du immer für mich da bist. In meinem Autorinnenleben habe ich immer wieder mit Zweifeln zu kämpfen, und du fängst sie jedes Mal auf. Danke für den Beistand, und danke dafür, dass du jeden meiner literarischen Ergüsse liest und sie mit deinen kritischen Worten besser machst. Du bist der lebende Beweis dafür, dass auch nahestehende Personen tolle Testleser* innen sein können.

Ein ganz großer Dank geht auch an meine Lektorin Victoria. Du hast so lange und intensiv mit mir an diesem Buch gearbeitet und mir geholfen, die Geschichte zu erzählen, die ich wollte. Dein Engagement ist unvergleichlich.

Lisa. Danke dafür, dass du Likah aus dem Stapel unverlangt eingesandter Manuskripte gefischt hast. Ich weiß, wie unbeliebt dieser Stapel in Verlagen ist. Du hast dennoch an »Die Erbin des Windes« geglaubt und mir damit den Weg eröffnet, den ich nun gehe. Danke, dass du an mich und meine Bücher glaubst.

Ich möchte auch Jennie danken. Für deinen Rat, dafür, dass du mich immer auf den Boden der Tatsachen zurückholst, selbst nachdem deine Arbeit im Verlag endete. Danke, dass du mir eine so tolle Freundin bist, und für deine regelmäßigen Realitäts-Checks, wenn ich mal wieder an allem zweifle.

Und zuletzt danke ich natürlich meinen Leser*innen. Dass ihr gerade dieses Buch (oder euren E-Reader) in der Hand haltet, bedeutet mir alles. Dafür habe ich dieses Buch geschrieben. Für euch. Die Worte in diesem Buch gehörten mir lange allein, aber jetzt sind es eure.

Danke, dass ihr euch auf Likah und ihre Welt eingelassen habt.

Nur aus der Dunkelheit
wird neues Licht geboren

NORA BENDZKO

DIE GÖTTER MÜSSEN STERBEN

ROMAN

Troja wird fallen – und die Götter müssen sterben! So besagt es eine Prophezeiung von Artemis selbst, der mächtigen Göttin der Jagd, Herrin des Mondes und Hüterin der Frauen. Wenn die prunkvolle Stadt in Schutt und Asche liegt und das Schicksal der Götter besiegelt ist, sollen die Amazonen die Welt beherrschen. Doch Artemis segnet ausgerechnet Areto mit ihren Kräften, die keine Kriegerin ist. Wie kann eine wie sie der Macht einer Göttin würdig sein? Aretos Erwählung spaltet die Amazonen in zwei Lager – ein Konflikt, der ihrem Volk im Trojanischen Krieg den Untergang bringen könnte.

Wird sie die Amazonen retten – oder in den Untergang führen?

KNAUR